明道大學國學論叢

憶記與超越——唐宋散文研究論集

明道大學中國文學系　主編

目次

權德輿與唐代贈序文體之確立

蔣　寅

摘要

贈序是唐代新興的文體，其源流肇自魏晉，從贈詩附序到唱和冠序，迄唐代始定型爲無詩徒序，其創作的繁盛與當時祖餞讌集之風的盛行密切相關。如果說唱和冠序不外以紀事爲動機，那麼徒序則更帶有自我表達的功能。在贈序的演進歷程中，權德輿的寫作佔有極爲醒目的位置。首先，權氏因長期輾轉於幕府、臺閣，爲中朝風雅主持，遂成爲第一位大量寫作贈序的作家。他的創作表明，贈序寫作首先與職務密切相關。其次，權德輿的贈序在話語和文體兩方面都顯示出對文體功能的自覺和文章結構的成熟，標誌著贈序的定型，從唐代散文史的角度考察具有多方面的意義。

關鍵詞

散文、贈序、權德輿

一 前言

權德輿（七五九－八一八）是中唐貞元、元和年間地位最高、影響最大的作家，也是創作歷程及面貌保留得最爲完整的作家。自上世紀以來，由於文學觀念的狹隘偏見，這位極具典型性的唐代作家始終未得到足夠的重視。我在研究中唐詩歌時，發現權德輿在很多地方都值得特別注意，比如集中整整一卷寫給妻子的詩，完整地記錄作家青少年時代心理成長歷程的少作，臺閣唱和中的遊戲詩風等等。（註一）葛曉音先生很早就注意到權德輿在中唐古文發展中的作用，認爲「在李華、獨孤及、梁肅等人到韓柳之間，權德輿是個承前啓後的重要人物。他既有『尚氣，尚理，有簡，有通』的文說，又歷任禮部、吏部尚書和宰相，長期居於選人高位。所以能在執掌典選期間，改革不重經義，但習駢儷的考試方式」。（註二）聯繫韓愈〈燕河南府秀才〉詩「昨聞詔書下，權公作邦楨。文人得其職，文道當大行」的記述來看，權德輿主文政對中唐古文寫作的推動應是無可懷疑的。隨著我對權德輿作品的愈益熟悉，也越來越感覺他的文章在中唐古文發展中所處的重要位置和獨特意義。本文要探討的權德輿的贈序寫作，便是一個超出作家研究而關係到唐代散文發展的課題，其中涉及的問題尚爲被唐代文學研究者注意。（註三）

贈序是唐代新興的一種文體，其源流肇自魏晉，起初是贈詩附序，後來演變爲唱和冠序，迄唐代發展爲送別贈詩前冠序，最終形成無詩的徒序，後人稱之爲贈序。唐代贈序創作的繁盛與當時祖餞讌集之風的盛行密切相關，這已爲近年的研究所闡明。（註四）值得注意的是，贈序與普通詩序相比，從體制到功能都有了很大的轉變。用法國文學理論家熱奈特的「副文本」理論來看，（註五）詩序可以說是一種副文本，從詩序演變爲徒序，也就是副文本逐漸擺脫依附性而獨立爲主文本的過程。質言之，即詩序由補充、說明詩的內容而轉變爲包容詩的內容並最終替代詩作而成爲寫作的主體。如果說唱和、贈別詩冠序主要以紀事爲主，那麼贈序就更帶有自我表達的功能。當贈序擺脫了紀事的即時性要求而成爲一種主動性寫作時，其抒情言志色彩和交際功能就豁然凸顯出來。這一轉變正發生在中唐時期，瀏覽現存的唐代序體作品，權德輿的寫作再次顯示其不同尋常的文學史意義。

薛峰曾據《文苑英華》、《唐文粹》、《唐文粹補遺》和《全唐文》進行統計，將明顯帶有贈送性質、有明確致贈對象，題名中有「送」、「餞」、「贈」、「別」字樣的序文都視爲贈序，得知唐代有贈序文傳世的文人共四九人，其作品數量如下表：（註六）

作者	贈序	作者	贈序	作者	贈序
王勃	16	李白	16	李翺	1
楊炯	3	高適	1	蕭昕	1

駱賓王	4	賈至	3	白居易	1
陳子昂	6	任華	17	皇甫湜	4
張說	7	元結	6	符載	13
宋之問	6	劉長卿	2	沈亞之	13（註七）
蘇頲	1	獨孤及	44	杜牧	2
賈曾	1	于邵	51	盛均	1
張九齡	6	皇甫冉	1	陳黯	1
盧象	1	歐陽詹	18	穆員	2
孫逖	8	梁肅	18	陸龜蒙	3
李華	9	顧況	5	司空圖	1
蕭穎士	1	權德輿	64	黃滔	1
劉太眞	1	韓愈	34	徐鉉	6
王維	6	柳宗元	46	羅隱	1
陶翰	15	崔群	1		
顏眞卿	3	呂溫	2		

如果按文體學的習慣，以贈序指無詩的徒序，那麼以上統計的作品數量包含著大量的詩序，稱贈序顯然是不合適的。在贈序文體確立之前，送行贈別的詩序宜統稱爲「別序」，本文即擬用這一概念統稱所有的送別詩序，包括詩序與徒序。從上表可見，唐代留下別序最多的十位作家是：王勃一六篇，李白十六篇，任華十七篇，獨孤及四十四篇，于邵五十一篇，梁肅十八篇，歐陽詹十八篇，權德輿六十四篇，韓愈三十四篇，柳宗元四十六篇，其中權德輿以六十四篇名列前茅。近年學界不乏贈序研究，但都集中於韓愈作品，（註八）尚未涉及韓愈以前的創作。權德輿出入幕府多年，後久居臺閣，以才華名望執文壇牛耳，主持朝中風雅，頻繁的送往迎來，無數的詩酒餞別，使他成爲寫作別序最多的作家。僅就數量而言，權德輿的別序也是不容忽視的，更何況他的寫作還顯示出若干值得注意的傾向，有待於我們從贈序文體乃至整個唐代散文的演進來加以認識。

二　權德輿贈序寫作與職務的關係

較之其他文體，贈序文體一個很突出的特徵就是它所負載的社交功能，贈序的產生一開始就與一個特定的事由——送別有密切的關係。考察一下權德輿以前的序體文寫作，凡標明爲「序」的作品，只有詩文集序、宴集（包括餞別）詩序和贈別徒序三種類型。後人所謂贈序乃是由後兩種類型演化而來的，起初是無特定對象的宴集詩小序，繼而爲有特定對象的餞別詩序，最後發展爲贈予特定對象的徒序。在這一過程中，餞別和賦詩送行成爲贈序形成的關鍵。考究權德輿所作序文，可以清楚地看出這一點。爲了弄清權德輿的贈序都作於什麼場合，我將六四篇序文的寫作年代、事由及贈送對象作了一番梳理，其中可編年的五十五篇如下表所列：（註九）

寫作年月	標題	事由	贈予對象	時任職務
建中二年（七八一）前	送陳秀才應舉序	應試	舉子	從事
建中二年（七八一）	奉送黔中元中丞赴本道序	赴任	觀察使	從事
建中二年（七八一）	送襄陽盧判官赴本使序	赴任	從事	從事
建中四年（七八三）	送許校書赴江西使府序	赴任	從事	從事
建中四年（七八三）	月夜泛舟重送許校書聯句序	赴任	從事	從事
建中四年（七八三）	送鄭秀才入京覲兄序	覲省	舉子	從事
建中四年（七八三）	招隱寺上方送馬典設歸上都序	銓選	典設	從事
建中四年（七八三）	送馬正字赴太原謁相國叔父序	覲省	正字	從事
興元元年（七八四）	送王仲舒侍從衢州覲叔父序	覲省	舉子	賦閑

興元元年（七八四）	送紐秀才謁信州陸員外便赴舉序	應試	舉子	賦閑
貞元二年（七八六）	送嶺南韋評事赴使序	赴任	從事	從事
貞元三年（七八七）	送張評事赴襄陽覲省序	覲省	大理評事	從事
貞元三年（七八七）	送崔端公赴江陵度支院序	赴任	從事	從事
貞元三年（七八七）	奉陪李大夫送王侍御使往淮南浙西序	出使	從事	從事
貞元四年（七八八）	送靈澈上人廬山回歸沃州序	歸里	僧人	從事
貞元五年（七八九）	送從舅泳入京序	干謁	舉子	賦閑
貞元六年（七九〇）	送張校書歸湖南序	歸里	校書郎	從事
貞元八年（七九二）	送臺州崔錄事二十三丈赴官序	赴任	錄事參軍	太常博士
貞元九年（七九三）	奉送韋起居老舅假滿歸嵩陽舊居序	告歸	起居舍人	左補闕
貞元九年（七九三）	送劉秀才登科後侍從赴東都覲省序	覲省	舉子	左補闕

貞元九年（七九三）	送前溧陽路丞東歸便赴滑州謁李尙書序	干謁	縣丞	左補闕
貞元九年（七九三）	奉送薛十九丈授將作主簿分司東都序	赴任	主簿	左補闕
貞元十年（七九四）	送袁中丞持節冊回鶻序	出使	御史中丞	起居舍人
貞元十年（七九四）	送丘穎應制舉序	應試	舉子	起居舍人
貞元十年（七九四）	送道依闍黎歸婺州序	歸里	僧人	起居舍人
貞元十一年（七九五）	送張閣老中丞持節冊弔新羅序	出使	御史中丞	起居舍人
貞元十一年（七九五）	送李十兄判官赴黔中序	赴任	從事	起居舍人
貞元十二年（七九六）	送商州崔判官序	赴任	從事	駕部員外郎
貞元十三年（七九七）	送從兄南仲登科後歸汝州舊居序	歸里	舉子	駕部員外郎
貞元十三年（七九七）	送再從弟少清赴潤州參軍序	赴任	參軍	駕部員外郎
貞元十三年（七九七）	送獨孤孝廉應舉序	應試	舉子	駕部員外郎
貞元十四年（七九八）	送許協律判官赴西川序	還任	從事	駕部員外郎
貞元十四年（七九八）	送張僕射朝覲畢歸徐州序	還任	節度使	駕部員外郎

貞元十四年（七九八）	送三從弟長孺擢第後歸徐州覲省序	覲省	舉子	司勳郎中
貞元十四年（約七九八）	送右龍武鄭錄事東遊序	漫遊	錄事參軍	司勳郎中
貞元十五年（七九九）	送主客仲員外充黔中選補使序	出使	員外郎	中書舍人
貞元十五年（約七九九）	奉送從叔赴任鄱陽序	赴任	縣令	中書舍人
貞元十六年（八〇〇）	送從兄立赴昆山主簿序	赴任	主簿	中書舍人
貞元十六年（八〇〇）	奉送韋中丞使新羅序	出使	御史中丞	中書舍人
貞元十七年（八〇一）	奉送裴二十一兄閣老中丞赴黔中序	赴任	觀察使	中書舍人
貞元十七年（八〇一）	奉送崔二十三丈諭德承恩歸致仕東歸舊山序	歸里	太子諭德	中書舍人
貞元十八年（八〇二）	送歙州陸使君員外赴任序	赴任	刺史	中書舍人
貞元十八年（八〇二）	送水部許員外出守郢州序	赴任	刺史	中書舍人
貞元十八年（八〇二）	送安南裴中丞序	赴任	經略使	中書舍人
貞元十九年（八〇三）	送睦州李司功赴任序	赴任	司功參軍	禮部侍郎
永貞元年（八〇五）	送三從弟況赴義興尉序	赴任	縣尉	戶部侍郎

元和元年（八〇六）	送崔十七叔冑曹判官赴義武軍序	赴任	從事	戶部侍郎
元和二年（約八〇七）	送建州趙使君序	赴任	刺史	兵部侍郎
元和二年（八〇七）	送義興袁少府赴官序	赴任	縣尉	太子賓客
元和二年（八〇七）	送徐諮議假滿東歸序	赴任	諮議大夫	太子賓客
元和二年（八〇七）	送李侯十二弟侍御赴成都府序	赴任	從事	太子賓客
元和三年（八〇八）	送當塗馬少府赴官序	赴任	縣尉	兵部侍郎
元和三年（八〇八）	送李十弟侍御赴嶺南序	赴任	從事	兵部侍郎
元和三年（八〇八）	奉送杜少尹閣老赴東都序	赴任	少尹	兵部侍郎
元和八年（八一三）	送袁尚書相公赴襄陽序	赴任	節度使	禮部尚書

這份表格首先改變了我一個根深柢固的印象。以前我曾根據贈序的社交功能，先入爲主地認爲贈序具有送別寵行、提攜後進的意義，因而其寫作屬於文壇盟主或達官的特權。而權德輿的作品卻表明，他的贈序寫作主要與職任而非文壇地位相關。通過上表我們看到，權德輿寫作贈序基本集中於任幕府從事和掖垣閣僚這兩個時段，前者佔了十四篇，後者佔了二十七篇，合計佔現存贈序作品的百分之七十五。這不禁讓我推測，贈序是公文之外較接近職務寫作的一種

文體。在這些序文中，經常可見其寫作動機是出於受囑，如〈奉陪李大夫送王侍御使往淮南浙西序〉云：「公乃備觴豆以祖之，類歌詩以貺之。小子辱從事之末，承受授簡。」[註十]〈送張僕射朝覲畢歸徐州序〉云：「德輿辱當授簡。」〈送袁中丞持節南詔序〉云：「辱命內引。」〈送張閣老中丞持節弔回鶻序〉云：「亦既辱命，俾次群篇。」〈奉送韋中丞使新羅序〉云：「宜徵作者，猥及鄙人。」〈奉送杜少尹閣老赴東都序〉云：「愧序引之辱。」〈奉送韋十二丈長官赴任王屋序〉云：「拜手授簡。」〈奉送從叔赴任鄱陽序〉云：「佐酒霑醉，歌詩為禮，有命曰：『爾宜序。』」〈送義興袁少府赴官序〉云：「猥徵不腆，俾敘夫群篇。」〈送許協律判官赴西川序〉云：「眾君子中歡皆賦，使鄙夫類之。」當時這類宴集詩卷是按官階高低順序編次的，[註十一]既然詩卷的次序是高官在前，卑職在後，那麼編次和作序就往往由官職較低者承擔了。幕府裡從事的地位最低，又以文才司案牘，自然是作序的適當人選。而掖垣閣僚雖不是朝中卑職，但權德輿卻是歷掌綸言十年的清望官員，他曾說：「頃予忝職西垣，殆將十歲，草列郡命，過於百數。」（〈送建州趙使君序〉）如此多的制命出自其手，無形中使他的文筆擁有特別的尊榮，同時也讓他熟悉了當時縉紳士大夫的履歷。赴任、出使者的家世和才具他都知根知柢，寫其序來駕輕就熟，較他人更有先天的優勢。

這麼看來，權德輿贈序對於送別的裝飾意味即所謂「寵行」要遠過於對行人的實際提攜。安史之亂後，地方行政混亂，官守遷調頻繁，京中更盛行餞宴。高仲武《中興間氣集》載當時

「自丞相以下，更出作牧，（錢起、郎士元）二公無詩祖餞，時論鄙之」，足見大家都很看重祖餞酒宴上的贈詩。這樣，身處幕府從事或臺閣官僚且以文章著名的權德輿，自然就常承起擔撰寫贈序的任務。晚年升任禮部侍郎以後，雖然更具備了提攜後進的條件，他卻很少再寫贈序。偶然涉筆，對象不是地位相埒的達官（如杜亞、袁滋）或先達之後（如義興袁少府、當塗馬少府），便是宗族親眷（如三從弟、崔十七叔）之屬。這都是出於特別的情誼，不同於早年的受命操觚。這也不難理解，從古到今作序都不是動機自主的寫作，畢竟不是那麼愜意的事。地位不高時，在上者或朋儕可「命」之「屬」之，作者也不能推辭；及位尊望隆，別人就只有「請」之「求」之了，而有無功夫、有無興趣，則純然看作者的心情。所以權德輿晚年多贈親故之序，而殊無一般公餞之序，實在是很正常的。

三　權德輿贈序與贈別對象

作爲裝飾意味濃厚的「寵行」，目的是製造一定的熱鬧效果，以抬高行人的身價。詩在這裡不僅是製造效果的工具，同時還是記錄和擴散這種效果的載體，使之能傳達到行人的目的地。達官貴人的赴任、出使，因其本身地位的崇高，餞行不過是錦上添花的熱鬧；而對遠赴窮邊小邑或遷謫、罷歸等失意者來說，餞別就不止是形式上的熱鬧，而更有著情感的安慰在裡面。這樣，根據餞宴的性質是公餞或私餞，贈序也就有了公私兩種話語的區分。

權德輿的贈序，送別中丞以上達官者僅八篇，多數是贈送舉子及府縣僚佐之作，其間相當一部分又是姻親眷屬，從贈送對象來看頗爲引人注目。據我檢點，權德輿贈序涉及親族之作多達十四篇，尤其是晚年職位漸高，他就不再寫一般公餞的詩序了，只寫些家餞親族之序。由於德輿自幼喪父，一直仰賴於親族和父執照顧，後來又托庇於岳父崔造，故對宗族、姻親和父執輩都懷有深厚的感情，而贈序就常是他表達這份感情的一個途徑。〈送崔十七叔冑曹判官赴義武軍序〉云：

以執事之端敏肅給，且故相國安平穆公之從父弟也。腴潤於友愛，琢磨於仁義，謙以自牧，實而不華，閨門公府，皆奉金鉉，人倫之美，無乃裕乎？

這是稱揚內人從叔的品德。〈奉送薛十九丈授將作主簿分司東都序〉云：

丈人以河陰丞滿歲參調，亦既感泣，悲歡相乘，微辯風采，乍疑夢想。而又徵楊惲史氏之學，發羊曇西州之歎，家風代德，有所未知；遺文逸簡，甫獲傳授。

這是寫前輩顧念舊誼，傳述先君事蹟、著述之厚愛。對於伯仲群從，凡無特別才華、事蹟可稱頌的，便借述祖德的形式，以敦其睦親追遠的情懷。如〈送從兄潁遊江西序〉：

昔安邱敬公，以王佐之才，而運丁苻氏，故經綸大略，堙厄不振。如其乘時行道，可以財成家邦，豈止於相區區前秦，與王景略齊名而已。時軌道塞，從古以然。德輿與兄實承安丘之遺烈，其後枝流，以食舊德，故兄能踐中行，蹈貞厲，守師氏之訓，修君子之詞，愨靜而用晦，誠謙以居約者向二十年，褒衣大帶，名未登於王府。

至於昆季皆達，少年得意，則必敘其一門才俊，以見詩禮傳家，流風久遠。如〈送再從弟少清赴潤州參軍序〉：

今年群從之調試於天官、春官者以十數，興廉舉秀，既有其人。而少清以經明解巾，參南徐州軍事，其伯氏掾周衛，叔氏簿郟城，代耕話別，徵詩導志。（註十二）夫千里足下，九江濫觴，致遠就深，在乎不已。況爾文敏修潔，澡身立誠，康莊渤澥，吾見其往。至如鮑昭之詞律、孟嘉之風流，又其次也。

又因先君為著名隱士，凡贈宗族之人，每頌其隱德，以光揚家風。典型的例子是〈送從兄南仲登科後歸汝州舊居序〉：

古者采詩以辯志，升歌以發德，係於時風，播爲樂章，有不類者，君子羞之。今兄能溯其末流，泳於深源，志之所之，不遷於物。以爲洙泗弟子，起予者商，而又嘉回之屢空，鄙賜之屢中。故帶經食力，耕於汝山之下，環堵蓬茨，若陰華榱，逸韻麗藻，鏘然在聽。去歲臨汝守首賢能之書，貢於儀曹，瞻言正鵠，審固則獲。前此亦嘗失之矣，退實無慍，贏而不囂，(註十三) 蓋能反諸己而已，且用廉賈之道故也。今將抵洛郊，歷平陽，與賢諸侯交歡假道。然後自洛之汝，燕居中林，磅礴古昔，務諸遠大。鶯出幽谷，鵬擊南溟，將與群從叔季復修異日之賀，豈止於今耶？南宮郎有雅知兄者，且與德輿爲僚，徵詩觋別，以附其志，謹序。

德輿在這裡爲我們描繪了一個不忮不求，乘時而動的古君子形象，詩才和登科的成功只是一筆帶過，而著力表彰的是「退實無慍，贏而不囂」亦即淡然於得失、不遷於物的品格。此序雖緣於同僚公餞，但因贈別對象是親族，故「以附其志」也寄託著自己的人格理想及對家風的認同。這都屬於家族內部的私人話語，與一般的公餞話語是有區別的。

如果說以親族爲對象的贈序更多地體現了家族的私誼和私人話語，那麼以官人赴任爲事由的別序則主要反映了當時的社會觀念，這類贈序通常作於朝士群集送別的公餞場合。唐人素重京官而輕外任，出守鎮邊，雖貴爲專城、坐擁列郡，仍不能擺脫失落之感，而激勵和安慰也因此成爲贈序的一個重要主題。比如〈奉送裴二十一兄閣老中丞赴黔中序〉寫道：「大丈夫被薦紳，彰華纓，宏宣職業，無有遠邇，則嚮之玉堂清禁、論思侍從，與今之龍節前導、金龜映組，皆所以事君也，豈有中外之異耶？」極力強調中外無異，適足表明中外之異乃是眾所公認的存在。即便是方鎮節使、州刺史，品級都已不低，但一麾出守還是給人以屈才的感覺，贈序總不免要用這樣那樣的理由來寬解行人。像〈送司門殷員外出守均州序〉云：

> 去歲甫爲尚書郎，今茲持郡節，動靜之道，較然不回。嚱夫，父母一邦，化條在己，以此爲政，不亦重乎！

這是強調責任重大，讓行人自覺重要。〈送水部許員外出守郢州序〉云：

> 吏二千石與中臺郎，循良雋茂，旋相爲重，在其推擇所切而已。故叔載以文術而居郎位，以吏理而分郡節。時所重難，輒居選中。

這是強調人選難得，讓行人感覺自己能力超群。〈送歙州陸使君員外赴任序〉云：

> 中朝大君子皆以推轂爲己任，未至如缺然，亦既覯止，笑與抃會。月未再期，麾幢在門，由是大夫之賢者、士之仁者，皆惜其去。以公佐有端操直質，無巧言諂笑，得之自是，不得自是故也。今天子加恩元元，愼重吏師，則列郡長人，不輕於中都官明矣。

這是合上兩文之意而一之，既稱難得其人，又言朝士皆惜其去，彼矛盾之情益見行人的卓犖不凡。〈送建州趙使君序〉云：

> 或歎趙侯官尚屈而地頗遠，予以爲不然。昔孔門諸生，以蒲莒單父著稱，況諸侯之貴乎？東漢循吏以交趾九眞報政，況建溪之邇乎？則趙侯旟軾之間，猛鷙飛伏，勞徠所及，鰥孤樂康，陟明善價，如建瓴水，雖欲勇退知止，其可得乎？

這是寄以厚望，以治理政成相期。而〈送歙州陸使君員外赴任序〉云：「然則表課陟明，疾若傳置，行當以尺一徵書奪於是邦，邦人雖欲遮道借留，末由也已，又惡用今日少別爲戚戚耶？」〈送司門殷員外出守均州序〉云：「郡齋佳句，佇與報政偕至，吾徒賀征拜之不暇，又何愴焉！」〈送水部許員外出守郢州序〉云：「大則以尤異徵，細猶轉遷劇郡，皦然前知，不足爲賀。」則又是以治績卓著、遷擢可待相勉慰。總之作者力圖從各個角度對行人勉勵有加，以緩釋他們鬱悶情懷。這反映了中唐時期戰亂相仍，地方行政惡化，長吏無所作爲的現實。當官人喪失了初盛唐那種雄心勃勃、慷慨赴任的豪邁意氣時，外放出京就成了眞正黯淡的旅行，也格外需要餞送詩文來壯行色。

相比州府大僚來，更值得注意的是那些送幕府從事的贈序。這部分作品在權德輿贈序中佔有很大的比重，從另一個側面反映出時代的徵候。安史之亂以後，隨著藩鎭割據的形成，朝廷可授職官銳減，仕途愈形狹隘，士人不得不向幕府尋求發展的機會。這就是白居易〈溫堯卿等授官賜緋充滄景江陵判官制〉提到的「今之俊乂，先辟於征鎭，次升於朝庭。故幕府之選，下臺閣一等，異日入爲大夫公卿者十八九焉」。（註十四）據戴偉華考證，唐從節度使設置始到玄宗末，進入使府的文士只知有一百七十四人次，諸科登第文士二十九人次，而肅宗至德宗朝文士入幕者卻知有一千零一十二人次，順宗至武宗朝也有九百三十人次，諸科登第者則多至七百五十五人次，尤以進士及第者佔絕對多數。這是因爲方鎭多用文吏，而朝廷規定幕僚必須有出身，於是大量不能仕於朝廷的登第文士轉而到幕府尋求出路。（註十五）權德輿〈送李十弟侍御赴嶺南序〉說「士君子之發令名，沽善價，鮮不由四征從事進者」，這無疑是中唐以後文人出仕的一個新動向。明代胡震亨最早從文學角度談到這個問題，說：「唐詞人自禁林外，節鎭幕府爲盛。如高適之依哥舒翰，岑參之依高仙芝，杜甫之依嚴武，比比而是。中葉後尤多。蓋唐制，新及第人例就辟外幕，而布衣流落才士，更多因緣幕府，躡級進身。要視其主之好文何如，然後同調萃，唱和廣。」（註十六）權德輿本人未取科第而直接由幕府入仕，他的人生理想源於文章經國的傳統觀念，所謂「士有抗方外之跡，以世教爲桎梏者。不然，則必由於文章之塗。以其合大中，導天理，發於心術，周於事業，此賢士君子之所以致思也」（〈送王仲舒侍從赴衢州覲叔父序〉）。故而對文士入幕，贈序總是以信心和豪情相激勵。〈送許校書赴江西使府序〉是很有代表性的一篇，其中寫道：

> 予與公範，尋世好以約交道，獲申十年之敬。出處多故，及茲再會，久飽諸公之議，今日得之。心包大猷，口析精理，可以稽合同異，懸照是非。夫然者，焯當世之譽，交大府之辟，疾苦機響，不亦宜乎？國家尚用兵車之會，且思磐石之固，俾賢王秉旄節，主江西諸侯。辟書四下，大搜雋望，公範拂拭逢掖，從容長裾，赴知己之命，伸丈夫之志。固當酌六經精義，以贊軍政，俾介冑之下，禮讓興行。且以〈中庸〉明誠之根本，覃思於文藻，致用於政事，發硎投刃，固在於遠者大者。庸詎知今茲一舉，非圖南之羊角耶？

這裡提到的酌經義以贊軍務，抒文藻以致政事，正是中唐以來古文家的政治和文學理想。從事雖卑爲使府僚佐，但果能由此立身致用，也足以爲成大業、擔大任之濫觴。〈送李十弟侍御赴嶺南序〉甚至不無自負地現身說法以勗之，曰：「士君子之發令名、沽善價，鮮不由四征從事進者。翔集翰飛，蓋視其府之輕重耳。則侍禦之今日，猶鄙夫之昔時也。」他的成功經歷不用說是最具說服力的榜樣，足以激勵士人釋放沉淪消極之情，以豪邁昂揚的心態走向軍幕使府。由此我不禁忖度，權德輿較多地寫作以幕府從事爲對象的別序，會不會與他自己的幕僚經歷有關呢？就像最有影響力的高考或留學指南，一定出自高考狀元或名校留學生之手，贈幕府從事序當然也以由幕府游升高位的成功人士的手筆最有說服力和權威性吧。

公餞和私餞的這兩種話語，從大的方面說是反映了社會觀念的變遷。這種變遷在交際場合曲折地表現爲一種表達的需求，處在權德輿位置的文人，寫作中只有儘量滿足這種需求，才算得體。這樣，不論是公餞場合體貼人情的世俗需求，還是私餞場合發自內心的抒情需求，不論是主動的還是被動的，都會成爲一種對文體的控制力量，制約著寫作向一定的目標行進。如果我們同意說文體成熟的標誌就是體制意識的自覺及其規範的明確，那麼贈序文體的確立就正是在內外兩種需求的制導下逐漸完成的。從這個角度來看權德輿的別序創作，他對於贈序文體確立所起的推動作用，就比較清楚了。

四　權德輿與贈序文體的確立

一般來說，每個致力於某種文體創作的作家，都會在文體掌握和表現力的開拓上貢獻一定的獨創性。因爲寫作達到一定數量後，藝術表現的單一和重複是任何稍有才能的作家都難以忍受的。作爲唐代寫作別序最多的作家，權德輿在撰寫別序時也不會不致力於文體掌握和藝術表現兩方面的開拓。事實上，他的別序不僅在話語上有前述的明顯特徵，同時也顯示出對體制的自覺意識及對文體結構的熟練掌握。

前文說過，贈序是由宴集詩序發展來的，有一個從爲贈詩作序到無詩徒序的演變過程。在權德輿之前，別序的主要作家，如王勃、陳子昂、張說、宋之問、張九齡、孫逖等人的別序全都是爲餞宴賦詩而作的，只有李白〈春於姑孰送趙四流炎方序〉、〈送戴十五歸衡嶽序〉、陶翰〈送蕭少府之幽州序〉未提到賦詩。而〈送孟大入蜀序〉的「故交不才，以文投贈」，〈送謝氏昆季下第歸南陽序〉的「何以贈別，必在乎斯文」，考慮到唐人所謂「文」實兼詩而言，尚難遽定究竟是賦詩還是徒序。似乎從任華開始，有了不依附於詩而獨立成文的序。他現存十七篇序中非但沒有提到作詩，反而有三篇明確提到「贈言」或承命作序，考其內容大致都是贈序。（註十七）李華也有部分別序如〈江州臥疾送李侍御詩序〉、〈送十三舅適越序〉、〈送房七西游梁宋序〉、〈送薄九自牧往義興序〉、〈送張十五往吳中序〉、〈送觀往吳中序〉、

〈送何蒷序〉未提到賦詩，元結有〈送譚山人歸雲陽序〉、〈別韓方源序〉、〈別崔曼序〉未提到賦詩，很可能都是徒序。獨孤及的別序則沿襲了詩序的傳統，末尾必提到賦詩，只有〈送張處士申還舊居序〉是個例外。〈送薛處士業遊廬山序〉末云：「趙補闕驊、王侍御定、張評事有略各以文爲貺，記行邁之所以然，余亦持片言用代疏麻瑤華之贈。」既然三人都以文贈行，那麼此文也應該是徒序。稍後寫作別序較多的梁肅、于邵，詩序與徒序雜出，但詩序已略少於徒序，梁肅有〈奉送泉州席使君赴任序〉、〈送張三十昆季西上序〉、〈送鄭子華之東陽序〉、〈送靈沼上人游壽陽序〉、〈送沙門鑒虛上人歸越序〉，于邵則只有〈送張都督赴嘉州序〉、〈送賈中允之襄陽序〉兩篇是詩序。大體看來，別序寫作的機緣多屬作者職在司言，如果贈送的對象不是一時名流，而作者又不善詩，那就只能贈以序。如于邵〈送冷秀才東歸序〉云：「冷侯深於詩也，秘監韋公敘焉。其爲歌詩以出餞，皆漢廷顯達，士林精妙，各附爵里，爲一時之榮。邵何言哉？既別而已。」于邵本不長於詩，集中也極少詩序，偶一爲之，乃是宴集之際受達官之囑，如〈送張中丞歸魏博序〉、〈宴餞嚴判官使還上都序〉、〈送崔判官赴容州序〉、〈送房判官巡南海序〉、〈初夏陸萬年大樓送奉化陸長官之任序〉。看來大曆、貞元之際，是別序由詩序向徒序發展的轉變和過渡時期，因作家身分和才能的不同，別序寫作就呈現過渡時期常見的錯雜不一的狀態。在這個時期成長起來的權德輿，可以想見是很難超脫上述文學背景的。

只要餞別賦詩之風盛行，詩序就絕不會被徒序所取替。事實上詩序也從來不曾被徒序所覆蓋，徒序只不過是詩序的補充形態而已。從徒序的角度考察贈序之成立，只能著眼於作者的文體意識，亦即當他覺得要表達的內容不適合寫詩時，就取序文的體裁來達意。從這個角度來考察，則權德輿最初的別序已顯露這種文體意識。如〈奉送黔中元中丞赴本道序〉末云：「夫臨觴捧袂，愀然悽愴，此兒女之仁也，固壯夫恥之，愚亦恥之。引滿舉白，既醉而罷，文則不腆，蓋指事云。」此文作於初入仕不久出使江西時，風塵卑職，叨陪末座，沒有人讓他撰序。他之所以贈元全柔以序而不是詩，純因序體更宜於「指事」，這就是說他寫作別序一開始就有著以序爲主文本的意識。同年寫作的〈送襄陽盧判官赴本使序〉提到：「驛騎蕭蕭，訪別蓬門，元言清酤，相會於遠。君又授予以〈正名〉、〈至終〉二論，鄙人亦出篋中〈幾銘〉、〈名實論〉、〈士行辨〉三篇，以申報貺。」這裡也沒提到賦詩。或許盧判官是以文見長吧，兩人都以文相質，於是德輿未作詩而徑贈以序。很早就明確的這種文體意識，催生了《權載之文集》中一系列脫離詩篇而獨立寫作的徒序。其中既有公餞，也有私餞。公餞如〈送許校書赴江西使府序〉云：「臨歧話別，迭以勉固志業而已。若愀然涕下，以聚散爲念，此可略也，眾君子置之。」從文字來看這應是一篇徒序，記載了離宴話別的情形。因爲宴會不曾作詩，顯得不夠隆重，因而不久又重舉聯句詩會，德輿有〈月夜泛舟重送許校書聯句序〉紀其事：「公範持江西辟書，駕言即路。其出處之跡與婉婉之畫，鄙人不腆，已爲之序引。且吳抵鐘陵二千里而遙，凡我諸生，愴離宴之不足，（註十八）故再征斯會。」所謂「愴離宴之不足」，正指前日無詩之離宴，不足以盡禮數而示榮寵，所以要再泛舟聯句。這次是「公範乃握管作三字麗句，僕與二三子聯而繼之，申之以四五六七，以廣其事」。聯繫前文所引《中興間氣集》的記載來看，當時送別確乎很看重賦詩，無詩便顯得不夠隆重。這反過來說明，前會只是話別，未曾作詩，權德輿寫的也是一篇徒序。

有時公餞賦詩，撰序者不只是一人。如〈送張閣老中丞持節冊弔回鶻序〉提到「陰方之氣俗，四牡之踐履，考功郎苗君序之詳矣」，〈送崔十七叔胄曹判官赴義武軍序〉提到「至於道觀離宴，歌詩感激，則備於右拾遺獨孤郁前敘云」。這類已有前序而補作的序言，因避開詩序的常套而更寄予特定的社會內容，也就是說放棄了副文本的依附性而具有了主文本的自主性，因而在文體結構上同樣具備了徒序的特點和屬性。

比起公餞來，小規模的私餞無疑更容易產生徒序。且看〈送王仲舒侍從赴衢州覲叔父序〉：「執事自由拳抵信安，途不千里，奉板輿之歡，赴竹林之期。況新安江路，水石清淺，嚴陵故臺，德風藹然。漁浦潭、七里瀨，皆此路也。二謝清興，多自茲始。今日出祖，可以言詩。」這是離宴上因行人道途所歷而論及歷史上的詩人，也有可能是敦促同席餞送者賦詩，但作序當時還沒有賦詩，故也可視爲徒序。這種情形在德輿別序中不乏其例，如〈送從兄立赴昆山主簿序〉云：

> 士君子筮仕之門，有以代德麻蔭而奉清廟齋祠者。及夫試吏就祿，與秀才孝廉郎等。蓋以舊服流慶，後昆宜之，其於獎人爲善之義深矣。以從兄承烏奕簪纓之後，荷葳蕤文誼之訓，敏於學行而薄於宦名，乃今調於天官，署昆山主簿。以姑胥之通邑，士衡之佳句，僑舊耕植，多依是間。上有良二千石，（註十九）爲東諸侯表率，其飭躬敬事，夙夜勤敏，椎輪積水，或在茲乎？從弟中書舍人德輿序其所由，俾群從偕賦。

這明顯是先作別序，以此敦促群從賦詩的例子，序文的獨立性因而得到突出。私餞的送別對象通常是名位不顯的親屬故舊，由於送別者不像公餞，往往集聚一時詩文名流，因而格外需要引導和激發寫作的情緒氛圍，別序常常就充當了賦詩的打火石。〈送鄭秀才入京覲兄序〉有云：「撰日言邁，訪予告別。予亦漉旨酒、巾柴車，與一人友出送於野。凡祖軷者，請偕賦〈棠棣〉之詩。」這便是以序敦促同人賦詩的一個例子，看得出是小規模的私餞。又如〈送馬正字赴太原謁相國叔父序〉言：「予以貧病，不能遠遊，美太原之茂勳，感漢陽之深眷，送子於往，實獲我心。況與君同居里門，靜賞湖月，亦云舊矣。辱命爲序，所不敢辭。」〈送陸校書赴秘省序〉言：「子容諸父深源、方源，我族之出，有早歲遊處之舊，故得君之道，因是而深；別離愀愴，亦用加等，於序引也，所不敢辭。」這兩篇序文或稱承囑而作，或稱不敢辭，都是應行人之囑所作的別序，文中也看不到群從賦詩送別的氣氛，應是兩人間的私餞。馬正字和陸校書雖都是名臣之子，但餞送明顯是出於私誼的個人行爲。這種私餞場合的別序往往是徒序，也就是詩的替代品，作者究竟是賦詩還是撰序，全然視乎當時情境及本人才性而定。權德輿因擅長文章，徒序是他更經常的選擇。後來的作家寫作徒序，如韓愈〈送孟東野序〉、〈送陳密序〉、〈送牛堪序〉、〈送董邵南序〉、〈贈張童子序〉、〈送王秀才序〉、〈送區冊序〉大多出於私餞，因而也帶有更多的個人話語色彩，這甚至成爲贈序區別於詩序的文體特徵之一。而權德輿除了受命撰序之外，無論私餞還是公餞都是根據表達的需要而決定是否寫作徒序的，這種文體意識對贈序文體的確立和寫作的自覺都具有標誌性的意義。

五 權德輿別序的寫作技巧

隨著贈序文體的確立和寫作意圖的自覺，權德輿對文章結構的掌握也顯示出相應的能動性。別序作爲「副文本」的一種類型，其文體規範要求扣緊頌美行人、餞宴和賦詩等公共性內容，而排除個人話語。比如梁肅〈送謝舍人赴朝廷序〉寫道：

> 亦既撰吉，晉陵主人於夫子有中朝班列之舊，是日惜歡會不足，乃用觴豆宴酬，以將其厚意。意又不足，則陳詩贈之，屬而和者凡十有一人。小子適受東觀之命，從公後塵，行有日矣。存乎辭者，祇以道詩人之意而已。至於瞻望不及之思，不敢自序云。

梁肅在寫完頌美、餞宴和賦詩等內容後，強調以上所寫的都是送別者詩中之意，而自己的惜別之情則不敢闌入。這雖也可以說是一種引而不發的筆法，但畢竟出於對文體規範的尊重。而到權德輿手中，因別序文體走向獨立的趨勢日益明顯，文章結構就逐漸顯露出壓縮詩序的固有成分而突出與詩作互補成分的傾向。

這首先表現在，凡敘述旅程、抒寫別情之類送別詩必涉及的內容，他每用「至若……」的句式概舉而省略之。如〈奉送韋中丞使新羅序〉：「至若辰韓息愼之俗，懷方象胥之道，譯賓將洽驩之盛，致賜諭旨之榮，自原隰之華，至溟漲之大，運氣海物，昕昏變化，眾君子言之詳矣。」〈送安南裴中丞序〉：「至若馬文泉之功略，士彥威之教化，憬俗裔人，納諸掌握，明珠文犀，視同涕唾，皆裴侯㝅中所蓄也，不復煩言。」〈送李侯十二弟侍御赴成都府序〉：「至若銅梁、玉壘之勝踐，使軒賓榻之盛集，皆備於歌詩者之說，不能悉數雲。」異曲同工的筆法還有〈送從兄穎游江西序〉的「鄙夫所獻者，如斯已矣。如其地理所歷與煙霜之侯，皆備於詩人之思，此略而不書」。而〈送嶺南韋評事赴使序〉如下文字也是類似的一種修辭：

君溫文裕蠱，銳於術學，在綺襦青衿之歲，粲若冰玉。年方冠，仕至廷尉評，擁大府之傳，赴賢主人之命，其徒榮之。且楩楠巨幹，不產培塿，則知天鍾茂美，亦多在代德，其要在聿修之不怠而已。彼吏理與將命，事之細者，況新發於硎，鎧刃溢匣，不折不缺之誠，豈足爲執事道耶？

這種種對省略某些不言自明之意的交代，說穿了都是一種引而不發的修辭技巧，爲了節省下篇幅表達其他內容：或是上文所舉有關從事的議論，或是〈送當塗馬少府赴官序〉中的追憶友情，或是〈送徐諮議假滿歸東都序〉中的寄託志向，還有像〈送從兄潁游江西序〉這樣包含複雜的社會背景的議論：「自十數年間，戎車居天下之半，故純白清靜之士，多鬱而不發，其或倚佳名，席勢（一作世）卿，以取富貴者，皆朝爲屠沽，夕拖章組，風波變化，以萬萬計；其次或雜與諸生之徒，冠柱後惠文，持從事使者之檄，溢於府寺，喧於傳置，風流不還，聲實相遠。然則得喪本不足以滑曠士之慮，又況今之得喪耶？先師曰：『知足者不以羨自累，行修於內者無位而不怍。』此二者可以書紳而三復也。」其中當然也免不了爲行人鼓吹延譽，這本來就是贈序的一項重要功能。

　　贈序既以寵行爲目的，爲行人延聲譽、壯行色就是直接追求的目標。相比前人的寫作，權德輿的贈序運用了更多的寫作手法來製造效果。〈送義興袁少府赴官序〉是通過褒揚其家世來頌美行人：「先正南陽王實扶中興之運，光啓土宇，慶流後昆。國有令典，延世命官，解巾筮仕，偶得佳境。」〈送劉秀才登科後侍從赴東都覲省序〉則從熟知其幼慧寫到如今的不凡：

「始予見其丱，已習詩書，佩觽韘，恭敬詳雅，異乎其倫。及今見夫君子之文，所以觀化成、立憲度，末學者爲之，則角逐舛馳，多方而前。子獨居易以遜業，立誠以待問，秉是嗛嗛，退然若虛。」〈送王仲舒侍從赴衢州覲叔父序〉又用對方對自己的激勵來襯托其文才：「太原王生仲舒，從事於斯。弱冠秀發，始以雅詞一軸，爲士相見之贄。予嘗學於此，間世多病，方將自全於樸，止所不知。及覽子之文，文達而理舉，溫潤博雅，且多古風，則曩時之心，斐然復生，所守不固然也。」這幾乎是類似孔子「起予」之歎的讚揚。〈送右龍武鄭錄事東遊序〉先以資歷推崇鄭氏：「予弱歲時從師於黨塾，鄭生已用經術上第，誦古先格言，圓冠紳帶，綽綽溫雅。里閈僑居，年輩爲長。迨今適二紀，三徙官至親軍紀綱掾，青袍化緇，班鬢如艾。」然後以「以鄭生之理文修行，而職業未稱，得不爲大來之將然歟」相勖，末託其傳語致意：「吳中多賢士君子，居易求志，爲予多謝之。」實則是爲鄭氏預設了干謁投贄的理由。〈送李十兄判官赴黔中序〉又換了一種方式，先提出入幕爲出仕捷徑的現象，然後稱頌府主王礎之賢，而期表兄以遠大：

今名卿賢大夫，由參佐而升者十七八，蓋刷羽幕廷而翰飛天朝，異日之濟否，視所從之輕重。故予內兄以黔巫之地爲夷途安流者，受署於中執法王君故也。以王君之馨香望實，且處清近久矣，惟天愛人，授茲一方，則兄之赴知己，誠可賀也。兄端明文敏，焯

> 見吏理，奉本府之書奏，陳遠人之便宜。已事復命，驅車就路，敢用觴酒宴軷，繫之以言，曰：「武陵辰溪，四封十五郡，大凡五十餘城。以仁佐賢，寧彼縣道，婉婉語言，化爲風謠。然後徵理行之第一，獻賓寮之功用。夫如是，得不謂所從之重乎？

序最後歸結於「京師離群，詠歎仁政，寓辭鈴閣之下，無金玉其音」。所謂「詠歎仁政」，意味著兩人對王的一致評價，非但恭維了王礎，也烘托了李少安對府主的忠誠和愛戴，這正是爲表兄邀寵的微意。權德輿不愧久經歷練，多年的筆墨生涯，已讓他將這些微妙的筆法運用得非常嫺熟。

權德輿寫作所反映的贈序文體的確立，不僅在文體意識上顯示其標誌性意義，在語言方面也具有一定的典範性。在他之前，贈序的主要作家，從王勃、陳子昂、張說、宋之問、張九齡、孫逖、陶翰到李白，所作贈序全都是駢體。只有任華，在語言風格上再次顯示他獨往獨來的作風，現存十七篇贈序純然散行，算是個不同尋常的異數。此後，李華文中出現一些散體的贈序，像〈江州臥疾送李侍禦詩序〉、〈送十三舅適越序〉、〈送房七西游梁宋序〉、〈送薄九自牧往義興序〉、〈送張十五往吳中序〉、〈送觀往吳中序〉、〈送何萇序〉、〈臥疾舟中相裡範二侍禦先行贈別序〉。同時的于邵也是駢散相參，而獨孤及、梁肅的贈序則完全摒除了駢辭儷語，全用散文行之。權德輿作爲繼承獨孤及、梁肅衣缽的古文家，也純然用散文寫作，在他的別序中，我們已看不到絲毫的駢文痕跡，對一個有影響力的文壇盟主來說，這一點是非常值得注意的，應該充分估計到他對當世文壇風氣和寫作規則的影響。

六　結論

綜觀唐代散文史的進程，無論就數量而言，還是就完成度而言，權德輿的別序寫作都標誌著贈序文體的定型，同時在掌握文體的熟練、表現手法的豐富以及語言的純粹等各方面確立起典範性。他的別序可以說是連接獨孤及、梁肅等第二代古文家和以韓愈爲代表的第三代古文家的橋樑，具有承先啓後的意義。在他之前唐代的贈序還在向文體的定型努力，而到他之後韓愈就開始打破文體結構的均衡性，以恣肆率意的議論和抒情將贈序引向了更加主觀的自我表現方向。如果說權德輿是要用散文體的別序來替代贈別詩的話，那麼韓愈則可以說是要將散文體贈序當作贈別詩來寫。贈序文體中這一點微妙變化似乎也反映了中唐古文變革的一個側面。

注釋

編　按　蔣寅　中國社會科學院文學研究所研究員、逢甲大學中文系客座教授。

註　一　蔣寅：〈權德輿與貞元後期詩風〉，《文學史》第二輯（北京市：北京大學出版社，一九九五年），收入《大曆詩人研究》上冊（北京市：中華書局，一九九五年）；〈權德輿與唐代的贈內詩〉，《唐代文學研究》第七輯（桂林市：廣西師範大學出版社，一九九八年）；〈成長的煩惱——權德輿早期詩作的心態史意義〉，《中國社會科學院青年學術報告》第一輯（北京市：社科文獻出版社，二〇〇四年）。

註二　葛曉音：〈論唐代的古文革新與儒道演變的關係〉，《漢唐文學的嬗變》（北京市：北京大學出版社，一九九〇年），頁一六三。

註三　有關權德輿散文的研究，有嚴國榮：《權德輿研究》（北京市：中國社會科學出版社，二〇〇六年），頁一〇八－一四七。王紅霞、王朝源：〈試論權德輿的古文創作〉，《西南民族大學學報》，二〇〇三年第十一期；王朝源：〈論權德輿的碑誌散文〉，《四川師範大學學報》，二〇〇六年第五期。

註四　潘玉江：〈淺談古代序文和贈序〉，《外交學院學報》，一九八八年第三期；姜明翰：《中唐贈序文研究》，東吳大學中國文學研究所碩士論文，一九九五年；李珠海：《唐代序文研究》，臺灣大學中國文學研究所碩士論文，一九九六年；舒仕斌：〈遊宴序和贈序在唐代的發展軌跡及成因〉，《贛南師範學院學報》，二〇〇一年第四期；郭殿忱、陳勁松：〈論《文選》之序體〉，《北華大學學報》，二〇〇三年第一期；孫娟：〈「序」說〉，《徐州師範大學學報》，二〇〇四年第四期；薛峰：〈贈序之誕生及文體實踐〉，《南陽師範學院學報》，二〇〇五年第十一期。

註五　「副文本」是法國文學理論家熱奈特（Gérard Genette）提出的概念，用以統稱文學書刊裝幀、標題、副標題、引言、題詞、序跋及插圖等所有能爲「文本」（正文）提供補充資訊的元素，參見熱拉爾·熱奈特著，史忠義譯：《熱奈特論文集》（天津市：百花文藝出版社，二〇〇一年）。

註　六　薛峰：《唐代贈序研究》（北京市：中國社會科學院研究生院碩士論文，二〇〇三年）。

註　七　沈亞之贈序原作十二篇，據明道大學兵界勇先生考察應爲十三篇。

註　八　大陸主要有胡守仁：〈論韓昌黎之贈序〉，《江西師範大學學報》，一九九五年第五期；陳蘭村：〈窮情盡變，冠絕前後——論韓愈贈序文的創新精神〉，《浙江師範大學學報》二〇〇二年第一期；林琳、李丹：〈奇·氣·巧·新——試論韓愈贈序散文的藝術特色〉，《西南民族大學學報》二〇〇三年第八期；林琳：〈試論韓愈贈序散文思想內容的豐富性和複雜性〉，《西南民族大學學報》，二〇〇三年第十期；孟紅軍：〈韓愈贈序類散文藝術特徵探微〉，《三門峽職業技術學院學報》，二〇〇四年第三期；薛峰：〈韓愈贈序之突變及贈序之傳播與接受〉，《周口師範學院學報》，二〇〇七年第三期。臺灣有劉正忠：〈韓愈贈序散文的藝術〉，《大陸雜誌》，一九九五年第六期；姜明翰：〈論韓愈贈序作品之隱秀〉，《中原文獻》，一九九七年第三期。

註　九　蔣寅：〈權德輿作品繫年〉，《大曆詩人研究》下冊（北京市：中華書局，一九九五年）。

註　十　本文所引權德輿文，皆據霍旭東校點：《權德輿文集》卷二六－二九（蘭州市：甘肅人民出版社，一九九九年），不再一一註明。

註十一　權德輿〈送張評事赴襄陽覲省序〉曾提到：「群賢以地經舊楚，有〈離騷〉遺風，凡今宴餞歌詩，惟楚辭是敩，以官命輕重爲編次前後云。」現存的例子有《珠英集》，陳振孫《直齋書錄解題》稱「各題爵里，以官班爲次，融爲之序」，敦煌所存兩種寫本均合「以官班爲次」之例。參見傅璇琮主編：《唐人選唐詩新編》（西安市：陝西教育出版社，一九九六年）；徐俊：《敦煌詩集殘卷輯考》（北京市：中華書局，二〇〇〇年）。

註十二　「詩」原作「時」，據《全唐文》改。

註十三　「贏」原作「羸」，形近之誤。《左傳・昭公元年》：「賈而欲贏而惡囂乎。」

註十四　《白居易集》卷四十九（北京市：中華書局，一九七九年），第三冊，頁一〇三三。

註十五　參看戴偉華：《唐方鎮文職僚佐考》（天津市：天津古籍出版社，一九九四年）；戴偉華：《唐代使府與文學研究》（桂林市：廣西師範大學出版社，一九九八年）。

註十六　胡震亨：《唐音癸籤》卷二十七（上海市：上海古籍出版社，一九八一年），頁二八五。

註十七　《全唐文》卷三七六任華〈送李侍御充汝州李中丞副使序〉：「値余有犬馬之疾，不遂攉酒灞岸，賦詩河梁，魂淸暮雲，心折秋草而已矣。」此因病不與會而作序代詩之例。〈送祖評事赴黔府李中丞使幕序〉：「華承命制序，因贈以言。」此以序代詩爲贈之例。〈送姜司戶赴宣州序〉：「其友人姜正範與余善，邀余序之。範誠以我筆家流，則不知姜意以爲何如也？」此因善文章而被友人屬以序之例，皆未言及序詩。

註十八　「愴離宴之不足」一句，《文苑英華》卷七二八彭叔夏校：「《集》有序字。」按：〈送前丹陽丁少府歸余杭覲省序〉亦有「邑中諸生，愴離宴之不足，俾予序群言以爲貺」，「序」字衍。

註十九　「上」原作「士」，據《全唐文》改。

李覯的古文及其對韓愈的影響

葉國良

摘要

韓愈能成爲古文大宗師，除了個人的天賦和努力之外，在文學思想和寫作技巧兩方面自是受到許多前賢的影響，並非單一的淵源。本文與古來論韓文者一樣，都持此一觀點。由於此一方面前人論述已多，本文略人所詳，詳人所略，單論李觀的古文及其對韓愈的影響。

韓愈曾受李觀的影響，前人已曾暗示，但語焉不詳。本文則用微觀的分析法，從章法和文辭處理兩方面，先指出李觀古文具體的創發之所在，然後指出在李觀病逝後，韓愈的作品在寫作技巧上確曾受到李觀的影響，後來的作品更將之發揚光大。

關鍵詞

古文、李觀、韓愈

一　緒論

韓愈（七六八－八二四）是大文宗，影響往後千餘年的文學創作。他的文學，「文以載道」和「陳言務去」是兩大特色。文以載道，是文章「目的」的論述，強調知識份子言論的責任；陳言務去，則是文章「技巧」的宣示，旨在增進文章的可讀性。這兩者都有其多元的淵源，不是任何單一觀念或單一人物的影響所造成的，此一觀點，前人論述已多，（註一）筆者亦無不同意見。因此本文將略人所詳，詳人所略，單論學界較少觸及的李觀的古文及其對韓愈的影響。

李觀，字元賓，其先隴西人，家居蘇州。生於代宗大曆元年（七六六），卒於德宗貞元十年（七九四），年二十九。十八歲，兩度受鄉薦，但未至京師。貞元五年入京應進士舉，貞元六年曾兩度落第，八年，以〈明水賦〉、〈御溝新柳詩〉與韓愈同陸贄榜登第，同年又舉博學宏詞，得太子校書，十年客死京師。（註二）

今存李觀的著作，除詩數首之外，《李元賓文集》包括唐末陸希聲在漢上所得的遺文二九篇，宋慶曆年間章詧得於蜀人趙昂的十四篇，清嘉慶年間秦恩復於《唐文粹》、《文苑英華》輯出的六篇，總共四十九篇（趙昂十四篇中，傳本缺〈上王侍御書〉、〈晁錯論〉兩篇，秦氏補入，不計入所輯六篇中）。本文所引所論，依據藝文印書館《百部叢書集成》本，該本係繼輔叢書本取粵雅堂本校訂，較爲翔實，故據以影印，前有陸希聲〈李元賓文集序〉、秦恩復〈李元賓文集序〉，後附粵雅堂本所載伍崇曜跋及《四庫全書總目提要》、胡玉縉《四庫提要補正》關於《李元賓文集》的評價。

李觀是李華（不詳－七七四）的從子，而韓愈伯兄韓會、叔父韓雲卿則是李華的門弟子，算來兩人是世交關係。但據考證，李觀與韓愈的結識應在貞元六年，當時曾共游梁肅門下，至於結爲好友則在貞元八年兩人同登進士第時。兩年後，李觀病逝。所以兩人眞正相交，其實只有短短的幾年，但韓愈卻用心的爲他撰寫了〈李元賓墓銘并序〉，並在一些詩文中感情濃厚的稱道他，顯示出兩人非比尋常的情誼。（註三）筆者也認爲兩人的情誼，並非只因兩人有世交和同榜的關係，最主要是韓愈在古文方面受到李觀頗大的影響，對他懷有特殊的情誼，所以數次以李觀的「友人」自稱，而以「故友」、「吾元賓」稱李觀。（註四）

李觀的古文，在其生前，時人即與韓愈相提並論，死後仍受到唐人的高度肯定。首先，韓愈在〈李元賓墓銘〉推崇李觀爲：

> 才高乎當世，而行出乎古人。（註五）

「才高乎當世」指的自然是文才，很能反映此時韓愈對李觀文才的推崇。其後則有韓愈友人李翺（七七四—八三六）在〈與陸傪書〉中，將李觀和揚雄相比，而將韓愈和孟子相比：

> 李觀之文章如此，官止於太子校書郎，年止於二十九。雖有名於時俗，其卒深知其至者果誰哉！信乎天地鬼神之無情於善人而不罰罪也，甚矣爲善者將安所歸乎！……與李觀平生不得相往來，及其死也，則見其文，嘗謂使李觀若永年，則不遠於揚子雲矣。……故書〈苦雨賦〉綴于前。當下筆時，復得詠其文，則觀也雖不永年，亦不甚遠於揚子雲矣。書〈苦雨〉之辭既，又思我友韓愈，非茲世之文，古之文也；非茲世之人，古之人也。其詞與其意適，則孟軻既沒，亦不見有過於斯者。……嘗書其一章曰〈獲麟解〉，其他可以類知也。（註八）

文比揚雄，對唐人來說，乃是極高的讚美，（註七）因爲揚雄是漢代以來受到極度推崇的文人。晚唐人陸希聲於昭宗天復年間（九〇一—九〇三）在〈李元賓文集序〉中則對兩人的長短作出重要卻又很簡略的比較：

> 貞元中，天子以文化天下，天下翕然興於文。文尤高者，李元賓觀、韓退之愈。始元賓舉進士，其文稱居退之之右。及元賓死，退之之文日益工，今之言文章，元賓反出退之之

下。論者謂元賓早世，其文未極，退之窮老不休，故能卒擅其名。予以爲不然。要之，所得不同，不可以相上下。何者，文以理爲本，而辭質在所尚。元賓尚於辭，故辭勝其質；退之尚於質，故質勝其辭。退之雖窮老不休，終不能爲元賓之辭；假使元賓後退之死，亦不能及退之之質。此所以不相高也。（註八）

陸希聲又在敘述韓愈大革漢明帝以來文風之衰靡「落落有老成之風」之後，稱讚李觀：

元賓則不古不今，卓然自作一體，激揚超越，若絲竹中有金石聲。每篇得意處，如健馬在御，蹀躞不能止。其所長如此，得不謂之雄文哉！（註九）

然而，清人王士禎（一六三四－一七一一）卻極力貶抑李觀，他說：

唐《李觀元賓文集》，五卷，附詩四篇。始〈郊天頌〉、〈邠寧節度饗軍記〉，凡雜文五十篇。諸碑銘亦有奇處，至〈與孟簡吏部〉、〈奚員外〉諸書，粗率叫呶，如醉人使酒罵坐，蓋唐中葉已後，江湖布衣挾行卷干薦紳，延接稍遲，贈遺稍薄，則謗讟隨之，浸以成習，觀諸書可見。編首有陸希聲〈序〉，謂始元賓舉進士，其文居退之右，元賓早世，其文未極，退之窮老不休，故能卒擅其名。又云元賓尚於辭，故辭勝其質；退之尚於質，故質勝其辭。予謂元賓視退之，如跛鼈欲追騏驥，未可以道里計也。（註十）

《四庫全書總目提要》則認爲李觀雖比不上韓愈，但能與劉蛻、孫樵相較：

今觀其文，大抵雕琢艱深，或格格不能自達其意，殆與劉蛻、孫樵同爲一格，而鎔鍊之功或不及，則不幸蚤凋未卒其業之故也。然則當時之論，以較蛻、樵則可，以較於愈則不及，希聲之〈序〉爲有見，宜不以論者爲然也。顧當雕章繪句之時，方競以駢偶鬥工巧，而觀乃從事古文，以與愈相左右，雖所造不及愈，固非餘子所及。王士禎《池北偶談》詆其〈與孟簡吏部〉、〈奚員外〉諸書如醉人使酒罵坐，抑之未免稍過矣。惟希聲之〈序〉，稱其文不古不今，卓然自作一體，品題頗當。（註十一）

李慈銘（一八二九—一八九四）則認爲李觀不及孫樵，而稍勝於劉蛻：

元賓之文，昌黎以故交且早夭，因極稱之，本非定論。後人無識，遂謂其才足與昌黎並。陸希聲且謂其辭勝昌黎。今平心論之，元賓卒時，年僅二十九，其文嶄然自異，不肯一語猶人，使假其年，正未可量。即其所傳諸篇，如〈項籍碑銘〉、〈古受降城銘〉、〈弔監察御史韓弇文〉、〈弔涇州王將軍文〉、〈上宰相安邊書〉、〈代李圖南上蘇州韋使君論戴察書〉，其文皆有奇氣，餘篇大率意淺語枝，囂而無實，又少年負氣，急於自見，所恉恉者，惟在科名，不止王阮亭所舉與奚員外、孟簡兩書作使酒罵坐態也。《四庫提要》以與孫樵、劉蜕並稱，蓋不及孫，差過於劉耳。(註十二)

上引者，對李觀文章的評價不一，但基本上都是印象式的描述，而且沒有提到過李觀對韓愈的文學觀和具體的寫作技巧上有什麼影響。本文則將對李觀的古文進行微觀式的分析，而和韓文作比較，重點放在探討他對韓愈的具體影響之上，並檢驗上引諸說何者適合，或何者需要補充修正。

由於韓愈（七六八－八二四）比李觀（七六六－七九四）小兩歲，且在李觀卒後又有三十年之久的創作生涯，所以將韓愈所有的作品和李觀的作品相比較是不合理的，因此本文先取韓愈三十歲（七九七）以前的作品和李觀的作品相比較，然後略舉三十歲以後的作品，說明何種匠心應是受到李觀的影響。當然，以韓愈的才情，即使受到影響，也絕對不會太露痕跡，正如歐陽脩學韓而能變韓一般，所以本文的論證是無法不用「以意逆志」的辦法去體會其微妙的匠心的，因而論述過程也不完全就相同文類做比較。

二　李觀古文的特色

李觀自道其文的言辭很少，但在貞元八年的〈帖經日上侍郎書〉中曾說：

> 十首之文，去冬之所獻也。有〈安邊書〉、〈漢祖斬白蛇劍贊〉、〈報弟書〉、〈邠甯慶三州饗軍記〉、〈謁文宣王廟文〉、〈大夫種碑〉、〈項籍碑〉、〈請修太學書〉、〈弔韓弇沒胡中文〉等作，上不罔古，下不附今，直以意到爲辭，辭訖成章；中最逐情者，有〈報弟書〉一篇。

此處所引，以「上不罔古，下不附今，直以意到爲辭，辭訖成章；中最逐情者，有〈報弟書〉一篇」等語最爲重要。所謂「上不罔古，下不附今」，指文章不拘泥於古人之成法，不附和於時人之所尚，自成一體。所謂「直以意到爲辭，辭訖成章」，其意如同「文以氣爲主」，即不裝腔作勢，不套現成架構，筆隨意之所至自然流轉，不以形似自限。所謂「最逐情者，有〈報弟書〉一篇」，指文章要有眞感情。李觀自述的前兩者，和陸希聲「元賓則不古不今，卓然自作一體，激揚超越，若絲竹中有金石聲。每篇得意處，如健馬在御，蹀躞不能止」的評價是一致的。根據筆者對東漢以來、中唐以前（即所謂「八代」）文章的了解和檢閱，筆者認爲：李觀在創作上的「自我認知」，有意以「情」、「意」爲行文的動力，不拘泥形式，以打破八代文章駢行麗詞卻頗僵硬的體製，這個創作理念，和韓愈「陳言務去」的主張是相合的（所謂「陳言」，包括文章體製和鑄詞造語兩方面）。另外，李觀在〈上梁補闕薦孟郊崔宏禮書〉中推崇孟郊的詩爲「奇」，也與他自己的文風及韓愈的「怪怪奇奇」是一致的。至於推崇崔宏禮的文章稱：

崔之文，雄健宏深，度中文質。言之他時，必得老成；言之今日，粲然出倫。

此言反映出李觀熟悉當時新古文運動的理念。（註十三）按：李觀叔父李華論政治有〈質文論〉，主張「質弊則佐之以文，文弊則復之以質」，論書法有〈字訣〉，主張「大抵字不可拙，不可巧，不可今，不可古，華質相半可也」，則其論文符合「文質彬彬」的理念可知。梁肅對於文章也有類似的主張，如〈常州刺史獨孤及集後序〉轉述獨孤及的話說「荀、孟樸而少文，屈、宋華而無根」，〈補闕李君前集序〉謂揚雄、張衡之後「作者理勝則文薄，文勝則理消」，又說「蓋道能兼氣，氣能兼辭，辭不當則文斯敗矣」，都有文質要相濟的看法。（註十四）李觀以「度中文質」稱許崔宏禮，顯見對此種文論有一定的了解，但這不意味李觀沒有自己的看法和做法。

如果只像上文在「陳言務去」的文論方面將李、韓二人的創作觀點作如此比附，顯然還不夠具體。下文擬先指出李觀文章的特色，俾便觀察其對韓愈是否有所影響。所謂李觀文章的特色，指文章體製和寫作技巧鮮見於其前的古文家作品而言，筆者認爲可以歸納爲以下幾點：

（一）打破整齊句式

偶數的整齊句式，是八代文人所講究的，但至末流每令人生厭。李觀〈大夫種銘并序〉的銘辭卻是二七句，打破成規，茲引其文如下：

銘曰：姑蘇之仇，敵國既亡，大夫何哉？不知其去，只知其來。子胥至忠，不信於吳。鴟夷知幾，浩然乘桴。君胡役役，謀國遺軀。或曰不然，吉凶相賓。不有覆車，孰懲爲臣？不有泛舟，孰爲濟人？道無全功，用有屈伸。冥然陳力，得於開卷。神能感我，髣髴如面。往者之悔，來者之憲。志於元石，將懋將咺。

至於〈故人墓銘并序〉的銘辭雖然是偶數句，但每句卻是三字四字五字不等，而且多用排句，少用對仗，以增加古文的趣味：

詞曰：君加我以義，我求子以心。學不愧古，人不佯今。周旋二人，久用欽欽。素書東來，告君之亡。不屨而步，不言而傷。琴不破，劍不懸。非不能之，顧無黷焉。松爲薪，龍爲田。而此數字，不更於淵。

其中「非不能之，顧無黷焉」，雜糅駢散句法，但又渾然對稱，這自然是李覯作文時內心往古文靠攏下的產物。

(二) 打破呆板的押韻成規

古來作賦，一般使用駢體，唐賦更是用韻，尤其應科舉時要作律賦，不僅要用駢體行文，韻腳更限用考官指定的八韻，難度極高，李覯以〈明水賦〉進士及第，自是作賦能手，但其〈苦雨賦〉卻不用駢體，而且只有稀疏的幾處韻腳，無韻的文句遠多於有韻處，全文形成有韻、無韻、有韻、無韻、有韻、無韻、有韻、無韻、有韻、無韻、有韻、無韻循環六次的結構，這是向所未見的新體，自然是李覯擬打破成規的努力，怪不得李覯死後李翺在〈與陸傪書〉中附上親手書寫的〈苦雨賦〉向陸傪推薦（已見上文引）。

在〈周苛碑并序〉的銘辭中，李覯以兩句成一個單位，每兩句的上句與下句押韻，但時有以韻近押韻的情況：（註十五）

其辭曰：龍戰未分，崩雷泄雲。雷崩雲泄，其下流血。滎陽攻急，介士涕泣。赤帝徘徊，惟公在哉。秉心慷慨，處死不改。沈沈積冤，千古奚言。紀公之烈，參史之闕。

此處，上下句末字依《廣韻》大多同韻，但泄爲「薛」韻，血爲「屑」韻，《韻府群玉》則都在「屑」韻。《廣韻》慨在「代」韻，改在「海」韻，而《韻府群玉》慨在「隊」韻，改在「賄」韻，屬同攝，蓋上去通押。烈在「薛」韻，闕在「月」韻，而《韻府群玉》則烈在「屑」韻，闕在「月」韻，「屑」、「月」韻近。按：李觀進士及第，對官韻自然熟悉，但在其作品中卻每每「泛入旁韻」（詳下文），有如此處所述，吾人不宜以「出韻」視之，而當視爲李觀行文時刻意使用的手法。

在〈郊天頌〉中，李觀更使用「複式押韻」，即同時使用多重韻腳，譬如：

八方之靈，各以位焉。祥光促明，和氣解嚴。石無觸雲，木無緒風。獻羞飫神，烘燎歷天。神下於蓋高，樂作於無聲。昂昂巍巍，大爲之英。洋溢乎帝心，肸蠁乎萬靈。是用報盛德於上，申洪緒於後，爲茂世之績，紹允之程也。

這裡引用的頌文，《廣韻》焉屬「仙」韻，天屬「先」韻，《韻府群玉》則都屬「仙」韻，這是第一重押韻。《廣韻》明和英屬「庚」韻，聲和程屬「清」韻，但四字在《韻府群玉》則都屬「庚」韻，形成第二重押韻。而前後兩個靈字又相互押韻，形成第三重押韻。如此一來，此段遂交織出多重唱的旋律。

觀察李覯所有有韻作品，筆者認爲此乃李覯有意的創作。歐陽脩曾特別欣賞韓愈詩工於用韻，說道：

> 予獨愛其工於用韻也。蓋其得韻寬，則波瀾橫溢，泛入旁韻，乍還乍離，出入回合，殆不可拘以常格，如〈此日足可惜〉之類是也。得韻窄，則不復傍出，而因難見巧，愈險愈奇，如〈病中贈張十八〉之類是也。余嘗與聖俞論此。……聖俞戲曰：「前史言退之爲人木強，若寬韻可自足而輒傍出，窄韻難獨用而反不出，豈非其拗強而然歟！」坐客皆爲之笑也。（註十八）

事實上，韓愈在詩以外的韻文的用韻上，也廣泛使用「得韻寬，則波瀾橫溢」、「泛入旁韻，乍還乍離」的方式，這乃是承襲自李覯而來的寫作手法之一，並非如梅聖俞所言完全出於韓愈拗強的個性。（另參下節）據韓推李，可以看出李覯不願墨守成規的心思。

（三）雜糅駢散及有韻無韻句法

前文提到〈故人墓銘并序〉中「非不能之，顧無贖焉」兩句雜糅駢散句法，但這不是孤例。〈涇州王將軍文〉不僅雜糅駢散句法，並且有韻、無韻間用：

> 有涇人告我曰：虜侵涇州，去城六十里，涇軍陷圍。固無藩籬，脫無走飛。有王將軍，雖實涇帥，別戍而來。奮少擊眾，提挈赴危。身先其兵，兵後其私。張旗爲風，代鼓爲雷。風雷之威，壯哉鼓旗。全涇軍如雲迴，破虜陣如山開。然後創痛還奔，戎醜殘摧。將軍猶殺敵不窮，駭怒疾馳，遂沒於沙埃。吁！少卿生降，蘇武老歸，竇憲出師，曷如將軍之亡哉！

上引文，乍一讀之，有如散行史傳文。再讀，便發現「奮少擊眾」至「戎醜殘摧」是駢行韻文，其後又是散行。三讀才察覺看似散文處其實也是韻文，而且還是複式押韻。從最前面到最後面，圍、飛、威、歸《廣韻》屬「微」韻。籬、危、私、旗、馳、師在《廣韻》雖分屬「支」、「脂」、「之」三韻，但在《韻府群玉》則都屬「支」韻。來、雷、迴、開、摧、埃、哉在《廣韻》雖分屬「咍」、「灰」二韻，但在《韻府群玉》則都屬「灰」韻。三種韻部交錯使用，不細心的讀者很可能不曾注意，而以爲此段乃是無韻的散文；但如朗讀一二過，便會發現這種多重押韻的情形。同樣的手法也見於〈斬白蛇劍贊〉：

吁審厥劍，在昔天地之靈器也，而莫我敢知。漢皇得之初，其天成乎？其神造乎？其人爲乎？何乃出而逢經綸，用而會大人，斬白帝於澤，升赤龍於雲，然後安繹騷乎荒屯，作之臣，作之君，豐雄倜儻，若斯之不測邪！

此段文氣完全是古文，但細讀之，則是駢散間用，而其中人與臣在《廣韻》屬「眞」韻，雲與君屬「文」韻，是二重韻腳。而屬於「諄」韻的綸，《韻府群玉》與人、臣同在「眞」部，這應也是李觀「得韻寬」的方式，以便使文章讀起來更鏗鏘有力。這樣的例子，在李觀文中是常見的。

(四) 引用古人語或插入對話使文章生動化

先秦散文、漢代史傳，在文中引用古人語或插入對話者本極平常，但八代文章則極爲鮮見，李觀則大量採用，自然是有意爲之。如〈郊天頌〉：

於是睿言下諏曰：「爾庸我謀。」謀協不違，官乃交修。居天之陽，崛起虛邱。於斯時也，歲在子，月在子。……群公常伯相揖而言曰：「我元后父戴天，所以象爲子，子不私其能；天視我元后，所以象爲父，父不有其仁。子不私其能，莫大於郊天之義；父不有其仁，莫富於生物之遂。元哉！二者之爲德，與變化而終始。」

另，〈趙壹碑并序〉：

元叔乃去袁司徒，訪陟以爲主人，將出所懷以動之，會（羊）陟猶寢於堂內，元叔直言而伏曰：「僕高君之義，故遊君之門，將藏窮達之誠，君豈當然。」陟乃眷而禮之。……因曰：「良寶不剖，必泣血以相予。」

這裡根據的是《後漢書．文苑列傳．趙壹傳》，但屬詞則是李觀檃括史傳文意而來。又，〈周苛碑并序〉：

項氏毅然鷹瞵，爨大鼎於宇下，謂苛曰：「請封三萬户，爲上將軍。軍之政，自不穀而下及卒乘皆聽其所爲。不從則烹，決無疑焉。」公怒甚色作，視羽而咳之曰：「吾聞不善者，善人之資。今天將錫漢，……」

這裡根據的是《史記》〈項羽本紀〉、〈張丞相列傳〉及《漢書．高帝紀》，但《史》、《漢》的記載很簡短，李觀則以其想像力對周苛之忠勇剛烈用對話的方式大加敷演，使周苛的事跡歷歷如在眼前。其他如〈斬白蛇劍贊〉、〈項籍碑銘并序〉、〈故人墓銘并序〉、〈苦雨賦〉、〈邠甯慶三州節度饗軍記〉，也都運用引用古人語或插入對話的技巧，以破除板滯。

（五）綜合以上四者

以上四項，雖然分別舉例，但其實往往互見，如第四項所舉〈郊天頌〉，同時也屬於第二、三項，讀者細觀自能知曉。其中反映以上四項寫作特色最具代表性的作品，筆者認爲是〈古受降城銘并序〉。茲將分段引錄全文，並解說其特點：

古之帝天下者，七德震曜，四夷威懷，有漢孝武焉。祖作之，父述之，而已因其資，皇哉鑠乎，猶可以頌其餘。昔孔子云：「無憂者，其惟文王乎！」然孝武亦庶而儔之。

到這裡，都是散行的古文口氣和句型，其中引用古人語。

始乎高皇勤功，功階乎天；累聖重光，光燭乎泉。解殷之羅，要民以輕刑；沃秦之焚，以起民於焦原。故國無困民，民無異心。孝武即既安之朝，而得安其安；馭無爲之民，而得爲其爲。遊心大中而陋八區，旁目不庭而叱九軍。

到這裡，都是駢偶句，而且局部有韻。

詔大司馬曰：「王師有征，其禮若何？」大司馬歷級而言：「王師無校，謂莫敵也。征乃可服，柔服以德。所謂善征不戰，善戰不陳。聖人不易之道也。」帝曰：「吁！周之衰，秦之亡，皆不由之，故龜鼎用遷。」

到這裡，都是散文體的對話，無韻。

乃出元宮，登皇車，驚六龍，建九旒。人馬駢駟，戎車擊輈。非六月之師，異瑤池之遊。雲撓雷厲，風行川浮。震震雄雄，而入於苦之陬。

到這裡，除了起首二句以外，都是用韻的駢句，陬字雖在《廣韻》「侯」韻，但《韻府群玉》陬與旒、輈、遊、尤都屬「尤」韻。

胡有高臺，登臺而觀兵。兵不血鋒，築城而受降。闓絕垠而爲墉，徑空磧而作防。然後回鳴，蔿飾中權。飲至廟庭，勒功於鼎。銘以遺子孫，以恢紀經。壯乎哉而難斷之。

到這裡，似無韻腳，其實也是多重押韻，只是韻腳不一定在第二句。《廣韻》臺、哉都在「咍」韻。兵、鳴都在「庚」韻。鋒、墉都在「鍾」韻。庭、銘、經都在「青」韻。降、防二字，《廣韻》與《韻府群玉》都分別在「江」、「陽」韻，韻近。但最後一句「壯乎哉而難斷之」卻是散文，則恰可引起後面引用的兩句散文：

嘗聞：「天子有道，守在四夷。」知守者，非殫師遠征，窮徼成城。害元元之生，黷明明之靈。蓋在義以討，仁以擾。虞舜以之歸有苗，姬發以之合孟津。秦乃反之，民共苦辛。孝武何哉！復踵是焉。

到這裡，除引文外，基本上是兩句一個單元，但李覯在用韻上卻作了變化，在短短的兩三句中迅速轉韻，先用平聲韻，轉仄聲韻，再轉平聲韻。征、城《廣韻》同在「清」韻。生、靈《廣韻》與《韻府群玉》都分別在「庚」、「青」韻，韻近。討在《廣韻》「皓」韻，擾在《廣韻》「小」韻，《韻府群玉》則討在「皓」韻，擾在「篠」韻，都是上聲，韻近。津、辛則同在《廣韻》「眞」韻。但到下文，則在二十句中連用九個平聲韻：

> 重難畜之民，城無用之夷。脱内不勤，而外安足保之？不其危歟！夫四極之裔，日月所薄，獲其土不可以豐財，俘其人不可以化遷，而王者必綏之，欲其知所尊，而不思亂華，何必征而降之，城而降之？若然者，三方之夷，皆可降而城，何獨一陲？此所謂反無外，傷無私。不可爲後王之規。

這段，文氣是單行的散文，但散文之中，卻隱藏著「支」、「脂」、「之」三韻通用的韻文，即夷、之、危、之、之、之、陲、私、規數字，這可使前面的韻文變爲後面的散文時，不至於太過突兀。

> 愚忝學古，敢陳銘云：天長匪民，蒼蒼有北。窮兵之弊，播德之克。武皇以兵，而不以德。聚師萬甲，懸磬四國。男悲遠征，女泣夜織。死生其苦，木石其力。古無降城，胡乃重傷。城不可轉，夷居無常。前有濁河，濁河自流。後有黑山，黑山自高。堙塹屍委，崩榛烏號。居者匪居，勞者荐勞。我思古人，疾首用搔。

到這裡，乍看乃是傳統銘辭慣用的四言兩句一韻的韻文，依序嚴謹的用著《廣韻》「登」、「蒸」、「陽」、「豪」四韻的韻字（《韻府群玉》同），但李覯不墨守成規，「前有濁河，濁河自流」兩句，並不和前後文押韻，而有劃破呆板格式的效果。

通觀全文，李覯古文的特色，並不在論奏或書信方面，而在改造八代原本即有「序」有「詞」的文類，諸如賦、頌、弔文、祭文、墓誌等。在一般全以駢句或全以散句行文的「序」之中，時而用散句行文，時而用駢句行文；用駢句行文時，時而用較稀疏的韻腳，時而用密度極高的韻腳；甚至用散句行文時，也似有若無的使用韻腳，以免和上下文的文氣懸隔太大；中間又用對話使文章生動活潑。而作一般使用整齊句式的有韻「銘」辭時，有時用韻嚴謹，有時用韻寬泛，又偶爾出現無韻的句子，以化除板滯。凡此，都能見出李覯打破八代文章僵硬體製的用心。

三　李覯古文對韓愈的影響

韓愈文章，體製結構，鑄詞造句，都千變萬化，後代古文家，難以越其藩籬，令人歎服。但這是就其一生的成就而言，如果以三十歲以前的作品爲範圍，則未必能如此評論。今依據馬其昶校注所引資料，舉出貞元十三年（三十歲）以前之作品如下：

賦

〈明水賦〉，貞元八年，二十五歲

〈感二鳥賦〉，貞元十一年，二十八歲

〈復志賦〉，貞元十三年，三十歲

頌

〈河中府連理木頌〉，貞元七年，二十四歲

議

〈省試學生代齋郎議〉，貞元十年，二十七歲

論

〈省試顏子不貳過論〉，貞元十年，二十七歲

書

〈上賈滑州書〉，貞元六年，二十三歲

〈與鳳翔邢尚書書〉，八年以後十年以前，二十五歲至二十七歲之間

〈應科目時與人書〉，貞元九年，二十六歲

〈上考功崔虞部書〉，貞元九年，二十六歲

〈上宰相書〉，貞元十一年，二十八歲

〈答侯繼書〉，貞元十一年，二十八歲

〈答崔立之書〉，貞元十一年，二十八歲

〈答張籍書〉

〈重答張籍書〉

序

〈贈張童子序〉，貞元十年，二十七歲

祭文　〈送權秀才序〉，貞元十二年，二十九歲
〈祭田橫文〉，貞元十一年，二十八歲
〈祭鄭夫人文〉，貞元十一年，二十八歲

碑誌　〈李元賓墓銘并序〉，貞元十一年，二十八歲

銘　〈瘞硯銘〉，貞元八年以後，二十五歲以後

傳　〈毛穎傳〉（註十七）

綜觀以上各文，韓愈在貞元十年、即二十七歲之前，其文章在體製上，比起前輩古文家，並沒有特殊之處，換言之，他的「文以載道」和「陳言務去」的兩大主張，此時尚未顯露出來。但就在李觀去世的隔年，韓愈在文章體製和鑄詞造句兩方面開始出現李觀文章的特色，特別是碑誌文和祭文方面。其後韓愈更加用其匠心，別出心裁，發揚光大，終於成爲韓愈最受推崇的兩種文體。（註十八）

關於碑誌文，韓愈三十歲以前只寫了一篇，即〈李元賓墓銘並序〉，爲便於討論，先錄其全文於下：

李觀，字元賓，其先隴西人也。始來自江之東，年二十四舉進士，三年登上第。又舉博

學宏詞，得太子校書，一年，年二十九客死于京師。既歛之三日，友人博陵崔弘禮葬之于國東門之外七里，鄉曰慶義，原曰嵩原。友人韓愈書石以誌之，辭曰：已虖元賓！壽也者，吾不知其所慕；夭也者，吾不知其所惡。生而不淑，孰謂其壽；死而不朽，孰謂其夭。已虖元賓！才高乎當世，而行出乎古人。已虖元賓！竟何爲哉！竟何爲哉！

此文的「序」，用最簡潔的古文筆觸書寫，一洗凡俗常見的冗詞贅語之弊。「銘」的部分，駢散與有韻無韻雜糅，而且其中的韻還可以視爲複式押韻，正是李觀擅長的手法。李觀〈故人墓銘并序〉的「銘」詞爲：

君加我以義，我求子以心。學不愧古，人不侔今。周旋二人，久用欽欽。素書東來，告君之亡。不屨而步，不言而傷。琴不破，劍不懸。非不能之，顧無贖焉。松爲薪，壟爲田。而此數字，不更於淵。

此銘一句三、四、五字不等，韓文則三、四、五、六字不等；此銘對墓主以「君」「我」稱呼，韓文則以「元賓」、「吾」相稱；此銘造句避免駢儷雕飾，韓文亦然。古人常以模仿親友的文風撰文作爲紀念，（註十九）筆者認爲韓愈此文正是如此，這可以說明韓愈對於李觀的寫作技巧知之甚明。

至於祭文，三十歲以前有兩篇，都寫於二十八歲。〈祭田橫文〉的祭辭部分，雖然兩句一韻、數韻後換韻的形式同於前人，但每句長短不一，最長十字，最短五字，長短幅度遠大於古人，而出現九，七。六，十。七，十。五，七。六，六。七，九。六，六。六，七。六，六。六，七。六，六。的架構（。表示韻腳），其中各句字數多寡又形成一重韻律，讀者試加誦讀便知。再者，古文句法和駢文句法交雜使用，如「事有曠百世而相感者」、「余既博觀乎天下」、「當秦氏之敗亂」，純爲古文句法；「苟余行之不迷，雖顛沛其何傷」、「跽陳辭而薦酒，魂髣髴而來享」，純爲駢文句法；至於「孰爲使余歔欷而不可攀」、「曷有庶幾乎夫子之所爲」、「嗟余去此其從誰」，則雜糅駢散；因而使整篇銘詞呈現嶄新的面貌，讓人想起李觀的〈涇州王將軍文〉。

韓愈三歲而孤，靠伯兄韓會與嫂鄭夫人撫育，韓愈至爲感念。〈祭鄭夫人文〉多四字句且兩句一韻，但前半與後半各有一段無韻，形成無韻、有韻、無韻、有韻的結構，這讓我們想起李觀的〈苦雨賦〉。而文末又有一段引文，以古文行文，卻有韻腳，「昔在韶州之行，受命于元兄，曰：爾幼養於嫂，喪服必以朞。今其敢忘，天實臨之。」其中朞、之二字押韻，這種模式又讓人想起李觀〈郊天頌〉中「於斯時也，歲在子，月在子」。

以上舉出的僅寥寥三篇，自然不能證明韓愈的確在相當程度上依循李觀的創作路數。但繼續考察韓愈三十歲以後的名作，則可看出端倪。

以碑誌文言，筆者曾撰文指出：在「序」的部分，李觀〈故人墓銘并序〉全篇發表議論，為古來未曾一見的寫法，對韓愈喜在碑誌文中發議論，如〈殿中侍御史李君墓誌銘并序〉等，當有一定影響。又韓文的「序」喜用對話，約佔此類作品的三分之二，如〈故幽州節度判官贈給事中清河張君墓誌銘并序〉等，這也是李觀的創發。在「銘」的部分，筆者則歸納韓文有三個特色，一為打破整齊句法，如〈河南少尹李公墓誌銘并序〉等，二為韻腳配置方求變化，如〈故江南西道觀察使贈左散騎常侍太原王公墓誌銘并序〉等，三為雜用古韻，如〈唐故檢校尚書左僕射右龍武軍統軍劉公墓誌銘并序〉等；其中第一、第二兩項，正是李觀的擅場。

祭文方面，筆者也曾撰文指出：唐代早期古文家的改革極為有限，到李觀才有可觀，其後則是韓愈。李觀〈哀吾邱子文〉全篇夾敘夾議，又以吾邱子對孔子問為其內容主體，頗有先秦諸子文的韻味，雖屬古文，但韻腳錯落雜出，體裁別緻，可說在改造舊體和開發新內容。〈弔韓弇沒胡中文〉則序文與弔辭融合為一，前半是散是韻安排得難以區別，這也是李觀的拿手技巧，已見於上節所引諸文。筆者認為韓愈在哀祭文的成就有三方面：一是改造舊體，如〈潮州祭神文〉第二首的特殊韻腳，二是開發新內容，如詳述兩人友誼的〈歐陽生哀辭〉，三是創造新體，如散行無韻的〈祭十二郎文〉；而前二者李觀已導夫先路，這說明了在哀祭文方面，韓愈也是依循李覯原有的路線繼續發展的。

總之，碑誌文與哀祭文，韓愈都達到創作的高峰，是古今此類文章的分水嶺，本節僅述大端，其細節筆者曾先後發表〈韓愈冢墓碑誌文與前人之異同及其對後世之影響〉、（註二十）〈唐宋哀祭文的發展〉（註二一）兩文加以分析，均詳舉事例加以說明，此處似可不必重述，尚請方家自行參考並不吝批評指教。

碑傳文與哀祭文之外，韓愈其他文章亦有運用此類技巧處，茲不能亦不必全部舉證，舉二三篇說之。先以〈進學解〉爲例。首論題目：所謂「解」，本是漢人闡釋古籍文意之稱，如韋昭《國語解詁》之類，而非短文文體之一種，韓愈則創爲新文體。說者謂韓愈〈進學解〉模仿東方朔〈答客難〉及揚雄〈解嘲〉，（註二二）乃指三文均以答客問的問答方式行文。揚雄〈解嘲〉的題目標示的是文章的內容，「解」字是動詞，並非正式的文體名稱，韓愈的〈進學解〉的「解」字才是文體的名稱。再論行文：〈進學解〉既爲新創文體，貌似古文，讀之「詰曲聱牙」，但又雜以六朝駢句，如「冬暖而兒號寒，年豐而妻啼飢」之類；貌似散文，但又雜以韻文，韻文又往往韻近互押。全文均如上述，以文章頗長，逐一分析，太費篇幅，茲僅錄起首一段分析之：

國子先生晨入太學，招諸生立館下，誨之曰：「業精于勤，荒于嬉。行成于思，毀于隨。方今聖賢相逢，治具畢張。拔去兇邪，登崇畯良。占小善者率以錄，名一藝者無不庸。爬羅剔抉，刮垢磨光。蓋有幸而獲選，孰云多而不揚。諸生業患不能精，無患有司之不明。行患不能成，無患有司之不公。」

此段是無韻、有韻交替出現的文字。從首句至「誨之曰」，無韻。「占小善者率以錄，名一藝者無不庸」兩句也無韻。其餘「業精于勤」四句，《廣韻》嬉、思在「之」韻，隨在「支」韻，而三字《韻府群玉》都在「支」韻。《廣韻》張、良、揚在「陽」韻，光在「唐」韻，而四字《韻府群玉》都在「陽」韻。《廣韻》精、成在「清」韻，明在「庚」韻，而三字《韻府群玉》都在「庚」韻。而作爲結束的末句「公」字《廣韻》與《韻府群玉》都在「東」韻，獨不與上三句押韻，這是引起以下無韻的四句的手法，可使韻文巧妙的轉爲散文，這讓人想起李觀〈古受降城銘并序〉中在韻文之後以「壯乎哉而難斷之」一句無韻之文引起後面的散文的手法。至於有韻無韻交替出現，其靈感來源，吾人固可謂之爲模仿先秦古籍散文中偶見雜有若干片段的韻文的方式，但若就年代相近而言，此手法乃承襲自李觀〈苦雨賦〉（詳上節）。

再舉〈後漢三賢贊三首〉爲例。第一首〈王充〉是四字一句、兩句一韻的整齊韻文，第二首〈王符〉基本上也是四字一句、兩句一韻的韻文，但「述赦之篇，以赦爲賊」兩句獨不與上下文押韻，「賊」字並無異文，並非版本有誤，這讓人想起李觀〈古受降城銘并序〉中「前有濁河，濁河自流」兩句也不和前後文押韻的例子，可以證明這是避免全文過度整齊的一種技巧。第三首〈仲長統〉，運用的技巧更爲多樣，茲先錄其全文如下：

> 仲長統公理，山陽高平，謂高幹有雄志而無雄才，其後果敗，以此有聲。俶儻敢言，語默無常，人以爲狂生。州群會召，稱疾不就，著論見情。初舉尚書郎，後參丞相軍事，辛不至于榮。論說古今，發憤著書，《昌言》是名。友人繆襲，稱其文章，足繼西京。四十一終，何其短邪，嗚呼先生。

「贊」之爲體，漢代史傳多爲無韻散文，八代則多屬韻文。韓愈此文，自始至終沒有駢句，前大半句型參差不一，後小半四字一句，乍一讀之，似爲無韻之史傳散文，但《廣韻》平、生、榮、京、生爲「清」韻，聲、情、名爲「庚」韻，而《韻府群玉》則八個韻腳字都屬「庚」韻，所以曾國藩說：「三句用韻，略仿秦碑。」（註一三）所謂秦碑，是指秦嶧山碑，其前半每句四字，每三句末字爲韻腳；韓文後小半模仿嶧山碑，但前大半句型參差，也不一定三句一韻，所以曾國藩說是「略仿秦碑」。此文用韻方法，又見於〈故江南西道觀察使贈左散騎常侍太原王公墓誌銘并序〉，該文用韻又比此文複雜，可見韓愈對於技巧的使用既有強烈意識又肯用其匠心。但如推究其最初所受啓發，仍不能不歸源於李觀已經使用的在散文中暗藏韻文的手法，如〈古受降城銘并序〉中「重難畜之民」那段（詳上節）。

四　結論

韓愈之能成爲大文宗，不論在內容上或技巧上，多方吸取前人的精華，再別出心裁加以炮製，以成千古絕唱，此點乃是無可置疑的。若欲指出韓文與前人的異同，在內容上，主要需從思想上作較宏觀的考察；在技巧上，則需從寫作時的匠心上作較微觀的分析。

就內容層面言，李、韓二人對儒學的觀點不盡相同，李觀雖然極度推崇孔子，見其〈謁夫子廟文〉、〈請修太學書〉，但不否定道家，見其〈道士劉宏山院壁記〉、〈通儒道說〉，這和韓愈兼排佛老的態度很不相同，所以無法說韓愈在「文以載道」的主張上曾受到李觀的影響。可以討論的是寫作技巧的層面。

前代論韓文，喜稱其「來歷」，或稱韓文無一字無來歷，或稱某文的某些字句學前代某文。（註二四）但此類研究，往往沒有從作者如何經營全篇的角度去觀察分析，因而顯得太瑣碎。另一類則直接將韓文某篇和古人的某篇相比附，如明代楊慎稱：

> 唐余知古〈與歐陽生論文書〉云：「韓退之作〈原道〉，則崔豹〈答牛亨書〉；作〈諱辨〉，則張昭〈論舊名〉；作〈毛穎傳〉，則袁淑太〈蘭王九錫〉；作〈送窮文〉，則

揚子雲〈逐貧賦〉。」（註二五）

余知古是唐文宗時人，楊愼所引，茲不知所出。此一觀察，指出的是韓愈該數文「文意」之所出，亦即在內容方面「奪胎換骨」，自能協助讀者從另一層面了解韓愈，但此種比附，不能指出該數文寫作技巧之所出。至如方苞對〈獨孤申叔哀辭〉用六個「邪」字的寫作方式，評論道：

此文蓋學〈天問〉。（註二六）

其觀察的角度，介乎一字一句來源的考證和兩文概略的比附之間，而包括篇章結構和遣辭造語在內，乃是較易顯現韓文所受影響的方式，也是本文採取的主要方式。只是儘管前人對韓愈研究已多，用本文的方式去分析韓愈究竟如何受到前輩、時人和友人在寫作技巧方面的影響，似乎尚不多見。

本文認爲：韓愈能夠成爲大文宗的最大理由，除了以「文以載道」揭示了文章的社會價值之外，主要在「陳言務去」方面做到了文章體製和鑄詞造句兩方面的革新，活化了垂垂欲斃的舊文體。儘管在古文方面，韓愈的先驅者們，都在某一程度上改善文章駢儷浮華的作風，譬如李華的〈弔古戰場文〉，在文氣和文句上實踐了他自己的「不今不古」的主張，但若考察個別作者的全部作品，筆者認爲：在創新體製和鑄造新詞語（含用韻）方面，沒有人比李觀的幅度大。李觀死後，韓愈文章在寫作技巧方面繼承了李觀的路線，並將之發揚到了極致。

據此，回頭檢討陸希聲以李「辭」韓「質」來區分二人，並說「元賓尚於辭，故辭勝其質；退之尚於質，故質勝其辭。退之雖窮老不休，終不能爲元賓之辭；假使元賓後退之死，亦不能及退之之質。此所以不相高也」，筆者並不認同，因爲李觀對於所謂「文質」是有自覺的，而韓愈後來在「辭」的方面則將李觀「辭」的路數發揚光大，不僅是「質」光照古今而已，「辭」也超越李觀，所以筆者不贊成陸希聲的評論。四庫館臣和李慈銘將李觀和劉蛻、孫樵相比，那是文章整體的評價，包含內容和風格等方面，其議題不是本文關心的重點，所以本文不擬討論。至於王士禎稱李觀寫給孟簡和奚員外的書信直如使酒罵座，倒確實能反映李觀少年負氣的個性，怪不得連韓愈也說李觀的心胸「其中狹隘不能包容」。（註二七）

本文以李觀爲例，試圖說明李觀對韓愈的影響之所在。至於其他友人或當時名家對韓愈影響如何，或許也可用此法研究探討。

注釋

編按　葉國良　臺灣大學中國文學系教授。

註一　較完整的論述，請參羅聯添：《韓愈研究》（臺北市：臺灣學生書局，一九八八年），第四、五、六、七章。

註二　李觀一八歲兩度受鄉薦事，見《李元賓文集》（臺北市：藝文印書館，百部叢書集成），卷四〈與張宇侍御書〉；貞元六年兩度落第事，見卷五〈報弟兌書〉；貞元八年又舉博學宏詞事，見卷五所附〈貞元八年宏詞試中和節詔賜公卿尺〉詩。至於何年入京，王南冰：〈李觀與韓愈交游考〉，認為在貞元四年，但未舉實證。文載《現代語文．文學研究版》（曲阜：曲阜師範大學），二〇〇七年九月，頁一六。按：《李元賓文集》卷六〈弔漢武帝文并序〉有「戊辰歲秋八月，周覽秦原，次茂陵之下」云云，戊辰即貞元四年，似可為王說之證。但《唐文拾遺》（臺北市：文海出版社，一九六二年）指出〈弔漢武帝文并序〉又見於明刊本《歐陽行周集》，「與李觀所作，字句不同」，則該文究為李觀作，或為歐陽詹作，尚待確認，王說又不可必。本文姑從一般說法。

註三　參前注王南冰：〈李觀與韓愈交游考〉，頁一六－一七。

註四　文見〈李元賓墓銘〉、〈瘞硯銘〉、〈答李秀才書〉，分載馬其昶：《韓昌黎文集校注》，卷六、卷八、卷三。詩見〈北極一首贈李觀〉、〈重雲一首李觀疾贈之〉，載錢仲聯：《韓昌黎詩繫年集釋》，卷一。二書合印為《韓昌黎集》（臺北市：河洛圖書出版社，影印本，一九七五年）。

註五　馬其昶：《韓昌黎文集校注》，卷六。

註六　〔唐〕李翱：《李文公集》（臺北市：臺灣商務印書館，影印文淵閣四庫全書），卷七。

註　七　唐人推崇揚雄者極多，如韓愈〈重答張籍書〉稱「己之道，乃夫子、孟軻、揚雄所傳之道也」，〈進學解〉稱「子雲、相如，同工異曲」。張籍〈上韓昌黎第二書〉（《全唐文》，卷六八四）稱「後孟子之世，發明其學者，揚雄之徒，咸自作書」。

註　八　〔唐〕李觀：《李元賓文集》，卷首。

註　九　同前註。

註　十　〔清〕王士禎：《池北偶談》（臺北市：臺灣商務印書館，影印文淵閣四庫全書），卷一六。按：《李元賓文集》有文四十九篇，王士禎文中稱五十篇者，乃舉成數而言。

註十一　《四庫全書總目提要》（臺北市：藝文印書館影印本，一九八九年），卷一五〇。

註十二　〔清〕李慈銘：《桃花聖解盦日記》（臺北市：文海出版社，一九六三年），庚集，頁七六。

註十三　關於唐代古文家的文論，可參潘呂棋昌：《蕭穎士研究》（臺北市：文史哲出版社，一九八三年），第七章第二節〈文學思想〉，該節歷述陳子昂、盧藏用、富嘉謨、元德秀、蕭穎士、李華、賈至、顏眞卿、韓會、陳晉、蕭存、獨孤及、韓愈、李舟、裴度等十五人之文論。關於韓愈，可參羅聯添：《韓愈研究》，第六章〈文學理論〉。

註十四　以上李華文分見《全唐文》（臺北市：匯文書局，影印本），卷三一七—三一八。梁肅文見卷五一八。

註十五　本文判斷是否合韻，依據《廣韻》。所謂韻近，則指《廣韻》雖屬不同韻目，元代陰時夫：《韻府群玉》卻列爲同一韻目或相近韻部。

註十六　見〔宋〕歐陽脩：《歐陽脩全集》（臺北市：河洛圖書出版社，影印本，一九七五年），卷五，〈詩話〉。

註十七　說者或謂〈答張籍書〉作於貞元十一年，或謂十二年，或謂十三年，而書中「無實駁雜之說」指〈毛穎傳〉，則〈毛穎傳〉作於〈答張籍書〉以前，〈重答張籍書〉亦在〈答張籍書〉後不久，均在韓愈三十歲以前。但此說證據薄弱，筆者不甚相信。疑三文當在此稍後作，以〈答張籍書〉有「三十而立，四十而不惑，吾於聖人，既過之，猶懼不及，矧今未至，固有所未至耳，請待五六十然後為之，冀其少過也」云云，則似在三十歲以後。又張籍〈上韓昌黎第二書〉有「今執事雖參於戎府，當四海弭兵之際」云云，則應是韓愈三二歲以前尚在幕府時所作，而時已過三十歲。羅聯添先生：〈張籍上韓昌黎書的幾個問題〉一文認為作於貞元一四年冬，時韓愈三十一歲，並歷舉諸不以「無實駁雜之說」指〈毛穎傳〉者之說甚詳，可參。羅文收入《臺靜農先生八十壽慶論文集》（臺北市：聯經出版事業公司，一九八一年）。茲為便參考，仍列如上，而說明如此。

註十八　〔宋〕陸九淵說：「韓文章多見於墓誌、祭文，『洞庭汗漫，粘天無壁』。」見《象山全集》（臺北市：臺灣商務印書館，四部叢刊正編，一九七九年）附《象山語錄》，卷四。

註十九　此意筆者以往已在拙著中提出數次，茲因友朋垂詢，再次舉證。獨孤及卒，其外從祖舅崔祐甫撰〈祭獨孤常州文〉，即刻意模仿獨孤及撰文喜套用古籍成句的習慣，參見拙文：〈唐宋哀祭文的發展〉，載《臺大中文學報》第十八期（臺北市：國立臺灣大學中國文學系，二〇〇三年）。又，《歐陽脩全集》卷三〈論尹師魯墓誌〉云：「脩見韓退之與孟郊聯句，便似孟郊詩；與樊宗師作誌，便似樊文。慕其如此，故師魯之誌，用意特深而語簡，蓋爲師魯文簡而意深。」參考拙文：〈石本與集本碑誌文異同問題研究〉，收入拙著：《石學續探》（臺北市：大安出版社，一九九九年）。

註二十　〈韓愈冢墓碑誌文與前人之異同及其對後世之影響〉，收入拙著：《石學蠡探》（臺北市：大安出版社，一九八九年）。

註二一　〈唐宋哀祭文的發展〉，刊載《臺大中文學報》第十八期。

註二二　參馬其昶：《韓昌黎文集校注》，卷一〈進學解〉引曾國藩語。

註二三　〔清〕曾國藩：《經史百家雜鈔》，卷七〈後漢三賢贊三首〉文後按語。

註二四　這方面較完整的整理，請參羅聯添：《韓愈研究》，第七章〈韓文評論〉。

註二五　〔明〕楊慎：《丹鉛雜錄》（臺北市：藝文印書館，百部叢書集成，一九六八年），卷七「余知古」條。

註二六　馬其昶：《韓昌黎文集校注》，卷五，〈獨孤申叔哀辭〉注引。

註二七　馬其昶：《韓昌黎文集校注》，卷三，〈答李秀才書〉。

韓愈走進潮州方志

——以《永樂大典》所載潮州方志的記事爲範圍的考察

陳金木

摘要

本題以《永樂大典》所載潮州方志爲文本，從一、韓愈刺潮始末。二、《永樂大典》所載《潮州志》。三、《潮州方志》韓愈話潮州。四、潮州韓愈的歷史圖像（內分：公署、學校、教化、詩文、遺跡、祠堂六項）。五、潮州韓愈的歷史時空。共五個章節來論述韓愈走進潮州地方志的「記事」。

關鍵詞

韓愈、潮州、永樂大典、潮州方志、記事

一　韓愈刺潮八月

《舊唐書．韓愈傳》記載元和十四年（八一九）正月，唐憲宗派員到鳳翔法門寺的護國眞身塔迎接「釋迦文佛指骨一節」，以其「其書本傳法，三十年一開，開則歲豐人泰」，自皇宮光順門入大內，留置宮中三日，乃送諸寺。朝廷上自王公士庶，下至平民百姓莫不奔走捨施，以求供養。韓愈上〈諫迎佛骨表〉極力勸阻。憲宗大怒，準備對他處以死刑，幸經朝臣貴戚求情，遂免一死，而革掉他刑部侍郎職務，貶到潮州（今廣東潮州）任刺史。（註一）

韓愈被貶爲潮州刺史，南下潮州途中，行至關內道京兆府藍田縣的藍關時遇大風雪，馬車無法前進，此時其侄孫韓湘（即韓老成「十二郎」之子）由京師趕來同行，韓愈寫下：「一封朝奏九重天，夕貶潮州路八千；欲爲聖明除弊事，肯將衰朽惜殘年。雲橫秦嶺家何在？雪擁藍關馬不前。知汝此來應有意，好收吾骨瘴江邊。」（〈左遷至藍關示侄孫湘〉），（註二）感念韓湘千里同行而作。詩中亦點出官場中，禍福升降的瞬息萬變，道盡了仕途坎坷的遺憾。韓愈既想忠君報國而義無反顧，也對前途渺茫生死未卜而慨嘆。思想極爲複雜，心境高度壓抑，所有的念頭均因「貶」而發。含蓄的寫下因爲直言進諫「除弊事」，而落得以五十二歲的衰老之年，貶謫至距京城八千里的潮州，要其侄孫有「好收吾骨瘴江邊」最壞的打算。其間悲痛憤恨之情，不言而喻。

韓愈在元和十四年正月十四日隻身乘驛從京城出發，三月下旬，家人於興江口會合，四月二十五日抵達潮州。十月，韓愈改授袁州刺史，十二月聞令，十五年正月至韶州，閏正月八日至袁州。（註三）總計韓愈在潮州的時間僅有將近八個月的時間。《舊唐書．韓愈傳》記載他的施政作爲有「釋奴婢以養民、驅鱷魚以保民」，（註四）皇甫湜〈韓文公神道碑〉則多載「生鮮於稻蟹，不暴民物」，（註五）韓愈〈請置鄉校牒〉則載有敦請當地秀才趙德，興辦州學，「以督生徒，興愷悌之風。」（註六）

二　永樂大典所載潮州志

明太祖已有修纂類書「編輯經史百家之言爲《類要》」的計畫，但未修成。明成祖即位後，即令解縉召集一百四十七人編修「凡書契以來經史子集百家之書，至於天文、地志、陰陽、醫卜、僧道、技藝之言，備輯爲一書，毋厭浩繁。」永樂二年（一四〇四）書成，名爲《文獻集成》；明成祖以爲「所纂尚多未備」。永樂三年（一四〇五）再命姚廣孝、鄭賜、劉季篪、解縉等人動用編寫人員朝野上下共二千一百六十九人重修，且啓用了南京文淵閣的全部藏書，永樂五年（一四〇七）定稿進呈，明成祖親自爲序，並命名爲《永樂大典》，清抄至永樂六年（一四〇八）冬天才正式成書。修書過程對所收錄的書籍沒有做任何修改，採用兼收並取的方式，保持了書籍原始的內容。原書只有一部，現今存世的爲明世宗嘉靖年間的抄本。原書的去向引起文史學界的諸多猜測。一般認爲，大批書毀於明清之際的戰火，也有人提出可能作爲嘉靖皇帝殉葬品埋入永陵，有些學者稱之爲未解之謎。（註七）

《永樂大典》收錄中國明代之前的圖書文獻近八千種，內容包括十三經、史書、子書、集部、釋藏、道經、農藝、戲劇、工技等各類典籍文章，采掇搜羅，浩繁淵博。全書以《洪武正韻》爲綱，「用韻以統字，用字以繫事」，按韻列單字，先注明每一字的音義，次錄各韻字的反切與解說，再行記錄楷篆隸各書寫體，匯輯與此字有關的各種資料，乃至於抄錄整本書、整篇內容，全文錄入，一字不改。書名和作者名稱，用紅字寫出。清代修書者，多從《永樂大典》中輯出未見或佚失的典籍。（註八）此後《永樂大典》相繼散佚，光緒二十六年（一九〇〇）八國聯軍侵入北京，六月二十三日翰林院遭縱火，《永樂大典》幾乎全部遭到焚毀，所餘無幾。民國以後散佚至各國的《永樂大典》陸續歸還，私人收藏也有捐給政府者。（註九）《永樂大典》殘本星散於世界各地公私藏家之手，目前散落在八個國家的三十多個單位和個人手中，大約四百冊，八百一十四卷。（註十）不到原書的百分之四。（註十一）二〇〇二年四月大陸中國國家圖書館召開「《永樂大典》編纂六百周年國際研討會」，任繼愈館長呼籲，將其館藏的一百六十一冊依照原書的版式規格、紙張裝幀仿眞出版，希望世界各地藏書機構、收藏家群策群力，共襄盛舉，拿出《永樂大典》原書，提供拍照再版之用。（註十二）現在《永樂大典》電子版現已由日本凱希株式會社出品，北京創新力博數碼科技有限公司爲中國大陸總代理，使

用者能在電腦上進行全文檢索，以利文史工作的閱讀和研究。（註十三）

《永樂大典》的學術價值，在於他的編輯方式幾乎爲「原書整本、整篇、整卷保留」，張忱石等《永樂大典方志輯佚》，即從中華書局本的《永樂大典》七九七卷中，輯佚出九百種的方志。從《永樂大典》輯佚出的方志，蘊藏著唐宋時期科舉與教育制度、農田水利、倉廩、地震、礦產資源、動物植物資源、封建大家族、民俗、古籍版刻、名勝文物及石刻、文學藝術等十一種地方的史料，提供研究政治、經濟、社會、文化等研究之用。也可以補正清人方志輯本的遺闕。（註十四）

廣東潮州，在秦代爲南海郡地，晉及六朝爲義安郡，隋文帝開皇八年（五九〇）始置州，其後「潮州」一名弗改。潮州史志，以清周錫勳乾隆二十八年本（一七四七）爲常見，明郭春震嘉靖二十六年本（一五四七）本全本在日本東京內閣文庫，清吳穎順治十八年（一六六一）本亦少見。（註十五）然此皆爲明清時期的潮州史志。（註十六）《永樂大典》中與潮州有關的方志有「《潮州圖經志》、《潮州府圖經志》、《（潮州府）圖經志》、《潮州志》、《潮州府志》、《三陽志》、《潮州三陽志》、《潮州府三陽志》、《潮州府續三陽志》、《續三陽志》、《三陽圖志》」等十一種之多。此皆未見於後世方志者。（註十七）再以《永樂大典目錄》觀之，卷五三四〇至五三四六，共七卷爲「潮」字號，前三卷爲「事韻一、二、三與詩文」，後四卷「潮州府」。現存《永樂大典》八百一十四卷，僅存五三四三、五三四五「潮州府」兩卷，缺五三四四、五三四六卷。依其目錄得知，卷五三四三爲「總圖、歷代序文、建置沿革、星分野、道里、歸附始末、風俗形勝、城池、壇場、戶口、田賦、土產、官制、公署、學校、古蹟」，卷五三四五爲「文章」。所缺的卷五三四四，則爲「宦蹟、人物、紀異、山川、宮室、保里、津渡、隄岸」。饒宗頤稱之「此殘卷自蘇聯取回，現得影印流通，可謂奇蹟。明以前潮州遺聞舊事，賴以保存不鮮，有裨於文獻多矣。」（註十八）

三　潮州方志韓愈話潮州

潮州（指古潮州，包括現在的潮汕地區），地處亞熱帶，南瀕大海，氣候宜人，地貌以平原丘陵爲主。清涼的山川氣候孕育了和樂淳美的民性風俗。秦漢兩代，秦皇南征軍眾和漢帝平越大軍曾至這「百越蠻荒」居留；西晉永嘉之亂後，又有大量中原士民成批移居潮地。但是在唐代君王的眼中，潮州仍然是偏僻荒涼的蠻荒之地，也是懲罰有罪之臣的流放地。韓愈因爲諫迎佛骨，被唐憲宗貶謫到潮州。韓愈在潮州八月，「驅鱷除害、關心農桑、贖放奴婢、延師興學」的四大施政措施，贏得潮州人民千年的尊敬和懷念。《三陽志・公署》記錄著：「城之東有溪其水自循、梅、汀、贛而下，曰鱷渚者，以韓公驅鱷於此而得名也。蓋潮之爲郡，實與閩越、江西接壤，處廣地之極東界，自唐韓子謫居於此，其名由是而益重，豈非地因人而勝也歟。」（註十九）與「若夫一潮州耳，或曰金城者，以是山舊屬於金山。曰鳳水者，以鳳凰山一

水緣溪而出。曰鱷渚，以韓公驅鱷之舊。曰揭陽，蓋有取於古。曰潮陽，又郡之通稱。而潮之軍事則治餘海陽焉。」（註二十）

韓愈在潮州八月所創作的詩作有十九題，文章有十題。輯自《永樂大典》的潮州十一種方志，載錄韓愈的文章有：〈請置鄉校牒〉、〈潮州謝孔大夫狀〉、〈祭鱷魚文〉、〈祭界石神文〉、〈祭城隍文〉、〈祭大湖神文〉等六題。載錄韓愈的詩作有〈初南食貽元十八協律〉、〈答柳柳州食蝦蟆〉、〈別趙子德〉等三題。韓愈所創作詩文中，對於潮州的地理環境、人文風貌、民眾生活、施政措施等等都有敘寫與論述。潮州方志除了在「文章」類目中載錄原文之外，也多有據韓愈詩文加以討論者。

《（潮州府）圖經志·氣候》即據韓愈〈潮州謝孔大夫狀〉討論潮州的氣候，記錄著「長孫無忌作《隋志》云：『嶺南二十餘郡，大率土地下濕，多瘴癘。』韓公〈謝表〉亦云：『毒霧瘴氛日夕發作。』蓋因地卑土薄陰陽之氣偏，一歲之間，暑熱過半，晝燠夜寒，晴燠雨寒晨夕霧昏，春夏雨淫，潮之氣候，大抵然也。然今此州民繁夥，風氣頓殊。至今或有霜霰，非曩日比矣。至若寒暄不時，嗜欲無節，則在在皆瘴又在調護何如耳。陳文惠公〈寄題漳浦縣詩〉云：『漳浦從來瘴霧深，潮陽南去更難禁。當時三載曾無事，不放閑愁入寸心。』此眞籞瘴方也。」（註二一）

《（潮州府）圖經志·至到》記錄潮州到南康郡的交通路線有兩線，其中一線即援引韓愈

〈潮州謝孔大夫狀〉與〈瀧吏詩〉，作爲論證，稱：「《通典》所紀乃云：『北至南康郡千五百六十有七里。』而南康郡亦云：『東南至潮陽郡一千五百六十有五里。』雖與今之地勢違，然州於唐初隸江南道，而南康與贛州向互爲廢置，贛州或爲南康郡，則界於南康，理固然也。若夫由惠至廣，不過五日，舟行亦止三四日，通二時有一程。韓昌黎〈謝上表〉乃云：『去廣府纔二千里，來往動皆旬月』，豈其自梅溪一水泝流而上耶？今之趨廣，兼有西自循梅往者，較諸南路爲差近，但嶺路險澀，不若南路之坦且平。《圖志》云：『又逆流之遲，不若陸行之疾也。』由廣至韶，雖曰泝流，亦不過十餘日，通而言之，亦不過月日，公之〈瀧吏詩〉，至韶陽作也，乃曰：『下此三千里，有州始名潮。』恐亦不至若是其遠者。其詩又曰：『州南數十里，有海無天地。』今自南達於海，其地曰鮀浦，去州八十里。由東而進，其地曰小江，亦將五十里。概不止於韓公所云也。《圖志》云：『韓詩云然，蓋未可曉，無乃十數爲數十耶？』姑記之，以待知者。」（註二二）

《（潮州府）圖經志・戶口》在論述潮州人口數時，除了引用《通典》、《新唐書》、《九域志》之外，也引據韓愈〈請置鄉校牒〉。稱：「唐杜佑作《通典》，載潮陽郡戶有一萬三百二十四，口五萬一千六百七十四。韓愈〈請置鄉校牒〉亦曰：『此州戶有萬餘。』迨歐陽脩作《唐書・誌》乃云：『戶有四千四百二十，口二萬六千七百四十五。』且損於杜佑、韓愈之所紀，何哉？宋朝開寶初，有戶三萬餘。迨元豐間《九域志》成，主客戶計七萬四千六百八十二，比於唐時，七倍其數。比歲以來，總稅客戶與蛋戶言之，以戶計者，一十三萬五千九百九十八；以口計者，一十四萬五千七百三十二。較之於古，不啻百倍，自今已往，不其愈盛哉？」（註二三）由此可知自韓愈貶潮之後，潮州的社會歷史則加快前進的步伐，到了宋代，潮州人口迅速增多，由唐元和年間的一萬零三百二十四戶，猛增到北宋元豐年間的七萬四千六百八十二戶與南宋淳祐年間的一十三萬五千九百九十八戶。隨著人口激增，潮州的經濟文化也迅速發展，並逐步趕上了中原和江淮地區的發展水平。（註二四）

四　潮州韓愈的歷史圖像

（一）公署

《三陽志．風俗形勝》詳細記載著唐代韓愈在元和十四年（八一九）當時的郡治處所，韓愈離開潮州之後，一直到北宋眞宗咸平二年（九九九）陳堯佐擔任潮州通判時，這一百八十年的變革情形。稱：「郡左有溪，北自循、梅、汀、贛下溪之東，其地曰鴨湖故圖經所載曰古郡治。基址頹毀，漫不可考，惟居民揮鋤者，時得瓦磚百千數於畦壤間。其制異今，或以爲古壘，唐刺史韓文公嘗治焉。夫郡治之故存鴨湖，或未可必。若曰韓公嘗治焉，則大不然者。今郡西有李公亭，始於唐貞元之十三年，其亭記亦是年作也，固曰「亭爲觀稼之地，在郡西隅」。今亭廢已久，惟故址與記尚在。鴨湖視之，亦處於西。然謂之西隅，則爲今之郡治形勢合矣。韓公刺潮，元和十四年也，其去貞元二十有一載，則韓公之時郡治已遷於今矣。謹按今之郡治，實基於金山之麓，其狀若屏之隱起，州子城環是山而基之。州治之前，手詔、頒春二亭在焉。自南門入次，則鼓門。門之西，理院在焉。次則儀門，翼以廊廡，甲狀二庫東西對峙。庫之西，省庫在焉。設廳峙其中。城東西門自廳之兩腋以出，州院舊倅廳居其東，米鹽二倉、閱武堂居其西。幕椽法曹諸廨列其後。太守之廳事由儀門東偏以入公堂之後，其堂有二：東曰宣美，北曰清心，燕寢之室實肘之。益東而南向，有堂曰明遠，後更爲思韓，爲文公設也。由堂之東梯城以上，有亭曰疊翠，其亭額陳文惠公筆也。」（註二五）

（二）學校（註二六）

唐代德宗時，宰相常袞貶謫到潮州，擔任刺使，即致力於州學的教育工作，韓愈在刺潮之後，亦以興學爲重，〈請置鄉校牒〉稱「刺史出己俸百千以爲舉本，收其贏餘，以給學生廚饌。」此稱「千百」，如果屬實，則相當於韓愈八個月的薪俸，（註二七）以如此熱情的實際行動來興辦學校，自然成果豐碩。《三陽圖志．學廩》敘述唐宋時期有關「學校經費」的籌措與開銷時，即先援引〈請置鄉校牒〉，然後一直敘寫到宋代的沿革情形。稱：「按韓公〈請置鄉校牒〉曰：『自出己俸，以爲舉本，收其贏餘，以給生徒廚饌。』當是時，養士之費州自給焉。宋朝以來，庠序大興，教養日盛，州撥田隸於學，歲入以充廩餼。其見於舊圖經祗云元祐間王侯滌嘗少增其數，而多寡俱莫可考。自曹侯登而後，所撥之田具載於籍。養士舊額百有二十人，丁侯允元增五十人，今增至一百八十人，遂爲定額。歲當大比，外增二十人。自曾侯汪始，每科郡二百阡以助其費。贍學田租，令始錄舊數，仍續其所未載者。」（註二八）

《三陽志．學校》在敘述學舍原建在西湖，歷經慶曆、元祐、建炎、紹興等時期的遷徙經過的沿革時，也追溯到韓愈〈請置鄉校牒〉這篇重要的潮州興學的文章。「潮自有郡以來，與學並置。世代更革，莫究其所。唐元和十四年，韓公出刺是邦，〈請置鄉校牒〉曰：『此州學廢日久』，則前乎此固有學，特未有振起之者。按徐師仁〈創學記〉云，學舍舊在西湖，陰陽皆以爲不利。元祐中，王侯滌雖有遷徙之議，病其難而未暇。王公大寶〈遷學記〉云，潮之學凡四遷。慶曆中，建學於東江之湄。元祐四年，徙於西山之麓。七年，遷州之巽維。按舊圖經云，建炎初，元有旨罷神霄宮，其宮故廣法寺也。明年，方侯略即宮爲學。四年，淄流請復舊刹，且願增治故學。張侯思永兩復其舊。紹興二年，學火。越四年，徐侯璋乃遷於今地，至周侯昕實克之。二十一年，教官楊宏以其弊陋，意欲修而力未能。是遂八月，辛侯元振出公帑之餘，鳩工市材。越明年九月，郡二院公珪相與協贊，復爲一新。嗣是隨時繕治非一。」（註二九）

唐代的潮州即包括現今的潮州、汕頭地區，講著是潮汕話。它全國現存最古遠、最特殊的方言，保存豐富的古漢語。潮汕話音韻獨特、辭彙豐富、古樸典雅，富有表現力，語言生動又富幽默感，且保留古音古詞古義多，與其他語言很大區別。由於其爲特定語言封閉系統，所以與現代漢語相差很大，至今還保留著唐宋中原古音。《三陽志・風俗形勝》有一段韓愈在潮州積極推廣以當時的長安官話來替潮州人「正音」。記載：「郡以東，其地曰白瓷窯，曰水南，去城不五七里，乃外操一音，俗謂之不老。或曰韓公出刺之時，以正音爲郡人誨，一失其眞，遂不復變。市井間六七十載以前猶有操是音者，今不聞矣，惟白瓷窯、水南之人相習猶故。籲文公能一潮陽之人於詩書之習，獨不能語音變哉，是未可知者。」（註三十）

(三) 教化

《(潮州府)圖經志・書院・書籍》載錄當時存於書院的圖書版刻資料，期中有韓愈的文集兩種。稱：「郡書舊數十種，歲久漫滅，多不復存。今以見館及新刊者列之於左：中字《韓文公集》並考異一千二百板。中字《韓文公集》（註三一）九百二十五板。（註三二）朱熹撰成《韓文考異》，由袁子質鄭文振逐寫與付梓於潮州，此爲潮州本，朱熹親及見之。（註三三）韓愈在潮州期間，與趙德一起論道論文，韓愈離潮後，趙德已所見所聞陸續加以編輯而成《韓文公集》，共收韓文七十五篇，共分爲六卷，此爲現今可知的最早韓愈詩文集，較韓愈去世後，由其女婿、門人李漢所結集的《昌黎先生集》爲早，實具有文獻校勘的價值。（註三四）在《潮州府續三陽志・人物》並專門列出這位輔佐韓愈在潮州主持州學，振興教育的趙德的傳記：「趙德，初舉進士，沈雅尊靜，通經，有文章，能知先王之道。其論說且排異端，而宗孔氏。韓公刺潮，請置鄉校，命攝海陽尉，專勾當州學督生徒，邦人之益知學自此始。及公移刺袁州，邀之不往，以詩別之有云：『婆娑海水南，簸弄明月珠。』既而授以平生所爲文，德乃次其卷帙，而序之曰文錄。今郡學、韓廟皆祠之，號天水先生。」(註三五) 其實跟據順治《潮州府志》的記載，趙德是唐代宗大曆十三年進士，比韓愈登第早十四年。或許是沒有參加加吏部舉行的「省試」，才沒有機會授官，一直居處於潮州。直到韓愈刺潮時，才發現趙德的品行學識，韓愈稱讚他「沉雅專靜，頗通經，有文章。能知先王之道，論說且排異端而宗孔氏。」於是推薦他擔任海陽縣尉，爲衙推官，專門辦理潮州郡的州學。

(四) 詩文

元和十四年正月，韓愈被貶謫潮州，十四日動身前往，四月二十五日到達，同年十月，韓愈改授袁州刺史，十二月聞令，十五年正月至韶州，閏正月八日至袁州。(註三六) 總計其在潮州時間僅有八個月，所撰寫的文章有：〈論佛骨表〉、〈記宜城驛〉、〈潮州刺使謝上表〉、〈賀冊尊號表〉、〈潮州請置鄉校牒〉、〈鱷魚文〉、〈潮州祭神五首〉、〈潮州謝孔大夫狀〉、〈唐故中散大夫少府監胡良公墓神道碑〉、〈與大顛書〉等十題。(註三七) 輯自《永樂大典》的潮州十一種方志，載錄韓愈的文章有：〈請置鄉校牒〉：「孔子曰：道之以政……收其贏餘，以給學生廚饌。」（註三八）〈潮州謝孔大夫狀〉：「伏奉七月二十七日牒……特蒙眷待，輒此披陳。」（註三九）〈祭鱷魚文〉：「維元和十四年四月二十四日，……必盡殺乃止，其無悔。」（註四十）〈祭界石神文〉：「（或言即三山國王。）維年月日，潮州刺史韓愈，……齋潔以祀，神其鑒之。」（註四一）〈祭城隍文〉：「維年月日，潮州刺史韓某，……神其饗之。」（註四二）〈祭大湖神文〉：「維年月日，潮州刺史韓某，……神其降鑒。」（註四三）又云：「謹以清酌　脩之奠，祈於大湖神之靈曰……神其尚饗。」（註四四）又云：「惟神降依茲土，以庇其人。……以謝厥賜，不敢有所祈。」（註四五）等共六題。另收錄趙德《昌黎文錄序》：「昌黎公，聖人之徒歟！……私曰《文錄》，寶以師氏爲請益依歸之所云。」（註四六）

韓愈在潮州時間所作的詩作有：〈華山女〉、〈左遷至藍關示侄孫湘〉、〈武關西逢配劉吐蕃〉、〈路傍侯〉、〈次鄧州界〉、〈食曲河驛〉、〈過南陽〉、〈題楚昭王廟〉、〈瀧吏〉、〈題臨瀧寺〉、〈晚次宣溪辱韶州張端公使君惠書敘別酬以絕句二章〉、〈過始興江口感懷〉、〈贈別元十八協律六首〉、〈初南食貽元十八協律〉、〈宿曾江口示侄孫湘二首〉、〈答柳柳州食蝦蟇〉、〈琴操十首並序〉、〈量移袁州張韶州端公以詩相賀因酬之〉、〈別趙子〉等十九題。（註四七）輯自《永樂大典》的潮州十一種方志，載錄韓愈的「題詠」有韓愈〈初南食貽元十八協律〉、〈答柳柳州食蝦蟆〉、〈別趙子德〉等三題。（註四八）其又稱：

「《韓昌黎集》中有〈左遷至藍關示姪湘〉及〈瀧吏〉等詩，皆非潮州所作，今不贅錄。」（註四九）也就是潮州方志排除韓愈在謫潮路上，三個多月所寫的詩作十三題。（註五十）

《永樂大典》的潮州十一種方志，亦有載錄後世文人論述韓愈相關文章：《〈潮州府〉圖經志·文章》載錄宋陳堯佐〈招韓文公並序〉、〈戮鱷魚文並序〉蘇東坡〈韓文公廟碑〉、王大寶〈韓木讚〉、陳文惠公〈鱷魚圖讚〉、陳餘慶〈韓山亭記〉、方袷恩〈古亭記〉、元邢世衛〈思韓亭記〉、吳澄〈潮州路重建廟學記〉、〈潮州路韓山書院記〉、劉應雄〈潮陽縣東山張許廟記〉、劉希孟〈潮州路明貺三山國王廟記〉、〈南珠亭記〉。（註五一）《三陽志·詩文》載錄宋陳餘慶〈重修州學記〉、張羔〈仰韓閣記〉、元熊炎〈重建文廟記〉、何民先〈重建水東韓廟記〉、張思敬〈修文廟新田記〉、趙孟僕〈重建潮州韓文公廟記〉、梁祐〈仰韓閣記〉。（註五二）載錄後世論述與韓愈相關題詠有：濂溪先生〈書大顛堂壁〉「退之自謂如夫子，〈原道〉深排釋老非。不識大顛何似者，數書珍重更留衣。」（註五三）其中最值得留意的是一、鄭厚〈寒食登韓亭〉：「燔身介子意何忙，理跡昌黎道更光。慷慨一封論佛骨、流離萬里入蠻鄉。孤芳亭角留韓木，遺愛人心比召棠。勿謂筆端無造化，如何怯鱷似怯羊。」（註五四）與王安石〈送潮州呂使居〉：「韓公揭陽居，戚嗟與死鄰。呂使揭陽去，笑談面生春。當復進趙子，《詩》、《書》相討論。不必移鱷魚，詭怪以疑民。有若大顛者，高材能動人。亦勿與爲禮，聽之汨彝倫。同朝敘朋友，異性接婚姻。恩義乃獨厚，懷哉餘所陳。」（註五五）這兩篇對韓愈的評價兩極的文章。

（五）遺跡

曾楚楠詳考韓愈在潮州地區的遺跡有：白鸚鵡賦碑、鳶飛魚躍碑、（潮陽）靈山寺留衣亭、祭鱷舊址、（普寧）馬嘶岩、（豐順）韓東籠雲、叩齒庵、韓木、曹娥碑題名、謁李渤題名、天慶觀木龜等十一處。（註五六）見諸於《永樂大典》所輯佚出的潮州十一種方志，記載韓愈在潮州的遺跡有三處：一、仰韓門。二、思韓堂。三、仰韓閣。這三處都是潮州民眾感念韓愈刺潮時的施政措施，所建構樹立的「門、堂、閣」。其一：仰韓門：「唐韓愈，元和十四年，以言佛骨事貶刺於潮，遂驅鱷魚，興學校，洞究海俗，不暴民物。掠賣之口，計傭免之，其不能償直者，輒與錢贖，設施度越今古。不逮一年，被旨移袁州。故人思慕之，謂其門曰仰韓門。」（註五七）其二：思韓堂：「思韓堂，在萬卷堂之東。紹定初，孫侯叔謹重建，直院陳常伯貴誼記之。後有亭曰仰鬥，刻韓公像於其中，刻韓公及諸賢墨跡於兩廡，莆田王邁爲之記。」（註五八）其三：仰韓閣：「（神道七）……越三年舟以雨壞，太守常公禕所以處此者，與曾公一概出帑餘爲居民唱，乃命以損其制以便操習，其舟數侈於前者十三。役畢餘力猶裕，遂創傑閣於西岸，以鎮江流，名曰仰韓，以韓文公遺跡實與是閣對也。東顧澤閩嶺橫陳，西望則浰江直瀉。南連滄海，瀰漫而莫恣津涯；北想中原，慷慨而益增懷抱。勢壓滕王閣，雄吞庾亮樓。簷牙共斗柄爭衡，砌玉與地軸接軫。數目張四時之錦，屋廬還萬疊之鱗。溪流滉漾以連空，山色回環而入座。登高寓目，足以豁羈客之愁；對景賦詩，庶幾動騷人之興，固一方之壯觀已。董是役者，軍事推官曹耑。」（註五九）

再者，《三陽志·碑刻》載有：韓文公像（方略刊）、昌黎伯廟碑（東坡撰並書）、燗魚圖（陳文惠公贊）、韓木（註六十）圖（文昌王大寶贊）。（註六一）

（六）祠堂

韓文公祠始建於宋眞宗咸平二年（九九九），由潮州通判陳堯佐於金山麓夫子廟正室東廂闢建「韓吏部祠」，元佑五年（一〇九〇），知州王滌遷至城南七里，蘇軾爲其撰寫了《潮州昌黎伯文公廟碑》。南宋淳熙十六年（一一八九）知軍州事丁允元認爲韓公常游於此並手植橡木，韓公之祠應建於此，遂將城南七里的韓文公祠遷至現在潮州市韓江東岸筆架山麓今址。（註六二）其後幾經變遷，幾經修葺，歷八百年而香火不斷。它是中國現存紀念韓愈的一座歷史最悠久、保存最完整的祠宇。韓文公祠寄託著千年潮人的崇韓心理，也醞含著韓愈刺潮的歷史文化與教育措施等等。（註六三）《三陽志·祠廟》與《（潮州府）圖經志·書院》分別記載著：「州之有祠堂，自昌黎韓公始也。公刺潮凡八月，就有袁州之除。德澤在人，久而不磨，於是邦人祠之，亦畏壘之。民俎豆屍祝，庚桑楚之意。宋咸平二年，陳文惠公倅潮，立公祠於州治之後。元豐七年，詔封昌黎伯。元祐五年，王侯滌乃立廟於州城之南，榜曰昌黎伯廟。則以廟易祠矣。繼世邦人或因守倅之美政足以感人心，寓公之高行足以激流俗，皆爲立祠，以爲後勸云。」（註六四）「（州治基於金山之麓，韓山峙其東，西湖山屹其西，金山盤踞於於其後。）韓山書院，在城內西南。韓山書院，倣四書院之創，地在州城之南，乃昌黎廟舊址也。淳熙己酉，丁侯允元遷其廟於水東之韓山，其地遂墟。淳祐癸卯，鄭侯良臣以韓公有造於潮，書院獨爲闕典，相攸舊地而院之。外敞二門，講堂中峙，扁曰城南書莊。後有堂，扁曰泰山北斗，公之祠在焉。」（註六五）

五　潮州韓愈的歷史時空

韓愈任潮州當刺史雖然只有八個多月，但其一、驅鱷除害，解決蜑民造成生活極大的不便和生命的威脅；二、撰寫〈祭城隍文〉、〈祭界石神文〉、〈又祭止雨文〉，向天神祭告的殷切與眞誠，關心潮州的農桑產業；三、採用「計傭」之法，奴僕以傭計價，以傭抵債，兩者相當時，即還其自由之身，免於終身爲奴的悲慘命運。四、韓愈個人捐資興學外，鼓勵在地的知識份子參與其事，啓用當地人趙德主持州學，極力拉近潮州與中原文化的差距，重視當地民眾願望。韓愈在潮州的施政頗富技巧，且切合潮州人民的需求，因此成就了韓愈在潮州的地位，而潮州也因韓愈，從未開化之地而被譽爲「海濱鄒魯」了。潮州百姓將山川地名，改名爲韓

江、韓山，興建祠堂、廟宇；流傳豐富的民間傳說，文物勝蹟處處，潮州人對韓文公緬懷之深可窺一二。（註六六）

北宋咸平二年（九九九），潮州通判陳堯佐始建潮州韓文公祠于金山麓郡治前夫子廟正室東廂。元祐五年（一〇九〇），知州王滌徙至州南七里，蘇軾爲撰碑記。南宋淳熙十六年（一一八九），由太守丁允元復遷潮州城東筆架山麓。此後經過多次毀廢，多次重建，現在韓文公祠的主體建築，大致還保留著光緒十三年（一八八七）大修後的形態。一九六〇年代，大陸將韓祠列爲文物保護單位，一九八四年，大陸廣東省政府與潮州市政府全面修繕祠堂，並改稱：「潮州市韓愈紀念館」，隸屬於潮州市國家歷史文化名城保護建設委員會辦公室（潮州市文物管理委員會辦公室），專責韓文公祠的管理和保護，以及對韓愈相關史料進行搜集、整理、陳列、宣傳及研究等。祠堂現有三層殿閣。正門有「韓文公祠」匾額，正殿的蹬道有韓愈塑像，周圍爲歷代韓祠碑刻和韓愈筆跡。饒有趣味的是「傳道起文」的碑刻，因字形特殊，竟有多種讀法。庭園有碑廊，保存現代名人評價韓愈的書法碑刻。後山腰爲侍郎閣，閣前有韓愈石雕頭像，閣內祠爲韓愈生平展覽館。（註六七）

廣東潮州地區的客家族群渡海來臺後，在屏東、高雄一帶形成六堆聚落（註六八）。屏東縣內埔鄉的客家鄉民，爲感謝媽祖在橫渡黑水溝時的庇佑而興建天后宮；又因爲感念韓愈的恩惠，景仰他豐富的學識和偉大的人格情操，仍然保存家鄉祭祀韓愈的文化傳承，在清嘉慶八年（一八〇三）興建昌黎祠，兩者在此的比鄰而居（註六九）。是全臺灣唯一祭祀韓愈的廟宇。「昌黎祠」主祀韓愈，左祀趙德先師（韓愈在潮州當刺史的縣尉），右祀韓湘先師（韓愈的姪孫，傳說是八仙之一的韓湘子）。昌黎祠格局雖不大，但樸實典雅，是六堆地區的文教中心，自清代以來便爲文教中心，早年是科舉名師的講學場所，現在廟內則掛滿考生的准考證與祈福卡，希望「嶺南師表」能幫助他們金榜題名。近年來，屏東縣客家事務局都會在韓愈生日的農曆九月九日時，舉辦「韓愈文化祭」，有各類的文教活動與比賽，讓遊客體驗客家族群受韓愈教化的影響。

注釋

編　按　陳金木　明道大學國學研究所教授。

註　一　《舊唐書・韓愈傳》稱「其鳳翔法門寺有護國眞身塔，塔內有釋迦文佛指骨一節，其書本傳法，三十年一開，開則歲豐人泰。十四年正月，上令中使杜英奇押宮人三十人，持香花赴臨皋驛迎佛骨。自光順門入大內，留禁中三日，乃送諸寺。王公士庶，奔走舍施，唯恐在後。百姓有廢業破產、燒頂灼臂而求供養者。愈素不喜佛，上疏諫曰，作（以下爲〈諫迎佛骨表〉，略）。疏奏，憲宗怒甚。間一日，出疏以示宰臣，將加極法。裴度、崔群奏曰：『韓愈上忤尊聽，誠宜得罪，然而非內懷忠懇，不避黜責，豈能至此？伏乞稍賜寬容，以來諫者。』上曰：『愈言我奉佛太過，我猶為容之。至謂東漢奉佛之後，帝王咸致夭促，何言之乖剌也？愈為人臣，敢爾狂妄，固不可赦！』於是人情驚惋，乃至國戚諸貴，亦以罪愈太重，因事言之，乃貶為潮州刺史。」見《舊唐書．韓愈傳》（臺北市：鼎文書局，一九七六年）卷一六〇，頁四二〇〇。

註二　錢仲聯：《韓昌黎詩繫年集釋》（臺北市：學海出版社，一九八五年）下冊，頁一一〇一。

註三　元和十四年（八一九）正月十四日，韓愈單身乘驛赴任，家人留在京師，過秦領，至藍關，姪孫韓湘來會，自藍田入商洛，至武關，南入於楚地，至曲河驛，過南陽，次鄧州界，至宜城縣，過洞庭湖；三月二十五日下武溪至曲江，次臨瀧、宣溪，至始興江口，家人追上同行；自清遠縣至廣州，赴增城，宿增江口，四月二十五日抵達潮州。詳見黃珵喜撰、羅聯添審訂：《韓愈年譜新編》「元和十四年、十五年（八一九－八二〇），五十二、五十三歲」記事，收錄於羅聯添編：《韓愈古文校注彙輯》（臺北市：國立編譯館，二〇〇三年）第四冊《附編》，頁三九一五－三九三一。

註四　《舊唐書．韓愈傳》稱「骸翱初，愈至潮陽，既視事，詢吏民疾苦，皆曰：『郡西湫水有鱷魚，卵而化，長數丈，食民畜產將盡，以是民貧。』居數日，愈往視之，令判官秦濟炮一豚一羊，投之湫水，祝之曰：『（以下〈祭鱷魚文〉略）』設法袁州之俗，男女隸於人者，適約則沒入出錢之家。愈至，設法贖其所沒男女，歸其父母。仍削其俗法，不許隸人。」見《舊唐書．韓愈傳》卷一六〇，頁四二〇二。

註五　皇甫湜〈韓文公神道碑〉稱：「大官謫為州縣簿，不務治。先生臨之，若以資遷。洞究海俗，海夷陶然，碎生鮮魚稻蟹，不暴民物。」見皇甫湜：《皇甫持正集》卷六。引自羅聯添編：《韓愈古文校注彙輯》，第四冊〈附編〉，頁二六三四。

註六　韓愈〈潮州刺史謝上表〉閻琦校注：《韓昌黎文集注釋》（西安市：三秦出版社，二〇〇四年）下冊，頁四〇三－四一〇。

註七　詳見〈目前所見不到原書四%——解《永樂大典》流失之謎〉新華網（www.XINHUANET.com）二〇〇五年八月三日09:00:12，來源：北京科技報http://big5.xinhuanet.com/gate/big5/news.xinhuanet.com/st/2005-08/03/content_3302195.htm與百度百科「永樂大典」條http://baike.baidu.com/view/18483.htm，瀏覽日期：二〇〇八年九月二十二日。

註八　《四庫全書》館臣所輯五一二種書，均見於《四庫全書總目》，包括已失佚的李燾《續資治通鑒長編》、李心傳《建炎以來繫年要錄》、薛居正《舊五代史》、林寶《元和姓纂》、胡瑗《洪範口義》、趙善湘《洪範統一》、《兩朝綱目備要》（佚名）、周巽《性情集》、錢宰《臨安集》、路振《九國志》、《東南紀聞》（佚名）等巨篇。嘉慶中葉修《全唐文》，從中輯出大量唐文，學者徐松又輯出《宋會要》五〇〇卷、《宋中興禮書》三〇〇卷、《中興禮書續編》八〇卷；至清代戴震在四庫館發現《永樂大典》幾乎保存了完整的《水經注》（卷一一一二七至卷一一一四一），酈道元〈水經注序〉原已失佚，也由《永樂大典》保存。其他的輯文還有《析津志》等。

註九　比較可靠的情況是：

㈠嘉靖副本先是存放在故宮東南的皇家檔案庫皇史宬，到清朝雍正年間，又移貯到天安門以南的翰林院敬一亭。

㈡因爲官吏的竊取，英法聯軍的盜購，八國聯軍的焚掠。這些書屢遭厄運，最後散佚甚巨。

㈢康熙年間，在皇史宬發現了嘉靖副本，已佚不少。乾隆三十七年修纂《四庫全書》時，曾清查嘉靖抄本，發現已缺失二四二二卷，一千餘冊。

㈣嘉慶、道光年間修《全唐文》和《大清統一志》時，被翰林院官員又偷盜出一百餘冊。

㈤咸豐十年（一八六〇），英法聯軍侵佔北京，翰林院遭到破壞和搶劫，丟失《大典》不計其數。尤以英軍搶掠最多，作爲戰利品運回本國。此後一些利慾薰心的官吏偷盜《大典》後，「密邇各使館」，以十兩銀子一冊售與洋人。

㈥光緒元年（一八七五）清理《大典》時，僅存五千餘冊。到光緒二十年（一八九四），僅僅二十年就只剩下八百餘冊。

㈦光緒二十六年（一九〇〇）六月，八國聯軍侵入北京，東交民巷成爲戰場，藏書四散。侵略者對《大典》肆意搶掠，甚至用它們代替磚塊，構築工事，《大典》幾乎全部遭到焚毀，倖存的或被侵略者作爲戰利品劫掠而走，或被國內一些懂得此書價值的翻檢拾走。

㈧宣統元年（一九〇八）籌建京師圖書館時，只剩下六十四冊了。

到一九五九年爲止，收集到《永樂大典》原本二一五冊，加上複製副本等，共得七三〇卷，今天國內所倖存者有一九六〇年中華書局影印的《永樂大典》七三〇卷，加上後來從世界各地徵集的六五卷，共計七九五卷。詳見〈目前所見不到原書百分之四——解《永樂大典》流失之謎〉新華網（www.XINHUANET.com）二〇〇五年八月三日09:00:12，來源：北京科技報

http://big5.xinhuanet.com/gate/big5/news.xinhuanet.com/st/2005-08/03/content_3302195.htm，瀏覽日期：二〇〇八年九月二十二日。

註　十　就筆者所知，現存《永樂大典》出版者，以北京中華書局所出版（一九八六年重印）的一六開本十巨冊最爲齊全，共收七九七卷。第十冊爲山西靈石楊氏連筠刻本六十卷的《永樂大典目錄》（厚達七一九頁）。上海辭書出版社於二〇〇三年八月，又出版《海外發現永樂大典十七卷》，此發現自美國二卷、日本二卷、英國五卷、愛爾蘭八卷，凡十七卷，以所取得複件，朱墨兩色套印。因此，總計現存《永樂大典》應該是有八百一十四卷之多。

註十一　《永樂大典》的抄本，大陸北京國家圖書館珍藏近二百二十一冊，臺灣國立故宮博物院存有六十二冊。美國國會圖書館藏有四十一冊，英國各地包括英國圖書館、英國牛津大學圖書館、英國倫敦大學東方語言學校、英國劍橋大學存有五十一冊，德國漢堡大學圖書館、德國科隆大學圖書館、德國柏林人種博物館存有五冊，日本國會圖書館、日本東洋文庫、日本京都大學人文科學研究所、日本京都大學附屬圖書館、日本三理圖書館、日本靜培堂文庫、日本斯道文訓、日本大阪府立圖書館、日本武田長兵衛、日本石黑傳六、日本小川廣己和韓國舊京李王職文庫亦有收集。

註十二　中國國家圖書館編：《〈永樂大典〉編纂六百週年國際研討會論文集》（北京市：北京圖書館出版社，二〇〇三年），頁四。

註十三　詳見百度百科「永樂大典」條http://baike.baidu.com/view/18483.htm，瀏覽日期：二〇〇八年九月二十二日。

註十四 張忱石：〈現存《永樂大典》所見方志史料價值發微〉，收入中國國家圖書館編：《《永樂大典》編纂六〇〇週年國際研討會論文集》，頁一—二三。

註十五 詳見饒宗頤〈潮州志匯編序〉、〈附清以前潮志纂修始末〉二文。饒宗頤編集：《潮州志匯編》（香港：龍門書店，一九六五年）〈序〉，頁一—五；與〈附清以前潮志纂修始末〉，頁一—六。

註十六 詳見饒宗頤：〈廣東潮州舊志考〉，收入饒宗頤：《饒宗頤二十世紀學術文集》（臺北市：新文豐出版公司，二〇〇三年）卷九，頁一二二五—一二三四。

註十七 詳見馬蓉等點校：《永樂大典方志輯佚》（北京市：中華書局，二〇〇四年），第三冊，頁二六〇四—二七八五。

註十八 饒宗頤編集：《潮州志匯編》（香港：龍門書店，一九六五年）〈序〉，頁三。

註十九 馬蓉等點校：《（潮州府）圖經志・州治形勝》，收入《永樂大典方志輯佚》，頁二六一七。

註二十 馬蓉等點校：《三陽志・公署》，收入《永樂大典方志輯佚》，頁二六八五—二六八六。

註二一 馬蓉等點校：《（潮州府）圖經志・氣候》，收入《永樂大典方志輯佚》，頁二六一〇。

註二二 馬蓉等點校：《（潮州府）圖經志・至到》，收入《永樂大典方志輯佚》，頁二六〇八。

註二三 馬蓉等點校：《（潮州府）圖經志・戶口》，收入《永樂大典方志輯佚》，頁二六一二。

註二四 趙松元：〈論韓愈謫潮對潮州民俗生活與群體心理的影響〉，2007-04-28 16:18:11 http://www.chinareviewnews.com，瀏覽日期：二〇〇八年九月二十三日。

註二五　馬蓉等點校：《三陽志・風俗形勝》收入《永樂大典方志輯佚》，頁二六八三－二六八四。

註二六　《（潮州府）圖經志・風俗形勝》載錄有「潮之分域，隸於廣，實古閩越地，其言語嗜欲，與閩之下四州頗類。廣、惠、梅循操土音以與語，則大半不能譯。惟惠之海豐於潮爲近，語音不殊。至潮梅之間，其聲習俗，又與梅陽之人等。州人之知書者，或以爲自文公始。雖然，趙德，潮人也，人不知學，奚而有德，德蓋其知名。公〈請置鄉校牒〉亦曰：「進士明經，百十年間，不聞有貢於王庭者。」則非冥然不知學也。公之意豈亦勉邦人爲進取計，有若閩之舉進士自歐陽詹如之意耶？至〈別趙子詩〉則曰：「海中諸山中，幽子頗不無。」蓋德之學行見於韓集一敘，其隱居求志，不屑於宜春之行，則其當同門合志若德之輩行者，不無人也。自是以後，業儒者益眾。太平興國間，始有聯名桂籍者出，故陳文惠公〈送潮陽李牧主簿詩〉：「潮陽山水東南奇，魚鹽城郭民熙熙。當時爲撰玄聖碑，而今風俗鄒魯爲。」蘇文忠公作〈昌黎廟碑〉云：「潮之人士皆篤於文行，延及齊民，至於今號稱易治。州之士風其概如是。」詳見馬蓉等點校：《（潮州府）圖經志・風俗形勝》，收入《永樂大典方志輯佚》，頁二六〇九－二六一〇。

註二七　曾楚楠引據《李文公集》與《唐會要》，考得刺史爲正四品下階，月俸十二千四百，百千相當於八個多月俸祿。詳見曾楚楠：《韓愈在潮州》（潮州市：文物出版社，一九九三年），頁一五。

註二八　馬蓉等點校：《三陽圖志・學廩》，收入《永樂大典方志輯佚》，頁二七〇一。

註二九　馬蓉等點校：《三陽志・學校》，收入《永樂大典方志輯佚》，頁二七〇一。

註三十　馬蓉等點校：《三陽志．風俗形勝》，收入《永樂大典方志輯佚》，頁二六六六。

註三一　此處「中字《韓文公集》」應指《昌黎文錄》，爲韓愈著，趙德編。此書載錄韓愈謫潮州時贈與趙德的文章七十二篇，爲韓文首次結集。此文集已佚，唯趙德所撰序言尚存，《潮州文概》載有該文。《阮通志．藝文略》、《海陽吳志．藝文略》、《潮州志，藝文志》均著錄。趙德，人稱天水先生，海陽人。唐大曆十三年（七七八）進士。韓愈貶潮爲刺史時，舉趙爲海陽縣尉，衙推官，並掌州學事務，旋愈移官袁州，邀德同往，德婉辭謝。爲潮州前八賢之一，卒祀鄉賢，配享於韓祠。

註三二　馬蓉等點校：《（潮州府）圖經志．書院．書籍》，收入《永樂大典方志輯佚》，頁二七〇三－二七〇四。

註三三　詳見饒宗頤：〈潮州藝文志〉，《饒宗頤二十世紀學術文集》卷九，頁六一一－六一二。

註三四　詳見楊國安：《宋代韓學研究》（北京市：中國社會科學出版社，二〇〇六年），頁一七八－一八四。

註三五　馬蓉等點校：《潮州府續三陽志．人物》，收入《永樂大典方志輯佚》，頁二七五八。

註三六　元和十四年（八一九）正月十四日，韓愈單身乘驛付任，家人留在京師，過秦領，至藍關，侄孫韓湘來會，自藍田入商洛，至武關，南入於楚地，至曲河驛，過南陽，次鄧州界，至宜城縣，過洞庭湖；三月二十五日下武溪至曲江，次臨瀧、宣溪，至始興江口，家人追上同行；自清遠縣至廣州，赴增城，宿增江口，四月二十五日抵達潮州。詳見黃珵喜撰、羅聯添審訂：《韓愈年譜新編》「元和十四年、十五年（八一九－八二〇），五十二、五十三歲」記事，收入羅聯添編：《韓愈古文校注彙輯》第四冊〈附編〉，頁三九一五－三九三一。

註三七　詳見閻琦校注：《韓昌黎文集注釋》所考論者。亦參見陳克明：《韓愈年譜及詩文繫年》（成都市：巴蜀書社，一九九九年）「元和十四年（八一九），五十二歲」，頁五二三－五六九。

註三八　馬蓉等點校：《（潮州府）圖經志・文章》，收入《永樂大典方志輯佚》，頁二六二一。

註三九　同前註，頁二六二二。

註四十　同前註，頁二六二二－二六二三。

註四一　同前註，頁二六二三。

註四二　同前註，頁二六二四。

註四三　同前註，頁二六二四。

註四四　同前註，頁二六二四－二六二五。

註四五　同前註，頁二六二五。

註四六　同前註，頁二六二二。

註四七　此為錢仲聯所考，詳見錢仲聯：《韓昌黎詩繫年集釋》卷十一，下冊，頁一〇九一－一一七八一。並參考陳克明：《韓愈年譜及詩文繫年》「元和十四年（八一九），五十二歲」，頁五二三－五六九。

註四八　馬蓉等點校：《（潮州府）圖經志・題詠》，收入《永樂大典方志輯佚》，頁二六五九－二六六〇。

註四九　馬蓉等點校：《（潮州府）圖經志・題詠》，收入《永樂大典方志輯佚》，頁二二六五九。

註五十　即〈華山女〉、〈左遷至藍關示侄孫湘〉、〈武關西逢配劉吐蕃〉、〈路傍侯〉、〈次鄧州界〉、〈食曲河驛〉、〈過南陽〉、〈題楚昭王廟〉、〈瀧吏〉、〈題臨瀧寺〉、〈晚次宣溪辱韶州張端公使君惠書敘別酬以絕句二章〉、〈過始興江口感懷〉、〈贈別元十八協律六首〉等十三題。

註五一　馬蓉等點校：《（潮州府）圖經志・題詠》，收入《永樂大典方志輯佚》，頁二二六二五－二二六五九。

註五二　馬蓉等點校：《三陽志・詩文》，收入《永樂大典方志輯佚》，頁二二七一九－二二七四六。

註五三　馬蓉等點校：《（潮州府）圖經志・題詠》，收入《永樂大典方志輯佚》，頁二二六六一。

註五四　馬蓉等點校：《（潮州府）圖經志・題詠》，收入《永樂大典方志輯佚》，頁二二六六二。

註五五　《（潮州府）圖經志・題詠》於「不必移鱷魚，詭怪以疑民。」下有「荊公疑此，蓋重所見輕所聞也。」詳見馬蓉等點校：《（潮州府）圖經志・題詠》，收入《永樂大典方志輯佚》，頁二二六六二。

註五六　詳見曾楚楠：《韓愈在潮州》，頁四三－四九。

註五七　馬蓉等點校：《潮州志・宮室》，收入《永樂大典方志輯佚》，頁二二六六三。

註五八　馬蓉等點校：《三陽志・公署》，收入《永樂大典方志輯佚》，頁二二六八六。

註五九　馬蓉等點校：《三陽志・橋道》，收入《永樂大典方志輯佚》，頁二二六七五。

註六十　趙松元稱：「潮州有所謂八景，其中有一景曰『韓祠橡木』。橡木，亦稱韓木，傳說為韓愈手植，今已不存，但『潮人想慕者，久而彌殷』。自宋以來，關於韓木流傳著一個有趣的民俗傳說：韓祠橡木開花之繁稀，預示著潮州士子登科人數之多寡。宋代潮人王大寶〈韓木贊〉即記載了韓木花開『兆先機』的神異傳說：『（韓木）遇春則華，或紅或白，簇簇附枝，如桃狀而小。每值士議春官，邦人以蔔登第之祥，其來舊矣。紹聖四年丁丑開盛，傾城賞之，未幾捷報三人，蓋比前數多也。繼是榜不乏人，繁稀如之。』這個民俗事像是韓愈以儒學興化直接結出的果實。王大寶分析道：『公刺是邦，命師訓業，綿綿厥後，三百餘年。士風日盛，效祥於木，理之宜然。』這幾句話，表明在韓愈影響下潮州養成了多麼濃厚的愛文好學的『士風』。」詳見趙松元：〈論韓愈謫潮對潮州民俗生活與群體心理的影響〉2007-04-28 16:18:11 http://www.chinareviewnews.com，瀏覽日期：二〇〇八年九月二十三日。

註六一　馬蓉等點校：《三陽志・碑刻》，收入《永樂大典方志輯佚》，頁二七五二。

註六二　有關韓文公祠堂與韓山書院歷代的沿革，可以參見黃挺：《韓文公祠與韓山書院》（廣州市：廣東人民出版社，二〇〇六年）一書所論。

註六三　詳見饒宗頤：〈潮州韓文公祠沿革考〉，《饒宗頤二十世紀學術文集》卷九，頁一一三七－一一六七。

註六四　馬蓉等點校：《三陽志・祠廟》，收入《永樂大典方志輯佚》，頁二七〇九－二七一〇。

註六五　馬蓉等點校：《（潮州府）圖經志・書院》，收入《永樂大典方志輯佚》，頁二六二一。

註六六　藍清水〈讀《韓愈在潮》〉探討爲何一千多年來韓愈始終受潮州人尊崇的原因有：（一）基於感恩的心態。（二）基於攀附的心態。（三）基於搭便車心態。並認爲「韓愈在中國歷史上是以文名而流傳於世，但是在潮州卻建有韓文公祠祭祀他，從人變成神而被敬奉，主要的原因，在於潮州在明朝以前是尚未漢化之地，能有一位『文起八代之衰』的人物與潮州有那麼一段淵源，當然就會加以攀附，以提高身價與地位，這恰如中國人的族譜有許多的攀附之作是相同的道理；加上韓愈在潮州八個月的施政頗富技巧，予潮人極佳的印象，兩者結合乃造就了韓愈在潮州的地位，而潮州也因韓愈，從未開化之地而被譽爲『海濱鄒魯』了。」http://140.115.170.1/Hakkacollege/big5/network/paper/paper67/05_11.html，瀏覽日期二〇〇八年九月二十二日。

註六七　韓文公祠地處韓江東岸，韓山西麓，依山面水，包圍在韓山鬱鬱蔥蔥的樹木中，景色秀麗。景區占地一百三十多畝，建築群體總面積六千六百m²，配套一個面積爲三千m²的停車場。韓祠景區主要景點有：

(1)廣場景區：包括占地三千多平方米的停車場和旅遊購物區。

(2)「韓文公祠」石牌坊：坊額是由胡耀邦於一九八四年視察潮州時所題。

(3)天南碑勝：碑廊全長八九米，鐫刻有李鵬、喬石等國家領導人以及啓功、劉海粟、趙朴初、歐陽中石等書法名家碑刻四一面。

(4)主祠：主祠爲青瓦屋面歇山頂，面寬一八點七米，進深三一點八米，分前後兩進，後進地平比前進高二．五米；抬梁與穿鬥結合的屋架，粗獷少飾，樸實無華；正牆由淡綠色水磨磚砌築，密合無間，明淨素雅。整體建築古樸典雅，融合了潮式廣式的建築風格。主祠內正中龕座置韓文公坐像，環壁豎立或鑲嵌歷代碑刻四十面（其中明碑十五面），記述著韓祠的歷史和頌揚韓愈、韓祠的詩文。這些碑刻，是研究韓愈和潮州歷史文化的珍貴史料，同時也具有較高的藝術價值。

(5)侍郎閣：閣內陳列有韓愈治潮及生平的資料展覽，閣外立有韓愈半身石雕像一座。置身於閣上，憑欄遠眺，古城古橋相互輝映，景色盡收眼底，美不勝收。

(6)允元亭：爲紀念太守丁允元而建。丁允元，字叔中，江蘇常州人，官居太常寺卿，於南宋淳熙十四年（一一八七）因懇請赦免「鹽鐵」等稅，得罪朝廷，被貶到潮州知軍州事。治潮期間，他增置廣濟橋西段四座橋墩，發展教育等。淳熙十六年（一一八九），他認爲東山（即韓山）是當年韓愈常登臨之地，並有親手栽種的橡木尚存，因此把原城南祠遷建於韓山今址，由於選址得當，故沿延至今。

(7)天水園：爲紀念潮州先賢趙德先生而建的庭園式園林建築。園內依史實立有「韓愈別趙子」石雕像一座，園中配置曲徑通幽、碑刻雕塑、假山奇石、特色花木等，是一處高雅幽靜可供遊客休憩遊覽的庭園。趙德，號天水，是唐代宗大曆十三年進士，韓愈稱讚他「沉雅專靜，頗通經，有文章，能知先王之道，論說且排異端而宗孔氏，可以爲師矣！」遂舉薦他「攝海陽縣尉」，主持潮州學政。韓愈大膽啓用當地人才主持學政，這一高明的舉措使潮州的教育事業得到長足穩定的發展。在韓愈轉任袁州（即江西宜春）時，嘗邀趙德先生同往，但受到趙德先生的婉辭。於是，韓愈在赴任之時，寫下了〈別趙子〉這首詩以志別。

(8)曲水流觴：韓文公祠景區地處韓江東岸筆架山。筆架山三峰並峙形似筆架，雙側有獅山、象山如左右兩道屏障環峙，眾山環抱，在祠側由上而下形成了一條天然的山溝，在山泉雨水的不斷沖刷下，形成溝底山石嶙峋，山泉淙淙的秀美自然景色。在祠側的天然的水池，池水清澈，呈現了遊人「擊掌喚魚」這一趣景。淙淙的山泉水從山上蜿蜒流下，在山下凝聚成一股活潑的瀑布。水聲、鳥聲、樹木的婆娑聲，呈現出一派生機勃勃的景象。目前，韓祠景區已頗具規模，景區內已形成了錯落有致、高低得宜的建築群體，成爲自然景觀與人文景觀相得益彰的文物旅遊區。詳見〈國家歷史文化名城——潮州〉http://www.czmc.gov.cn/mczw/xsdw_hy.asp，瀏覽日期：二〇〇八年九月二十二日。

註六八　詳見饒宗頤：〈潮民移臺小史〉，《饒宗頤二十世紀學術文集》卷九，頁一二一一－一二一八。

註六九　邱春美〈昌黎祠的文化意涵〉探討屏東內埔鄉建「昌黎祠」的原因是：「臺灣寺廟中專祀韓文公的廟宇僅有屏東內埔鄉的昌黎祠，爲何六堆客家會建廟專祀韓愈呢？筆者認爲理由是對韓愈的感恩，也是對韓愈的崇敬，因爲韓愈被貶謫至潮州時的作爲受當地人肯定，而內埔客家人多由嶺南遷徙而至，爲了感恩及延續此文風而建祠。」並稱「六堆客家會奉祀韓愈，表現了思源報恩、重視教育、品德崇拜等的文化意涵。」http://www.tajen.edu.tw/~haka/200806-3.doc，瀏覽日期：二〇〇八年九月二十二日。

再論柳宗元的山水游記

何沛雄

摘要

柳宗元之山水游記，狀物工妙，寄興曠遠，論者稱之爲「文家絕境」，其〈永州八記〉尤爲膾炙人口，然〈八記〉之外，尚有多篇佳作。《柳河東集》卷二九「記山水」載文凡十一篇，故全部細讀，始可窺看柳宗元山水游記之「全貌」。然詳閱其中〈柳州東亭記〉，與其他「亭池記」相類，不應歸入「記山水」之內，故柳宗元之山水游記，應爲十篇矣。

〈游黃溪記〉題註云：「自〈游黃溪記〉至〈小石城山〉，爲記凡九，皆記永州山水之勝，年月或記或不記，皆次第而作耳。」考諸史實，〈游黃溪記〉乃柳宗元被貶永州時所寫之最後一篇山水游記。坊間柳宗元文集，皆沿襲舊注之錯誤也。

柳宗元之十篇山水游記，自〈始得西山宴游記〉至〈小石城山記〉，自成一組，「首尾呼應，脈絡貫連，合之可成一文。」而〈游黃溪記〉與〈柳州山水近治可游者記〉，則各自獨立成篇，別有主題焉。

又柳宗元在永州所寫之山水游記凡九篇，何以世人僅稱「永州八記」而無「永州九記」？其中底蘊，亦有待研究也。

關鍵詞

山水游記、永州八記、篇數、次第、主觀描寫、客觀描寫

一　引言

柳宗元的山水游記，狀物工妙，寄興曠遠，論者稱之爲「合陶（潛）、謝（靈運）之詩，楊（雄）、馬（司馬相如）之賦，鎔爲一鑪，洵屬文家絕境。」（註一）其能享譽古今，確是有其實因的。

柳宗元以優美的寫作技巧、深入生動的筆調，刻畫出秀麗而遭人遺忘的山水形象，創出了淡沱浚潔、寄興曠奧的獨特文風。（註二）因此，他筆下的山水景物，就有不同的形貌和風神。

柳宗元的山水游記，一般讀者，多僅知其〈永州八記〉。其實「八記」之外，亦有佳作。《柳河東集》卷二十九「記山水」，載文凡十一篇，由此看來，我們須把這十一篇佳作細讀，才能窺看柳宗元山水游記的「全貌」。又其〈游黃溪記〉題註云：「自〈游黃溪〉至〈小石城山〉，爲記凡九，皆記永州山水之勝，年月或記不記，皆次第而作耳。」根據作者原文的記載和各家年譜的考證，題註所說「皆次第而作」是錯誤的（詳見下文），現在坊間的柳宗元文集，大都沿襲前人的錯誤，也是應該糾正的。

柳宗元在永州寫了九篇游記，何以世人僅稱「永州八記」而沒有「永州九記」呢？其中底蘊，實有待我們的研究和探討。又柳宗元在柳州所寫的兩篇山水游記，其中〈柳州東亭記〉與其他「記亭池」的文章相類，不應歸入「記山水」之內（詳見下文）。這樣，柳宗元所寫的山水游記不是十一篇而是十篇。

細閱柳宗元的山水游記，其次第及其篇數是値得我們探究的；此外，從內容來看「永州八記」，確可自成一組，同是主觀描寫，藉山水景物以寄情寓意，而其他諸篇，皆各有獨立主題，互不相涉，俱是敘事記游與客觀描寫景物。比較這兩類作品和有關問題，殆可盱衡柳宗元山水游記的「全貌」。

二　柳宗元山水游記的篇數和次第

柳宗元的「記」文，共分爲四類：記官署、記亭池、記祀廟、記山水，《柳河東集》載錄的「記山水」文章凡十一篇：〈游黃溪記〉、〈始得西山宴游記〉、〈鈷鉧潭記〉、〈鈷鉧潭西小丘記〉、〈至小丘小石潭記〉、〈袁家渴記〉、〈石渠記〉、〈石澗記〉、〈小石城山記〉、〈柳州東亭記〉、〈柳州山水近治可游者記〉。其中〈柳州東亭記〉不應歸入「山水」類。章士釗說得對：

> 子厚此番徙柳，有社有人，志存宏濟，與距此十年沉滯於永，僅得以僇人偷隙游衍不同。〈柳東亭記〉，應視爲政治建制之一種記錄，與曩在禮部所爲監察使或館驛使壁記等同一類型，而不應列列在「永州八記」之後。（註二）

細閱原文，首段寫東亭的位置與地理環境：「出州（柳州）南譙門，左行二十六步，有棄地在道南，……其內草木猥奧，有崖谷，傾亞缺圮，豕得以爲囿，蛇得以爲藪，人莫能居。」次段先敘修整荒地、建築堂亭：「命披荊蠲疏，樹以竹箭松檉桂檜柏杉，易爲堂亭。」三段敘述堂亭的建築：「取館之北宇，右闢之以爲夕室；取傳置之東宇，左闢之以爲朝室；又北闢之以爲陰室，作屋於北牖下以爲陽室；作斯亭於中以爲中室。」然後說明各室的用途：「朝室以夕居之，夕室以朝居之，中室日中而居之，陰室以建溫風焉，陽室以違淒風焉。」末段作者交代作記的目的與年月：「既成，作石於中室，書以告後之人，庶勿壞。元和十二年九月某日，柳宗元記。」全篇沒有「游」的成分，確不應列入「山水游記」之類。因此，柳宗元的「山水游記」僅得十篇而已。

柳完元在永州所寫的山水游記有九篇，《柳河東集》卷二十九〈游黃溪記〉題注說：「自〈游黃溪〉至〈小石城山〉爲記凡九，皆記永州山水之勝，年月或記或不記，皆次第而作耳。」根據原文的記載，和各家柳宗元年譜的考證，柳宗元在永州所寫的山水游記的年份與第次如下：（註四）

一、〈始得西山宴游記〉作於元和四年（八〇九）

二、〈鈷鉧潭記〉作於元和四年（八〇九）

三、〈鈷鉧潭西小丘記〉作於元和四年（八〇九）

四、〈至小丘西小石潭記〉作於元和四年（八〇九）
五、〈袁家渴記〉作於元和七年（八一二）
六、〈石渠記〉作於元和七年（八一二）
七、〈石澗記〉作於元和七年（八一二）
八、〈小石城山記〉作於元和七年（八一二）
九、〈游黃溪記〉作於元和八年（八一三）

此外，柳宗元被貶為柳州刺史時，寫了一篇山水游記，應列為第十篇：

十、〈柳州山水近治可游者記〉，作於永和十三年（八一八）（註五）

三　「永州八記」自成一組

「永州八記」的前四篇——〈始得西山宴游記〉、〈鈷鉧潭記〉、〈鈷鉧潭西小丘記〉和〈至小丘西小石潭記〉，緊密相連，柳宗元在文中自記：得西山後八日，又得鈷鉧潭；從鈷鉧潭西行二十五步，當湍而浚者為魚梁，梁上有小丘；從小丘西行有二十步，見小石潭。後四篇——〈袁家渴記〉、〈石渠記〉、〈石澗記〉、〈小石城山記〉，也是一脈相連的：先記袁家渴，次寫渴西的石渠，繼述石渠西北的石澗，最後刻畫回到西山東北的小石城山。前四篇在零陵縣之西，後四篇其中三篇在零陵縣之南，其間有朝陽巖，可通西山，游旅可至。故清沈德潛評〈始得西山宴游記〉說：「此篇領起後諸小記」，(註六)而清李剛已更說：〈始得西山宴游記〉與〈鈷鉧潭〉以下七篇文字，首尾呼應，脈絡貫輸，合之可爲一文。」(註七)「永州八記」一名，始於何時，實難知曉。清常安評〈鈷鉧潭記〉說：「西山八記，脈絡相連，若斷若續，合讀之，更見其妙。」(註八)「八記」一名，或肇於此，但尚未有「永州八記」的名稱。清孫梅說：

天地間山水林麓，奇偉秀麗之致，賴文人之筆以陶寫之，若陸雲〈答車茂安書〉、鮑照〈大雷岸與妹書〉等篇，託興涉筆，都成絕構，蓋皆會景造語，不假雕琢者也。酈善長始以淹雅之才，發攄文筆，勒爲《水經注》四十卷，訂以志乘，繚以掌故，刻畫標致，奇幽詭勝，搜剔無遺，後之作者，罕復能繼，惟柳子「永州八記」筆力高絕萬古，雲霄一羽毛，非諸家所敢望爾。(註九)

「永州八記」一名，是否根源於此，則未可確說了。

四　〈游黃溪記〉與〈柳州山水近治可游者記〉各自獨立成篇

〈游黃溪記〉是柳宗元在永州所寫的最後一篇山水游記。黃溪在零陵縣東七十里，需要經過長途拔涉才可到達，相信柳宗元是特意到此一游的。

〈游黃溪記〉先寫永州山水之勝：「北之晉，西適豳，東極吳，南至楚、越之交，其間名山水而州者以百數，水最善。」環繞永州東、南、西、北百里之內，有名的山水地方很多，獨以黃溪最善，最值得遊覽。

黃溪山水之美，在於黃神祠上的山和附近的兩個潭：

祠之上，兩山牆立，如丹碧之華葉駢植，與山升降，其缺者爲崖峭巖窟。

至初潭，最奇麗，殆不可狀。其略若剖大甕，側立千尺，溪水積焉，黛蓄膏渟，來若白虹，沈沈無聲。

至第二潭，石皆巍然，臨峻流，若頦頷斷齶。其下大石雜列，可坐飲食。

末段簡介民間有關黃神的傳說：

黃神王姓，莽之世也。莽既死，神更號黃氏，逃來，擇其深山峭者潛焉。

「黃」與「王」聲相通，而又有本，其所以傳言者益驗。神既居是，民咸安焉，以爲有道，死乃俎豆之，爲立祠。後徙近乎民，今祠在山陰溪水上。

綜觀全文，〈游黃溪記〉是有其獨立主題內容的，與〈永州八記〉絕無關聯。

〈柳州山水近治可游者記〉，是柳宗元被貶爲柳州刺史時所寫的一篇山水游記。這時候，他不再是「僇人」，不用藉山水景物的描寫來寄寓自已的堙鬱。柳州古今州治的地方不同，古代柳州州治在潯水南山石間，唐代的時候，則遷到柳江的北邊，縱橫四十里，南北東西四面都環繞著江水。

柳宗元先寫柳州州治北面的山水：

北有雙山，夾道嶄然，曰背石山；有支川，東流入於潯水，潯水因是北而東，盡大壁下。其壁曰龍壁，其下多秀石，可硯。

次寫州治南面的景物：

南絕水，有山無麓，廣百尋，高五丈，下上若一，曰甑山。山之南，皆大山，多奇。又南且西，曰駕鶴山，壯聳環立，古州治負焉，有泉在坎下，恆盈而不流。南有山，正方而崇，類屏者，曰屏山。其西曰四姥山，皆獨立不倚，北沉潯水瀨下。

次寫西面的仙弈山：

西曰仙弈之山，山之西可上，其上有穴，穴有屏，有室，有宇。其宇下有流石成形，如肺肝，如茄房；或積於下，如人，如禽，如器物，甚眾。東西九十尺，南北少半。東登入小穴，常有四尺，則郭然甚大，無竅，正黑，燭之，高僅見其宇，皆流石怪狀。由屏南室中入小穴，倍常而上，始黑，已而大明，爲上室。由上室而上，有穴，北出之，乃臨大野，飛鳥皆視其背。其始登者，得石枰於上，黑肌而赤脈，十有八道，可弈，故以云。其山多檉，多櫧，多篔簹之竹，多橐吾。其鳥，多秭歸。

繼寫石魚之山：

石魚之山，無大草木，山小而高，其形如立魚，大多秭歸。西有穴，類仙弈；入其穴，東出，其西北靈泉在東趾下，有麓環之。泉大類轂雷鳴，西奔二十尺，有洄，在石澗，因伏無所見，多緑青之魚，多石鯽，多鯈。

最後寫雷山和附近的山水：

雷山，兩岸皆東西，雷水出焉。蓄崖中曰雷塘，能出雲氣，作雷雨，變見有光，禱用俎魚。豆彘、脩形、糈稌、陰酒，虔則應。在立魚南，其間多美山，無名而深。峨山在野中，無麓，峨水出焉，東流入於潯水。

整篇文章，以柳州州治爲中心，按照不同方位有條理地記述幾個景區的景物，與其說是游記，倒不如說是一幅導游圖、地理誌了。

〈游黃溪記〉是寫零陵縣東七十里的黃溪山水和概述民間有間黃神祠的傳說，〈柳州山水近治可游者記〉寫柳州州治北面的山水、南面的景物和附近的仙弈山、石魚山、雷山與及其間一些山水。兩篇游記，各有主題，各自獨立成篇。

五　客觀描寫與主觀描寫

古人游山玩水，蹤之所見，目之所觸，心之所感，神之所思，興之所至，常有記游之作，而他們的山水游記佳作，都受到後人的欣賞。

山水游記，有些是客觀描寫，有些是主觀描寫；前者以紀游敘事、繪寫景物爲主，後者則藉山水景物的形態以寓意寄情爲主。酈道元的《水經注》，讀來就像一本文筆優美的地理誌，可說是客觀的描寫；柳宗元的〈永州八記〉，是「蘊騷人之鬱悼」，「因自放山澤間」，「一寓諸文」而寫成的，確是主觀的描寫。（註十）

永州，即現在的湖南零陵縣。在唐代的時候，它是一處遙遠荒涼、蠻夷雜居、風俗鄙野的地方，在〈永州八記〉裡，柳宗元直接道出自己的不幸遭遇，例如〈始得西山宴游記〉說：「自余爲僇人，居是州，恆惴慄。」又〈鈷鉧潭記〉說：「孰使予樂居夷而忘故土者，非茲潭也歟！」他受罪被貶，身居夷地，心裡常常「惴慄」，是可以理解的，而「樂居夷而忘故土」，祇是無可奈何中的自我安慰而已。他的〈囚山賦〉，顯示自己彷佛是牢獄中的囚人，逃也逃不掉，這就是柳宗元自我剖白個人遭遇的感受了。（註十一）

柳宗元所寫的永州山水勝景，都是遭人蔑視或遺棄的，而這些美好勝景，待他到了永州後才被發見，遭受賞識。柳宗元極力刻畫永州山水之勝，正是同情它們的遭遇，例如〈鈷鉧潭西小丘記〉說：

以茲丘之勝，致之灃、鎬、鄠、杜，則貴游之士，爭買者日增千金而愈不可得。今棄是州也，農夫漁父過而陋之，賈（價）四百，連歲不能售，而我與深源克已獨得之，是其果有遭乎！書於石，以賀茲丘之遭也。

他寫山水的遭遇，暗喻自己的遭遇，美好的山水被遺棄，正如人才的被埋沒。他在永州所寫的〈愚溪對〉，很清楚以愚溪的清且美、能灌田、能載舟，表示自己品格清美、有經世安民的才能。愚溪不爲世人所認識，反而冠以「愚」名（柳宗元把冉溪改爲愚溪，特具深意），暗喻自己懷才而不爲當政者所認識，反以罪人之身受人蔑視。明茅坤評此文說「柳子自嘲，并以自矜。」（註十二）確是的論。日本學者清永茂以爲：「在柳宗元的文學中，最強烈地把自己表現出來的，是他在永州時期的作品。……柳宗元寫山水記的動機，不僅在以發現被遺棄的山水之美來反映他自己的見棄，並且在他的山水記裡，還曲折地提出了他對現世界的不滿和批評。」（註十三）他的評論，也是十分中綮的。

黃溪在永州城東七十里，地處僻遠，需經艱途與時日才可抵達，相信柳宗元是刻意到此一游的。〈游黃溪記〉，寫於元和八年（八一三），那時柳宗元被貶柳州已有七年，心情變得平和，繪山寫水、述事，沒有加上自己的評論、寄意，姚鼐謂此篇效《山海經》而作，（註十四）可說是客觀的描寫。

柳宗元的〈柳州山水近治可游者記〉，先寫北面的山水，次寫南面的景物，再其次寫西面的仙弈山，繼寫西南的石魚之山，最後特別描寫南面的雷山和附近的山水。全文沒有顯露作者的情意，故茅坤說：「此篇全是敘事，不著一句議論。」(註十五)而何義門則說：「此篇多擬《山海經》。」(註十六)由此可見，〈柳州山水近治可游者記〉是一篇客觀描寫的山水游記。

六　結語

柳宗元的山水游記，享譽古今，故歷代文士，現代學者，爲之析論、評敘，其數甚夥，本文不從其內容、結構、用字修辭、藝術技巧等方面探討其特色，蓋前賢和今俊之士，論之良多，故特從篇數、寫作次第、〈永州八記〉的名稱和主觀描寫與客觀描寫等幾方面，略抒己見，祈能拋磚引玉而已。

柳宗元在永州一寓十年，一共寫了九篇山水游記，其次第是：〈始得西山宴游記〉、〈鈷鉧潭記〉、〈鈷鉧潭小丘記〉、〈至小丘西小石潭記〉、〈袁家渴記〉、〈石渠記〉、〈石澗記〉、〈小石城山記〉、〈游黃溪記〉。《柳河東集》題注所記是錯誤的。

這九篇山水游記，依其內容和撰作年份，可分爲三組：

一、作於元和四年的是〈始得西山宴游記〉、〈鈷鉧潭記〉、〈鈷鉧潭西小丘記〉和〈至小丘西小石潭記〉。四篇游記，緊密相連。柳宗元在文中自述：得西山後八日，又得鈷鉧潭；從鈷鉧潭西行二十五步，當湍而浚者爲魚梁，梁上有有小丘；從小丘西行百二十步，見小石潭。從西山到小石潭是一脈相連的。

二、作於元和七年的是〈袁家渴記〉、〈石渠記〉、〈石澗記〉和〈小石城山記〉。四篇游記，也是緊密相連：先寫袁家渴、次寫渴西的石渠，繼寫石渠西北的石澗，最後寫回到西山的東北所見的小石城山。

三、作於元和八年的是〈游黃溪記〉。黃溪在零陵縣的東部，距城七十里之外，是柳宗元刻意特別安排游覽的地方。

第一組的地方，在零陵縣的西部，第二組的地方在零陵縣的南部，而其中有朝陽巖可通西山（柳宗元第一組紀游首到之處）和袁家渴（柳宗元第二組紀游首到之處），大概柳宗元先游第一組的地方，然後取道朝陽巖，再游第二組的地方。最特別的是兩組八篇游記，每一篇都有柳宗元的現身，(註十七)顯示自己的感受，甚至把騷情發爲議論。(註十八)八篇游記，脈絡相連，特點相同，故學者把它們合稱爲「永州八記」。

第三組的〈游黃溪記〉和柳宗元後來所寫的〈柳州近治可游者記〉，都是客觀描寫，沒有議論或寓意，故論者謂其多擬《山海經》。

概言之，柳宗元所寫的山水游記，共有十篇，首八篇脈絡相連，寫景狀物，寓意寄情。曲盡其妙，這就是享譽古今的〈永州八記〉；其餘兩篇，寫黃溪與柳州山水近治可游之地，窮形盡相，峻潔精奇，雖是客觀描寫，也邀人俊賞呢！

附錄：〈永州八記〉與〈游黃溪記〉的地理位置示意圖

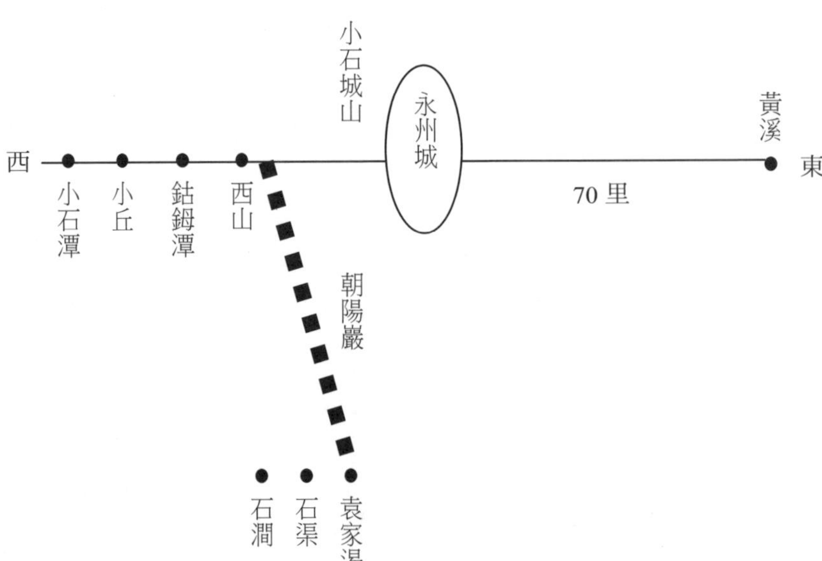

注釋

編按　何沛雄〔香港〕珠海大學中國文學學系教授。

註一　李剛已評語，見於高步瀛：《唐宋文舉要》（北京市：中華書局，一九八三年）上冊，頁四九六。

註二　柳宗元〈永州龍興寺東丘記〉云：「游之適，大率有二：曠如也，奥如也，如斯而已。其地之凌阻峭，出幽鬱，寥廓悠長，則於曠宜；抵丘垤，伏灌莽，迫遽迴合，則於奥宜。」《柳河東集》（香港：中華書局，一九七二年），頁四六二。他表示山水游記，應具有「曠」、「奥」的特點。

註三　《柳文指要》（北京市：中華書局，一九七一年），上卷，頁八五六。

註四　見拙作：《永州八記導讀》（香港：中華書局，一九九〇年），頁二。

註五　元和十年，柳宗元貶爲柳州刺史，六月抵達柳州；十一年，從第柳宗一離柳州，作詩訴別；十二年，因俗施政，推行文教，九月作〈柳州東亭記〉；十四年十月卒於柳州。觀此，〈柳州山水近治可游者記〉大概作元和十三年。

註六　引文見《唐宋文舉要》上冊，頁四九九。

註七　同前註，頁四九八。

註八　《古文披金》卷十四，引文見《柳宗元卷》（北京市：中華書局，一九六四年），頁三八七。

註　九　《四六叢語》卷三十一，引文見《柳宗元卷》，頁六九九。

註　十　關於「永州八記」的主觀描寫，詳情請看拙作〈永州八記的內容特色〉，《永州八記導讀》（香港：中華書局，一九九〇年），頁六—一二。

註十一　〈囚山賦〉說：「楚越之郊環萬山兮，勢騰踊夫波濟。紛對迴合仰伏以離迾兮，若重墉之相褒。爭生角逐上軼旁出兮，下坼裂而爲壕。欣下頹以就順兮，曾不畝平而又高。沓雲雨而漬厚兮，蒸鬱勃其腥臊。陽不舒以擁隔兮，群陰沍而爲曹。側耕危穫苟以食兮，哀斯民之增勞。攢林麓以爲叢棘兮，虎豹咆矙代狴牢之吠却。胡井智以管視兮，窮坎險其焉逃。顧幽昧之罪加兮，雖聖猶病夫嗷嗷。匪兕吾爲柙兮，匪豕吾爲牢。積十年莫吾省者兮，增蔽吾以蓬蒿。聖日以理兮，賢日以進。誰使吾山之囚吾兮滔滔！」（《柳河東集》卷二）讀者可以清楚知道柳宗元被貶永州時的心境與情緒。

註十二　《山曉閣評點柳柳州全集》卷四，引文見《柳宗元卷》，頁二五〇。

註十三　日本清水茂撰，華山譯〈柳宗元的生活體驗及其山水記〉。日文原載《中國文學》第二期，中文譯文載於《文史哲》第四期。北京人民文學出版社出版的《中國古典散文研究論文集》（一九五九年），收有此文。香港崇文書店出版的《柳宗元研究論集》（一九七三年），亦有收錄此文。拙作《永州八記導讀》也有載錄此文。

註十四　姚鼐評語見《唐宋文舉要》上冊，頁四九六。

註十五　引文見《唐宋文舉要》，頁五一七。

註十六　同前註。

註十七　八篇游記，每篇都顯示了柳宗元的現身，例如〈始得西山宴游記〉：「自余為僇人」、「然後知吾嚮之未始游」；〈鈷鉧潭記〉：「以予之亟游也」、「予樂而如其言」、「孰使予樂居夷而忘故土者」；〈鈷鉧潭記西小丘記〉：「余憐而售之」、「而我與深源、克己、獨喜得之」；〈至小丘西小石潭記〉：「同游者，吳武陵、龔古、余弟玄玄」；〈袁家渴記〉：「余得之，不敢專也」；〈石渠記〉：「予從州牧得之」；〈石澗記〉：「後之來者，有能追予之踐履耶」；〈小石城山記〉：「噫！吾疑造物者之有無久矣」。文中的「余」、「予」、「我」、「吾」正表示作者身處其地，點出自我。

註十八　請參看拙作：〈永州八記的內容特色〉，《永州八記導讀》，頁六－一二。

略論柳宗元「永州八記」之修辭技巧

韋金滿

摘要

柳宗元（七七三—八一九），字子厚，祖籍河東解縣（今山西永濟縣）人，所以世稱「柳河東」。因官終柳州刺史，故又稱「柳柳州」。

柳宗元是著名的唐宋散文八大家之一，在中國文學史上具有獨特的地位。他一生當中創作了六百多篇的文學作品，而其作品的體裁可謂多種多樣，尤其在散文方面，便有：雅詩歌曲、古賦、論、議辯、碑銘、表誌、傳記、雜題、題序、游記、書信、奏狀等等。若就其內容而分，則可分爲：政論、傳記、游記及寓言四大類。

尤其是柳宗元在永州的日子裡，他遍遊了永州的奇山異水，以寄情山水，排遣內心的抑鬱之情，由此產生了一大批山水遊記散文。韓愈〈柳子厚墓志銘〉說他在永州期間：「居閑，益自刻苦，務記覽爲詞章，泛濫停蓄，爲深博無涯涘，而自肆於山水間。」這些遊記，一方面以清麗的筆觸描繪了南國山川的秀美，另一方面，也寄托流露了作者滿腹的抑鬱不平之氣。其中：〈始得西山宴游記〉、〈鈷鉧潭記〉、〈鈷鉧潭西小丘記〉、〈至小丘西小石潭記〉、〈袁家渴記〉、〈石渠記〉、〈石澗記〉及〈小石城山記〉等八篇遊記，這就是後世所指的「永州八記」，都是山澤紀行的文章，很似酈道元的《水經注》，堪稱柳氏遊記作品的代表作。前四篇寫於唐憲宗元和四年（八〇九），宗元三十七歲。後四篇寫於唐憲宗元和七年（八一二），宗元四十歲。它們各自獨立成篇，又以時間爲序排列，中又一脈貫通，深受後人讚歎而津津樂道。

由於近代學者研究論述柳宗元這八篇遊記，或分篇論述，或綜合討論。不獨見解卓絕，析論亦詳贍。惟大多從它的寫作背景、風格特色及內容思想加以研究，絕少對它的修辭藝術，加以詳析。所以，本人亟欲另闢蹊徑，試從「修辭學」的角度，分爲：比喻、對比、聯緜、對偶、比擬、設問、頂眞等七項辭格，進行重點式的綜合探討，冀能對柳宗元這八篇遊記有更深的認識。

關鍵詞

柳宗元、永州八記、藝術特色、修辭技巧

一　前言

柳宗元（七七三—八一九），字子厚，祖籍河東解縣（今山西永濟縣）人，所以世稱「柳河東」。因官終柳州刺史，故又稱「柳柳州」。

柳宗元年輕時才華橫溢，抱負遠大。曾說：「始僕之志學也，甚自尊大，頗慕古之大有爲者。」（註一）唐德宗貞元九年（七九三），二十一歲中進士。貞元十二年（七九六），二十四歲，以進士應博學宏詞科及第。貞元十四年（七九八），二十六歲，授集賢殿正字。

貞元十九年（八〇三），三十一歲，因御史中丞李汶之薦，調爲監察御史里行。唐順宗永貞元年（八〇五）正月，三十三歲，德宗崩，順宗即位，韋執誼拜相，四月，因王叔文之薦，任尚書禮部員外郎。八月，順宗禪位，憲宗繼位，王叔文等因永貞改革失敗而獲罪。九月，宗元被貶爲邵州刺史。十一月，改貶爲永州（今湖南零陵縣）司馬。憲宗元和十年（八一五），四十三歲，改任柳州（今廣西壯族自治區柳州市）刺史。元和十四年（八一九），十一月八日，卒於柳州貶所，終年四十七歲。（註二）有《柳河東集》四十五卷及《柳河東外集》五卷傳世。明人蔣元翹輯注。

柳宗元是著名的唐宋散文八大家之一，在中國文學史上具有獨特的地位。他一生當中創作了六百多篇的文學作品，而其作品的體裁可謂多種多樣，尤其在散文方面，便有：雅詩歌曲、古賦、論、議辯、碑銘、表誌、傳記、雜題、題序、游記、書信、奏狀等等。若就其內容而分，則可分爲：政論、傳記、游記及寓言四大類。由於他的政治抱負未能施展，長期遭貶，接觸下層，所以對當時弊政，多所譴責，對自己的際遇，更是憤憤不平。韓愈評他的文章：「雄深雅健，似司馬子長。」（註三）魯迅則稱司馬子長的《史記》是「無韻之〈離騷〉」。（註四）由此可知，柳宗元的散文，抒寫他的憤懣之情，在藝術風格上自然與屈原、司馬遷接近。

尤其是柳宗元在永州的日子裡，他遍遊了永州的奇山異水，以寄情山水，排遣內心的抑鬱之情，由此產生了一大批山水遊記散文。韓愈說柳宗元在永州期間：「居閑，益自刻苦，務記覽爲詞章，泛濫停蓄，爲深博無涯涘，而自肆於山水間。」（註五）這些遊記，一方面以清麗的筆觸描繪了南國山川的秀美，另一方面，也寄托流露了作者滿腹的抑鬱不平之氣。其中：〈始得西山宴游記〉、〈鈷鉧潭記〉、〈鈷鉧潭西小丘記〉、〈至小丘西小石潭記〉、〈袁家渴記〉、〈石渠記〉、〈石澗記〉及〈小石城山記〉等八篇遊記，這就是後世所指的「永州八記」，都是山澤紀行的文章，很似酈道元的《水經注》，堪稱柳氏遊記作品的代表作。前四篇寫於唐憲宗元和四年（八〇九），宗元三十七歲。後四篇寫於唐憲宗元和七年（八一二），宗元四十歲。它們各自獨立成篇，又以時間爲序排列，中又一脈貫通，深受後人讚歎而津津樂道。所以，本人試從「修辭學」的角度，對柳宗元這八篇遊記進行重點式的綜合探討，冀能對這八篇遊記有更深的認識。

二　「永州八記」之修辭技巧

所謂「修辭」，有人認爲是指「調整或運用語辭」，也有人認爲是依據題旨或情景，利用多種語言手段以收到盡可能好的表達效果的一種語言活動。（註六）

關於修辭格的分類，各家異說甚多，側重點也各自不同，其中影響較深的要算是陳望道和張弓兩家。陳氏《修辭學發凡》裡大體是依據構造，間或依據作用而將辭格分爲材料、意境、詞語、章句四大類，一共三十八種辭格。（註七）張氏《現代漢語修辭學》的分法，是依據「語言因素和表現手法的關聯性」，將辭格分爲描繪類、佈置類、表達類三大類，一共二十四格。（註八）至於近人黎運漢、張維耿編著之《現代漢語修辭學》，就以修辭的語言特性劃分爲描繪、比較、詞語、句式四類。（註九）此外，周亞生的《古典詩歌修辭》，將古典詩歌中的語言分爲七項，並且於各項中條舉了相應的辭格。（註十）以下本人乃參考諸家的分類，從比喻、對比、聯緜、對偶、比擬、設問及頂眞等七項辭格，對柳宗元這八篇遊記進行重點式的綜合探析如次：

（一）比喻

歷代對比喻的界說，聚訟紛紜。鄭眾說：

「比者，比方于物也。」（註十一）

摯虞說：

「比者，喻類之言也。」（註十二）

劉勰說：

「且何謂爲比？蓋寫物以附類，揚言以切事者也。」（註十三）

朱熹說：

「比者，以彼物比此物也。」（註十四）

李仲蒙說：

「索物以托情，謂之比，情附物者也。」（註十五）

所謂「物」，是詩人所見到和所要描寫的客觀事物；所謂「情」，是詩中所要表現的詩人主觀的思想感情。「比」是由主觀的「情」去找客觀的「物」來比喻。質言之：對本質上不同的兩種事物，利用它們之間在某一方面的相似點來打比方，使事物生動、具體、形象地表現出來，給人以鮮明深刻的印象。

比喻，可區分爲明喻、隱喻及借喻三種：

1 明喻

明喻，就是明顯的打比方。凡本體和喻體二者同時出現，中間常用「如」、「若」、「猶」等比喻詞表示，就是明喻。譬如：

岈然，窪然；若垤，若穴。（〈始得西山宴游記〉）

描寫西山之高，像山脈幽深的樣子，又像山谷低窪的樣子，又像小土堆，又像洞穴，是十分貼切的比喻。

其嶔然相累而下者，若牛馬之飲於溪；其衝然角列而上者，若熊羆之登于山。（〈鈷鉧潭西小丘記〉）

「嶔」，形容山石之高。「相累」是相連。牛馬下山飲水，自下望去，則頭先身後，加之牛馬體形高大，比喻山石而且是「嶔然」的山石，非常貼切。用熊羆登山的動作，狀矮而露鋒棱的山石，異常生動。

從小丘西行百二十步，隔篁竹聞水聲，如鳴珮環，心樂之。（〈小石潭記〉）

「篁竹」，就是成林的竹子；這幾句形容水聲像玉珮玉環碰撞時發出的聲音，那麼清脆悅耳，使人怡樂。

伐竹取道，下見小潭，水尤清洌。泉，石以爲底。近岸，卷石底以出。爲坻，爲嶼，爲嵁，爲巖。（〈小石潭記〉）

作者以小丘向西行約百二十步，只見潭水清洌，潭底布滿石子，在靠近四周石岸的地方，又從潭底捲出各種形態的石頭，有的像坻，有的像嶼，有的像嵁，有的像巖。

水平布其上，流若織文，響若操琴。（〈石澗記〉）

寫泉水平靜地漫佈在石上，那微微的漣漪就像織物的花紋；泉水叮咚作響，就像彈琴。作者不但繪其貌，而且摹其聲。

亙石為底，達于兩涯。若床若堂，若陳筵席，若限閫奥。（〈石澗記〉）

寫石澗水中的那些石頭。橫著的石頭從這岸一直連到那岸，構成澗底。那些溪底的石頭，有的像床，有的像堂屋的基石，有的像筵席上擺滿菜肴的碗盞杯碟，有的像用門檻隔開的內外屋。作者用貼切的明喻，把鋪滿水底的石頭描繪得如同一個房舍整齊、家什完備的家庭，充滿了生活氣息，散發著屋室的溫馨。

其上為睥睨梁欐之形；其旁出堡塢，有若門焉。（〈小石城山記〉）

石山上的石頭，有的如同城牆上的女牆，有的則像房屋。積石旁邊凸出一座天然石城堡，上面有像門一樣的石洞。這幾句想像豐富的描繪，把城上矮牆、屋梁和碉堡的石頭便構成了一座神奇的小石城。

2 隱喻

所謂隱喻，就是只有本體和喻體二者同時出現，而省略了比喻詞。（註十六）譬如：

> 潭西南而望，斗折蛇行，明滅可見，其岸勢犬牙差互，不可知其源。（〈至小丘西小石潭記〉）

這幾句寫作者向西南望過去，有一條小溪，形狀像是北斗七星那樣曲折，又像是一條長蛇那樣蜿蜒爬行。小溪兩岸高高低低，凸凹不平，極像犬牙相錯一樣。這裡，作者非常成功地使用了隱喻的手法，使我們倍感形象逼真。

> 翠羽之木，龍鱗之石，另蔭其上。（〈石澗記〉）

這三句寫作者看見樹木枝葉像翠鳥的毛羽，石塊則像閃光的魚龍鱗甲，都遮蔽在交椅上。這裡，作者又非常成功地使用了隱喻的手法，構思了一個如詩如畫的意境，使我們讀起來琅琅上口，富有節奏感。

3 借喻

借喻比隱喻進一步。它直接用喻體代替本體，二者之間是代替關係，比的形象跟作者要表達的事物結成一體，突出本體的某種特性。換言之，凡將「本體」及「喻詞」省略，而直接描寫喻體者，就是借喻。(註十七) 譬如：

然後知是山之特立，不與培塿爲類。(〈始得西山宴游記〉)

以上二句，表面上意謂作者看到西山，才知道西山的確是卓爾不群的，與一般的小土丘很不相同。實際上是柳宗元的自比，顯現著他的人格光輝，融合著他堅持崇高理想，不與腐朽保守的當權者同流合污的不屈精神。

丘之小不能一畝，可以籠而有之。問其主，曰：「唐氏之棄地，貨而不售。」問其價，

曰：「止四百。」余憐而售之。李深源、元克己時同遊，皆大喜，出自意外。（〈鈷鉧潭西小丘記〉）

柳宗元在山水的描述中，往往暗寓自己被貶之中抑鬱又憤懣的情況，把山水美與人格美合二而一。這個「不能一畝，可籠而有之」的小丘，石奇溪清、竹樹環合，千姿百態，既美又奇，售價又「止四百」，卻無人理睬。而「唐氏之棄地，貨而不售」二句，實際上是作者是以自況，暗寓自己被朝廷貶逐永州，不能施展才華的抑鬱之情。「余憐而售之」一句，寓言深刻，包含作者對小丘不幸遭遇的同情暗寓個人命運的慨嘆。

噫！以茲丘之勝，致之灃、鎬、鄠、杜，則貴游之士爭買者，日增千金而愈不可得。今棄是州也，農夫漁父過而陋之，賈四百，連歲不能售。（〈鈷鉧潭西小丘記〉）

「灃、鎬、鄠、杜」都是長安附近的地方。同是小丘，它的價值會因地因人而異。小丘如此，人呢？作爲得罪朝廷而心有餘悸的柳宗元是不能說出的。「連歲不能售」一句，以小丘價廉猶不能售出，借喻自己不被人知、久貶不遷的憤懣。

而我與深源、克己獨喜得之，是其果有遭乎？（〈鈷鉧潭西小丘記〉）

這二句祝賀這景勝價廉的小丘，終於得到了賞識它的主人。這些滿含感情的敘寫，顯然是借題發揮，寓有著自己被貶永州，棄而不用的牢騷。宋人洪邁認爲「鈷鉧復埋沒不可識，士之處世，遇與不遇，其亦如是哉！」(註十八) 林雲銘認爲：「子厚游記，篇篇入妙，不必復道。……末段以賀茲丘之遭，借題感慨，全說在自己身上。」(註十九) 清儲欣說：「寓意至遠，令人殊難爲懷」。(註二十) 都是同一意思。

書於石，所以賀茲丘之遭也。（〈鈷鉧潭西小丘記〉）

這兩句話表面上是祝賀小丘得到賞識，眞正的用意是爲自己被貶謫的不公平的待遇而氣惱和憂傷，通過「賀茲丘之遭」來發洩胸中的積鬱。

潭西南而望，斗折蛇行，明滅可見其岸，勢犬牙差互，不可知其源。坐潭上，四面竹樹環合，寂寥無人，淒神寒骨，悄愴幽邃。以其境過清，不可久居，乃記之而去。（〈至小丘西小石潭記〉）

作者極力突出小石潭的幽寂：它的周圍除了作者等幾個遊人外，看不到人影，聽不到人聲，甚至連山林間應有的鳥鳴蟬噪也沒有。以至連愛靜的作者都感到「淒神寒骨，悄愴幽邃」，「不可久居」。作者著意突出小石潭的澄澈，是以此來寄寓自己不苟且於流俗的高潔操守，又用淒清幽寂之境來暗抒自己久貶不歸、身居異鄉的鬱悶和孤獨。

> 惜其未始有傳焉者，故累記其所屬，遺之其人，書之其陽，俾後好事者求之得以易。（〈石渠記〉）

〈石渠記〉後半部主要是寫作者得到石渠後的整治。焚掉遮蔽泉水的雜草和腐木，開鑿土石疏通泉水。借美好景物被棄置一事，作者委婉地表達了自己對社會上美好的事物受到壓抑的不平之情，同時也借以抒寫了自己遭貶後的淪落之感。文中一個「惜」字，反映了作者的心情。既是「惜」石渠之未始傳，也是惜自己的懷才不遇。

> 「列是夷州，更千百年不得一售其伎。」（〈小石城山記〉）

他痛惜小石城山美好的景物的被遺棄，就是感嘆自己空有傑出才能，卻遭貶被逐，冷落荒州，不得施展抱負。無怪乎明代茅坤評論此文是：「借石之瑰瑋，以吐胸中之氣。」（註二一）清代金聖嘆也說該文「筆筆眼前小景，筆筆天外奇情。」（註二二）

（二）對比

對比，又叫對照，俞樾把它歸爲「高下相形例」。（註二三）對比就是把兩種不同的事物或同一事物的兩個對立面，放在一起，加以互相比較對照，以便於說明一定的道理。

對比，能突出事物的特點及差別，使作品內容豐富，形象深刻，說服力強；同時，用對比寫景抒情，可以顯得形式上的對稱美，情文並茂，優美感人的藝術效果。

自余爲僇人，居是州，恆惴慄。其隙也，則施施而行，漫漫而遊，日與其徒上高山，入深林，窮迴溪，幽泉怪石，無遠不到。到則披草而坐，傾壺而醉；醉則更相枕以臥。意有所極，夢亦同趣。覺而起，起而歸。（〈始得西山宴游記〉）

作者文中用「惴慄」二字描述自己的心情。「惴慄」此處作惴惴不安、憂懼貌解。這種「惴慄」心情至少包含了兩層心理內容：作爲「貶謫之人」，他隨時可能再遭厄運；作爲「革新失敗者」，面對當權的對手，他不能直言自己的不滿、鬱悶，只能常常以一種誠恐誠惶來自我掩飾、自我解嘲、自我排遣，也具有些微的諷刺意味。文章起首「恒惴慄」三字，表面看只是自己「施施而行」、「漫漫而游」於山水之中的「因」，實際上，它還承擔了與下文自然之美帶來的舒暢開闊的心情形成強烈的對比。

其高下之勢，岈然洼然，若垤，若穴。尺寸千里，攢蹙累積，莫得遯隱。（〈始得西山宴游記〉）

用「尺寸」和「千里」構成強烈對照，千里以內的景物，彷彿容納於尺寸之幅內，都聚攏在眼底。

其上有居者，以予之亟游也，一旦款門來告曰：「不勝官租私券之委積，既芟山而更居，願以潭上田，貿財以緩禍。」予樂而如其言。則崇其臺，延其檻，行其泉，于高者墜之潭，有聲潀然。尤與中秋觀月爲宜。於以見天之高，氣之迥。孰使予樂居夷而忘故土者，非茲潭也歟！（〈鈷鉧潭記〉）

這段寫潭上居住的人家賣田之舉。作者引用賣田者的話，寓意頗深，值得反覆體味。「不勝官租私劵之委積」，意思是不能忍受官家租稅和私人債務的積壓。「既芟山而更居」，是說他只好另闢山地而居。他之所以要賣潭上土地，是要「質財以緩禍」，換取錢財，以緩解眼前的災禍。賣田人的話聽來令人心酸。這裡，一面是風光秀麗的自然美景，一面是家破人亡的人間悲劇，兩相對比，形成了強烈的反差；社會的黑暗，政治的腐敗，均被一針見血地揭示了出來。

從小丘西行百二十步，隔篁竹，聞水聲，如鳴珮環。心樂之。伐竹取道，下見小潭，水尤清洌。泉，石以爲底。近岸，卷石底以出。爲坻，爲嶼，爲嵁，爲巖。青樹翠蔓，蒙絡搖綴，參差披拂。

潭中魚可百許頭，皆若空遊，無所依；日光下澈，影布石上，佁然不動；俶爾遠逝，往來翕忽，似與遊者相樂。

潭西南而望，斗折蛇行，明滅可見其岸，勢犬牙差互，不可知其源。

坐潭上，四面竹樹環合，寂寥無人，淒神寒骨，悄愴幽邃。以其境過清，不可久居，乃記之而去。（〈至小丘西小石潭記〉）

這篇遊記共分爲五段：前半部分，作者極力地生動地描寫出了小石潭環境景物的幽美和靜穆，帶出欣喜之情；後半部分，作者則把景物跟心情結合起來，寫出一種境界。在這種境界裡，抒發了作者貶官失意後的孤淒之情，引出作者前後心情之變化，成強烈的對比。

（三）聯緜

由於漢語中有單音及複音詞結構，複音詞以兩字詞爲大多數，聯緜詞是以兩字連舉而成一義，其構成爲雙聲詞或疊韻詞，故聯緜詞亦有雙聲疊韻疊字之合稱。

1　雙聲疊韻字

雙聲疊韻字，係我國文字上聲律自然之原則，又爲我國文字中之特色，所以，自來文學作品如《詩經》、《楚辭》、漢魏六朝詩歌，以及唐宋詩詞，莫不多所運用。劉彥和曾說：

「凡聲有飛沉，響有雙疊。」（註二四）

所謂飛沈，即指字調之抑揚；所謂雙疊，即指字之雙聲疊韻也。清李汝珍《音鑑》有云：

「雙聲者，兩字同歸一母；疊韻者，兩字同歸一韻。」(註二五)

近人林尹亦說：

「發音相同之字，謂之『雙聲』……古稱收音相同者，謂之『疊韻』。」(註二六)

質言之，凡兩字聲母相同而韻母不同連成一詞的，謂之雙聲；凡兩字韻母相同而聲母不同連成一詞的，謂之疊韻。由於漢語中有單音及複音詞結構，複音詞以兩字詞爲大多數，聯緜詞是以兩字連舉而成一義，其構成爲雙聲詞或疊韻詞，故聯緜詞亦有雙聲疊韻之合稱。

柳宗元「永州八記」文中使用雙聲疊韻字共二十九次，(註二七)譬如：(註二八)

入深林，窮迴溪。(〈始得西山宴游記〉)

案：「深林」二字，同屬平聲侵韻。

望西山，始指異之。(〈始得西山宴游記〉)

案：「始」屬上聲止韻，「指」屬上聲旨韻，二字古韻通。

遂命僕過湘江，緣染溪。（〈始得西山宴游記〉）

案：「湘」屬平聲陽韻，「江」屬平聲江韻，二字古韻通。

攢蹙累積，莫得遯隱。（〈始得西山宴游記〉）

案：「遯」屬上聲慁韻，「隱」屬上聲隱韻，二字古韻通。

縈青繚白，外與天際，四望如一。（〈始得西山宴游記〉）

案：「縈」屬平聲清韻，「青」屬平聲青韻，二字古韻通。

然後知吾嚮之未始游，游於是乎始，故爲之文以志。（〈始得西山宴游記〉）

案：「爲」屬平聲支韻，「之」屬平聲之韻，二字古韻通。

有樹環焉，有泉懸焉。（〈鈷鉧潭記〉）

案：「泉」屬平聲仙韻，「懸」屬平聲先韻，二字古韻通。

其石之突怒偃蹇，負土而出，爭爲奇狀者，殆不可數。（〈鈷鉧潭西小丘記〉）

案：「偃」屬上聲阮韻，「蹇」屬上聲獮韻，二字古韻通。

問其主，曰：「唐氏之棄地，貨而不售。」（〈鈷鉧潭西小丘記〉）

案：「棄地」二字，同屬去聲至韻。

清泠之狀與目謀，瀯瀯之聲與耳謀。（〈鈷鉧潭西小丘記〉）

案：「清」屬平聲清韻，「泠」屬平聲青韻，二字古韻通。

悠然而虛者與神謀，淵然而靜者與心謀。（〈鈷鉧潭西小丘記〉）

案：「淵」屬平聲先韻，「然」屬平聲仙韻，二字古韻通。

不匝旬而得異地者二，雖古好事之士，或未能至焉。（〈鈷鉧潭西小丘記〉）

案：「異地」二字，同屬去聲志韻。

每風自四山而下，振動大木，掩苒眾草。（〈袁家渴記〉）

案：「掩苒」二字，同屬上聲琰韻。

退貯谿谷，搖颺葳蕤，與時推移。（〈袁家渴記〉）

案：「葳」屬平聲微韻，「蕤」屬平聲脂韻，二字古韻通。

踰石而往，有石泓，昌蒲被之，青蘚環周。（〈石渠記〉）

案：「被」屬平聲支韻，「之」屬平聲之韻，二字古韻通。

又北，曲行紆餘，睨若無窮。（〈石渠記〉）

案：「紆餘」二字，同屬平聲魚韻。

惜其未始有傳焉者，故累記其所屬。（〈石渠記〉）

案：「傳焉」二字，同屬平聲仙韻。

其上，爲睥睨梁欐之形。（〈小石城山記〉）

案：「睥睨」二字，同屬去聲霽韻。（註二九）

至如：

攀援而登，箕踞而遨。（〈始得西山宴游記〉）

案：「箕踞」二字，同屬見紐。

攢蹙累積，莫得遯隱。（〈始得西山宴游記〉）

案：「攢蹙」二字，同屬精紐。

既芟山而更居，願以潭上田，貿財以緩禍。（〈鈷鉧潭記〉）

案：「芟山」二字，同屬山紐。「更居」二字，同屬見紐。

青樹翠蔓，蒙絡搖綴，參差披拂。（〈至小丘西小石潭記〉）

案：「參差」二字，同屬初紐。

往來翕忽，似與遊者相樂。（〈至小丘西小石潭記〉）

案：「翕忽」二字，同屬曉紐。

潭西南而望，斗折蛇行，明滅可見其岸。（〈至小丘西小石潭記〉）

案：「明滅」二字，同屬微紐。

以其境過清，不可久居，乃記之而去。（〈至小丘西小石潭記〉）

案：「久居」二字，同屬見紐。

翠羽之木，龍鱗之石，均蔭其上。（〈石澗記〉）

案：「龍鱗」二字，同屬來紐。

其上，爲睥睨梁欐之形。（〈小石城山記〉）

案：「梁欐」二字，同屬來紐。（註三十）

大抵雙聲疊韻之用，不獨可以增強語言之表達效果與感染能力，更可使口吻調和以增加聲調的美聽。劉勰《文心雕龍》謂：「聲轉於物，玲玲如振玉；辭靡於耳，纍纍如貫珠矣。」（註三一）先師高明先生在〈談中國文學的形式美〉一文中曾說：「促使文辭的聲音和美，……雙聲、疊韻的錯綜，尤爲重要。」（註三二）

2 疊字

疊字又叫做重言，顧名思義，它是把同一字重複使用的一種表達方式。劉勰《文心雕龍》有云：

詩人感物，聯類不窮，流連萬象之際，沈吟視聽之區。……故灼灼狀桃花之鮮，依依盡楊柳之貌，杲杲爲出日之容，瀌瀌擬雨雪之狀，喈喈逐黃鳥之聲，喓喓學草蟲之韻。（註三三）

由此可見，疊字在文學遣詞造句方面，是一種常用而且極爲有效的修辭技巧，先師高明先生在〈談中國文學的形式美〉一文中曾說：「重疊，常常使文辭的聲音和美。」（註三四）

疊字大抵是自古以來文人雅士喜好運用的修辭，無論韻文或散文，疊字的應用亦非常廣泛。純粹因爲我國文字是一字一音，在抒情指物方面，使用一個字仍未能盡述其意，或者非疊不足以成詞的緣故。

疊字的效用有四：言人情、摹物態、繪色澤及諧聲響。（註三五）試看柳宗元「永州八記」文中使用疊字不多，祇七次而已。例如：

其隙也，則施施而行，漫漫而遊。（〈始得西山宴游記〉）

洋洋乎與造物者游，而不知其所窮。（〈始得西山宴游記〉）

悠悠乎與灝氣俱，而莫得其涯。（〈始得西山宴游記〉）

案：以上三組疊字皆形容作者歡悅之情。

由其中以望，則山之高，雲之浮，溪之流，鳥獸之遨遊，舉熙熙然迴巧獻技。（〈鈷鉧潭西小

丘記〉）

自渴西南行，不能百步，得石渠，民橋其上，有泉幽幽然。（〈石渠記〉）

案：以上三組疊字皆摹寫山水之形態。

則清泠之狀與目謀，瀯瀯之聲與耳謀。（〈鈷鉧潭西小丘記〉）

案：以上一組疊字皆形容水流之聲響。

郭紹虞曾說：（註三六）

重言之例，其一起於狀物摹聲的作用者：如「關關」、「呦呦」、「洋洋」、「茫茫」之類，皆由單音不足以摹狀其意義，必須衍爲重言，此類重言，必須二音一義以合成爲詞，所以不宜單用，單用則其義亡。本非重言，而以硬疊傳神，或是摹肖口吻，或是形容聲情，如「高高」、「低低」、「大大」、「小小」之類，單字重言，義本無殊。（註三七）

由此觀之，疊字之運用，有以單音不足摹狀，必衍爲重言者，譬如上述之「施施」、「洋洋」、等兩組疊字。蓋我國乃一字一音之文字，抒情描物，一字未能盡述者，則疊字以形容之，是即劉勰所謂：「詩人感物，聯類不窮。流連萬象之際，沉吟視聽之區，寫氣圖貌，既隨物以宛轉，屬采附聲，亦與心而徘徊。」（註三八）亦有本非重言，以硬疊傳神，摹肖口吻，形容聲情者，其疊與不疊，僅於語氣之輕重有別爾。其優點，要皆歸於以少總多，而致情貌無遺也。譬如上述之「悠悠」、「漫漫」、「熙熙」「幽幽」、「瀯瀯」等五組疊字。（註三九）

總之，本人以爲疊字之運用，自以本非重言，以硬疊傳神一類爲美。蓋此類字，單音既足以摹肖事物之容狀、音聲及情意，再重疊之，不惟加強語氣，更可使人頓覺音節回環，聲情諧合，此即先師高仲華先生所謂「諧協美」。（註四十）

從疊字運用的性質來看，因爲單音字而不足以摹狀，所以非疊用不可而衍爲重言，亦有些是爲了加強語勢而硬疊以傳神。無論方式如何，都是疊用同樣的一個字，以求達到預期的效果。作者所以喜用疊字，希望藉以達眞情眞景，聲調諧美，令詞句搖曳生姿，形容生動，意境傳神，語氣纏綿而韻味無窮。（註四一）

（四）對偶

對偶又稱對仗，是漢語體系的特有形式。所謂對偶，就是指上下兩句字數相等、句法相侔、平仄相對的一種修辭格。對偶是中國古典文學作品中常見常用的修辭，特別在駢文、韻文中廣爲採用。劉勰嘗說：

造化賦形，支體必雙。神理爲用，事不孤立。夫心生文辭，運裁百慮。高下相須，自然成對。……體植必兩，辭動有配。左提右挈，精味兼載。（註四二）

范文瀾注云：

此云麗辭，猶言駢儷之辭耳。原麗辭之起，出於人心之能聯想。……又人之發言，好趨均平，短長懸殊，不便脣舌；故求字句之齊整，必待於耦對。而耦對之成，常足以齊整字句。（註四三）

對偶的作用，主要是借助整齊的句式，把事物之間的對稱、對立，乃至相關的意思，鮮明地表現出來，以加強感人的力量。（註四四）所以在古今詩詞中，對偶之使用甚爲廣泛。至於對偶之形式，劉勰分爲四對；（註四五）上官儀倡爲六對說；（註四六）皎然詩議更發爲八對法；（註四七）日人金剛峰寺禪念沙門弘法大師（遍照金剛）又創爲二十九種對；（註四八）近人王力則分爲三類。

（註四九）近人姜宗倫則分爲工對、寬對、流水對。（註五十）徐芹庭分爲當句對、單對、偶對、長偶對。（註五一）黃慶萱分爲句中對、單句對、複句對、長對。（註五二）董季棠分爲正名對、隔句對、長句對、當句對。（註五三）

從以上各家分類，可知各有偏好，繁略不一，也難於作綜合統計。嘗考柳宗元「永州八記」文中使用對偶，共五十七次，譬如；（註五四）

幽泉怪石（〈始得西山宴游記〉）

岈然窪然（〈始得西山宴游記〉）

若垤若穴（〈始得西山宴游記〉）

攢蹙累積（〈始得西山宴游記〉）

心凝形釋（〈始得西山宴游記〉）

旁廣而中深（〈鈷鉧潭記〉）

芟山而更居（〈鈷鉧潭記〉）

伐竹取道（〈至小丘西小石潭記〉）

爲坻爲嶼（〈至小丘西小石潭記〉）

爲嵁爲巖（〈至小丘西小石潭記〉）

蒙絡搖綴（〈至小丘西小石潭記〉）
參差披拂（〈至小丘西小石潭記〉）
斗折蛇行（〈至小丘西小石潭記〉）
淒神寒骨（〈至小丘西小石潭記〉）
悄愴幽邃（〈至小丘西小石潭記〉）
重洲小溪（〈袁家渴記〉）
澄潭淺渚（〈袁家渴記〉）
閒廁曲折（〈袁家渴記〉）
衡濤旋瀨（〈袁家渴記〉）
乍大乍細（〈石渠記〉）
曲行紆餘（〈石渠記〉）
若床若堂（〈石澗記〉）
土斷而川分（〈小石城山記〉）

案：以上二十三例皆屬於當句對。（註五五）

施施而行，漫漫而遊。（〈始得西山宴游記〉）

清泠之狀與目謀，潛潛之聲與耳謀。（〈鈷鉧潭西小丘記〉）

案：以上二例皆屬於聯縣對。（註五六）

上高山，入深林，窮迴溪。（〈始得西山宴游記〉）

嘉木立，美竹露，奇石顯。（〈鈷鉧潭西小丘記〉）

折竹箭，掃陳葉，排腐木。（〈石澗記〉）

案：以上三例皆屬於鼎足對。（註五七）

披草而坐，傾壺而醉。（〈始得西山宴游記〉）

攀援而登，箕踞而遨。（〈始得西山宴游記〉）

有樹環焉，有泉懸焉。（〈鈷鉧潭記〉）

崇其臺，延其檻，行其泉。（〈鈷鉧潭記〉）

天之高，氣之迥。（〈鈷鉧潭記〉）

山之高，雲之浮，溪之流。（〈鈷鉧潭西小丘記〉）

悠然而虛者與神謀，淵然而靜者與心謀。（〈鈷鉧潭西小丘記〉）

其旁多巖洞，其下多白礫。（〈袁家渴記〉）

或咫尺，或倍尺。（〈石渠記〉）

既崇而焚，既釃而盈。（〈石渠記〉）

遺之其人，書之其陽。（〈石渠記〉）

若陳筵席，若限閫奧。（〈石澗記〉）

流若織文，響若操琴。（〈石澗記〉）

交絡之流，觸激之音。（〈石澗記〉）

翠羽之木，龍鱗之石。（〈石澗記〉）

案：以上十五例屬於排比對。（註五八）

覺而起，起而歸。（〈始得西山宴游記〉）

案：以上一例屬於頂眞對。（註五九）

意有所極，夢亦同趣。（〈始得西山宴游記〉）

過湘江，緣染溪。（〈始得西山宴游記〉）

斫榛莽，焚茅茷。（〈始得西山宴游記〉）

剷刈穢草，伐去惡木。（〈鈷鉧潭西小丘記〉）

振動大木，掩苒眾草。（〈袁家渴記〉）

詭石怪木，奇卉美箭。（註六十）（〈石渠記〉）

案：以上六例屬於同類對。（註六一）

隔篁竹，聞水聲。（〈至小丘西小石潭記〉）

退貯谿谷，搖颺葳蕤。（註六二）（〈袁家渴記〉）

案：以上二例屬於異類對。（註六三）

悠悠乎與灝氣俱，而莫得其涯；洋洋乎與造物者游，而不知其所窮。（〈始得西山宴游記〉）

其嶔然相累而下者，若牛馬之飲於溪；其衝然角列而上者，若熊羆之登于山。（〈鈷鉧潭西小丘記〉）

由渴而來者，先石渠，後石澗；由百家瀨上而來者，先石澗，後石渠。（〈石澗記〉）

案：以上三例屬於隔句對。（註六四）

上與南館高嶂合，**下**與百家瀨合。（〈袁家渴記〉）

案：以上一次屬於的名對。（註六五）

平者深**黑**，峻者沸**白**。（〈袁家渴記〉）

案：以上一次屬於顏色對。（註六六）

從以上所舉各例，它們不單是字數相等，而且詞類又完全相同，這樣完美的對句，既能聲形並茂，又能給人感到一種整齊一律的美的享受。

（五）比擬

陳望道說：「將人擬物（就是以物比人）和將物擬人（就是以人比物）都是比擬。」（註六七）武占坤說：「比擬就是緣於感情，借物想象，主觀地把乙事物的特點直接移加到甲事物身上，從而使甲事物變異的一種修辭方式。」（註六八）

比擬的特點是作者借助客觀的事物，展開個人的想像，去使作品中的人與物、此物與彼物、生物與非生物、抽象概念與具體事物，在習性上和特徵上相互擬用，而造成思想上和情感上的溝通與跳躍，並由此激發讀者的聯想，使文章獲得異乎尋常的形象感和生動感。

文學作品能適當運用比擬修辭，不但可以令語言形象生動，更可以進一步突出主題，增加作品的感染力。仔細點說，比擬用於抒情，可以寄情於物，借物抒情。比擬便於突出事物的特徵，增強語言的形象性。

關於比擬類型，一般都分之爲擬人和擬物兩大類。簡單地說，把物當作人來寫，就是「擬人」。這種擬人就是將無生物或生物，賦予人的思想感情和言行動作。將人當作物來寫，或將甲物當作乙物來寫，就是「擬物」。（註六九）

柳宗元「永州八記」文中使用比擬的手法有：

1　「擬人」法

蒼然暮色，自遠而至。至無所見，而猶不欲歸。心凝形釋，與萬化冥合。（〈始得西山宴游記〉）

「心凝形釋，與萬化冥合」二句，乃點明西山風景滌蕩人的靈魂，使之心胸開拓，與宇宙合一。至此，本文達到了山水風景與抒情言志完美結合的境界，實現了山水的人格化。

鈷鉧潭在西山西，其始蓋冉水自南奔注，抵山石，屈折東流，其顛委勢峻，盪擊益暴，齧其涯，故旁廣而中深，畢至石乃止。（〈鈷鉧潭記〉）

「其顛委勢峻，蕩擊益暴，齧其涯」三句，作者把冉水上下游流勢之險急，衝蕩撞擊之猛烈，寫得形象逼眞。尤其是「囓其涯」三個字，把激流拍打侵蝕河岸的力量擬人化。

其石之突怒偃蹇，負土而出，爭爲奇狀者，殆不可數。（〈鈷鉧潭西小丘記〉）

寫小丘上的山石突起似怒、姿態傲慢，背負著泥土奮力從地下冒出來，爭相做出各種奇形怪狀，多得幾乎數不清。這裡，作者用一個「爭」字凸出了山石的品格：不甘心被埋在泥土中，彷彿在頑強地同逆境抗爭著。

潭中魚可百許頭，皆若空遊，無所依；日光下澈，影布石上，佁然不動；俶爾遠逝，往來翕忽，似與遊者相樂。（〈至小丘西小石潭記〉）

寫在水中游動的魚兒，一會兒呆呆地不動，一會兒忽然遠游，來往穿梭。最後還「似與遊者相樂」，突出魚的活潑生趣。

每風自四山而下，振動大木，掩苒眾草，紛紅駭綠，蓊葧香氣。（〈袁家渴記〉）

這幾句把山風中的樹木、花草，不僅寫出了香氣、姿態，而且還寫出了情感。用一「駭」字，使紅花綠葉人格化，彷彿傳出了草木驚動的神情，寫得生動逼眞。（註七十）

2 「擬物」法

流沫成輪，然後徐行。（〈鈷鉧潭記〉）

「流沫成輪」，四個字容納了一連串的動態形象：由於水流湍急，撞到石岸，濺起一堆堆飛沫，反轉過去又形成一輪輪漩渦。

本人認爲不論是物的人格化，還是人的物化，都要求引起讀者的聯想，體味它的含意，對所表達的事物的特徵產生鮮明的印象，並感受到作者強烈的感情。運用比擬表達喜愛的事物，可以使它栩栩如生，給人親切之感；用之表現醜惡的事物，可以把它寫得原形畢露，給人厭惡之感。

（六）設問

無疑而問，只是爲了增強表達效果而故意自問自答或問而不答的修辭方式，叫做設問。設問的類別，可分：

1. 一問一答：就是提出一個問題，接著作出回答。
2. 多問一答：就是一連串設問，然後逐一回答或者總起來回答。

3.問而不答：就是只有設問，沒有回答，或者迴避正面作答，而讓讀者去聯想體味。

4.反問：用疑問的形式表達確定的意思，以增強語勢的修辭方式，叫做反問。

柳宗元「永州八記」文中使用設問的手法不多，譬如：

孰使予樂居夷而忘故土者，非茲潭也歟？（〈鈷鉧潭記〉）

問其主，曰：「唐氏之棄地，貨而不售。」（〈鈷鉧潭西小丘記〉）

問其價，曰：「止四百。」（〈鈷鉧潭西小丘記〉）

是固勞而無用，神者儻不宜如是，則其果無乎？或曰：「以慰夫賢而辱於此者。」或曰：「其氣之靈不爲偉人，而獨爲是物。故楚之南少人而多石。」（註七一）（〈小石城山記〉）

案：以上四例，則爲一問一答式，就是提出一個問題，接著作出回答。

今棄是州也，農夫、漁父過而陋之，賈四百，連歲不能售；而我與深源、克己獨喜得之，是其果有遭乎？（〈鈷鉧潭西小丘記〉）（註七二）

交絡之流，觸激之音，皆在床下。翠羽之木，龍鱗之石，均蔭其上。古之人其有樂乎此

耶？後之來者，有能追余之踐履耶？（〈石澗記〉）

案：以上二例，則爲問而不答式。作者故意只有設問，沒有回答，或者迴避正面作答，而讓讀者去聯想體味。

（七）頂眞

所謂頂眞，即上句的末字，和下句的首字相同；或前段的末句，和後段的首句相同。這樣上遞下接，蟬聯而下的修辭法，叫做「頂眞」。（註七三）「頂眞」又叫頂針、聯珠或蟬聯。（註七四）

翻閱「永州八記」中，祇〈始得西山宴游記〉、〈鈷鉧潭西小丘記〉、〈袁家渴記〉及〈石渠記〉等四篇巧妙地運用了修辭上的「頂眞」手法，（註七五）譬如：

> 上高山，入深林，窮暞溪，幽泉怪石，無遠不**到**。**到**則披草而坐，傾壺而**醉**；**醉**則更相枕以**臥**，**臥**而夢。意有所極，夢亦同趣。覺而**起**，**起**而歸。（〈始得西山宴游記〉）

> 蒼然暮色，自遠而**至**。**至**無所見，而猶不欲歸。心凝形釋，與萬化冥合。然後知吾嚮之未始**游**，**游**於是乎始，故爲之文以志。（〈始得西山宴游記〉）

> 得西山後八日，尋山口西北道二百步，又得鈷鉧**潭**。**潭**西二十五步，當湍而浚者爲魚

梁。**梁**之上有丘焉，生竹樹。（〈鈷鉧潭西小丘記〉）

有小山出水中，山皆美**石**，**石**上生青叢，冬夏常蔚然。（〈袁家渴記〉）

又折西行，旁陷巖石下，北墮小**潭**。**潭**幅員減百尺。清深多儵魚。（〈石渠記〉）

從上列例子，篇中上下兩句相同的字的首尾銜接，不獨加強節奏，表達一種回環往復、綿綿無窮的感情。同時用於描繪景物，給人明晰的印象。

三　結語

柳宗元的山水遊記的一個突出特點是，能夠生動傳神地描寫出自然界千幻萬狀的景物，用他自己的話來說就是「漱滌萬物，牢籠百態。」（註七六）「模狀物態，搜伺隱纇。」（註七七）可以說，柳宗元以他那敏銳的觀察力，幾乎能夠捕捉住大自然任何美妙動人之處。他那豐富的想像力，又賦予山水景物以活的生命，並以清新簡潔的語言，幽深秀美的境界，把自然景色細緻入微、形神畢肖地再現出來，的確達到了「摹寫情景入化，畫家所不到」的境地。（註七八）茲為清楚了解「永州八記」的修辭技巧，特列一總表於下：

柳宗元〈永州八記〉之修辭技巧

篇名	比喻	對比	雙聲疊韻	疊字	對仗	比擬	設問	頂真	小計
始得西山宴游記	2	2	9	4	14	1	0	6	38
鈷鉧潭記	0	1	3	0	5	2	1	0	12
鈷鉧潭西小丘記	5	1	5	2	6	1	3	2	25
至小丘西小石潭記	4	0	4	0	9	1	0	0	18
袁家渴記	0	0	2	0	9	1	0	1	13
石渠記	1	0	3	1	6	0	0	1	12
石澗記	3	0	1	0	7	0	2	0	13
小石城山記	2	0	2	0	1	0	1	0	6
總計	17	4	29	7	57	6	7	10	137

從上述分析，顯而易見的是〈始得西山宴游記〉一文，不獨使用修辭格最多（祇沒有設問格），而且次數亦較其他七篇爲多，難怪乎歷來學者或讀者對它特別喜愛。

參考文獻

甲　專書

朱光潛　《西方美學家論美與美感》　臺北市　丹青圖書公司　一九八三年
吳小如　《古文精讀舉隅》　太原市　山西教育出版社　一九八七年
吳小林　《柳宗元散文藝術》　太原市　山西人民出版社　一九八九年
吳小林　《唐宋八大家匯評》　濟南市　齊魯書社　一九九一年
吳小林　《中國散文美學史》　哈爾濱市　黑龍江人民出版社　一九九三年
吳文怡　《點校本柳宗元集》　臺北市　漢京文化事業公司　一九八二年
何沛雄　《永州八記導讀》　香港　中華書局　一九九〇年
沈德潛　《唐宋八家文》　臺北市　新文豐出版公司　一九七八年
周振甫　《古代名家寫作技巧漫談》　臺北市　木鐸出版社　一九八七年
林　紓　《韓柳文研究法》　臺北市　廣文書局　一九七六年
林雲銘　《古文析義》　臺北市　廣文書局　一九六三年
金　濤　《柳宗元詩文賞析集》　成都市　巴蜀書社　一九八九年
胡楚生　《韓柳文新探》　臺北市　臺灣學生書局　一九九一年

胡楚生　《柳文選析》　臺北市　華正書局　一九八三年
胡楚生　《古文正聲——韓柳文論胡楚生》　臺北市　黎明文化事業公司　一九九一年
茅　坤　《唐宋八大家文鈔》　臺北市　商務印書館文淵閣四庫全書
高步瀛　《唐宋文舉要》　臺北市　漢京文化事業公司　一九八四年
陳　柱　《中國散文史》　臺北市　臺灣商務印書館　一九八〇年
郭紹虞　《中國文學批評史》　臺北市　文史哲出版社　一九八二年
翁德森　《中國古代詩文講析》　上海市　上海古籍出版社　一九九二年
章行嚴　《柳文探微》　臺北市　華正書局　一九八一年
黃慶萱　《修辭學》　臺北市　三民書局　一九七五年
葉　朗　《現代美學體系》　臺北市　書林出版公司　一九九三年
劉大杰　《中國文學發展史》　臺北市　華正書局　一九七六年
劉昫等　《舊唐書》　臺北市　藝文印書館
劉　勰　《文心雕龍》　臺北市　學海出版社　一九七七年
劉熙載　《藝概》　臺北市　廣文書局　一九七四年
周祖譔　《隋唐五代文論選》　北京市　人民文學出版社　一九九〇年
閻增武　《美學原理導論》　濟南市　黃河出版社　一九九一年

陳友冰　《唐宋八大家散文鑑賞》　臺北市　五南圖書出版公司　一九九七年
吳永哲　喬萬民　《唐宋八大家之柳宗元》　天津市　天津人民出版社　二〇〇一年
天　人　《中國散文名篇鑑賞辭典》　內蒙古人民出版社　二〇〇一年
郭預衡劉盼遂　《中國歷代散文選》　臺北市　五南圖書出版公司　一九九一年

乙　期刊及論文

方　介　《韓柳文比較研究》　臺北市　臺灣大學中文所博士論文　一九九〇年
金容村　《柳宗元散文研究》　臺北市　臺灣大學中文所碩士論文　一九八五年
鄧小軍　《柳宗元散文的藝術境界》　《四川師範大學學報》　一九九三第一期

注釋

編　按　韋金滿　明道大學國學研究所教授。

註　一　語見柳宗元：《柳州文鈔》〈答貢士元公謹論仕進書〉。

註　二　參見《舊唐書》卷一百六十及《新唐書》卷一百六十八。

註　三　語見劉禹錫：〈唐故尚書禮部員外郎柳君集記〉。

註　四　語見〈漢文學史綱要〉第十篇。

註　五　語見韓愈：〈柳子厚墓志銘〉。

註　六　見陳海洋主編：《中國語言學大辭典》（南昌市：江西教育出版社，一九九一年），頁四〇七－四〇八，「修辭」條。

註　七　陳氏分類如下：

（甲）材料上的辭格：譬喻、借代、映襯、摹狀、雙關、引用、仿擬、拈連、移就。

（乙）意境上的辭格：比擬、諷喻、示現、呼告、倒反、婉曲、諱飾、節縮、省略、警策、折繞、轉品、回文。

（丙）章句上的辭格：反復、對偶、排比、層遞、錯綜、頂眞、倒裝、跳脫。

見陳望道：《修辭學發凡》（香港：大方出版社，一九七〇年），頁九四－九五。

註　八　張氏分類如下：

㈠描繪類：比喻、擬人、較物、運物、誇張、代替。

㈡佈置類：對照、襯托、對偶、反復、回環、排疊、層遞、聯珠、倒裝、錯綜。

㈢表達類：同語、反語、撇語、問語、引語、幽默、諷刺、雙關。

見張弓：《現代漢語修辭學》（石家莊市：河北教育出版社，一九九三年），頁一－二，「目次」。

註　九　黎運漢、張維耿之分類如下：

（甲）描繪類：比喻、比擬、借代、誇張、摹擬、移覺。

（乙）比較類：對照、襯托、較物、反連。

（丙）詞語類：反語、雙關、婉曲、拈連、仿詞。

（丁）句式類：對偶、排比、層遞、反復、設問、反問、回環、頂眞。

見黎運漢、張維耿：《現代漢語修辭學》（臺北市：書林出版公司，一九九四年），頁iv-v，「目錄」。

註　十　此七項爲：

(1)詩歌語言的形象性——相應辭格有：比喻、比擬；

(2)詩歌語言的生動性——相應辭格有：誇張、移就；

(3)詩歌語言的整齊性——相應辭格有：對偶、排比；

(4)詩歌語言的變化性——相應辭格有：反問、借代；

(5)詩歌語言的抒情性——相應辭格有：反復、對比；

(6)詩歌語言的含蓄性——相應辭格有：雙關、引用；

(7)詩歌語言的音樂性——相應辭格有：摹擬、音律。

詳見周亞生：《古典詩歌常見的幾種辭格》（北京市：語文出版社，一九九五年）。

註十一　語見《周禮．春官》鄭玄注引。

註十二　語見摯虞：《文章流別論》。

註十三　語見劉勰：《文心雕龍．比興》（臺北市：文史哲出版社，一九八五年），頁一〇五。

註十四　語見朱熹：《詩集傳注》。

註十五　語見李仲蒙：《斐然集》卷十八〈致李叔易〉，轉引自王應麟《困學紀聞》。

註十六 詳見拙著：《柳蘇周三家詞之修辭比較研究》（臺北市：天工書局，一九九七年），頁九四。

註十七 同前註，頁九六。

註十八 語見《容齋隨筆》三筆卷九。

註十九 語見《古文析義》初編卷五。

註二十 語見《唐宋八大家類選》卷三。

註二一 語見《唐大家柳柳州文鈔》。

註二二 語見《天下才子必讀書》卷十二。

註二三 詳見俞樾：《古書疑義舉例》。

註二四 語見劉勰：《文心雕龍．聲律第三十三》（臺北市：文史哲出版社，一九八五年），頁一〇五。

註二五 轉載自林尹：《中國聲韻學通論》（臺北市：世界書局，一九八一年），頁一七。

註二六 語見林尹：《中國聲韻學通論》，頁一七及頁四九。

註二七 其中：〈始得西山宴游記〉九次、〈鈷鉧潭記〉三次、〈鈷鉧潭西小丘記〉五次、〈至小丘西小石潭記〉四次、〈袁家渴記〉二次、〈石渠記〉三次、〈石澗記〉一次、〈小石城山記〉二次。

註二八 本文所論雙聲疊韻字，完全參照以下三種韻書：〔宋〕陳彭年等：《校正宋本廣韻》（臺北市：藝文印書館，一九八一年）。郭錫良：《漢字古音手冊》（北京市：新華書店，一九八八六年）。李珍華、周長楫：《漢字古今音表》（北京市：中華書局，一九九九年）。

註二九　案：以上十九例，皆屬疊韻字。

註三十　案：以上十例，皆屬雙聲字。

註三一　語見劉勰：《文心雕龍．聲律第三十三》（臺北市：文史哲出版社，一九八五年），頁一〇五。

註三二　語見《高明文輯》（臺北市：黎明文化事業公司，一九七八年）下冊〈論聲律〉一文，頁四三七。

註三三　見彭慶環注述劉勰：《文心雕龍》卷十〈物色第四十六〉，頁四七一。

註三四　語見《高明文輯》，下冊〈論聲律〉一文，頁四三六。

註三五　詳見拙著：《柳蘇周三家詞之修辭比較研究》，頁三四。

註三六　語見郭紹虞：《語文通論續集》。

註三七　轉載自高明：《高明文輯》，下冊第六輯〈論中國文學的形式美〉一文，頁九三。

註三八　語見劉勰：《文心雕龍．物色》，頁四〇〇。

註三九　詳見拙著：《柳蘇周三家詞之修辭比較研究》，頁二九六。

註四十　語見《高明文輯》，下冊第六輯〈談中國文學的形式美〉，頁九八。

註四一　參見拙著：《柳蘇周三家詞之修辭比較研究》，第二章第二節，頁三三。

註四二　劉勰：《文心雕龍．麗辭》（香港：商務印書館，一九六〇年），頁五八八。

註四三　語見范文瀾注劉勰：《文心雕龍．麗辭》，頁五九〇。

註四四　參見黎運漢、張維耿：《現代漢語修辭學》（香港：商務印書館，一九八六年），頁一四六。

註四五　所謂四對：言對、事對、正對、反對。詳見劉勰：《文心雕龍·麗辭》，頁五八八。

註四六　魏慶之《詩人玉屑》卷七引〈詩苑類格〉（上海市：古典文學出版社，一九五八年），頁一六五：「唐上官儀曰：『詩有六對，一曰正名對，天地日月是也；二曰同類對，花葉草芽是也；三曰連珠對，蕭蕭赫赫是也；四曰雙聲對，黃槐綠柳是也；五曰疊韻對，彷徨放曠是也；六曰雙擬對，春樹秋池是也。』」

註四七　魏慶之《詩人玉屑》卷七引〈詩苑類格〉頁一六五－一六六：「詩有八對，一曰的名對，送酒東南去，迎琴西北來是也；二曰異類對，風織池間樹，蟲穿草上文是也；三曰雙聲對，秋露香佳菊，春風馥麗蘭是也；四曰疊韻對，放蕩千般意，遷延一介心是也；五曰聯綿對，殘河若帶，初月如眉是也；六曰雙擬對，議月眉欺月，論花頰勝花是也；七曰迴文對，情新因意得，意得逐情新是也；八曰隔句對，相思復相憶，夜夜淚沾衣，空歎復空泣，朝朝君未歸是也。」。

註四八　所謂二十九種對：一曰、的名對；二曰、隔句對；三曰、雙擬對；四曰、聯綿對；五曰、互成對；六曰、異類對；七曰、賦體對；八曰、雙聲對；九曰、疊韻對；十曰、迴文對；十一曰、意對；十二曰、平對；十三曰、奇對；十四曰、同對；十五曰、字對；十六曰、聲對；十七曰、側對；十八曰、鄰近對；十九曰、交絡對；二十曰、當句對；二十一曰、含境對；二十二曰、背體對；二十三曰、偏對；二十四曰、雙虛實對；二十五曰、假對；二十六曰、切側對；二十七日、雙聲側對；二十八日、疊韻側對；二十九日、總不對對。日人金剛峰寺禪念沙門弘法大師（遍照金剛）：《文鏡秘府論》（臺北市：學海出版社，一九七四年），頁八三－八四。

註四九　所謂三類：工對、鄰對、寬對。詳見王力：《漢語詩律學》第一章第十四節〈對仗的種類〉（上海市：上海教育出版社，一九六二年），頁一五三－一八〇。

註五十　詳見姜宗倫：《古典文學辭格概要》（昆明市：雲南人民出版社，一九八四年），頁二三九－二四五。

註五一　詳見徐芹庭：《修辭學發微》（臺北市：中華書局印行，一九七四年），頁一二三

註五二　詳見黃慶萱：《修辭學》（臺北市：三民書局印行，一九八一年），頁四五七。

註五三　詳見董季棠：《修辭析論》下篇（香港：南聯圖書公司），頁三二四－三二五。

註五四　其中：〈始得西山宴游記〉十四次、〈鈷鉧潭記〉五次、〈鈷鉧潭西小丘記〉六次、〈至小丘西小石潭記〉九次、〈袁家渴記〉九次、〈石渠記〉六次、〈石澗記〉七次、〈小石城山記〉一次。

註五五　所謂當句對，即一句之中，自相對偶的意思。

註五六　所謂聯緜對，即上下兩句皆用雙聲疊韻或疊字相對的意思。

註五七　所謂鼎足對，即上下三句皆互成對仗的意思。

註五八　所謂排比對，即上下兩句偶用相同的字句以相對的意思。

註五九　所謂頂眞對，即上句末字與下句首字相同而互成對仗的意思。

註六十　這裡所指「箭」，即指小竹。

註六一　所謂同類對，亦即同對。根據日本弘法大師在他的《文鏡秘府論．論對》一文中說：「同對者，若大谷、廣陵、薄雲、輕霧，此大與廣，薄與輕，其類是同，故謂之同對。」頁一〇一。至於本文分類，悉依王力：《漢語詩律學》第一章第一四節〈對仗的種類〉（上海市：上海教育出版社，一九六二年），頁一五三。

註六二　葳蕤，本形容草木茂盛，枝葉下垂貌。這裡代指草木。

註六三　所謂異類對，根據日本弘法大師在他的《文鏡秘府論．論對》頁九三，一文中說：「異類對者，上句安天，下句安山；上句安雲，下句安微；上句安鳥，下句安花；上句安風，下句安樹。如此之類，名爲異類對。非是的名對，異同此類，故言異類對。」

註六四　所謂「隔句對」，亦稱扇對。凡上下四句，奇句與奇句詞彙相對，偶句與偶句詞彙相對，是謂隔句對。日人遍照金剛曾說：「隔句對者，第一句與第三句對，第二句與第四句對：如此之類，名爲隔句對。」魏慶之引〈詩苑類格〉說：「詩有八對，……八曰隔句對；『相思復相憶，夜夜淚沾衣；空悲亦空歎，朝朝君未歸』是也。」

註六五　所謂的名對，即上下兩句正正相對的意思。譬如：上句用「來」而下句用「去」。

註六六　所謂顏色對，即上下兩句都用顏色字以相對的意思。上句安碧，下句安青；上句安黃，下句安紅；如此之類，名爲顏色對。

註六七　語見陳望道：《修辭學發凡》（香港：大方出版社，一九七〇年），頁一五二。

註六八　語見武占坤主編：《常用修辭格通論》（石家莊市：河北教育出版社，一九九〇年），頁三九。

註六九　參見劉凡：《修辭藝術詮釋》（西安市：陝西人民教育出版社，一九九三年），頁一〇〇。

註七十　清人沈德潛評道：「亦善寫風，前篇駭動，此篇靜遠。」「前篇」即指〈袁家渴記〉。

註七一　〈小石城山記〉在盡述小石城山的奇特景物之後，作者由此便引發出積鬱心底很久的疑問：天地間有無造物者？天有無意志？作者又在文章中展開了一連串的疑問：那麼這些巧奪天工的奇異景物為什麼不設置在中原內地，卻設置在這少數民族居住的窮鄉僻壤，使它們經歷了千百年而得不到一次表現自己的機會？作者把探尋山川景物與探尋人的命運際遇自然地結合在一起，借對山水的記述，含蓄而曲折地表達了自己內心深處的想法。

註七二　這裡的「果有遭」有兩層意思：一是說小丘被我喜而得之，是它有了好的際遇，得到了賞識；一是說自己的遭遇同小丘一樣。從字面上看，是鈷鉧潭使他樂於居住在偏僻的邊遠之地而忘掉了故土。實際上，它的意思是：鈷鉧潭的景色雖好，也許使我一時樂而忘憂，但又怎能忘掉我的故土，又怎能忘掉我目前身為僇人的處境呢？利用一問一答的方式，字裡行間，處處流露出寂寞孤獨、憂心忡忡的情調，從而使人對眼前的景物產生一種淒清之感。

註七三　參見董季棠：《修辭析論》下篇，頁三八五。

註七四　參見黎運漢、張維耿：《現代漢語修辭學》第五章，頁一六〇。

註七五　其中：〈始得西山宴遊記〉用六次、〈鈷鉧潭西小丘記〉用二次、〈袁家渴記〉用一次及〈石渠記〉用一次。

註七六　語見《柳柳州集》卷二四，〈愚溪詩序〉。

註七七　同前註，卷二五，〈送文郁師序〉。

註七八　語見清代汪基對柳宗元遊記的評論。

「制從長慶辭高古」

——論元白制誥文之「駢體散文化」

陳鍾琇

摘要

制誥文是古代朝廷用以宣達君命昭告天下的文書，先秦制誥文筆法以散體書寫，本質古樸深厚而達意，然自六朝以降，駢儷之風席捲文壇，故而影響唐代朝廷制誥文崇尚駢儷筆法，駢體四六文儼然成爲時文，是當時文人所必備的書寫才能。

元白二人自長慶元年同任「知制誥」官職後，得以草擬制誥文，元稹在長慶元年發表〈制誥序〉一文，宣揚穆宗復古之用心，同時也表達改良朝廷制誥文之理念與決心。元稹將當時重駢體的制誥文逐漸帶入「散體」筆法，欲將朝廷制誥文恢復成先秦時代以散體書寫，而內涵深厚與古樸爾雅的本質，實際上，元稹制誥文之「駢體散文化」是復古的文學改良運動。白居易則進一步將制誥文別立「新體」與「舊體」，白居易「新體」制誥文乃是「駢體」制誥文；

「舊體」制誥文則是「散體」制誥文，亦影響到後代朝廷制誥文以散、駢二體並存的情況。元白制誥文之「駢體散文化」之文學復古改良運動，在繼韓柳提倡古文之理念與實踐的道路上，更別具承繼與創新的意義。

關鍵詞

元白、韓柳、制誥文、駢體、散文、古文、復古

一　緒論

唐代文人提倡古文者，在中唐時代首推韓愈，韓愈一生畢其功力推展聖賢儒學，爲文意旨講究發揚聖賢之道。然而生年較韓愈稍晚的元稹、白居易二人，除了在詩歌創作領域，以及所提倡的新樂府運動，在唐代文壇有卓越之貢獻外，其實元白二人在提倡唐代散文之功更不遑多讓。尤其元白二人同時擔任穆宗長慶年的「知制誥」官職，身負草擬君命之要務，將唐自立國以來，駢體性質的朝廷「制誥文」進行實際的改革創作，創作散體制誥文，這在唐代歷朝之制誥文書創寫的歷史上，實屬創舉，亦是一種文學的復古運動。

所謂「制文」，即是宣達君命的朝廷文告，自六朝以降，通常用駢體文來書寫，然而白居易曾在〈餘思未盡加爲六韻重寄微之〉一詩中云：「制從長慶辭高古，詩到元和體變新。」並在前一句「制從長慶辭高古」下自注曰：「微之長慶初知制誥，文格高古，始變俗體，繼者效之也。」（註一）「長慶」是唐穆宗的年號，爲期四年（八二一—八二四）。據白居易所云，元稹在長慶初年擔任「知制誥」一職，並實際從事改革朝廷制文，將制誥文「駢體散文化」，文辭帶有先秦制誥高古之遺風，而使得當時制文尚駢風氣爲之改變。此外，白居易更將自己創寫的中書制誥文分爲「舊體」與「新體」兩類，收錄在《白氏長慶集》卷三一至三六中，而元稹甚至針對當時朝廷之制誥文體提出商榷與改革新見。

故而本篇論文旨在探論元白二人創寫之制文，進而明辨白居易制誥文「舊體」與「新體」之別，以闡明元白二人在中唐古文運動中之地位與意義。

二　元白於長慶年間之官職與制誥文改革新見

元白二人之詩友情誼，唱和之頻繁，甚而奠定「次韻相酬」之元和體格，歷來備受文學史家所稱頌。然而，元白二人在中國詩歌史輝煌的成就之外，其在唐代散文創作之推展，更值得細究與重視。尤其當元白二人有機會成爲朝廷重臣，得以利用權位之便，進行文體改革以實踐文學理念時，其對於當時文壇所造成之影響，亦值得深論。

有關元白二人之結識與交往乃至於成爲朝廷館閣大臣，在元白詩文本集以及史書，或者後人所作碑誌均能得見記載，據《元稹集》卷第三十三〈同州刺史謝上表〉所云：「年十有五，得明經出身。自是苦心爲文，夙夜強學。年二十四，登乙科，授校書郎。年二十八，蒙制舉首選，授左拾遺。」(註一)《白居易集》卷四十三〈送侯權秀才序〉云：「貞元十五年秋，予始舉進士。」(註二)而據朱金城《白居易年譜》考證，德宗貞元十八年（八〇二），當時白居易年三十一歲，參與吏部選拔，試書判拔萃科；而當年元稹二十四歲，並且同白居易應吏部試書判拔萃科。貞元十九年，元白二人並同時由朝廷授予祕書省校書郎官職。(註四)（有關元白二人歷朝重要任官事蹟，可參閱文後「附錄」表格。）

據《舊唐書》所載，唐代祕書省隸屬中書之下，祕書省設有祕書郎四名，從四品；校書郎八名，正九品上，(註五)而唐代祕書省主要是監掌經籍圖書之事，其校書郎官職所負責的職事爲掌讎典籍與刊正文章。(註六)白居易的〈代書詩一百韻寄微之〉詩中有云：「憶在貞元歲，初登典校司。身名同日授，心事一言知。」詩中提到的，就是他與元稹在貞元十九同任祕書省校書郎職事，並在此詩自注云：「貞元中與微之同登科第，俱授祕書省校書郎，始相識也。」(註七)元白二人於公則在同一部門、同一職位任職，兩人同僚情誼是「肺腑都無隔，形骸兩不羈。」(註八)於私則以詩歌相唱和，甚而「有月多同賞，無盃不共持」，元白兩人年輕時代的一場九品校書郎官同僚之情，奠定往後仕宦歲月相扶持的堅定友誼。

到了憲宗元和初年（八〇六），白居易同元稹皆應朝廷吏部「才識兼茂明於體用科」，此次考試爲朝廷制舉選才，白居易對策語直，入第四等；而元稹制科入三等，朝廷授與左拾遺。(註九)憲宗在位十五年，而爲期十五年的元和朝，卻也是白居易與元稹仕宦之途最爲坎坷的階段。在元和年間，元白二人均曾因爲政事而遭朝廷貶謫，尤其在元和十年（八一五），白居易從翰林學士被貶爲江州司馬；元稹則從江陵士曹再貶爲通州司馬，兩人遭遇頗爲相似。一直到了憲宗末年的元和十五年，白居易與元稹均任「知制誥」之後，兩人仕宦之途始爲平順。

接續元和十五年之後，是爲期四年的穆宗長慶朝，元白二人亦均任「知制誥」官職，據史料記載，在穆宗尚在東宮時，便與元稹過從甚密，據：《舊唐書》卷一百六十六云：

穆宗皇帝在東宮，有妃嬪左右嘗誦稹歌詩以爲樂曲者，知稹所爲，嘗稱其善，宮中呼爲元才子。（註十）

引文說明元稹以歌詩受知於尚是東宮太子的遂王李恆，李恆即位爲穆宗後，更加的與元稹親善，據《舊唐書》卷一百六十六：

荊南監軍崔潭峻甚禮接稹，不以掾吏遇之，常徵其詩什諷誦之。長慶初，潭峻歸朝，出稹〈連昌宮辭〉等百餘篇奏御，穆宗大悅，問稹安在，對曰：「今爲南宮散郎。」即日轉祠部郎中、知制誥。（註十一）

上述引文說明元稹以〈連昌宮詞〉甚得穆宗之歡，並繼而擔任穆宗長慶朝「祠部郎中」以及「知制誥」的由來。元稹在長慶元年擔任「中書舍人」、「翰林承旨學士」；同樣的，白居易也在長慶元年擔任「中書舍人」、「知制誥」，並任制策考官。據《新唐書》記載，唐代翰林院是「待詔之所」，其翰林學士之職，本是以文學語言而被徵爲朝廷顧問，並且得以「參謀議」、「納諫諍」，是備受朝廷禮遇之顯職；（註十二）而中書舍人則掌朝廷之文書詔令，而入翰林院之後一年，始遷「知制誥」，未知制誥者不作文書。（註十三）元白私交甚篤而同任朝廷顯職，長慶年間可謂元白仕途平步青雲的時期。白居易曾於長慶三年作了一首〈餘思未盡加爲六韻重寄微之〉詩：

海內聲華併在身，篋中文字絕無倫。遙知獨對封章草，忽憶同爲獻納臣。走筆往來盈卷軸，除官遞互掌絲綸。制從長慶辭高古，詩到元和體變新。各有文姬才稚齒，俱無通子繼餘塵。琴書何必求王粲？與女猶勝與外人。（註十四）

白居易於詩中嘉美元稹文采，並提到兩人同爲朝廷獻納之臣，而在「走筆往來盈卷軸，除官遞互掌絲綸」句下自註云：「予除中書舍人，微之撰制詞；微之除翰林學士，予撰制詞。」（註十五）可見兩人亦作制詞相互恭賀得登朝廷顯職並同掌制誥命辭。

所謂制誥文，《文章辨體序說》對「制、誥」二詞解釋曰：

按《周官》太祝六辭，二曰「命」，三曰「誥」。考之於《書》，「命」者，以之命官，若〈畢命〉、〈冏命〉是也。漢承秦制，有曰「策書」，以封拜諸侯王公；有曰「制書」，用載制度之文。……迨乎唐世，王言之體曰「制」者，大賞罰、大除授用之；曰「發敕」者，授六品以下官用之，即所謂「告身」也。（註十六）

據引文，所謂「制」文乃是朝廷宣達君命、用以頒佈與載用制度之文體，而《文體明辨序說》對於「制」之文體，亦加以補充解釋云：

按顏師古云：「天子之言，一曰制書，謂爲制度之命也。」蔡邕云：「其文曰制，誥三公，赦令，贖令之屬是也。」……唐世，大賞罰、赦宥、慮囚及大除授，則用制書，其褒嘉贊勞，別有慰勞制書，餘皆用　，中書省掌之。（註十七）

這段引文則進一步解釋制文是上承天子之言，是一種用來頒授朝廷對於朝臣賞罰、赦宥、慮囚以及任官、贊勞等功用之君命文體，而由中書省所掌任。實際上，由文獻資料觀察，古代的制誥文即是當今俗稱的「聖旨」，而既然自元和十五年至長慶年間，元白二人即被授予擔任「中書舍人」與「知制誥」等職務，奉王言之命草擬制誥文，因此，穆宗長慶年的朝廷制誥文書多出自元白二人之手，元稹甚至以行動來實踐他改革朝廷制詔文體的文學主張。

元稹從長慶元年始，便著手對於朝廷制誥文體進行改革，爲何朝廷制誥文必須進行改革呢?元稹在〈制誥序〉一文中，曾對於「制誥文體」有獨到之見解，並且對於唐自立朝以來的制誥文進行批判，曰：

制誥本於《書》，《書》之誥命訓誓，皆一時之約束也。自非訓導職業，則必指言美惡，以明誅賞之意焉。是以讀《說命》，則知輔相之不易；讀《胤征》，則知廢怠之可誅。秦漢已來，未之或改。近世以科試取士文章，司言者苟務刓飾，不根事實；升之者美於詞，而不知所以美之之謂；黜之者罪溢於紙，而不知所以罪之之來；而又拘以屬對，跼以圓方，類之於賦判者流，先王之約束蓋掃地矣。（註十八）

據引文，元稹認爲制誥文根源於《尚書》，《尚書》所載之誥、命、訓、誓諸篇，均是載王言之體，是君王布政天下之文告，其最主要之意旨在於言人、事之美惡，並表達誅賞人、事之用意。因此制誥文首重的是，宣揚王言布告之大義。

然自隋唐以來，以科舉取士，唐代科舉一般分爲「常舉」與「制舉」，常舉中最受唐代社會所重視者即爲「進士」與「明經」兩科；制舉則是由皇上臨時下詔所舉行，爲網羅「非常之才」而設的。進士科試以詩、賦；而明經帖經。制舉考科項目繁多，傅璇琮曾統計過《唐會要》卷七十六〈制科舉〉部分，從高宗顯慶三年（六五八）至文宗大和二年（八二八）當中，制舉考試曾經考過的科別共有六十三個科目，（註十九）白居易與元稹在元和元年，便均投考制舉之「才識兼茂明於體用」科，甚至白居易在元和三年曾選考制舉之「賢良方正能直言極諫科」及第後，擔任諫官職務的左拾遺。

唐代制舉主要是以試策文爲考項，策文內容多半與朝廷政事相關，既然制舉要考「策文」，因此爲了能熟於策文應試技巧，多半應試文人便會試作「策文」加以練習，白居易與元稹在元和元年，罷校書郎後，便是與元稹爲了同應制舉，私下試作不少策文。(註二十)元稹認爲，由於朝廷取士之文，受到時文尚駢之影響，而掌承敕宣付的司言之官，(註二一)即草擬制誥者，多半只注重文章詞藻之文飾、而不根據所論之事實，對於所論人、事之「美」「黜」過溢，而不知其所以然謂。甚至過度以屬對觀念來擬制誥，這便與注重屬對的「律賦」與「判文」相類似了，如此一來，便無法顯揚「制誥文」爲王言約束的意旨。〈制誥序〉又云：

> 元和十五年，余始以祠部郎中知制誥，初約束不暇，及後累月，輒以古道干丞相，丞相信然之。又明年，召入禁林，專掌內命。上好文，一日，從容議及此，上曰：「通事舍人不知書便其宜，宣贊之外無不可。」自是司言之臣，皆得追用古道，不從中覆。然而余所宣行者，文不能自足其意。率皆淺近，無以變例。追而序之，蓋所以表明天子之復古，而張後來者之趣尚耳。(註二二)

元稹在元和十五年任「知制誥」，隔年也就是「長慶元年」，便以「知制誥」司言之便，再加上穆宗「復古好文」，從此朝廷司言之臣所擬之制誥便皆得追用古道，因而便推行「制文」改革以正文體，最終的目的在於表明穆宗的復古決心，並引領後學效習之趨尙。

筆者認爲，唐代應試舉子在投考「常舉」時，進士科必作「試律詩」與「試律賦」、及第後取得「出身」，進而應吏部考「判文」，而「判文」是以四六文爲之，(註二三)非常注重文辭屬對。再者，若要在任官上取得更大的名聲與優勢，必得應君王爲網羅非常之才的「制舉」方能晉身顯達，因此多半文人在應常舉試之外，也會應制舉試，以求仕祿。在唐人「試律詩」與「試律賦」以及「判文」尙駢而重屬對之風氣下，應制舉的文人寫出帶有駢偶色彩的「試策文」，甚而擔任朝廷司言後，爲文只重視屬對觀念，而忽略制誥文是爲王言約束的最高宗旨，如此便不難理解，而這也是元稹要改革「制誥文」，並且恢復《尙書》中，制誥爲王言約束之正統的原因了。

三　元稹制誥文「文格高古」與務求「純厚明切」

元稹在唐代詩文創作上，特別強調其「尊古」之意涵，例如：在詩歌創作上，發表了「樂府古題」十九首，此十九首古樂府詩是和劉猛與李餘之作，(註二四)據元稹〈樂府古題序〉所云(註二五)，此十二首和詩，特別強調其「古題新意」之創作宗旨；而在長慶元年發表〈制誥序〉一文，也特別強調「尊古」之理想。

制誥文原本的文體屬性到底有何特殊之處？以至於元稹欲以知制誥職務之便來進行改革，而「制」與「誥」以及「詔」三種文體又有何關聯性呢？據《文章辨體序說》解釋云：

按三代王言，見於《書》者有三：曰誥、曰誓、曰命。至秦改之曰詔，歷代因之。然唯兩漢詔辭深厚爾雅，尚爲近古。至偶儷之作興，而去古遠矣。（註二六）

《文體明辨序說》亦云：

按劉勰云：「古者王言，若軒轅、唐、虞同稱爲命。至三代始兼詔誓而稱之，今見於《書》者是也。秦并天下，改命曰制、令曰詔，於是詔興焉。漢初，命定四品，其三曰詔，後世因之。」

夫詔者、昭也，告也。古之詔詞，皆用散文，故能深厚爾雅，感動乎人。六朝而下，文尚偶儷，而詔亦用之，然非獨用於詔也。後代漸復古文。而專以四六施諸詔、誥、勑、表、箋、簡、啓等類，則失之矣。（註二七）

據上述兩則引文可知，王者下達命令曰「制」與「詔」，而至秦以後，改誥爲「詔」，所以，誥文也就是詔文，爲王言昭告天下之意。三代兩漢之詔辭皆用散文書之，文辭古質深厚，因而能感動於人。然而自六朝以降，文風崇尚駢儷，此尚駢風氣亦影響朝廷詔文之寫作，雖後代文壇逐漸重視與恢復古文，然亦專以「四六」文體書寫朝廷文書，因而喪失王言文體尚古之原本特質。

筆者亦認爲，唐代制誥文尚駢偶文辭，一來是受到自六朝以來文風尚駢之影響；二來即是受科考「試律詩」、「試律賦」等應試科目尚偶筆法所制約，以至於文人參與「制舉」考策文時，亦沾帶尚偶筆觸來寫作，當入朝成爲草擬王命司言之官職身分時，則以此尚駢觀念草擬文告，這種朝廷裡外尚駢爲文的習性，即是元稹所要改革的任務；而恢復「制誥文」深厚爾雅的本質，則是元稹改尚駢制誥文的目標。

今存元稹所作的制誥文，收錄在《元稹集》卷四十一至五十卷之中，共十卷，一百四十三篇。這些制誥文句式多半以散文寫成，如〈高釴授起居郎〉

> 敕：行而不息者，時也，久而不可泯者，書也。微使氏，吾其面牆於堯、舜、禹、湯之事矣。尚書郎亦有會計奏議之重，非博達精究之才，其可以充備茲選乎?高釴、何士乂等，富有文章，優於行實，捃拾匡益，殆無闕遺。前以東觀選才，因而命釴。視其所

以，足見書詞。俾伺朕之起居，遂編之於簡牘，不亦詳且實耶？而士乂亦以久次當遷，移補郎位，允膺清秩，無忘愼終。鉽可守起居郎，依前充史館修撰，士乂可尚書水部員外郎，餘如故。（註二八）

觀察上述制文，在內容上，元稹開宗明義以史書言事之傳統發論，評論朝廷尙書郎官，必得才高博達者始能擔任，繼而說明朝廷評選高鉽與何士乂任官之理由，全文著重在人物事蹟的客觀敘述，稱譽中肯；在形式上，句式多以散行呈現，文辭用語質樸而論事切實，並無刻意的雕鏤文字。

再者，亦有偶見駢散夾雜者，如：〈韓察明州刺史等〉

敕：朕子育兆人，懷乎懼一物之不至，將我德澤流布于遠邇者，其惟良二千石乎？前京兆府富平縣令韓察等，久於吏職，皆能著名。或當奉詔條，風聲尙在；或歷居郊館，惠養有方。命汝臨人，勿違其俗。夫明近於海，懦則姦生；通理於巴，急則吏擾；沔當津會，滯則怨起。推是三者，引而伸之，然後可以憂人之憂矣。爾其勉之，可依前件。（註二九）

上述引文，稱譽嘉勉韓察擔任明州刺史之功績，唐代的明州是當今的浙江，自從韓察於長慶元年任明州刺史以後，多所建樹。而文中夾雜排比句式，用以分析明州的地理位置與人文之特殊性。

此外，亦有少數「表」章，是以駢文寫成，如：〈批宰臣請上尊號第二表〉，共有四十二句，通篇爲駢文句式並且押韻，足堪以駢賦視之。有基於此，元稹曾於〈制誥序〉中云：「然而余所宣行者，文不能自足其意。率皆淺近，無以變例。」意謂其所爲制誥，尚求達意淺顯易懂，而不拘泥於駢散形式，並非刻意要改變朝廷制誥文尚駢的通例。元稹序言雖有自謙之意，然客觀評論其所作制誥之形式，確實突破以往朝廷制誥文主要以駢體爲形式的特點，將散文句式帶入了制誥文形式之中。因此，吾人可知，元稹在長慶年試作的制誥文，實際上，是一種「駢體散文化」的制誥文。

白居易曾於〈餘思未盡加爲六韻重寄微之〉一詩中，提到元稹這百來篇的制誥文所帶來的影響，曰：「制從長慶辭高古，詩到元和體變新。」並在前一句「制從長慶辭高古」下自注曰：「微之長慶初知制誥，文格高古，始變俗體，繼者效之也。」認爲元稹在長慶年任「知制誥」所創寫的制誥文是以文格高古見長，甚至引領後繼者效法的風氣。而《新唐書》亦對元稹制誥文備有稱譽，謂元稹「變詔書體，務純厚明切，盛傳一時。」(註三十)可見「文格高古」與「純厚明切」爲元稹制誥文的文辭特色。在歷來典籍中，「高古」一辭常用於品評人物以及詩文等，如：白居易謂陶潛格調高古，偏放於田園；（註三一）司馬子長取法《戰國策》以著史記，而文辭高古；司空圖《二十四詩品》第五品即爲「高古」；〔元〕楊載《詩法家數》謂作詩之立意要高古渾厚，有氣概，要沈著，忌卑弱淺陋，云云。而自六朝以降，由於朝廷制誥文書主要是以駢體文形式呈現，在朝廷時文尚駢之風氣下，能洞察制誥文「尚質深厚」之本質，而以實際的革新精神與理念創寫朝廷制誥文者，元稹堪稱爲唐代第一人，並且贏得白居易與後代史家之美譽。

四　白居易長慶年制誥文「新體」與「舊體」之別

白居易早在元和二年，即入翰林院任學士草擬制誥，直到元和六年丁母憂卸職爲止，這五年在翰林院任學士所寫的些制誥文，均收錄於本集卷五十四至卷五十七的〈翰林制詔〉中，這些制誥文有不少篇章經由當代大陸學者岑仲勉考證，是爲僞作，（註三二）而朱金城《白居易集箋校》對於這些翰林制誥亦視爲僞作，所持觀點均認爲，白居易於元和年間的官職與所作制誥文之時間不符，因而判定爲僞作。不過，筆者逐一審視這些元和年間的制誥文寫作形式，絕大多數是以四言句居多，（註三三）形式上絕大部分以四六句型呈現，是爲典型的駢文。

而到了長慶元年，白居易與元稹同在穆宗長慶元年任「中書舍人」與「知制誥」，亦同掌承敕宣付的司言之職，白居易在長慶元年至四年所寫的制誥文收錄於本集中，並區分爲「新體」與「舊體」，卷四十八至卷五十收錄「舊體中書制誥」共八十五首；卷五十一至卷五十三則收錄「新體中書制誥」共一百四十八道。

白居易在長慶年間所寫的中書制誥文，雖清楚區分為「新體」與「舊體」，然而並無進一步說明新體與舊體的定義為何以及區分的理由。

白居易長慶年的制誥文之「新體」與「舊體」之別，歷來學者判定考證說法不一，如：史家學者陳寅恪認為「舊體」是駢體的制誥文，而「新體」則是改革後的散體制誥文，朱金城《白居易箋校》亦持相同意見；（註三四）持相反意見的，則是孫昌武與尹占華兩位學者，尹占華在〈白居易制誥文中的「新體」與「舊體」之辨〉一文中，則進一步分析白居易制誥文「新體」與「舊體」之形式後，曰：

《白氏長慶集》的「舊體」是指經過改造的制誥文，亦即散文化了的駢體文；「新體」則是指通行的駢體文。故在當時來說，「舊體」實是革新，「新體」實是守舊。這種稱謂，與將散體文稱「古文」，駢體文稱「今文」；格律相對寬鬆的、與魏晉之詩同一體式的詩稱「古體詩」，「律詩」稱「今體詩」、「近體詩」是同一道理。這裡「舊體」、「新體」是套用相沿已久的稱謂，復興古道的文體稱「舊體」，承襲南朝的文體稱「新體」。（註三五）

尹占華認爲，唐人將駢體文視爲時文，是沿用自六朝以來，將駢體文稱作新體文亦謂「今文」的一種慣用語。因此，吾人不能將元白制誥文「駢體散文化」的改革視爲是一種自創「新體」的改革，這容易令人陷入名實不相符合的迷思，應該從唐人對當時文體的稱謂，來釐清元白長慶年制誥文「新體」與「舊體」的觀念，以及從元白實際改革的制誥文來分析，這個問題才能獲得確切的解決。

今觀白居易本集中，所收錄的「新體」制誥文，就是以駢體文方式所書寫的，因部分篇章篇幅甚長，茲酌予略舉以資說明，如：〈陳中師除太常少卿制〉

> 儁：尚書吏部郎中、兼侍御史陳中師：早以體物之文，待問之學，中鄉里選，第甲乙科。及筮仕立身，皆有本末。不背俗以矯逸，不趨時以沽名。從容中道，自致聞望。累踐郎署，再參憲司。官無卑崇，事無簡劇，如玉在佩，動必有聲。爲時所稱，何用不可？朕以立國之本，禮樂爲先。今之太常，兼掌其事。貳茲職者，不亦重乎？歷代迄今，謂之清選。往復是命，佇觀有成。予方急才，爾寧久次？可太常少卿。（註二八）

觀察文句體式，絕大部分是由對等的駢句所組成，又如：〈薛從可右清道率府倉曹制〉

儁：三品子薛從：惟汝父平守吾藩鎮，能以忠力殄寇安人。疇庸既以啓封，延賞亦宜及嗣。勉承義訓，無忝寵章。可朝散郎、行右清道率府倉曹參軍。（註三七）

上引文其形式亦由駢句所組成，而白居易將這兩篇制誥文視爲「新體」收錄卷中。

此外，白居易的「舊體」制誥文的形式，茲略舉兩篇分析：〈張籍可水部員外郎制〉

儁：登仕郎、守國子博士張籍：文教興則儒行顯，王澤流則歌詩作。若上以張教流澤爲意，則服儒業詩者宜稍進之。頃籍自校祕文而訓國胄，今又覆名揣稱，以水部曹郎處焉。前年以來，凡歷文雅之選三矣，然人皆以爾爲宜。豈非篤於學，敏於行，而貞退之道勝也？與之寵名者，可以獎夫不汲汲於時者。可守尚書水部員外郎，散官、勳如故。（註三八）

引文內容述說張籍自國子博士榮升水部員外郎之理由，文中「文教興則儒行顯，王澤流則歌詩作。」是稱美張籍之學行以及王恩流布以興歌詩，此二句之句式爲駢體對句之外，本篇絕大部分的句式是以散體之書寫形式呈現。

再者，最值得一提的，當元稹在長慶元年榮升爲「中書舍人、翰林學士」時，當時白居易官職是「知制誥」，因此便代王言擬作一篇制誥文，頒佈這項人事命令，如：〈元稹除中書舍人翰林學士賜紫金魚袋制〉，此篇制誥文亦收錄在「舊體」卷中，全文如下：

傳：仲尼曰：「志有之，言以足志，文以足言，言之無文，行而不遠。」故吾精求雄文達識之士，掌密命，立內庭。甚難其人，爾中吾選。尚書祠部郎中、知制誥、賜緋魚袋元稹，去年夏拔自祠部曹員外，試知制誥。而能芟繁詞，剗弊句，使吾文章言語與三代同風。引之而成綸綍，垂之而爲典訓。凡秉筆者，莫敢與汝爭能。是用命爾爲中書舍人，以司詔令。嘗因暇日，前席與語，語及時政，甚開朕心。是用命爾爲翰林學士，以備訪問。仍以章綬，寵榮其身，一日之中，三加新命。爾宜率素履，思永圖，敬終如初，足以報我。可中書舍人、翰林學士、賜紫金魚袋。（註三九）

白居易奉王言之命，代擬詔書，文中表達穆宗對於元稹文才之賞識，並讚譽元稹自從擔任「知制誥」後，能「芟繁詞，剗弊句」，使得當朝文章言語與三代同風。這不僅是穆宗個人對於元稹改良制誥文將之「復古」的稱譽，亦是身爲摯友的白居易內心對於元稹至高的美譽。此外，就全文句式分析，除了首句引仲尼嘉言開場外，實際上就是一篇散體的制誥文，而這篇制誥文，亦爲白居易所稱的「舊體」制誥文。

若吾人繼而思考元稹「制誥序」的意旨，他的改革是將當時自六朝以降，號稱爲新體時文所寫作的駢體制誥文，恢復成先秦制誥文以散體書寫的筆法，以表明「天子之復古」的用心。因此，事實上，這改良行動是爲文體之「復古」，若以「復古」角度持平而論，實爲恢復制誥文以散文書寫的形式，而這「散體」相對於當時駢體時文之「新體」而言，實爲「舊體」。白居易以元稹改良駢體制誥文的精神爲標範，進而在長慶元年至長慶四年任「知制誥」的官職上，以所書寫的制誥文實際明確的區分出何謂「新體」與「舊體」，一來，基於摯友的立場，支持元稹所提倡的制誥文「復古」理念；二來，由於唐代文壇尚駢風氣仍盛，亦不免俗的仍繼續駢體制誥文的書寫，使得駢體制誥文書寫筆法不絕於唐世。如此一來，自元白長慶年間制誥文的「駢體散文化」復古改革之後，朝廷制誥文體式便別立出兩條書寫形式路線，一爲「散體」、一爲「駢體」，而至後世，朝廷制誥文也一直存在著「散體」與「駢體」兩種文體模式。如：《文章辨體序說》釋〈制、誥〉曰：

> 宋承唐制，其曰「制」者，以拜三公三省等職。辭必四六，以便宣讀于庭。「誥」則或用散文，以其直告某官也。（註四十）

《文體明辨序說》釋〈誥〉曰：

唯唐無誥名，故仍稱制。其詞有散文、有儷語，則分爲古、俗二體云。（註四一）

由上述兩則引文之說明可知，唐代所謂的制誥文，是不分「制」與「誥」，而是合稱爲「制文」，制詞的體例存有「散文」與「儷語」兩種，依以分爲「古體」與「俗體」兩種體例，根據筆者分析白居易制誥文研判，事實上，《文體明辨序說》所稱的「古體」亦即白居易「舊體」制誥文；而「俗體」亦即白居易「新體」制誥文。

唐代從立國伊始，以通俗流行的駢體爲朝廷制誥文書寫主流。到了中唐自元稹提倡制誥文「復古」，以「駢體散文化」之書寫模式改革朝廷尚駢之制誥文，而白居易制誥文則以「舊體」書寫呼應元稹之改革理念外，另一方面仍不免俗的持續「新體」制誥文的書寫，因此，筆者認爲白居易在制誥文的書寫上，別具「復古與尚新」的書寫特色。

爾後宋承唐制，進而區分出朝廷「制文」與「誥文」之不同，區分的標準在於，以駢體寫作制文，以頌揚爲實質；另以散體寫作「誥文」，用以直告官員。朝廷制誥文之體例，遂清楚的以駢、散二體作爲區分制誥文運用上的性質差異。

五　元白制誥文之「駢體散文化」在韓柳古文運動之意義

蘇軾在〈韓文公廟碑〉中，曾讚譽韓愈「文起八代之衰，道濟天下之溺。」將韓愈對於唐代古文之貢獻與地位推至高峰。韓愈曾於貞元十七年所寫的〈答李翊書〉中倡言「非三代三漢之書不敢觀，非聖人之志不敢存。」以及「務去陳言」理念；同年並在〈送孟東野序〉中，揭示「物不得其平則鳴」之說，這些篇章均是韓愈重要的文學理念與觀點，認爲文章必須載聖賢之道，並列舉古來聖哲「善鳴」而藉文抒發己道之史實，曰：「人聲之精者爲言；文辭之於言，又其精也，尤擇其善鳴者而假之鳴。」有的聖哲以「道鳴」；有的以「術鳴」，在唐代「能鳴」之士人，韓愈列舉陳子昂、蘇源明、元結、李白、杜甫、李觀、孟郊、李翺、張籍等人，有的以文、有的以詩，藉文字以代己鳴，來抒發現實生活鬱積之胸臆。

貞元十八年，當歐陽詹去世時，韓愈寫了一篇〈歐陽生哀辭〉，並續寫了〈題哀辭後〉，云：

> 愈之爲古文，豈獨取其句讀不類於今者邪？思古人而不得見，學古道則欲兼通其辭，通其辭者，本志乎古道者也。

韓愈自言所作之古文，乃是學古道，並兼通文辭，由此可知，韓愈古文之內在精神則是發揚儒家聖賢之古道。而《舊唐書》也曾讚譽韓愈曰：

常以爲自魏、晉已還，爲文者多拘偶對，而經誥之指歸，遷、雄之氣格，不復振起矣。故愈所爲文，務反近體，抒意立言，自成一家新語。後學之士，取爲師法。當時作者甚眾，無以過之，故世稱「韓文」焉。（註四二）

可見，韓愈志於古道而發於文字，以反近體崇尚偶對之風氣，遂自成一家新言，引領後學起而效尤，蔚成一股追隨「韓文」之潮流。效韓者大多是以韓愈爲師友，諸如：李翺、皇甫湜、柳宗元、孟郊、李漢、張籍、沈亞之等在韓愈古文的理念推行下，一來踵繼韓愈爲文要志於古道，發揚儒家聖賢之道學；二來崇尚文辭之創新與立奇，前者以李翺爲代表；後者則以皇甫湜爲代表。而在韓愈師友群中，在古文運動當中與韓愈同居領導地位的柳宗元，在古文理論亦有獨到之見解，在〈答韋中立論師道書〉中明言文章以「明道」爲要，（註四三）柳宗元曾在〈報崔黯秀才論爲文書〉中曰：

辱書及文章，辭意良高，所嚮慕不凡近，誠有意乎聖人之言。然聖人之言，期以明道，學者務求諸道而遺其辭。辭之傳於世者，必由於書。道假辭而明，辭假書而傳，要之，之道而已耳。……今世因貴辭而矜書，粉澤以爲工，遒密以爲能，不以外乎？吾子之所言道，匪辭而書，其所望於僕，亦匪辭而書，是不亦去及物之道愈以遠乎？僕嘗學聖人

之道，身雖窮，志求之不已，庶幾可以語於古。（註四四）

引文中，揭示爲文之道是要發揚聖賢之言以「明道」爲宗旨，要明聖賢之道，必得藉著文辭傳於後世；而文辭要傳於後世，則是要藉由書寫的筆法。這當中「明道」與「文辭」之間，柳宗元強調兩者只是主從先後之關係，廢一不可。然當時文壇在時文之風潮下，特重文辭書寫筆法，崇尚文辭之雕琢造作，反將爲文「用以明道」之宗旨精神偏廢了，因此，這也是柳宗元強調其「匪辭而書」之理由。

其實，柳宗元早年爲文也曾「以辭爲工」，琢磨於「駢文」之寫作，並曾爲當時流行重駢儷的時文下過定義，其〈乞巧文〉中曰：「駢四儷六，錦口繡心」因爲駢儷之時文主要正是以「四言、六言」句型對偶鋪排而成，故而唐代當時所流行的時文，也稱爲「四六文」。而柳宗元在對於文章之道有了進一步的醒悟後，便逐漸的在「明道」與「文辭」作一輕重的衡量。

韓柳二人在中唐古文運動之推展上，一直是志同道合的親密戰友，柳宗元曾於〈送僧浩初序〉中曰：「儒者韓退之與余善。」韓愈曾於〈贈別元十八協律六首〉其三云：「吾友柳子厚，其人藝且賢。」在推展古文共同的理念下，韓柳二人也培養出令人稱羨的革命友誼。綜觀柳宗元與韓愈在古文的創作上，是主張「志道」、「明道」以及「反駢重散」的理念。

若吾人站在古文運動的角度，將韓柳二人所標舉的古文理論，與之較論爾後的元白二人的制誥文改革理念，或許能給予後人些許思考觀點，例如：韓愈曾於憲宗元和九年與十年擔任過「考功郎中」與「知制誥」官職，所作近體律絕詩風尚古，元稹也曾在此事上，作了一首〈見人詠韓舍人新律詩因有戲贈〉，曰：「喜聞韓古調，兼愛近詩篇。」韓愈現存的文章作品中，有二十二篇是向皇上進言之表狀，而有一篇是代皇上草擬之制文，也是目前唯一可見的制誥文。不過，韓愈雖曾任憲宗「知制誥」，所寫之制文仍是以駢文筆法書寫，這是政府的文書公式，仍不能免俗的，如：目前僅見的〈除崔群戶部侍郎制〉原文：

敕：地官之職，邦教是先，必選國華，以從人望。具官崔群，體道履仁，外和內敏，清而容物，善不近名，從容禮樂之間，特達圭璋之表。比參密命，弘益既多，及貳儀曹，升擢惟允。邁茲令德，藹然休聲，選賢與能，于今雖重，擇才均賦，自古尤難。往愼乃司，以服嘉命。（註四五）

觀察韓愈目前所存唯一的一篇制誥文，句式爲典型的四六句型，在政府文書形式上實屬中規中矩之作。相較於元白二人在制誥文「駢體散文化」改革上，韓愈制誥文完全是以駢體形式來書寫，便顯得傳統與保守。

若吾人持平而論，韓愈任知制誥只有兩年，甚至於元和十四年因諫佛骨一事，得罪憲宗，被貶爲潮州刺史，而於元和十五年除國子祭酒，隔年即穆宗長慶元年，正逢元白二人在朝廷中任「知制誥」，展開改革朝廷制誥文之文學運動，這運動爲期四年，直到長慶四年，穆宗崩殂而止，適巧韓愈也卒於長慶四年。韓愈在古文運動的推展上，有摯友柳宗元共同努力；稍後於韓、柳的元白二人進一步則以職官之便，改革朝廷當時最重駢體公文程式的制誥，元稹在〈制誥序〉一文宣示表明天子復古之決心，也將穆宗對他的支持，視爲改革推動之最大助力，以「駢體散文化」方式逐漸的改良尚駢之朝廷制誥文，摯友白居易則進而創作出新、舊二體之制誥文，這在韓柳所推動的古文運動的意義上，更具承繼與創新的精神。

六　結語

制誥文是宣達君命以昭告天下的一種朝廷文書，其起源是在先秦時代，原本先秦制誥文之本質爲古樸深厚，而以散體書寫。然自六朝已降，駢儷之風席捲文壇，影響所及，使得朝廷文告之書寫公式亦以崇尚駢儷爲要，故而駢文也以「時文」之態，儼然成爲時下文人所必須具備的書寫才能。

元白自貞元十九年結識後，仕宦經歷與遭遇頗爲相似，在元和年間一同經歷仕宦生涯最爲坎坷的階段，直到長慶元年兩人同任「知制誥」官職，得以草擬君命文書的制誥文，元稹在長慶元年藉由職務之便，發表了〈制誥序〉一文，宣示改良朝廷制誥文之理念與決心。元稹將當時的「駢體」制誥文逐漸帶入「散體」筆法，欲將當時唐代朝廷流傳已久的駢體制誥文，恢復成先秦時代以散體書寫，而內涵深厚與古樸爾雅的本質，因此，元稹制誥文之「駢體散文化」是一種復古的文學改良運動。

而在長慶元年與元稹同任朝廷「知制誥」的白居易，進一步響應元稹的制誥文改革理念，以行動支持摯友的文學改革運動，創作出「新體」與「舊體」制誥文，而據考證，白居易「新體」制誥文乃是「駢體」制誥文；「舊體」制誥文則是「散體」制誥文，白居易將朝廷制誥文別立出兩條路線，一爲散體（古），一爲駢體（俗）遂影響到後代朝廷制誥文以散、駢二體並存的情況。如：宋代制文以拜三公三省，辭必四六；而「誥」則用散體，以告朝廷百官。

若吾人站在韓、柳古文運動的角度，省視元白在朝廷制誥文改革的實踐，尤其元白以「知制誥」職務之便，推展復古之文學運動，以實際的制誥文作品，給予後代可效法的標範，更別具中唐古文運動之承繼與創新的意義。

附錄：(註四六)

紀年	白居易	元稹	備註
德宗貞元十八年（八〇二）	應吏部試。（三十一歲）	應吏部試。（二十四歲）	
德宗貞元十九年（八〇三）	書判拔萃科登第，授祕書省校書郎。（三十二歲）與元稹相識。	書判拔萃科登第，授祕書省校書郎。（二十五歲）與白居易相識。	
德宗貞元二十一年（順宗永貞元年，八〇五）	任校書郎（三十四歲）	任校書郎（二十七歲）	
憲宗元和元年（順宗永貞二年，八〇六）	罷校書郎，應「才識兼茂明於體用」科，對策語直，入第四等，授盩厔尉。（三十五歲）	應「才識兼茂明於體用」科，登第三等，授左拾遺。當年貶河南尉，丁母憂。白居易爲元母鄭氏撰墓誌銘（二十八歲）	
憲宗元和二年（八〇七）	充進士考官，入翰林爲學士。（三十六歲）	丁母憂，白居易爲元母鄭氏撰墓誌銘。（二十九歲）	

憲宗元和三年（八〇八）	策試「賢良方正能直言極諫」科，上〈制科人狀〉極言不當貶黜。（三十七歲）	丁母憂，白居易多所資助。（三十歲）	
憲宗元和四年（八〇九）	在長安，仍爲左拾遺、翰林學士，作〈新樂府〉五十首。（三十八歲）	受宰相裴垍提拔，除監察御史。後充劍南東川詳覆使。李紳作〈新題樂府〉，元稹選而和之。（三十一歲）	
憲宗元和五年（八一〇）	在長安，改官京兆府戶曹參軍，仍充翰林學士。上疏論元稹不當被貶。（三十九歲）	元稹舉發房式有不法情事，被貶江陵府參軍。（三十二歲）	
憲宗元和六年（八一一）	在長安，京兆戶曹參軍、翰林學士。丁母憂。（四十歲）	江陵任士曹。分俸濟助丁憂期間的白居易。（三十三歲）	

憲宗元和十年（八一五）	在長安，太子左贊善大夫。與元稹書，暢論詩歌應以揭露民生疾苦爲主旨。貶江州司馬。（四十四歲）	任通州司馬。從貶江陵以來，元稹贈答白居易詩逾百篇，並述論文學主張。（三十七歲）	韓愈於元和九年十月任考功郎中，十二月任知制誥。所作近體律絶，詩風一變，元稹以詩戲贈。
憲宗元和十四年（八一九）	任忠州刺史。（四十八歲）	任虢州長史，冬，入朝爲膳部員外郎。（四十一歲）	裴度罷。韓愈諫迎佛骨，貶爲潮州刺史。令狐楚同中書門下平章事。
憲宗元和十五年（八二〇）	返長安，除尚書司門員外郎，改授主客郎中，知制誥。（四十九歲）	受宰相令狐楚賞識。遷祠部郎中，知制誥。後因元稹起草令狐楚貶衡州刺史制，令狐楚深恨之。（四十二歲）	韓愈除國子祭酒
穆宗長慶元年（八二一）	主客郎中、中書舍人、知制誥。充制策考官。（五十歲）	遷中書舍人、翰林承旨學士。元稹開始改革制詔。與李紳、李德裕同在翰林，時稱「三俊」。與穆宗關係密切，穆宗經常「訪以密謀」。（四十三歲）	李德裕及李宗閔各分朋黨，相傾軋垂四十年。

穆宗長慶二年（八二二）	在長安，中書舍人，後除杭州刺史。（五十一歲）	工部侍郎同中書門下平章事。與裴度爭相。後因「刺裴」疑案，罷爲同州刺史。（四十四歲）	裴度罷平章事。爲右僕射。
穆宗長慶三年（八二三）	杭州刺史。（五十二歲）	遷浙東觀察使、越州刺史。《元氏長慶集》百卷編成。（四十五歲）	韓愈爲兵部侍郎、再除吏部侍郎。
穆宗長慶四年（八二四）	杭州刺史、除太子左庶子分司東都。（五十三歲）	浙東觀察使，編《白氏長慶集》五十卷，並作序記之。穆宗崩殂，元稹悲甚。（四六歲）	韓愈卒。
敬宗寶曆元年（八二五）	蘇州刺史。（五十四歲）	浙東觀察使。（四十七歲）	
敬宗寶曆二年（八二六）	蘇州刺史（五十五歲）	浙東觀察使。《元白酬唱集》結集。（四十八歲）	
敬宗寶曆三年（文宗大和元年八二七）	返洛陽，任祕書監（五十六歲）	與李德裕同時加檢校禮部尙書、仍任浙東觀察使。編《因繼集》一卷。（四十九歲）	劉禹錫主客郎中，分司東都。

文宗大和二年（八二八）	返長安，除刑部侍郎。續編《白氏長慶集》之《後集》五卷，作後序；又續編《因繼集》二卷，有〈因繼集重序〉。（五十七歲）	浙東觀察使。（五十歲）	
文宗大和三年（八二九）	太子賓客分司東都。生子阿崔。（五十八歲）	浙東觀察使，元稹在浙東七年，所所辟幕僚皆文士。徵爲尚書左丞。生子道保。（五十一歲）	
文宗大和四年（八三〇）	在洛陽，太子賓客分司。（五十九歲）	除檢校戶部尚書，兼鄂州刺史、御史大夫、武昌軍節度使。（五十二歲）	劉禹錫任禮部郎中、集賢學士。
文宗大和五年（八三一）	任河南尹。子阿崔夭折。（六十歲）	元稹卒於武昌，卒前託白居易撰墓誌銘。贈尚書右僕射。（五十三歲）	劉禹錫除蘇州刺史。

注釋

編按　陳鍾琇　明道大學中國文學學系助理教授。

註一　朱金城：《白居易集箋校》（上海市：上海古籍出版社，二〇〇三年），卷二三〈律詩〉，頁一五三二一。

註　二　〔唐〕元稹：《元稹集》卷三三〈同州刺史謝上表〉（北京市：中華書局，二〇〇六年），頁三八三—三八四。

註　三　朱金城：《白居易集箋校》，頁二七六三。

註　四　傅璇琮主編：《唐五代文學編年史·中唐卷》（瀋陽市：遼海出版社，一九九八年），頁五九二—五九三。

註　五　《舊唐書》卷四三〈志〉，第二三〈職官二〉，《新校本舊唐書附索引三》（臺北市：鼎文書局，一九八〇年），頁一八五四—一八五五。

註　六　《新唐書》卷四七〈志〉第三七〈百官二〉，《新校本新唐書附索引二》（臺北市：鼎文書局，一九八〇年），頁一二一五。

註　七　朱金城：《白居易集箋校》，頁七〇三。

註　八　朱金城：《白居易集箋校》，頁七〇三。

註　九　朱金城：《白居易年譜》（臺北市：文史哲出版社，一九九一年），頁三五—三六。

註　十　《舊唐書》卷一六六（臺北市：鼎文書局，一九八〇年），頁四三三三。

註十一　《舊唐書》卷一六六，頁四三三三。

註十二　《新唐書》卷四六〈志〉，第三六〈百官一〉，《新校本新唐書附索引二》，頁一一八三。

註十三　同前註。

註十四　朱金城：《白居易箋校》卷二三，頁一五三二一。

註十五　同前註。

註十六　〔明〕吳訥：《文章辨體序說》，《文章辨體序說文體明辨序說》合刊本（北京市：人民文學出版社，一九九八年），頁三六。

註十七　〔明〕徐師曾：《文體明辨序說》，頁一一四。

註十八　《元稹集》卷第四十〈制誥．制誥序〉（北京市：中華書局，二〇〇六年），頁四四二。

註十九　傅璇琮：《唐代科舉與文學》第六章〈制舉〉（臺北市：文史哲出版社，一九九四年），頁一四二。

註二十　朱金城：《白居易集箋校》卷六二〈策林序〉：「元和初，予罷校書郎，與元微之將應制舉，退居於上都華陽觀，閉戶累月，揣摩當代之事。」據傅璇琮所考：所謂「當代之事」，即爲「皇王之要道，邦家之大務。」（傅璇琮：《唐代科舉與文學》），頁一五五。

註二一　《新唐書》卷四七〈志〉第三六〈百官二〉（《新校本新唐書附索引》），頁一二二六。

註二二　《元稹集》卷第四十〈制誥．制誥序〉。

註二三　《文體明辨序說．判》，頁一二七－一二八：「唐制，選士判居其一，則其用彌重矣。……獨其文堆垛故事，不切於蔽罪；拈弄辭華，不歸於律格，爲可惜耳。唯宋儒王回之作，脫去四六，純用古文，庶乎能起二代之衰，而後人不能用，愚不知其何說也。今世理官斷獄，例有參詞，而設科取士，亦試以判，其體皆用四六，則其習由來久矣。」。

註二四　元稹和劉猛之作有〈夢上天〉、〈冬白紵〉、〈將進酒〉、〈采珠行〉、〈董逃行〉、〈憶遠曲〉、〈夫遠征〉、〈織婦詞〉、〈田家詞〉、〈俠客行〉等十首；元稹和李餘之作有

〈君莫非〉、〈田野狐兔行〉、〈當來日大難行〉、〈人道短〉、〈苦樂相倚曲〉、〈出門行〉、〈捉補歌〉、〈古築城曲五解〉、〈估客樂〉等九首，見楊軍：《元稹集編年箋注》〈詩歌卷〉「元和十二年（八一七）」（西安市：三秦出版社，二〇〇五年），頁六九四－七三二。

註二五　元稹：〈古題樂府序〉：「近代唯詩人杜甫〈悲陳陶〉、〈哀江頭〉、〈兵車〉、〈麗人〉等，凡所歌行，率皆即事名篇，無復倚旁。予少時與友人白樂天、李公垂輩謂是爲當，遂不復擬賦古題。昨梁州見進士劉猛、李餘各賦古樂府詩數十首，其中一二十章，咸有新意，予因選而和之。」楊軍：《元稹集編年箋注》（詩歌卷）「元和十二年（八一七）」，頁六八八－六八九。

註二六　〔明〕吳訥：《文章辨體序說》，頁三五。

註二七　《文體明辨序說·判》，頁一一二。

註二八　《元稹集》，頁五〇三。

註二九　《元稹集》，頁五一四。

註三十　《新唐書》卷一四七〈列傳〉第九九〈元稹〉（《新校本新唐書附索引》，頁五二二八。）

註三一　《白氏長慶集》卷二八：「蓋寡以康樂之奧博，多溺於山水；以淵明之高古，偏放於田園。」

註三二　見岑仲勉：〈《白氏長慶集》僞文考證〉，《中央研究院歷史語言研究所集刊》第九期（一九四七年），頁四八三－五四〇。

註三三　如〈張正一致仕制〉：「前諫議大夫張正一：學行器用，爲時所稱。擢居諫官，冀效忠讜。雖年齒未暮，而衰疾有加。所宜頤養，不可牽率。俾移優秩，以從致政。可國子司業致仕。」〈答薛萃賀生擒李錡表〉：「朕自嗣耿光，每多惕厲。念必先於除害，志無忘於安人。李錡大負國恩，自貽天罰。師徒未動於疆場，父子俱肆於市朝。信上天之禍淫，舉率土而同慶。省視來表，深鑒乃誠。所賀知。」

註三四　陳寅恪：《元白詩箋證稿》第四章：「今《白氏長慶集》中書制誥有「舊體」、「新體」之分別。其所謂「新體」，即微之所主張，而樂天所從同之復古改良公文式文字新體也。」

註三五　尹占華：〈白居易制誥文中的「新體」與「舊體」之辨〉，《甘肅廣播電視大學學報》第一七卷第二期（二〇〇七年六月），頁一六。

註三六　《白居易集箋校》卷五一〈中書制誥四〉，頁三〇〇四。

註三七　《白居易集箋校》卷五二〈中書制誥五〉，頁三〇五〇。

註三八　《白居易集箋校》卷四九〈中書制誥二〉，頁二九一九。

註三九　《白居易集箋校》卷五〇〈中書制誥三〉，頁二九五四。

註四十　《文章辨體序說》，頁三六。

註四一　《文體明辨序說》，頁一一五。

註四二　《舊唐書》卷一六〇韓愈本傳。

註四三　〔唐〕柳宗元：〈答韋中立論師道書〉曰：「始吾幼且少，爲文章以辭爲工；及長，乃知文者以明道，是固不苟爲炳炳烺烺，務采色，夸聲音，而以爲能也。」《柳宗元集》（臺北市：漢京文化事業公司，一九八二年），卷三四，頁八七一。

註四四　同前註，頁八八六。

註四五　《全唐文新編‧韓愈》（長春市：吉林文史出版社，二〇〇〇年）卷五四七，頁六三三二。

註四六　參酌朱金城：《白居易集箋校》、《白居易年譜》與陳克明《韓愈年譜及詩文繫年》等書製成。

再說《李娃傳》兩題

倪豪士

一　引論

在西洋漢學界，唐代傳奇的佳作以《李娃傳》最有名。（註一）這個情況和杜德橋（Glen Dudbridge）的書《李娃傳：第九世紀小說的研究和定本》（*The Tale of Li Wa: Study and Critical Edition of a Chinese Story from the Ninth Century*（London: Ithaca Press, 1983）有很大的關係。（註二）杜德橋這本書的影響不小：那本書包括他研究《李娃傳》的版本歷史（包括太平廣記版本的發展），杜先生把《李娃傳》翻成英文，探討《李娃傳》語言的典故，分析故事的慣用主題和題目，最後提出一個關於滎陽公子新的看法。（註三）

筆者曾對杜教授的翻譯和典故研究發表過自己的意見。（註四）今天想談另外的兩個問題：

(1)白行簡甚麼時候撰寫《李娃傳》？(2)《李娃傳》中的滎陽公子是否有影射目的？

二 《李娃傳》的創作年代

關於寫作時間的問題，《李娃傳》最後一句話說：「時乙亥歲秋八月，太原白行簡云。」（註五）白行簡（七七六－八二七）一生只有一次乙亥年：是貞元十一年（七九五）。（註六）但是貞元十一年白行簡方十九歲，還沒有到過長安（他和居易居此時在襄陽）。而且，他父親白季庚貞元十年去世了，所以這幾年白兄弟服喪。因此，學者對寫作時間的看法不少。比方說，王夢鷗以爲「乙亥」是「己丑」的抄寫錯誤。王教授說：

> 己丑爲元和四年（八〇九），是年白行簡爲校書郎，與兄同居長安新昌里，與元稹共聽「一枝花」話。元氏既有《李娃行》之作，而行簡因〔李〕公佐之慫恿又爲之作《傳》……時公佐常因公往來長安，驗以事理，較爲契合。惟以己丑傳抄誤爲乙亥，而元和紀年無乙亥歲，《異聞記》編者或又並改元和爲〔貞元中〕……。（註七）

杜德橋（*The Tale*, p.35）也覺得《李娃行》寫成於八〇九年就是元和四年，李劍國同樣討論了此傳「乙亥」歲的問題。（註八）他先拒絕李娃即是根據「一枝花」的說法，然後連續地反駁兩位學者的說法。第一，戴望舒（一九〇五－一九五〇）推斷的貞元二十一年或永貞元年

（註九）；第二，王夢鷗提出的元和四年（八〇九）。（註十）對於張政烺和卞孝萱的看法——兩位都覺得元和十四年，己亥歲（八一九）有道理——李先生認爲「未可從信。」（註十一）劉開榮的元和十年到長慶初年的推測（註十二）「也沒得受李先生的贊成。」

最近也有一些學者討論這個問題。黃大宏在他的論文〈白行簡行年事跡及其詩文編年〉裡，謂「《李娃傳》當作在長慶四年到寶曆二年之間（八二四—八二六）。」（註十三）這個觀點遭到了譚朝炎的激烈反對。譚先生在〈也談唐傳奇作家白行簡的生平事跡〉的結論適與周紹良先生（註十四）的看法是相像的：雖然白行簡在盧坦（七四九—八一七）幕府下（八一四—八一七）已開始撰寫《李娃傳》，但是此傳等到盧坦元和十二年去世了，行簡從梓州回到江州，然後從兄居易去忠州（八一九）才問世。（註十五）

無論此傳寫成於何年，讀《李娃傳》最後幾句話可知作此傳應該不是一件短時間的事情：

> 貞元中，予與隴西（李）公佐話婦人操烈之品格，因遂述汧國之事。公佐拊掌竦聽，命予爲傳；乃握管濡翰，疏而存之。（註十六）

雖然李劍國貶低「一枝花」對《李娃傳》的重要性，「一枝花」的情節好像還是白行簡創作的原型。但是八〇九年，他和幾位文人一起在白居易長安的家聽「一枝花」的情況不可確考

（是他們幾位文人互相講故事或者是有專門的說書人來講給他們聽？）。唐代文人彼此喜歡講故事是很平常的。聽「一枝花」以後，白行簡可以自己講述那個故事給別人聽。而且，他講得讓人「拊掌竦聽」。因此，李公佐大概不是第一位聽白行簡講「一枝花」的人。行簡聽「一枝花」以後，好像向老一輩的人打聽過。《李娃傳》云：「予伯祖嘗牧晉州，轉戶部，為水路運使，三任皆與（鄭）生為代；故諳詳其事。」（註十七）白行簡大概問過他伯祖關於李娃之事，要不然他怎麼會說伯祖「諳詳其事」？如果這樣，白行簡創作《李娃傳》可能是一個長期的過程，像有些唐代文人作詩一樣。因此，如果我們只強調《李娃傳》是哪年寫成的，也許不能完全了解白行簡的創造過程。

因為筆者覺得《李娃傳》寫作的時間和白行簡的動機有關，所以想提出另外一位學者對此傳的研究看法。此傳的滎陽公子有沒有影射甚麼人？

三　《李娃傳》的影射目的

傅錫壬，在他的〈試探《李娃傳》的寫作動機及其時代〉，（註十八）也支持一個比較晚的寫成年份。他認為白行簡撰寫《李娃傳》的目的和「牛黨勢力復熾」有關，所以創作應完成於長慶初年（八二一－八二三）。雖然難以確定小說本身是否含有影射，但是白行簡在《李娃傳》的第一句話說得很清楚：「天寶中，有常州刺使滎陽公者，略其名氏不書」。（註十九）換句話說，白行簡知道滎陽公的姓名，可是他不願意告訴讀者。如傅錫壬曰：

《李娃傳》既改寫於說話，即可見這是公開的祕密，白行簡又何須故隱滎陽公之名？故佈懸疑？可能他改寫的地方與原本的說話在幾處關鍵處已經不同，而與元稹的《李娃行》也必有許多地方不同……。所以我仍大膽假設：《李娃傳》是白行簡刻意改寫，而寓於主題和用意的一篇小說。(註二十)

這樣的想法並不是近代才產生的。北宋劉克莊（一一八七－一二六九）即提出類似的看法：

鄭畋名相，父亞亦名卿。或爲《李娃傳》誣亞爲〔鄭〕元和，畋爲元和之子。小說因謂畋與盧攜並相不咸。攜詬畋身出倡妓。按畋與攜皆李翱甥。畋母攜姨母也。安得如娃傳及小說所云。唐人挾私忿騰虛謗，良可發千載一笑。亞爲李德裕客。白敏中素怨德裕及亞父子。娃傳必白氏子弟爲之托名行簡。又嫁言天寶間事。且傳作于德宗之貞元，追述前事可也。亞登第于憲宗之元和，畋相于僖宗之乾符。豈得預載未然之事乎？其謬妄如此。如周秦形記世以爲德裕客韋絢所作。二黨眞可畏哉！(註二一)

李劍國不但覺得傳頭一句話的「略其名氏不書」是「故弄狡獪，使成無頭案耳」，而且懷疑《李娃傳》的情節有歷史的根據：他說「余疑〔白行簡〕伯祖所諳詳者亦傳聞，而行簡又自增飾。」（註二二）

然而，雖然劉克莊不接受撰寫《李娃傳》的目的是要影射諷刺鄭亞和鄭畋，但是劉氏也覺得此傳是用意而爲的。他一方面拒絕相信滎陽公子是指鄭亞和鄭畋，另一方面承認唐代已經有「人挾私忿騰虛謗」。

清代博學者俞正燮（一七七五—一八四〇）《癸巳存稿》曰：「《太平廣記·李娃傳》，文筆極工。所云常州刺史滎陽公及其子官爵，劉後村《詩話》以爲鄭亞，鄭畋。然稽之《唐書·宰相世系表》鄭氏滎陽房中，無有合者，益故錯隱之。」（註二三）這裡先不論兩位學者的意見是否正確，但至少我們可以知道最晚從宋代就有學者探討《李娃行》影射的可能性。（註二四）

傅錫壬覺得白行簡「略其名氏不書」是因爲他「有意……藏頭露尾，留下一些破綻，使讀者自己去探索」。（註二五）杜德橋也覺得「在一篇探索敏感的問題，像家庭誠實，學術和官職地位對結婚的影響，提到一個東北貴族家庭非有某些含意不可」。（註二六）傅錫壬先斷言滎陽公子非鄭姓不可，然後談及兩個前人的猜測：（一）鄭畋是滎陽公，鄭元和是滎陽公子；（二）鄭亞是滎陽公，鄭畋是滎陽公子。（註二七）但是，不少學者已經證明滎陽公子就是鄭畋的說法是錯誤的。白行簡於八二七年去世，此時鄭畋（八二五—八八三）才三歲。因此杜德橋以爲滎陽公子是影射鄭昈（七〇〇—七七七）的三個兒子，鄭雲逵，鄭方逵，跟鄭公逵。（註二八）杜先生認爲這三個兒子「乃一人」（the three brothers became one, pp. 51-52），就是鄭昈三個兒子結合在一起是滎陽公子的化身。明代的學者薛審在《薛諧孟筆記》認爲滎陽公子是元和十一年狀元鄭澥。李劍國覺得這類的「於唐世鄭姓中覓及第居高官者以實之」是沒有根據的。（註二九）

其實，如果仔細地讀《李娃傳》，可以看得出來鄭氏家族有聲望的人不是滎陽公，就是滎陽公子。他「一上登甲科聲振禮闈……應直言極諫科策名第一……三事以下皆其友也」。（註三十）因此，除了傅先生提出的前人的兩種父子——鄭畋/鄭元和跟鄭亞/鄭畋以外，可以加上另外的可能性：滎陽公子是鄭亞，滎陽公就是鄭亞的父親鄭穆。關於鄭穆的歷史資料不多。《舊唐書．鄭畋傳》曰：「（鄭畋）曾祖鄰，祖穆，父亞，並登進士第。」（註三一）《新唐書．宰相世系五上》云：「穆，河清令」。（註三二）河清縣離洛陽往北二十英里。（註三三）鄭亞有一篇短小的傳記存留於《鄭畋傳》中曰：

> 亞字子佐，元和十五年擢進士第，又應賢良方正，直言極諫制科，吏部調選，又以書判拔萃，數歲之內，連中三科。（註三四）

鄭亞這樣「連中三科」已經很像浪漫的傳奇小說。同年進士崔嘏（不詳－約八五〇）讚美鄭亞曰：「早昇甲乙之科，雅有詞華之譽」。（註二五）鄭亞和崔嘏都是生在唐代貴族階級的家庭，間接地跟李黨有關。白行簡在滎陽附近長大。行簡是寒族由進士進入官場，屬於牛派。行簡少時，白家和鄭家有來往。所以杜德橋認爲「可以確定的是，白行簡通過他的兄長白居易的關係，有機會親自接觸鄭氏望族的某一支，也必然應當熟悉他們的事情」，因此《李娃傳》所涉及的對象極有可能與滎陽鄭氏家族有關。（註二六）元和十五年鄭亞考中進士，白居易也於「十二月……爲主客郎中，知制誥」。（註二七）因此白家兄弟應該認識鄭亞。因爲居易和行簡元和十五年回京正好是鄭亞考上進士。鄭亞由接連登科，「雅有詞華之譽」可以使滎陽鄭族的地位得以稍稍回復。這個過程也和《李娃傳》的情節有呼應。

考上進士以後幾個月，鄭亞拜訪李德裕。《舊唐書》曰：

> 〔鄭亞〕聰悟絕倫，文章秀發。李德裕在翰林（八二〇－八二一），亞以文干謁，深知之。出鎮浙西，辟爲從事。累屬家艱，人多忌嫉，久之不調。會昌初，始入朝爲監察御史，累遷刑部郎中。（註二八）

這段文字說明一方面鄭亞和李黨有密切關係，另一方面強調鄭亞的文學天資。而且因此「人多忌嫉」，所以可能會有誹謗和謠言。鄭亞實際上並沒有娶妓女，前文所引的《後村詩話》雖然表明了劉克莊本人對謠傳的否定態度，但是同時也從側面證實了這類誹謗至少到了宋朝仍在繼續流傳這一事實。在李牛兩派權威爭鬥的內部，這類捏造的情況大概不少。在《舊唐書·鄭亞傳》最後一句提到吳汝納的情況：「大中二年，吳汝納訴冤，德裕再貶潮州，亞亦貶循州刺史，卒」。(註三九) 吳汝納本人依附李宗閔黨。其弟吳湘被訟，觀察判官魏鉶受李黨成員李紳之命負責此案，定吳湘死罪。因吳氏素與宰相有嫌，故有議論稱李紳故意網羅罪名加以報復。御史崔元藻複審此案，肯定了吳湘的一條罪名，但同時也撤銷了另一條，因此被李德裕認爲是首鼠兩端而導致貶官。之後吳汝納爲吳湘訴冤，崔元藻爲報復李德裕也參與其中。有關此事的細節可在《吳汝納》傳中找到：

> 崔鉉等久不得志，導汝納使爲湘訟，言：「湘素直，爲人誣衊，大校重牢，五木被體，吏至以娶妻資媵結贓。」且言：「顏悅故士族，湘罪皆不當死，紳枉殺之。」又言：「湘死，紳令即瘞，不得歸葬。按紳以舊宰相鎮一方，恣威權。凡戮有罪，猶待秋分；湘無辜，盛夏被殺。」崔元藻銜德裕斥己，即翻其辭，因言：「御史覆獄還，皆對天子別白是非，德裕權軋天下，使不得對，具獄不付有司，但用紳奏而寘湘死。」是時，德裕已失權，而宗閔故黨令狐綯、崔鉉、白敏中皆當路，因是逞憾，以利誘動元藻等，使

三司結紳杖鉞作藩，虐殺良平，准神龍詔書，酷吏歿者官爵皆奪，子孫不得進宦，紳雖亡，請從《春秋》戮死者之比。詔削紳三官，子孫不得仕。貶德裕等，擢汝納左拾遺，元藻武功令。（註四十）

這段關於吳汝納的事蹟和鄭亞有沒有關係最好讓讀者判定，然而它至少可以證明李牛各派怎樣用謠言誹謗人。

四　結語

這篇小文旨在提出兩個假設。第一，白行簡不一定是在一年之內完成《李娃傳》的創作。他聽「一枝話」的故事以後，對於此傳細節向朋友和親戚查究詢問。《李娃傳》的創作過程可能需要十幾年才完成。第二，如果白行簡是用意寫《李娃傳》，除了以前學者提出的猜想以外，還可以考慮鄭穆和鄭亞當爲滎陽公子。如果《李娃傳》是影射鄭亞的話，白行簡撰寫完成《李娃傳》應該在長慶二年或三年左右。

學界對《李娃傳》的研究由來已久，但對其成書時間和人物原型這兩個問題卻仍是眾說紛紜，莫衷一是。故筆者借此短文淺抒己見，嘗試對以上問題進行新的解答，是耶非耶，還望求證於方家。

注釋

編按　倪豪士〔美國〕威斯康辛大學教授。

註一　《李娃傳》，原名可作《節行倡娃傳》，雖然《太平廣記》（卷四八四，頁三九八五—三九九一）注說是出自陳翰編的《異聞記》〈節行倡娃傳〉，但也可能單行於唐代末年。參考李劍國：〈節行倡李娃傳〉，《唐五代志怪傳奇敘錄》（天津：南開大學出版社，一九九三年），一：二七七和二七九。此文用的版本是王夢鷗：《唐人小說校釋》（臺北市：正中書局，一九八五年），一：一六五—九一；傳文頁一六五—一七三。

註二　從杜德橋的書問世以後，除了新的法文和德文翻譯，也有杜教授的 A Second Look at *Li Wa zhuan*," in *Translating Chinese Literature*, Eugene Eoyang and Lin Yao-fu, eds. (Bloomington: Indiana University Press, 1995), Pp. 67-76; Kevin Tsai's "Ritual and Gender in the 'Tale of Li Wa,'" CLEAR, 26 (2004): 99-127; and Paul Rouzer, "From Ritual to Romance," in Rouzer's *Articulated Ladies, Gender and the Male Community in Early Chinese Texts* (Cambridge: Harvard University Asia Center, 2001), Pp. 240-247。

註三　參考劉國中：〈杜德橋的《李娃傳》研究〉，《書品》（一九九九年，一：七〇—七四）。

註四　William H. Nienhauser, Jr.（倪豪士），"A Third Look at 'Li Wa zhuan,'" *T'ang Studies*, 25（2008）：Pp. 91-110。

註　五　王夢鷗：《唐人小說校釋》，一：一七三。

註　六　陳尚君教授在給本人寫信裏提到，他點校《舊唐書》就發現「乙亥」常常誤寫爲「己亥」。因此，己亥，就是元和十四年（八一九），也是寫完《李娃傳》的一個可能性。

註　七　王夢鷗：《唐人小說校釋》一：一八七，註九十。王夢鷗仔細的辯論是在他的〈《李娃傳》之來歷及作者寫作年代〉，《唐人小說研究》（臺北市：藝文印書館，一九七三）二集，頁九三－九五。並在他的〈讀《李娃傳》偶記〉（王夢鷗：《傳統文學論衡》（臺北市：時報文化，一九八七年），頁二四六）裡，通過李公佐的事蹟進行考證，提出元和六年（丙戌年，八一一）說。

註　八　李劍國：《唐五代志怪傳奇敘錄》，頁二八〇－二八二。

註　九　戴望舒據元稹與白居易詩考得，居易居長安新昌里是在貞元二十年到元和五年，他推測「乙亥」乃是「乙酉」，即八〇五或八〇六年（見戴望舒著，王曉鈴編：〈讀《李娃行》〉，《小說戲曲論集》（北京市：作家出版社，一九五八年））。

註　十　李劍國用王夢鷗在〈《李娃傳》之來歷及作者寫作年代〉提出的意見。按：此時，王夢鷗教授的《唐人小說校釋》還沒有出版。

註十一　張政烺：〈一枝花話〉《中央研究院歷史語言所集刊》，二〇B（一九四九）：八五－八九；卞孝萱〈校訂李娃傳〉的標題和寫作年代〉，《社會科學戰線》，一九七九，一：二六六（二六三－二六六）；和卞孝萱〈《李娃傳》新探〉，《煙臺師範院學報》，一九九一，四：一九（一二－一九）。

註十二　參考劉開榮：《唐代小說研究》第五章。

註十三　《文學遺產》，二〇〇三。四：四九（四〇－四九）。

註十四　《唐傳奇箋證》：「汧國夫人傳箋證」（北京市：人民出版社，二〇〇〇年），頁二三三－二六三。

註十五　參考李劍國〈《李娃行》疑文考辨及其他〉（《文學遺產》，三：七三－七九，二〇〇七年）和李劍國編的《中國小說通史．唐宋元卷》（北京市：高等教育出版社，二〇〇七年），頁五一九。

註十六　王夢鷗：《唐人小說校釋》一：一七三。

註十七　同前註。

註十八　傅著：《牛李黨爭與唐代文學》（臺北市：東大圖書，一九八四年），頁一九九－二一七。

註十九　王夢鷗：《唐人小說校釋》一：一六五。

註二十　《牛李黨爭與唐代文學》，頁二〇五－二〇六。

註二一　《後村詩話》（《四庫全書》本，一，二一a–b）。

註二二　《唐五代志怪傳奇敘錄》，頁二八〇－二八一。

註二三　轉引自程國賦：《隋唐五代小說研究資料》（上海市：上海古籍出版社，二〇〇五年），頁一〇七。

註二四　按照劉克莊的話當時已經有人「爲《李娃行》誣亞爲元和，畋爲元和之子。」李劍國也提出以影射來讀《李娃行》可能有助於理解當時牛李黨互相攻擊時的情景：「〔鄭〕亞屬李德裕黨。牛李黨爭相攻訐，亞父子自不免，所謂畋母倡妓，必牛黨所造。」參考李劍國：《唐五代志怪傳奇敘錄》，頁二八二。

註二五　《牛李黨爭與唐代文學》，頁二〇三。

註二六　Dudbridge, *The Tale*, p. 43: "the allusion to a family from the ... northeastern elite must carry certain implications in a story which explores the sensitive themes of family intergrity, academic and official distinction and marriage."

註二七　第一個說法出自宋代莊季裕《雞肋編》（下，五四a，《四庫全書》本）；第二個出自劉克莊，見傅錫任《牛李黨爭與唐代文學》，頁二〇四－二〇五。

註二八　參考《舊唐書》卷一三七，頁三七七〇－三七七一和《新唐書》卷一六一，頁四九八三。

註二九　《唐五代志怪傳奇敘錄》，頁二八三。雖然李劍國認爲鄭澥不可能是滎陽公子的影射。

註三十　王夢鷗：《唐人小說校釋》一：一七二。

註三一　《舊唐書》卷一二八，頁四六三〇。

註三二　《新唐書》卷七五上，頁三三五三。

註三三　譚其驤：《中國歷史地圖集．隋唐五代十國時期》，頁四四。

註三四　《舊唐書》卷一二八，頁四六三〇。

註三五　轉引自孟二冬：《登科記考補正》（北京市：北京燕山出版社，二〇〇〇年）一八，頁七七六。也可參考周建國：〈鄭亞事蹟考述〉，《文史》，三一期，頁二四九。

註三六　杜德橋：《李娃傳》，頁四三－四四。

註三七　《舊唐書・穆宗紀》，轉引自傅璇琮：《唐五代文學編年史，中唐卷》（遼東市：遼海出版社，一九九八年），頁八〇八。

註三八　《舊唐書》卷一二八，頁四六三〇。

註三九　同前註。

註四十　《新唐書》卷一八一，頁五三四九－五三五〇；《舊唐書》卷一七三，頁四五〇〇－四五〇一。吳傳也有類似說法。

論沈亞之學韓得失

兵界勇

摘要

本文探討唐代古文大家韓愈之弟子沈亞之學習韓文的得失。韓門之創作，自皇甫湜以下，多主張怪奇，務去陳言，而沈亞之亦反對因襲，提倡改創。沈亞之散文作品主要分爲幾類，即：賦、雜著、傳記、廳壁記、書信、贈序、墓誌銘、祭文等。其中賦與墓誌銘與祭文，均未見出色；韓愈於墓誌銘的改創之處甚多，足爲典型，而沈亞之多一仍舊貫，實有損於韓愈之成績。但沈亞之學韓顯而易見者，爲書信、贈序與廳壁記。此三種文體，沈亞之寫來，可說是有得有失。其失處在於詞句艱澀，硬而不化；其得處多因設情節以敘事，予平板之應酬文字以生動化、具象化。此種對於情節鋪設之興味追求，最爲沈亞之所雅好。故其以情節鋪設爲主之傳記文之寫作，成就甚至超韓愈而過之。然而，沈亞之學韓最大遺憾，在於個人抒情文字乏善可陳，幾乎不識乃師「以詩爲文」之法。研究沈亞之學韓之得失，亦可窺見韓愈所倡導的「古文」在中唐以後之發展方向。

關鍵詞

韓愈、沈亞之、唐代散文、「古文」

一 前言

沈亞之，字下賢，唐吳興（今浙江省湖州市）人，生卒年不可考，大約生活於唐代宗至文宗年間（七八〇－八三一）。兩《唐書》俱無傳，惟《新唐書》卷二〇一《文藝傳》云：「沈亞之……班班有文在人間，史家逸其行事，故弗得而述。」有關於其人之事蹟始末，散見於《唐詩紀事》、《郡齋讀書志》、《唐才子傳》等雜史筆記中，大陸學者蕭占鵬、李勃洋合撰《沈下賢集校注》（註一）結合多項材料，對亞之生平考辨甚詳，略云：

> 沈亞之，唐吳興人，生於隴州汧源縣，幼年徙居長安，弱冠返鄉。貞元年間（八〇三－八〇五），嘗旅居長安。元和三年（八〇八）任夏州刺史李愿之幕賓。元和五年（八一〇）始應進士科考試，數次落第，往來數州以求貢解。元和十年（八一五）進士及第，後赴涇州，爲涇原節度使掌書記，因節度使李彙卒而返回長安。曾任將仕郎守祕書正字。此後數年間不獲任職，往來各州間。長慶元年（八二一）應制舉「賢良方正能言直諫科」考試，不中。次年，任櫟陽尉。後又遷福建等州團練副使之職。大和二年（八二八）再次應「賢良方正能言直諫科」科考試，仍不中。次年，以殿中侍御史爲判官，隨德州行營諸軍計會使柏耆至滄州，平李同捷叛。柏耆獲罪，亞之亦被貶官虔州南康尉。

大和五年（八三一），量移郢州，爲司户參軍之職。是秋染疾，約於此後一二年間去世。

可知亞之官途偃蹇坎坷，乃是一力爭上游卻終而沉淪下僚的士人，其創作年代當唐憲宗元和、穆宗長慶與文宗太和時期，是中唐轉晚唐的關鍵期。在文學史上，亞之素以傳奇名作——如〈馮燕傳〉、〈異夢錄〉、〈湘中怨解〉等篇顯揚於世，實則亞之嘗學於韓愈（七六八－八二四）門下，親受指點，文名雖不若韓門弟子李翺（七七二－八三六）與皇甫湜（約七七七－約八三〇）之盛，然而年輩相仿，其散文創作數量既多，也不乏可觀之作，屬於韓愈所倡導的「古文運動」之一員，爲研究唐代散文發展不可不注意的作者。

沈亞之既在韓門，其散文創作自必深受韓愈影響，其成績或得或失，非但關乎個人才情的利鈍高下，實際上也反映韓愈所倡導之「古文」（實即「韓文」）（註二）在後輩的理解與學習上可能產生之趨向或侷限。沈亞之所創作的散文固然並非篇篇皆效仿韓愈，亦不曾直言某篇某文是擬韓文而作；然而，就其體類、作法與風格觀之，則沈亞之踵武韓愈之跡甚是明顯，足可提供我們檢視其「學韓」的成績得失如何。當然，以文學史「源流演變」的現象而論，一代有一代之文學，一家有一家之風範，後進學習先進，並不一定存在「得之爲佳，失之爲否」的判準；換言之，「得之」未必見好，如果僅只是依樣畫葫蘆，重複他人面目；「失之」未必可惜，如果能自出新意，變前人所未有。是以，探究沈亞之學韓得失的目的，實在於考察韓愈「古文」在後輩中學習運用的情況，也在於窺見中唐以下文人在韓愈高度成就的陰影下，如何謀求繼承與發展，亦可鉤探唐代散文演變方向。

二　沈亞之與韓愈的關係

沈亞之〈送韓北渚赴江西序〉云：「昔者余嘗得諸吏部昌黎公，凡遊門下十有餘年。」(註三) 吏部昌黎公，指韓愈。韓愈曾兩度任吏部侍郎，一是長慶二年（八二二）由兵部侍郎轉吏部侍郎，長慶三年（八二三）十月，復爲兵部侍郎，旋即回任吏部侍郎，成爲韓愈晚年最後一任官職。據《沈下賢集校注》考證，亞之此序當作於長慶二年之後。序文中回顧其遊韓愈門下「十有餘年」，則往前推算，亞之入於韓愈門之下，最遲不應晚於元和七年（八一二），或者應該更早才是。關於「韓門」形成，中唐時人李肇《國史補》對此有明確記載：

韓愈引致後進，爲求科第，多有投書請益者，時人謂之「韓門弟子」。(註四)

韓愈也曾謙稱自己「不幸獨有接後輩名」：

凡舉進士者，於先進之門，何所不往；先進之於後輩，苟見其至，寧可以不答其意邪？來者則接之，舉城士大夫，莫不皆然，而愈不幸獨有接後輩名。（註五）

可知，韓門之成立，乃是一群「為求科第」的士人集結而成，多為出身清貧的士族子弟向文名正盛的韓愈「投書請益」，實則是請求推薦延譽，使其能為考官所知，有助於應舉及第，故形成門派。所謂「同聲相應，同氣相求」，韓門成員的集結，無疑與韓愈的個性與背景多少有類同之處，嚮往其人格與文風；而韓愈也樂於引接後輩，為之揄揚讚美，吹噓剪拂，從而倡導自己的文學思想。（註六）自韓愈的作品察看，其中諸多的書信與贈序，極大一部分均為接引後輩而寫，不管其後是否繼續往來，此輩皆可以目之為「韓門弟子」。所以，「韓門弟子」的身分認定其實極為寬鬆，只要獲得韓愈隻字片語指教之人便是，初未必皆須與韓愈有眞正的師弟子之誼。沈亞之之名，雖不曾見韓愈親口提及，二人書信往來亦不曾見諸彼此之文集（想必定有，可能散失），但他自言：「凡遊門下十有餘年。」且又與韓愈諸孫（即族孫輩）韓北渚交往贈別，則與韓愈關係密切自然較諸一般但求韓愈一二文字以自增價的「韓門弟子」更要確信無疑。

亞之在貞元年間曾數度盤桓於長安，然此時年紀尚輕，聲名未著，未留意於科名，似無緣與韓愈接觸。比較可能的日期，是亞之決定赴進士科考試而初至長安的那一年，即元和五年

（八一〇）：

往者五年，予自東來京師。（註七）時亦有人勉亞之於進士科。言得祿位，大可以養上飽下。去年始來京師，與爟士皆求進。（註八）

此時韓愈任都官員外郎，分司東都，後又任河南令，主持河南府的府試，其中考生有李賀（七九〇－八一六）在列。（註九）亞之又於此時與李賀結交。《唐才子傳》卷六「沈亞之」條記：

初至長安，與李賀結交。舉進士不第，爲歌以送歸。（註十）

亞之年歲似應與李賀相近，可能經由李賀的引薦，於此時或稍後一二年而進入韓門。亞之與韓門之交接，據資料所見，除李賀之外，明人徐象梅撰《兩浙名賢錄》卷四五尚提及其「學於韓退之，與皇甫湜詩文往來。」然此條孤立無證，考亞之爲文有「愛難派」之傾向（詳見後文），則與皇甫之交接或可以採信。

而亞之與韓愈往來，見於文集中提及者，除上引〈送韓北渚赴江西序〉外，尚有〈送韓靜畧序〉，道及「聞之韓祭酒之言」云云，以及〈答馮兄書〉云：「非吾兄，韓兵部安能無所惑者，知與既寡，攀援將誰？」（註十一）兩處所言的「祭酒」與「兵部」，分別是韓愈於長慶元年（八二一）與二年（八二二）之任官，可見直到韓愈去世（八二四）前不久，亞之一直與韓愈有所聯繫。後者所言，更似乎透露亞之對韓愈不盡了解自己的遺憾，可見其孺慕之深。

至長慶三年（八二三），亞之在櫟陽尉任上，嘗撰寫〈爲韓尹祭韓令公文〉。據《沈下賢文集校注》考證，此韓尹即韓愈，時爲京兆尹治京兆府，下轄櫟陽縣。亞之既爲韓愈的屬吏，又兼有師生之誼，故而得以爲韓愈操刀，其文亦極力刻肖之，爲集中唯一與韓愈直接交涉的文字，惜未見相關記載。然此足已表明韓愈認可其文字，故允許亞之代筆，推重之意味甚是明顯。

亞之遊於韓門之下的情況，僅得此以上數條資料，無法再進一步詳考；可確定者是，亞之慕韓學韓，終身不改。至於沈亞之在文學與思想上受韓愈影響者，以及其間出入不同，則較歷史材料更明顯可考，可從以下幾方面見之：

（一）關於為文理論

亞之論作文之理，以〈送韓靜畧序〉最爲顯豁。該篇以客問難之方式，反面揭示爲文不應只「仍舊貫」，而該「改作」：

或者以文爲客語曰：「古人有言：『仍舊貫，如之何，何必改作？』乃客之所尚也，恢漫乎奇態，紬紐己思，以自織翦，違曩者之成轍，豈君子因循之道歟？」（註十二）

此提出文章必須不依舊範，縱橫恣肆，以自己的思想意念剪裁組織，不惜違逆往式故轍。此「不因循」之意已見於韓愈的〈答劉正夫書〉：

若聖人之道，不用文則已，用則必尚其能者；能者非他，能自樹立，不因循者是也。有文字來，誰不爲文，然其存於今者，必其能者也。（註十三）

韓愈以爲文章如欲長久流傳，必出於「能者」所爲，所謂「能者」即「能自樹立，不因循者是也」，若家中所用之百物，人所珍愛者，「必非常物」；亞之不尚「君子因循之道」，與此相同。然則，韓愈強調文章當有師法，「宜師古聖賢人」，而所師之道，在於「師其意，不師其辭」；再者，文章不當追求艱澀，也不當追求淺近，而在於「無難易，惟其是爾」。推其意，是指文章本源當有宗主，在心態上則求其正確運用，適時而作，不能放縱任意恣爲。觀亞之所說：「恢漫乎奇態，紬紐己思，以自織翦」，明顯是偏好文章「意新」而「詞高」的一面，與「愛難派」的皇甫湜正復相同（註十四），也自有其侷限。

亞之亦知文辭之美須有學識培養，反對「裁經綴史，補之如疣」，故前序又云：

人有植木堂下，欲其益茂，伐他榦以加之枝上，名之樹資。過者雖愚，猶知其欺也。且裁經綴史，補之如疣，是文之病煩久矣。聞之韓祭酒之言曰：「善藝樹者，必壅以美壤，以時沃濯，其柯萌之鋒，由是而銳也。」夫經史百家之學，於心灌沃而已。余以爲構室於室下，葺之故材，其上下不能逾其覆，拘於所限故也。創之隟空之地，訪堅修之良，然後工之於人，何高不可者？祭酒導其涯於前，而後流蒙波，稍稍自澤。

韓祭酒，即韓愈。此與韓愈〈答李翊書〉所言幾乎相同：

將蘄至於古之立言者，則無望其速成，無誘於勢利，養其根而竢其實，加其膏而希其光。根之茂者其實遂，膏之沃者其光曄。仁義之人，其言藹如也。（註十五）

又韓愈〈進學解〉中也提到：

沈浸醲郁，含英咀華；作爲文章，其書滿家：上規姚姒，渾渾無涯；《周誥》、《殷盤》，佶屈聱牙；《春秋》謹嚴，《左氏》浮誇；《易》奇而法，《詩》正而葩；下逮《莊》、《騷》，太史所錄，子雲、相如，同工異曲。先生之于文，可謂閎其中而肆其外矣。

涵泳經史百家之學，作爲文章深厚的根基，根基深厚，再加上立地寬廣，文章自然如大樹般枝葉繁茂扶疏可觀，「本深而末茂，形大而聲宏」，（註十六）這確是韓愈眞傳，亞之亦推本於韓愈，可謂言而有據。

惟韓愈於涵養經史百家同時，更重視道德存養與汰除陳言的工夫，在〈答李翊書〉中又云：「始者非三代兩（或作秦）漢之書不敢觀，非聖人之志不敢存。處若忘，行若遺，儼乎其若思，茫乎其若迷。當其取於心而注於手也，惟陳言之務去，戛戛乎其難哉。」可知，韓愈爲文之祕訣並非只是尋求「鎔經鑄史」（註十七）的表面工夫，而是講究「心」與「手」之間的調協會通。一方面在「心」而言，須專一純粹，並有所取擇；一方面在「手」而言，則要自在揮灑，並有所不爲。前者要求文章立意應當正大，後者則要求文章不當雜染「俗下文字」。（註十八）

所謂的「仁義之人，其言藹如也」，其實也可當成爲文得「心」應「手」浹洽無間的隱喻，即如孔子所云的「從心所欲，不踰矩」。（註十九）沈亞之片面所得的「經史百家之學，於心灌沃而已」，似只強調經史百家之學的吸收取用，於韓愈所重視的選擇與淘汰的工夫似乎有所不達。

其次，「感於意氣」，亦是亞之爲文重要取向。〈敘草書送山人王傳乂〉云：

夫匠心於浩茫之間，爲其爲者，必有意氣所感，然後能啓其象也。此凡一舉志則爾，而況六藝之倫乎。余聞之學者曰：「昔張旭善草書，出見公孫大娘舞劍器渾脫，鼓吹既作，言能使孤蓬自振，驚沙坐飛，而旭歸爲之書，則非常矣。」斯意氣之感歟！

亞之所謂的「意氣」，指受外物奇特形象刺激，而在內心產生蓬勃難抑的氣；作者得此「意氣」感發，則能「啓其象」，即訴諸於藝術形象之表達。此可引申爲作者經驗之累積與適時之宣洩，然亞之特舉張旭見公孫大娘舞劍器渾脫爲喻，其由衷嚮往奇人、異事、非常舉的「好奇」心態，於此可見。韓愈則言：

往時張旭善草書，不治他伎。喜怒窘窮，憂悲愉佚，怨恨思慕，酣醉無聊不平，有動於心，必於草書焉發之。觀於物，見山水崖谷，鳥獸蟲魚，草木之花實；日月列星，風雨水火，雷霆霹靂，歌舞戰鬥，天地事物之變；可喜可愕，一寓於書。故旭之書，變動猶鬼神，不可端倪。以此終其身，而名後世。（註二十）

同樣以草聖張旭爲例，相較之下，韓愈之說顯得較爲圓通合情理。張旭之成就，實在於他融合各種「喜怒窘窮，憂悲愉佚，怨恨思慕，酣醉無聊不平」的情緒，經過「有動於心」的沉潛醞釀之後，再噴薄而發；是故，未必有亞之所說如此戲劇性轉變。亞之之意，或正在強調爲文受偶然意外觸發的可貴，如此便與韓愈的包羅萬象並漸積而至者有所不同。

又，沈亞之〈答馮陶書〉舉歌者韓娥爲法，說明其歌聲之所以能「易哀樂，變林籟」，使草木動容天地變色，乃在於韓娥深知萬物「不過一發於內，一應於外而已」、「是皆不得自任也」之理，故駕馭「二情」（喜適與悲愁）與「二氣」（陰與陽），互相攻伐交感，故能產生驚人的效果。

若韓娥之歌，韻合於氣，聲合於情。是故草木之於地也，氣爲之君；五腑之居人也，情爲之長。草木之生，其根處瘠則其表訥，處潤則其表昌。瘠之訥，潤之昌，不過其草木及氣之作也。爲溫陽則萬族舒，爲晦寒則眾色雜。瘁五腑，伏五行，設如金困於內，則

> 肺亢應於外，而嗅厭，極則反之；木極於內，則肝怠應於外，而食亂，困則反之。困而厭，極而亂，不過一發於內，一應於外而已。及情之作也，爲喜適，則七竅走而會之怡；爲悲愁，則六氣集而赴之慘。是皆不得自任也。韓娥之得也在此。馭二情以攻之，故能易哀樂；歧二氣以襲物，則能變林籟。其神至矣。（註二一）

亞之說法，雖涉及「六氣」與陰陽感應，稍顯玄虛而曲折，揆其實質，恐亦是得自韓愈「不平則鳴」之說的觸發：

> 大凡物不得其平則鳴。……人之於言也亦然。有不得已者而後言，其謌也有思，其哭也有懷。凡出乎口而爲聲者，其皆有弗平者乎！樂也者，鬱於中而泄於外者也，擇其善鳴者而假之鳴。（註二二）

亞之所謂的「不過一發於內，一應於外而已」、「是皆不得自任也」，與韓愈所說「鬱於中而泄於外」、「有不得已者」，似無不同。但兩說相較，沈文有「馭二情、二氣」之論，不僅止於韓文「發泄」一義；而韓說「擇其善鳴者而假之鳴」，是亦必經精挑慎選，並非有情感刺激即可爲專家。沈韓持論互有不同，或是觸發之得，應非直接影響。

（二）關於選士制度

唐代選士制度，以進士科最爲人所豔羨，報考者亦最盛。然而，眾人趨之若鶩的結果，僧多粥少，向隅者眾，往往使未登龍門的士子年年轉戰舉場，徘徊於窮達邊緣，生計或成問題。韓愈早年應進士舉時，曾四處奔波求援，備極辛酸，〈與李翱書〉嘗言：「僕在京城八九年，無所取資，日求於人，以度時月。當時行之不覺也，今而思之，如痛定之人思當痛之時，不知何能自處也！」直至「四舉於禮部乃一得，三選於吏部卒無成」（註一三）後，韓愈乃發出對選士制度不合理之抨擊，〈答崔立之書〉（註一四）云：

> 方聞國家之仕進者，必舉於州縣，然後升於禮部、吏部，試之以繡繪雕琢之文，考之以聲勢之逆順，章句之短長，中其程式者，然後得從下士之列。雖有化俗之方，安邊之畫，不由是而稍進，萬不有一得焉。

又云：

> 四舉而後有成，亦未即得仕。聞吏部有以博學宏辭選者，人尤謂之才，且得美仕。就求其術，或出所試文章，亦禮部之類，私怪其故。然猶樂其名，因又詣州府求舉。凡二試

於吏部，一既得之，而又黜於中書。雖不得仕，人或謂之能焉。退自取所試讀之，乃類於俳優者之辭，顏忸怩而心不寧者數月。

才高如韓愈，都不免處處碰壁，更何況他人？亞之亦在文中屢屢道及其求舉時的尷尬處境，如〈上壽州李大夫書〉云：

亞之前應貢在京師，而長幼骨肉，萍居於吳，無咫尺地之居，以自託其食給。旦營其晝，晝營其暮。如是凡三黜禮部，得黜輒歸。自二月至十一月，晨馳暮走，使僕馬不以恙，即且碌碌。如有一日霜露得欺，氣體失理，則一室向門之心無望矣。（註二五）

而科舉所試之內容，以雕繪藻飾之文爲主，無法測出眞材實學，反教賢而有德者慘遭埋沒。亞之即言：

今禮部之得進士，最爲清選。而以綺言聲律之賦詩而擇之，及乎爲仕也，則責之不通天下之大經，無王公之重器。今取之至微，而望之甚大，其猶摰陋缶而望曲齊於《韶濩》也。（註二六）

昨日奉策應對之日，操意張謀，唯恐不遠，刻文勵語，唯恐不工。思欲不肩於俗，以為世之大寵。及遭不錄，退舍自念。夫若是也，非窮心於此，安能堅然而顧之？（註二七）今吏部之補吏，歲調官千餘，其試以偶文儷語之書，程以二百字為準，考其能否，以定取捨。直使其人眞能，然尚何以補？況十九皆僞人乎！以此而求其賢，不可得也。且昆吾之利，莫邪之才，雖巧用不能雕咫尺之木；鷙鳥之羅，雖善掩者不能拘蚊蚋。如使恢宏博大之士，裁心鏤舌，以為此辭，而其道安可見乎？（註二八）

此中言語充滿忿怒之聲，其觀點與韓愈合，應是韓愈於接應後進時經常陳說的道理，加上自己經歷切身痛心之體會，故能滔滔湧出。

（三）關於修史的主張及其他

然而，亞之最不同於韓愈之處，則在於對史學之執著，以及對軍事實務的嚮往熱衷。此則遠超過韓愈過於謹愼拘束者甚多。韓愈早年對作史亦有大抱負，嘗云：

僕雖不賢，亦且潛究其得失，致之乎吾相，薦之乎吾君，上希卿大夫之位，下猶取一障而乘之。若都不可得，猶將耕於寬閑之野，釣於寂寞之濱，求國家之遺事，考賢人哲士

之終始；作唐之一經，垂之於無窮，誅奸諛於既死，發潛德之幽光。二者將必有一可。（註二九）

然而，當元和八年（八一三）任史館撰修時，韓愈觀念遽然大改，竟主張：「夫為史者，不有人禍，則有天刑，豈可不畏懼而輕為之哉！」（註三十）此說一揭，即引起柳宗元致書撻伐云：「又凡鬼神事，渺茫荒惑無可準，明者所不道。退之之智，而猶懼於此。今學如退之，辭如退之，好議論如退之，慷慨自謂正直行行焉如退之，猶所云若是，則唐之史述其卒無可託乎？明天子賢宰相得史才如此，而又不果，甚可痛哉！」（註三一）韓愈之說，或有當時政治形勢的考量，但柳宗元之質疑亦誠難反駁。

至亞之則頗能堅持「旨《春秋》而法太史」之心願，〈與京兆試官書〉云：

今亞之雖不肖，其著之文，亦思有繼於言，而得名光裔，裔不滅於後，由是旨《春秋》而法太史。雖未得陳其筆，於君臣廢興之際，如有義烈端節之事，輒書之。善惡無所回，雖日受摧辱，然其志不死。亦將俟能為孔子之心者拔之，是以晝夜增矣。（註三二）

此一宣言，亞之可說是終身奉行，其集中有無數的史錄、傳記和廳壁記文字，皆恪守此一理念，謹愼從事。〈旌故平盧軍節士〉中更直言：「故悉以論著，將請於史氏云。」(註三三)可見其有意而爲，非一日也。

亞之〈上冢官書〉又云：

> 某誠不肖，七歲再官，不逾九品之列。陶心研慮，謨古臣智輔之所以爲化，至於樂慕賢哲，亡其私而不回，此則得之於性矣。酌巖賢旅聖之所以立言，至於書得失，備理亂，敘往紀來，此則得之於文矣。學名將霸帥之所以整暴亂，至於奮旅陳師，圜會百變之狀，離如驚鳥，合如凝雲，此則得之於師矣。是三者，皆業於根，然後緒其末。非無所望也，亦思願爲一從材，戴橫傑之梁，立巨礎之上。顧世持斧之士，安足以摹哉！(註三四)

此中揭出其終身不改的三種志業，一是崇賢尚智的「教化」志業；二是敘往紀來的「立言」志業；三是奮旅陳師的「軍事」志業。前二者與韓愈同，至於軍事之志業，則爲亞之獨好。顯見亞之在軍事上的留心，重視實務，身體力行，非一般紙上談兵之書生可比。

三　沈亞之學韓的表現

沈亞之散文作品，據《沈下賢集校注》所錄，可分爲賦（一卷）、雜著（三卷）、記（兩卷）、書（兩卷）、序（一卷）、策問並對（一卷）、碑文與墓誌及表（共一卷）、行狀及祭文（共一卷）。自體制上觀察，涵蓋面甚廣，可見亞之擅長寫作各類文體。然而以「學韓」成果而論，或有所長，或有所短，以下略擇數種文體試加比較之。

（一）賦

亞之賦作有三篇：分別是〈夢遊仙賦〉、〈柘枝舞賦〉與〈古山水障賦〉。此三作，皆似六朝詠物賦，「寫物圖貌，蔚似雕畫」（註三五），雖則形似，殊乏深刻的比興寄託，而辭句則有搜奇抉異的現象。〈夢遊仙賦〉寫夢中神遊仙界，樂態甚適，忽而夢覺的惆悵：「既諒人生之皆夢，孰云夕非而晝是。馳詠想之悠悠兮，軸吾情於萬里。」其筆力則在鋪敘夢境之奇妙幽麗與神女之柔美可人，如：

> 銀墉兮桂箱，差瑤踏兮上玉堂。卷紅幕兮髮繡户，中有人兮結清處。語嫣延兮情綽擔，命余蔭於蘭之廈。回穠顏以一顧，矕（音滿，視也）嬌眸而融冶。孽津兮玉盤，火桂兮炮鸞。鼎娥司味和苦酸，羸吹既調戛湘弦。合吾飲食兮樂吾後園。（註三六）

〈古山水障賦〉題下有「和史館陳學士作」，大概是出於爭能奪勝之用心，故寫尺幅的屏風圖畫，用語卻是「鉤章棘句，掏擢胃腎」(註三七)，非常怪異刺目，如：

> 惟古工之包化兮，啓婈炵於無間。勢蹙巇以特起，互騰排而上干。翠參差以玉立，俱竦竦以攢攢。於是廙以長瀾，森以怪木。瑟汩栗飀，淒熉蕩燠。浸平潦於楚澤，冶妖韶於陽谷。(註三八)

〈柘枝舞賦〉前有序言，大意指今日國中胡部歌舞盛行，而柘枝舞又其中姿態最狂肆美妙者。亞之亦如前二賦般，極其筆墨渲染柘枝舞令人目眩之神態：

> 愕兮若驚，弛兮若嬾。歘然逴姹，翔然嫣婉。振修褏以拋拂兮，韜纖肱以糅綰。差重錦之華衣，俟終歌而薄袒。既而抑倚昂拼，蹈節振臂。驅捷蹀以促碎，盡戎儀於弱媚。(註三九)

此文最後以客曰「若此之狀也，以鄭衛而前陳，吾固知其將墜」作結，頗有「惡鄭聲之亂雅樂」(註四十)的寓意，但已流於曲終奏雅，不足以激動人心。

亞之另有一篇〈爲人撰乞巧文〉，(註四一)亦屬賦體。此篇序言雖藉邯鄲妓婦李容子丈夫之口稱說：「沈下賢工文，又能創窈窕之思，善感物態，因請撰為情語，以導所欲。」其實通篇視之，仍不過是「體物而瀏亮」（註四二）之作而已，除以濃豔筆墨刻繪形容之外，便一再致意：「是物之巧功善飾、願賜妾於針紉也」、「是物之巧容善態，願委妾於態媚也」、「是物之巧音善感，願付妾於管弦也」云云，筆法略嫌偈滯僵化，缺乏其所自詡的「創窈窕之思」。亞之賦作如上，「恢漫乎奇態」分明可見，「紬紐己思，以自織翦」則似乎未睹新意。試加比較韓愈賦作：〈感二鳥賦〉、〈復志賦〉、〈憫己賦〉、〈別知賦〉，最明顯之不同：首先，在形式上，韓愈以單行之筆，運駢偶之詞，故名雖為「賦」，實則已接近散文寫作的「文賦」。如〈感二鳥賦〉末云：

> 昔殷之高宗，得良弼於宵寐；孰左右者爲之先，信天同而神比。及時運之未來，或兩求而莫致；雖家到而户説，只以招尤而速累。蓋上天之生余，亦有期於下地；盍求配於古人，獨惆悵於無位。惟得之而不能，乃鬼神之所戲；幸年歲之未暮，庶無羨於斯類。（註四三）

此段言天生我材，必有所用，不必徒羨二鳥意外之虛榮；文句一氣直貫而下，毫無停滯，迥非駢文句式所能限。其次，就內容而言，韓愈賦作皆有為而發，感慨淋漓，充滿個人情思，不是專為詠一物一事而設，如前人評〈感二鳥賦〉：「公之賦見於集者四，大抵多有取於〈離騷〉之意。此篇蘇子美〈舜欽〉亦謂其悲激頓挫，有騷人之思。」（註四四）亞之於此卻絕無表現，不曾在此學韓。

（二）雜著

亞之雜著，可分為兩類，一是傳奇傳記文，一實錄紀事文。亞之在此類作品中展現其高超的敘事能力與史才技巧，且專意而為，投注甚多心力。若是學韓，則韓愈不曾創作如此多之同類作品；若非學韓，則亞之可以說是獨樹一格。

傳奇與傳記作品，兩者似同若異，難以分解。要言之，傳奇多以虛構為美，而傳記則以寫實取勝，然兩者敘事手法皆可虛可實，令人眞假莫辨。

韓愈不曾寫出單篇的傳奇作品，但卻有若干寓有傳奇意味的筆墨，頗富「以文為戲」（註四五）之趣。如〈石鼎聯句詩序〉，純記同好賦詩之樂，卻故意幻設為文，假託道士「軒轅彌明」穿插其間，故弄玄虛，顯得突梯滑稽。此作較無深刻寓意，毋須過分刻求。而〈毛穎傳〉則更為人所盛讚，雖以「傳」為名，仿太史公紀傳體筆法，自形式、內容與風格無不肖似，實則全是虛構，與傳奇無異。與〈石鼎聯句詩序〉不同者，在於〈毛穎傳〉雖屬遊戲文字，而立意正大，指涉明確，誠如柳宗元所說：「韓子窮古書、好斯文，喜穎之能盡其意，故奮而為之傳，以發其鬱積，而學者得以勵，其有益於世歟！」（註四六）是故，〈毛穎傳〉看似傳奇，實際又是寓言，深具教訓意義，有「文以載道」之作用。移此以觀韓愈的傳記，也無不若此。如：〈圬者王承福傳〉藉承福自食其力謹守本分，批判富貴難守的貪瀆之徒；〈太學生何蕃傳〉則為何蕃身居下位不得施展抱負叫屈，暗諷朝廷不知用人。可知韓愈傳記文均富於寓託之筆，有強烈議論批評性質，不是輕易而為。韓愈傳記文僅此三篇，皆享傳世盛名，可惜為量不多。

亞之傳記文秉韓愈「文以載道」之法，目標明確，篇數也較韓愈為多，如：〈李紳傳〉、〈馮燕傳〉、〈郭常傳〉、〈喜子傳〉等均是。此諸篇之末，皆載有亞之模仿史家立言的「贊論」，以揭明作傳之旨。如〈馮燕傳〉末云：

> 贊曰：「余尚太史言，而又好敘誼事。其賓黨耳目之所聞見，而為余道。元和中，外郎劉元鼎語余以馮燕事，得傳焉。嗚呼！淫惑之心，有甚水火，可不畏哉！然而燕殺不誼，白不辜，真古豪矣！」（註四七）

凡此種對「史傳」之模仿，最見亞之確有作史垂誡之宏願，且力行力為，與韓愈但點到為止又故作掩飾者不同。故以學韓而論，亞之在此實勝韓愈一籌。

然而，亞之最為獨到者尚不在此，而是「立意好奇」虛構的傳奇故事，如：〈湘中怨解〉、〈異夢錄〉等。此種事涉玄異的追求，張皇幽渺的雅好，實與史家要求的「實錄」精神可謂背道而馳；然亞之卻能出入自得，不以爲衝突。這卻是標舉「文以載道」的韓愈辦不到的。亞之也未嘗不知其間矛盾，如〈湘中怨解〉即有「並序」曰：

〈湘中怨〉者，事本怪媚，爲學者未嘗有述。然而淫溺之人，往往不寤。今欲概其論，以著誡而已。（註四八）

斥責淫溺，意欲著誡，貌似史家口吻；然而，這可能只是表面姿態而已。但看篇中所敘，旖旎浪漫，婉轉動人，殊無一語責備；若說是「著誡」，恐怕是「欲諷反勸」而已。而〈異夢錄〉則假託一宴集場合，自隴西公之口道出帥家子邢鳳夢中所遭遇之奇情奇事，寫來亦雲煙四起，若虛若實。此類文字，無關閎旨，皆非韓愈所尚，故不得不讓亞之出一頭地。

亞之傳奇作品最特別之處，即喜用抒情華美的詩歌穿插於正文中，造成悲傷而留戀不已之情，給予讀者哀豔悽美之感。（註四九）誠如魯迅（一八八一—一九三六）所說：「以華豔之筆，敘恍惚之情。」（註五十）如〈湘中怨解〉末段云：

其中一人起舞，含嚬淒怨，形似汜人。舞而歌曰：「泝青山兮江之隅，拖湘波兮嫋綠

裾。荷卷卷兮未舒，匪同歸兮將焉如。」舞畢，斂袖翔然，凝望樓中，縱觀方怡。須臾，風濤崩怒，遂迷所往。（註五一）

此種「詩筆」，純以抒情韻律之美扣人心弦，難謂有任何寄託諷諭之意，已無任何「載道」之沉重感，是韓愈所不曾爲亦不願爲的文字。亞之於此等處，毫不保留展現其詩人特質；然而，這似也顯示，亞之仍慣以詩歌韻語抒情，與韓愈早已從事以散文風味抒情的「以詩爲文」（註五二）之方式，尚有一大段距離。

亞之雜著另一類文字即實錄紀事文，意在記錄當時局勢，並或條議時事利病根由，是敘事而兼有議論之作，如：〈夏平〉、〈旌故平盧軍節士文〉、〈萬勝岡新城錄〉、〈魏滑分河錄〉、〈學解嘲對〉、〈誼鳥錄〉等篇皆是。此等作品，幾乎等於爲國史採擷而作的準史料，亞之身非史官而爲國史存錄，器局果然不小。相較之下，韓愈便無這類作品，雖則韓愈亦關切時局，痛下針砭，但多散諸於其他體類之文字，如書信、如贈序等，如碑銘等，像亞之這樣直接以「錄」題名而專意爲之者，是決不曾有。亞之此類文字寫來均條理井然，敘事如繪，尤其善於捕捉細節，運用對話，以增加聲色，此種手法或得自韓愈的〈張中丞傳後敘〉（註五三），或可能直接承襲太史公；要之，亞之寫來，決不遜於前輩。

如〈萬勝岡新城錄〉寫執金吾李將軍（文通）紮營萬勝岡，以循序漸進之方式，鼓勵士氣，誘導烏合之士卒築城。始則勸說宜築牆垣，以禦暴矢；等牆垣築成，繼而歎息未能圍成一周，其功不大；牆垣圍周後，又慨歎雖周而不厚，不能防豪雨洪水，而「築者皆悅，復爭爲厚」，城竟築成。亞之即敘道：

及竟，將軍監軍使出視之，復勞曰：「嗟乎！諸君之能，衆士之功也。既周且厚，始爲其垣，今則城矣。」因自吟曰：「城乎城乎，使其增數仞而飾之，寇雖蚩尤，寧敢犯我乎！」遂歸。諸將相謂曰：「乃者將軍之詞，得無意其高耶？吾黨亦醜其卑矣。」復增其築，於是新城遂具。（註五四）

此一大段將多少營城難事輕鬆省略，但運用戲劇性對話手法，使情景在目，而李將軍之賢能，將士之用命，便不動聲色揭出，可謂此中能手。

然則，韓文中之雜著，體類多樣，各有特色，有「原」、「解」、「說」、「讀」、「對」、「辯」、「釋」，等等不同，皆短小而精悍，顯見韓愈爲文多方之趣味與嘗試。然而，亞之雜著中除佔多數之「錄」外，卻僅有〈學解嘲對〉一文，是韓愈嘗作之題。觀此文內容，在寫「今廩食之不充，漕輓不勝於弊」之問題，仍是時論文字，可見亞之獨沽一味，對乃師於雜著體多方的改創和擴充略無留意。

(三) 記

亞之記體，有記山水地理的〈雜記〉、有記佛事的〈移佛記〉與〈復戒業寺記〉、記人物的〈秦夢記〉與〈歌者葉記〉，以及爲數不少的建築記與廳壁記。

〈雜記〉一篇純屬記事，短短不到二百字，寫「沂水北一百里」之間的景色風物，筆法仿酈道元《水經注》，幾至按圖可以索驥，文字雖也精整可玩，而冷斂簡潔，截然不帶任何感情：

> 沂水北一百里，有峴曰將軍，甚靈。民置祠於路左，享之不已。將軍曾爲五郡牧，常姓，名元通，因築城失主將意而斬之，其尸數日不仆，今有臺曰立屍臺。西南有山，曰鞍山。山北有關，謂之穆陵。李師古不臣，作鎮於此，防過不意，元和初罷之。西有沂山，山有廟，則東安公也。沂州刺史每春自禱恩是山。山有谷九十九所。河分八，曰沂、曰汶，汶東注，沂南流，入清道沂州。山東南有山，曰太平。山頂平，可八九十里。頃歲有寇曾居之。山北十餘里有樹五檀也。（註五五）

此與韓愈作記喜好「多緣情事爲波瀾」（註五六），藉事生情，即情敷文，令人爲之一唱三歎，機軸特爲絕妙者——如〈畫記〉、〈滕王閣記〉、〈藍田縣丞廳壁記〉等名篇——頗異其趣。

再如，〈移佛記〉與〈復戒業寺記〉二篇，前者因杭州報恩寺長老與其鄉閭父老，將已遷徙之舊佛像歸復於原寺，「長老使白其由於亞之而求詳錄焉」；後者因朝邑縣有佛徒遷寺侵佔民地，縣尉王鄖不能制止，後爲縣令，乃下令改作；亞之適過其地，王鄖「因請以其事次於文」。二篇文字嚴謹翔實，記載按部就班，是史家慣用筆法，亞之實錄其事，寫來分毫不差。例如〈移佛記〉一文，先敘述作記年歲月日與緣起，次以「沈子曰」稽考法像之由來與其造形，並敘移佛事件之始末，最後又以一段議論作結，彷如史家之贊論：

> 嗟乎！忠信仁誼不舒信於人久矣，而皆以已生來生之後，因緣禍福之說化行焉。今予因長老請予記移佛之由，遂得道教之所以，意者欲使孆生隨其機以悟之。其機高者其性慧，見其內像而內覺，發其心而能至其正；其機下者其性回，見其外變而外覺，反其心而後歸其正。是故精粗其內外之像以陳之。（註五七）

韓愈闢佛，亞之亦斥緇流，此記文中特別強調忠信仁義，兼有教化風俗、垂鑑來人之意，可謂韓門正學，不肯佞佛，最能見亞之承韓公衛道之用心。

亞之另有〈秦夢記〉、〈歌者葉記〉二篇，或鋪張浪漫，或渲染人物，是其最擅長的筆墨。〈秦夢記〉以第一人稱寫亞之晝夢入秦，與秦穆公幼女弄玉結成連理之故事，與前述的〈湘中怨解〉頗爲類似，主題是人仙之戀，在敘事之外，尤其重視「詩筆」的運用，如寫亞之與宮人作別一段即如此：

> （亞之）再拜辭去，公復命至翠微宮與公主侍人別。重入殿內時，見珠翠遺碎青階下，窗紗檀點依然，宮人泣對亞之。亞之感咽良久，因題宮門，詩曰：「君王多感放東歸，從此秦宮不復期，春景自傷秦喪主，落花如雨淚胭脂。」竟別去。（註五八）

此類虛構豔情的作品，韓愈絕無涉足，可視爲迴出其上之作。〈歌者葉記〉乃爲葉姓歌女所作之傳記，寫其歌藝無倫，爲人又潔峭自處，多用側筆旁寫，而憐惜嚮往之意自然透露；於其末，以慨歎作結：

> 自趙璧、李元憑，世稱爲知音之尤，皆擅鼓弦。及爲余言葉之歌，使其妙自備，則音屬不知和矣。嗚呼！豈韓娥之嗣與？惜其終莫有能繼其聲者。故余著之，欲其聞於後世云。（註五九）

至於亞之的廳壁記達九篇之多，質量亦頗爲整齊，與韓愈廳壁記極其不同。韓愈廳壁記僅有〈徐泗豪三州節度掌書記廳石記〉與〈藍田縣丞廳壁記〉二篇，前者褒美徐泗豪三州節度使張建封前後所任用的三任掌書記，符合封演所言：「敘官秩創置及遷授始末，原其作意，蓋欲著前政履歷，而發將來健羨焉。」（註六十）是廳壁記之正體；後者則藉人物與對話，寫好友崔斯立身爲縣丞而遭埋沒的窘境，爲之憐惜抱不平，寓託個人情感，可謂廳壁記之變體，是爲人稱道的名作。亞之廳壁記則尤爲慎重其事，幾乎篇篇皆精心撰作，其目的已不是爲表彰歷任官吏的事功履歷，使後繼者崇仰稱羨，亦不在藉題發揮，抒發友人不遇的感慨；而是秉史家之筆，記錄所見所知的時事，甚至無所諱避，直揭當政弊端，筆力斬截透徹，用語極爲悍廉。亞之嘗擔任京畿櫟陽縣尉，身經目睹，故〈櫟陽兵法尉廳記〉與〈櫟陽縣丞小廳壁記〉兩篇，寫縣境內不法之徒與不便之事，最不假辭色：

> 櫟陽，其脊沃相半。豪戶寒農之居，三分以計，而豪有二焉。其父子昆弟，皆卒名南北東西軍，圜衛雜幸之恃，或籍書從事星臺、樂局、織館、雕坊、禽兒、膳者之附，而又媵女爲之盤絡。是多類者，非獨不得爲縣民之眾馭之而已，亦且馮緣蔓橫，以業吞漁。獄之所操，動繫於此。而禁局強曹，垂攀於前援者，持符以解之，固能移情以二法，使終決不必理。（註六一）

長慶初，燕、趙、魏侯者失理，卒亂，辱殺之，更自立新帥。大臣皆進意請討，圜其境之諸侯，咸會兵襲戰，飛蹄走轡之奏，傳呼相追。而又降嫁匈奴中，故使者日至。若是宜謂私賓不能加也。然又遣使陳、蔡、許、滑、大梁、彭城，皆發卒戍河北，督責米帛於兩江之閒，使百郡所挽無西入。由是天子之使，出入潼關者，日數十輩。大者乘馬至百，小者不下十餘。郵馬盡死於道，凡往來乘馬畜者，無問其誰，皆奪之。（註六二）

前者寫櫟陽縣境內的強豪，多爲宮中侍衛或隨從供給之輩，竟仗勢橫行，攀緣結黨，任情枉法，難以節制；後者寫櫟陽縣邑爲四方使者輻輳之地，值國家擾攘，天子使者紛至沓來，賓署疲於奔命，遂有郵馬盡死而奪私馬之事。亞之以爲，廳壁記之設立，如古者「盤盂有書」、「鐘磬必銘」，故其寫作，亦抱持垂鑒後世以昭炯誡的用意，更何況典制不復，史料存錄困難，「敢不有記」？（註六三）其意亦在因史書缺載，爲補史而作。即此以觀亞之其他廳壁記，也幾乎無不是擲地有聲的批判性時論文字，多反映民風吏治，也反映中唐局勢紛擾，在當時獲得不小的迴響——「或謂亞之學史，詞無苟，故用是記焉」（註六四）。可見亞之於此的確深造自得，自議論深度而言，其成績亦超越韓愈記體但「微載議論於其中」（註六五）的作法。

亞之雜記缺少個人抒情成分，絕無僅有者，唯獨〈謫掾江齋記〉而已。該篇作於亞之由虔州南康尉量移郢州司戶參軍時，當太和五年（八三一）五月十九日，可能是亞之晚年最後作品之一。文中自敘貶謫郢州以來，所住齋舍背對漢江，與江面風水阻絕，無緣一睹外界景色；一日，靜極而思動，乃計畫拓開西廂，面對江水，洗除心中煩憂。亞之因此藉筆吏王扃出言反對其事，以及自己之答辯，鋪陳一段牢騷不平的對話。後幸得太守材費支助，順利完工，一償「馮（憑）坐之中，足以自廣」之願。此文令人想及韓愈的〈藍田縣丞廳壁記〉，雖然一爲自作（沈爲自己），一爲他作（韓爲崔斯立），但所敘主角：一、皆爲沈淪下僚的才智之士；二、皆與不識相之小吏問答對話；三、皆在百無聊賴中謀求排遣解脫，而適足以顯示其內心沉重難解的牢騷愁苦。兩篇自結構至筆意，有極其類似之處，可見亞之有意學韓。所可惜者，亞之文字過於雕琢刻意，搜奇抉怪，硬而不化，不如韓愈文從字順，而又詼諧風趣，多少失去其可讀性。如末段寫江齋建成後景象便是：

一棟七柱，助柢楣二桷，覆厦狹廡，重左而單右，若翅之將翔然。蕉旗竹篲，分植叢列，爲篨風篩月之餌。方檻短折，面江虛波。炳嶂委霞，影對綵紅。碧幟捨奔，給於所矚；遠邇高卑，龍若交黨，爲宵清曉爽之借。暴陰色蒸，雷扇蹈震，神冶鼓焰，如金緪騰，摎趡糹柔羽戉，爲颭燭揮鋋之駭。蓊然頹雲，若然漏曜，倏閃態狀，若笑若怒，相爲端緒。（註六六）

或許亞之正藉此鉤棘怪異之辭句，表達心中未得紓解的鬱結拂逆之情。其作風或意欲顯示「奇詭」，其格局反見侷促，不若韓愈之掉弄自若。

（四）書

亞之書信數量亦夥，有十七篇，其中受人注目者，爲致予王公大人之上書，爲極其用心之作。這類書信，多爲顯揚自己才德，冀求對方的資助提拔，而又不便直道說出，故而行文之間，特別有婉轉含蓄、呑嚥掩抑之致；其作法或託之於譬喻，或寄之於寓言，或假設人物對話，令觀者油然善入之後，再一一揭出其處境之艱之難與心中所願所求。此種文章技巧，亞之實在是深得於韓愈，蓋因爲韓愈亦曾長期應舉不第，每每奔走周旋於公卿大人之間，開口請求鼓吹延譽，其書信之作，往往反映個人進退卑亢之際的苦心，此亦應是當年韓門弟子求舉必修之功課，故以韓文爲法乃當然之事。

韓愈上書有以譬喻開首者，如〈爲人求薦書〉即是：

> 某聞木在山，馬在肆，遇之而不顧者，雖日累千萬人，未爲不材與下乘也。及至匠石過之而不睨，伯樂遇之而不顧，然後知其非棟梁之材，超逸之足也。（註六七）

亞之〈上冢官書〉作法亦與此類同，而文句則更加鋪張揚厲，滔滔不絕：

> 某伏念傑木之生，大長越倫，足谷肩山，而大谷不足以室其根，長霓不足以帷其華。天之所惜，其體若此，豈不使皆獲其所安，而轃乎用。及其不偶也，徒見摧風枯霜，蒙孽老雲而已。夫尋常之材也，幹不丈，枝不尺，而葉縱，其根不能躪土之膚。生不十年，各獲斤斧之制以就用。何者？受乎庶氣，故易長於極；成爲眾用，故易售於工。其在林居，相扶策木意自得，仰視傑木，不見其末，相與笑其牙枿而無用。及一旦遭遇，得升賢工之所思，采而飾之，跨二礎而百棟賴負。若是修材巨幹，非易自致也；賢工良匠，非易能容也。（註六八）

韓愈上書用寓言寄託者，以〈應科目時與人書〉最著名。該文先敘說「天地之濱，大江之濆，曰有怪物焉」，肆筆形容此怪物雖具有變化風雨的異能，卻遭逢「不能自致乎水」的困境，爲獺等無知小輩所恥笑，但望「有力者」提拔救援。篇末方道出「愈今者實有類於是」，點明寓意，故前人評曰：「難于致詞，則託物以喻，此詩人比興之道也。」（註六九）亞之上書學此作法者甚多，幾乎是樂此不疲，如：〈與薛浙東書〉以「枯苗仰澤」爲說；〈上李諫議書〉，以「楚王之鼎食十有餘年，而王體不肥」爲說；〈與同州試官書〉，以「里人有良書〉之「里人鬻良金」，以例一斑：敘寓言，均是精巧可愛，託喻明白，有戰國縱橫家掉三寸不爛之舌的作風。此舉〈與同州試官韓愈的〈答陳商書〉中，以「齊王好竽，有求仕於齊者，操瑟而往」說之一般。凡此類書信所書〉以「古之韓娥」爲說；〈答學文僧請益書孺顏上人〉以「昔之有善鍛者」爲說，此亦類如金鬻於市」爲說。此外，若干答覆後進求教文章之書信，亞之亦採用寓言手法，如：〈答馮陶

里人有良金鬻於市，而里之豪亦鬻焉，俱將售於衡者。豪人金雖精，里人出其左。衡人畏豪，奪其價而先豪。里人懷而去。明日之他市而衡之，直復不同，又懷去。又明日之他又然。歸而聚黨與謀曰：「聞某市有衡人不欺，一市之人謂之直。」遂往與㛮金角，俱歷火升衡，市人曰：「雖然，願先豪。」衡人曰：「是精粗在目，輕重在衡，衡目可欺乎？」市人囩而退，其直果然。（註七十）

此中有人物、有情節、有對話、有結局，鋪敘甚是完整，篇末即託出寓意，云：「今亞之負詞之來，於執事其望亦同於直者也。」暗諷試官當公平衡量考生，選賢與能，勿爲豪強士子之聲勢所奪，其用心誠然刻苦。

此外，書信中以對話行文者，尤其令人有情景如繪之感，在修辭學上可屬於「追述之示

現」的表達方式。（註七一）韓愈擅用此技法，如〈與崔羣書〉一段：

亦有人說足下誠盡善盡美，抑猶有可疑者。僕謂之曰：「何疑？」疑者曰：「君子當有所好惡，好惡不可不明。如清河者，人無賢愚，無不說其善，伏其爲人，以是而疑之耳。」僕應之曰：「鳳皇芝草，賢愚皆以爲美瑞；青天白日，奴隸亦知其清明。譬之食物，至于遐方異味，則有嗜者，有不嗜者；至于稻也，粱也，膾也，炙也，豈聞有不嗜者哉？」疑者乃解。解不解，於吾崔君無所損益也。（註七二）

亞之於此亦極力模仿，前問後答，避免一味陳說，讀來生動起伏，特富文趣。如〈與潞鄜州書〉起首即云：

亞之昨去長安時，歷別於所知親友門。所知親友謂亞之曰：「安所適？安所爲？」亞之對曰：「適鄜，將假貸於諸侯門。」所知親友賀亞之曰：「鄜有長，賢大夫也，喜文學仁義之道。故其所爲文學仁義之道，忻忻焉走其門者日有之。」亞之納喜於心充充焉。捶馬走僕，忘其勞，失其怠，望閣下之境，日近日喜。（註七三）

此一段洋洋灑灑，順流直下，情景隨生隨發，如在目前，而其褒美對方之用意則藉他人之口輕鬆道出，極得敘事之法。其他類似此種書信，亦能見諸〈與潞州盧留後書〉、〈與京兆試官書〉等，可說青出於藍，更勝韓愈。

亞之書信雖多，卻獨有一類是不曾學習韓愈而付諸闕如者；此即韓愈書信中的抒懷詠歎之作，如〈與孟東野書〉、〈與李翺書〉、〈與崔渞書〉等。此等作品，用筆平淡直致，一往情深，不假過分之修飾，最見韓愈的性情本色。亞之於此等以散文抒情之作又再度失之交臂。

(五) 序

亞之序作，均屬於贈序，有十三首之多，在唐人贈序之林中蔚爲不少。按韓愈贈序，向有「昌黎絕技」之稱，(註七四)每能明快簡潔，其文法雄奇高古，時或橫空硬起，劈頭湧來，又盤旋百折，爲他人所不到，堪稱獨步。亞之學韓此等絕技，想必是戰戰兢兢，唯恐有所閃失；幸而其成績雖未能追及乃師，亦具體而微，不辱沒師名。

亞之贈序亦喜用韓愈的「劈頭法」，起首以宏論盤空而來，使讀者愕然莫知究竟，而後再邊敘邊議，步步揭示所敘所論與贈序對象之關係。韓愈贈序名篇，如：〈送孟東野序〉、〈送齊皡下第序〉、〈送高閑上人序〉等，皆以大段議論起首，筆力雄直迫人。亞之學此者，如〈敘詩送李膠秀才〉(註七五)開篇便以大段議論發唱，侃侃而談古代詩樂合一與今代詩樂分離之差異：

歌詩之所以爲發痦，其旨甚遠。夫物情暢樂怨抑之感，吁而散之大空，還會於風雲，降於水土，包聲於陶埴之器。髣髴之變，盡搖於樂。樂之所感，微則占於音，章則見於詞。微於音者，聖人察之；章於詞者，賢人畏之。故勤人之君，欲以聞其下；忠主之佐，使以達其上。夫往代之詩樂，皆能沿聲諧韻，今徵其文以觀之，而其代興衰可見也。寧近世學者固不變風從律耶？何爲其詞不聞充陳於管弦乎。今樂府既闕所奏，如有忠言之意，眾所仰哉？

後又述及其故友李賀獨能善作樂府詩，其功「蓋古排今」，可惜仍不能入樂：

余故友李賀，善擇南北朝樂府故詞，其所賦亦多怨鬱淒豔之巧。誠以蓋古排今，使爲詞者莫得偶矣。惜乎其終亦不備聲弦唱。賀名溢天下，年二十七，官卒奉常。由是後學爭躍賀相與綴裁其字句以媒取價。嗚呼！貢諷合韻之勤益遠矣！

最後方才歸入贈序對象，以不到六十字點明作意，欲李生能繼李賀而邁之：

膠亦諸王孫，頗專七言詞。始來長安，人以爲思轍賀。今一不中第，言歸故楚江陵下。豈欲以廣其情於孼波？顧有撰，余乃敢悉序詩歌之大端，以爲別贄。

全篇之波瀾至此方止，令人絕倒。他如〈送韓靜略序〉以客問難方式論爲文之道（文見前節引），〈送韓北渚赴江西序〉以「或曰」起筆論養士之道，亦是仿此。亞之本善於議論者，學韓如此並非難事，雖則其文句嫌乎板硬，不若韓文收縱伸縮變化自如。

韓愈贈序即使以簡短直述句破題，寫來亦是峻潔非常，如：〈送董邵南序〉以「燕趙古稱多感慨悲歌之士」破題，〈送溫處士赴河陽軍序〉以「伯樂一過冀北之野而馬羣遂空」破題，皆揮斤成風，颯颯撲來。亞之於此也頗有會心，如：〈送叔父歸覲序〉云：「古之取仕得明經爲清選，近世即爲進士。」〈敘草書送山人王傳乂〉云：「夫匠心於浩茫之間，爲其爲者，必有意氣所感，然後能啓其象也。」二人氣勢或有高下，筆法則略無不同。

設情節，託對話，「以議論行敘事」，亦是韓愈贈序獨擅之「變調」，（註七六）如〈送石處士序〉即是。該篇全以對話綴成，將河陽節度使烏重胤求賢若渴之心，以及石處士謙讓自抑、又從善如流之胸襟輕輕敘出，完全不著痕跡贊頌雙方。亞之擅長記體，對此學來駕輕就熟，如：〈送杜憓序〉、〈別權武序〉、〈送同年任畹歸蜀序〉，皆綴以對話，特顯精神，而〈別前岐山令鄒君序〉尤極其可觀：

昔者亞之西遊過岐山，而令秩始謝。余將就給食，人曰：「故令雖貧，然能卑人厚禮，何不往舍也？」時方暑，既見，解帶坐。令衣弊繒短衣，使兒孫姪捧案前賓食。食已，有客越而請曰：「聞令家無女使賤走，賓客食必夫人親治之。誠厚士勤矣！且賓之來者，無賢不肖，皆即混然齊飽，是愚爲冒矣，而賢者安所愧乎？今願擇之而厚結，如何也？」令曰：「古者侯生亦有言：『人固未易知。』夫士以食而來我者，留於門，無繫帶之間，尚已爲久矣。焉能待辨而後進乎，亦寧有給之一食，而使其甚媿。固如是，雖賢愚何望哉？」客囥而退。至今三年，與令遇，未嘗再會食客。今令窮來京師，而人無假氣而延於進者。嗟乎！會予與令各有適，故書前事，以敘所憤云。（註七七）

此篇幾乎可以視爲鄒君之小傳。鄉野小令鄒君謙恭下士，曾傾其所有招待投靠之賓客，無分賢愚，即至鄒君窮來京城，竟無一人願伸援手。毋須多著言語，但云「以敘其憤」，則世態炎涼、爲善者不得善報之憤慨亦充塞讀者胸中。比諸韓愈贈序對話多是緣情生事故作波瀾，亞之此篇紀實而作，感人力量更大。

韓愈另有一種贈序，直接以條述時事起筆，眼界甚高，手筆老練，若史家記史之法，如：〈送鄭尚書序〉寫嶺南節度府難以治理、〈送水陸運使韓侍御歸所治序〉寫韓重華紓解振武軍之饑荒，行文錯落有致。亞之嘗以史家自任，於此自不遑多讓。〈送張從事侍中東征序〉記討淄青節度使李師道叛變之事，〈送田令二子歸寧序〉詳載田弘正爲國效力之功績，均以實錄其事爲主，受贈者反成陪襯。可見其筆法亦善爲變化，不失韓門家傳。

世所共知，韓愈排佛老不遺餘力，而於人情世故上又不免爲佛道之徒作序贈別，拒之不能，又贊之不得，妙在韓愈在此兩難之隙中，仍能藉機批佛罵老，曉以孔孟大義，卻令對方無從翻駁起，機局殊爲狡獪。〈送浮屠文暢師序〉品評之辛辣，〈送廖道士序〉嘲弄之驚險，皆是著例。亞之雖也曾爲佛徒作〈靈光寺僧靈佑塔銘〉及〈移佛記〉，似未積極反佛；但唯一贈予佛徒的〈送洪遜師序〉，則不僅嚴守師法，也得其筆鋒：

> 自佛行中國已來，國人爲緇衣之學，多幾於儒等。然其師弟子之禮，傳爲嚴專。到於今世，則儒道少衰，不能與之等矣。於其流亦有派別焉。爲之師者，量其性之高下而有授說。故有瞑坐而短行（音幸，德行也），毀形而鼓談之道，歧於是也。十一年春，予東上會稽，還造江。有緇衣洪遜，從余假渡。自言能贊導佛語，嘗與其曹嫒居講誦，恒爲宿輩推信。他日復來，言當之關中，欲余以序之。夫西都輻集之地，居多豪緇，得進於上前者，車服之饒，擬於卿士。而遜得無欲乎？在自勉而已。余不知佛，故序無以備汝曹之事。（註七八）

此文起首先自佛學盛行，儒道少衰說起，似欲揚之；次而說佛徒之流亦有高下派別，有「短行毀形」的分歧，則又抑之。三而說洪遜其人善談佛法，得人稱信，再次揚之；其後又說西京繁華之地，人各奔競，反問洪遜前往「得無欲乎」，最終竟再抑之。一篇之中二揚二抑已備極曲折，結尾且云：「余不知佛，故序無以備汝曹之事。」更是冷然不測，對佛家之不敢苟同已意在言外。學韓肖似若此，可以拍案叫絕！

亞之贈序學韓雖多，然對韓愈特別擅長的「以詩爲文」之抒情筆法，卻依然不得要領。韓文贈序最高傑作如〈送李愿歸盤谷序〉，如〈送楊少尹序〉，甚至如〈送王秀才（含）序〉，極得無數方家稱許，但亞之卻一無所學。是不爲乎？是不能乎？不禁啓人疑竇。

（六）墓誌銘與祭文

韓愈碑誌（主要是墓誌銘）不僅佔韓文絕多數，達七十五篇（其中墓誌銘有六十六篇），且成就極高，故爲「韓文第一」，世有「韓碑」之譽，其垂爲典範之寫作方式更影響後世無數碑誌寫手。（註七九）以此觀之，亞之僅有六篇墓誌銘（並不包括〈靈光寺僧靈佑塔銘〉），以及一篇碑銘之作（〈臨涇城碑〉），就數量而言，既不成比例；就內容而言，亦遠遠瞠乎其後，難望項背。顯見亞之於此體投注學韓之心力甚少；若問所以故，則或因亞之官卑名微，不若韓愈之炙手可熱，與時下碑誌希求名公鉅手以榮耀死者及喪家之風氣相背。似乎亞之既無處發揮，寧可棄而不學。今查亞之墓誌銘，皆只爲寒貧親族與家人而作，便可以證實。（註八十）所以，這些墓誌銘不得不屈爲亞之最不出色的作品，乃情有可原。

亞之墓誌銘最不出色，在於墓誌之「序」除稱述墓主家世、履歷、生卒、家人、葬地等例行公事之外，罕有多餘筆墨再敘其他精采，文句亦平板無奇，單調枯直，與韓愈墓誌銘「一人一樣」者，（註八一）判若天壤。其中〈盧金蘭墓志銘〉稍有可述，蓋因墓主即亞之之妾，關係密切，不同尋常，故亞之寫來頗具情味。如歷歷描寫其嫁予亞之前身世，彰顯其人性格倔異，彷若傳奇小說筆法；惜乎此下便草草遽結，有虎頭蛇尾之感：

> 盧金蘭，字昭華，本亦良家子。家長安中，無昆弟，有姊四人。其母以昭華父歿而生，私憐之，獨得縱所欲。欲學伎，即令從師舍。歲餘，爲〈綠腰〉、〈玉樹〉之舞，故衣製大袂長裾，作新眉愁嚬，頂鬟爲娥叢小鬟。自是而歸，諸姊不爲列矣。因恚泣，謂其母曰：「今不等我，不若從所當耳。」年自十五歸於沈。居二年，從沈東南。浮水行吳越之間，從七年，乃還都。又二年，沈復東南，而昭華留止京師，不得隨，病且逝。從沈凡十一年，年二十六。（註八二）

此作之「題」逕以「盧金蘭」之名諱冠之，符合韓愈製「題」的義法：「親族後輩早卒無官者稱名」；（註八三）「銘」則以楚辭體爲之，瑰麗而悽愴，出於亞之所擅長的詩筆，並不爲難，無須特意學韓。

事實上，亞之墓誌銘最可觀之處，即在於「銘」之部分，且頗有變化，與韓愈同調，可見亞之仍不免以韓爲師法。如〈故太平令李寰墓志銘〉之「銘」以長短言間出，打破整齊句法：

廓乎圓穹，覆乎萬古之中。賢者或塞，而誇者或隆。唯達識不窮，善人有終。哀哉！（註八四）

再如〈韋婦墓志銘〉之「銘」，則不僅打破整齊句法，且韻腳配置參差錯落，力求變化：

夫人之邦曰琅琊。夫人質多於容，行多於和。豈天不命，於壽不多耶！實既命短，可奈何！已矣！蓮湖之西，靈山東趾，南極於江，近十五里。元和三年，四月庚子，而琅琊氏之骨歸於是。（註八五）

此「銘」以琊、耶爲韻，又以和、何爲韻，而矣、西、里與趾、子、是又各自爲韻，聲情繁迭雜出，完全擺脫偶數句用韻之慣例。上舉二「銘」之變造方式，皆爲韓愈新創，亞之又繼踵，所以特別顯目。（註八六）

至於祭文，亞之表現之質量亦遠不及於韓愈。韓愈寫予逝者的祭文，形式多端，因人而設，有韻文（如〈祭河南張員外文〉），有散文（如〈祭十二郎文〉）；有長篇（如〈祭侯主簿文〉），有短篇（如〈祭滂文〉）；有議論（如〈祭柳子厚文〉），有敘事（如〈祭嫂鄭夫人文〉），有情語（如〈祭女拏女文〉），篇篇皆非虛作，動人無限。亞之祭文，則唯有〈爲韓尹祭韓令公文〉及〈祭河南府李少尹文〉稍見出色，餘者均以穠麗之詩筆或騷詞爲之，缺少新意。

〈爲韓尹祭韓令公文〉因爲是代韓愈而作，故可以看出竭力模仿韓愈〈祭郴州李使君〉一文筆調，如寫韓弘（即韓尹）率軍討伐叛逆吳元濟（「淮童」）與李師道（「齊蠆」）情景，即設色如繪，歷歷在目：

> 廩蓄粟以億計，積有餘而流委；櫪甲馬之萬銜，惟君王之所指。撲淮童與齊蠆，猶烹冰以燎葦；視燕趙之強侯，若負垤之蝼蟻。彼承風其如何，聞當飯之遺匕。及柱天而轍日，信博壯之可倚。（註八七）

此與韓愈〈祭郴州李使君〉並參，可見兩者機杼之相似：

空大亭以見處，憩水木之幽茂。逞英心於縱博，沃煩腸以清酎；航北湖之空明，覿鱗介之驚透。宴州樓之豁達，眾管啾而并奏；得恩惠於新知，脱窮愁於往陋。（註八八）

而亞之〈祭河南府李少尹文〉多以六字單句式（三、三）與四字單句式（一、三），交錯雜用，新巧別致，行文充滿散文風味，在表達賢人失志之悲時，特別有俯仰感慨之情：

夫哲智之達塞兮，繫其時之艱通。故孔子戹而周公通，管遇齊而卒業，賈遭漢而不終。嗚呼哀哉！古昔何思，所思維時。謨不我進，綱不我維。民不得濟，道不得施。雖富且貴，何大用爲？夫子之道歿矣，今將遺誰？卷清明之特達，歸壞厦而藏之。哀哉！尚饗！（註八九）

此篇比韓愈運用傳統駢文四、六雙句式（二、二或二、二、二）之〈祭薛中丞文〉或〈祭薛助教文〉，更較靈活，可視爲亞之稍勝之作。茲舉〈寄薛中丞文〉一段，以見其異同：

公之懿德茂行，可以勵俗；清文敏識，足以發身。宗族稱其孝慈，友朋歸其信義。累升科第，亟踐班行。左掖南臺，共傳故事。詩人墨客，爭諷新篇。羽儀朝廷，輝映中外。

長途方騁，大限俄窮。（註九十）

四　結語：沈亞之學韓之典型意義

總上探討沈亞之散文學韓之成績，可見其在四方面取得成就：

（一）議論的加強

散文原本即適用於議論，韓愈尤其極其變化，以利議論，如「五原」，即篇篇不同。沈亞之亦效用之，靈活而深入，在雜著、贈序與廳壁記中，皆表現出色。

（二）敘事的流暢

緣於強烈的史家意識，沈亞之深諳作史的敘事手法，寫人物、設情節、託對話，文字簡潔明快，有龍門之遺意，且不僅用在傳記上，更用在書信與贈序之中，藉寓言故事或時事以託出，特別具有巧思。此可與韓愈不相上下。

（三）關注於現實

亞之身居底層官僚末位，長久見識時代動亂，故其行文關注現實，時時以目擊報導的手法敘寫，對唐代邊事與政事有深入之觀察與揭露。此較韓愈或且更進一步。

（四）偏好於傳奇

亞之雅好傳奇，且對異人奇情之故事尤有獨鍾，巧爲幻設，尋夢徵虛，多以詩筆敘寫恍惚傷別之情，產生多篇名作。此自較韓愈遠勝之。因爲韓愈「古文」雖亦不乏傳奇筆法，但實爲諷刺或寄託之用，承受過多沉重的寓意包袱，不如亞之專意創作傳奇者來得輕巧動人。

至於亞之學韓之失，或者學而不逮之處，則有三：

（一）文句生硬不化

亞之若干文章學習韓文「怪怪奇奇」之一面，但只習得搬弄奇崛之字句，故爲艱深，未能留意韓文「文從字順」的一面。且韓愈於文章結構頗能運用伸縮變化急緩遲驟之美，亞之則多爲平板的直述句式，欠缺韓文搖曳生姿的靈活句式。

（二）缺乏個人抒情

韓愈每當於親朋故友存亡離合之際，經常悲思慕戀，筆下感慨淋漓，不能自已，故有許多動人的抒情之作。然而亞之這方面的筆墨卻是絕少出現，似乎不願意輕易傾吐自身的情感經驗，故文章讀來缺少人間如實生活的情味，不是過於強硬（議論文字），便是過於虛幻（傳奇文字）。

（三）題材欠缺開創

亞之散文誠然多矣，但是因為對於史氏的推崇和自任，以及對傳奇的雅好，使其作品內涵太過於偏向歷史敘事文，欠缺韓愈包舉各種題材，嘗試推陳出新之大氣魄，雖可以自名一家，然終難謂之大家。

以上沈亞之學韓之成績，可以見得韓愈散文最易學且最易成功之部分，其實是議論與敘事；而最難學者，實則是抒情與創新。歷來許多學者所關注之學韓流弊——「好奇」、「尚怪」與「愛難」的問題，其實反而不是重點。韓愈以下之散文的演變，何以又走向駢文，便在於駢文仍保存「詩筆」之美，故學者寧可返於故轍，不知韓文中自有「以詩為文」之法。沈亞之學韓多端，亦善學者也，於此卻不得其門而入，可謂功虧一簣。

本論文初次發表於「唐宋散文學術研討會」（二〇〇八），會中蒙特約討論人楊承祖教授惠予指正，後投稿於《明道中文學報》第二期（二〇一〇），又承匿名審查教授提供寶貴建議，茲據兩位教授之意見修訂完成，特此致謝。

注釋

編按　兵界勇　明道大學中國文學學系助理教授。

註一　蕭占鵬、李勃洋：《沈下賢集校注》（天津市：南開大學出版社，二〇〇三年）。本文引用沈亞之作品皆取用此書。

註二　《舊唐書·韓愈傳》云：「愈所爲文，務反近體，抒意立言，自成一家新語。後學之士，取爲師法，當時作者甚眾，無以過之，世稱韓文焉。」韓愈則自稱其所爲文爲「古文」，〈題（歐陽生）哀辭後〉云：「愈之爲古文，豈獨取其句讀不類於今者邪？」見馬其昶：《韓昌黎文集校注》（臺北市：華正書局，一九八二年），卷五，頁一七八。

註三　《沈下賢集校注》，卷九〈送韓北渚赴江西序〉，頁一七〇。

註四　（唐）李肇：《國史補》卷下。

註五　（唐）韓愈：〈答劉正夫書〉，見《韓昌黎文集校注》，卷三，頁一二一。

註六　參見傅璇琮：《唐代科舉與文學》（西安市：陝西人民出版社，一九八六年），頁二六八。

註七　《沈下賢文集校注》，卷九，〈別權武序〉，頁一七四。

註八　《沈下賢文集校注》卷八，〈與京兆試官書〉，頁一四七。

註　九　見卞孝萱、張清華、閻琦著：《韓愈評傳》（南京市：南京大學出版社，一九九八年），頁一四九。

註　十　〔元〕辛文房著，傅璇琮主編：《唐才子傳校箋》（北京市：中華書局，二〇〇二年），冊三，頁八七。李賀嘗作〈送沈亞之歌并序〉，序云：「文人沈亞之，元和七年，以書不中第，返歸于吳江。吾悲其行，無錢酒以勞，又感沈之勤請，乃歌一解以勞之。」見《全唐詩》（北京市：中華書局，一九九六年），卷三九〇。

註十一　據《沈下賢文集校注》推斷，〈答馮兄書〉之「馮兄」爲馮宿。宿與韓愈厚交，韓愈曾有〈答馮宿書〉與之討論古文，亦爲「韓門弟子」之一。見該書頁一五九－一六〇。

註十二　〈送韓靜畧序〉，《沈下賢文集校注》卷九，頁一七二。

註十三　〔唐〕韓愈：〈答劉正夫書〉。

註十四　皇甫湜〈答李生第一書〉云：「所謂今之工文或先於奇怪者，顧其文工與否耳。夫意新則異於常，異於常則怪矣；詞高則出於眾，出於眾則奇矣。」見〔清〕董誥編：《全唐文》（北京市：中華書局，一九八五年），卷六八五，頁七〇二〇。

註十五　〈答李翊書〉，《韓昌黎文集校注》，卷三，頁九八。

註十六　〈答尉遲生書〉，《韓昌黎文集校注》，卷二，頁八四。

註十七　〔清〕蔡世遠編：《古文雅正》評韓愈〈爲裴相公讓官表〉云：「此篇雖以排偶行文，然鎔經鑄史，兼三國六朝之勝而渾灝流轉，直追西京者也。」轉引自吳文治編：《韓愈資料彙編》（北京市：中華書局，一九八八年），頁一一四五。

註十八　韓愈：〈與馮宿論文書〉云：「時時應事作俗下文字，下筆令人慚。」見《韓昌黎文集校注》卷三，頁一一五。

註十九　見《論語》〈爲政第二〉。見〔宋〕朱熹：《四書章句集注》（北京市：中華書局，一九八三年）頁五四。

註二十　〈送高閑上人序〉，《韓昌黎文集校注》，卷四，頁一五八。

註二一　〈答馮陶書〉，《沈下賢集校注》，卷八，頁一四九－一五〇。

註二二　〈送孟東野序〉，《韓昌黎文集校注》，卷四，頁一三六。

註二三　〈上宰相書〉，《韓昌黎文集校注》，卷三，頁八九。

註二四　〈答崔立之書〉，《韓昌黎文集校注》，卷三，頁九六。

註二五　〈上壽州李大夫書〉，《沈下賢集校注》，卷七，頁一三三。

註二六　〈對賢良方正直言極諫策〉，《沈下賢集校注》，卷十，頁二一七－二一八。

註二七　〈答馮兄書〉，《沈下賢集校注》，卷八，頁一五八。

註二八　同前註，頁二一九。

註二九　〈答崔立之書〉，《韓昌黎文集校注》，卷三，頁九八。

註三十　〈答劉秀才論史書〉，《韓昌黎文集校注》，文外集上卷，頁三八七。

註三一　〔唐〕柳宗元：〈與韓愈論史書〉，《柳宗元集》（北京市：中華書局，二〇〇〇年）卷三一，頁八〇七。

註三二　〈與京兆試官書〉，《沈下賢集校注》，卷八，頁一四七－一四八。

註三三　〈旌故平盧軍節士〉，《沈下賢集校注》，卷三，頁四七。
註三四　〈上冢官書〉，《沈下賢集校注》，卷七，頁一二六。
註三五　〔梁〕劉勰：《文心雕龍・詮賦》。
註三六　〈夢遊仙賦〉，《沈下賢集校注》，卷一，頁一。
註三七　用韓愈〈貞曜先生（孟郊）墓誌銘〉中語。見《韓昌黎文集校注》，卷六，頁二五七。
註三八　〈古山水障賦〉，《沈下賢集校注》，卷一，頁五。
註三九　〈柘枝舞賦〉，《沈下賢集校注》，卷一，頁三。
註四十　《論語》〈陽貨第十七〉。見《四書章句集注》，頁一八〇。
註四一　題下亦有「和史館陳學士作」。
註四二　〔晉〕陸機：〈文賦〉。見〔梁〕蕭統編：《文選》（上海市：上海古籍出版社，一九八六年），卷一七，頁七六六。
註四三　〈感二鳥賦〉，《韓昌黎文集校注》，卷一，頁一。
註四四　見〈感二鳥賦〉題下注，同前註。
註四五　「以文爲戲」說，首見於〔唐〕裴度：「昌黎韓愈，僕識之舊矣，中心愛之，不覺驚賞，然其人信美材也。近或聞諸儕類，云恃其絕足，往往奔放，不以文立制，而以文爲戲。」見〈寄李翺書〉，《全唐文》（北京市：中華書局，一九八五年），卷五三八，頁五四六一。
註四六　〔唐〕柳宗元：〈讀韓愈所著毛穎傳後題〉，《柳宗元集》卷二一。
註四七　〈馮燕傳〉，《沈下賢集校注》，卷四，頁七四。

註四八　〈湘中怨解〉，《沈下賢集校注》，卷二，頁二一。

註四九　請參看汪卷：〈唐人沈亞之的詩化傳奇〉，載於《文學研究》，二〇〇六年，一月號下旬刊（武漢市：華中科技大學中文系）。

註五十　魯迅：《中國小說史略》（臺北市：里仁書局，一九九八年），第八篇，唐之傳奇文（上）。

註五一　同註四九，頁二二。

註五二　韓愈「以詩爲文」之說，最早提出者爲錢穆，〈雜論唐代古文運動〉一文云：「顧韓公之有大貢獻於中國文學史者，實在文而不在詩。而韓公之以詩爲文，向來亦無人道及。……惟韓公深於文，明於體類，故能以詩之神理韻味化入散文中，遂成爲曠古絕妙之文焉。」收入所著《中國學術思想史論叢》第四冊（臺北市：東大圖書公司，一九八五年），頁五三。詳論請參見何寄澎：〈論韓愈之「以詩爲文」——兼論韓文寫作策略之形成及影響〉，《典範的遞承——中國古典詩文論叢》（臺北市：文史哲出版社，二〇〇二年）。

註五三　此篇文體極爲特殊，王文濡：《大字本評注古文辭類纂》（臺北市：華正書局，一九九六年），卷七「序跋類」，頁二三四，引（清）方苞云：「（本文）前三段乃議論，不得曰〈記張中丞遺事〉；後二段乃敘事，不得曰〈讀張中丞傳〉，故標以〈張中丞傳後敘〉。」故李漢輯《韓昌黎文集》歸爲「雜著」類。

註五四　〈萬勝岡新城錄〉，《沈下賢集校注》，卷三，頁五三。

註五五　〈雜記〉，《沈下賢集校注》，卷二，頁三四。

註五六　語出〔清〕方苞：〈答程夔州書〉，見《方望溪全集》卷六，轉引自《韓愈資料彙編》，頁一一二〇。
註五七　〈移佛記〉，《沈下賢集校注》，卷六，頁一一四。
註五八　〈秦夢記〉，《沈下賢集校注》，卷二，頁三七。
註五九　〈歌者葉記〉，《沈下賢集校注》，卷五，頁八五－八六。
註六十　〔唐〕封演：《封氏見聞》（北京市：中華書局，二〇〇五年）卷五「壁記」云：「朝廷百司諸廳，皆有壁記，敘官秩創置及遷授始末，原其作意，蓋欲著前政履歷，而發將來健羨焉。故爲記之體，貴其說事詳雅，不爲苟飾。而近時作記，多措浮辭。褒美人材，抑揚閥閱，殊失記事之本意。韋氏《兩京記》云：『郎官盛寫壁記，以紀當時前後遷除出入，浸以成俗。』然則壁記之出，當是國朝已來始自臺省，遂流郡邑耳。」，頁四一。
註六一　〈櫟陽兵法尉廳記〉，《沈下賢集校注》，卷六，頁一一一。
註六二　〈櫟陽縣丞小廳壁記〉，《沈下賢集校注》，卷六，頁一〇七。
註六三　同前註。
註六四　〈杭州場壁記〉，《沈下賢集校注》，卷六，頁一一八。
註六五　〔明〕吳訥：《文章辨體序說》（臺北市：大安出版社，一九九八年），頁五二。
註六六　〈謫掾江齋記〉，《沈下賢集校注》，卷六，頁一一六。
註六七　〈爲人求薦書〉，《韓昌黎文集校注》，卷三，頁一一九。
註六八　〈上冢官書〉，《沈下賢集校注》，卷七，頁一二五。

註六九　〈應科目時與人書〉題下注引何焯之說。見《韓昌黎文集校注》，卷三，頁一二〇。

註七十　〈與同州試官書〉，《沈下賢集校注》，卷八，頁一四六－一四七。

註七一　「把過去的情景，拉回現在來寫的，叫做『追述的示現』。」見董季棠：《（重校增訂）修辭析論》（臺北市：文史哲出版社，一九九四年），頁八二。

註七二　〈與崔㛖書〉，《韓昌黎文集校注》，卷三，頁一〇九－一一〇。

註七三　〈與潞鄜州書〉，《沈下賢集校注》，卷八，頁一四三。

註七四　林紓：《韓柳文研究法．韓文研究法》云：「贈序是昌黎絕技，歐、王二家，王得其骨，歐得其神，歸震川亦可謂能變化矣；然安能如昌黎之飛行絕跡邪？」轉引自《韓愈資料彙編》，頁一六一一。

註七五　〈敘詩送李膠秀才〉，《沈下賢集校注》，卷九，頁一七六。

註七六　〔明〕茅坤評〈送石處士序〉曰：「以議論行敘事，是韓之變調。」見《韓昌黎文集校注》，頁一六一。

註七七　〈別前岐山令鄒君序〉，《沈下賢集校注》，卷九，頁一七三－一七四。

註七八　〈送洪遜師序〉，《沈下賢集校注》，卷九，頁一八三。

註七九　請參考葉國良：〈韓愈冢墓碑誌文與前人之異同及其對後世之影響〉一文，收入所著《石學蠡探》（臺北市：大安出版社，一九八九年）。

註八十　沈亞之墓誌皆為親族或家人而作，〈涇原節度李常侍墓志銘〉墓主李彙，亞之曾為其掌書記，又為姻親（見下〈沈參軍故室李氏墓志銘〉），故為之誌；〈唐故銀青光祿大夫檢校左散騎常侍兼宮苑閑卿使駙馬都尉郭公墓志銘〉墓主郭銛，其妻西河公主之先夫爲亞之同鄉族人沈翬，銛死無子，以公主與沈翬之子主喪；〈故太平令李寰墓志銘〉墓主李寰，其妻父沈晁，爲亞之族人；〈韋婦墓志銘〉墓主韋婦，「亞之姊，乃夫人諸父之兄嫂也」；〈沈參軍故室李氏墓志銘〉墓主李氏，乃李彙之女，其夫沈稱師爲亞之從祖之子；〈盧金蘭墓志銘〉墓主爲亞之之妾。以上皆見《沈下賢文集校注》之考證。

註八一　語出〔宋〕李塗：《文章精義》，云：「退之諸墓誌，一人一樣，絕妙。」

註八二　〈盧金蘭墓志銘〉，《沈下賢集校注》，卷一一，頁二五〇。

註八三　〈送洪遜師序〉，頁五二。

註八四　〈故太平令李寰墓志銘〉，《沈下賢集校注》，卷一一，頁二四五。

註八五　〈韋婦墓志銘〉，《沈下賢集校注》，卷一一，頁二四九。

註八六　以上亞之之二「銘」之論證，均參考葉國良論文得出。關於韓愈「銘」類此之作，請亦參考前揭文。同前註，頁七一－七二。

註八七　〈爲韓尹祭韓令公文〉，《沈下賢集校注》，卷一二，頁二六二。

註八八　〈祭郴州李使君〉，《韓昌黎文集校注》，卷五，頁一八〇。

註八九　〈祭河南府李少尹文〉，《沈下賢集校注》，卷一二，頁二六四。

註九十　〈寄薛中丞文〉，《韓昌黎文集校注》，卷五，頁一八四。

羅隱《讒書》探析

李建崑

摘要

晚唐文學家羅隱，能詩能文，其《讒書》五卷，尤其受到後人的注目。《讒書》原爲行卷工具，結果卻超越求仕功能，成爲批判政治社會的作品。這五十八篇小品仍延續儒家「委婉諷諫」的傳統，仍有「借史垂訓」的意圖。

羅隱遙承白居易「爲君、爲民、爲時而作，不爲文而作」的寫實精神，以《讒書》回應晚唐政治與社會種種亂象，代表「青年羅隱」對晚唐政治情態與社會現實的「嚴正關懷」。

書中使用高明的寫作技巧，提升諷刺力道；包括近二十種文體，堪稱古典文體的集中操練與展示。其寓言作品，數量雖不多，卻創意十足。凡此，都使《讒書》一書，成爲唐代諷刺文學不可多得的傑作。

關鍵詞

羅隱、讒書、羅昭諫集

一　前言

晚唐文學家羅隱（八三三－九〇九），能詩能文。其《讒書》五卷，自謂：「有可以讒者則讒之」，目的在「警當世而誡將來」，顯然有所爲而爲。其文體多樣、主題深刻、創作動機、表現手法各方面，都有特色。絕非單純洩憤之作，在晚唐諷刺小品中，堪稱傑出。

學界更從當代視角，推崇《讒書》爲晚唐「諷刺小品」之傑作。民國二十六年（一九三七）北京商務印書館出版了汪德振《羅隱年譜》，爲當代羅隱研究，奠立極佳基礎。一九八三年十二月華文雍校輯《羅隱集》正式出版，這是一部點校本，列入北京中華書局「中國古典文學基本叢書」中。其後杭州浙江古籍出版社也在一九九五年六月出版潘慧惠《羅隱集校注》，這些書都是學界研究羅隱相當倚重之著作。（註一）

本文擬在現有的研究成果上，對《讒書》之成書、《讒書》之內容要旨及藝術特性深入論析，期望對羅隱文學成就作出正確的評價，並對晚唐諷刺文學研究，有所裨補。

二　《讒書》之形成、性質與寫作動機

羅隱一生著述甚爲豐碩，流傳於今者，有《甲乙集》、《讒書》、《兩同書》及後人所彙編之《羅昭諫集》。歷代史書、目錄專著如《吳越備史》、《崇文總目》、《通志·藝文

略》、《郡齋讀書志》、《直齋書錄解題》都有載錄。

在羅隱所有作品中，尤以《讒書》最爲突出；此書曾單獨流傳，並深受歷代讀者注目。《讒書》一書，陳振孫已經說：「求之未獲」，可見在南宋已屬難得，歷元明清，沈埋甚久。清嘉慶丙寅（一八〇六）黃丕烈獲得一不全的傳鈔本。再經多人鈔補成爲完本。吳騫（字槎客）又於嘉慶丁卯（一八〇七）刻入《拜經樓叢書》，從此有了單行刊本。原鈔本原缺四文，經吳翌鳳（字枚庵）、徐松（字星伯）等人根據類書鈔補，目前流傳的《讒書》是五卷本，卷二仍缺〈蘇季子〉、〈忠孝廉潔〉兩篇。（註二一）

論及《讒書》性質與寫作動機時，不能不詳讀《讒書》所收錄的兩篇序言。羅隱在《讒書．序》中說：

> 《讒書》者何？江東羅生所著之書也。生少時自道有言語，及來京師七年，寒餓相接，殆不似尋常人。丁亥年春正月，取其所爲書詆之曰：「他人用是以爲榮，而予用是以爲辱。他人用是以富貴，而予用是以困窮。苟如是，予之舊乃自讒耳。」目曰《讒書》。卷軸無多少，編次無前後，有可以讒者則讒之，亦多言之一派也。而今而後，有誚予以嘩自矜者，則對曰：「不能學揚子雲寂寞以誑人。」（註二二）

羅隱自述此書並非逞弄才辯而作，而是旅居京師七年，面對種種黑暗與醜惡，無法沈默以對；勇敢揭露與批判，雖然衣食無著、寒餓相接，卻仍兀傲不屈，自題此書爲《讒書》。

此序還透露《讒書》是羅隱親自編次舊著而成，初次成書於「丁亥年」。按丁亥年相當於唐懿宗咸通八年（八六七），據汪德振《羅隱年譜》所考，羅隱時年三十五，所以《讒書》是一部青年時期的選集，而且是作爲「行卷」之用。以文爲贄、投謁公卿，本爲唐代社會常見現象。羅隱汲汲於遇合，投謁、行卷的結果，卻仍然承受屈辱與困窮，當爲羅隱始料未及。《莊子・漁父篇》云：「好言人之惡，謂之讒。」羅隱以「讒」爲書名，當然寓含激憤之情與深沈用意。

再從書末所附〈重序〉來看，《讒書》也有迥異時流的寫作目的。羅隱在〈重序〉中如是說：

> 隱次《讒書》之明年，以所試不如人，有司用公道落去。其夏，調膳於江東，不隨歲貢。又一年，朝廷以彭門就辟，刀機猶濕，詔吾輩不宜求試。然文章之興，不爲舉場也明矣。蓋君子有其位，則執大柄以定是非；無其位，則著私書而疏善惡。斯所以警當世而誡將來也。自揚、孟以下，何嘗以名爲？而又念文皇帝致理之初，法制悠久，必不以蟣虱癢痛，遂偃斯文。今年諫官有言，果動天聽。所以不廢《讒書》也，不亦宜乎？（註四）

〈重序〉揭示了羅隱秉持的文章寫作觀：「不爲舉場」而作；而是爲「疏善惡」、「警當世」、「誡將來」而作。〈重序〉還透露羅隱曾於唐懿宗咸通九年（八六八）應試落第，歸返江東。隔一年，即唐懿宗咸通十年（八六九），龐勛死於亂軍，朝廷詔罷科舉。此即〈重序〉所說：「朝廷以彭門就辟，刀機猶濕，詔吾輩不宜求試。」直到咸通十一年（八七〇），羅隱才有再次應舉之機會。

汪德振《羅隱年譜》將〈重序〉之寫作年代定在唐懿宗咸通十年（八六九），羅隱三十七歲。然而，汪德振又引述越縵先生《荀學齋日記．光緒癸未三月二十四日》：「〈請追癸巳日詔疏〉、〈與招討宋將軍書〉二文，蓋私擬爲之」。（註五）大陸學者程顯平曾就汪德振《羅隱年譜》與宋威將軍事蹟，發現問題，並提出質疑，認爲：〈與招討宋將軍書〉一文，作於乾符三年（八七六）之後，（註六）因此《讒書》在成爲目前這個情況，（註七）有三種可能：

1.重新刻板在八七六年後，作者本人對原書有補充。據第五卷與前四卷內容不同來看，很可能是後補入的。

2.原書爲前四卷，流傳過程中有人將第五卷加入。因宋時此書已不見，故這種可能性也很大。

3.原有五卷，只有汪先生所說的二文在流傳過程中被人加入「私擬爲之」。據《四庫全書總

目》載：「陳振孫《書錄解題》云求之未獲，蓋佚已久矣」。故第三種可能性也是有的。（註八）

程顯平這篇短文所提說法，固然值得參考；《讒書》之流傳過程，的確有這種可能，然而並無礙於它的價値；《讒書》最値得後人注目的，還是擁有與唐代士子不全然相同之寫作精神。

程千帆先生在〈唐代進士行卷與文學〉一文，特別提醒吾人注意羅隱：「他是用怎樣的一種作品去行卷」以及「由於用《讒書》這樣的作品去行卷，已經招致了『辱』和『困窮』的後果，可是這位作家仍然堅持『有可以讒者，則讒之』的不屈不撓的鬥爭精神。」（註九）程千帆先生進一步說：

> 羅隱十年不第，正是他以《讒書》這種使當時統治階級，特別是當權者感到頭痛的文章行卷所造成的。在他已活到七十六歲高齡的時候，另一位詩人羅衮曾寫詩送他說：「平日時風好涕流，《讒書》雖盛一名休。」是一語破的地說出了事情的眞相。（註十）

易言之，羅隱編次《讒書》之初，或許打算作爲「行卷」工具，藉以獵取功名；然而身處世亂，本於良知，不能不言，於是一部「行卷之作」反成爲不討喜的「諤諤之言」。羅隱《讒書》與皮日休《皮子文藪》、陸龜蒙《笠澤叢書》三本書，如就性質上看，均爲「行卷」之作，卻都有關懷天下之胸襟與抱負，此所以魯迅譽爲「一場糊塗的泥塘裡的光彩和鋒鋩」。（註十一）

程千帆先生認爲這些書，至少還證明一個事實，即：「在唐代某些作家的手中，行卷不只是獵取功名富貴的敲門磚，同時也是一種公然宣傳自己的進步思想、發抒自己健康感情的手段，同時也就是向反動勢力、黑暗社會進行合法鬥爭的武器。」當然，這樣的作品，雖然維持住作者人格精神獨立，卻也深重地影響仕途發展。

惠聯芳在〈夾縫中的生存——羅隱生存狀態分析〉一文也認爲：「在羅隱身上存在著這樣一種背謬現象」。她說：

在羅隱身上存在著這樣一種背謬現象：一方面他想通過科舉考試躋入政治權力的中心，從而拯大道于既衰，實現理想王國，即實現君主賢明，人民安居樂業；另一方面他想保持自己獨立的人格，堅持自己的價值取向。但是前者實現的途徑則是以降低後者的力度而達到的。二者之間難以調和。于是形成一定的張力，羅隱在困難的抉擇中痛苦地煎熬著。有時偏向前者，有時偏向後者。（註十二）

該文將羅隱之生存狀態，分成「入幕前的生存狀態與價值評判」、「入幕後的生存狀態與價值評判」。其結論爲：

羅隱前期希望以科舉來實現自己的願望，扭轉乾坤。他個性張揚，雖有才能，但家境貧寒，無所依傍，他又不願向權貴搖尾乞憐，科舉的成功化爲烏有，其付出的努力付諸東流。後期他入錢鏐幕府，張揚的個性有所內斂，表現方式變得柔和一些，但他的讓步並未取得成效，他依舊未找到個性與社會的契合點。他只能不斷哀歎時光飛逝，功業未建，厚恩未報。在這種沈重的精神負擔下，他走完了自己的一生。（註十三）

這一段文字對於吾人羅隱的生存情境極有助益。羅隱從唐宣宗大中六年（八五二），二十歲之年首度舉進士不第，至咸通十年，羅隱已七度應試不第。其〈湘南應用集序〉云：「隱自大中末，即在貢籍中，命薄地卑，自己卯至於庚寅，一十二年，看人變化。」（註十四）羅隱自唐宣宗大中十三年（八五九）己卯至唐懿宗咸通十一年（八七〇）庚寅十二年間，除了短暫歸返故里，一直困居長安。從羅隱三十歲所作之〈投所思〉：「憔悴長安何所爲，旅魂窮命自相疑。滿川碧嶂無歸日，一榻紅塵有淚時。雕琢只應勞郢匠，膏肓終恐誤秦醫。浮生七十今三十，從此淒惶未可知！」（註十五）不難看出羅隱「看人變化」之存在境遇。處身在這種狀態下，仍能秉其如椽之筆，臧否政局、諷諭時事，眞如清吳穎在〈重刻羅昭諫《江東集》敘〉所說：「其高節奇氣，有可以撼山嶽而砥江河者。」(註十六)在晚唐士人普遍陷入生存困境之際，羅隱仍維持不凡的「精神高度」，的確令人心生景仰，讚嘆不已。

三　《讒書》之文體特徵

今傳《讒書》是五卷本，篇題六十，闕文兩篇，共計五十八篇。篇題分別爲：〈序〉、1〈風雨對〉、2〈蒙叟遺意〉、3〈三帝所長〉、4〈秋蟲賦〉、5〈解武丁夢〉、6〈救夏商二帝〉、7〈題神羊圖〉、8〈伊尹有言〉、9〈後雪賦〉、10〈敘二狂〉、11〈吳宮遺事〉、12〈本農〉、13〈丹商非不肖〉、14〈英雄之言〉、15〈聖人理亂〉、16〈莊周氏弟子〉、17〈雜說〉、18〈龍之靈〉、19〈子高之讓〉、20〈說天雞〉、21〈蘇季子〉闕文、22〈惟嶽降神解〉、23〈忠孝廉潔〉闕文、24〈疑鳳臺〉、25〈屏賦〉、26〈秦始皇意〉、27〈婦人之仁〉、28〈道不在人〉、29〈市儺〉、30〈君子之位〉、31〈荊巫〉、32〈蟋蟀詩〉、33〈三閭大夫意〉、34〈畏名〉、35〈三叔碑〉、36〈天機〉、37〈辨害〉、38〈齊叟〉、39〈槎客喻〉、40〈漢武山呼〉、41〈木偶人〉、42〈市賦〉、43〈越婦言〉、44〈悲二羽〉、45〈善惡須人〉、46〈秦之鹿〉、47〈梅先生碑〉、48〈二工人語〉、49〈書馬嵬驛〉、50〈投知書〉、51〈與招討宋將軍書〉、52〈迷樓賦〉、53〈說石烈士〉、54〈答賀蘭友書〉、55〈拾甲子年事〉、56〈序陸生東遊〉、57〈清追癸巳日詔疏〉、58〈刻嚴陵釣臺〉、59〈弔崔縣令〉、60〈代韋徵君遜官疏〉、〈重序〉。

文章篇幅超過四百字者，僅〈與招討宋將軍書〉、〈說石烈士〉、〈答賀蘭友書〉、〈拾甲子年事〉、〈序陸生東遊〉、〈請追癸巳日詔疏〉、〈代韋徵君遜官疏〉七篇，其餘絕大多數都是兩百字上下之小品。〈蒙叟遺意〉、〈秋蟲賦〉、〈龍之靈〉、〈畏名〉四篇，甚至以不足百字之篇幅成文；尤其〈秋蟲賦〉，文長僅六十九字，卻能做到意旨深刻、形象鮮明，的確不易。

羅隱在這五十八篇小品中，使用：序、對、賦、論、辨、書、說、解、題辭、疏、銘、弔、敘、碑、傳等近二十種文體，還有寓言、軼事小說，甚至收錄一首四言詩。如果《讒書》僅僅作爲「行卷」工具，的確展能現羅隱之史才、詩筆、議論，以及驅遣文體之能力；如果《讒書》作爲「傳達思想」、「諷諭時世」之載體，不能不說也是極爲高明的設計。理由是全書意旨新穎，短小易讀，技巧優越，諷刺性高，讀者覽之，即能意會。

根據郭英德〈論中國古代文體分類的生成方式〉所析，中國古代文體分類的形成方式不外三途：一是作爲「行爲方式」的文體分類；二是作爲「文本方式」的文體分類；三是「文章體系」內的文體分類。（註十七）至於劃分文體的方法，又不外以「文章的內容和功用」、「文章所採的表現方法」、「文章的結構特徵」、「文章的語言風格」爲標準。（註十八）如果從上述角度出發，羅隱《讒書》在文體運用上，其實是很有創意的。

《讒書》中以「史論」之數量最多，也最有特色。如：〈三帝所長〉、〈解武丁夢〉、〈吳宮遺事〉、〈丹商非不肖〉、〈英雄之言〉、〈聖人理亂〉、〈莊周氏弟子〉、〈子高之讓〉、〈疑鳳臺〉、〈漢武山呼〉、〈木偶人〉、〈善惡須人〉、〈秦之鹿〉、〈書馬嵬驛〉等文，針對堯舜禹、武丁、伍員、太宰嚭、劉邦、項羽、周公、孔子、莊紫、無將、伯成子高、尹吉甫、張良、陳平、比干、費無極、楊貴妃等特定歷史人物提出評論。此外，〈三叔碑〉、〈梅先生碑〉雖是「碑體」；〈救夏商二帝〉、〈伊尹有言〉、〈婦人之仁〉雖是「說體」；〈越婦言〉接近「軼事小說」，都牽涉到確定歷史人物，也接近「史論」性質。

其次，羅隱在〈蒙叟遺意〉、〈三閭大夫意〉、〈秦始皇意〉、以及〈解武丁夢〉、〈惟嶽降神解〉等篇，刻意使用「○○意」、「解○○」、「○○解」之命題方式，似有建構文體之傾向。〈本農〉一文，用「本○○」之命題方式，似可視爲韓愈「原○○」之遺形。羅隱〈雜說〉，則與韓愈〈雜說〉同題；羅隱〈龍之靈〉甚至與韓愈〈雜說〉之取喻相似，都是以龍爲喻；吾人雖無更多文獻可資證驗羅隱學韓，卻很難不產生聯想。

再次，羅隱運用某些文體，常逾越該體之原始規範。例如其〈風雨對〉，既不同於「應詔陳政」之「對策」：也不同於文人「假設」之「問對」，也不是宣說一段天地、鬼神之論，而是借風霜雨雪本爲天地所掌握，如今爲鬼神所藏伏、所擁有，影射君權旁落、重臣、強藩用事。因此，〈風雨對〉雖有「對策」、「問對」之遺形，性質已非傳統之「對體」。再如《讒書》中的幾篇賦體：〈秋蟲賦〉、〈後雪賦〉、〈屏賦〉、〈迷樓賦〉，全爲諷刺小賦；又其〈說石烈士〉以「說」代「傳」；〈梅先生碑〉以「碑誌」替代「史論」，凡此都可看到羅隱《讒書》一書，在文體運用上極有特色。

四　《讒書》之題材類型

羅隱在〈重序〉說得很明白，《讒書》之寫作目的是：「疏善惡」、「警當世」、「誡將來」；是從儒家、入世之思想態度出發。《讒書》五十八篇的立言取向，一方面揭示晚唐朝野種種亂象；另一方面辨析觀念，導正世風；當然在面對仕途挫折時，也不免借此舒洩憂憤。總體看來，《讒書》仍以指向政治、社會之題材，數量最多；而抒發個人情感及純理思辨之題材，則比重較小。筆者針對各篇性質、題旨，總體觀察，大致從政治、社會、情感三個取向將《讒書》之題材分爲三大類型，舉述適當文例說明之。

（一）譏議時政

晚唐是個昏君在位、朝臣無能、宦官專權、藩鎭爲禍的時期。司馬光在《資治通鑑》卷二四四評曰：「于斯之時，閽寺專權，脅君于內，弗能遠也；藩鎭阻兵，陵慢于外，弗能制也；

士卒殺逐主帥，拒命自立，弗能詰也；軍旅歲興，賦斂日急，骨血縱橫于原野，杼軸空竭于里閭。」（註十九）羅隱處身在這樣的環境中，自不能默爾而息，因此，《讒書》有三十餘篇是譏議時政之作。

羅隱首先關切帝王施政的態度。相傳伯成子高在禹即位後，辭去諸侯，躬耕於田野。禹屈就下風以問，子高則借機告誡禹，期待禹要收斂野心，謹慎去取；禹因此有菲飲食、惡衣服、卑宮室之政。羅隱在〈子高之讓〉這一篇文章中，對「伯成子高責禹」這一段史事，提出全新解讀，借此諷諭帝王施政時，應謹慎去取。

相同的題材，也見諸〈丹商非不肖〉一文。羅隱認爲堯子丹朱、舜子商均皆非「不肖者」；堯、舜之所以用「不肖」之名廢其子，目的在：「推大器於公共」。於是羅隱既揭發晚唐帝王任用親信、爭權奪利；也諷刺晚唐帝王未能「示後代以公共」。

在〈龍之靈〉一文，甚至諷刺帝王，若不知體恤人民，將危及自身。文中以龍爲喻，認爲龍需水始能發揮神力，暗喻帝王若離棄人民，將難有所成。文中之龍，如不取水，則無以爲神；取水過多，則又傷及魚鱉。因此，此龍「可取」之處不多。

其次，羅隱憂心佞臣與強藩干政，主張維護君權，抑制宦官、權臣、藩鎮之擅奪。

羅隱在〈風雨對〉中，即對此有巧妙的辯證。依照常理，風霜雨雪，本爲天地所掌握；山川藪澤，則爲鬼神所藏伏。如今風雨不時，歲有饑饉；霜雪不時，人有疾病，於是禱於山川藪澤。本爲天地所掌握之風霜雨雪，因此落入鬼神所有。羅隱顯然不是在講一段天地、鬼神之論，而是影射君權旁落，重臣、強藩用事之政治現實。

第三，羅隱關切晚唐官場生態之惡化，不少篇章涉及此一題材。

羅隱在〈題神羊圖〉中，從「神羊」生發議論，諷刺朝中根本已經沒有正人君子。所謂「神羊」，即傳說中之「獬豸獸」，相傳此獸可「觸奸邪」。而今「淳樸銷壞」，神羊失落本性，又有「貪狠性」，所以不能觸奸；而人們也有「刲割心」，神羊即便有意「觸奸」，也不敢輕易「舉其角」。羅隱顯然在譏刺權臣各懷私心，導致正邪不分。

〈後雪賦〉更對那些喜好攀附、諂媚之朝臣，極盡諷刺之能事。從表相看，此文寫司馬相如、鄒陽等人在梁王府詠雪事，內容延續謝惠連之〈雪賦〉。然而羅隱卻借鄒陽之口指摘飛雪：「不擇地而下，然後浼潔白之性」，則顯然是借飛雪生起議論，諷刺朝臣不知擇善、濫於攀附。

相同的題旨也見諸〈吳宮遺事〉，此文描述夫差殺伍員、重用太宰嚭，導致吳國滅亡。文中所述君臣對話，意在突顯伍員肯對夫差講的是眞話，而太宰嚭則以欺君、文過爲能；夫差識人不明，不聽諍諫，反而賜死伍員，重用太宰嚭。這一段內容，當爲羅隱推衍史料而來，目的在提醒當代君王應審慎任用官員，對於那些諂媚君上的臣子，尤應提防，否則必將導致滅亡。

羅隱甚至還在〈代韋徵君遜官疏〉一文，代替受詔次日即已過世之韋徵君撰寫「遜官書」，譏刺晚唐「徵辟制度」之虛僞。全文謝恩之處不忘提醒「遜臣無才無德」，愧對朝中「循陛歷級、不調久次」之官員，有損朝廷美意。其實正言若反，諷刺之意見於言外。

第四，羅隱對於晚唐政局之混亂，相當憂心。羅隱在〈市賦〉中，巧用煩亂紛雜、爾虞我詐之市集，映照晚唐黑暗腐朽、矛盾之政局。告誡執政者，應該謹慎從政。在〈惟嶽降神解〉一文，羅隱甚至暗示唐之國祚，已瀕臨衰亡。「惟嶽降神」本爲尹吉甫〈嵩高〉之詞句，孔子並未視之爲語怪之作，也未加刪芟。羅隱認爲：「當申、甫時，天下雖理，詩人知周道已亡，故婉其旨以垂文。仲尼不刪者，欲以顯詩人之旨。」也就是說：孔子早就領會尹吉甫之詩意，見到周室衰亡之趨勢，所以未視爲「語怪之作」。羅隱顯然想以古鑒今，提醒唐王朝，國運已衰，危機重重。此外，在〈迷樓賦〉中，借隋煬帝爲例，認爲帝王惑於左右粉黛以及鄭衛之音，聽任將相濫權，是「迷於人」，而非「迷於樓」。在〈書馬嵬驛〉中指責唐玄宗寵幸失當，導致貴妃死於馬嵬驛。同時指出堯、湯、玄宗固然遭逢水旱兵革之災，並未滅亡。今之帝王如持續寵幸失當，面對天災、人禍束手無策，則很難免於滅亡。

至於在〈請追癸巳日詔疏〉這一篇奏疏，雖然可能是羅隱「自擬」之作，口氣卻越來越重，甚至率直反對朝廷詔令京兆尹祈雨事。在這一篇文章，羅隱以商湯、及唐代開國以來十六帝王爲對比，明白指斥統治者之愚昧與無能。雖然是就事議論，但也十足展現羅隱之道德勇氣、社會責任感與清醒的政治頭腦。

（二）臧否世風

政治黑暗及官場腐敗，固然使羅隱深惡痛絕；晚唐社會的混亂、風俗的衰敗、價值的顛倒，同樣令人難以容忍。羅隱大力辨正社會價值觀、針砭「五常」之失落、揭露君王弄虛造假、抨擊市井無賴以儺祭詐財、批判巫師充滿利己之心、譏嘲社會輿論的犬儒風氣，其關懷的層面，十分廣闊。

首先，對社會上錯誤的價值觀，提出批判。羅隱在〈本農〉中提及：

> 豐年之民，不知甘雨柔風之力，不知生育長養之仁，而曰我耕作以時，倉廩以實。旱歲之民，則野枯苗縮，然後決川以灌之。是一川之仁，深於四時也明矣。所以鄭國哭子產三月，而魯人不敬仲尼。（註二十）

子產與孔子，何以受到各自國人截然不同之待遇？關鍵在於：人民不能認同恆久之價值。子產執政，政績斐然，使鄭國暫時屹立晉楚之間，所以子產死後，鄭人哭之如喪親戚。而孔子周遊列國，高倡仁德，雖在謀求天下永久之利益，卻不見時效，得不到魯人之敬意。羅隱以農民感激旱歲的「一川之仁」，而不知豐年的「四時之恩」爲喻，深刻批評人們但求一時利益，不能認同恆久價值。

其次，羅隱關切世風澆薄、社會混亂之成因。羅隱在〈莊周氏弟子〉一文，借用《莊子》寓言，探索當時世風澆薄、社會混亂的主因，並及莊子弟子無將從其學而廢「五常之德，絕人倫之法」，而無將之族原爲儒者，不願服膺莊周之教，都離棄無將而歸返魯國。羅隱借莊子之口，對「五常」重新界說謂：「視物如傷者謂之仁，極時而行者謂之義，尊上愛下者謂之禮，識機知變者謂之智，風雨不渝者謂之信。」簡潔覈要，可知羅隱之基本思想立場還是儒家，同時也暗示：晚唐社會混亂、風俗澆薄，肇因於朝野廢棄「五常」之德。

第三，大力揭發社會不良風氣。例如在〈疑鳳臺〉中，羅隱揭露社會上弄虛造假之風，常來自上層統治者。他舉秦穆公築「鳳臺」爲例說：

> 神仙不可以伎致，鳳鳥不可以意求。伎可致也，則黃帝不當有崆峒之學；意可求也，則仲尼不當有不至之歎。（註二一）

羅隱認爲不能透過音樂技藝而成爲神仙，鳳鳥也不會隨人們主觀意志而出現。他對秦穆公築

「鳳臺」一事，提出另類解讀，暗示：秦穆公築臺意在掩蓋其女弄玉與蕭史私奔之事，於是「遂強鳳以神，強臺以名，然後絕其顧念之心。」十足諷刺居上位者故弄玄虛之伎倆。

羅隱對市井無賴之徒，假借「儺祭」詐財，也很痛心。在〈市儺〉一文有所針砭。「儺祭」爲民間驅魔趕鬼之祭典，本有莊嚴及神聖之意義。然而市井無賴，卻借此變裝斂財，此即文題「市儺」之意。羅隱直書其事，抨擊此種醜惡風氣。在〈荊巫〉一文，同樣對淫祀風氣之下致富的巫師，極爲不滿。他認爲巫師因祀致富，其靈驗亦必減退；借此說明執政者如牽於「利己之心」，必不能眞爲天下人服務。末句「以一巫用心尚爾，況異於是者乎？」更進一步指出一個巫師尚且如此，則地位更高的人，對社會之危害就更爲嚴重。

至於〈齊叟〉，則是書寫一段製造對立之故事。述及鄰家老嫗挑撥齊叟與農戶關係，造成彼此矛盾，最後遭到驅逐。羅隱指出：農戶與齊叟不合，關鍵不在齊叟之子，而在老嫗搬弄是非、挑撥離間。羅隱通過這個故事，譏刺欺瞞、挑撥、製造矛盾的人，對正常社會帶來極大之危害。

第四，除了上述這些社會弊端，羅隱還對朝野知識份子畏葸、犬儒之風氣，作了尖銳譏諷。羅隱在〈畏名〉中說了一個小故事：

瞭者與瞍者語於暗，其辟是非，正興替，雖君臣父子之間，未嘗以牆壁爲慮。一童子進

燭，則瞍者猶舊，而瞭者噤不得呻。豈其人心有異同，蓋牽乎視瞻故也。是以退幽谷則思行道，入朝市則未有不畏人。吁！(註一二)

羅隱以瞭者（明眼人）瞍者（盲眼人）在暗處（位卑）與明處顯（居高位）顯出不同的言論態度，諷刺人們一旦擁有地位，便謹小愼微、畏首畏尾，再也不敢鼓起道德勇氣放言高論。此文篇幅超短，文僅七十九字，言簡意賅，諷刺之意，萬分深刻。

此外，羅隱在〈悲二羽〉中感嘆鸞、雉羽色雖美，一爲舞鏡而絕，一因照水而溺，兩者的命運，都十分可悲，均不足取。這是借鳥爲喻，抨擊爭強好勝、負才自戕者。在〈二工人語〉中，有感於人們對土木偶與土偶之不同態度，羅隱暗諷當時「重表面、不重實質」的風氣。

至於〈木偶人〉一文，則同樣針對崇華不崇實之風氣，提出針砭。「雕木爲（戲）偶」，因其外相華麗，眾人樂而爲之；而「絕粒修身」，須鄙棄功名，兼之定力，難爲常人所喜。羅隱通過後人對「陳平木偶」與「張良絕粒」的不同態度，說明剞劂（雕刻木偶）之事，移人情志，從而批評華而不實之世風。

第五，羅隱著作中，已有《兩同書》兩卷十篇，從哲學角度探討孔子、老子學說之會同問題，所以純理思辯原本不是《讒書》重要議題，然而在〈天機〉、〈辨害〉等篇，仍有精采的理念辨正。

羅隱在〈天機〉一文，對天道不行，人道差池，作另類闡釋。他將水、旱、殘、賊視爲「天道不行」；將詭、譎、權、詐，視爲「人道差池」，二者皆爲天之「機變」。既然聖人皆不免「隨機而變」，則己之生不逢時，又何足爲奇？譏刺時世，反言正出，大發牢騷。本文表面在談哲觀念，其實是羅隱激憤之言。在〈辨害〉一文，論眞正的弊害，應先剷除。羅隱利用周武王伐紂，伯夷、叔齊扣馬而諫爲例，說明：此乃「計菽粟」、「顧釣網」者，不能徹底清除國家眞正的弊害，其實是在姑息養奸。

(三) 舒洩憂憤

懷才不遇，是千古才人共同的不幸。羅隱自宣宗大中十二年（八五八）開始求舉，至《讒書》編次時，至少已經七度落第。羅隱在〈重送閬州張員外〉說：「誠知汲善心長在，爭奈干時跡轉窮。」在〈寄三衢孫員外〉說：「天子未能崇典誥，諸生徒欲戀旌旗」、在〈逼試投所知〉說：「十年此地頻偷眼，二月春風最斷腸。」諸詩中，可謂道盡求舉之艱辛與落第的悲憤，這種悲憤，自然會投射到一些與己相類的對象上。

羅隱在〈敘二狂生〉細論禰衡、阮籍之狂，有其時代因素。並借此抒發不遇之憤悶。羅隱認爲：禰衡、阮籍之狂，乃因「漢衰」、「晉弊」，因此無力可挽。羅隱解釋「漢衰」，是「君若客旅，臣若虎豹」；晉弊，是強調名士風度，不重實才。而禰衡、阮籍兩人精神高度太高，不可；任意評論世事，也不可。文中「人難事」，指人心太差，難於共事；「時難事」，說時世太壞，禰衡、阮籍身處如此時世，自難容身於世。在諷刺時世之間，舒洩內心激憤。

在〈聖人理亂〉中評比周公與孔子，認爲：周孔皆爲聖人，而窮達不同、理亂不同；關鍵在於是否「位」勝其「道」。文中：

> 位勝其道者，以之尊，以之顯，以之躋康莊，以之致富壽。位不勝其道者，泣焉、歎焉、圍焉、厄焉。（註二三）

此數句，似在爲孔子鳴不平，何嘗不是在舒洩羅隱自身「有才不得其位」之憤慨？又在〈君子之位〉中說：

> 祿於道，任於位，權也。食於智，爵於用，職也。祿不在道，任不在位，雖聖人不能闡至明。智不得食，用不及爵，雖忠烈不能蹈湯火。（註二四）

論職位和權力之必要，並爲己有才無位而悲。有道者得祿、有能者得位，此乃權力之眞義。因智得食，依用設爵，此即職位之眞義。如今卻是有道者無祿、有能者無位，促使羅隱心中的不平，不能不發洩。

再如〈蟋蟀詩〉以範〈蜂〉、蟬喻達官顯貴，以蚊蠅喻社會敗類，以蟋蟀自我比況。比興手法自我比況，運用之妙令人稱絕。〈梅先生碑〉中，敘述身居下僚之梅福，在朝綱衰頹、外戚專政之際，居然敢上書直諫，使尸位素餐的公卿大臣相形見絀。據史書感，以梅福自況，慨嘆時政。

羅隱在〈答賀蘭友書〉中對友暢敘心曲，表示自己雖有志功名，絕不隨俗浮沉。〈序陸生東遊〉抒發落第的困厄與徬徨，都是直接對知交舒洩憂忿。在〈投知書〉說：「明天子未有不愛才，賢左右未有不汲善者。故漢武因一鷹犬吏而〈子虛〉用，孝元以〈洞簫賦〉使六宮婢子諷之。當時卿大夫，雖死不敢輕吾輩。」但千百年後的狀況，已非如此，此時「居位者以先後禮絕，競進者以毀譽相高」，而自己正落入這樣的「機窖」中。不僅性靈不通轉，進退也多不合時態。羅隱就古今書生之不同遭遇，鮮明對比。傾吐自己懷才不遇、報國無門之憤悶。

五 《讒書》之諷刺藝術

羅隱一生以「秉筆立言、扶持教化」爲己任，自稱「有可以讒者則讒之，亦多言之一派」，「不能學揚子雲寂寞以誑人」，面對晚唐政治、社會種種亂象，懷抱憂患，激切論之；鞭辟入裡，切中要害。《讒書》中之作品，無不主題深刻，手法獨到，可謂篇篇精采。具體而言，羅隱最常使用「以史論政」、「寓言諷諭」、「托物爲喻」等諷刺手法。

（一）以史論政，鞭辟入裡

羅隱熟讀史書，善用史料，寄寓嘲諷之意。《讒書》牽涉之古人，超過五十位；（註二五）牽涉之史事，以上古最多，舉其要者如：「堯舜禹之治」、「武丁之夢」、「桀紂惡名」、「伊尹立太甲、放太甲」、「夫差殺伍員」、「丹朱、商均非不肖」、「伯成子高讓禹」、「三叔疑周公」、「張良、陳平貌似女子」、「漢武山呼」、「朱買臣妻」、「梅福上書」等都曾出現在《讒書》的篇章中；牽涉之古物有「神羊」、「鳳臺」、「秦鹿」等，都能不落俗套，言人所未言。具體來說，採用了以下的表現手法：

1 借古諷今

羅隱〈三帝所長〉便是一則「借古諷今」的例證：

> 堯之時，民樸不可語，故堯舍其子而教之。澤未周而堯落；舜嗣堯理，跡堯以化之。澤既周而南狩。丹與均果位於民間，是化存於外者也。夏後氏得帝位，而百姓已偷。遂教其子，是由內而及外者也。

然化於外者，以土階之卑，茅茨之淺，而聲響相接焉；化於內者，有宮室焉、溝洫焉、而威則日嚴矣。是以土階之際，萬民親；宮室之後，萬民畏。（註二六）

此文論及堯、舜、禹三帝之治，以「公心」自處、以百姓利益爲尚。堯、舜傳賢不傳子，「是化存於外」，其居室簡約，聲響相接；而禹卻傳位於其子啓，「是由內而及於外者」，於是帝王開始擁有宮室田產，而且君威日嚴。羅隱顯然是借上古聖君爲例，嘲諷當代帝王不知節用愛民。

2 引史議論

羅隱〈解武丁夢〉，則是一則「引史議論」的例證：

商之道削也，武丁嗣之，且懼祖宗所傳，圮壞於我。祈於人，則無以爲質；禱於家，則不知天之曆數。厥有左右，民心不歸，然後念胥靡之可升，且欲致於非常，而出於不測也。乃用假夢徵象，以活商命。嗚呼！曆數將去也，人心將解也，說復安能維之者哉？武丁以下民之畏天命也，故設權以復之。唯聖能神，何夢之有！（註二七）

武丁是商朝帝王，殷商王朝自盤庚中興，傳至小乙，其後國事衰微，武丁即位，夢得聖人傳說，畫像而求之，果然得傳說，舉以爲相，國大治。本文以特殊角度，說解「武丁假夢徵象以活商命」之意義，認爲武丁敬畏天命，設下徵賢的「計謀」，借以恢復商朝的國祚，其實並無所謂「夢徵」。羅隱引武丁之史事，是在慨嘆「曆數將去，人心將解」，整個大唐王朝已無武丁、傳說之聖君賢相。

3 借史攄感

〈漢武山呼〉政是一則「借史攄感」的例證：

人之性，未有生而侈縱者。苟非其正，則人能壞之，事能壞之，物能壞之。雖貴賤則殊，及其壞一也。前後左右之諛佞者，人壞之也。窮遊極觀者，事壞之也。發於感寤者，物壞之也。是三者，有一於是，則爲國之大蠹。

孝武承富庶之後，聽左右之說，窮遊觀之靡，乃東封焉。蓋所以祈其身，而不祈其民、祈其歲時也。由是萬歲之聲發於感寤。然後逾遼越海，勞師弊俗，以至於百姓困窮者，東山萬歲之聲也。以一山之聲猶若是，況千口萬舌乎？是以東封之呼不得以爲祥，而爲英主之不幸。（註一八）

羅隱在〈漢武山呼〉中提醒帝王，勿爲臣下「呼聲」所惑。所謂「山呼」，又稱爲「嵩呼」，指臣下祝頌皇帝、高呼萬歲之舉。此文述及漢武帝自恃富強，恣意遊觀、迷信神仙；自祈其身，非祈其民。尤其東封泰山，勞師動眾，吏卒雖高呼萬歲，實不能視爲吉祥，而爲英主之不幸。羅隱據史書感，諷刺君王「自祈其身、不祈其民」，必將帶來危機。

4 翻案見意

〈三叔碑〉則是一個「翻案見意」的例證：

> 肉以視物者，猛獸也；竊人之財者，盜也。一夫奮則獸佚，一犬吠則盜奔。非其力之不任，惡夫機在後也。
>
> 當周公攝政時，三叔流謗，故辟之、囚之、黜之，然後以相孺子。洎召公不悅，則引商之卿佐以告之。彼三叔者，固不知公之志矣；而召公豈亦不知乎？苟不知，則三叔可殺，而召公不可殺乎？是周公之心可疑矣。向非三叔，則成王不得爲天子，周公不得爲聖人。愚美夫三叔之機在前也，故碑。（註一九）

所謂「三叔」，是武王之三弟管叔（姬鮮）、蔡叔（姬度）、霍叔（姬處）。武王崩，成王尚幼，周公（姬旦）攝政，三叔放出流言，謂周公「將不利孺子」，引起周公征討治罪。羅隱在此解構了周公之歷史形象。本文先在理論上設定「見機」之重要，然後讚美三叔「見機在先」，認爲周公是迫於三叔質疑，才放棄篡位野心；從而認爲只要是權臣，都應嚴加提防。這樣，在對周公輔佐成王之用心，作了翻案解讀之後，也對晚唐朝之強藩、權臣釋出尖刻的諷刺。

總體而言，羅隱對於史料的運用，不在史實的重現，而是重視史料的解讀；重新掌握歷史問題的本質，諷諭現實。從上述的文例，可以驗證羅隱不論是借古諷今、引史議論、借史攄感、還是運用歷史翻案，都顯現高明的史識，而且諷意十足。

（二）寓言諷諭，就事議論

羅隱除了「以史論政」，對於寓言之運用，亦達出神入化之境。出現在《讒書》中的寓言，有作者原創者，也有作者改寫者。都有涵藏深刻的寓意與尖銳的譏刺。首先以〈二工人語〉爲例，一探羅隱的諷刺藝術：

> 吳之建報恩寺也，塑一神於門，土工與木工互不相可。木人欲虛其內，窗其外，開通七竅，以應胸藏，俾他日靈聖，用神吾工。

土人以爲不可：「神尚潔也，通七竅，應胸藏，必有塵滓之物，點入其中。不若吾立塊而瞪，不通關竅，設無靈，何減於吾？」木人不可，遂偶建焉。立塊者竟無所聞，通竅者至今爲人禍福。（註三十）

所謂「二工人」指土偶與木偶，是報恩寺的神像。其中木偶開了七竅、土偶則否；木偶與土偶「互不相可」，然而「立塊而瞪」的土偶要比「通七竅」的木偶更爲潔淨，因爲，通七竅的土偶，比較可能「胸藏塵滓」。但到了最後，土偶默默無聞，而木偶卻被當作神明供奉、至今爲人禍福。羅隱顯然不只是在講有關神像的故事，而是借此抨擊社會上重視表面、不重實質之風氣。

再以改寫自《莊子》之〈蒙叟遺志〉爲例，再探羅隱寓言的諷刺藝術：

上帝既剖混沌氏，以支節爲山嶽，以腸胃爲江河。一旦慮其掀然而興，則下無生類矣。於是孕銅鐵於山嶽，滓魚鹽於江河。俾後人攻取之，且將以苦混沌之靈，而致其必不起也。嗚呼！混沌氏則不起，而人力殫焉。（註三一）

此文題材源自《莊子．應帝王》：「南海之帝儵與北海之帝忽爲報中央之帝混沌之德，爲鑿七竅」的故事。寫到混沌死後，上帝以其四肢爲山嶽，以其腸胃爲江河，又慮其「掀然而興」、導致「下無生類」；於是「孕銅鐵於山嶽，滓魚鹽於江河，俾後人攻取之」，卻也使人們困於傜役。這篇不足百字的短文主題是主張輕傜薄賦，與民休息。目的在提帝王者，切莫役使百姓，應善體莊子遺意，給予百姓休養生息。

再以改寫自張華《博物志・雜說》之〈槎客喻〉爲例，三探羅隱寓言的諷刺藝術：

乘槎者既出君平之門，有問者曰：「彼河之流，彼天之高，宛宛轉轉，昏昏浩浩。有怪有靈，時顛時倒。而子浮泛其間，能不手足之駭，神魂之掉者乎？」

對曰：「是槎也，吾三年熟其往來矣。所慮者吾壽命之不知也，不廢槎之不安而不返人間也。及乘之，波浪激射，雲日氣候，或户黯然而昏，火霍然而晝。乍搨而傍，乍蕩而驟。或落如坑，或觸如鬥。茫洋乎不知槎之所從者不一也，吾心未嘗爲之動。心一動，則手足不能制矣，不在洪流、槁木之爲患也。苟人能安其所處而不自亂，吾未見其有顛越，不必槎。」（註三二）

按：此文字面寫槎客乘槎之訣竅，實則在宣示自己處身亂世之道——「心定則不亂」。張騫乘槎神話故事，原出張華《博物志・雜說》。羅隱用此故事生發議論，意在自勉，作者獨立剛正的節操，表露無遺。

最後以改寫自《述異記》之〈說天雞〉爲例，四探羅隱寓言的諷刺藝術：

狙氏子不得父術，而得雞之性焉。其畜養者，冠距不舉，毛羽不彰，兀然若無飲啄意。洎見敵，則他雞之雄也；伺晨，則他雞之先也，故謂之天雞。狙氏死，傳其術於子焉。且反先人之道，非毛羽彩錯、觜距銛利者，不與其棲，無復向時伺晨之儔，見敵之勇。峨冠高步，飲啄而已。吁！道之壞也有是夫。（註三二）

文中的「天雞」，是一種能力超強的鬥雞，此雞「見敵，則他雞之雄也；伺晨，則他雞之先也，故謂之天雞。」然而，養雞人卻未能傳承父親之飼養技術，所飼之雞，虛有其表；既不能司晨，也不善鬥。由上述這些例證，不難窺探羅隱借用寓言諷諭之高明。

總體而言，羅隱之寓言，論其風格，有先秦寓言簡潔深刻、勘落枝葉、直指核心的特色。論其性質與作法，無不關懷政治、針砭現實，類似柳宗元政治寓言的作法，似可視爲柳宗元寓言文學之嗣響。

（三）託物為喻，譏嘲世情

羅隱身爲儒士，久困科場，卻能深自惕勵，不願夤緣附勢。洪亮吉稱其：「人品之高、見地之卓，迴非他人所及」（《北江詩話》卷六），實非虛言。羅隱在〈詠白菊〉中說：「雖被風霜競欲催，皎然顏色不低頹。」（《甲乙集》卷十一，頁二六〇）不難看出羅隱以寒士自況，而且高自期許。以這樣的心理，面對畸形的世態，託物爲喻，寄寓情懷，也能成爲一種高明的嘲諷手段。例如〈秋蟲賦〉：

秋蟲，蜘蛛也。致身網羅間，實腹亦網羅間。愚感其理有得喪，因以言賦之曰：物之小兮，迎網而斃。物之大兮，兼網而逝。網也者，繩其小而不繩其大。吾不知爾身之危兮，腹之餒兮。吁！（註三四）

羅隱以秋蟲，喻帝王；物之小者，比喻人民；物之大者，比喻宦官、藩鎮。晚唐帝王只能壓制平民百姓，而對於宦官、藩鎮則束手無策，反而深深受其掣肘。因此文中所謂：「繩其小而不繩其大」，正是針對帝王而發。明顯採用「託物喻意」手法，寄託諷刺之意。再如〈屛賦〉：

惟屛者何？俾蕃侯家，作道堙阨，爲庭齒牙。爾質既然，爾功奚取？迫若蒙蔽，屹非裨補。主也勿覿，賓也如仇。賓主牆面，職爾之由。吳任太宰，國始無人。楚委靳尚，斥逐忠臣。何反道而背德，與枉理而全身。

爾之所憑，亦孔之醜。列我們闔，生我妍不？既內外俱喪，須是非相糺。屛尚如此，人兮何知！在其門兮惡直道，處其位兮無所施。阮何情而泣路？墨何事而悲絲？麟兮何歎？鳳兮何爲？吾所以淒惋者在斯。（註三五）

文中之屛，是「當門小牆」，而非日常之屛風。羅隱以屛爲喻，意在揭露臣下之遮蔽視聽。權臣用事，障蔽君聽，恰如屛之「作道壍阸，爲庭齒牙」、「迫若蒙蔽，屹非裨補」，其弊害不可小覷。羅隱使用賦體鋪陳之文筆，意在嘲諷當時障蔽君王之權奸。再如〈雜說〉說：

珪璧之與瓦礫，其爲等差，不俟言而知之矣。然珪璧者，雖絲粟玷纇，人必見之，以其爲有用之累也，爲瓦礫者，雖阜積甃盈，人不疵其質者，知其不能傷無用之性也。是以有用者絲粟之過，得以爲跡。無用者具體之惡，不以爲非。

亦猶鏡之於水，水之於物也。泓然而可以照，鏡之於物亦照也。二者以無情於外，故委照者不疑其醜好焉。不知水之性也柔而婉，鏡之性也剛而健。柔而婉者有時而動，故委照者或搖蕩可移。剛而健者非闕裂不能易其明，故委照者亦得保其質。（註三六）

此文前段以珪璧、瓦礫爲喻，謂珪璧之玷纇，人必注意，以其有用；瓦礫雖多，人不疵其質，以其無用。託物爲喻，諷刺「有用者絲粟之過，得以爲僞。無用者具體之惡，不以爲非。」之世風。後段再以鏡、水爲喻，謂己絕不改變本性以求合世俗。再如〈道不在人〉：

道所以達天下，亦所以窮天下，雖昆蟲草木，皆被之矣。故天知道不能自作，然後授之以時。時也者，機也。在天爲四氣，在地爲五行，在人爲寵辱、憂懼、通阨之數。故窮不可以去道，文王拘也，王於周。道不可以無時，仲尼毀也，垂其教。彼聖人者，豈違道而戾物乎？在乎時與不時耳。是以道爲人困，而時奪天功。衛鶴得而乘軒，魯麟失而傷足。（註三七）

以衛國懿公好鶴，得以乘軒車；魯國獲麟，傷其一足。遭遇何其不同！作者認爲：能否得時，是其關鍵。羅隱認爲：「道爲人困」、「時奪天功」得「時」與否，決定窮達。借物爲喻，以舒懷抱，兼慨自身遭遇。

總體而言，羅隱託物之作，構思精巧，文筆跳脫；喻托之物，無非尋常，卻能蘊含深刻、諷諭銳利。羅隱雖志在求舉，卻始終與晚唐政治社會維持距離，以其所見之眞，故能下筆如神。

六　羅隱《讒書》之成就與評價

羅隱以其《讒書》譏議時政，臧否世風，舒洩不遇之幽憤，一方面獲得時流的稱賞，一方面也為其遭遇而慨嘆。晚唐詩人徐夤〈寄兩浙羅書記〉說得好：「博簿集成時輩罵，《讒書》編就薄徒憎。」（《全唐詩》卷七〇九，頁八一六七）羅袞〈贈羅隱〉也說道：「平日時風好涕流，《讒書》雖盛一名休。寰區歎屈瞻問天，夷貊聞詩過海求。」（《全唐詩》卷七三四，頁八三八六）所述應是實情。

唐・齊己〈寄錢塘劉給事〉：「憤憤嘔《讒書》，無人誦〈子虛〉。傷心天祐末，搔首懿宗初。」（《全唐詩》卷八三八，頁九四四三）提到羅隱對晚唐政局的關懷，持續幾五十年。從懿宗咸通到哀帝天祐（羅隱二十八歲到七十四歲），親眼見證唐朝如何由衰敗到滅亡，《讒書》雖是羅隱前半生的力作，陳述的內容卻似乎預示了後半生所處的外部環境。而這正是《讒書》的價值所在！

歸仁在〈悼羅隱〉說：「一著《讒書》未快心，幾抽胸臆縱狂吟。」（《全唐詩》卷八二五，頁九二九四）兩句兼論其文章與詩篇，如果吾人能回到晚唐的「語境」，不難體悟羅隱那種「未快心」與「縱狂吟」的悲憤心境。吾人應知《讒書》公諸於世之時，功名未立、而國事蜩螗，處在這樣的情境，寫這種快意諷刺之作，要付出多大的代價、需要多大的勇氣啊？！

筆者十分認同〔元〕黃貞輔〈羅昭諫讒書題辭〉所說：「唐末僭爲紛起，立其朝者，安食厚祿，充然無赧容。如公沈淪下僚、氣節弗渝者幾何人！……在昔，慳邪輩豈無絺章繢句、取媚一時，而泯泯莫聞。公氣節可敬可慕，凡片言只字，皆足以傳世，況其著書垂訓者乎？」[註三八]道光三年《新城縣志》卷二十三載錄清洪應濤〈書羅隱傳後〉也說：「嗚呼！國家存亡之際，最足觀君子之用心矣。昭諫公於唐末造，窮於所遇，今讀其〈請追癸巳日詔〉，謂陛下憂、岳瀆亦憂矣，直通乎天人之際也。」[註三九]羅隱在《讒書》五卷中所陳述的將不只是晚唐的政情，更可貴的是眞實呈現「青年羅隱」可敬可慕的氣節，僅憑這一點，已經可以使《讒書》傳世不朽。

魯迅在〈小品文的危機〉中曾經指出：「唐末詩風衰落，而小品放了光輝。但羅隱的《讒書》，幾乎全部是抗爭和憤激之談；皮日休和陸龜蒙自以爲隱士，別人也稱之爲隱士，而看他們在《皮子文藪》和《笠澤叢書》中的小品文，並沒有忘記天下，正是一塌糊塗的泥塘裡的光彩和鋒鋩。」魯迅將羅隱的《讒書》定位爲「抗爭和憤激之談」固然不錯，然而羅隱似乎還懷有儒家「借史垂訓」之意向，只因羅隱不僅「委婉譎諫」，而更使用了「批判諷刺」的手段，使人很容易忽略這一點。

七　結語

羅隱以《讒書》這一本青年時期的自選集作爲行卷工具，結果卻超越了唐代青年舉子求仕的正常功能，反而成爲批判晚唐政治社會的作品。

羅隱雖然使用了多種多樣的諷刺手段，但《讒書》的內容絕不單是「激憤與抗爭之言」，從這五十八篇作品來看，延續儒家「委婉譎諫」的傳統，寄望對時政有所裨補。從《讒書》大量運用歷史素材，不難覺察：羅隱在面對時政、反映社會問題時，仍有儒家知識份子「借史垂訓」的意圖。

羅隱遙承白居易「爲君、爲民、爲時而作，不爲文而作」的寫實精神，以《讒書》回應晚唐政治與社會種種亂象，是基於學術良知，不能不言；因此《讒書》五卷，充分代表「青年羅隱」對晚唐政治情態與社會現實的「嚴正關懷」。

羅隱在《讒書》中使用高明的寫作技巧，提升諷刺的力道；全書包括近二十種文體，堪稱中國古典文體的集中操練與展示。其寓言作品數量雖然不多，卻短小精悍、創意十足，獲得極高的文學成就。凡此，都使《讒書》一書，成爲唐代諷刺文學不可多得的傑作。

參考文獻

華文雍校輯　《羅隱集》　中國古典文學基本叢書　北京市　中華書局　一九八三年

潘慧惠校注　《羅隱集校注》　杭州市　浙江古籍出版社　一九九五年

田啓文　《晚唐諷刺小品俗之風貌》　臺北市　文津出版社　二〇〇四年

潘慧惠　〈論羅隱及其詩文〉　《文史哲》一九九五年第一期

李定廣　〈遭歷史誤會的文學巨人——羅隱文學史地位之重估〉　《學術界》　雙月刊　總第一二一期　二〇〇六年六月

惠聯芳　〈晚唐怪傑——羅隱〉　《南寧師範高等專科學校學報》　第二十二卷第一期　二〇〇五年三月

翁　敏　〈羅隱《讒書》藝術論〉　《安徽廣播電視大學學報》二〇〇四年二期

程顯平　〈讀羅隱《讒書》劄記〉　《遼寧大學學報（哲學社會科學版）》　二〇〇四年二期

吳　器　〈《讒書》——匡政濟世、發憤抒情之作〉　《五邑大學學報（社會科學版）》　第六卷第四期　二〇〇四年十一月

劉　暢　〈簡論《讒書》中的故事新編〉　《五邑大學學報（社會科學版）》　第六卷第四期　二〇〇四年十一月

注釋

編　按　李建崑　東海大學中國文學系教授。

註　一　筆者所引《讒書》資料，主要根據潘慧惠《羅隱集校注》（杭州市：浙江古籍出版社，一九九五年）。潘著收錄《甲乙集》十一卷、《讒書》五卷、《兩同書》十篇、《廣陵妖物志》、《雜著》，並有《附錄》六種，資料十分豐富。

註　二　詳情參閱萬曼《羅昭諫集》敘錄，收在萬氏所著：《唐集敘錄》（北京市：中華書局，一九八〇年、臺北市：明文書局，一九八二年），頁三四四—三五〇。

註　三　潘慧惠校注：《羅隱集校注》，頁三九一。

註　四　同前註，頁四九九。

註　五　汪德振：《羅隱年譜》（北京市：商務印書館，一九三七年），頁二九。

註　六　汪譜，頁二九

註　七　現行流傳之《讒書》共五卷，附前〈序〉、〈重序〉，篇題六十，闕文兩篇，尚存五十八篇。

註　八　此爲程顯平：〈讀羅隱《讒書》劄記〉一文之結論，詳見，《遼寧大學學報（哲學社會科學版）》，二〇〇四年二期。

註　九　參見程千帆：〈唐代進士行卷與文學〉，載《程千帆選集》（上下冊）（瀋陽市：遼寧古籍出版社，一九九六年）。

註　十　按羅袞〈贈羅隱〉詩全文：「平日時風好涕流，讒書雖盛一名休。寰區歎屈瞻問天，夷貊聞詩過海求。向夕便思青瑣拜，近年尋伴赤松遊。何當世祖從人望，早以公臺命卓侯。」（隱開平中召敗夕郎，不就。）載《全唐詩》卷七三四（北京市：中華書局），頁八三八六。

註十一　見魯迅：〈小品文的危機〉，載《南腔北調集》。

註十二　惠聯芳：〈夾縫中的生存——羅隱生存狀態分析〉，《河西學院學報》，第二十卷第六期（二〇〇四年），頁四六。

註十三　同前註，頁四七。

註十四　潘慧惠校注：《羅隱集校注》，頁五五五。

註十五　同前註，頁十。

註十六　同前註，頁六四六－六四七。

註十七　見郭英德：〈論中國古代文體分類的生成方式〉，《學術研究》，二〇〇五年第一期。

註十八　詳見李豐楙：〈文體分類研究〉，《青島師專學報》，第十一卷第二期（一九九四年六月）。

註十九　〔北宋〕司馬光：《資治通鑑》卷二四四〈唐紀〉第六十（北京市：中華書局，一九九五年），頁七八八〇－七八八一。

註二十　潘慧惠校注：《羅隱集校注》卷一，頁四〇七。

註二一　同前註，卷二，頁四二一。

註二二　同前註，卷三，頁四三七。

註二三　同前註，卷二，頁四一二。

註二四　同前註，卷三，頁四三一。

註二五　筆者統計，《讒書》五卷牽涉到的歷史人物有：堯、舜、禹、伯成子高、丹朱、商均、伊尹、武丁、太甲、比幹、商紂、周公（姬旦）、管叔（姬鮮）、蔡叔（姬度）、霍叔（姬處）、尹吉甫、伍員、夫差、太宰嚭、費無極、子產、晏嬰、孔子、莊子、無將、秦穆公、張良、陳平、項羽、劉邦、漢武帝、鄒陽、司馬相如、梁孝王、朱買臣、漢成帝、嚴光、梅福、禰衡、阮籍、隋煬帝等。即以唐朝而言，包括唐玄宗、楊貴妃、唐憲宗、石孝忠、裴度、李愬、李光顏、烏重胤、韓愈、段文昌等前朝人物，數量可觀，超過五十位。

註二六　潘慧惠校注：《羅隱集校注》卷一，頁三九四。

註二七　同前註，卷三，頁三九七。

註二八　同前註，卷四，頁四四五。

註二九　同前註，卷三，頁四三八。

註三十　同前註，卷四，頁四五八。

註三一　同前註，卷一，頁三九三。

註三二　同前註，卷四，頁四四四。

註三三　同前註，卷二，頁四一八。

註三四　同前註，卷一，頁三九六。

註三五　同前註，卷三，頁四二三。
註三六　同前註，卷二，頁四一五。
註三七　同前註，卷三，頁四二九。
註三八　同前註，附錄，頁六五三。
註三九　同前註，附錄，頁六八八。

雜論宋代的山水游記

李貞慧

摘要

宋代游記在散文史上有其獨特地位，此爲文學史上公認之事實，但一般多只注意到如王安石、蘇軾之由記游寫景轉而長於議論說理，或著重討論蘇軾記游文字與明人小品文之關係。本文則由體類分疏，以及對文體有清晰意識的朱熹作品之析論著手，嘗試加強宋代游記特質之確認與分辨，以見王安石、蘇軾翻案議論之外，宋人其他開拓書寫蹊徑之趨向，並作爲進一步思考宋代「游記」與「記游文」，詩歌與散文，彼此獨立而又互相融攝的發展情況之基礎。

關鍵詞

宋代、游記、記游、朱熹

一　宋代游記與其他記游文的體類分別

從許多與「游記」相關的研究或選集中，我們不難得到如下的印象，即：中國古代游記，主要發軔於六朝的山水文學及地志書寫，至唐代、尤其柳宗元的永州諸記，則使散文游記臻於成熟、且獨立成體；宋代游記，一般以為有兩個重要發展，一是尚理精神濃厚，往往以議論說理取勝，王安石的〈游褒禪山記〉、蘇軾的〈石鐘山記〉，大概是宋人這類游記中最常被舉以為例的經典之作；其次，則是蘇軾筆記式的游記，及陸游《入蜀記》、范成大《攬轡錄》、《吳船錄》等日記體游記，在南北宋間叢出並起，不僅為「游記」拓開新宇，而且深刻影響明清山水小品文，以及如《徐霞客游記》這類輿地文學的鉅著。（註一）

從「記游」、「記山水」的觀點而言，上述的「發展史」，的確為中國古代的「游記」文，勾勒出了大概的輪廓。但如果從「文體」發展，以及唐宋文家尤其注意的「文之用」角度來看，則這樣的論述，又似乎常有模糊繳繞之處。例如，六朝由於「記」的文體觀念尚未成熟，所以記游、記山水常需借助賦、書、序，乃至地記為書寫之載體，這幾乎是目前論「游記」源起者所持的共同論點，然而矛盾的是，降及宋代，即所謂記體文發展成熟、游記亦獨立成體之後，一般取以為說的「游記」作品，又時見如蘇軾前後〈赤壁賦〉，以及每亦涵納游觀寫景內容的亭臺樓閣記等，（註二）所謂「獨立成體」的意義，遂泯沒不彰。事實上，前後〈赤壁賦〉虛構成分濃厚，不但不是爲記游而作，甚至景物及行游經過，也多意在言外，而具有象徵意義；（註三）至於唐宋人與名山勝景相關的亭臺樓閣等建物記，則多半是爲公共建物作記，有其社會功能，而且也具有較強的政教及文化脈絡，即使「寓物」、「論志」，也大多是在這樣的背景之下觀照所得。（註四）這與山水游記理當以摹寫山水之美，記錄實際行遊經過爲主，或「澄懷味象」以玄觀山水，（註五）或「登山則情滿於山，觀海則意溢於海」，（註六）以神入於山水，或如蘇軾、王安石般由記游寫景轉而考證抒論的作意作法，其實是不同的。

其次，從古典散文的發展而觀，宋代筆記體與日記體記游文字的興起，的確是明清山水小品文及輿地文學得以跳脫唐宋古文窠臼，終至蔚爲大國的重要轉折，但這兩類文字，是否能直接置於唐宋古文概念下的「記」的發展脈絡之中討論？尤其在最常見的蘇軾「游記」的研究中，將〈記承天夜游〉、〈記遊松江〉這樣的隨筆雜記，與〈石鐘山記〉比併合觀，以論蘇軾游記的書寫特點，是否合宜？（註七）似乎亦不無討論的空間。

這樣的論述方法，最大的問題，在於宋人的文體觀念中，作爲獨立文體的「記」，其實是源自於碑誌，「《文選》不列其類，劉勰不著其說」，「其盛自唐始也」的唐宋古文新體。（註八）這一文體，初以記事爲主，自唐至宋，除議論寖多，宋人尚且「記亭閣，記齋居，皆摩空興寄，不爲題材所限，尚有運詩入文之遺意」，（註九）因而成爲唐宋文中，最富有文學趣味的文字之一。然而不論如何「摩空興寄」、「運詩入文」，至少在南宋中期之前，作文者仍多半以「文章家大典冊」的觀念來定位「記」的性質與寫作，如葉適「《習學記言》所論：

> 韓愈以來，相承以碑、誌、序、記爲文章家大典冊，而記雖愈及宗元，猶未能擅所長也，至歐曾王蘇始盡其變態。（註十）

即頗具代表性，柳宗元的《永州八記》，蘇軾〈石鐘山記〉、王安石〈游褒禪山記〉等游記，其實都是此一意義脈絡及覺知之下的作品。至於筆記、日記、或如蘇軾〈記承天夜遊〉之類的記游小品，在宋代則仍多屬隨筆記錄之性質，不講究結構，鮮佈局謀篇，與源自於碑誌，宋代主要仍被視爲高文大冊之一體的「記」體散文，並不相同，因此雖然名稱相近，又同樣具有「博雜」之特質，但宋人文集中，通常並不繫於「記」一體之下，蘇軾的〈記承天夜游〉等隨筆記游文字不見於《七集》，《攬轡錄》、《吳船錄》獨立刊行，陸游文集中的《入蜀記》也絕不與其他「記」體文相混，都是其例。

換言之，在「文章家大典冊」概念下盡其變態的「游記」，與「記游」筆記或日記，其書寫目的、甚至預設的讀者並不相同，自然採取的書寫態度、語言也應有異，例如同樣是寫景，在古文游記中，往往不可避免的導向具歷史或沉思整體人類命運厚度的「興寄」或議論，但在記游隨筆中，則盡可直書所見所感，連明顯的起迄亦不妨置之不論。

再換個角度看，「尊體」與「破體」，又是一貫穿宋代文學史及其各個領域的重要命題，以宋人對「文體」的敏感及自覺，作者在認知不同的文體中有相似的作法，或同一文體而有明顯與當代不同的表現，其實都不應等閒視之，只輕易擷取相同，或排列根本不同的片斷以論其所謂的「特色」，因爲那可能正是作者銳意「變態」之所在，甚至是與整體大背景相關的創作思維的具體展現，蘇軾古文游記與筆記體記游小文的同異處，其實正應放在這個脈絡底下去看，才能理解他突出於歐曾王之上，「關紐繩約之不能齊」的樞紐所在。（註十二）又陸游《入蜀記》、范成大《攬轡錄》等都以大量文史知識寫入山水及記游的短篇中，尤其陸游《入蜀記》，除歷史掌故外，更著意援引宋人所作詩文，所經歷的事蹟來標識山川風物，這樣的作法，不僅使山水充滿人文氣息，更隨著山川里程，時時召喚屬於宋人的空間記憶與情感，這顯然與其成長於宋室南渡之初的背景息息相關，於是，同樣是「日記」，自然與〈于役錄〉、〈宜州乙酉家乘〉等北宋日記體記游文不同。而不限於一時一地的廣袤空間，大量的文史資訊，都不是唐宋以來單篇「游記」所能容納，這或許即是陸游打破陳規，用一種結合六朝地記與唐宋日記的方式來記游的主要原因。

二　朱熹的山水游記

除了一般所熟悉的歐王曾蘇、乃至陸游等宋文大家之外，理學家中著述最豐，在文學史、文學批評史上都極受重視的朱熹，也有助於我們觀察宋人寫作游記的另一面向。

「文從道出」、「文道合一」，然其實不無重「道」輕「文」傾向的文道觀，是朱熹思想的重要底蘊。由於深諳唐宋以來古文家、甚至道學家各種「文」「道」說的偏敧或不足之處，又對道的「精微曲折之際」，不能不藉語言文字以傳，以爲後世「即文講道」之基礎的現實有深刻之體認，因此朱熹具有極清晰的辨體及書寫意識，不但吸納各種表達方式，來面對不同的言說場合及對象，也善於憑藉實際的書寫，來展現、歸趨於他的文道觀，所以即使在宋文中最富文學趣味的「記」，他也多半嚴肅典重，而與其學術符應，使「記」成爲驗證他「文從道出」之書寫實踐的最佳體裁之一。（註十二）在這種情況之下，朱熹「游記」中所呈現的，與其他「記」體文顯然有所不同的風貌，便有其値得探考之處。

朱熹的「記」文，在正集中共有八十一篇，游記只占三篇，篇幅雖然不多，然置於朱子《文集》中，卻頗富特色。〈南嶽游山後記〉前半敘事，（註十三）主要記游山諸人「自癸未至丙戌凡四日，自嶽宮至櫧州凡百八十里」間之行蹤，及聚合論學以至相繼賦歸之始末，遊歷過程的記錄方式，相當特別；至於景物，則只有「其間山川林野，風煙景物，視向來所見，無非詩者」這樣簡略、模糊數語帶過。文章後半，以口語敘述形式出之的「而今遠別之期近在朝夕，非言則無以寫難喻之懷」，在朱熹筆下，似乎是這篇游記之中，唯一帶有某種意緒之處，但亦點到爲止，取而代之的，則是對「詩言志」的道德內容，以及別後修身持志，戒懼警省之意的長篇大論，雖然道學氣甚濃，但輕寫景，而以敘行蹤、發議論爲主的書寫模式，與王安石〈游褒禪山記〉頗有近似之處，就「游記」而言，其實未出宋人矩矱。就文章偏重寫道學群體的活動，及闡明道學的思想內涵而言，這篇「記」與朱熹的其他「記」體文章亦分別不大。

〈百丈山記〉大概是朱熹最著名的一篇游記，（註十四）不僅元人已將之選入游記的總集之中，（註十五）晚近許多有關宋代文學、散文的研究或選集，更屢見徵引此篇，以爲朱熹文富「文學性」或「藝術性」之例證。（註十六）這篇文章以寫景、寫游行之動線爲主。文章前半是以空間爲主的敘述結構，藉著行、止之間，不只標明方位、距離，更由此漸次帶出石磴、小澗、山門、西閣、石臺、瀑布等「最其可觀者」的景致，移動的、非單一視角的寫法，與柳宗元游記頗有近似之處；而由「度石梁，循兩崖曲折而上，得山門」，至「出山門而東十許步，得石臺」，則形成一個完整的環狀動線結構，並且引帶、並聯繫另一個動線，不僅使山水景色的摹寫更加立體、詳細，也往往由此而形構出山重水複、層巒疊嶂，卻依舊脈絡井然，不致有「不識廬山眞面目，只緣身在此山中」的迷失感，這樣的寫法，在宋代山水游記中極爲罕見，但在朱熹另一篇〈雲谷記〉中，卻運用得更加繁複、細緻，可說是朱熹模山範水手法的一大特色。

〈百丈山記〉的後半段，主要是寫石臺登高望遠之所見，全景式的寫法，常見於六朝山水文及宋人的亭臺樓閣記中，而寫瀑布則曰「日光燭之」，寫峰巒則曰「日薄西山」，「且起下視」一段，則傾力寫雲山動態之美，時間、光線的變化，都使山水更顯得奇幻多姿。朱熹以近乎鋪排的方式，或白描，或用喻，極力寫山、寫瀑布、寫雲山之互動及光影之變化，與他的其他「記」文，甚至〈南嶽游山後記〉的質樸、嚴肅，落差甚大，這或許是這篇文章容易引起注意的原因之一。而與此相對的，則是這篇文章既無議論，也沒有唐宋以來習見的抒情內容，唯一可得而見的情緒，只有夜臥西閣，「則枕席之下終夕潺潺，久而益悲」這樣輕描淡寫的一句話而已，「悲」的內容為何？水石相搏的潺潺之聲，何以能引發悲緒？都無法從文章中得到任何線索。

雲谷是朱熹晚年講學的晦菴所在地。〈雲谷記〉雖然有詳細的山水里程之記錄，（註十七）但並不是為某一次特定的游蹤而作，加以對晦菴周遭景色的描寫不少，因而比較像是介於「游記」與「山水記」之間的一篇文章。朱熹主要用與〈百丈山記〉類似，卻更加頻繁，也更加緻密的環狀、以及動線轉換的方式，以寫雲谷之層山疊水，「外密內寬」，形成「與人世隔異」的印象；又一路沿著山徑水路的轉圜，詳記晦菴與自然巧妙結合的種種經營，以及雲谷周遭已成或未成，成諸己或成諸人之人文景觀，其間的往來路徑等。

〈雲谷記〉中雖然沒有如〈百丈山記〉那樣大段鋪寫景色的文字，但一路讀來，作者卻像是一個對山水滿懷情感的導覽或說明者，不僅對山中方位、路徑、景觀瞭若指掌，而且頗有自信的指點讀者每一可觀之處，而「將使畫者圖之」，以精確描寫的文字取代畫面的企圖心，也令人不禁聯想起韓愈的〈畫記〉。雖然細密的摹寫，使文章表面上像是客觀寫景，然而隨主體的眼光挪移及觀覽的特殊方式，若干「比德」意味濃厚的命名活動，尤其晦菴獨特的地理位置以及經營樣態——前面大段的水、石描寫，對比出雲谷的深、遠，再以雲谷的深遠，以及入谷之後交錯出現、映照的自然與人文景色，如入谷至晦菴途中的叢篁、蓮沼、杉、竹，以及晦菴草堂後的南峰，周圍所植之椿桂蘭蕙、茂林修竹等，都使晦菴深自掩翳，不僅呼應「晦」之菴名，加強晦菴予人深遠的印象，也使晦菴自成一與世隔絕的個人世界，因而「俯仰其間，不自知其身之高，地之迥，直可以旁日月而臨風雨也」，曠然自適，只與天地精神相涵濡往來。這樣的書寫，其實已透顯、標識著朱熹以其人格、生命貫注於山水之間的特殊情懷。如果不論文章最後「附記之」，其實與全文關係不大的一段道德教訓，則這樣既無議論，也無與人生興衰起伏相關的「抒情」內容的山水游記，明顯和唐宋以來的古文游記不同；以自身人格、生命貫注於山水之間的沖澹態度，以及深知山水理路脈絡的知性精神，則又不似魏晉六朝人的以山水為審美客體的「暢神」或「方寸湛然，以玄對山水」，（註十八）追根究柢，這竟頗似儒家「知者樂山，仁者樂水」精神的再現了。

三　山水游記與詩歌關係——以柳宗元及朱熹為主的初步思考

朱熹的山水情懷，前人論之甚多，《朱子語類》中曾記錄了朱子學生吳壽昌的觀察：

先生每觀一水一石，一草一木稍清陰處，竟日目不瞬。酒不過兩三行又移一處，大醉則趺坐高拱，經史子集之餘，雖記錄雜記，舉輒成誦，微醺則吟哦，故氣調清壯。（註十九）

這樣的形象，與另一弟子黃榦作〈行狀〉中說的朱熹：

其色慶，其言厲，其行舒而樂。其坐端而直，其閒居也，未明而起，深衣幅巾方履，拜於家廟以及先聖，退坐書堂，几案必正，書籍器用必整。其飲食也。羹食行例有定位。匕箸舉處有定所。倦而休也，瞑目端坐，休而起也，整步徐行。威儀容止之則，自少及老，祁寒盛暑，造次顛沛，未嘗有須臾之離也。

簡直判若兩人，因此近代朱子學者陳榮捷曾云：

朱子教學，是其最快樂處。閒情逸趣，則在旅遊與詩酒之間。（註二十）

「閒情逸趣，則在旅遊詩酒間」，正是朱子兩位學生對其日常生活所記有極大落差的原因所在。然而從上文的分析中，我們不難看出，情感的掩抑不發，卻似乎是朱熹山水游記的一項特色。既然詩酒旅游，使朱子往往能卸下其道學家的嚴肅面孔，表現其「閒情逸趣」、甚至「氣調清壯」之一面，何以在他的山水游記文中，本應自然流露的情感，卻顯得如此隱晦自抑呢？

筆者以爲，游記文中的情感呈現樣態，或許正是朱熹對詩、文作用不同，因而分別其書寫內容手法的一項表現。在〈南嶽游山後記〉中，朱熹對參與同游論學諸人最初之約定嚴禁作詩，曾有如下的省思：

> 詩之作，本非有不善也。而吾人之所以深懲而痛絕之者，懼其流而生患耳，初亦豈有咎於詩哉？然而今遠別之期近在朝夕，非言則無以寫難喻之懷……詩本言志，則其宣暢湮鬱，優柔平中，而其流乃幾至於喪志……故前日戒懼警省之意，雖曰小過，然亦所當過也。

由此可以看出，在朱熹的觀念中，「言志」，尤其是「宣暢湮鬱」、「寫難喻之懷」，本來都應該是詩歌的表現內容，如果加上前文所說，「其間山川林野，風煙景物，視向來所見，無非詩者」，則這篇文章中所傳達的，其實已是中國詩學傳統中所謂的由「物色」而「興情」，或「情景交融」的表達模式了。這樣的詩學模式，爲唐宋、尤其是宋代古文家所挪用，正是宋文「記亭閣，記齋居，皆摩空興寄，不爲題材所限，尙有運詩入文之遺意」，而使宋代的亭臺樓閣記得以於唐文外另闢蹊徑，並蔚爲大國的主要關鍵。（註二二）然而，如果本即用以寫個人難喻之懷爲主的詩，都需優柔平中，戒愼恐懼，以免陷溺，則源自於著述傳統、在朱熹創作思維中必需由「道」中流出的「文」，就更不可能刻意「惝恍迷離」、「意在言外」的寫個人情感了。

在此，筆者想進一步討論的是，由唐至北宋，記游、寫景、抒情或議論，幾乎已成爲我們對古文體游記文所必需涵納內容的基本印象，而寫景部分，是否巧構形似、詞采蔥蒨，不但一向是評論「游記」文美學價值的重要標準，近來，甚至所佔篇幅多寡，似乎也成爲「游記」分類的準則之一。例如王立群的《中國古代山水游記研究》即將唐宋山水游記分爲再現形、表現形及文化認同形三種主要模式，所謂的「再現形」與「表現形」，其實即是文章「重景」或「重情」的分別，而所謂的「重景」或「重情」，景物與情感抒寫所佔篇幅，竟隱然成爲成爲決定類型的主要因素：

> 柳宗元山水游記眞實地描寫了永州與柳州的奇山異水。儘管他的山水游記。亦有個人情感的流露，間或亦抒寫政治失意後的牢騷，但是，從總體上來看，他的山水游記是以描寫自然山水爲主的。用他自己的話說，此爲「漱滌萬物，牢籠百態」。我們不能說柳宗元的山水游記沒有自我感受的抒發，只是說，這種抒發是比較隱蔽的，且不占主導地

位。唯有〈愚溪詩序〉是個例外……全文沒有具體描摹愚溪、愚泉、愚溝、愚池、愚堂、愚亭、愚島的勝景，只是借助八愚勝景的似愚非愚，抒發了自己與愚溪一樣爲世所棄的怨憤。……柳宗元的其他山水記只有〈鈷鉧潭西小丘記〉與〈小石城山記〉在細緻的描寫了小丘、小山的景致之後，表達了與〈愚溪詩序〉類似的感情，即身懷隋和之才卻不爲世用的苦悶。（註二二）

在上述的觀念下，朱熹的〈百丈山記〉自然亦被置於「表現形」之列，然這正好混淆了朱熹一派理學家與古文家在作文上最重要的分野所在。

正如上文所論，朱熹的山水游記，其實寫景逼肖密麗，文采煥發，不見得在古文家之下，朱熹游記文歷來頗受文家重視，這是主要原因，因此其與唐宋以來古文家游記最大的不同，其實並不在於辭采，因爲用適當的語彙，將山水勝景眞實描繪出來，正是他所強調的「靠實說」之體現，而且也不違反地志書寫傳統。但在「文從道出」，詩文分工的文章觀念下，朱熹其實不輕易在文章、尤其是被宋人視爲「高文大冊」的「記」體文中，抒寫、甚至渲染一己之情感，這才是他的「游記」和唐宋古文家、尤其是如柳宗元這樣亦以寫景見長者主要的不同。正如王文所說，柳宗元的游記文，或許看來全篇幾乎都是敘事寫景，但如〈鈷鉧潭記〉，雖然只在文章最末以「孰使予樂居夷而忘故土者，非茲潭也歟？」一語點出謫居流落的心情，但這句話，卻是極深濃之情語，「尤令人淚隨聲下」，（註二三）正是整篇文章令人印象最深刻之處，也是全文的精神所在，實在不能以其篇幅較小，便以爲「不佔主導位置」。《永州八記》每每以失落、怨憤的情緒作結，而在這樣的書寫結構下，所有的游踪、景物都只是反覆的「暫得一快，已復不樂」的一部分過程而已，（註二四）於是自然景物或者沾染作者本身的情緒，使「景語」即是「情語」，或者引發情感意念，成爲最後導向「興情」的媒介，換言之，柳宗元游記中的山水抒寫，其實是具有傳統詩歌「比興」效果的。因此錢穆先生曾以爲：

> 柳集……尤其山水記遊諸篇，卓絕古今，評者皆謂其導源於酈道元之水經注。竊謂韓柳同時，同倡爲古文，聲氣相通，二公之於運詩入文之微意，蓋有默契於心，不言而相喻者。柳公固精於詩，若是沿襲舊轍，則當爲謝康樂，而柳公固變體爲散文，於是遂別開生面。（註二五）

從柳宗元記中處處從山水景物導向個人情志抒發這個層面來看，筆者以爲，錢穆先生的說法是相當合理而富有啓發性的。而柳宗元游記文的這一特質，與朱熹同樣彩色炫爛的游記文對照之下，其實更可清晰得見：彩色炫爛，逼肖景物，若僅爲呈現物理之自然，對朱熹來說，應是於「道」無礙；然而，若是以抒寫湮鬱爲主，甚至將客觀之景物，轉而成爲個人種種幽懷之寄托或象徵的話，那即已是「運詩爲文」了。

四　小結

宋代游記在散文史上有其獨特地位，此已毋庸多論，但一般多只注意到如王安石、蘇軾之由記游寫景轉而長於議論說理，或著重討論蘇軾記游文字與明人小品文之關係，本文則由體類分疏，以及理學家中，於文體尤其具有清晰意識的朱熹游記之析論，嘗試加強宋代游記特質之確認與分辨，筆者以爲，這應是研究宋文發展，也是論述明清游記與宋文承衍關係之前，不可或缺的工作之一。本文的討論，主要集中在幾個論點之上：

1. 北宋時期，如蘇軾、王安石的〈石鐘山記〉、〈游褒禪山記〉，是傳統記體文觀念下的創作，不應與日記、筆記、或隨筆記游文字混爲一談。就「游記」獨立成體的文體性質而言，這類文章，也與社會功能爲主的亭臺堂閣記，或象徵意味濃厚的前後〈赤壁賦〉不同。至於南宋如陸游《入蜀記》、范成大《攬轡錄》這樣的日記體行役記，在作法上，不僅與傳統游記有別，與北宋歐陽脩〈于役錄〉、黃庭堅〈宜州乙酉家乘〉等北宋日記體文，其實亦頗有殊異之處，無論內容或文體性質，都値得更深入探討。

2. 朱熹的游記，寫實而崇尚理序，其山重水複、層巒疊嶂，卻依舊脈絡井然的模寫手法，不僅有以文字再現景象的企圖心，更是自身生命態度，及知性精神貫注於山水之間的表現。

3.朱熹游記雖然文字密麗，寫景逼肖，與傳統游記有近似之處，但不以景物寫個人之情志、憂思，與唐宋以來游記，或與寫景密切相關的亭台堂閣記等，每每「運詩入文」的作法不同；不因游覽過程而興發議論，亦異於王安石、蘇軾翻案議論之軌轍。加上寫景的特殊手法，頗與其個人思想合拍，而具有理學之況味，其實是宋代游記發展中值得注意的一個面向。

（本文初稿題為〈試論朱熹遊記的書寫特色〉，曾於民國九十七年十月二十四日發表於明道大學所舉辦之「唐宋散文學術研究討會」，會中承蒙羅聯添師，及講評人蕭水順教授提供寶貴意見，筆者獲益匪淺，因修訂而成今文，謹此識之，並向兩位先生致謝。）

注釋

編　按　李貞慧　清華大學中國文學系副教授。

註　一　日記體的「游記」，一般以為起源於（唐）李翺的《來南錄》，但其記游歷行旅過程甚為疏略，因此充其量只能算是日記體游記的雛形。歐陽脩的《于役志》，黃庭堅的〈宜州乙酉家乘〉也常被討論，但直至陸、范等人的作品，其文筆之優美，敘事、寫景、抒懷、乃至文化考論兼具的豐富內容，才使這一體例真正成熟。唐宋間日記體、筆記體游記的主要作品及遞嬗狀況，王立群：《中國古代山水游記研究》（開封市：河南大學出版社，一九九六年）

的第四章、第五章，梅新林、俞樟華主編：《中國游記文學史》（上海市：學林出版社，二〇〇四年）的第六章，有比較詳細的介紹，可參。

註　二　亭臺樓閣記的主要書寫模式，請見柯慶明：〈從亭、臺、樓、閣說起——論一種另類的遊觀美學與生命省察〉，《中國文學的美感》（臺北市：麥田出版公司，二〇〇〇年），頁二七五－三四九。至於上文中所述的矛盾之處，則如《中國游記文學史》、《中國古代山水游記研究》，或黃墨谷等選註之《中國歷代游記選》（北京市：中華書局，一九八八年）等游記選集，都可得見，其他單篇論著尚多，此處不一一列舉。

註　三　詳見李貞慧：《蘇軾「意」、「法」觀與其「古文」創作發展之研究》（臺北市：臺大中文所博士論文，二〇〇二年）第四章第四節、第五節，頁三二一－三五九。

註　四　請參李貞慧：〈文從道出的書寫實踐——以朱熹「記」與北宋「記」之書寫內容為討論中心〉，《漢學研究》二六卷三期（二〇〇八年九月），頁一－三四。

註　五　〔劉宋〕宗炳：〈畫山水序〉，見〔唐〕張彥遠：《歷代名畫記》（上海市：上海古籍出版社《四庫藝術叢書》本，一九九一年）卷六，頁八一二－三二七。

註　六　〔梁〕劉勰著，范文瀾註：《文心雕龍．神思》（臺北市：學海出版社，一九九一年），頁四九四。

註　七　例如何瞻（James M.Hargett），*The Travel Records (Yu-chi) of Su Shih* 即是接續唐代元結的〈寒亭記〉、柳宗元的《永州八記》以論蘇軾游記的特色，而其取以為說者，則〈石鐘山記〉之外，主要是取材自《東坡志林》的〈記過合浦〉、〈逸人游浙東〉、〈記承天夜游〉、〈游沙湖〉、〈記游松江〉、〈記游廬山〉、〈游白水書付過〉等隨筆小文。見《漢學研究》第八卷第二期，（一九九○年十二月），頁三六九－三九六。

註　八　〔明〕徐師曾：〈文體明辨序說〉，《文體序說三種》（臺北市：大安出版社，一九九八年），頁一○三。

註　九　錢穆：〈雜論唐代古文運動〉，《中國學術思想史論叢（四）》（臺北市：東大圖書公司，一九七六年），頁五十。

註　十　〔宋〕葉適：《習學記言序目》（北京市：中華書局，一九七七年），卷四九，頁七三三。

註十一　語出葉適：《習學記言序目》，同註九所引。

註十二　請參上引〈文從道出的書寫實踐——以朱熹「記」與北宋「記」之書寫內容為討論中心〉。

註十三　〔宋〕朱熹著，郭齊、尹波點校：《朱熹集》（成都市：四川教育出版社，一九九六年），頁四○二八。

註十四　〈百丈山記〉，見《朱熹集》卷七八，頁四○五五。

註十五　〔元〕陶宗儀：《游志續編》即選有此文，此轉引自《中國古代山水游記研究》，頁一五二。

註十六　前註提及的《中國游記文學史》、《中國古代山水游記研究》、《中國歷代游記選》之外，程千帆、吳新雷著之《兩宋文學史》，袁行霈之《中國文學史》、楊慶存之《宋代散文研究》等，都可見到類似的說法，此不一一具引。

註十七　〈雲谷記〉，見《朱熹集》卷七八，頁四○五六。

註十八　「暢神」之說見宗炳〈畫山水序〉；又孫綽：〈庾亮碑〉：「方寸湛然，以玄對山水。」見劉孝標：《世說新語注》引，〔清〕余嘉錫：《世說新語箋疏》（臺北市：華正書局，一九八九年），頁六一八。

註十九　〔宋〕黎靖德編：《朱子語類》（臺北市：文津出版社，一九八六年），卷一〇七，頁三三三〇。

註二十　陳榮捷：《朱熹》（臺北市：學生書局，一九八二年），頁一五一。

註二一　詳見錢穆：〈雜論唐代古文運動〉，《中國學術思想史論叢（四）》，頁一六一－六九。

註二二　引文見《中國古代山水游記研究》頁八七。至於所謂「再現形」、「表現形」、「文化認同形」山水游記的詳細內容，則見同書第四章。

註二三　引自高步瀛選註：《唐宋文舉要》（臺北市：宏業書局，一九八七年），頁五〇一。

註二四　柳宗元：〈答李翰林建書〉，《柳宗元集》（臺北市：漢京文化，一九八二年），頁八〇〇－八〇二。

註二五　見〈雜論唐代古文運動〉。

北宋碑記文的發展

王基倫

摘要

本文旨在探討北宋碑記文的寫作發展歷程。文中詳細分析重要作家的作品，逐一討論其傳承與創新之處。作者認爲：北宋碑記文仍然繼承寫作傳統的規範，記命名緣由、修建過程，忠實記錄，以示不忘，保有碑記文的尺度，因此不會與山水遊記混淆。北宋並未大量出現「變體」之作，有些「變體」，雖然加入議論的內容，但是立言正大，垂範後世，仍然被世人接受，給予極高的評價。北宋碑記文數量遠勝於唐代，題材也較唐代更爲開闊，尤其擴展了「學記」的題材。這時期大量的碑記文，具有承先啓後的重要意義。

關鍵詞

北宋、碑記、變體、歐陽脩、蘇軾、曾鞏

一　前言

本文所要討論的對象為「碑記文」，指的是以記事為主要目的一種記敘文章，通常出現於修造宮室、祠堂、廳壁、亭臺樓閣記這類作品。這類作品源自有刻石習慣的碑文體，其目的是記錄實情，以示不忘。衍變至宋代，有的刻石，有的不刻石；亦即在寫作方法上，有的遵守傳統規範，有的不遵守傳統規範。於是北宋時期大量的古文家作品，就具有承先啓後的重要意義。

有待討論的是，碑記文在唐代開始興盛，被稱為「正體」。到了北宋以後，是否眞的大量出現了「變體」之作？如果「正體」之作代表一種文體規範的呈現，那麼「變體」之作又如何能受到後人的肯定？北宋文人對於碑記文的文體寫作，又有何具體的貢獻可說呢？本文擬經由重要作家的作品的討論過程，爬梳剔抉，參互考尋，闡明北宋碑記文的價值。

二　碑記文的定義及其特質

清姚鼐（一七三一－一八一五）《古文辭類纂》首先提出「雜記」之名，且將碑記文歸入雜記類，而非碑誌類。姚氏此書前有序，對每類文體皆敘述其源流及選文標準，他說：

雜記類者，亦碑文之屬。碑主於稱頌功德，記則所紀大小事殊，取義各異。故有作序與銘詩全用碑文體者，又有爲紀事而不以刻石者。（註一）

姚鼐所謂雜記類的文章，指的就是以「記敘」爲主要目的，不論篇幅長短、記事大小，不限題材，記人、敘事或寫景無事不可書的文章。這類文章的源流，實由秦漢時期的碑文而來，但又與碑文性質不同。碑文具有「刻石」、「稱頌功德」兩個重點，因此以稱頌人物爲主要目的的刻石文章稱之爲碑誌類；其他另有以記事或寫景爲主的文章，屬於雜記類。其中有的序文與銘詩全用碑文體，大多刻石；另有些不用碑文體寫作，也不刻石。清末民初林紓（一八五二—一九二八）《畏廬論文》說：「所謂全用碑文體者，則祠廟廳壁亭臺之類。記事而不刻石，則山水遊記之類。」（註二）由林紓所言，可知修建廳壁亭臺多刻石，山水遊記則不刻石；其實有些器物瑣事記也不刻石。清曾國藩（一八一一—一八七二）《經史百家雜鈔．序例》說：「雜記類，所以記雜事者。後世古文家，修造宮室有記，遊覽山水有記，以及記器物、記瑣事皆是。」（註三）民國初年姚永樸（一八六一—一九三九）《文學研究法》也綜合姚、曾二家說法，認爲雜記文可分成這三類。（註四）當代學者馮書耕、金仞千《古文通論》也說：「《古文辭類纂》雜記類：除碑誌外，凡記修建宮室、遊覽山水及器物瑣事之作，皆入此類。」（註五）由是可知，姚鼐《古文辭類纂》所說的「雜記類」，主要可分成：祠廟廳壁亭臺宮室記、山水遊記、器物瑣事記三類。上述雜記類三類作品之中，祠廟廳壁亭臺宮室記以其用碑文體寫作、大多刻石的特性，又與另二類作品有些區隔。

碑記文開始受到重視，應當始於唐代的韓愈（七六八－八二四）。（註六）當代錢穆先生（一八九五－一九九〇）認爲：「雜記一體，於《韓集》頗不多見。然細論之，此當分兩類。一曰碑記，如〈汴州東西水門記〉、〈鄆州谿堂詩〉之類似也。此等實皆金石文字，應與碑誌相次。其另一類乃爲雜記，如〈畫記〉是也。」（註七）錢先生認爲：雜記類作品有些不同，一是「碑記」，本由碑誌作品的金石文字而來，二是記器物瑣事的「雜記」。這樣的區別有其必要。美國學者艾朗諾（Ronald C. Egan）也注意到此，他曾經以歐陽脩（一〇〇七－一〇七二）的記體文爲例說：

> The *chi* ‘account’ was originally nothing more than a description of some object or event. Often it was commissioned upon the completion of a new structure, such as a school, a dam, or a scholar’s pavilion, and then inscribed on a stele at the site (hence my alternative rendering, ‘dedicatory inscription’). Such an inscription would typically record the reasons for undertaking the project, the amount of time and money required, and the names of those to whom credit for the project belonged.

> 「記」，原先只是對某物某事的描述，它通常是受託爲剛落成的建築如學館、堤堰或士大夫的亭臺樓閣而寫的，然後刻石立於該地（我因此有了另一種名稱：「碑記文」）。這種記文一般記錄了從事該工程的起因、所費的時間和錢財、紀念有功於此工程者的題名。（註八）

很顯然的，有一類記事物而又刻石的作品，可稱之爲「碑記文」，屬於雜記類，不屬於碑誌類。早期這種記文一般記錄了從事該工程的原因、經過，《周禮·考工記》就是這類具有代表性的著作。到了後世，這類著作記錄工程的相關事項愈來愈少，有時不是爲了興建工程而作記，是爲了觀覽已興建完成的名勝古蹟而作記，碑記文從記事轉而抒情的成分愈來愈多，於是碑記作品又有新的名稱與分類方式。譬如姜濤《古代散文文體概論》說：「營造名勝記，是指古人在建造或修葺亭臺樓閣，以及觀覽名勝古蹟時所寫的記，在六朝以前比較少見，至唐宋才作者漸多，作品日盛。」（註九）褚斌杰（一九三三－二〇〇六）《中國古代文體概論》說：「我們根據雜記文所記寫的內容和特點，似可以簡約地分爲四類：即臺閣名勝記、山水遊記、書畫雜物記和人事雜記。」（註十）陳必祥《古代散文文體概論》說：「有以記人事爲主的……有以記山水爲主的……有以記物爲主……有以記亭臺樓閣爲主的。」（註十一）於此，碑記文有「營造名勝記」、「臺閣名勝記」、「亭臺樓閣記」等不同的稱呼，現代學者又有「私人建物記」的稱呼，（註十二）這些用法大同而小異，意義相當接近。但是，「名勝」二字並不恰當，有些記的對象不見得是名勝景點，而且這很容易與山水遊記混淆；「亭臺樓閣」還不足以包括所有建築物，如祠堂廳壁記並未包羅進去；「建物記」的名稱較好，但又不容易區分屬於「公共」或「私人」的問題。筆者考量「碑記」名稱出現較早，且能彰顯此類作品的源流與發展，因而仍定名爲「碑記」。凡屬古人建造或修葺亭臺樓閣的記，都屬於「碑記文」；（註十三）後世觀覽名勝古蹟時所寫的記，有的有刻石，有的可能已經不刻石，也無從證明，但是它們仍然是從碑文體衍生而來，在前述各家爲雜記文作分類時仍然歸屬爲同一類建築物相關作品，因此我們還是以「碑記文」視之。

三　北宋以前碑記文的發展

〔南宋〕眞德秀（一一七八－一二三五）《文章正宗．綱目》將文章分爲辭命、議論、敘事與詩賦四類，在敘事類中提及「記」：

> 記以善敘事爲主。〈禹貢〉、〈顧命〉，乃記之祖。後人作記，未免雜以議論。

他又說：

按敘事起於史官，其體有二：有紀一代之始終者，《書》之〈堯典〉、〈舜典〉，與《春秋》之經是也；後世本紀似之。有紀一事之始終者，〈禹貢〉、〈武成〉、〈金縢〉、〈顧命〉是也；後世志、記之屬似之。又有紀一人之始終者，則先秦蓋未之有，而于漢司馬氏；後之碑誌事狀之屬似之。（註十四）

記以敘事爲主，記錄一件事情的終始本末，這個觀念爲後代文體學家沿用。眞德秀將敘事文章依所記內容分爲「紀一代之始終者」、「紀一事之始終者」、「紀一人之始終者」三類，其中「紀一代之始終者」、「紀一人之始終者」，與史書「本紀」及「列傳」、古文中的傳狀碑誌類文章關係密切，都是以記人爲主；只有「紀一事之始終」這一類後來獨立爲雜記類。

〔南朝〕劉勰（四六五－約五二〇）《文心雕龍》在無韻之筆中，立出「書記」類，以概括其餘雜體，並說：「書記廣大，衣被事體，筆劄雜名，古今多品。」他所體認的這類文體，十分龐雜，包括譜、籍、簿、錄、方、術、占、式、律、令、法、制、符、契、券、疏、關、刺、解、牒、狀、列、辭、諺等。基本上，〈書記〉之「記」，指的是「奏記」，劉勰將上書三公之府的書牘稱「奏記」，行於郡守之文書稱爲「奏牋」，以爲政府官吏處理公務之用，「並有司之實務」，並非指唐宋古文家所開創的雜記類。這也可以和我國第一部文學總集《昭明文選》收錄自先秦至南朝梁的詩文作品共三十八類，獨獨缺少記體一類的現象相印證。事實證明，在南北朝之前，記體文章並不流行。

魏晉時期，以「記」名篇、最負盛名者，當屬陶潛（三六五－四二七）〈桃花源記〉。此文有「記」之名，實爲詩序。（註十五）「記」在當時不是獨立的文體，自然也沒有固定的體式。其後，有「奏記」是奏議文字，「序記」是序跋文字，「傳記」用以記人物完整生平，三者功用不同；這些文體雖有「記」之名，內容性質與碑記仍有差異。南北朝時期，出現不少「造像記」、「佛經翻譯記」、「解經記」用以記宗教事件，這是記體文章，卻又少了些文學意義。直到唐代雜記文體興起，情況才有重大的轉變。元代潘昂霄《金石例》談到了碑石文章的寫作體例，他說：「記者，紀事之文也。……其末有銘，亦碑文之類，至唐始盛。」（註十六）在這裡他將所有包括記人或記事的文章統稱之爲「碑文」，這包括碑誌、碑記之屬，強調它們都是到了唐代才開始盛行。

初唐、盛唐時期，有張九齡（六七三－七四〇）〈開大庾嶺路記〉，寫築路緣起、經過及意義，層次井然，文字簡潔，是一篇立在路旁的碑記文。李華（七一五－七六六）〈中書政事堂記〉，記述中書堂的性質、職權、作用，說明宰相在此議事，須忠於職守，借此批判當時李林甫、楊國忠的權臣亂政。獨孤及（七二五－七七七）〈邕州馬退山茅亭記〉，（註十七）感歎「夫美不自美，因人而彰」，藉山水被埋沒感歎懷才不遇。這篇稱爲「茅亭記」的作品，是否還保有「刻石」的工程，已經無由得知。這幾篇碑記文堪稱佳作，可惜只是零星出現。世人較熟悉的作品，集中在王勃（六五〇－六七六）〈秋日登洪府閣王閣餞別序〉（六七五年作）、元結（七一九－七七二）〈右溪記〉、〈九疑圖記〉，但這些都不是碑記文。直到韓、柳古文運動興起以後，碑記作品始大量增加。

韓愈〈汴州東西水門記〉（七九八年作），頌美董晉興建東西水門之成功，大體以四字句行文，具官方文書性質。〔明〕蔣之翹《唐昌黎集》卷二評說：「語莊而雅，近似秦紀〈之罘〉、〈東觀〉刻石。」〔清〕吳汝綸（一八四〇－一九〇三）也說：「詞但用東漢金石體，而駿邁完固，乃古今無類。」可見此文源自金石文體。又有〈燕喜亭記〉（八〇四年作），為王仲舒修建此亭而作記，文中前兩大段詳敘出游人物、地點，解釋各景點的名義、合稱為「燕喜」之名的由來，滿懷遊賞之樂。末段忽然宕開一筆，表明王氏「今其意乃若不足」，由此引發出「吾知其去是而羽儀於天朝也不遠矣」。全文主旨固不限於描摹山水之美與宴遊之樂，而在顯揚王氏的才德品行。〔明〕茅坤（一五一二－一六〇一）《唐宋八大家文鈔．昌黎文鈔》卷八評：「淋漓指畫之態，是得記文正體，而結局處特高。歐公文，大略有得於此。」清何焯《義門讀書記．昌黎集》卷二評：「題固記其名，文是當行家語，得其翦裁之法。雖參入議論，仍不礙記事矣。」又有〈藍田縣丞廳壁記〉（八一五年作），突破以往寫廳壁記的成規，（註十八）用一系列具體的生活細節，寫出縣丞崔立之（斯立，七八八年進士）內心的鬱悶以及對他的同情。明唐順之（一五〇七－一五六〇）《文編》卷五五說：「此但說斯立不得盡職，更不說起記壁之意，亦變體也。」清呂留良（一六二九－一六八三）《唐韓文公文》卷一說：「愚謂爲崔斯立記丞廳壁須如此，乃切變而不失其正。」又有〈新修滕王閣記〉（八二〇年作），全文不揄揚長官，不描述江山之美，乃別闢蹊徑，反覆細述欲遊滕王閣而三度不如願的過程，寫作技巧特出，引人注目。儲欣（一六三一－一七〇六）《唐宋八大家類選》評：「只自述因緣，不描寫滕王閣一字。凡江山景物，目所未接，固難以臆撰也。若架空立論，又是宋人家數，韓、柳記殊不然。」姚鼐《古文辭類纂》卷五一引方苞（一六六八－一七四九）曰：「迴環作態，歐公諸記所本。」清沈德潛（一六七三－一七六九）《唐宋八家文讀本》卷五說：「總以未得造觀，生情作態，此記體中別行一路法也。」曾國藩《求闕齋讀書錄》卷八〈韓昌黎集〉則說：「反復以不得至彼爲恨，此等蹊徑，自公闢之，亦無害。後人踵之以千萬，乃遂可厭矣。」又有〈鄆州谿堂詩〉（八二二年作），讚美馬總能治軍，能治民，而有「谿堂」之作，韓愈爲之作詩歌頌之。北宋陳師道（一〇五三－一一〇一）曰：「退之作記，記其事耳，今之記乃論也。退之此篇未嘗不論，然止是記事，尤神而明之矣。」[註十九]沈德潛《唐宋八家文讀本》卷四也說：「敘事夾議論，字字鏤心雕肝而出。」可見這是一篇記體文章。民國吳闓生（一八七七－一九四九）《古文範》卻說：「此碑文之一種，當入於碑銘類，姚選列之雜記類，非也。亭記、學記等，亦與碑銘同體。」推想吳氏堅守古代文體的源流而有此說；但這般作法，忽視了文體有其不同的發展演變，也未顧及文章以記敘建物爲主要目的的事實，與多數文體學家的認知不同。由此例，我們可以從反面瞭解到「碑記」已經從碑誌類獨立出來，走向雜記文的現象；韓愈還有〈徐泗濠三州節度掌書記廳石記〉等。

柳宗元（七七三－八一九）碑記作品更多，集中在《柳宗元集》卷二六至二八。有〈興州江運記〉（八〇五年以前作），敘述嚴礪在興州開鑿山石，暢通河運的事跡。碑文分序文和正文兩部分，序文用散體，正文用四言韻語，此為古代碑文體常見的體式，寫得嚴整而慎重。有〈盩厔縣新食堂記〉，記述新食堂修建的資金來源以及建成後的作用。有〈永州新堂記〉，藉永州新堂建造前後的不同，讚美韋使君造福人民，文中兼具抒情議論成分。有〈柳州東亭記〉（八一七年作），寫城南發現一景點，於是整修環境、建亭、游憩的經過，全文讀來似遊記，已經更脫離傳統碑文典重厚實的成分，而與前些年〈永州八記〉的筆法相似。其他還有〈永州萬石亭記〉、〈零陵三亭記〉、〈嶺南節度使饗軍堂記〉、〈四門助教廳壁記〉、〈館驛使壁記〉、〈永州龍興寺西軒記〉、〈全義縣復北門記〉、〈永州法華寺西亭記〉、〈武功縣丞廳壁記〉、〈柳州復大雲寺記〉、〈永州修淨土院記〉等。

綜合言之，碑記內容本以記敘為主，作為記錄工時長短、工費多寡、主佐姓名之用，韓愈能遵循傳統寫法，然而也有些篇章，自成文體，使實用性質的碑記成為作者抒發情思議論的文學創作。柳宗元也是從早年的碑文體，轉為晚年的遊記體，痕迹頗為明顯。他們都客觀的書寫建物建造過程、地理景觀，但是在記敘之外略作議論，記體寫法開始產生了變化。前人指出，韓文迴環作態、生情多姿、結處特高的寫法，影響到了歐陽脩。

〔明〕吳訥（一三七二－一四五七）《文章辨體・序說》在解釋「記」文體時說：

記之名，始於《戴記》、〈學記〉等篇。記之文，《文選》弗載。後之作者，固以韓退之〈畫記〉、柳子厚遊山諸記為體之正。然觀韓之〈燕喜亭記〉，亦微載議論於中；至柳之記新堂、鐵爐步，則議論之辭多矣。迨至歐、蘇而後，始專有以論議為記者，宜乎后山諸老以是為言也。大抵記者，蓋所以備不忘，如記營建，當記月日之久近，工費之多少，主佐之姓名，敘事之後，略作議論以結之，此正體；至若范文正公之記嚴祠、歐陽文忠公之記晝錦堂、蘇東坡之記山房藏書、張文潛之記進學齋、晦翁之作〈婺源書閣記〉，雖專尚議論，然其言足以垂世而立教，弗害其為體之變也。學者以是求之，則必有以得之矣。（註二十）

這裡指出唐代之前，記體文甚少；唐代韓、柳之後，確立了記體文的寫作規範。從文章體式看來，韓愈〈畫記〉記畫，柳宗元〈永州八記〉記山水，還有許多記營建的記，大抵以敘事為主，略作議論以結之者，如韓愈〈燕喜亭記〉，吳訥都稱之為「正體」。〈永州新堂記〉有議論成分，〈永州鐵爐步志〉藉此地原有「為鐵爐者」居之，而今名不符實，也引出一番議論；

吳訥認爲這些作品造成北宋歐陽脩、蘇軾之後記體文「專尚議論」，「變體」因此產生。這說法與前引眞德秀之言，敘事之作源自《尙書》，但是「後人作記，難免雜以議論。」看法相當一致。徐師曾《文體明辨・序說》亦闡明「記」的性質及其遞變：

其文以敘事爲主，後人不知其體，顧以議論雜之。故陳師道云：「韓退之作記，記其事耳，今之記乃論也。」蓋亦有感於此矣。然觀〈燕喜亭記〉已涉議論，而歐、蘇以下，議論寖多，則記體之變，豈一朝一夕之故哉？(註二一)

雜記在唐代成爲新興文體，自韓、柳開始，雜記已染上議論色彩，其功用也由原本純實用性的「所以備不忘」，漸漸轉變成文人書寫情志、議論事理的工具。北宋歐、蘇以後，記體文更朝向求新求變的路途邁進，這是一段漸進的過程。

碑記文的功用原在於「蓋所以備不忘」，不過，記營建之類的篇章，吳訥說：「敘事之後，略作議論以結之，此爲正體。」這表明了碑記文不是不可以議論，而是須以記敘手法爲主體。大約在中唐韓、柳之時，記體文（尤其是碑記文）的文體規範意義已經幾乎確立了。後來徐師曾《文體明辨・序說》因此提出「記」有三品的說法：

> 其主於敘事者曰正體，主於議論者曰變體，敘事而參之以議論者曰變而不失其正。又有託物以寓意者（如王績〈醉鄉記〉是也），有首之以序而以韻語爲記者（如韓愈〈汴州東西水門記〉是也），有篇末系以詩歌者（如范仲淹〈桐盧嚴先生祠堂記〉之類是也），皆爲別體。今並列于三品之末，仍分三體，庶得以盡其變云。(註二二)

這兩則資料，不僅解析了文體正、變的關係，而且看出文體發展的軌跡。很顯然的，碑記文終究從碑文體獨立出來，這是唐人的一大貢獻。錢穆認爲韓愈、柳宗元開創新「記」體居功尤偉：

> 故韓、柳之大貢獻，乃在於短篇散文中再創新體，如贈序，如雜記，如雜說，此等文體，乃絕不爲題材所限，有題等如無題，可以純隨作者稱心所欲，恣意爲之。……故短篇散文之確能獲得其在文學上之眞地位與眞價值，則必自韓、柳二公始。(註二三)

實則，在韓愈、柳宗元同時或稍後不久，還有些作家創作碑記體文章，如白居易（七七二－八四六）〈廬山草堂記〉、杜牧（八〇三－八五三）〈杭州新造南亭子記〉（約八四七年作）等，(註二四)只因爲韓、柳二家作品較多，成績較佳，在眾人推波助瀾下，造成古文運動的興起。

四 北宋碑記文的寫作流變

北宋初年，李昉編定《文苑英華》，首先將「記」列爲獨立文體，其中有宮殿、廳壁、公署、館驛、樓、閣、城、城門、水門、橋、井、河渠、祠廟、祈禱、學校、文章、釋氏、觀、宴遊、紀事、刻候、歌樂、圖書、災祥、質疑、寓言、雜記二七個子目；姚鉉（九八六－一〇二〇）編《唐文粹》也有「記」類，包括古跡、陵廟、水石、岩穴、外物、府署、堂樓亭閣、興利、卜勝、館舍、橋梁、井、浮圖、災沴、議會、讌犒、書畫、琴古物、種植等十九個子目。大抵而言，與建築物相關的類別多於其他子類，除常見的廳壁、亭、臺、堂、樓、閣題材之外，城門、井、河堤、寺院、園林等，也都屬於建物範圍。從此，碑記文漸漸增多，蔚爲大宗。以下我們擇取重要的作家作品說明如次：

（一）王禹偁

先是，王禹偁（九五四－一一〇一）〈待漏院記〉（九八七年作），勸勉宰相應該竭盡思慮，謹慎勤政，不能私心用事，也不能無所作爲。這正是「設宰臣待漏院於丹鳳門之右」的目的。南宋樓昉《崇古文訣》卷十六評此文：「是時五代習氣未除，未免稍俳，然詞嚴氣正，可以想見其人，亦自得體。」清林雲銘（一六五八年進士）《古文析義》卷十四評道：「細玩詞意，似過於平正無波。但名爲記，卻語語是箴，故自言『規於執政』，其體製不得不如此耳。」吳楚材、吳調侯（康熙時人）《評註古文觀止》卷九也說：「雖名爲記，實爲箴體。」浦起龍（一六七九－一七六二）《古文眉詮》卷七三說：「非駢非散，似箴似銘，文格猶沿五代。」過珙（康熙時人）《古文評註》卷八說：「通篇出力，只寫一『勤』字，『勤』字下得好。正與待漏『待』字恰恰相當。相君有思，亦是待漏時所必有之想。寫得森嚴可畏，有體有裁，宜與溫公（司馬光，一〇一九－一〇八六）〈諫院題名記〉並垂。」李扶九（光緒時人）《古文筆法百篇》卷一也說：「以體言，雖云是記，實可爲古今宰相箴。」上述說法，有兩個重點，一是本文有五代習氣，似箴似銘；二是本文內容森嚴，語語規勸，爲箴體。〈待漏院記〉重視語辭對句，造語工整、駢散相生的字句形式，乃北宋初年承襲五代文體風氣而來；而在內容方面，立意正大，有規諫之風，也印證了本文有來自兩漢碑文體的寫作風格。

王禹偁的另一名篇〈黃州新建小竹樓記〉（九九九年作）原本也是碑記，但是竹樓不可能刻石，雖然仿古寫「樓記」，也在文中記敘了竹樓的方位，建樓過程、地點與時間，但是眞正的筆墨重點，是在描繪竹樓周遭美麗的景致，渲染居住其中的優雅情趣，最後點出「未知明年在何處」的飄零身世的感傷。林雲銘《古文析義》卷五評道：「以竹瓦起，以竹瓦結，中間撰出六『宜』，俱在竹瓦聲音相應上描寫，皆非尋常意想所及。至敘登樓對景清致，飄飄出塵，可以上追柳州得意諸作。」由此可知，這篇文章已經跳脫全文敘事的傳統寫法，轉而寫心情，寫景致，與柳宗元的山水意趣相當接近。清余誠（乾隆時人）《古文釋義》卷八評此記：「大抵是借竹樓以寫其謫居之意也。通體俱切定竹樓，抒寫勝概。……末以『斯樓不朽』結，到底還他個記體。」據此意，王禹偁〈黃州新建小竹樓記〉仍保有傳統記體體製，介乎變與不變之間。王禹偁之後不久的蘇舜欽（一〇〇八－一〇四八）有〈滄浪亭記〉（一〇四四年作），也用心描繪亭園的自然風光，仿效柳宗元山水遊記的移步換形法寫景，將敘事、寫景、言情融合爲一，紓解自己遭貶之後的苦悶心情。

（二）范仲淹

范仲淹（文正，九八九－一〇五二）〈嚴先生祠堂記〉（約一〇三三年作）的寫法值得注意。文章開頭先以排偶句並提嚴先生、光武帝二人，中間引《易經》爻辭佐證，又是整齊句型相對，最後以歌作結，頌揚「先生之風，山高水長」，表達個人的仰慕之情。全文基本上採大段的排偶形式，將二人互爲襯托，相得益彰。文辭典雅醇正，文氣流暢，有秦漢古風。「祠堂記」在碑記文中頗爲特殊，本爲建築物而作，又須以人物爲核心，與碑誌類文章十分接近。

〈岳陽樓記〉（一〇四六年作）的寫法與〈嚴先生祠堂記〉有幾分相似。本文先簡述岳陽樓重修的背景、經過，之後設想洞庭湖的兩種景色，由此引發不同的憂樂情懷，最後提出「先天下之憂而憂，後天下之樂而樂」與友人共勉。文中寫景而帶出心情，抒情而生發議論，情景交融，先敘後議，段落結構分明，轉換自然；句式亦駢亦散，也能舒展自如。本文雖是眾人賞愛的名篇，但也引發後人從文體角度提出疵議。南宋王正德（約一一八二前後）《餘師錄》卷一說：「范文正公爲〈岳陽樓記〉，用對話說時景，世以爲奇。尹師魯（一〇〇一—一〇四六）讀之曰：『此傳奇體耳。』傳奇，唐裴鉶（八六〇—八七八前後）所著小說。」金聖歎（一六〇八—一六六一）《天下才子必讀書》卷一五也說：「中間悲喜兩大段，只是借來翻出後文憂樂耳。不然，便是賦體矣。……一肚皮聖賢心地，聖賢學問，發而爲才子文章。」這裡提到「傳奇」寫法和「賦體」寫法，都是指文章中間的兩大段。所謂「傳奇」，可以從史才、詩筆、議論的角度來說，〈岳陽樓記〉沒有史書的記述，它的議論大家公認很好，所以負面的評價應該是來自詩筆，意謂文筆太美，有駢儷風，很炫才的意思，這當然不合古文的寫作要求。高步瀛（一八七三—一九四〇）《唐宋文舉要》批評〈岳陽樓記〉寫景部分云：「二段稍近俗豔，故師魯譏爲傳奇體也。」（註一二五）王夢鷗（一九〇七—二〇〇二）曾經說明《傳奇》的構詞形式和〈岳陽樓記〉有很多相似的地方，例如駢散互用，敘事的時候用散體之文，爲文章定下輪廓，一旦狀山水、描姿容，就以四字爲主的駢語排偶的語調來描繪其細部。（註一二六）清代桐城派後來提出古文不可以有小說氣，大概是指文章中的虛構成分，這也可以用來批評〈岳陽樓記〉這篇文章。文中寫風景陰晴不同的兩大段文字，引發觀賞者的悲喜心情，純屬虛構設想，其中幾句提問語，是「用對話說時景」，帶有小說技巧的成分。學者們已經認定，唐代寫記的特徵，多作客觀、靜態的記述，重在本事，以寫實勝；宋代多作動態的敘述而避開正面的描繪，多以表現主觀意識爲主，故寫景多虛實參半。（註二七）宋人虛寫景物的手法，從韓愈〈新修滕王閣記〉而來，唐代這類文章很少，宋人就大量虛寫不曾到過的風景點。再從「賦體」角度來說，這兩大段文字，寫景狀物，極力鋪陳，甚至於帶有夸飾不實的成分。〈岳陽樓記〉能寫景狀物，文采華美，終究缺少古文的質樸感。因爲末尾收束到「聖賢心地」，才能被後世古文家接受。余誠《古文釋義》說得很好：「通體俱在謫守上著筆，確是子京重修岳陽樓記，一字不肯苟下。聖賢經濟，才子文章，於此可兼得之矣。」

（三）歐陽脩

歐陽脩的記體文，大都是關於建築物的碑記，罕見單純的山水遊記。當我們依寫作時間流覽一番後，會發覺他有過特別的發展：

較早的〈叢翠亭記〉（一〇三二年作），文中交代命名的來由：「取其蒼翠叢列之狀」，也寫明亭子座落的地點、景色。這是歐陽脩初學作古文時，遵循傳統碑記寫法的試驗之作，難得的是：「叢翠亭是一個普通園亭，其主人亦非作者同道，題目較難敷衍，文章結合洛陽雄偉的山川入手，寫得生動有氣勢，已見出構思運筆的才能。」（註二八）這一年，另有〈非非堂記〉，先講明「非非」的意義，第二段才寫明「非非堂」的建築經過，也能遵循傳統碑記的寫法，是一篇富含哲理的小品文。

歐陽脩的〈李秀才東園記〉（一〇三四年作），很有結構。一開始「脩友李公佐，有亭在其居之東園，今年春，以書抵洛，命脩志之」短短幾句話，交代了人物、時間、地點和寫作緣由。接續下文兩大段，分寫眞州的歷史環境、地理樣貌，最後再寫自己不能忘記與當地的情感作結。全文有傳統碑記文的寫法，又有濃厚的抒情意味，這已經開啓了後來歐陽文的寫作特色。

歐陽貶官夷陵（今湖北省宜昌市）期間，先後寫出〈夷陵縣至喜堂記〉（一〇三六年作）、〈峽州至喜亭記〉（一〇三七年作）二文。前者是當地長官朱慶基同情歐陽脩貶官到此地，「擇其廳事之東以作斯堂，度其疏潔高明，而日居之以休其心。堂成，又與賓客偕至而落之。」對此深表感激的歐陽脩，開始欣賞體會夷陵之美，敞開心懷，樂觀曠達的過日子。這篇文章兼具敘事、寫景，而且抒寫懷抱。後一篇是因爲峽州治所在夷陵，這裡位在湖北西境長江三峽東口，「江出峽，始漫爲平流。」文中先著力描寫惡水怒狀，再寫道「舟人至此者，必瀝酒再拜相賀，以爲更生。」以「至喜」名亭，正是爲了「志夫天下之大險，至此而始平夷，以爲行人之喜幸。」作者反映了特殊的題材，題義也寫得清清楚楚。

歐陽脩貶官滁州（今安徽省滁州市）期間，更寫出兩篇傳世不朽的名作：〈豐樂亭記〉與

〈醉翁亭記〉（都作於一〇四六年）。〈豐樂亭記〉寫於初到貶官之地以後，收拾好心情，探訪山水之樂。文章先述建亭的緣由，交代其位置、景色，接著由今日滁州之安定，想起五代時期這裡是兵連禍結的用武之地，而今「民生不見外事，安於畎畝衣食」，這之間的轉變，得力於宋太祖的聖德，眞有說不盡的感念。末段環繞這分心情，見「四時之景無不可愛」，願意「與民共樂」，亭名爲「豐樂」，即有深刻紀念的含義。値得注意的是，這篇亭記，雖然保有碑記的某些形式，譬如交代亭名的由來，但是全文由景入情，遊賞的心情表露無遺，稱得上是一篇遊記。換言之，歐陽脩模糊了祠堂廳壁亭臺記和遊覽山水記之間的界線，但又不是純粹的山水遊記。吳楚材《古文觀止》卷十評本篇：「作記遊文，卻歸到大宋功德、休養生息所致，立言何等闊大。其俯仰今昔，感慨係之，又增無數孳波。較之柳州諸記，是爲過之。」民國陳衍（一八五六—一九三七）《石遺室論文》卷五也說：「永叔文以序跋、雜記爲最長，雜記尤以〈豐樂亭〉爲最完美。起一小段，已簡括全亭風景，乃橫插『滁於五代干戈之際』二語，得勢有力。然後說由亂到治與由治回想到亂，一波三折，將實事於虛空中摩盪盤旋，此歐公平生擅長之技，所謂風神也。」（註二九）

如同范仲淹〈岳陽樓記〉有盛名之累，〈醉翁亭記〉這篇文章也引發了許多人從文體角度提出異議。全文段落清楚，敘事層次井然有序，對句優美，讀來節奏輕快自然，頗獲好評。然而，陳師道《後山詩話》說：「少游（一〇四九—一一〇〇）謂〈醉翁亭記〉，亦用賦體。」

朱弁（一〇八五－一一四四）《曲洧舊聞》卷三也說：「〈醉翁亭記〉初成，天下莫不傳誦，家至戶到，當時爲之紙貴。宋子京（九九八－一〇六一）得其本，讀之數過，曰：『只目爲〈醉翁亭賦〉，有何不可？』」南宋張表臣《珊瑚鉤詩話》卷一云：「〈醉翁亭記〉步驟類〈阿房宮賦〉，〈畫錦堂記〉議論似〈盤谷序〉。」〔南宋〕陳鵠《西塘集耆舊續聞》卷十也說：「余謂文忠公此記之作，語意新奇，一時膾炙人口，莫不傳誦，蓋用杜牧（八〇三－八五三）〈阿房賦〉體，游戲於文者也，但以記號『醉翁』之故耳。富文忠公（一〇〇四－一〇八三）嘗寄公詩云：『滁州太守文章公，謫官來此稱醉翁。醉翁醉道不醉酒，陶然豈有遷客容？公年四十號翁早，有德亦與耆年同。』又云：『意古直出茫昧始，氣豪一吐閶闔風。』蓋公寓意於此，故以爲出茫昧始，前此未有此作也。不然，公豈不知記體耶？」上述有關〈醉翁亭記〉用賦體的質疑，可能有兩種解釋。第一種可能與讀范仲淹〈岳陽樓記〉的感受相似，文中寫景狀物，駢散並用，美則美矣，卻缺少一分古文的質樸感。第二種可能是「步驟類〈阿房宮賦〉」，從遠處緩緩說起，寫靜態景物，再寫動態的人群生活，最後才點明主題。把重要的題旨用一種類似遊戲的手法寫出，從茫昧不明寫到豪氣干雲，杜牧賦、歐陽文之間可能有某種程度的關聯。仔細思量，這些批評不必全作負面解讀。

〔金〕王若虛（一一七四－一二四三）《滹南遺老集》卷三六〈文辨三〉說：「宋人多譏病〈醉翁亭記〉，此蓋以文滑稽。曰：『何害爲佳？但不可爲法耳。』」又說：「荊公（一〇二一一〇八六）謂王元之〈竹樓記〉勝歐陽脩〈醉翁亭記〉，魯直（黃庭堅，一〇四五－一一〇五）亦以爲然，曰：『荊公論文，常先體制而後辭之工拙。』（註三十）予謂〈醉翁亭記〉雖淺玩易，然條達逃快，如肺肝中流出，自是好文章。〈竹樓記〉雖復得體，豈足置歐文之上哉！」他也認同〈醉翁亭記〉有遊戲的手法，但是肯定本文流暢自然，出自眞性情，是篇好文章。後來明代張鼐《評選古文正宗》卷九引元代虞集（一二七二－一三四八）語：「此篇是記體，歐陽以前無之。或曰賦體，非也。逐篇敘事，無韻不排，只是記體。第三段敘景物，忽然鋪敘，記中多有。」同書卷九引焦□□云：「歐公此記，非獨句句合體，且是和平深厚，得文章正氣。」此意與羅大經（一二二六年進士）《鶴林玉露》丙編卷二引楊東山之言：「歐公文，非特事事合體，且是和平深厚，得文章正氣。」極爲相似。這些人都肯定歐陽脩文章合乎體製，給予極高的評價。

清代已還，更多人肯定〈醉翁亭記〉的藝術價值。林雲銘《古文析義》卷五說：「亭在滁州西南兩烗之間，釀泉之上，自當從滁州說起，層層入題。其作亭之故，亦因彼地有山水佳勝，記雖爲亭而作，亦當細寫山水。既寫山水，自不得不記游宴之樂，此皆作文不易之定體也。但其中點染、穿插、布置、呼應，各極自然之妙，非人所及。至於亭作自僧，太守、賓客、滁人游，皆有分，何故獨以己號『醉翁』爲亭之名？蓋以太守治滁，滁民咸知有生之樂，故能同作山水之游。即太守亦以民生既遂，無吏事之煩，方能常爲宴酣之樂。其所號『醉翁』，亦從山水之間而得，原非己之舊號。是醉翁大有關於是亭，亭之作始爲不虛。夫然，則全滁皆莫能爭是亭，而醉翁得專名焉。……句句是記山水，卻句句是記亭，句句是記太守。讀之惟見當年雍熙氣象，故稱絕構。」這是從文章作法角度，肯定此記的內容安排，指出題名的書寫十分恰當，也合乎碑記文體製。大概因爲遊覽舊建物的碑記文日漸增多，新建物的碑記文相對減少，衍變至清代，不太有傳統碑記寫法的堅持，評點家轉而從寫作觀點進行討論，從而給予肯定。（註三一）余誠《古文釋義》卷八也說：「記亭所以名醉翁，及醉翁所以醉處，俱隱然有『樂民之樂』意在，而卻又未嘗著跡，立言更極得體。彼謂似賦體者，固未足與言文。」李扶九《古文筆法百篇》卷六也說：「過珙曰：『從山作泉，從亭出人，從人出名』，此明明是記，後人即謂之賦體，想讀『山間之朝暮也』數段以爲類賦耳。不知得此數句節節倒轉，便是記體。」愈到近代，愈多人從記體文章的角度肯定此文，也認爲「賦體」的批評不足取。

另有〈眞州東園記〉（一〇五一年作），文中提出地方官應使「上下給足」，百姓「無辛苦愁怨之聲」，「然後休其餘閒，又與四方之賢士大夫共樂於此」，這些觀點，與〈豐樂亭記〉、〈醉翁亭記〉相似。作者未去過眞州（今江蘇省儀徵縣），未見過東園，只根據一張「東園示意圖」及對方口述內容而作文，故在謀篇構思方面須另闢蹊徑。此記有大段文字描寫東園景色，以豐富的聯想力，賦體文字的鋪敘方式，鋪排成篇。値得注意的是，其子歐陽發（一〇四〇－一〇八五）撰其父〈事蹟〉云：「公之文，備盡衆體，變化開闔，因物命意，各極其工，或過退之。如〈醉翁亭記〉、〈眞州東園記〉，創意立法，前世未有其體。」這麼高的評價，意謂歐陽家族對於文體的變化、文意內容的創新，抱持樂觀其成的態度。沈德潛《唐宋八家文讀本》卷十二說：「韓公〈新修滕王閣記〉，絕不著景，一則己未及遊，一則備見於前人賦、記、序中也。此於圖畫中，已嘗寫景，然只就子春語指點物象，故面目各異，而神理自合，此謂善學前人。」清初和碩親王輯《古文約選．歐文約選》載方苞曰：「范文正公〈岳陽樓記〉，歐公病其詞氣近小說家，與尹師魯所議不約而同。歐公諸記不少穠麗語，而體製自別，其辨甚微，治古文者最宜研究。」姚鼐《古文辭類纂》卷五四引劉海峰（一六九八—一七八〇）曰：「柳州記山水，從實處寫景；歐公記園亭，從虛處生情。柳州山水以幽冷奇峭勝，歐公園亭以敷娛都雅勝。此篇鋪敘今日爲園之美，一一倒追未有之荒蕪，更有情韻意態。」上述三家說法，有待深入剖析。一是韓公〈新修滕王閣記〉已有生情作態的寫法，歐公更推進了一步。歐陽脩未嘗到該地，於文章之中仍可描寫當地景致，這是韓愈、柳宗元未曾有過的作法。不過有個前提是，歐陽脩憑藉相關材料進行創作，換言之，絕非空穴來風，憑空設想。正因爲如此，范仲淹未曾到該地點，卻又憑空想出岳陽樓陰晴不同的景色描寫，被視爲小說家虛構之言。方苞和劉海峰多多少少承認了歐公諸記帶有「賦體」風格，但是仍然給予歐公正面評價。至於歐陽脩從虛處生情的筆法，比起柳宗元從實處寫景的筆法，亦不遜色。

歐陽脩〈相州晝錦堂記〉（一〇六五年作），是他晚年的作品。當時聲譽崇隆的大丞相魏國公韓琦（一〇〇八－一〇七五）榮歸故里，建堂以自戒。而歐陽脩此記，開頭不敘明堂址，不說明興建過程，也沒有描繪晝錦堂的外觀和內部陳設，乃引用蘇秦、朱買臣的典故，窮形盡相的描繪世俗阿諛諂媚、嫌貧愛富的醜陋樣貌。這些鋪陳，爲下文讚頌韓琦的高尚人格作了對比。文末才點出作此記的用意，乃是向世人稱道韓公。全文的前半，出於苦心的安排，後半才更能看出議論的旨趣。茅坤《唐宋八大家文鈔．歐陽文忠公文鈔》卷二十評本文：「以史遷之孼波，行宋人之格調。晝錦堂本一俗見，而歐陽公卻於中尋出第一層議論發明，古之文章家，地步如此。」說得是不直接入題，卻將敘事文寫出議論來的效果。作者未到過相州，文中這種避實就虛的寫法出現過許多次，後人轉相學習，被稱之爲「宋調」。

歐陽脩尚有〈樊侯廟災記〉（約一〇三四年作），也是從記事入手，意在破除迷信，引發出層層反駁、一再詰問的議論主題；〈河南府重修使院記〉，由建築過程思考爲政之本；「制作雖壯，不逾距；官司雖冗，執其方。君子謂是舉也，得爲政之本焉。烏有端其本而末不正者哉！」這是從敘事轉爲議論的實例。劉少雄（一九五九－）說：「歐陽脩雜記文的另一項特色，就是借題寓慨，好發議論，以抒其情志胸懷。如〈相州晝錦堂記〉，本『富貴不歸故鄉，如衣錦夜行』（《漢書．項籍傳》）之意，引申論辯，……又如〈御書閣記〉之議佛老，……都是以論爲記的篇章。」（註三二）

此外，歐陽脩〈畫舫齋記〉（一〇四二年作）、〈偃虹隄記〉（一〇四六年作）、〈峴山亭記〉（一〇七〇年作），或即事窮理，或即景抒情，形成自家寫作風格。在歐陽脩筆下，傳統以建築物爲主的碑記寫法，與山水遊記的界限日趨模糊，因此有些學者將山水遊記範圍擴大，納入歐陽脩〈豐樂亭記〉、〈醉翁亭記〉、〈浮槎山水記〉、〈峴山亭記〉等作品。（註三三）其實，歐陽脩書寫這些文章，如〈泗州先春亭記〉記亭子地理位置：「乃築州署之東城上，爲先春亭，以臨淮水，而望西山」、〈游鯈亭記〉記命名緣由、〈河南府重修淨垢院記〉詳記修建費用與工程大小、〈湘潭縣藥師院佛殿記〉記當地商人李遷捐錢新修佛殿的來龍去脈，皆記錄建築物命名及其過程，也記錄建築時間、主事者姓名，都保有碑記文的尺度在心，他的碑記文大多不宜歸入山水遊記。

（四）曾鞏

歐陽脩的門生曾鞏（一〇一九－一〇八三），記體作品也多，寫出許多不同的題材。他的〈宜黃縣縣學記〉（一〇四九年作），先敘述古代立學及從學的風氣，指出興學的重要，又從社會現實證明不興學的弊病；而後再寫到宜黃縣立學的始末，從篳路藍縷到眼前的盛況，包括學校的規模和設施。最後勉勵學子發憤向學，「正心修身爲國家天下之大務」。全文記敘事件的原委，條理井然，又能由此生發議論，使敘事和深刻的議論緊密結合。〈筠州學記〉（一〇六六年作），是另一篇曾鞏論學的名作，規模大意相似。茅坤《唐宋八大家文鈔·曾文定公文鈔》卷七說：「子固記學，所論學之制與其所以成就人材處，非深於經術者不能。韓、歐、三蘇所不及處。」從刻石的角度來說，「學記」都刻石，因此歸入碑記之屬；但是其內容重點不在記敘而在說理，所以林紓《畏廬論文》指出：「學記則爲說理之文，不當歸入廳壁；……綜名爲記，而體例實非一。」（註三四）由此可知，曾鞏此文既敘事又議論，那是緣自「學記」特有的現象。清代桐城派古文家劉開（一七八一－一八二一）說：

至昌黎始工爲贈送碑誌之文，柳州始創爲山水雜記之體，廬陵始專精於序事，眉山始窮力於策論。序經以臨川爲優，記學以南豐稱首。（註三五）

這段話說明了各家的古文特色，而曾鞏在碑記文方面的表現尤其特出。

曾鞏又有〈鵝湖院佛殿記〉，雖是應和尚之請而作，卻一變頌揚爲痛斥，揭露佛教高層大興土木、揮霍財物、不勞而獲、愚弄百姓的劣行。「作者於結尾反問，浪費至此，難道不值得把此事記下來？文章不依通例去記建殿經過，頌主事者功德，而是揶揄譏諷，指刺醜惡，既別出心裁又構築精巧。」（註三六）如此寫法，的確與眾不同。

曾鞏〈醒心亭記〉（一〇四七年作），詳述歐陽脩先築豐樂亭、後築醒心亭的時間、地點，交代寫這篇文章的緣起。第二段記醒心亭遠眺所見之景，以及亭名的由來。第三段由亭及人，讚美歐陽公關心國計民生。曾鞏還有〈擬峴臺記〉（一〇五七年作），先一句提過「擬峴臺」因山谿形似峴山而得名。接著敘述撫州「擬峴臺」的建築經過，同時由城郊的美景寫到官民同樂之旨。其中善於鋪敘景色，頗具駢文的韻味和色彩；寫到「官民同樂」的內容與句式，彷彿踵武柳宗元〈桂州裴中丞作訾家洲亭記〉、歐陽脩〈醉翁亭記〉的足跡。

〈學舍記〉（一〇五四年作），自陳居家休讀的經過，寫得有自傳的意味。〈思政堂記〉（一〇五八年作），雖是受人之託而作的應酬文字，也能闡明「爲政須多思、愼思」的主意。〈齊州北水門記〉（一〇七二年作），記敘齊州修建兩個水門，一高一低，視水患高低而開關水門，使百姓安居樂業，又不勞民傷財。文章前半介紹水門的構造和功能，清楚詳細；後半記敘開工和完工日期，監督官員的姓名，並點出作記的目的：「欲後之人知作之自吾三人者始也。」這是一篇典型的碑記寫法，出自深知經術的學問家之手，並不意外。〈襄州宜城縣長渠記〉（一〇七五年作），追溯一條長渠的歷史，記述修渠經過，最後再交代作記緣由及其目的，依舊符合傳統碑記文的寫法。

曾鞏〈撫州顏魯公祠堂記〉（一〇五六年作），脫離一般褒揚唐朝名將顏眞卿捍賊死節之事，也不談論他的書法成就；而是另出慧眼，著重稱道他一生不計較個人的得失和禍福，歷忤大奸、至死不悔的守道精神。這篇文章的寫法與柳宗元〈段太尉逸事狀〉、歐陽脩〈王彥章畫像記〉有異曲同工之妙。二十年後，曾鞏有〈徐孺子祠堂記〉（一〇七六年作），肯定一位漢朝末年隱士的行爲，這是紀念前賢之作的另一種寫法。

另有〈道山亭記〉（一〇七七年作），眞正記亭只有寥寥幾筆，反而用大量篇幅描繪此亭所在地閩山周圍的景致，以及讚美建亭的主人。全文「描寫細膩，狀物生動，文采斐然。」（註三七）

此外，曾鞏〈墨池記〉（一〇四八年作），是記物小品，借此抒發「學不可少」的道理；有〈越州趙公救災記〉（一〇七九年作），是記事散文，詳實記錄一次救災情況和措施，以供後人參考借鑒；有〈游信州玉山小岩記〉，則是一篇遊記。這些作品不屬於碑記文，卻可以看出曾鞏用心於各類記體文章，且有不錯的成績。

（五）王安石

前引黃庭堅〈書王元之竹樓記後引〉載：「荊公評文章，常先體制而後文之工拙。」（詳見註三十）王安石早年的碑記文的確如此。譬如〈揚州新園亭記〉（一〇四三年作），是一篇首尾完整的記敘文；〈信州興造記〉（一〇五〇年作），文中敘述、描寫、議論依序進行，最後集中討論吏治，指陳「吏之不學」是令人憂慮的問題。〈芝閣記〉（一〇五三年作），通過靈芝一物在眞宗、仁宗兩朝不同的遭遇，作爲當時士人命運的象徵，從而抒發人才興廢的感慨。這些文章都從記敘出發，交代題名由來，合乎碑記文的寫作常規。

王安石〈慈溪縣學記〉（一〇四八年作）已經帶出大量議論，這是因為「學記」體例特殊使然。但是中年以後的〈度支副使廳壁題名記〉（一〇六〇年作）就另當別論了。這篇文章頗富盛名。度支副使是有權力的行政長官，主掌國家的財政和稅賦。本文強調了理財在國家政治中的重要地位，接著直抒己見，提出改善法令和擇吏理財的主張。結尾點明廳壁題名之用意，可供人評斷任此職之人的賢與不賢，說明此為呂君刻石之用心所在，暗寓勸戒後世之意。此記以「題名」開篇，以「題名」作結，由事而議，首尾圓合；言詞又雄深有力，不讓人有閃躲餘地。其耿介如石的態度，以及用人除弊的主張，在後來熙寧變法期間也都持續下去。由此可知，遵守傳統碑記文的寫作規範，可能是王安石青年時期的理想，後來他用世之心迫切、意圖施展抱負，傳統規範不再是首要的考慮，如何陳述己見，表達有益國事的建議，才是他的當務之急。

（六）司馬光

司馬光〈諫院題名記〉（一〇六三年作）是一篇石刻，文中討論諫官責任的重大，以及惕厲品德的重要。諫官的姓名刻著於石，其目的是讓後人評論諫官或忠或奸，或直或曲。此記短短二百餘字，規勸官吏，正而不阿，簡短有力。與前述王安石文同是「題名記」，都具有警世教訓意味。

〈獨樂園記〉（一〇七三年作），寫迂叟隱居之樂，文中詳述獨樂園的風景與命名的由來。〈韓魏公祠堂記〉（一〇八四年作），寫百姓爲韓琦立生祠，感念他「愛民如子」的惠政。此文題材與歐陽脩〈晝錦堂記〉相近，文氣卻不如歐陽公文豪邁俊爽，文采亦不如他鮮明生動，然而內容醇雅，理路清楚，尤其能交代寫作緣起，可說是很正統的碑記文的佳作。

（七）蘇軾

到了北宋中期的蘇軾（子瞻，文忠，長公，一〇三七－一一〇一），由於在野時間長，遊走各地機會多，加上自身文名崇高，碑記文大量增加。先是，任鳳翔府簽書判官時，作〈喜雨亭記〉（一〇六二）。這年當地久旱之後，連下三場雨，作者便用「喜雨」名亭，抒寫「久旱逢甘霖」的喜悅，說盡無雨之憂和有雨之樂。然而全文未對亭子進行直接的記述和描繪，倒是「舉酒於亭上以屬客」那一段，語氣活潑，喜氣洋洋；最後一段以歌詞作結。金聖歎《天下才子必讀書》卷十五說：「此是特稱出以雨名亭妙理，非故涉筆爲戲論也。」浦起龍《古文眉詮》卷六九也說：「志不忘，是名亭主意，即是通篇命意。」

次年，蘇軾應鳳翔知府陳希亮之請作〈凌虛臺記〉（一〇六三）。文章先交代建築凌虛臺的起因，再寫築臺經過，因臺上所見風景隱約而奇幻，故取名「凌虛」。最後以登高懷古，論古今物之廢興成毀與人事之得喪無常，抒發感慨，論定「臺猶不足恃以長久，蓋世有足恃者」

的結論；然而作者不說出「足恃者」爲何，使不盡之意見於筆外。全文虛實相生，卻又富有哲理。

蘇軾〈超然臺記〉（一〇七五年作），也是一篇富有哲理的作品。此文一開始就從議論入手，先明「超然」之理；再記述他初到密州的生活，陳述他恬淡自適、超然物外、則無往不樂的心境，寫「超然」之人；最後再寫到修葺城牆陋臺的經過，以及登臺遊賞之樂，點出「超然」之臺名。沈德潛《唐宋八家文讀本》卷二三說：「通篇含『超然』意，末路點題，亦是一法。」然而本文虛實相生的寫法，與〈凌虛臺記〉並無二致，故方苞《方望溪先生全集》卷五六說：「子瞻記二臺，皆以東西南北點綴，頗覺膚套，此類蹊徑，乃歐、王所不肯蹈。」其實這話也可以反過來說，正因歐、王等人未如此寫過，蘇軾爲求創新，於是另闢蹊徑而有此作。

蘇軾〈放鶴亭記〉（一〇七八年作），也是一篇佳構。此記先寫築亭的經過；又有二隻鶴，馴服善飛，常於亭上朝西山之口放飛，故名「放鶴亭」。較特殊的是，文中以賦體主客問答的形式，討論隱士的情懷和君王的志趣問題，認爲隱士可以縱情適意，君王不可玩物喪志，從而肯定隱居之樂無窮。最後以〈放鶴〉、〈招鶴〉歌結尾，書寫放鶴的逸趣，有仙鶴飄逸之姿。孫琮《山曉閣選蘇東坡全集》卷六說：「前幅敘事錯落，是記之正體。後幅因好鶴而及好酒，而以南面之君，來與山林之士相形，見山人隱居之爲樂。稍涉議論，是記之變體。一篇之中，正變錯出，眞如野鶴高遷，令人攀援無際。」這裡對蘇軾文法多變作出了形容。

綜觀蘇軾的碑記文，敘事、描寫、議論與問答手法，不但廣泛運用，且有單用、混用的現象，如全篇議論的〈醉白堂記〉，（註三八）先議論後敘事的〈三槐堂記〉，先敘事、中議論、後抒情的〈眉州遠景樓記〉，先寫景、中敘事、後議論、再抒情的〈靈壁張氏園亭記〉等。即使其他不屬於碑記的記體文，如〈石鐘山記〉（一〇八四年作），浦起龍《古文眉詮》卷六九評道：「以辨體爲記體，當作翻案觀。」他如〈稼說〉（約一〇七六末－一〇七七初）、〈日喻〉（一〇七八年作）、〈記承天寺夜游〉（一〇八三年作），一直到他晚年的〈潮州韓文公廟碑〉（一〇九二年作），皆可見蘇軾常常變換文法，以議論手法寫入記敘文類，創新不少體製。楊慶存說：

> 亭臺堂閣記是記體散文最習見的體式，也是宋人最擅長的體式，……對亭軒記的發展作出了重要貢獻的當推蘇軾。……蘇軾之後，此類體式……南宋諸人也未能越此規範。（註三九）

從碑記文的寫法豐富多變化，看出蘇軾是影響至南宋最重要的作家之一。

（八）蘇轍

蘇轍（潁濱，文定，一〇三九－一一一二）也有兩篇有名的碑記：〈武昌九曲亭記〉（一〇八二年作）、〈黃州快哉亭記〉（一〇八三年作）。前一篇文章，首言子瞻常遊武昌西山，與山中人優游相樂，不覺被貶時久；中寫九曲亭勝景，渲染子瞻建亭的動機，以及亭成之後的「最樂」心情。末段生發議論，言「天下之樂無窮，而以適意為悅。」通篇環繞「樂」字，層層展開，頗多筆墨描寫山光水色、蔥翠林木，也塑造出蘇軾風神瀟灑、逍遙自在的人物形象。全文幾乎脫離了碑記文的寫法，對於九曲亭的亭名、擴建經過不作任何交代，也沒有韻語作結的格式，讀起來就是一篇寫景兼議論的遊記。孫琮《山曉閣選蘇潁濱全集》卷二說：「讀古人遊記，便如目中親覽其勝概，身中親履其勝境，意中親領略其勝味。」他直接視此文為一篇遊記。

後一篇文章，為謫居黃州的張懷民築快哉亭而作。蘇軾為亭命名，蘇轍寫記。文章圍繞亭名運筆，極寫亭之所見山川浩渺、岡陵起伏的景色，並展開楚襄王和宋玉的對話，表現了作者不以得失為意的曠達情懷。這等情懷，是作者與蘇軾、張懷民所共有，是貶謫之人的互相慰藉。吳楚材、吳調侯《評註古文觀止》卷十一評本文：「前幅握定『快哉』二字洗發，後幅俱從謫居中生意，文勢汪洋，筆力雄壯，讀之令人心胸曠達，寵辱都忘。」一如前篇〈武昌九曲亭記〉，此文立足於碑記文的傳統規範，而又極力發揮議論，與蘇軾〈超然臺記〉相輝映。柯慶明（一九四六—）《中國文學的美感》說：「似乎『亭』的設立或建構，往往就是暗示著一種動態的行『遊』的意圖或先決情況，因此，『亭』的本身未必宏麗，卻往往與『行旅』的情景與『山水』的勝況，常相聯繫。」「『遊止』一詞，正凸顯了『亭』在『遊觀美學』上的最主要的特質。」(註四十)這正告訴了我們，爲什麼文人不再對亭本身多作描寫，轉而寫亭外之景，與作者的心境相聯繫。前引曾鞏〈道山亭記〉、蘇軾〈喜雨亭記〉都可以爲佐證，這種現象大概到了宋代逐漸成爲定型。

（九）其他

秦觀（一〇四九—一一〇〇）〈龍井題名記〉（一〇七九年作），記述作者自吳興過杭州，夜遊西湖的情景。文章寫景優美，與作家的詞風同調，可說是一篇遊記。

晁補之（一〇五三—一一一〇）〈照碧堂記〉（一一〇一年作），題材頗爲特殊。先前，曾肇（一〇四七—一一〇七）出知應天府（今屬河南省商丘縣）時，修葺此堂，後因名列元祐黨籍，多次被貶。而晁補之與曾肇相識多年，卻也因故降貶應天府通判，因而睹物思人，感慨良多。全文先寫照碧堂之美，次寫內心感慨，最後才點明曾肇「爲後來矜式」，此堂完工實出自他之手。

北宋末年，孔武仲（約一〇四一—一〇九七）〈安堂記〉、黃庭堅〈筠州新昌縣瑞芝亭記〉、〈江陵府承天禪院塔記〉、晁補之〈新城游北山記〉、謝逸（約一〇六四—一一一三）〈淇澳堂記〉、〈三益齋記〉、〈浩然齋記〉、〈介庵記〉、〈壽亭記〉等也是寫得較好的碑記。後來陳與義（一〇九〇—一一三八）的〈頤軒記〉、鄭肅（一〇九一—一一三二）的〈具瞻堂記〉、岳飛（一一〇三—一一四二）的〈五嶽祠盟記〉都是碑記，但是完稿於南宋。大致說來，碑記文不斷有人寫作，最盛時期發生在北宋中期歐、曾、蘇等人身上，作品數量多，寫法也有變化，引起後世古文評點家注意。南宋以後，山水遊記較碑記文盛行，陸游（一一二五—一二一〇）的《入蜀記》就是有名的代表作。

五　北宋碑記文的文體開創意義

經由上述討論，我們可以分從寫法演變、內容演變、形式演變三方面，說明北宋碑記文與前人不同之處：

首先就寫法演變來說。如吳訥《文章辨體》所說，記營建之文，「當記月日之久近，工費之多少，主佐之姓名。」這是傳統以來的寫作基本規範，但不是每篇文章都要寫成流水帳，唐人已非如此寫。而碑記文（屬雜記類）來自碑文體（屬碑誌類），另有韻語作結的形式傳統，這也會在許多作品中表現出來。這般界限，在宋初王禹偁身上就已經產生了微妙的變化。他的〈待漏院記〉很像「箴體」，這當是來自碑銘的寫法，不足為奇；而他的〈黃州新建小竹樓記〉，卻由於不刻石之故，寫得頗似柳宗元的山水遊記。後來我們看到歐陽脩〈豐樂亭記〉、〈醉翁亭記〉之類的許多作品，一方面保留傳統進行釋名、記述過程的工作，一方面又寫得很像遊記；而到了蘇轍〈武昌九曲亭記〉、〈黃州快哉亭記〉，就寫成完全是遊記的風貌。這一文體寫作方式改變的過程，是宋人的一大開創。

宋人對於碑記文寫法的求新求變也頗感到自豪，葉適（一一五〇－一二二三）《習學記言》說：

> 韓愈以來，相承以碑、志、序、記爲文章家大典冊；而記，雖愈與宗元猶未能擅所長也，至歐、曾、王、蘇，始盡其變態，如〈吉州學〉、〈豐樂亭〉、〈擬硯臺〉、〈道州山亭〉、〈信州興造〉、〈桂州新城〉，後鮮過之矣。若〈超然臺〉、〈放鶴亭〉、〈篔簹偃竹〉、〈石鐘山〉，奔放四出，其鋒不可當，又關紐繩約之不能齊，而歐、曾不逮也。（註四一）

從韓愈到歐陽脩到蘇軾，的確有一文章演變的進程。韓愈〈燕喜亭記〉微載議論於文中，到了歐、蘇以後，專有以論議爲記者，然而立言足以垂範後世，學者尚能接受。韓文「結局處特高」，或是未到其地亦能寫出碑記的寫法，歐陽脩也有所繼承。而歐公緩緩從遠處說起，形成虛筆寫法，被人目之爲「迴環作態」；到了蘇軾更是架空立論，求新求變，文章寫法變化多端。即使部分作品被批評爲「宋調」，但不得不說宋人有其自家面目，從中可以看出宋人的努力成績。

其次就內容演變來說。唐代韓愈等人的碑記文只有少量議論的現象，被稱爲「正體」，影響到了北宋變成大量由記敘轉爲議論的現象，被稱爲「變體」；引發陳師道等人對此嚴加批評。然而，北宋碑記文並非大量爲「變體」之作，觀察司馬光等人作品可知。有些「變體」之作，雖然加入議論的內容，但是立言正大，有垂範後世的意味，如范仲淹〈岳陽樓記〉、歐陽脩〈豐樂亭記〉與〈醉翁亭記〉等，仍然能被世人接受，給予極高的評價。

此外，唐人以「物」爲主的作品內容，至宋代轉而成爲以「人」的思想情感爲主；歐、蘇碑記文更大的發揮重點，是把「記」寫成抒情性質很濃的文章，這在唐人是罕見的。清末民初章廷華《論文瑣言》說：「歐文說到窮極處，每參以身世興衰之感，〈峴山亭碑〉、〈豐樂亭記〉諸作均如此。」（註四二）他所說的，正是北宋碑記文的一大特色。

最後就形式演變來說：

（一）北宋碑記文大多數遵守傳統寫作規範，記命名緣由、修建過程，以及讓後人評斷是非曲直的「題名記」作法，都保有碑記文的尺度在心，因此碑記文與山水遊記不相混淆。

（二）北宋有些碑記文以歌作結，這應該是來自兩漢碑文體最後以銘文韻語作結的形式，范仲淹〈嚴先生祠堂記〉、蘇軾〈喜雨亭記〉、〈放鶴亭記〉可爲代表。

（三）北宋有些早期碑記文作品，沿襲五代風氣，講究形式與音韻之美，造成「記體」似「賦體」的現象，范仲淹〈岳陽樓記〉、歐陽脩〈眞州東園記〉、〈醉翁亭記〉可爲代表。

（四）北宋碑記文數量遠勝於唐代，題材也較唐代更爲開闊，尤其擴展了「學記」的題材。

參考文獻

一　專書

王水照編　《宋代文學通論》　開封市　河南大學出版社　二〇〇五年

王葆心　《古文辭通義》　臺北市　臺灣中華書局　一九八四年

余　誠　《古文釋義》　長沙市　嶽麓書社　二〇〇三年

吳　訥　《文章辨體序說》　臺北市　泰順書局　一九七三年

吳楚材、吳調侯　《古文觀止》　臺北市　廣文書局　一九八一年

李扶九　《古文筆法百篇》　臺北市　文津出版社　一九七八年

李　昉　《文苑英華》　臺北市　新文豐出版公司　一九七九年

兒島獻吉郎著　孫俍工譯　《中國文學通論》　臺北市　臺灣商務印書館　二〇〇四年

金聖歎《天下才子必讀書》 臺北市 書香出版社 一九七八年
林非主編 《中國散文大辭典》 鄭州市 中州古籍出版社 一九九七年
林 紓 《畏廬論文等三種》 臺北市 文津出版社 一九七八年
林雲銘 《古文析義》 臺北市 廣文書局 一九六三年
姜 濤 《古代散文文體概論》 太原市 山西人民出版社 一九九〇年
姚永樸 《文學研究法》 臺北市 新文豐出版公司 一九七九年
姚鼐輯 王文濡評註 《評註古文辭類纂》 臺北市 華正書局 二〇〇四年
封 演 《封氏聞見記》 臺北市 廣文書局 一九六八年
柯慶明 《中國文學的美感》 臺北市 麥田出版公司 二〇〇六年
柳宗元 《柳宗元集》 臺北市 漢京文化事業公司 一九八二年
洪本健 《歐陽脩資料彙編》 北京市 中華書局 一九九五年
徐師曾 《文體明辨序說》 臺北市 泰順書局 一九七三年
眞德秀編 《文章正宗》 臺北市 臺灣商務印書館 一九八三年
高步瀛選注 《唐宋文舉要》 香港 中華書局 一九七六年
梅新林、俞章華 《中國遊記文學史》 上海市 學林出版社 二〇〇四年
陳步編 《陳石遺集》 福州市 福建人民出版社 二〇〇一年

陳必祥　《古代散文文體概論》　臺北市　文史哲出版社　一九九七年
陳新、杜維沬選注　《歐陽脩選集》　上海市　上海古籍出版社　一九八六年
曾國藩　《經史百家雜鈔・序例》　臺北市　弘道文化事業公司　一九七六年
馮書耕、金仞千　《古文通論》　臺北市　國立編譯館中華叢書編審委員會　一九七九年
楊慶存　《宋代文學論稿》　上海市　復旦大學出版社　二〇〇七年
葉百豐　《韓昌黎文彙評》　臺北市　正中書局　一九九〇年
葉　適　《習學記言》　臺北市　臺灣商務印書館　一九八三年
褚斌杰　《中國古代文體概論》　北京市　北京大學出版社　一九九二年
潘昂霄　《金石例》　臺北市　臺灣商務印書館　一九八三年
錢　穆　《中國學術思想史論叢（四）》　臺北市　東大圖書公司　一九七八年
Ronald C. Egan, *The Literary works of Ou-yang Hsiu* (London: Cambridge University Press, 1984)

二　期刊論文

曾子魯　〈略論蘇軾「記」體散文的藝術特色〉　《西北師院學報》　一九八六年四期　一九八六年十月
Ronald C. Egan著　王宜瑗譯　〈歐陽脩日常性散文的特徵〉　《古典文學知識》　第三九期

一九九一年第六期。
蓋琦紓〈蘇門文人私人建物記之美學意涵〉《漢學研究》第二四卷第一期（二〇〇六年六月
謝敏玲〈蘇軾〈醉白堂記〉之「以論爲記」試探〉《淡江人文社會學刊》第二六期（二〇〇六年六月
何寄澎〈唐文新變論稿（一）——記體的成立與開展〉《臺大中文學報》第二八期（二〇〇八年六月

注釋

編按　王基倫　臺灣師範大學國文系教授。

註一　姚鼐輯，王文濡（一八六七—一九三五）評註：《評註古文辭類纂》（臺北市：華正書局，二〇〇四年），序目，頁一一。

註二　林紓：《畏廬論文等三種》（臺北市：文津出版社，一九七八年），頁一九—二〇。

註三　曾國藩：《經史百家雜鈔．序例》（臺北市：弘道文化事業公司，一九七六年，原刻本校刊），序例，頁一下。王葆心（一八六四—一九四四）《古文辭通義》（臺北市：臺灣中華書局，一九八四年）也認爲：雜記是「所以合記諸類及雜事瑣言者」，古代記事之文以及筆記、小品、唐以後興起之記體文，皆歸入雜記類。參見該書卷一三，頁二十。日本學者兒島獻吉郎（一八六六－一九三一）著、孫俍工（一八九四－一九六二）譯：《中國文學通論》（臺北市：臺灣商務印書館，二〇〇四年），也說：「記是記事之文，或曰紀事，或曰述，是皆把事物客觀地觀察同時記錄之，不過欲使其爲永久不忘記念，其名雖殊，而目的則一，體裁亦同。」參見該書頁四七。

註四　姚永樸：《文學研究法》（臺北市：新文豐出版公司，一九七九年），〈體類〉，頁三三。

註五　馮書耕、金仞千：《古文通論》（臺北市：國立編譯館中華叢書編審委員會，一九七九年），頁八四三。

註六　明末李長祥〈與龔介眉書〉說：「彼唐宋八大家之文，若記、敘，猶唐詩之五言、七言律，固近體也。雖《禮記》稱『記』，《詩小敘》稱『敘』，八大家之爲之者則異。蓋彼則一書，此則一篇，實昌黎之創此者。……而記、敘在八大家皆各能見長，書、論則又各有短長。」參見氏著：《天問閣文集》卷三，轉引自洪本健（一九四五－）：《歐陽脩資料彙編》（北京市：中華書局，一九九五年），中冊，頁六三八－六三九。

註七　錢穆：〈雜論唐代古文運動〉，《中國學術思想史論叢（四）》（臺北市：東大圖書公司，一九七八年），頁四九。

註八　Ronald C. Egan, *The Literary works of Ou-yang Hsiu*, (London:Cambridge University Press, 1984), C.2, Prose, p.31. 王宜瑗譯：〈歐陽脩日常性散文的特徵〉，《古典文學知識》一九九一年第六期（總第三九期），頁一〇一。

註　九　姜濤：《古代散文文體概論》（太原市：山西人民出版社，一九九〇年）。

註　十　褚斌杰：《中國古代文體概論》（北京市：北京大學出版社，一九九二年），頁三五三。

註十一　陳必祥：《古代散文文體概論》（臺北市：文史哲出版社，一九九七年），頁四二。

註十二　譬如蓋琦紓：〈蘇門文人私人建物記之美學意涵〉，《漢學研究》第二四卷第一期（總號第四八號），二〇〇六年六月。

註十三　曾子魯：〈略論蘇軾「記」體散文的藝術特色〉一文，曾以蘇軾記體作品爲研究對象，作了四項分類：「記敘亭臺樓閣、佛寺道院等名勝建築」、「記載書畫文物、奇事異聞」、「記敘公堂、學校、水利建設」、「山水遊記、寓言遊記」。其中第一項和第三項分類，即筆者所稱的碑記。曾文發表於《西北師院學報》一九八六年四期（一九八六年十月），頁六〇－六三。

註十四　眞德秀編：《文章正宗》（景印文淵閣四庫全書本，臺北市：臺灣商務印書館，一九八三年）第一三五五冊，頁六。

註十五　楊慶存（一九五四－）：《宋代文學論稿》（上海市：復旦大學出版社，二〇〇七年）：「漢揚雄〈蜀記〉，影響不廣；晉陶潛〈桃花源記〉實乃詩序，非獨立成篇；《昭明文選》「奏記」、《文心雕龍》「書記」都不具備後世所稱記體文的文體意義；故魏晉之前記體文尚未獨立成一式。」，頁二七。考察古人歸類，徐師曾：《文體明辨》（臺北市：泰順書局，一九七三年）將〈桃花源記〉歸入「記」體之下，而姚鼐《古文辭類纂》雜記類不錄〈桃花源記〉。陶潛寫作〈桃花源記〉時並非單獨成篇，乃是〈桃花源詩〉之序文，故應當列爲詩序。

註十六　潘昂霄：《金石例》（景印文淵閣四庫全書本）第一四八二冊，頁三六二上。

註十七　柳宗元著，吳文治（一九二五—）點校：《柳宗元集》（臺北市：漢京文化事業公司，一九八二年）收入此篇，題作〈邕州柳中丞作馬退山茅亭記〉，然而李昉（九二五—九九六）：《文苑英華》（臺北市：新文豐出版公司，一九七九年）列此篇爲獨孤及作，陳景雲：《柳集點勘》（臺北市：新文豐出版公司，一九八九年，叢書集成續編本），文學類第一八三冊、何焯（一六六一—一七二二）：《義門讀書記》（景印文淵閣四庫全書本）第八六〇冊，都認同《文苑英華》的作法。

註十八　封演（天寶年間太學生）《封氏聞見記》卷五：「朝廷百司諸廳皆有壁記，敘官秩創置及遷授始末。原其作意，蓋欲著前政履歷而發將來健羨焉。故爲記之體，貴其說事詳雅，不爲苟飾。韋氏〈兩京記〉云：『郎官盛寫壁記，以紀當廳前後遷除出入，寖以成俗。』」由此可知，後來州縣官署亦有壁記。

註十九　轉引自葉百豐（一九一三—一九八六）：《韓昌黎文彙評》（臺北市：正中書局，一九九〇年），頁八〇。

註二十　吳訥：《文章辨體序說》（臺北市：泰順書局，一九七三年），頁四一—四二。按，馮書耕《古文通論》也說：「雜記之作，亦重在敘事；敘事之後，略作議論以結之，此爲正體。在唐時作者，多能如此。間有如韓退之〈新修滕王閣記〉，及柳子厚之記新堂，志鐵爐步，則以議論爲多。歐、蘇而後，多專用議論，要皆謂之變體。」此意與吳訥相同，而舉例多出韓愈〈新修滕王閣記〉一篇。參見馮書耕、金仞千：《古文通論》，頁八〇五。

註二一　徐師曾：《文體明辨・序說》，頁一四五。

註二二　徐師曾：《文體明辨・序說》，頁一四四、一四五。

註二三　錢穆：〈雜論唐代古文運動〉，頁五四。

註二四　參見何寄澎：〈唐文新變論稿（一）——記體的成立與開展〉，《臺大中文學報》第二八期，二〇〇八年六月，頁六九－九二。

註二五　高步瀛選注：《唐宋文舉要》（香港：中華書局，一九七六年），頁六五四。

註二六　王夢鷗：《唐人小說研究：纂異記與傳奇校釋》（臺北市：藝文印書館，一九九七年），頁九五。

註二七　王水照（一九三四－）主編：〈記序的長足發展與文賦的脫穎獨立〉，《宋代文學通論》（開封市：河南大學出版社，一九九七年），頁四三八－四四四。

註二八　陳新、杜維沫選注：《歐陽脩選集》（上海市：上海古籍出版社，一九八六年），〈叢翠亭記〉評語，頁二六四。

註二九　陳衍：《石遺室論文》，收入陳步（一九二一－一九九四）編：《陳石遺集》（福州市：福建人民出版社，二〇〇一年）下冊，頁一六二三。

註三十　黃庭堅《豫章黃先生文集》卷二六〈書王元之竹樓記後引〉載：「或傳王荊公稱〈竹樓記〉勝歐陽公〈醉翁亭記〉，或曰：『此非荊公之言也。』某以謂荊公出此言未失也。荊公評文章，常先體制而後文之工拙。蓋嘗觀蘇子瞻〈醉白堂記〉，戲曰：『文辭雖極工，然不是

〈醉白堂記〉，乃是韓白優劣論耳。』以此考之，優〈竹樓記〉而劣〈醉翁亭記〉，是荊公之言不疑也。」

註三一　浦起龍《古文眉詮》卷五九合評〈豐樂亭記〉與〈醉翁亭記〉道：「兩亭兩記，似散非散，似駢非駢，文家之創調也。」

註三二　劉少雄：〈歐陽脩雜記文的思想內涵與表現特色〉，《中國文學研究》創刊號（一九八七年），頁一四一。

註三三　參見梅新林（一九五八－）、俞章華：《中國遊記文學史》（上海市：學林出版社，二〇〇四年），頁三一。

註三四　林紓：《畏廬論文等三種》，頁一九－二〇。

註三五　劉開：〈與阮芸臺宮保論文書〉，《劉孟塗集．文集》（《續修四庫全書》影印姚氏檗山草堂刻本，上海市：上海古籍出版社，一九九七年），卷四，頁五下。

註三六　林非（一九三一－）主編：《中國散文大辭典》（鄭州市：中州古籍出版社，一九九七年），頁二一〇。

註三七　包敬第、陳文華注譯：《曾鞏散文選》（香港：三聯書店，一九九〇年），頁一七七。

註三八　參見謝敏玲：〈蘇軾〈醉白堂記〉之「以論爲記」試探〉，《淡江人文社會學刊》第二六期（二〇〇六年六月），頁一－二二。

註三九　楊慶存：〈宋代散文體裁樣式的開拓與創新〉，《中國社會科學》一九九五年第六期，頁一五四－一六八。

註四十　柯慶明：〈從「亭」、「臺」、「樓」、「閣」說起〉，《中國文學的美感》（臺北市：麥田出版公司，二〇〇六年），頁二八四、二八六。

註四一　葉適：《習學記言・序目》（景印文淵閣四庫全書本）第八四九冊，卷四九〈皇朝文鑑三〉，頁七九四下。

註四二　轉引自洪本健：《歐陽脩資料彙編》下冊，頁一三四一。

范仲淹〈岳陽樓記〉中的幾個問題

詹杭倫

摘要

本文利用一些新發現的材料與前人的評論，考證范仲淹〈岳陽樓記〉這篇名文中的一些疑點，解析其在結構與表現手法方面的特殊形態；並揭示其「以賦爲文」的表現手法，認爲在宋代文體新變中，存在「以賦爲文」與「以文爲賦」的相互作用。

關鍵詞

范仲淹、岳陽樓記、滕子京、求記書、以賦爲文范仲淹（九八九－一〇五二）是北宋著名的政治家，也是一位傑出的文學家，他的〈岳陽樓記〉是千古名篇。〈岳陽樓記〉不僅寫出了天下第一等的景觀，而且寫出了天下第一等的抱負。這篇名作思想之先進、修辭之精美，早已名滿天下，膾炙人口。唯其中所蘊含的「以賦爲文」表現手法，尚待揭示闡揚。本文利用一些新發現的材料與前人的評論，解析這篇名文中的一些疑點，以及在結構與表現手法方面的特殊形態。本文討論的一些問題，前此已有洪順隆〈范仲淹的賦與他的文學觀〉、（註一）曾志雄〈談滕宗諒的「求范仲淹撰岳陽樓記書」〉（註二）等文從不同角度論述過，但尚未引起學術界的普遍關注，故有必要再加以申論。本文主要分成三個層面展開：一、滕子京的〈求記書〉催生了范仲淹的〈岳陽樓記〉；二、關於〈岳陽樓記〉「以賦爲文」的形態與爭議；三、范仲淹的賦學修養是創作〈岳陽樓記〉的功底因素。本文認爲：「以賦爲文」與「以文爲賦」是文體演變的常態之一，這一帶規律性的文學現象，應該引起跨文類研究學者的高度重視；同時，可以爲當代古體文賦創作提供借鑒。

一　范仲淹生平簡歷

范仲淹（九八九－一〇五二），字希文，唐宰相履冰（註三）之後。其先，邠州人也，後徙家江南，遂爲蘇州吳縣（今江蘇省吳縣）人。仲淹二歲而孤，母更適長山朱氏，從其姓。仲淹少有志操，既長，知其世家，乃感泣辭母，去之應天府，依戚同文學。晝夜不息，冬月憊甚，以水沃面；食不給，至以糜粥繼之，人不能堪，仲淹不苦也。大中祥符八年（一〇一五年）春，他通過科舉考試，中榜成爲進士，爲廣德軍司理參軍，迎其母歸養。改集慶軍節度推官，始還姓，更其名。宋仁宗天聖（一〇二三－一〇三一）年間任西溪鹽官，寶元三年（一〇四〇）任陝西經略安撫招討副使，加強對西夏的防禦，屢立戰功，慶曆三年（一〇四三），西夏請和，范仲淹還朝，任參知政事。曾提出十條改革措施。史稱「慶曆新政」。因遭保守派反對而罷政，於慶曆五年（一〇四五）十一月貶知鄧州（即今河南南陽市轄內之鄧州市）。慶曆五年春，滕子京重修岳陽樓，六月十五日致書范仲淹，請寫記文，並託人捎了一幅〈洞庭秋晚圖〉給范仲淹。一年三個月之後，到了慶曆六年（一〇四六）九月十五日，范便依此圖在遠隔千里之外的鄧州寫下了這篇流傳千古的雄文。范仲淹以後還做過杭州、青州的太守，後在赴潁州任途中病死。享年六十八歲，卒謚文正。有《范文正公集》。

范仲淹從政四十年，留下顯赫的政績，被稱爲宋朝第一等人物；同時，他還流傳下一篇第一流名文〈岳陽樓記〉。

二　〈岳陽樓記〉結構分段

范仲淹〈岳陽樓記〉全文三百六十八字，按照自然段一般分成五段。中國人的思維表達習慣是「近取諸身，遠取諸物」（《周易．繫辭下》），（註四）如唐抄本《賦譜》說：

凡賦體分段，各有所歸。但古賦或多或少，若〈登樓〉三段，〈天臺〉四段是也。至今新體，分為四段：初三四對，約三十字為頭；次三對，約四十字為項；次二百字為腹；最末約四十字為尾。（註五）

如果按照唐人揭示的文章結構，我們可以把〈岳陽樓記〉分成文頭、文項、文腹、文尾，分成四大部分：

1.慶曆四年春，滕子京謫守巴陵郡。越明年，政通人和，百廢俱興，乃重修岳陽樓，增其舊制，刻唐賢今人詩賦於其上；屬予作文以記之。（——文頭。文前小序，交代作文之緣起）

2.予觀夫巴陵勝狀，在洞庭一湖。銜遠山，呑長江，浩浩湯湯，橫無際涯；朝輝夕陰，氣象萬千：此則岳陽樓之大觀也，前人之述備矣。然則北通巫峽，南極瀟湘，遷客騷人，多會於此，覽物之情，得無異乎？（——文項。闡明自己獨特的觀察角度，並揭示本文之重點）

3.若夫霪雨霏霏，連月不開；陰風怒號，濁浪排空；日星隱耀，山岳潛形；商旅不行，檣傾楫摧；薄暮冥冥，虎嘯猿啼。登斯樓也，則有去國懷鄉，憂讒畏譏，滿目蕭然，感極而悲者矣！（——覽物之悲）至若春和景明，波瀾不驚，上下天光，一碧萬頃；沙鷗翔集，錦鱗游泳，岸芷汀蘭，鬱鬱青青。而或長煙一空，皓月千里，浮光躍金，靜影沈璧，漁歌互答，此樂何極！登斯樓也，則有心曠神怡，寵辱偕忘、把酒臨風，其喜洋洋者矣！（——覽物之喜。文腹。登臨岳陽樓，觀賞洞庭湖，產生悲、喜不同的情感。）

4.嗟夫！予嘗求古仁人之心，或異二者之為，何哉？不以物喜，不以己悲，居廟堂之高，則憂其民；處江湖之遠，則憂其君。是進亦憂，退亦憂；然則何時而樂耶？其必曰：「先天下之憂而憂，後天下之樂而樂歟！」噫！微斯人，吾誰與歸！時六年九月十五日。（——文尾。議論，抒發自己之憂樂觀。）

讀了〈岳陽樓記〉，容易產生一些疑問，諸如：〈岳陽樓記〉為何沒有重點記述岳陽樓，而是重點寫洞庭湖呢？換句話說，范仲淹寫〈岳陽樓記〉時是否見過岳陽樓？他寫的是否是一篇遊記文？〈岳陽樓記〉中的「越明年」，到底是指的第二年還是第三年？這些疑問，隨著滕子京〈求記書〉的發現，（註六）都獲得了比較完滿的解決答案。

三　滕子京〈求記書〉催生〈岳陽樓記〉

范仲淹的這篇文章是怎麼產生的呢？那是他的好朋友滕宗諒（字子京）邀請他寫的。

爲了便於說明問題，我們把滕宗諒〈求記書〉（註七）全文抄錄於下，並間加按語說明情況：

六月十五日（倫按：當是慶曆五年〔一〇四五〕作書，說詳下），尚書祠部員外郎、天章閣待制、知岳州軍州事滕宗諒，謹馳介致書，恭其投邠府四路經略安撫（倫按：據四部叢刊《范文正公集》所附《年譜》，范公於慶曆五年正月罷參知政事，除此官，知邠州。十一月，詔以邊事寧息、盜賊衰止，罷公陝西四路安撫使。改知鄧州）、資政諫議節下：

竊以爲：天下郡國，非有山水瑰異者不爲勝；山水，非有樓觀登覽者不爲顯；樓觀，非有文字稱記者不爲久；文字，非出於雄才鉅卿者不成著。今古東南郡邑當山水間者比比，而名與天壤同者，則有豫章之滕閣（倫按：在江西南昌，有王勃〈滕王閣序〉），九江之庾樓（倫按：東晉庾亮所建，見《世說新語》），吳興之消暑（倫按：杜牧有〈題吳興消暑樓十二韻〉），宣城之疊嶂（倫按：見李白詩〈秋日登宣城謝朓北樓〉），此外無過二三所而已。雖寢歷於歲月，撓剝於風雨，潛消於兵火，圮毀於難患，必須崇複而不使隨圮者，蓋由韓吏部、白宮傅以下當時名賢輩各有記述，而取重於千古者也。

巴陵西跨城闉揭飛觀，署之曰岳陽樓，不知俶落（始建）于何人？（倫按：岳陽樓的前身叫魯肅閱軍樓，它是由東漢末年魯肅鎮守巴邱（即岳陽市）時主持修建的。它最初的作用並不是作爲觀光遊覽的。魯肅當初建這個樓主要是便於指揮和檢閱水軍，因此命名爲閱軍樓。魯肅的陵墓就在岳陽樓旁。不過它的定名，卻在唐開元四年（七一六）。當時中書令張說守岳州，曾對閱軍樓進行擴建，因其在天岳山之陽，遂定名爲岳陽樓。）自有唐以來，文士編集中無不載其聲詩賦詠，與洞庭君山，率相表裡。宗諒初誦其言，而疑且未信，謂作者誇說過矣。去秋（倫按：即去歲之秋，指慶曆四年的秋天。與范仲淹文中所說「慶曆四年春」合觀，滕宗諒當是慶曆四年春天離職，秋天到任），以罪得茲郡，入境而疑與信俱釋，及登樓，而恨向之作者所得僅毫末爾。惟有呂衡州（溫）詩云：「襟帶三千里，盡在岳陽樓。」此粗標其大致。自是日思以宏大隆顯之，亦欲使久而不可廢，則莫如文字。乃分命僚屬於韓（愈）、柳（宗元）、劉（禹錫）、白（居易）、二張（張說、張九齡）、二杜（杜甫、杜牧），逮諸大人集中摘出登臨寄詠或古或律歌詠並賦七十八首，暨本朝大筆如太師呂公（端）、侍郎丁公（謂）、尚書夏公（竦）之眾作，榜于梁棟間。

又明年春（倫按：指慶曆五年的春天），鳩材僝工，稍增其舊制。

古今諸公於篇詠外，率無文字稱記所謂岳陽樓者，徒見夫屹然而踞，岈然而負，軒然而竦，伛然而顧，曾不若人具肢體而精神未見也，寧堪久焉？恭惟執事，文章器業凜凜然爲天下之時望，又雅意在山水之好。每覩送行還遠之什，未嘗不神遊物外，而心與景接。矧兹君山洞庭，傑然爲天下之最勝，切度風旨，豈不攄遐想于素尚，寄大名於清賞者哉？冀戎務鮮退，經略暇日，少吐金石之論，發揮此景之美，庶漱芳潤於異時，知我朝高位輔臣，有能淡味而遠，託思於湖山數千里外，不其勝與？謹以〈洞庭秋晚圖〉一本，隨書贄獻。涉毫之際，或有所助。干冒清嚴，伏惟惶灼。

滕宗諒（九九一－一〇四七），字子京，河南（今河南洛陽）人。宋眞宗大中祥符八年（一〇一五）進士。歷濰、連、泰三州從事。召試學士院，改大理寺丞，知太平州當塗縣，移知邵武軍邵武縣。遷殿中丞，拜左正言，遷左司諫。以言得罪，出知信州，又降監鄱陽郡榷酤。既而起通判江寧府，知湖州、涇州。仁宗慶曆中，經范仲淹推薦，擢天章閣待制，環慶路經略安撫使，兼知慶州。因動用公庫錢慰勞抗擊西夏軍民事得罪，謫守岳州，遷知蘇州。慶曆七年（一〇四七）卒，年五十七。《范文正公集》卷十有〈祭同年滕待制文〉，又卷十三有〈滕子京墓誌〉。《宋史》卷三〇三有傳，比較簡單，基本上是依據〈墓誌〉寫成的。

范、滕二人是同年、同僚、也是當時政敵攻擊的「朋黨」，兩人關係非同一般。

從滕子京的這篇〈求記書〉，可以解答〈岳陽樓記〉中的幾個疑問：

（一）范仲淹寫〈岳陽樓記〉時是否到過岳陽樓？

范仲淹在寫〈岳陽樓記〉時是否到過岳陽樓？關於這個問題，曾經有過一場爭議。爭議的雙方，一邊是散文家余秋雨，另一邊是《咬文嚼字》的編委金文明。緣起是余秋雨根據〈岳陽樓記〉寫過一篇散文，記載范仲淹「借樓寫湖，憑湖抒懷」，繪聲繪色，情景逼眞。（註八）金文明則說，根據《范文正公年譜》，范仲淹根本就未到過岳陽樓；況且慶曆六年，范仲淹已經五十八歲，沒有現代交通工具，不可能從近千里之外的鄧州到岳陽。（註九）顯然，爭議的雙方在當時，都未曾看到滕宗諒的〈求記書〉，所以各說各話，不了了之。儘管我們不知道此前、此後范仲淹是否去過岳陽樓，但讀過滕宗諒的〈求記書〉我們就知道，范仲淹在作文的當時確實並沒有去岳陽樓，而是應滕之邀請，對著〈洞庭秋晚圖〉而寫的一篇按圖作文。換句話說，〈岳陽樓記〉不是一篇遊記，而是一篇雜記文。

（二）「越明年」是第二年，還是第三年？

人民教育出版社的中學教材，教材注釋「越明年」是「到了第二年」，教學參考資料則說是「越過明年，到了第三年」。這在中學教師中引發很大的爭議，雙方各執一詞，莫衷一是。

在讀過滕宗諒的〈求記書〉之後，我們可以肯定，「越明年」就是「到了第二年」，教材的注釋是對的。〈岳陽樓記〉中的「越明年」出自〈求記書〉中的「又明年」，滕宗諒於慶曆四年秋登樓，慶曆五年春動工重修岳陽樓，五年六月十五日，寫信給范仲淹，請求爲此樓作記。〈求記書〉書中所載范仲淹官職是一鐵證材料。范仲淹擔任「邠府四路經略安撫、資政諫議」這官職，自慶曆五年正月至十一月，不滿一年，所以從滕子京信中所稱官銜，足以證明此信寫於慶曆五年六月十五日。范仲淹在一年零三月之後，即慶曆六年九月十五日寫成記文。而岳陽樓重修竣工，也當在慶曆六年，所以岳陽的方志記載慶曆六年重修岳陽樓。

（三）為何從滕宗諒送〈求記書〉到范仲淹寫成〈岳陽樓記〉，需要花費一年三月的時間？

這要從兩方面來看，從滕宗諒的方面來看，滕宗諒重修岳陽樓，備極辛苦。據宋司馬光撰《涑水記聞》記載：「滕宗諒知岳州，修岳陽樓，不用省庫錢，不斂於民，但牓民間有宿債不肯償者，獻以助官，官爲督之。民負債者爭獻之，所得近萬緡。（註十）置庫於廳側，自掌之，不設主典案籍。樓成，極雄麗。所費甚廣，自入者亦不鮮焉。州人不以爲非，皆稱其能。」（註十一）我們知道，滕宗諒前此丟官是因爲花了公庫的錢辦招待，這一次他吸取了教訓，不用公庫錢了。一所樓觀要翻修擴建，還要刻眾多詩賦於其上，花費工時，至少應在一年半以上。所以，此樓從慶曆五年春天動工，一定要到慶曆六年才會竣工。滕宗諒派專人送信送畫給范仲淹，請他作記文，一定告訴他「冀戎務鮮退，經略暇日，少吐金石之論，發揮此景之美」，意思就是有空再寫，不必著急。另外，滕宗諒在重修岳陽樓的同時，還修了一條偃虹堤，那是請歐陽脩作的〈偃虹堤記〉，歐公也是在慶曆六年某月某日才交稿。(註十二)所以，各位名公的大文送來後，滕宗諒隨到隨刻，並沒有急催。另從范仲淹的方面來看，根據《范文正公集》後所附〈年譜〉，范仲淹在慶曆五年正陷入嚴酷的朝廷政治鬥爭之中。慶曆五年正月，解除右諫議大夫、參執政事職務；除資政殿學士，知邠州，兼陝西四路緣邊安撫使。至十一月，改知鄧州。這一年，正是范仲淹推行「慶曆新政」遭到政敵攻擊而失敗的一年，范仲淹不得清閒，自然無心作文。直到慶曆六年，在鄧州生活安定，七月小兒子范純粹誕生，心情高興，於是在九月才寫成〈岳陽樓記〉。據宋王辟之撰《澠水燕談錄》記載：「慶曆中，滕子京謫守巴陵，治最爲天下第一。政成，增城岳陽樓，屬范文正公爲記，蘇子美書石，邵餗篆額，亦皆一時精筆，世謂之四絕云。」(註十三)這說明滕子京對范仲淹的文章非常重視。

(四)〈岳陽樓記〉為何不是重點寫岳陽樓，而是重點寫洞庭湖？

這是閱讀〈岳陽樓記〉時容易產生的疑問。讀過〈求記書〉，我們就明白，原來這是滕宗諒的引導和規定。滕氏指出，前此古往今來，唯有呂溫的詩句「襟帶三千里，盡在岳陽樓。」〈倫按：此乃呂溫〈岳陽懷古〉詩句〉可以粗略地寫出從岳陽樓俯瞰洞庭湖的大勢。滕氏希望范仲淹「少吐金石之論，發揮此景之美；庶漱芳潤於異時，知我朝高位輔臣，有能淡味而遠，託思於湖山數千里外，不其勝與？謹以〈洞庭秋晚圖〉一本，隨書贄獻。涉毫之際，或有所助。」也就是說，要求范仲淹對著〈洞庭秋晚圖〉，寫景抒懷。所以，范仲淹正是按照滕氏之請而寫登臨岳陽樓，俯瞰洞庭湖的「覽物之情」。

范仲淹寫〈岳陽樓記〉專寫覽物之情，還有規勸滕子京的用意。范仲淹的曾孫范公偁撰《過庭錄》中有一段文字：「滕子京負大才，爲衆忌嫉，自慶陽帥謫巴陵，憤鬱頗見辭色。文正與之同年，友善，愛其才，恐後貽禍，然滕豪邁自負，罕受人言。正患無隙以規之，子京忽以書抵文正，求〈岳陽樓記〉。故記中云：『不以物喜，不以己悲』，『先天下之憂而憂，後天下之樂而樂』。其意蓋有在矣。戊辰十月因觀〈岳陽樓記〉，遂言及此耳。」（註十四）

四　關於〈岳陽樓記〉「以賦爲文」的形態與爭議

范仲淹之名作〈岳陽樓記〉是否用賦體，自宋以來，便存在著爭議：

陳師道〈後山詩話〉說：「文正爲〈岳陽樓記〉，用對語說時景，世以爲奇。尹師魯〈洙〉讀之，曰：『傳奇體耳。』《傳奇》，唐人裴硎所著小說也。」（註十五）此說認爲〈岳陽樓記〉用「對語說時景」，是運用了小說擅長的誇飾筆法。當然，誇飾自然也是賦體常用的表現手法。

〔明〕孫緒撰《無用閒談》說：「范文正公〈岳陽樓記〉，或謂其用賦體，殆未深考也。此是學呂溫《三堂記》體制，如出一軸。《三堂記》謂寒奧溫涼，隨時異趣，而要之於不離軒冕而踐夷曠之域，不出戶庭而獲江海之心。極而至於身既安，思所以安人；性既適，思所以適物。不以自樂而忽鰥寡之苦，不以自逸而忘稼穡之勤。〈岳陽樓記〉謂晴陰憂樂，隨景異情。而要之于居廟廊則憂民，居江湖則憂君。極而至於先天下之憂而憂，後天下之樂而樂。但〈樓記〉宏遠超越，青出於藍矣。夫以文正千載人物，而乃肯學呂溫？亦見君子不以人廢言之盛心也。」（註十八）此說雖然否認〈岳陽樓記〉用賦體，但其透露出有人認爲〈岳陽樓記〉用賦體，說明〈岳陽樓記〉的體裁問題在宋明人之中便有爭議。

比較呂溫《虢州三堂記》，全文分成三大部分：

第一部分，敘述三堂之由來。

第二部分，分春、夏、秋、冬四季來寫景：

> 及春之日，眾木花坼，岸鋪島織。沈浮照耀，其水五色。於是乎襲馨擷奇，方舟逶迤。樂魚時翻，飄蕊雪飛。溯沿回環，隱映差池。咫尺迷路，不知所歸。此則武陵桃源，未足以極幽絕也。
>
> 夏之日，石寒水清，松密竹深。大柳起風，甘棠垂陰。於是乎濯纓漣漪，解帶升堂。晨

景火雲，隔林無光。虛薨沈沈，皓壁如霜。羽扇不搖，南軒清涼。此則楚襄蘭臺，未足以滌炎鬱也。秋之日，金飈掃林，蓊鬱洞開。太華爽氣，出關而來。於是乎弦琴端居，景物廓如。月委皓素，水涵空虛。鳥驚寒沙，露滴高梧。境隨夜深，疑與世殊。此則庾公西樓，未足以淡神慮也。冬之日，同雲千里，大雪盈尺。四眺無路，三堂虛白。於是乎置酒褰帷，憑軒倚楹。瑤階如眞，玉樹羅生。日暮天霽，雲開月明。冰泉潺潺，終夜有聲。此則子猷山陰，未足以暢吟嘯也。

第三部分：發表議論：「於戲！不離軒冕而踐夷曠之域，不出戶庭而獲江海之心。趣近懸解，跡同大隱。」「俾後之人，知此堂非止燕遊，亦可以觀清靜爲政之道云。」（註十七）這兩篇文章在章法結構上，的確有類似之處。不過，呂溫《三堂記》這種寫法，其實也是採用賦體的表現手法。

清初金聖歎評范仲淹〈岳陽樓記〉云：「中間悲喜二段，只是借來翻出後文憂樂耳，不然，便是賦體矣。一肚皮聖賢心地，聖賢學問，發而爲才子文章。」（註十八）金聖歎的論斷很值得注意，他實際上指出〈岳陽樓記〉首尾是文體，中間悲喜兩段是賦體。

金聖歎所揭示的〈岳陽樓記〉結構方式由來已久，元人祝堯在司馬相如〈子虛賦〉下評說：「首尾是文，中間乃賦。世傳既久，變而又變。其中間之賦，以鋪張爲靡而專於辭者，則流爲齊梁唐初之俳體，其首尾之文，以議論爲始而專於理者，則流爲唐末及宋之文體。」（註十九）明人許學夷在引用祝堯這段話後加按語云：「古今賦體之變，此爲盡之。」（註二十）紀昀《四庫全書總目．古賦辯體提要》亦評祝堯此語：「於正變源流，亦言之最確。」（註二一）由上述諸人的評說可以推斷，范仲淹〈岳陽樓記〉採用了與司馬相如〈子虛賦〉類似的結構方式，即首尾是文，中間是賦。也許正是因爲〈岳陽樓記〉兼具賦與文這兩種文體的要素，因而才會引發自宋以來圍繞這篇作品辯體的爭議。

什麼是賦？什麼是文？或者說，賦的要素有哪些？文的要素有哪些？廣義地說，賦也是文；狹義地說，「賦」是有韻之文，「文」指無韻之文。這裡需要引用《文心雕龍．總術篇》的解釋：「有韻爲文，無韻爲筆。」《文心雕龍．詮賦篇》說：「賦者，鋪也；鋪采摛文，體物寫志也。」鋪陳的手法，要求作者從東西南北、上下四方、春夏秋冬、裡裡外外，各個不同側面來描狀事物。鋪設詞藻、安排對仗、講究平仄、注重押韻等等，都是賦體的形式因素。至於一般的「文」，則是散體單行，無需嚴格講究對仗、押韻。我們再來看〈岳陽樓記〉的中間兩段的這些句子，確實符合賦體的形式要素：

陰風怒號，濁浪排空；
平平仄仄，仄仄平平
日星隱耀，山岳潛形。
＋平＋仄，＋仄＋平
上下天光，一碧萬頃；（註二二）
＋仄＋平，＋仄＋仄
沙鷗翔集，錦鱗游泳；
＋平＋仄，＋平＋仄
岸芷汀蘭，鬱鬱青青。
仄仄平平，仄仄平平
長煙一空，皓月千里；
平平仄平，仄仄平仄
浮光躍金，靜影沈璧；
平平仄平，仄仄平仄
漁歌互答，此樂何極！
平平仄仄，仄仄平仄

檢查上面這一段的平仄聲律，我們看到范仲淹基本上做到了一句之中，平仄交替；兩句之間，特別是末尾一字平仄背反。這樣嚴格的聲律對仗，一般只出現在駢文和律賦之中，而在散體古文中是非常少見的。

堅持正統的古文家對〈岳陽樓記〉這種「破體」的作法是有所不滿的。高步瀛《唐宋文舉要》甲編卷六評〈岳陽樓記〉說：「此文坊本多選之，其中二段寫情景處，殊失古淨，故或以爲俳。然先天下而憂，後天下而樂，實爲千古名言。故姚選不取，而《雜鈔》錄入也。」所謂「姚選不取」，是說桐城派姚鼐的《古文辭類纂》嫌棄〈岳陽樓記〉中間兩段排偶太甚，因而不予選錄；所謂《雜鈔》錄入，是說桐城派的後勁湘鄉派的曾國藩《經史百家雜鈔》因爲千古名言的關係，擴大收錄範圍，選錄了這篇文章。顯然，曾國藩的見識比姚鼐高明。

五　范仲淹的賦學修養是創作〈岳陽樓記〉的功底因素

范仲淹賦作非常豐富。李調元《雨村賦話》卷五評云：「宋初人之律賦最夥者，田、王、文、范、歐陽五公。黃州一往清泚，而諫議較琢磨，文正遊行自得，而潞公尤謹嚴，歐公佳處乃似箋表中語，乃免陳無己『以古爲俳』之誚。故論宋朝律賦，當以表聖、寬夫爲正則，元之、希文次之，永叔以降，皆橫鶩別趨而偭唐人之規矩者也。」[註一三] 認爲范仲淹與田錫、王禹偁、文彥博、歐陽脩等是宋初律賦作品最豐富的五位賦作家。查《四部叢刊》本《范文正公集》，卷一收〈明堂賦〉、〈秋香亭賦〉、〈靈烏賦〉等三篇；卷二十收〈老人星賦〉、〈老子猶龍賦〉、〈蒙以養正賦〉、〈禮儀爲器賦〉、〈今樂猶古樂賦〉、〈省試自誠而明謂之性賦〉、〈金在熔賦〉、〈臨川羨魚賦〉、〈水車賦〉、〈用天下心爲心賦〉等十篇。又查《范文正公別集》，卷二收〈堯舜率天下以仁賦〉、〈君以民爲體賦〉、〈六官賦〉、〈鑄劍戟爲農器賦〉、〈任官惟賢材賦〉、〈從諫如流賦〉、〈聖人大寶日位賦〉、〈賢不家食賦〉、〈窮神知化賦〉、〈乾爲金賦〉、〈王者無外賦〉等十一篇；卷三收〈易兼三材賦〉、〈淡交若水賦〉、〈養老乞言賦〉、〈得地千里不如一賢賦〉、〈體仁足以長人賦〉、〈陽禮教讓賦〉、〈天驥呈才賦〉、〈稼穡惟寶賦〉、《天道益謙賦》、〈聖人抱一爲天下式賦〉、〈政在順民心賦〉、〈水火不相入而相資賦〉等十二篇。以上共計三十六篇。另外，《歷代賦彙》收有本集之外的〈大禮與天地同節賦〉、〈制器尙象賦〉兩篇，和斷句〈薺賦〉一篇，缺收〈淡交若水賦〉。兩相合計，范仲淹總計存賦全篇三十八篇，斷句一篇。其中除正集卷一所收的三篇爲古賦之外，其他均爲律賦。

范仲淹不僅寫賦，而且有重要的賦學理論。在《范文正公別集》卷四收錄有一篇有關范仲淹賦學理論的重要文章《賦林衡鑒序》。《賦林衡鑒》是范仲淹編選的一部唐宋律賦選本，這部書大約選律賦一百餘首，分類編撰。此書在宋代頗爲流行，南宋鄭起潛在〈上尙書省箚子〉中說：「起潛屢嘗備數考校，獲觀場屋之文，賦體多失其正。起潛初任吉州教官，嘗刊賦格，自《三元衡鑒》、二李及乾淳以來諸老之作，參以近體，古今奇正，粹為一編。總以五訣，分為八韻，至於一句，亦各有法，名曰《聲律關鍵》。」（註二四）其中所謂的《三元衡鑒》乃吳楚厚所編，應當是與范仲淹編選的《賦林衡鑒》齊名的著作。可惜《賦林衡鑒》已經失傳，今人無從窺其全貌。好在該書的〈序〉還保存下來，我們可以據以分析范仲淹的賦論思想。我們還注意到，這篇序文署年為「天聖五年」，當西元一〇二七年，范仲淹時年三十九歲。據《范文公年譜》記載：此年「公寓南京應天府。按公《言行錄》云：時晏丞相殊為留守，遂請公掌府學。公常宿學中，訓督學者，皆有法度，勤勞恭謹，以身先之。由是四方從學者輻湊，其後以文學有聲名於場屋朝廷者，多其所教也。」（註二五）由此可知，范仲淹編選《賦林衡鑒》一書的現實目的，有可能是作為南京應天府學的教本。

六　結語

清林雲銘《古文析義》云：「題是記岳陽樓，任他高手，少不得要說此樓前此如何傾壞，如何狹小，然後敘增修之勞，再寫樓外佳景。以為滕公此舉大有益於登臨已耳。文正卻把這些話頭點過，便盡情閣起，單就遷客騷人登樓異情處，轉入古仁人用心，遂將平日胸中致君澤民，先憂後樂大本領一齊揭出。蓋滕公以司諫謫守巴陵，居廟堂之高者忽處江湖之遠，其憂讒畏譏之念，寵辱之懷，撫景感觸，不能自遣，情所必至。若之念及君民之當憂，自有不暇於為物喜，爲己悲者。篇首提出『謫守』二字，本是此意。妙在借他方遷客騷人，閑閑點綴，不即不離。謂之爲子京說法可也，謂之自述其懷抱可也，即謂之遍告天下後世君子俱應如此存心，亦無不可也。嘻，此其所以爲文正公之文歟！」（註二六）

范仲淹此文揭示「先憂後樂」的大道理，其根底之處，脫胎自《孟子．梁惠王下》：「樂以天下，憂以天下。」孟子對齊宣王說做爲國君必須與天下之人同憂同樂；范仲淹進而指出古仁人「憂」在天下人之前，「樂」在天下人之後，含義比孟子所說的更加顯豁深入，所以成爲千古名言。

然而，精深的內容有賴於恰當的形式來得力宣揚，「以賦爲文」的手法體現了文體的創新，這對於表達其高尚思想無疑起到了正面的作用。同時，這一「以賦爲文」的手法與歐陽脩、蘇軾「以文爲賦」的創作互相呼應，對宋以後文體的新變產生了積極的影響。陳師道說：「國初士大夫例能四六，然用散語與故事爾。楊文公（億）刀筆豪贍，體亦多變，而不脫唐末與五代之氣。又喜用古語，以切對爲工，乃進士賦體爾。歐陽少師（脩）始以文體爲對屬，又善敘事，不用故事陳言而文益高，次退之云。」（註二七）宋代文體新變中，「以賦爲文」與「以文爲賦」的相互作用，值得後人好好總結借鑒。

注釋

編按　詹杭倫　香港大學中文學院教授。

註一　洪順隆：〈范仲淹的賦與他的文學觀〉，載臺灣大學文學院編：《紀念范仲淹一千年誕辰論文集》（臺北市：臺灣大學文學院，一九九〇年），頁七一－一三二。

註二　曾志雄：〈談滕宗諒的「求范仲淹撰岳陽樓記書」〉，載臺灣大學文學院編：《紀念范仲淹一千年誕辰論文集》（臺北市：臺灣大學文學院，一九九〇年），頁一九五－二一四。

註三　范履冰（不詳－六八九年），字不詳，懷州河內人。生年不詳，卒於唐武后載初元年。始爲周王府戶曹參軍。武后召諸文士論撰禁中，履冰亦預其選，時號「北門學士」。凡二十餘年。垂拱中（六八五－六八八），歷鸞臺、天官二侍郎。尋遷春宮尚書、同鳳閣鸞臺平章事，兼修國史。後來以舉逆人得罪，被殺。唐初官制，以中書、門下、尚書三省綜理政務。三省長官（中書令、侍中、尚書左右僕射）並爲宰相。宰相議事的政事堂初設於門下省，後移至中書省。除三省長官爲當然宰相外，皇帝又指令其他官員參預朝政機密。其本官階品較低者，則用「同中書門下三品」或「同中書門下平章事」（武后時改稱爲「同鳳閣鸞臺三品」或「同鳳閣鸞臺平章事」）的頭銜，亦爲宰相。

註四　此即所謂「身體隱喻」（Body Metaphor）。其「將身體以及作爲身體的延伸或擴大的國家，視爲一個具有內在整合性的有機體」，及「將身體當作隱喻或符號來運用，以解釋國家的組織與發展」。這兩項特徵，與六朝人視文學作品如同人體、有機體的想法十分類似。（簡宗梧、遊適宏：〈律賦在唐代「典律化」之考察〉，《逢甲人文社會學報》第一期，二〇〇〇年十一月頁一—一六）。

註　五　引自詹杭倫等：《唐宋賦學新探》（臺北市：萬卷樓圖書公司，二〇〇五年），頁七七。

註　六　據曾志雄考證，最早引用〈求記書〉註釋〈岳陽樓記〉的，是四川大學中文系古典文學教研組編注的《宋文選》，該書因文革關係而延至一九八〇年出版；而第一篇引用該信寫成的單篇論文，是林礽乾的〈岳陽樓記研究〉。林文載《臺灣師範大學國文學報》，一九七三年第二期。

註　七　載清乾隆年間湖廣總督邁柱監修《湖廣通志》卷九十六（文淵閣《四庫全書》本）。又見《全宋文》卷三九六。本文所錄據《四庫全書》本，曾志雄所錄本頗有異文，如結句作「伏惟熄灼」，似不如《四庫》本作「伏惟惶灼」爲善。

註　八　參看余秋雨：《文化苦旅》（上海市：知識出版社，一九九二年）之〈洞庭一角〉。

註　九　參看金文明：《石破天驚逗秋雨》（太原市：書海出版社，二〇〇三年）之〈岳陽樓記傳千古，寫者不在岳陽樓〉），頁一七—二四。

註　十　緡：一千錢，又稱一貫錢。一緡錢，值銀子一兩。

註十一　司馬光：《涑水記聞》（影印文淵閣《四庫全書》本），卷九。

註十二　歐陽脩：《文忠集》（影印文淵閣《四庫全書》本），卷六十三。

註十三　王辟之：《澠水燕談錄》（影印文淵閣《四庫全書》本），卷七。

註十四　范公偁：《過庭錄》（影印文淵閣《四庫全書》本，臺北市：商務印書館，一九八六年）。

註十五　陳師道：《後山詩話》（《叢書集成初編》本，北京市：中華書局，一九八五年）。

註十六　〔明〕孫緒撰：《沙溪集》卷十四〈雜著〉。又載《中華大典・宋遼金元文學分典》（南京市：江蘇古籍出版社，一九九九年）第一冊，頁四八二。

註十七　呂溫：《呂衡州集》（文淵閣《四庫全書》本）卷十。又載《文苑英華》卷八二七、《唐文粹》卷七四。

註十八　金聖歎：《天下才子必讀書》（合肥市：安徽文藝出版社，一九九二年）卷十五。

註十九　祝堯：《古賦辯體》（臺北市：臺灣商務印書館影印《四庫全書》本）卷三〈兩漢體上〉司馬遷〈子虛賦〉評語。

註二十　許學夷：《詩源辯體》（北京市：人民文學出版社，一九八七年）。

註二一　四庫館臣：《四庫全書總目》卷一八八〈古賦辯體提要〉。

註二二　「頃」字在王力的《詩韻常用字》中，有平聲八庚和上聲二十三梗兩個讀音，這裡讀作仄聲更爲妥當。

註二三　田錫（表聖、諫議）存賦二十四首，載《全宋文》卷七六、七七。王禹偁存賦二十六首，載《全宋文》卷一三七、一三八。文彥博存賦十九首，在《全宋文》卷六四一、六四二。范仲淹存賦三十八首，斷句一首，載《全宋文》卷三六七、三六八。歐陽脩存賦二十四首，載《全宋文》卷六六三。參見詹杭倫、沈時蓉：《雨村賦話校證》（臺北市：新文豐出版公司，一九九三年）卷五。

註二四　〔宋〕鄭起潛：〈上尚書省箚子〉載《聲律關鍵》（《宛委別藏》本），卷首。

註二五　引自《范文正公集》（《四部叢刊》本，臺北市：臺灣商務印書館影印），頁二四四。

註二六　〔清〕林雲銘：《古文析義》（清末據康熙刊本重刊本），卷十二。

註二七　陳師道：《後山詩話》（北京市：中華書局，一九八一年）。

蘇軾〈前、後赤壁賦〉之比較

黄登山

摘要

賦發展至晚唐，已出現散文化的趨勢，如杜牧〈阿房宮賦〉。到宋朝這種趨勢更加明顯，如歐陽脩〈秋聲賦〉、蘇軾〈前、後赤壁賦〉，可以說是典型的散文賦。本論文就〈前、後赤壁賦〉的結構、線索和內容的同異，詳加分析比較，來了解東坡的散文寫作技巧。

從結構上說，〈前、後赤壁賦〉都用起承轉合四段式的結構，結構謹嚴。線索的設計是採用以時間爲縱貫，以感情爲橫貫的縱橫交貫式。至於內容方面，運用「詳略法」分析比較其異同。其中略於內容的相同，由風月、客、酒肴、歌唱及感情的變化等五部分比較。詳於內容的不同，從時間、動機、景色、歡樂時間、歌唱時間、準備酒肴的人、遊玩的方法、聲音的轉變、問對的人、悲傷的人、婦人、鶴、夢、睡覺及思想等十五個問題比較。因爲不同的問題較多，所以才能避免兩賦重複贅述的弊病。

關鍵詞

蘇軾、赤壁賦、散文賦、結構、交貫式

一　前言

賦爲文體之一，姚鼐《古文辭類纂》屬辭賦類。其〈序目〉說：「辭賦類者，風雅之變體也。」（註一）章學誠《校讎通議》說：「古之賦家者流，原本詩騷，出入戰國諸子。假設問對，莊列寓言之遺也；恢廓聲勢，蘇張縱橫之體也；排比諧隱，韓非儲說之屬也。」（註二）姚、章二氏都認爲辭賦出於詩。章氏所說的假設諧隱，是詩的比興；恢廓聲勢是詩中的賦。可見由詩遞變爲興於楚，盛行於兩漢的賦，縱橫家實爲其轉捩；因爲縱橫家的辭令，即由詩中簡練而出，所以喜用設辭託諷的諧隱表達方式，而設辭託諷正是辭賦的特徵。齊梁以後，盛行駢文，而賦也有駢賦，不但必須叶韻，且拘於駢偶的形式。至晚唐，賦出現散文化的趨勢，杜牧的〈阿房宮賦〉已很明顯。到宋朝這種趨勢更加顯明，歐陽脩的〈秋聲賦〉、蘇軾的〈前、後赤壁賦〉可以說是典型的散文賦。

宋神宗元豐二年（一〇七九），御史李定等新黨人物，摘集蘇軾諷刺新法的詩句，以譏諷朝廷的罪名，將他逮捕入獄。（註三）軾獲釋後被貶黃州。這時候，他在政治上失意，生活上窘迫不得自由，精神苦悶，只好寄情詩酒，縱情山水。元豐五年（一〇八四）七月和十月，先後兩次泛舟赤壁，於是寫下了千古不朽的〈前、後赤壁賦〉。金聖歎的《天下才子必讀書》說：「若無後賦，前賦不明；若無前賦，後賦無謂。」（註四）二賦雖然同屬文賦，同賦赤壁，但各有其特色。

本論文就〈前、後赤壁賦〉的結構、線索和內容的同異，分析比較，來了解東坡寫作二賦時，觀察的細密和感受的特殊，所以能產生特殊的作品。茲分述如下：

二　〈前、後赤壁賦〉的結構與線索

(一)〈前、後赤壁賦〉的結構

古羅馬文學家朗吉奴斯說：「文章要靠佈局，才能達到高度的謹嚴；正如人體要靠四肢五官的和諧配合，才能顯出俊美。」(註五)朗吉奴斯所謂佈局，就是文章的結構。中國最早對結構提出論述者，見劉勰《文心雕龍》的〈附會〉、〈鎔裁〉、〈章句〉等篇。(註六)一個人的俊美，要依賴四肢五官的和諧配合；同樣的道理，一篇完美的文章，必須依靠嚴謹的結構。

陳滿銘教授論章法學曾有：秩序、變化、聯絡、統一等四律之說。(註七)四律中的秩序，是寫作文章的先後秩序，也就是文章的結構。在中國古典散文中最常用的結構，便是「起、承、轉、合」的四段式。不但古典散文常用，古典詩也常用。例如四句的絕句，第一句是起，第二句是承，第三句是轉，第四句是合。八句的律詩，一、二句的首聯是起，三、四句的頷聯是承，五、六句的頸聯是轉，七、八句的末聯是合。不但古典詩、文常用，古典小說也常用這種結構。一部小說大致可分爲四部分：首先是故事的發生，便是結構的起；接著是故事的發展，便是承；接著是故事的高潮，便是轉；最後是故事的結局，便是合。所以「起、承、轉、合」可以說是古典詩、文及小說最常用的結構。

蘇軾的〈前、後赤壁賦〉也是採用起、承、轉、合的結構。〈前赤壁賦〉全篇可分四段。由「壬戌之秋」至「羽化而登仙」是第一段。由「於是飲酒樂甚」至「泣孤舟之嫠婦」是第二段。由「蘇子愀然」至「託遺響於悲風」是第三段。由「蘇子曰客亦知夫水與月乎？」至「不知東方之既白」爲第四段。第一段用「清風」（清風徐來）和「明月」（月出於東山之上）雙起。第二段用「於是飲酒樂甚」的「樂」字承清風明月。第三段是借第二段淒涼的「簫聲」（客有吹洞簫者，其聲嗚嗚然）轉入悲傷的「心聲」（託遺響於悲風）。這種轉法和白居易的〈琵琶行〉，由「琵琶聲」轉入「商人婦的心聲」是類似的。而客人的悲傷，主要是由於想到人類生命的短暫（寄蜉蝣於天地）和體積的渺小（渺滄海之一粟）所引起。第四段東坡乃根據莊子〈秋水篇〉（註八）和〈寓言篇〉（註九），拿眼前的水和月（客亦知夫水與月乎？）說明萬物「變」與「不變」的道理，以「物與我皆無盡也，而又何羨乎？」化解客人因生命的短暫與渺小所引起的悲傷。最後又用第一段的「清風」與「明月」所造成的美麗的色彩和美妙的聲音，（惟江上之清風，與山間之明月；耳得之而爲聲，目遇之而成色，取之不盡，用之不竭，是造物者無盡藏也，而吾與子之所共適也。）來安慰客人，使客人由悲轉「喜而笑」（客喜而笑〉，「相與枕藉乎舟中，不知東方之既白」做結。這種用「清風、明月」起筆、收筆的結構，古文家稱為「雙起雙收法」。

「雙起雙收」的筆法，韓愈的〈師說〉寫過，〈師說〉用「道、業」（師者，所以傳道、授業、解惑也。）雙起，最後又用「道、業」（聞道有先後，術業有專攻）雙收。東坡的〈石鐘山記〉也是用「雙起雙收法」。對於「石鐘山」命名由來，東坡引用酈道元和李渤的兩種說法，是為「雙起」；最後用「歎酈元之簡」和「笑李渤之陋」收筆，是為「雙收」。現代國語流行歌曲〈綠島小夜曲〉，用綠島（這綠島像一隻船在黑夜裡搖呀搖）和姑娘（姑娘喲！妳也在我的心海裡飄呀飄）雙起，最後又用綠島（這綠島的夜已經這樣沉靜）和姑娘（姑娘喲！妳為什麼還是默默無語）雙收，也是雙起雙收法。

章學誠以為「假設問對、設辭託諷」乃辭賦之特徵。〈前赤壁賦〉東坡與客人對話，便是「假設問對」。用「物與我皆無窮盡也」來勸慰客人，便是「設辭託諷」。由上可知，〈前赤壁賦〉的寫作，頗合辭賦寫作的要旨。

〈後赤壁賦〉仍舊採用起承轉合四段式的結構。從「是歲十月之望」起，至「復遊於赤壁之下」止為第一段。從「江流有聲」起，至「蓋二客不能從焉」止為第二段。從「劃然長嘯」起，至「聽其所止而休焉」止為第三段。由「時夜將半」起，至「開戶視之，不見其處」止為第四段。第一段東坡還是用「風月」（月白風清，如此良夜何？）起筆。在東坡的遊記文章裡，大部分都是夜遊，而且都有風月做伴。他所以喜歡風月，就在風月的清白（月白風清）。在政壇上他處處受到誤解、冤枉，只有拿風月來表達自己的清白。而且風月除清白之外，更有「平淡自然，姿態萬千」的曼妙。有人說，作者在作品中所喜歡採用的事物，正是他的人品特徵。例如：陶淵明的作品中常出現「松菊」（三徑就荒，松菊猶存），「松菊」正可代表他處亂世而不改常態的清高人品。杜甫的作品中常出現「沙鷗」（「飄飄何所似，天地一沙鷗。」、「舍南舍北皆春水，但見群鷗日日來。」）「沙鷗」正可代表他「自由自在，陶然忘機」的淳篤個性。王維喜歡「雲水」（行到水窮處，坐看雲起時），「雲水」猶如他清淡飄逸的風骨。所以作者對於事材、物材的應用，是值得注意的。第二段用「水聲」（江流有聲）承第一段的「赤壁之下」，並且描寫「履巉巖、被蒙茸、踞虎豹、登　龍」，陸上各種遊玩之樂。第三段由第二段的水聲轉風聲（劃然長嘯，草木震動，山鳴谷應，風起水湧）並且由樂轉悲（予亦悄然而悲）。其轉法與〈前赤壁賦〉由簫聲轉心聲是不一樣的。第四段由前面的實境進入夢境，夢一道士羽衣蹁躚，過臨皋之下，和他對話。此時的心情又由悲傷恢復快樂（赤壁之遊樂乎？）而且發現道士原來是疇昔之夜，飛鳴而過的孤鶴的轉化。東坡在道士的笑聲中驚悟過來，等到開戶視之，卻不見道士、孤鶴的蹤跡，一切成空。

第四段文中所描寫的孤鶴與道士的化生，是源自《莊子．天道篇》所說的「物化」（註十）的道理。所謂「物化」，是指萬物自生自化的自然現象，以及萬物生命的轉化，生命的循環無端。孤鶴轉化爲道士，正如莊周夢蝶，不知是周夢爲蝶，亦或蝶化爲莊周。這種「物化」的現象，也就是《莊子．寓言篇》所說的「萬物皆種也，以不同形相禪，始卒若環，莫得其倫。」的道理，萬物以不同的形體不斷地轉化，轉化之間孰先孰後，卻不得而知。

文末「開戶視之，不見其處」是根據佛家的「空觀」思想。「空觀」是佛家語，「佛家觀萬法皆空，因緣無體，立寂滅空，是名空觀。」（註十一）所謂「萬法皆空」，是指物質與精神上的一切事物、活動，到最後總歸立寂滅空。文末所寫的「不見」，不僅不見道士，不見孤鶴，就連同遊的二客、所準備的魚和酒也都不見了，一切事物終歸成空。

鄭明娳教授說：「文學作品必然要有結構，結構是作者對於構思的部署和安排，是一篇作品的骨架，沒有適當的結構，不可能撐起文章的肌肉，讓骨肉停勻，關節靈通，血脈流動。」（註十二）東坡〈前、後赤壁賦〉的結構非常謹嚴，因此總讓讀者感覺骨肉勻稱，關節靈通的和諧之美。

（二）〈前、後赤壁賦〉的線索

想要了解散文內容的連貫關係，必須下兩個工夫：一是牽住線索，二是剖析結構。結構的剖析，上面已經說明，不再贅述。所謂線索，就是文章飛動的來龍去脈。劉熙載說：「惟能線索在手，則錯綜變化爲吾所施。」（註十三）魏怡說：「作品需要線索維繫其藝術生命，使生活的珍珠串成一圈，像項鍊一樣成爲藝術的珍品。」（註十四）想明白文章的來龍去脈，必須掌握它的線索。所以說，一線在手，通篇掌握。線索的重要，於此可知。

中國古典散文的線索設計，大致可分爲三種形式：縱貫式、橫貫式和縱橫交貫式。縱貫式又分：以時間先後爲線、以空間移動爲線、以情節輕重爲線等三種。橫貫式又分：以情感爲線、以事理爲線、以某字爲線等三種。至於縱橫交貫式，是將縱貫式與橫貫式交錯應用。根據魏怡的說法，縱貫式是按事物本身發展的進程作爲線索，縱深地組織材料。（註十五）橫貫式是以內在的思想或外在某個物件來連綴各種互不關聯的畫面、斷片，按事物的性質歸類，並列地組織材料。（註十六）至於縱橫交貫式，於遊記散文中頗爲常見。如姚鼐〈登泰山記〉以遊蹤爲縱貫線，以雪爲橫貫線。（註十七）

東坡〈前、後赤壁賦〉的線索設計，都採用以時間先後爲線的縱貫式，以情感爲線的橫貫式，交錯使用的縱橫交貫式。茲分別說明如下：

〈前赤壁賦〉的縱貫式是以時間先後爲線。從第一段「月出於東山之上」到第四段的「不知東方之既白」，時間是由傍晚到天亮，一整夜的活動。它的橫貫式是以情感爲線。由於第一段「清風明月」的美景，引起第二段「飲酒樂甚」的歡樂的感情；是屬見景生情。第三段由於客人感慨人生像「寄蜉蝣於天地」一樣的短暫，像「滄海之一粟」一樣地渺小，感情便由樂而轉悲；是屬因情入理。第四段東坡就眼前水月爲喻，說明「物與我皆無盡」，所以不必羨慕長江的無窮的道理；並且拿江上清風與山間明月的聲色之美，來勸慰客人，於是客人又由悲而恢復「喜而笑」；是屬以理化情。所以，整篇文章的感情是由樂而悲而喜笑的變化。

〈後赤壁賦〉的縱貫式也是以時間先後爲線。從第一段「霜露既降，木葉盡脫，人影在地，仰見明月」開始，到第四段「須臾客去，予亦就睡。……道士顧笑，予亦驚悟；開戶視之，不見其處。」由復遊赤壁，回家睡覺、作夢，到夢醒，也是一整晚的活動。它的橫貫式也是以情感爲線。第一段由於月白風清的良辰美景，引起歡樂的心情。第二段由於「履巉巖、披蒙茸、踞虎豹、登虬龍」的陸地上的各種活動，心情仍舊快樂。第三段忽然「劃然長嘯，草木震動，山鳴谷應，風起水湧」於是轉變爲「悄然而悲，肅然而恐」的心情。第四段道士問東坡「赤壁之遊樂乎？」「道士顧笑」，最後和〈前赤壁賦〉一樣，仍以笑樂作結。所以整篇文章的感情仍舊是由樂而悲而樂笑的變化。

魏怡說：「古人常把散文的線索藝術稱爲『一線穿珠』，道出了單線索的純一之美。縱橫交貫式就該是『雙龍戲珠』，具有雙線索的變化之美，映襯之美。」(註十八) 縱橫交貫不但擁有變化、映襯之美；它正如紡織，必須經緯交織，才能成爲璀璨的錦繡。

三　〈前、後赤壁賦〉內容的相同與不同

柳宗元去世後，韓愈爲他撰寫〈柳子厚墓誌銘〉與〈柳州羅池廟碑〉。墓誌銘與廟碑的寫

作原則都在表揚死者功德。兩篇文章敘述同一人的德業，爲了避免內容的重複，韓愈採用「詳略法」的寫法。墓誌銘詳於文學辭章而略於官位功業；羅池廟碑則詳於功業而略於文學，於是二者才能避免重複贅述的缺點，而且都能符合文體的寫作原則。

東坡寫作〈前、後赤壁賦〉也採用「詳略法」；兩篇文章相同之處簡略，不同之處詳細，於是讀起來就沒有重複的感覺。茲分述如下：

（一）〈前、後赤壁賦〉內容相同之處

〈前、後赤壁賦〉內容相同之處有下列幾點：

1 皆有風月

前賦：「清風徐來，……月出於東山之上。」

後賦：「月白風清。」

由東坡所寫雜記類文章可知，東坡喜歡夜遊，而且喜愛有風月的晚上。如〈石鐘山記〉：「至其夜月明，獨與子邁乘小舟至絕壁下。」東坡所以愛風月，在於它的清白。

2 **皆有客**

前賦：「蘇子與客泛舟遊於赤壁之下。」

後賦：「二客從予過黃泥之　。」

東坡愛熱鬧，所以出遊一定要有人做伴。如〈石鐘山記〉和兒子乘舟至絕壁下；〈承天寺夜遊記〉要尋張懷民同步於中庭；〈超然臺記〉雨雪之朝，風月之夕，予未嘗不在，客未嘗不從。陶淵明卻不同，喜歡獨來獨往。如〈歸去來辭〉：喝酒要「引壺觴以自酌」，坐船要「或棹孤舟，既窈窕以尋壑。」郊遊一定要「懷良辰以孤往。」兩人的個性不同，所以玩法也不一樣。

3 **皆有酒肴**

前賦：「洗盞更酌，肴核既盡，杯盤狼藉。」

後賦：「於是攜酒與魚復遊於赤壁之下。」

4 **皆有歌唱**

前賦：「於是飲酒樂甚，扣舷而歌之。」

後賦：「仰見明月，顧而樂之，行歌互答。」

5 感情的變化，皆由樂而悲而喜笑

前賦：「於是飲酒樂甚……託遺響於悲風……客喜而笑。」

後賦：「仰見明月，顧而樂之……予亦悄然而悲……赤壁之遊樂乎……道士顧笑。」

東坡稟性豪放曠達，又深明佛、道「以理化情」的道理，所以無論身居何種環境，終能樂觀處之。

東坡愛風月的清白；又愛熱鬧，所以每次出遊必定呼朋引伴。天性熱情，有客必以酒肴相待。有音樂素養，愉快時則高歌。通達佛道哲理，心有不適，能以理化情，所以能夠長保樂觀。〈前、後赤壁賦〉之所以離不開風月、客人、酒肴、歌唱及喜樂的原因即在此。

（二）〈前、後赤壁賦〉內容不同之處

〈前、後赤壁賦〉內容之不同有下列幾點：

1 時間不同

前賦是初秋七月。（壬戌之秋，七月既望）

後賦是初冬十月。（是歲十月之望）

2 **動機不同**

前賦有意遊赤壁。（蘇子與客泛舟遊於赤壁之下）

後賦本無意遊赤壁。（步自雪堂，將歸於臨皋。）

3 **景色不同**

前賦是「白露橫江，水光接天。」

後賦是「霜露既降，木葉盡脫。……山高月小，水落石出。」

按農民曆記載，「白露節」大約在農曆七月底或八月初，前賦之作在七月既望，白露節未到不應有露水；且露水甚重，不應飄浮江上，應作白「霧」橫江，較為合理，東坡恐有疏忽。

4 **歡樂時間不同**

前賦是遊赤壁而後樂。（於是飲酒樂甚）

後賦是未遊先樂。（仰見明月，顧而樂之。）

5

歌唱時間不同

前賦是遊赤壁而後歌唱。（扣舷而歌之）

後賦是未遊先歌。（行歌互答）

6

準備酒肴的人不同

前賦酒肴都由東坡準備。（洗盞更酌，肴核既盡，杯盤狼藉。）

後賦肴由客人準備。（客曰：「今者薄暮，舉網得魚，巨口細鱗，狀如松江之鱸。」）酒由東坡準備。（歸而謀諸婦，婦曰：「我有斗酒，藏之久矣，以待子不時之需。」）

據漁人之說，巨口之魚好吃必肥，鱗細則肉細，是條好魚。

7

遊玩的方法不同

前賦是水上之遊。（縱一葦之所如，凌萬頃之茫然。）

後賦是陸上之遊。（予乃攝衣而上，履巉巖、披蒙茸、踞虎豹、登　龍。）

8

聲音的轉變不同

前賦是由簫聲轉心聲。（客有吹洞簫者，依歌而和之。……哀吾生之須臾，羨長江之無窮。）

後賦是由水聲轉風聲。（江流有聲……劃然長嘯，草木震動，山鳴谷應，風起水湧。）

9 **問對的人不同**

前賦與同遊客人問對。（客曰：「月明星稀，烏鵲南飛，此非曹孟德之詩乎？」）

後賦在夢中與道士問對。（夢一道士……揖予而言曰：「赤壁之遊樂乎？」）

10 **悲傷的人不同**

前賦悲傷之人爲客。（客曰：「哀吾生之須臾，羨長江之無窮。」）

後賦悲傷之人爲東坡。（予亦悄然而悲，肅然而恐。）

11 **婦人的不同**

前賦爲無夫之婦的寡婦。（泣孤舟之嫠婦）

後賦爲有夫之婦。（歸而謀諸婦）

12

鶴的問題

前賦無鶴。

後賦有鶴。（適有孤鶴橫江東來，翅如車輪，玄裳縞衣，戛然長鳴，掠予舟而西也。）

13

夢的問題

前賦無夢。

後賦有夢。（夢一道士羽衣蹁躚）

心理學家認爲在現實世界失意的人，他的夢特別多，因爲只有在夢中才能實現他的理想。東坡也是失意的人，因此多夢。例如：〈江城子〉「夜來幽夢忽還鄉」，〈水調歌頭〉「人生如夢，一樽還酹江月。」

14

睡覺的問題

前賦在船上睡，而且睡到「不知東方之既白。」

後賦回家睡，而且半夜驚悟。（道士顧笑，予亦驚悟。）

15 思想的問題

前賦爲道家變與不變的道理。（自其變者而觀之，則天地曾不能以一瞬；自其不變者而觀之，則物與我皆無盡也。）

後賦爲道家的物化（疇昔之夜飛鳴而過我者，非子也邪？道士顧笑。）和佛家的空觀（開戶視之，不見其處。）

〈前、後赤壁賦〉處處不離赤壁，卻筆筆變化不同，情景各異，各臻其妙，讓讀者嘆爲觀止。

四 結語

文學是表達作者思想、感情的一種藝術。東坡因歷盡坎坷的遭遇，又受到儒道佛三家思想的影響，並由於自己特有的藝術修養，所以在〈前、後赤壁賦〉的寫作技巧上，都有特殊的表現。茲分述如下：

一、在文體寫作原則上，「假設問對，設辭託諷」，深得辭賦的要旨。

二、在結構佈局上，起承轉合，前後呼應，層次分明，嚴謹緜密。

三、在線索設計上，雙起雙收如雙龍戲珠，經緯交織，有雙線索的變化之妙，映襯之美。

四、在文字應用方面，造語平易，情韻緜邈，人人能懂，卻不是人人能完全懂。既有廣度，又有深度，達到矛盾對立面的和諧統一之美。

五、在韻腳選擇方面，從古典詩的用韻習慣得知，古人選韻是配合感情的。大致描寫悲哀的感情常用「ㄧ、ㄨ、ㄥ」韻，因爲這三種韻很像人類的哭聲，讀起來特別淒涼，如韓愈〈祭十二郎文〉「惟兄嫂是依」的「依」字；白居易〈琵琶行〉的「自言本是京城女，家在蝦蟆陵下住。十三學得琵琶成，名屬教坊第一部」的「住、部」；歐陽脩〈祭石曼卿文〉的「奈何荒煙野蔓，荊棘縱橫，風淒露下，走燐飛螢。」的「橫、螢」，都用「ㄧ、ㄨ、ㄥ」等韻，聽起來如哭泣之聲，令人心酸。描寫歡樂的心情則常用「ㄤ、ㄨㄥ」等韻，因爲這兩種韻讀起來暢快豪壯。如杜甫〈聞官軍收河南河北〉的「劍外忽傳收薊北，初聞涕淚滿衣裳。卻看妻子愁何在，漫卷詩書喜欲狂。」的「裳、狂」；王維的〈漢江臨眺〉的「楚塞三湘接，荊門九派通。江流天地外，山色有無中。」的「通、中」，都用「ㄤ、ㄨㄥ」等韻，讀起來聲音宏亮，使人舒暢痛快。東坡〈前、後赤壁賦〉的選韻頗能符合這種原則。當他描述歡樂心情的時候，如「桂棹兮蘭槳，擊空明兮泝流光；渺渺兮予懷，望美人兮天一方。」的「光、方」都押「ㄤ」的韻，有豪壯之美。當他描述悲哀心情時，如「如怨如慕，如泣如訴；餘音嫋嫋，不絕如縷；舞幽壑之潛蛟，泣孤舟之嫠婦。」的「訴、縷、婦」都押「ㄨ」的韻，有淒涼之美。由上可知，東坡〈前、後赤壁賦〉的聲韻安排，很能把握「聲情和諧」的原則，讓「情由聲出、聲在情中」，聽起來特別順耳，百聽不厭。

六、在寫景抒情方面。王國維說：「一切景語皆情語。」(註十九)長於寫景者，必善於抒情。景因情而活，情因景而實。一幅成功的畫，一定是一首美妙的詩。寫詩跟畫畫，有共通之處，就是要有情有景，情景交融，才能生動感人。東坡〈前、後赤壁賦〉，見景生情，所以抒情能得「情趣」；緣情寫景，所以寫景能得「野趣」。使得兩篇文章的趣味無窮，耐人尋味。

七、在說理方面。論理必須假借具體活潑的事物說明，才能達到生動有趣的目的。如孟子說明「不能與不為」的道理，要拿「挾山超海」及「反掌折枝」（註二十）的事情做比喻。王維說明「窮則變」的道理，要舉「行到水窮處，坐看雲起時」的例子來解釋。（註二一）東坡〈前、後赤壁賦〉說明萬物「變與不變」的道理，拿流水和月亮作比喻，說明「物化」的道理，要拿鶴與道士的變化為喻。用具體活潑的事物，來說明抽象枯燥的哲理，才能達到說理而有趣味的「理趣」。

八、在以理化情方面。於〈前赤壁賦〉當客人因「哀吾生之須臾，羨長江之無窮」而悲哀的時候，東坡便以莊子「自其不變者而觀之，則物與我皆無盡也，而又何羨乎？」來化解客人的悲情。於〈後赤壁賦〉當他自己因「劃然長嘯，草木震動，山鳴谷應，風起雲湧」而「悄然而悲，肅然而恐」的時候，東坡便以佛家的「萬法皆空」的空觀，來自我化解。東坡歷盡滄桑，常以佛老「以理化情」的方法，化解自己的憂惑，因而養成曠達豪放的風格。

東坡在〈前、後赤壁賦〉求新、尚變以及多樣化的特殊藝術表現，主要原因是由於他始終以儒家入世思想為根柢，旁參佛老的出世思想；並且遠承韓柳，近繼歐陽脩的散文美學觀念，加上自己特殊的經歷和藝術修養，於是形成了富有獨創性的散文風格，在我國散文美學上又進入另一種境界；對於明代公安派變板重爲輕巧，化粉飾爲本色，崇尚平淡自然的散文理論產生很大的影響。

參考文獻

一　古籍文獻

〔宋〕孫奭疏　《孟子注疏》　北京市　北京大學出版社　一九九九年

〔元〕脫脫　《宋史》　北京市　中華書局　一九八五年

〔清〕金聖嘆　《天下才子必讀書》　臺北市　書香出版社　一九七八年

〔清〕姚鼐　《古文辭類纂》　臺北市　華正書局　一九九八年

〔清〕劉熙載　《藝概·文概》　臺北市　金楓出版社　一九八六年

〔清〕章學誠　《校讎通議》　臺北市　新文豐出版公司　一九八五年

〔清〕郭慶藩　《莊子集釋》　臺北市　世界書局　一九七一年

〔民國〕王國維　《人間詞話》　臺北市　金楓出版社　一九九一年

二　近人著作

吳小林《中國散文美學》 臺北市 里仁書局 一九九五年
張立齋《文心雕龍註訂》 臺北市 正中書局 一九七五年
陳滿銘《章法學新裁》 臺北市 萬卷樓圖書公司 二〇〇一年
鄭明娳《現代散文》 臺北市 三民書局 一九九九年
魏怡《散文鑑賞入門》 臺北市 國文天地出版社 一九八九年

附錄一

前赤壁賦

壬戌之秋，七月既望，蘇子與客泛舟遊於赤壁之下。清風徐來，水波不興。舉酒屬客，誦明月之詩，歌窈窕之章。少焉，月出於東山之上，徘徊於斗牛之間。白露橫江，水光接天。縱一葦之所如，凌萬頃之茫然。浩浩乎如馮虛御風，而不知其所止；飄飄乎如遺世獨立，羽化而登仙。

於是飲酒樂甚，扣舷而歌之。歌曰：「桂棹兮蘭槳，擊空明兮泝流光。渺渺兮予懷，望美人兮天一方。」客有吹洞簫者，倚歌而和之，其聲嗚嗚然，如怨、如慕、如泣、如訴；餘音嫋嫋，不絕如縷；舞幽壑之潛蛟，泣孤舟之嫠婦。

蘇子愀然，正襟危坐而問客曰：「何爲其然也？」客曰：「『月明星稀，烏鵲南飛』，此非曹孟德之詩乎？西望夏口，東望武昌；山川相繆，鬱乎蒼蒼，此非孟德之困於周郎者乎？方其破荊州，下江陵，順流而東也，舳艫千里，旌旗蔽空，釃酒臨江，橫槊賦詩；固一世之雄也，而今安在哉！況吾與子，漁樵於江渚之上，侶魚蝦而友麋鹿，駕一葉之扁舟，舉匏樽以相屬；寄蜉蝣於天地，渺滄海之一粟。哀吾生之須臾，羨長江之無窮；挾飛仙以遨遊，抱明月而長終；知不可乎驟得，託遺響於悲風。」

蘇子曰：「客亦知夫水與月乎？逝者如斯而未嘗往也；盈虛者如彼而卒莫消長也。蓋將自其變者而觀之，而天地曾不能一瞬；自其不變者而觀之，則物與我皆無盡也。而又何羨乎？且夫天地之間，物各有主。苟非吾之所有，雖一毫而莫取；惟江上之清風，與山間之明月；耳得之而爲聲，目遇之而成色。取之無禁，用之不竭。是造物者之無盡藏也，而吾與子之所共適。」客喜而笑，洗盞更酌，肴核既盡，杯盤狼藉。相與枕藉乎舟中，不知東方之既白。

附錄二

後赤壁賦

是歲十月之望，步自雪堂，將歸於臨皋。二客從予過黃泥之阪。霜露既降，木葉盡脫，人影在地，仰見明月，顧而樂之，行歌相答。已而嘆曰：「有客無酒，有酒無肴，月白風清，如此良夜何？」客曰：「今者薄暮，舉網得魚，巨口細鱗，狀似松江之鱸。顧安所得酒乎？」歸而謀諸婦。婦曰：「我有斗酒，藏之久矣，以待子不時之需！」於是攜酒與魚，復遊於赤壁之下。

江流有聲，斷岸千尺；山高月小，水落石出。曾日月之幾何，而江山不可復識矣！予乃攝衣而上，履巉巖，披蒙茸，踞虎豹，登虬龍，攀栖鶻之危巢，俯馮夷之幽宮。蓋二客不能從焉。

劃然長嘯，草木震動，山鳴谷應，風起水湧。予亦悄然而悲，肅然而恐，凜乎其不可留也！反而登舟，放乎中流，聽其所止而休焉。

時夜將半，四顧寂寥。適有孤鶴，橫江東來。翅如車輪，玄裳縞衣，戛然長鳴，掠予舟而西也。須臾客去，予亦就睡。夢一道士，羽衣蹁躚，過臨皋之下，揖予而言曰：「赤壁之遊，樂乎？」問其姓名，俛而不答。嗚呼噫嘻！我知之矣！疇昔之夜，飛鳴而過我者，非子也耶？道士顧笑，予亦驚悟；開戶視之，不見其處。

注釋

編　按　黃登山　東吳大學中國文學系教授。

註一　（清）姚鼐：《古文辭類纂》（臺北市：華正書局，一九九八年），頁二一六。

註二　（清）章學誠：《校讎通議．漢志詩賦略》（臺北市：新文豐出版公司，一九八五年），頁三五三。

註三　（元）脫脫：《宋史．蘇軾傳》（北京市：中華書局，一九八五年），頁一〇八〇九。

註四　（清）金聖嘆：《天下才子必讀書．後赤壁賦》（臺北市：書香出版社，一九七八年），頁三。

註五　吳小林：《中國散文美學》（臺北市：里仁書局，一九九五年），頁七八。

註六　（梁）劉勰撰，張立齋編著：《文心雕龍註訂》（臺北市：正中書局，一九七五年）。

註七　陳滿銘：《章法學新裁》（臺北市：萬卷樓圖書公司，二〇〇一年），頁二一。

註八　（清）郭慶藩：《莊子集釋．秋水篇》云：「物之生也，若驟若馳，無動而不變，無時而不移。」（臺北市：世界書局，一九七一年），頁二五九。

註九　（清）郭慶藩：《莊子集釋．寓言篇》云：「萬物皆種也，以不同形相禪，始卒若環，莫得其輪，是謂天均。」，頁四〇九。

註十　（清）郭慶藩：《莊子集釋．天道篇》云：「知天樂者，其生也天行，其死也物化。」，頁二〇六。

註十一　三民書局大辭典編纂委員會編：《大辭典》（臺北市：三民書局，一九八五年），頁三四八一。

註十二　鄭明娳：《現代散文》（臺北市：三民書局，一九九九年），頁三二六。

註十三　〔清〕劉熙載：《藝概．文概》（臺北市：金楓出版社，一九八六年），頁六六。

註十四　魏怡：《散文鑑賞入門》（臺北市：國文天地出版社，一九八九年），頁八四。

註十五　同前註，頁八五。

註十六　同前註，頁八六。

註十七　同前註，頁九十。

註十八　魏怡：《散文鑑賞入門》，頁九一。

註十九　王國維：《人間詞話》（臺北市：金楓出版社，一九九一年），頁五八。

註二〇　〔漢〕趙岐注，〔宋〕孫奭疏：《孟子注疏．梁惠王章句上》（北京市：北京大學出版社，一九九九年），頁一七－二九。

註二一　〔唐〕王維：〈終南別業〉（臺北市：地球出版社，一九九二年），頁五三。

論蘇軾謫居黃州以後記遊小品中存在意識之轉化

齊婉先

摘要

蘇軾記遊小品之創作與其屢遭貶謫之際遇關係甚爲密切，其嘗以謫居黃州、惠州、儋州三處爲平生功業所在，就其文學作品之數量及內容觀之，此三段謫居歲月對蘇軾生命樣態之轉變及文藝創作之興發，影響既深且鉅。本文乃以蘇軾謫居此三處時所創作之記遊小品爲考察重點，在強調作品乃作者生命及人格展現之文學理論基礎上，試圖剖析蘇軾在記遊小品中，所書寫面對貶謫際遇，其心境由黯然接受，閑人自喻，轉爲忽然開解，有所了悟，再至灑然自笑，得失兩忘之層層曲折，藉以說明蘇軾謫居三處時，其存在意識乃對應時空、事變之不同而有所轉化。進而解釋蘇軾在記遊小品文本中所敘寫之人、事、景、物等題材與其個體存在意識之關聯意義，而此關聯意義之建立即在於蘇軾記遊小品中所流露之自然眞性及隨處體悟之生命境界。

關鍵詞

蘇軾、遊觀、記遊小品、存在意識、審美活動

一　前言

蘇軾（一〇三六－一一〇一）嘗自言：「心似已灰之木，身如不繫之舟。問汝平生功業，黃州、惠州、儋州。」四語雖簡短，已概括其一生行事、際遇大要。此詩詩題〈自題金山畫像〉，據《蘇軾年譜》引《周益國文忠公集．奏事錄》乾道庚寅閏五月辛巳紀事，「至金山龍游寺」一則以下記載，蘇軾曾因族中姪兒輩持所作蘇軾畫像，前來向其請求爲畫像寫贊，蘇軾乃提筆題爲此詩。（註一）考察此事發生時間即在宋徽宗建中靖國元年（一一〇一）五月二十日前，距離蘇軾病逝常州時間七月二十八日，相去僅兩個月，因此，〈自題金山畫像〉實可視爲蘇軾生前對自己平生作爲及生活閱歷進行生命觀照之最終定論。試想，年屆六十六歲之蘇軾，面對畫像，凝視畫中自己，此前六十六年間事倏忽湧現，歷歷在目，心上起伏隨之高低，轉眼間諸多往事已成雲煙散去，萬般情緒下落筆成四語，自是對過往一生下評斷。誰料數月之後，蘇軾竟離開人世，此詩中描寫之身影遂成爲蘇軾生前留下之最後自畫像。在此自畫像中，清楚可見蘇軾自我書寫中存在意識之展顯，而將一生功業歸於謫官三時期，即黃州（元豐三年至七年，一〇八〇－一〇八四），惠州（紹聖元年至四年，一〇九四－一〇九七）與儋州（紹聖四年至元符三年，一〇九七－一一〇〇），正表明此三時期之空間遊歷對蘇軾生命主體之把握別具意義。

烏臺詩案後，貶謫黃州（今湖北省黃岡縣），雖授職水部員外郎、黃州團練副使、本州安置，但不得簽書公事，實爲有罪之身。（註二）如此際遇，可謂爲蘇軾個人生命轉折之極重要關鍵。謫居期間，蘇軾因北歸之日遙遙無期，而自己年歲漸增，心中焦慮益深，情緒煩苦益重，故每每藉由空間遊歷活動——「游」，紓解心中憂悶，正所謂「游以適意，望以寓情」。（註三）蘇軾數度遊於赤壁之下，「縱一葦之所如，凌萬頃之茫然，浩浩乎如憑虛御風，而不知其所止，飄飄乎如遺世獨立，羽化而登仙」，（註四）正是謫居黃州時期。蘇軾嘗自述「日日出東門，步尋東城游」乃在書寫己憂，詩云：

日日出東門，步尋東城游。城門抱關卒，笑我此何求。我亦無所求，駕言寫我憂。意適忽忘返，路窮乃歸休。懸知百歲後，父老說故侯。古來賢達人，此路誰不由。百年寓華屋，千載歸山丘。何事公羊子，不肯過西州。（註五）

此詩與〈赤壁賦〉、〈後赤壁賦〉爲同期之作，詩、賦中俱可見蘇軾透過空間遊歷活動，使個人身體感官在與「江上清風」、「山間明月」交接感觸中，產生「耳得之而爲聲」、「目遇之而成色」之審美情趣；以及個人身體優遊於「放舟中流」、「聽其止休」行動中，暫時消解個人身體因時間與空間限制所陷入失卻自主與自由之困境，達致「意適忽忘返」個體超越時空存在的性靈之樂。蘇軾謫居時期「遊中見眞性，性中體悟境」之存在意識與生命歷程，尤其顯露於此時期所創作之記遊小品中。原因即在，蘇軾常興之所至，摭拾生活中人事活動、遊歷景物、風土民情等，隨筆書寫，文多短小，不事雕琢，語見自然，少有造作，但通篇文氣舒暢，渾然天成，平淡雋永，素樸雅致，甚具藝術成就及審美情趣，而蘇軾謫居時之心情轉折、生命掙扎及體悟之性靈境界即在其直寫胸臆，無所遮掩之書寫中，以近乎眞實面貌方式透顯而出。

本文所稱之「小品」一詞，依目前所見資料可知最初出於印度佛家語，意指節錄之佛家經典或內容精簡者，乃相對「大品」而言。但據陳萬益先生研究，作爲指稱晚明小品文之「小品」詞語乃與「春容大篇」相對，而與佛經「大品」、「小品」無關涉。（註六）「小品文」用以指稱某種特定體裁之文章並風行於一時，伊始於晚明時期，但現今學術界多認爲在晚明以前，早在先秦兩漢時代，類似小品文形式與趣味之短文創作已然出現。（註七）多數研究蘇軾記遊小品者，偏重探討其文學表現、藝術成就及審美情趣。本論文選擇自蘇軾謫居黃、惠、儋三州之記遊小品中透顯之存在意識切入，討論面對不斷貶謫之際遇，蘇軾心境由黯然接受，閑人自喻，轉爲忽然開解，有所了悟，再至哂然自笑，得失兩忘之層層曲折，藉以說明蘇軾謫居三處時，其存在意識乃對應時空、事變之不同而有所轉化，而此存在意識透顯於記遊小品中，其間關聯意義之建立即在於書寫中所流露蘇軾自然眞性及隨處體悟之生命境界。

二　游以適意

烏臺詩案，在蘇軾身陷囹圄，備受屈辱一百多日後，終告結束。蘇軾雖得以保全性命，卻仍未能全身而退，遭貶至黃州。元豐三年（一〇八〇），蘇軾初至黃州，時年四十五歲，當時身心俱乏，猶如劫後餘生，驚恐未定，自言：「惟當蔬食沒齒，杜門思愆。深悟積年之非，永爲多士之戒。」（註八）不僅以「逐客」自稱，（註九）並且「閉門卻掃，收召魂魄，退伏思念，求所以自新之方」。（註十）對於自身處境，在與友人書信中，蘇軾除多次表達「多難畏人」，「杜門念咎」之惶惑不安心情外，（註十一）亦常有「寄」在他鄉，「流落」異地之慨，（註十二）加以日常生活經濟所需甚爲匱乏，令其備感憂慮，遂有「長恨此身非我有，何時忘卻營營。夜闌風靜縠紋平，小舟從此逝，江海寄餘生」之想。（註十三）蘇軾將「此身」與「我有」斷裂爲二，正因「我有」之主體意識無法貫注於深陷「營營」勞苦之「此身」，使「此身」超越現實制約而得與「我有」之主體意識契合，進入身、我同爲自由之境界。此一生命觀照顯示蘇軾此時期之存在意識是建構於「此身」之自由行動上。

元豐四年（一〇八一）底，蘇軾謫居黃州已是第二年，在與友人書信中，云：「某謫居既久，安土忘懷，一如本是黃州人，元不出仕而已。」（註十四）在心境上，蘇軾雖然漸能安土忘懷，但由於不得簽書公事，滿腹長才無所施用，終是閒人一個，加以所居之地，「俯迫大江，几席之下，雲濤接天」，「風雨雪月，陰晴早暮，態狀千萬」，蘇軾乃「時復葉舟縱遊其間」，冀能「游以適意，望以寓情」，將一己身心全然放浪於山光水色之審美情趣中，並爲文記之。(註十五) 膾炙人口之〈赤壁賦〉、〈後赤壁賦〉、〈記承天寺夜游〉等文即爲此時之作，作品中反映出對身陷烏臺詩案瀕死而幸能活命之遭遇深刻反思。對蘇軾而言，「縱游」固能適意寓情，然而爲文一事方是世間至樂之所在，嘗言：「某平生無快意事，惟作文章，意之所到，則筆力曲折，無不盡意。自謂世間樂事，無逾此矣。」(註十六) 對於爲文，蘇軾充滿自信，嘗自評爲文特色，曰：

吾文如萬斛泉源，不擇地皆可出，在平地滔滔汩汩，雖一日千里無難。及其與山石曲折，隨物賦形，而不可知也。所可知者，常行於所當行，常止於不可不止，如是而已矣。其他雖吾亦不能知也。(註十七)

蘇軾爲文「與山石曲折，隨物賦形」特色，自其記遊小品論之，可說明不僅在縱遊景物時，即便是爲文時，蘇軾亦抱持「寓意於物」以爲樂，而「不留意於物」以爲禍之物我相待觀。(註十八) 在〈赤壁賦〉中，蘇軾通過與客泛舟縱遊赤壁下，沉醉於月出東山，徘迴斗牛，白露橫江，水光接天之自然景致，引出主客間對話，對話內容表達對「常」與「變」現象之觀察與思辯。蘇軾借客之口說出今時遊觀之赤壁正是三國時代關鍵戰役赤壁之戰古戰場，而參與此役之人物，即便是一世梟雄曹操，亦未免於時間推移之殘酷，「而今安在哉」？由是，發出「寄蜉蝣於天地，渺滄海之一粟。哀吾生之須臾，羨長江之無窮。挾飛仙以遨遊，抱明月而長終。知不可乎驟得，託遺響於悲風」之喟歎。（註十九）「寄天地」、「渺一粟」、「哀須臾」是客之悲哀，亦是蘇軾之悲哀；「羨無窮」、「慕遨遊」、「願長終」是客心中企慕所在，亦是蘇軾心中企慕所在，然而蘇軾之悲哀與企慕所反映生命存在事實之困境卻並非僅以源自於個人遭詬、被貶、見辱等際遇即可解釋。蘇軾嘗自言：「長恨此身非我有，何時忘卻營營。」二句分別化用《莊子・知北遊》「汝身非汝有也」句，以及《莊子・庚桑楚》「全表形，抱汝生，無使汝思慮營營」。（註二十）蘇軾之恨非其獨有，人之存在事實必有賴於「此身」，然而「此身」乃由天地自然所賦予，且又受限於時間與空間，因而既非人所自有，亦非精神、性靈、道德之「我」所能全然掌握。正如唐陳子昂在登臨幽州臺後，所發出「前不見古人，後不見來者；念天地之悠悠，獨愴然而涕下」感懷一般；（註二一）蘇軾之悲哀與企慕，究其根源所在，乃在於面對時間無盡推移與空間無窮變異之焦慮與侷促感，換言之，如此焦慮與侷促感並非偶然發生於個別生命之特殊反應，而是人類存在事實必然發生之普遍現象，即是生命個體既受到空間方位限制，而且又具有時間長短限制之終極困境，以及由此終極困境所形成生命個體之精神不自由狀態。

相對於客之存在意識深陷於人類存在事實受限於時間與空間之困境中，蘇軾在〈赤壁賦〉中以「水」之流逝與「月」之盈虛兩種自然現象，表達「常」與「變」觀念，其所謂：「自其變者而觀之，則天地曾不能以一瞬。自其不變者而觀之，則物與我皆無盡也。」即強調個體存在事實固然無法背離「常」與「變」普遍法則，但卻不須使個體存在必然性陷於妨礙個體追求精神上自由解放之超越，亦即達致與物同遊、遊於物外之境界。徐復觀先生（一九〇三－一九八二）曾以莊子「逍遙遊」理想爲例，說明「游」是「精神的自由解放」，如同德國哲學家黑格爾（Georg W. F. Hegel，一七七〇－一八三一）分析，人之存在事實，是人被置放於缺乏、不安及痛苦之狀態，而常陷於矛盾之中，故美或藝術，作爲人從受壓迫及危機中，得以回復其生命力，以及作爲生命主體之自由的追求，是非常重要。（註二二）徐復觀先生更以黑格爾所建立人類精神世界最高階段之「絕對精神王國」解釋莊子思想中「游」之意涵，認爲莊子乃在「求得到精神的自由解放，以建立精神自由的王國」。（註二三）徐復觀先生分析說：

> 不過莊子雖有取於「游」，所指的並非是具體的遊戲，而是有取於具體遊戲中所呈現出的自由活動，因而把它昇華上去，以作爲精神狀態得到自由解放的象徵。其起步的地方，也正和具體的遊戲一樣，是從現實的實用觀念中得到解脫。（註二四）

此段話雖在解釋莊子之「游」，然而亦可用以理解蘇軾遊觀赤壁之下時，「縱一葦之所如，凌萬頃之茫然。浩浩乎如憑虛御風，而不知其所止，飄飄乎如遺世獨立，羽化而登仙」所呈現之存在意識與主體自由之追求，亦即蘇軾通過自己身體「縱一葦之所如，凌萬頃之茫然」在實際遊物賞景中之自由活動，將之昇華成爲審美情趣，達致精神狀態得到自由解放之伸展，有如「浩浩乎如憑虛御風，而不知其所止，飄飄乎如遺世獨立，羽化而登仙」。又如在〈後赤壁賦〉中，蘇軾在歸家途中，因見「月白風清」，有感「如此良夜」當攜佳餚美酒與客同遊，乃復遊於赤壁之下，文中自「江流有聲，斷岸千尺。山高月小，水落石出。曾日月之幾何，而江山不可復識矣」以下，蘇軾以自己身體爲敘述主體，仔細描述身體進行遊歷過程中之種種活動，「予乃攝衣而上，履巉巖，披蒙茸。踞虎豹，登虬龍。攀栖鶻之危巢，俯馮夷之幽宮……反而登舟，放乎中流，聽其所止而休焉」，呈現出蘇軾身體在具體遊賞行動中之自由活動。而文末描述「孤鶴橫江東來」與夢見道士相詢「赤壁之遊樂乎」，然後蘇軾驚悟，開戶視之，卻已不見道士，正說明蘇軾在身體之自由活動中，轉化個人存在意識，昇華爲清靜高深之美的精神，從而達致超脫自由之精神生命狀態。其中「孤鶴」與「道士」具有豐富象徵意義，或是蘇軾之化身，或是藉以象徵蘇軾怡然自得之心境。（註二五）

三　身閑心不閑

在蘇軾記遊小品中，身體各種動作之描述及自由活動之書寫常佔有文章主要篇幅，由於身體動作與自由活動之敘寫涉及時間與空間概念，因此，蘇軾記遊小品對於身體動作與自由活動發生之時間與空間多見明確說明。人類之空間與時間世界究竟具有何種重要性？德國哲學家卡西勒（Ernst Cassirer，一八七四－一九四五）在討論人與文化問題時，曾如此說明：「空間和時間是一切實在與之相關聯的構架。我們只有在空間和時間的條件下才能設想任何眞實的事物。」（註二六）卡西勒並強調，早在神話思想之中，「空間和時間從未被看作是純粹的或空洞的形式，而是被看作統治萬物的巨大神秘力量」，影響所及，不僅凡人生活受其控制與規定，即使是諸神生活亦無例外。（註二七）卡西勒對時間與空間之描述有助於理解蘇軾〈記承天寺夜游〉在時間與空間架構下透顯之存在意識。元豐六年（一〇八三），蘇軾因「月色入戶」，一時興起作樂，乃至承天寺，尋找友人張懷民同遊，並將同遊之審美活動化爲文字，而有〈記承天寺夜游〉之作。文中之敘事書寫建構於時間－空間－身體三元互動之關係上，全文如下：

> 元豐六年十月十二日，夜，解衣欲睡，月色入戶，欣然起行。念無與爲樂者，遂至承天寺，尋張懷民。懷民亦未寢，相與步于中庭。庭下如積水空明，水中藻荇交橫，蓋竹柏

影也。何夜無月，何處無竹柏，但少閑人如吾兩人者耳。黃州團練副使蘇某書。（註二八）

此文作時已是蘇軾謫居黃州第四年，文甚短，僅九十四字。全文自時間寫起，首句即標以明確年月日，說明敘述主體，即蘇軾，對個體存在意識中時間概念之重視。「月色入戶」一句看似寫月景，實在描寫時間之推移，其中，「入」字即是關鍵，靜態月色因爲「入」字轉爲動態，成爲抽象時間推移之具體表徵，而爲敘述主體透過視覺作用所感知。隨後點出空間所在，由「戶」至「承天寺」，再至「中庭」，「庭下」敘述空間轉換軌跡，每一空間之轉換皆是由敘述主體通過身體連串動作自「解衣」，「欲睡」，「起行」，至「尋張懷民」，再至「步于中庭」，最終止於「庭下」引導而出，然後人事活動及與之相關聯之事物陸續出現。蘇軾在此處對空間轉換之描述既多且詳，可知其存在意識中對個體所處各空間之高度敏感與強烈自覺。

〈記承天寺夜游〉全文若除去最末一句「黃州團練副使蘇某書」，既不見〈前赤壁賦〉中「蘇子」之稱，亦無〈後赤壁賦〉中「予」或「我」之自謂，雖然敘述主體消失於文字中，卻透過身體行動之敘寫而無處不在。細審文中動詞所描述活動，除「月色入戶」之「入」，「懷民亦未寢」之「未寢」非敘述主體所行使之動作外，舉凡「解衣欲睡」，「起行」，「念無與爲樂者」之「念」，「至」，「尋」，「步于中庭」等皆是由敘述主體所主動行使之連串動作，此主動性之發生則源自於敘述主體對「爲樂」之起念與實踐。由於敘述主體隱沒於身體連串動作中，行使連串動作之身體遂成爲文中敘述主體之主要形象，亦即行動主體。然而行動主體並非唯一處於動作進行狀態者，伴隨一連串身體行動同時進行者，正是時間持續推移，空間不斷轉換。蘇軾在文中建構之時間－空間－身體三元關係爲一交錯變動圖像，其中，本該受限於時間與空間概念之身體，以連串動作主導三元關係之交錯變動。身體之連串行動原非不具意義，依德國社會學家韋伯（Max C. E. Weber, 1864-1920）之解釋，每一行動本身涵攝有行動個體「對其行爲賦予主觀的意義」；法國哲學家沙特（Jean Paul Sartre, 1905-1980）亦指出「一個活動原則上是意向性的」。（註二九）因此，在〈記承天寺夜游〉出現之身體連串行動，可解釋爲行動主體意向性地實踐「爲樂」想法。而蘇軾創作〈記承天寺夜游〉一文之行動，即涵攝有蘇軾所賦予之主觀意義，此主觀意義在於蘇軾對於存在事實之理解，乃在身體與身體所感知之時間、空間不斷交涉及建立關聯意義之脈絡中進行。

在蘇軾遭貶謫以前，對於遊賞山水風光所獲得之美感意象與審美情趣，常爲文作詩加以記錄，原因即是「不將新句紀茲游，恐負山中清淨債」。（註三十）因此，一件單純如夜遊承天寺之事，在書寫方式上，若僅爲能「不負山中清淨債」，原可有多種選擇，如以追憶方式記述，或以第一人稱自述敘寫，或自張懷民立場描述，甚或運用擬人法寫景、詠物，如：〈灩澦堆賦〉、〈超然臺記〉、〈記游定惠院〉、〈石鐘山記〉等，在蘇軾作品中不勝枚舉。然而，歷經烏臺詩案之蘇軾，心境因身形受現實磨難而生深刻變化，遂以「今我」病「故我」，（註三一）其對自我存在之觀照由在貶謫前科場應舉、作詩爲文、仕宦爲官、直言極諫之脈絡中進行，（註三二）逐漸轉爲在山水景物之縱遊玩賞中體驗審美情趣，省察生命意義，彰顯主體意識。此時蘇軾心中身世之感，幽獨之思尤其強烈，甚至懷有屈原以香草美人自託之情緒。（註三三）觀蘇軾所作〈記承天寺夜游〉，通篇略去「蘇子」、「予」或「我」之第一人稱，放棄追憶方式之記述，亦無擬人化寫法，而是直接以身體行動之書寫作爲敘事主軸，蘇軾刻意在文本中突出身體行動之自由，正是其主體意識彰顯之象徵。換言之，蘇軾藉由在月夜與友共賞竹柏影之身體行動，不僅跳脫時間與空間之限制，亦打破夜晚時刻人們必定在戶內休息睡覺之社會化行爲，此時此地蘇軾之存在意識，不再出現「長恨此身非我有，何時忘卻營營」之生命樣態，反之，在精神意識之自由獲得身體徹底實踐行動之自由中，身與我早已緊密交涉，猶如蘇軾所言：「能得吾性不失其在己，則何往而不適哉！」（註三四）在游中見眞性之蘇軾於是建構出「閑人」意象。

文末「何夜無月，何處無竹柏，但少閑人如吾兩人者耳」三句，乃全文重心所在，在此之前蘇軾書寫之時間、空間俱有定指，亦即蘇軾夜遊承天寺之此夜此處，然而，「何夜無月」以下三句，蘇軾將定指之時間、空間擴展指涉範圍而轉爲任意指概念，此夜轉爲「何夜」，此處轉爲「何處」，敘述主體之存在意識亦由此夜此處之定位轉爲在無限時間與無盡空間世界中尋求自我認同。然而人之存在事實終究無法同時間與空間一般無限無盡，況且世人當中並非人人皆如蘇軾一般跳脫時間與空間限制，讓身體在遊賞行動之自由經驗中形塑出「閑人」之美感意象，透顯個體生命之主體性與存在價值。因此，實際與蘇軾在此處此夜賞月、觀竹柏影之人仍舊僅有已置身其中之張懷民。蘇軾發出「但少閑人如吾兩人者耳」之慨歎，固然有感於良辰美景隨時各處皆有，可惜並非皆得知音欣賞，然而其以「閑人」自喻，「閑」之概念亦可指涉爲蘇軾在現實世界中以罪人之身不得簽書公事，遂成爲身閑之人。句中之「吾」，乃本篇首度提及，蘇軾在此句中將「閑人」意象連結至「吾兩人」之存在事實藉以建構二者間之關聯意義，即「閑人」意象正是「吾兩人」主體生命之表象，而「吾兩人」即是「閑人」意象之實體存在。然而身閑，心卻未必閑，「月色入戶，欣然起行」，「庭下如積水空明，水中藻荇交橫，蓋竹柏影也」等身體自由活動之美感經驗，雖使蘇軾得以進入「何夜無月，何處無竹柏」之無限空間與無盡時間世界中，但亦因此而令蘇軾自覺「閑人」意象所象徵孤獨之生命樣態。簡短十字既說明蘇軾以「閑人」形象自我書寫之存在意識，亦透露出蘇軾「何往不適」生命樣態之孤獨感。相較於蘇軾初貶黃州時，「揀盡寒枝不肯棲，寂寞沙洲冷」之孤獨「幽人」意象，（註三五）承天寺中蘇軾之孤獨「閑人」意象多了吾性在己之閒適心境與審美情趣。

末句「黃州團練副使蘇某書」，就全文觀之甚爲特殊，依《蘇軾文集》記載，此句原缺，乃據《永樂大典》卷八千八百四十四引《蘇東坡大全集》補上。句中將前此未明言之作者身分直接道出，不僅指出任官地點、職位，亦直寫其姓，惟未及其名。蘇軾曾言其文「常行於所當行，常止於不可不止」，則此文以「黃州團練副使蘇某書」作結自有其意涵。細審全文對於個體存在之書寫，可分爲三階段，自「元豐六年十月十二日」至「蓋竹柏影也」爲第一階段；「何夜無月，何處無竹柏，但少閑人如吾兩人者耳」爲第二階段；末句「黃州團練副使蘇某書」爲第三階段。此三階段，文意相承，文氣相續，正是理解蘇軾身閑心未閑之存在意識三進程。第一進程中，蘇軾通過連串行動建構出行動主體之「閑人」意象，宣示生命主體性，然後在連結「吾兩人」之存在事實中進入第二進程，確立「閑人」意象即「吾兩人」生命表象之關聯意義，主體生命之存在意識，由向外張揚轉爲向內涵攝，己身不再與吾性斷裂，最終末句自呼「蘇某」，至此第三進程，吾性在己之主體性獲得伸展，在閒適審美情趣中，蘇軾之自我意識已然透顯。綜觀此篇文字記述簡潔，全無贅言，描寫深刻，文中焦點所在，細筆勾勒，視焦之外，則淡筆帶過。自「元豐六年十月十二日，夜，解衣欲睡」至「蓋竹柏影也」，蘇軾直筆而下，一氣呵成，行文流暢如其自評：「在平地滔滔汩汩，雖一日千里無難。……常行於所當行，常止於不可不止。」所敘寫月夜尋友爲樂過程，一派自然，全無造作，尤其描寫意外賞得庭下竹柏影及形影交疊互映之奇幻美感，自在自性中更見閒適之情，饒富意境，純然審美情趣，已不復見初至黃州時惶恐憂懼心情。

四　忽得解脫之體悟

紹聖元年（一〇九四），蘇軾再受謗訕之誣，貶至惠州（今廣東省惠陽縣），四年後又貶至儋州（今海南島儋縣），此後七年，遠謫在外。[註三六]在謫居惠州之前十年間，蘇軾還朝爲官，但因與司馬光對新法措施意見不盡一致而爭執，又與程頤因對禮制看法相左而生隙，數次自請外調，輾轉任知數州，其間多有作爲，蘇軾亦深自期許。惠州之貶，對此時以年屆五十九歲之蘇軾而言，不啻爲一重大打擊。在〈到惠州謝表〉中，即自述：「仁聖曲全，本欲畀之民社；洽言交擊，必將致之死亡。」[註三七]面對謫居惠州未來之生活，蘇軾起初抱持「但以瘴癘之地，魑魅爲隣；衰疾交攻，無復首丘之望」想法，[註三八]故將家眷安置於常州，僅攜其幼子蘇過（一〇七二－一一二三）、侍妾朝雲（一〇六二－一〇九六）及二老婢一同越嶺至惠州。但在接觸惠州當地民情風土時，蘇軾發現「彷彿曾遊豈夢中，欣然雞犬識新豐。吏民驚怪坐何事，父老相攜迎此翁」景象，於是一掃先前疑懼、焦慮，頗生寄寓惠州不復遷之念。[註三九]半年後，蘇軾漸能適應當地生活，而有「風土食物不惡，吏民相待甚厚」之感動，除常遊於山水寺院廟宇之間，[註四十]亦因喜愛當地物產荔枝之滋味，自言：「日啖荔支三百顆，不辭長作嶺南人。」[註四一]在惠州二年餘歲月，蘇軾數次遷居合江樓及嘉祐寺二處所，由於對嘉祐寺附近地理環境甚爲喜愛，當紹聖三年（一〇九六）再次搬回嘉祐寺寓居時，蘇軾即著手規劃，「已買白鶴峰，規作終老計」，並期待新居落成時，「庶幾其少安乎？」[註四二]一年之後，在友人、鄰里幫助之下，蘇軾果眞在白鶴峰上擁有屬於自己之居所。欣喜之餘，蘇軾乃次陶淵明（約三六五－四二七）〈時運〉詩之韻作〈和陶〈時運〉四首并引〉，

〈其二〉云：「下有澄潭，可飲可濯。江山千里，供我遐矚。木固無脛，瓦豈有足。陶匠自至，嘯歌相樂。」（註四三）將蘇軾謫居惠州時期隨遇而安，遊中見眞性之生命樣態表露無遺。

謫居惠州時期，蘇軾作詩爲文，多寫遊觀勝境、田園生活之事，詩文中盡是恬靜美感意象，審美情趣盎然有致。較諸黃州時期作品，此時期詩文最大特色即盡和陶淵明詩歌百餘首與悟道參禪思想濃厚。蘇軾對於陶淵明之企慕，在黃州時期已見呈露，當其躬耕於黃州城東山坡上時，便向友人王定國表示，「日夜墾闢，欲種麥，雖勞苦卻亦有味。鄰曲相逢欣欣，欲自號鏖糟陂裡陶靖節，如何？」（註四四）甚至以「夢中了了醉中醒。只淵明，是前生。走遍人間，依舊卻躬耕」數語表達自己與陶淵明同是「躬耕」之生命樣態，前世今生之隔，只是夢中醉中之差異。（註四五）惠州時期蘇軾表達對陶淵明之景仰與崇拜，更爲直接、鮮明且強烈，不僅時誦陶詩，更盡和陶詩，如：〈和陶〈歸園田居〉六首〉、〈和陶讀《山海經》并引〉、〈和陶〈移居〉二首并引〉、〈和陶〈桃花源〉并引〉、〈和歸去來辭〉等百餘首，即如行事作爲亦見陶淵明遺風。清人王文誥認爲蘇軾追和陶詩歌用意不在學陶作詩，而是「但以陶自託耳」。（註四六）言雖中肯，然而，眾家人物中，蘇軾自託之人何以必是陶淵明？歷史記載中之陶淵明，最爲人熟知之作爲即是清楚理解自己剛強個性不合於世俗，爲能不「違己」，而得「吾性在己」，遂自主決定掛冠離去，躬耕田園而食。陶淵明隱居躬耕之作爲正是其主體自由意識之高度展顯，近乎沙特所言：「我是一個透過活動而知曉自身自由的存在者。」（註四七）陶淵明自覺自身自由存在之主體意識，必在其自主決定躬耕退隱並切實踐履行動中確立，亦由是成爲一個有關自我認知之經驗判斷。（註四八）觀蘇軾在與其弟蘇轍（一〇三九－一一一二）信中言：「然吾於淵明，豈獨好其詩也，如其爲人，實有感焉。」其於陶淵明爲人，最大感懷之處即在此。儘管蘇軾自謂在作詩上「不甚愧淵明」，但在爲人方面，則不得不承認於淵明有愧，因爲在蘇軾生命意識中從未自主決定此身掛冠退隱，並付諸行動，亦未曾通過自我認知經驗判斷之自覺安置此性在田園躬耕中。歷經黃州、惠州貶謫，晚年蘇軾終於悟得「以夕露沾衣之故而犯所愧者多矣」，「平生出仕以犯世患，此所以深愧淵明，欲以晚節師範其萬一也」。（註四九）蘇軾自託陶淵明之作爲，所指涉意涵即是蘇軾對生命主體自由之渴求與追索透顯於其存在意識中。

蘇軾通過追和陶詩，建構一跳脫時間與空間限制之審美情境，在此情境中，蘇軾與陶淵明對話，分享陶淵明生命主體自由之自我認知經驗。對於陶詩中所構築個體生命意境，蘇軾並非全然依賴，主要仍在彰顯其主體意識，追求精神之自由。在〈和陶〈歸園田居〉六首并引〉中，蘇軾即言：「斗酒與隻雞，酣歌餞華顛。禽魚豈知道，我適物自閑。悠悠未必爾，聊樂我所然。」（註五十）蘇軾縱然欣慕陶淵明悠然忘言之生命境界，卻無意成爲此時此世之陶淵明，詩中所道「聊樂我所然」而未必即悠悠之生命情調正是蘇軾自我意識中主體自由存在之直接透顯，亦是蘇軾肯定個體存在價值，體認吾性在己生命意義之基源。蘇軾雖能由物我自閑適之審美活動中獲致吾性在己全然展顯之快樂，但生存本質中個體所受時間與空間之侷限卻無可逃避或擺脫，並具現於人生必然經歷且具不可回復性之衰老與死亡中。蘇軾己身之衰老與侍妾朝雲之病逝，乃蘇軾惠州謫居生活經歷中兩件大事，因此，在記遊小品中常見其抒發關於人事無常與生命飄忽之參悟，如〈題羅浮〉、〈記游白水嵓〉〈記與舟師夜坐〉、〈題嘉祐寺壁〉、〈記游松風亭〉皆是此時作品，其中以〈記游松風亭〉深具代表性。文云：

余嘗寓居惠州嘉祐寺，縱步松風亭下，足力疲乏，思欲就床止息。仰望亭宇，尚在木末，意謂如何得到？良久忽曰：「此間有甚麼歇不得處！」由是心若掛鈎之魚，忽得解脫。若人悟此，雖兩陣相接，鼓聲如雷霆，進則死敵，退則死法，當恁麼時，也不妨熟歇。

此乃回憶之作，文中雖未註明寫作時間，但依據〈題嘉祐寺壁〉所記，云：「紹聖元年十月二日，軾始至惠州，寓居嘉祐寺松風亭。……明年三月，遷于合江之行館。」（註五一）判斷〈記游松風亭〉一文當作於紹聖二年（一〇九五）三月之後。文中記過往寓居嘉祐寺時出遊於松風亭下因而對生命境界有所體悟之事，寫作風格頗近似〈記承天寺夜游〉，首句「余嘗寓居惠州嘉祐寺」，點明事件發生時間與空間，值得注意者，蘇軾以「余」起首，表明敘述主體身分，而非如〈記承天寺夜游〉般至文末方寫出。此後「縱步」、「疲乏」、「思欲就床止息」、「仰望」、「意謂」、「忽曰」、「忽得解脫」，連串動作書寫而下構成全文主體。其中，外部身體動作與內在心靈思維活動交錯進行，或動或靜，生動敘述蘇軾在遊賞松風亭下風光之自由行動中，通過感官作用與所遊賞松風亭相交涉，建立物我間關聯性意義，而進入「忽得解脫」之生命悟境。

何以「忽得解脫」此種轉移可能發生？此問題須自「仰望」動作所指涉「高遠」之觀念進行理解，依徐復觀先生說法，「遠」之觀念形成來自於山水形質之延伸，順由人之視覺，此一延伸不期然而然轉移至想像。此處之轉移甚爲重要，因爲正是山水形質直接通向虛無，由有限直接通向無限之關鍵，徐先生解釋：

> 人在視覺與想像的統一中，可以明確把握到從現實中超越上去的意境。在此一意境中，山水的形質，烘托出了遠處的無。這並不是空無的無，而是作爲宇宙根源的生機生意，在默默中作若隱若現的躍動。而山水遠處的無，又反轉來烘托出山水的形質，乃是與宇宙相通相感的一片化機。（註五二）

所謂「與宇宙相通相感的化機」，正是徐先生所謂「形中之靈」，亦是人類所欲追求使在塵世中受盡污濁，備感滄桑之疲憊心靈能藉此「形中之靈」獲得超脫，達致精神解放與自由。（註五二）然而「形中之靈」不可見，必須由空間距離上之高遠以見「形中之靈」，蘇軾「仰望亭宇，尙在木末，意謂如何得到？」之歎，固爲疲憊雙足之故，但「欲就床止息」之意向，正展現蘇軾尋求通過高遠亭宇所得烘托而出之「形中之靈」，以撫慰疲累不堪之身心，並獲致與宇宙相通相感之生命意境。倘若蘇軾足力尙在，果眞行至亭宇，蘇軾當能隨其視線之遠望導向無限之中，轉移至想像而達成超越現實之精神自由意境。但事與願違，蘇軾終究因力乏而停止前行，陷入事實與理想衝突中。當衝突隨時間推移而持續未消解時，蘇軾不得不對常陷入於事實與理想二者間矛盾、痛苦之個體存在，進行生命觀照。「此間有甚麼歇不得處」，一個跳脫「遠望」模式之反思後，蘇軾了悟陶淵明「心遠地自偏」之豁達超然，開創出「當恁麼時，也不妨熟歇」之主體自由存在境界。

衰老與死亡是個體存在必然經歷之事實，用世與長生則是個體生命追求實現之理想，個體存在事實與個體生命理想間原本即存在無可消解之辯證關係。蘇軾有感於身體之衰老與朝雲之死亡，對於內在於其個體生命存在所必然產生之衰老與死亡間辯證之緊張關係，蘇軾試圖自道、佛思想之窮究中尋求解答，因此，蘇軾之存在意識反映出受道、佛思想影響之特徵。在遊賞松風亭之路途中，蘇軾知曉之事實爲其身體處在「足力疲乏」狀態下，但同時蘇軾心靈所企盼之理想則是「就床止息」之實踐，蘇軾「思欲就床止息」之理想必有賴於雙足疲憊之身體行動方得實現，但雙足既已疲憊，而松風亭又遠在林端，如何能勉強疲憊雙足確實付諸行動，持續攀登而上以實現「就床止息」之理想？換言之，「就床止息」是當下蘇軾心中懷抱之理想，而雙足疲憊則是其身體狀態之事實情況。個體存在所陷入事實與理想之矛盾，正如美國心理學家佛洛姆（Erich Fromm，一九〇〇－一九八〇）所分析人在生存上之「二分律」問題，「迫使他永無止境地追求新的解決辦法」。（註五四）「足力疲乏」之事實與「就床止息」之理想所存在之矛盾令蘇軾進退兩難而深陷思考，企尋解決之道，久思之後蘇軾忽然了悟：遊賞景物途中行路之人固有疲累時，需要休息，既然如此就無須再有顧慮，何必非堅持須得至特定地點方得休憩？一句「此間有甚麼歇不得處」揭示眞性在己之蘇軾自矛盾中跳脫、轉出，亦使其主體存在昇華進入有所了悟之生命境界。由是，蘇軾不再羈絆於時間與空間之限制，故以戰場上兩軍對陣戰事正酣，「進則死敵，退則死法」之兩難處境爲例，表達其生命意識已能超脫於進不得又無所逃窘境之外，隨時而歇，隨地而息，隨遇而安。蘇軾之體悟並未消解因個體存在而存在之矛盾，但縱使人生存之矛盾無法消解，蘇軾已然了悟主體意識之確立與個體自由之實現不在消解矛盾而在超越生命存在之侷限。

　此文所呈現乃一灑脫、了悟之心境，正所謂「山窮水盡疑無路，柳暗花明又一村」，頓時豁然開朗之心路歷程。文中「良久，忽曰」可謂全文轉折關鍵，更是蘇軾心境一轉而下之樞紐。此處之「忽」字，看似突兀，實代表蘇軾念頭之轉如電光火石，猶如「一念之間」、「轉念間」。「忽曰」之後，蘇軾如同打通任、督二脈，此心自由，此性自得，此身無時無處不安。「忽」字之出，甚爲緊要，若無「忽」字，此篇神氣亦將索然消失。通篇文字修辭，簡潔有力，前半段凝聚壓力、緊張，乃至近乎絕望情緒，至眼望木末時刻，已達頂點，瀕臨崩潰，無以復加。但「忽」字一現，如滿堤之水幸得出口，縱流而下，全然洩盡，所有情緒緊繃狀態，由是獲得解脫，此後情緒轉趨舒緩，終得平復；然而因生命觀照之視野開展，而有所體悟，在生命境界上，已自轉上一層。全文關鍵當在「忽」字，而全文之力，亦當繫乎「忽」字。文中「忽」字出現兩次，一實一虛，實處在「忽曰」，即與松風亭之遊事件本身相關涉，用以描述蘇軾頓悟之發生；虛處在「忽得解脫」，即與心靈思維活動之進行相關涉，用以描述蘇軾心境由絕望至了悟之轉變。就在實虛二「忽」交錯間，蘇軾之存在意識已自轉化，而了悟後進入之生命境界亦已然不同。末二句「當恁麼時，也不妨熟歇」正可見蘇軾在「忽得解脫」體悟中，「樂我所然」，眞性在己之生命意識，以及對自我主體性彰顯之高度自信。

五　超越得失之自笑

築於白鶴峰上之新居落成於紹聖四年（一〇九七），蘇軾當時嘗作〈白鶴新居上梁文〉以記之，表明終老心意，云：「南遷萬里，僑寓三年。不起歸歟之心，更做終焉之計。」甚至預見未來歲月將是「何辭一笑之樂，永結無窮之歡」。（註五五）惠州既是蘇軾安身立命之處，回首前塵往事，雖不能無愧無憾，而亦無法改變個體存在必然受限於時間空間之困境，但在個人存在意識與性靈境界上，蘇軾已然獲得解脫，生命樣態轉入悟境，故能超然看待鑿井遇磐石，必至鑿盡山石乃得泉之艱難，作詩曰：「我生類如此，何適不艱難。一勺亦天賜，曲肱有餘歡。」（註五六）正是當時心境寫照。遷入新居後，蘇軾原以爲「新居在大江上，風雲百變，足娛老人」之生活是自己最後依歸，（註五七）未料，同年先是蘇轍遭誣謗貶至雷州，之後蘇軾再遭貶謫至昌化軍（今海南島儋州）。海南儋州地處偏遠，須渡海方得到達，且人煙稀落，開化絕少，長久以來即是遣送流放罪人或左遷官吏之處所。蘇軾對自己此次昌化軍之行並不樂觀，認爲不僅是與家人再次生離，甚至極有可能是生死兩隔，因此，當子孫送行於江邊時，已然慟哭如死別。（註五八）蘇軾將家眷留於惠州，獨與子蘇過渡海前往，嘗對友人書曰：

> 某垂老投荒，無復生還之望，昨與長子邁訣，已處置後事矣。今到海南，首當作棺，次便作墓，乃留手疏與諸子，死則葬於海外，庶幾延陵季子嬴博之義，父既可施之子，子獨不可施之父乎？生不挈棺，死不扶柩，此亦東坡之家風也。（註五九）

文中可見蘇軾複雜心情，其自忖或將死於海外，乃叮囑蘇邁（一〇五九－一一一九）未來後事事宜，並以延陵季子葬子於嬴、博之間，不歸鄉里之事自我安慰，嘗試開解對於生死大事之俗世執迷。「生不挈棺」以下三句寫來灑脫，亦見豪情，展顯出在惠州遊松風亭下「不妨熟歇」之主體自由意識與生命境界。

蘇軾初至儋州之生活甚爲克難，自述處境爲「盡賣酒器，以供衣食」，（註六十）「食無肉，病無藥，居無室，出無友，冬無炭，夏無寒泉，然亦未易悉數，大率皆無耳」，物資既乏，又無人照理生計，好不容易與其幼子結茅數椽以居，亦僅得遮風擋雨。（註六一）謫居儋州，蘇軾心中並非眞無鬱悶，亦曾自傷「何時得出此島耶」？（註六二）但在《陶淵明集》與柳子厚詩文數策陪伴下，以及不時與當地父老出遊中，「食芋飲水，著書以爲樂」，（註六三）蘇軾始終能在心境上持守安泰自若，窮達無礙之生命高度，對待「此身」所受侷限與詬難，盡「付與造物，聽其運轉，流行坎止，無不可者」。（註六四）較諸謫居黃州、惠州時期，蘇軾在儋州生活異常惡劣，非二處所可比擬，然而，正是在如此艱難際遇中，蘇軾之存在意識更爲昂揚，儘管此身常處物我、得失、窮達、出處之矛盾與衝突中，終究不失吾性在己，而能自得解脫，超越主體困境，自由存在。如此生命境界之感知體悟，時見於〈書海南風土〉、〈書北極靈籤〉、〈書上元夜游〉、〈天慶觀乳泉賦〉諸篇記遊小品中。〈書海南風土〉、〈書北極靈籤〉二文敘述蘇軾通過遊賞儋州地理風光與人文景觀之審美活動，了悟人生「壽夭無定，習而安之」，惟「湛然無思，寓此覺於物表」，乃得長生；（註六五）明曉福禍、吉凶之取決端賴於「道疑而法活」，「以信合道則道疑，以智先法則法活」，如此「雖度世可也，況乃延壽命乎」？（註六六）〈天慶觀乳泉賦〉則敘述蘇軾因卜築於儋耳城南，得味甘泉而有「陰陽相化，天一爲水」之領悟，以水解釋物之終始。當深夜時分，蘇軾挈瓶而出，意欲取泉以飲，置身於「有落月之相隨，無一人而我同」之美感意象中，在三嚥遄返，「卻五味以謝六塵，悟一眞而失百非」之感官經驗後，生命本體自然進入「信飛仙之有藥，中無主而何依。渺松喬之安在，猶想像於庶幾」之眞純意境。（註六七）

〈書上元夜游〉乃蘇軾謫居儋州時期極具關鍵性之記遊小品，此文完成時蘇軾年已六十四，距離辭世之日，不到兩年。文中透顯在遊景賞物自由行動中達致超越得失，怡然自笑之生命境界，對於理解蘇軾晚年時期存在意識之內容與生命本體之自由存在，甚爲重要。其文錄於下，曰：

> 己卯上元，予在儋州，有老書生數人來過，曰：「良月嘉夜，先生能一出乎？」予欣然從之。步城西，入僧舍，歷小巷，民夷雜揉，屠沽紛然，歸舍已三鼓矣。舍中掩關熟睡，已再鼾矣。放杖而笑，孰爲得失？過問先生何笑，蓋自笑也。然亦笑韓退之釣魚無得，更欲遠去，不知走海者未必得大魚也。（註六八）

首句「己卯」指元符二年（一〇九九），次句「予在儋州」不僅自述所在處所，亦確立文本乃以第一人稱作爲敘事觀點。較諸〈記承天寺夜游〉、〈記游松風亭〉二文對敘述主體或採隱性，或爲間接之處理模式，蘇軾在〈書上元夜游〉中直接以第一人稱自然出現於文本敘事之書寫方式，更顯其主體自由、性命自得之存在意識內容。全文記蘇軾於上元佳節應數位老書生之邀一起外出夜遊，歸家時三鼓已過，家人亦已關門熟睡，再入夢鄉，蘇軾自笑夜遊得失，亦笑韓愈釣魚得失，由是了悟人生得失之理，不是明辨、計較，而在無思、超越。文中時間推移與空間變異交疊呈現，架構出標誌蘇軾此身存在之座標，成爲蘇軾在身體自由行動中展顯生命意識之重要憑藉。時間自上元嘉夜推移至三鼓，空間則由家舍轉換至城西，僧舍，小巷，民夷，屠沽所在市街，再至家舍門。文末則將生存於前朝時間與空間之韓愈寫入，銜接蘇軾所處時空情境，顯示當下蘇軾超脫自在，不爲時空所限之存在意識。「予欣然從之」一語以下，雖仍以連串動作書寫夜遊情景，但因有「予」字作爲明確主語，自「步」、「入」、「歷」、「歸」至「笑」諸行動之進行，蘇軾身影已昭然見於其中。

當中「民夷雜揉，屠沽紛然」，乃蘇軾在遊觀市街慶祝上元佳節過程中所目睹景象；而「舍中掩關熟睡，已再鼾矣」，則是蘇軾歸家後發現自己已爲家人反鎖門外之情狀。二處情景之描述，頗有意味，行文中，蘇軾除以觀察者姿態注視對象之行動外，對於在二處活動之內容與細節竟毫無說明，莫非蘇軾之夜遊，僅是位冷漠、疏離之旁觀者，未嘗停留，亦未交談，步行一圈即返家？又或者蘇軾自有靈通，月夜中僅見門關已掩，不待敲門，不須細聽，即可知家中人已熟睡再鼾？蘇軾嘗自道爲文「常行於所當行，常止於不可不止」，此二處之書寫方式固然無妨於文字表達，無損於文意理解，卻未可等閒視之。究竟蘇軾對二處之書寫可能蘊含何種意義？應當如何理解較爲適切？蘇軾有段話或許可以對以觀察者之姿書寫二處情景之內在意義提供思考視角，嘗言：「物之來也，吾無所增，物之去也，吾無所虧，豈復爲之欣喜愛惡而累其眞歟？」（註六九）在物我交涉關係中，蘇軾警覺人之一身多繫憂樂於仕進，繫喜怒於世事，繫愛欲於物類，故無法明己是非，辨物眞僞，惟有當人能靜以存性，不失吾性在己，則物我不相累，無往而不適。蘇軾之物我觀，強調主體自由存在，精神自得解脫，或許正是其書寫二處情景時之思想底蘊。

「放杖而笑，孰爲得失？」乃通篇關鍵所在，此後文字實以此二語爲核心展延開來，連四「笑」字，隨事而出，其中意涵各不相同。「放杖而笑」，是蘇軾恍然大悟得失道理之笑；「問先生何笑」，是旁人好奇蘇軾之笑而有所問；「蓋自笑也」，是蘇軾答覆旁人相詢前笑緣由之解釋；「亦笑韓退之」，則是蘇軾在了悟得失，生命意境昇華轉化後，笑傲前朝韓愈。蘇軾上元佳節夜遊後立於家門之外，耳聽家中人熟睡至已再鼾，無所謂得失論斷之懸念，反之，自己猶不免於陷入得失問題之思考中：自己一方面正與友人夜遊上元佳節而享遊觀樂趣，另方面卻已處在爲家人反鎖門外而有家歸不得之窘境。得失之計較，究竟當如何取決？此時此刻「放杖而笑」，一放一笑動作間，蘇軾心中意向所指已甚爲明確，即不再執著於人生得失之計較，展現「吾性在己」之生命意境，以「無思之靜」超越得失窮達；同時，對於當年韓愈因釣魚無得而欲遠去之執著於得失計較，蘇軾自笑之餘，亦不能無笑。韓愈釣魚無得之典故正是蘇軾以此時此地「放杖而笑」之了悟對照彼時彼地尚未參透得失對待之立場，換言之，「放杖而笑」與「自笑」之蘇軾，所「笑」內容，並非僅是上元夜遊後不得返家休息之事，更是對其一生得失去取，窮達出處進行反思，在「昔我未嘗達，今者亦安窮。窮達不到處，我在阿堵中」之境界裡，（註七十）蘇軾展現出主體自由之存在意識。文末「不知走海者未必得大魚也」，指出韓愈執著於得失計較之無益，乃蘇軾對人生得失計較之重要了悟，即人之存在既爲時間與空間所限，自然無法事先得知大海之內是否藏有大魚，但人又多半忽視或輕看個體存在所受侷限之影響，而身陷執著之憂苦，蘇軾之笑韓愈，正因韓愈「更欲遠去」之意猶陷於得失計較迷思，終究無法使其達致「往來付造物，未用相招麾」，（註七一）徹底超越之生命意境。元符三年（一一〇〇）六月蘇軾接獲告命量移廉州，渡海北歸之後，嘗言：「九死南荒吾不恨，茲游奇絕冠平生。」（註七二）事實是蘇軾謫居儋州之生活「凄涼百端，顛躓萬狀」，（註七三）艱難至極，然而在離開儋州之後，蘇軾卻自道「吾不恨」，並以平生奇絕遠遊之冠贊之，可見蘇軾心中充滿「怡然」情調。（註七四）觀〈書上元夜游〉中蘇軾之「笑」，是了悟得失窮達後之開懷，是貞定主體自由後之自適，蘇軾在儋州歲月中所進行自我存在之反思，充分體現「吾性在己」，「澹然無思」之存在意識，使個體生命昇華轉化進入遊於物外，超越物我、得失囿限之生命境界。

六　結論

晚明文人非常喜愛蘇軾詩文，蘇軾選集在當時頗多，亦甚受歡迎，尤其對於蘇軾所作小文、小詞、小說，晚明小品作家更是給予高度評價。如陳繼儒（一五五八－一六三九）主張蘇軾選集之編定「宜拈其短而雋異者置前」；王世貞（一五二八－一五九〇）表示「誦子瞻小文及小詞」，能令人在懶倦欲睡之時感覺「神王」（註七五）；袁中道（一五七〇－一六二三）甚至直言：

> 今東坡之可愛者，多其小文小說，其高文大冊，人固不深愛也，使盡去之而獨存其高文大冊，豈復有坡公哉？（註七六）

其兄袁宏道（一五六八－一六一〇）亦認為蘇軾作文「横心所出，腕無不受者」，「甚至者如晴空鳥跡，如水面風浪，有天地來，一人而已」。（註七七）推崇蘇軾文章之高，已至無以復加之境。晚明小品文之發展，受蘇軾小文、小詞、小說創作之影響相當深遠。因此，近代研究晚明小品文學者亦對蘇軾之書簡、題跋、雜記諸文多所關注，並指出蘇軾小文、小說所建立

「漫筆」爲文之藝術表現手法。（註七八）

〈記承天寺夜游〉、〈記游松風亭〉、〈書上元夜游〉三篇記遊小品，分別作於蘇軾生平三個重要階段，即謫居黃州、惠州、儋州時期。由前文論述可見三文共通特徵爲主題單一明確，結構完整卻不繁複，遊觀視角之書寫展現審美情趣，尤其是在遊觀脈絡中三文中所透顯蘇軾之存在意識及轉化層次間之內在關聯意義，較諸同期之記遊類小品，此三文之代表性意義尤其顯著。蘇轍嘗指出蘇軾在貶謫黃州後文風之改變情形，曰：

（蘇軾）嘗謂轍曰：「吾視今世學者，獨子可與我上下耳。」既而謫居於黃，杜門深居，馳騁翰墨，其文一變，如川之方至，而轍瞠然不能及矣。後讀釋氏書，深悟實相，參之孔、老，博辯無礙，茫然不見其涯也。（註七九）

對照蘇軾在謫居時期所作三篇記遊小品，蘇轍之言確實掌握蘇軾爲文轉變之關鍵。以表面觀之，此三文乃獨立三篇作品，但若將三文置於蘇軾存在意識展顯之脈絡中理解，則東坡生命境界之三轉，隱然可見。由謫居黃州之初惶恐憂懼心情，企圖開脫愁思，嘗試接受事實，逐漸轉爲「何夜無月，何處無竹柏，但少閑人如吾兩人者耳」之隨性、隨意，通過美感意象，沉浸於審美情趣中，在遊中見眞性之生命樣態下建構出「閑人」意象。十年後，蘇軾復遭貶謫至惠州，初時之心境即已異於在黃州之日，較爲泰然，其後更轉進爲「此間有甚麼歇不得處」，「當恁麼時，也不妨熟歇」之放下，解套，明白隨遇而安，領悟全在一心。在「忽得解脫」體悟中，蘇軾進入「樂我所然」之意境，展現眞性在己之生命意識，以及對自我主體性彰顯之高度自信。隨後蘇軾在惠州自適生活爲貶謫儋州之告命中斷，始至儋州，蘇軾已不敢懷抱渡海北歸希望，加以生活艱難，時有陷入無食無衣困境之虞，但在融入當地躬耕生活，時而與農民交遊，通過遊景賞物之自由行動與追和陶淵明詩歌，蘇軾之存在意識，乃再轉化進入「蓋自笑也，然亦笑韓退之釣魚無得，更欲遠去，不知走海者未必得大魚也」之超越、無思，正是得失兩忘，在眞性中體悟境，而能怡然自笑，更笑看古今之生命境界。

明人李贄（一五二七－一六〇二）覽蘇軾之文而得其人之性靈、氣節與生命高度，云：

> 蘇長公何如人，故其文章自然驚天動地。世人不知，祇以文章稱之，不知文章直彼餘事耳，世未有其人不能卓立而能文章垂不朽者。（註八十）

李贄之言頗爲蘇軾抱不平，認爲世人多爲蘇軾奇絕神妙之文采所眩，竟忽視其人卓立不屈之生命特質。持平而論，李贄之言並不虛妄。蘇軾自道平生功業，在黃州、惠州與儋州，觀〈記承天寺夜游〉、〈記游松風亭〉、〈書上元夜游〉三文所涵攝蘇軾在三處謫居生活中存在意識之透顯與主體自由之自覺，說明蘇軾平生功業所在，不當僅自其文學成就與仕宦事業上解釋。三段謫居歲月中，蘇軾眞正面對之問題，不是來自於朝廷中惟恐其不死之大臣，而是感知到生命受限於時間與空間所帶給心靈之困境。在高度自覺主體性之存在意識中，蘇軾確立主體自由，貞定自我存在意義，超越得失窮達之計較，終於在渡海北歸後，展現「九死南荒吾不恨，茲游奇絕冠平生」之生命樣態，達致怡然自在，無往不適，無適不樂，超然物外之生命境界，此正是蘇軾所自道平生功業之所在。

〈本論文題目乃參酌「唐宋散文學術研討會」，會議中特約討論人謝海平教授及王基倫教授惠予之寶貴意見修訂而成，原發表論文時題目爲〈眞性與悟境——論蘇軾記遊小品中存在意識之轉化〉。論文內容亦依謝教授與王教授所給予重要指正有所修改，後學獲益良多，特此向謝教授與王教授致謝。〉

注釋

編　按　齊婉先　明道大學中國文學學系助理教授。

註　一　「至金山龍游寺」下，有段記載：「登妙高臺，烹茶。壁間有坡公畫像。初，公族姪成都中和院僧表祥畫公像求贊，公題云：『目若新生之犢，心如不繫之舟。要問平生功業，黃州、惠州、崖州。』集中不載，蜀人傳之，今見於此。」此事見於孔凡禮撰，《蘇軾年譜》（北京市：中華書局，二〇〇五年）中冊，「宋徽宗建中靖國元年（一一〇一）辛巳六十六歲」之「與程之元（德孺）、錢世雄（濟明）會金山。登妙高臺觀畫像，題詩。聞時論變，決計歸常」一條，卷四十，頁一四〇二—一四〇三。《蘇軾年譜》，以下簡稱《年譜》。此事亦見於〔宋〕楊萬里《誠齋詩話》，惟第二句作「身如不繫之舟」，第三句首作「試問」，詞句略異。見《文津閣四庫全書》（北京市：商務印書館，二〇〇六年）第一四八五冊，頁四五七。〈自題金山畫像〉收入〔宋〕蘇軾撰，〔清〕王文浩輯注，孔凡禮點校：《蘇軾詩集》（北京市：中華書局，一九八二年；一九九九年重印）第八冊，卷四八，頁二六四一。惟首句作「心似已灰之木」，第三句首作「問汝」，第四句末作「儋州」，與前二處記載，不盡相同。雖然〈自題金山畫像〉文本不一，但觀其要旨，卻未嘗牴牾。《蘇軾詩集》，以下簡稱《詩集》。

註二　事見《年譜》，「元豐二年（一〇七九）己未四十四歲」之「十二月庚申（二十六日），責授蘇軾水部員外郎、黃州團練副使、本州安置、不得簽書公事，王詵、蘇轍、王鞏三人謫降，自張方平以下二十二人罰銅」一條，卷一八，頁四六〇。

註三　此爲蘇軾之言，見〈雪堂記〉，收入《文集》卷一二，頁四一二。

註四　引文見蘇軾：〈赤壁賦〉，卷一，頁五—六。

註五　詩題爲〈日日出東門〉，見《詩集》，卷二二，頁一一六二。據《年譜》此詩作於元豐六年（一〇八三）。

註六　關於陳萬益先生對「小品」一詞概念之分析及與蘇軾作品間關聯意義之探討，參見氏著：

〈蘇東坡與晚明小品——談「小品」詞語的衍生與流行〉，收入氏著：《晚明小品與明季文人生活》（臺北市：大安出版社，一九八八年），頁一—三五。

註　七　陳萬益先生即持此看法，同前註。陳書良、鄭憲春二位先生更依此看法，完成對中國小品文史之探索與介紹，參見氏著：《中國小品文史》（臺北市：桂冠出版公司，二〇〇一年），頁一—二八。

註　八　語見〈到黃州謝表〉，收入《文集》，卷二三，頁六五四—六五五。

註　九　見蘇軾：〈初到黃州〉，詩云：「自笑平生為口忙，老來事業轉荒唐。長江繞郭知魚美，好竹連山覺筍香。逐客不妨員外置，詩人例作水曹郎。只慚無補絲毫事，尚費官家壓酒囊。」見《詩集》，卷二十，頁一〇三一—一〇三二。

註　十　見蘇軾：〈黃州安國寺記〉，收入《文集》，卷一二，頁三九一—三九二。文章起首曰：「元豐二年十二月，余自吳興守得罪，上不忍誅，以為黃州團練副使，使思過而自新焉。其明年二月，至黃。舍館粗定，衣食稍給，閉門葺掃，收召魂魄……」則知此文作於元豐三年，蘇軾抵達黃州之後，文中清楚敘述蘇軾初貶黃州之心情。

註十一　觀蘇軾謫居黃州時期與友人書信中，時而自我警惕，時而借己警人，可知在黃州初期，蘇軾常懷有劫後餘悸之心情。凡此可見於〈與沈睿達二首〉之二、〈與程彝仲六首〉之六、〈與杜幾先一首〉、〈與陳朝請二首〉、〈與上官彝三首〉之三，不勝枚舉。所引書信俱收入《文集》，卷五七至五八。

註十二　蘇軾在與杜沂（道源）信中，自言：「謫寄窮陋，首見故人，釋然無復有流落之歎。」見

註十三　〈與杜道源二首〉之一，同前註，卷五八，頁一七五七。在〈與程彝仲六首〉之五，蘇軾告之曰：「闊別永久，多難流落，百事廢弛，不復通問。」同前註，卷五八，頁一七五一。

註十四　此數語見於蘇軾〈臨江仙．夜歸臨皋〉，詞全文云：「夜飲東坡醒復醉，歸來髣髴三更。家童鼻息已雷鳴，敲門都不應，倚杖聽江聲。長恨此身非我有，何時忘卻營營。夜闌風靜縠紋平，小舟從此逝，江海寄餘生。」見蘇軾撰，龍榆生校箋：《東坡樂府箋》（臺北市：華正書局，一九九〇年），卷二，頁一五七。

註十五　見〈與趙晦之四首〉之三，《文集》，卷五七，頁一七一一。

註十六　文見〈與王慶源十三首〉之五，以及〈與上官彝三首〉之三，二文俱收入《文集》，前者見卷五八，頁一八一三，後者見卷五七，頁一七一三。

註十七　見蘇軾：〈文章快意〉，收入何薳：《春渚記聞》（北京市：中華書局，一九八三年），卷六，頁八四。

註十八　見蘇軾：〈自評文〉，收入《文集》，卷六六，頁二〇六九。

註十九　見蘇軾：〈寶繪堂記〉，同前註，卷一一，頁三五六－三五七。

註二十　見蘇軾：〈赤壁賦〉，同前註，卷一，頁五－六。

註二一　見〔清〕郭慶藩撰：〈知北遊〉、〈庚桑楚〉，《莊子集釋》（北京市：中華書局，二〇〇七年），第二十二，第二十三，頁七三九、頁七七七。

註二二　陳子昂：〈登幽州臺歌〉，收入《御定全唐詩》（二），收入《文津閣四庫全書》第一四二八冊，頁一八二。

註二二　有關徐復觀先生之分析，見氏著《中國藝術精神》（上海市：華東師範大學出版社，二〇〇一年），頁三六。

註二三　同前註，頁三六－三七。

註二四　同前註，頁三八。

註二五　關於「孤鶴」與「道士」之象徵意義，何寄澎先生指出蘇軾與孤鶴及道士間，所存在者不再是對應關係，而是「一體的、互替的、相生的關係」，因此「這時橫江東來的孤鶴，何嘗不是東坡的化身？」張學波先生則認爲〈後赤壁賦〉全篇主旨，「當是作者借江水、孤鶴、道士、夢境作象徵，藉此以論述他的『怡然自得』之心境」。參考徐復觀先生對莊子〈逍遙遊〉中「藐姑射之山，有神人居焉」之解釋，「神人」之象徵意義正是「美的、藝術的精神象徵」，亦是「柔靜高深之美的精神的自由活動」，則「孤鶴」與「道士」在〈後赤壁賦〉中之形象書寫，當可視爲是蘇軾審美情趣中超脫、自由精神之象徵。參見何寄澎：〈從「變」到「化」——談《赤壁賦》中「一」與「二」的問題〉，收入國立政治大學文學院編緝：《第三屆國際辭賦學學術研討會論文集》（臺北市：政大中文系，一九九六年），頁五一三。張學波：〈蘇軾前、後《赤壁賦》心靈境界之探討〉，《興大中文學報》第五期（一九九二年一月），頁一〇一。徐復觀之文，同前註，頁四一。

註二六　見恩斯特・卡西勒著，甘陽譯：《人論》（臺北市：桂冠圖書出版公司，一九九七年），頁六三。

註二七　同前註。

註二八　見蘇軾：〈記承天寺夜游〉，《文集》，卷七一，頁二二六〇。

註二九　韋伯之見解參考氏著，顧忠華譯：《社會學的基本概念》（臺北市：遠流出版社，一九九三年），頁十九。沙特之論點見於氏著，陳宣良等譯：《存在與虛無》（下）（臺北市：桂冠圖書出版公司，二〇〇二年），頁六〇七。沙特以笨手笨腳之抽煙者不留神打翻煙灰缸與受命炸開採石場之工人執行命令爲例，比較說明前者並無行動，而後者實已行動，即執行命令之工人「意向性地實現了一項有意識的謀畫」，見同頁。

註三十　此二語見〈與胡祠部游法華山〉，乃蘇軾與胡祠部同遊法華山後所作之詩，收入《詩集》，頁九八八－九八九。據《年譜》記載，此詩作於元豐二年（一〇七九）六月蘇軾任官於湖州之時，同年七月，蘇軾因御史中丞李定等人誣告而遭解送京城，烏臺詩案由是而起。見頁四四二、四四六。

註三一　蘇軾曾對友人之「創相推與」表達非其所望，並云：「足下所見皆故我，非今我也。」見〈答李端叔書〉，收入《文集》，卷四九，頁一四三二－一四三三。

註三二　蘇軾嘗觀省其年輕時期之生命樣態，言：「軾少年時，讀書作文，專爲應舉而已。既及進士第，貪得不已，又舉制策，其實何所有？而其科號爲直言極諫，故每紛然誦說古今，考論是非，以應其名耳。」同前註，頁一四三二。

註三三　劉昭明先生以〈寓居定惠院之東，雜花滿山，有海棠一株，土人不知貴也〉之作，說明謫居黃州時期之蘇軾將寓居處所旁之一株海棠比作高潔幽獨之空谷佳人，意在自比，「暗喻自己之人品心志，並藉以抒寫天涯流落的哀愁與幽獨」，猶如屈原在〈離騷〉中以懷芳抱潔之香草美人自託一般。見氏著：〈笑泯恩仇、蓋棺論定——蘇軾北歸詩考論（一）〉，《文與哲》第八期（二〇〇六年六月），頁一八六－一五七－二五二。另參考氏著：〈從〈賀新郎〉（乳燕飛華屋）詞論蘇軾在黃州時期之心境與寫作手法〉，《漢學研究》第十二卷第一期（一九九四年六月），頁二七五－三一五，對於黃州時期蘇軾幽獨之人格特質所做說明。

註三四　此二語出自〈江子靜字序〉，蘇軾應友人江存之要求，依其名，以「子靜」命為其字。文中解釋動、靜之義，並於文末鼓勵子靜當以「靜以存性」為念，而以此二語作結。文見同前註，卷十，頁三三二－三三三。

註三五　此二句見於〈卜算子〉之末，〈卜算子〉作於元豐三年（一〇八〇）初至黃州，寓居定惠院時，見《年譜》記載，頁四八九。此詞收入《東坡詞》，見《文津閣四庫全書》第一四九二冊，頁一一七。

註三六　蘇軾在元符三年（一一〇〇）遇天下大赦，受命提舉玉局觀，在所作〈提舉玉局觀謝表〉中言：「七年遠謫，不意自全；萬里生還，適有天幸。」收入《文集》，卷二四，頁七〇八。

註三七　同前註，頁七〇六。

註三八　同前註，頁七〇七。

註三九　語見〈十月二日初到惠州〉，收入《詩集》，卷三八，頁二〇七一。

註四十　語見〈與陳季常十六首〉之〈十六惠州〉，收入《文集》，卷五三，頁一五七〇－一五七一。

註四一　見〈食荔支二首并引〉之〈其二〉，收入《詩集》，卷四十，頁二一九四。

註四二　見〈遷居并引〉，同前註，頁二一九四－二一九六。

註四三　同前註，頁二二一九。

註四四　見〈與王定國四十一首〉之〈十三〉，收入《文集》，卷五二，頁一五二〇－一五二一。

註四五　〈江城子〉云：「夢中了了醉中醒。只淵明，是前生。走遍人間，依舊卻躬耕。昨夜東坡春雨足，烏鵲喜，報新晴。雪堂西畔暗泉鳴。北山傾，小溪橫。南望亭丘，孤秀聳曾城。都是斜川當日境，吾老矣，寄餘齡。」蘇軾在詞中將陶淵明視為是其前生之世間存在，「依舊躬耕」之生命路徑即是重點所在。見蘇軾撰，龍榆生校箋：《東坡樂府箋》，卷二，頁一三七。

註四六　王文誥因蘇軾所作和陶詩歌，極有區別，在對〈和陶〈歸園田居〉六首并引〉之案語中曰：「公《和陶》詩，實當一件事做，亦不當一件事做，須識此意，方許讀詩。」王文誥案語錄於〈和陶〈歸園田居〉六首并引〉之後，收入《詩集》，卷三九，頁二一〇七。

註四七　見沙特：《存在與虛無》（下），頁六一四。

註四八　有關自我認知意涵與詮釋，參見劉創馥：〈康德超驗哲學的自我認知問題〉，《國立臺灣大學哲學論評》第三五期（二〇〇八年三月），頁三七－八二。

註四九　信中蘇軾直言獨好陶淵明「質而實綺，癯而實腴」之詩，並頗自豪追和古人詩歌始於其和陶作品，而以作品得意者可謂不愧陶淵明。見〈與子由六首〉之五，收入《蘇軾佚文彙編》，卷四，《文集》，第六冊，頁二五一五。

註五十　見《詩集》，第七冊，頁二一〇四。

註五一　見《文集》，第五冊，頁二二七〇－二二七一。

註五二　徐復觀先生之解釋，主要乃針對北宋畫家郭熙對山水觀照所得「遠」之觀念應用於山水畫創作中而發。但就「仰望」動作指涉高遠意涵，以及人類藉登臨俯瞰之遠望開闊遊者胸襟觀之，徐先生之論點，確實能提供蘇軾「仰望」後「忽得解脫」轉變之重要理解。見氏著：《中國藝術精神》，頁二一一。

註五三　同前註。

註五四　所謂「二分律」，佛洛姆認為乃以人之生存為根源，亦即就人之基本生存言，二分律是指生與死間之「二分律」。然而人必有死又成為另一種「二分律」，即人類有限生命與實現其一切潛能二者間矛盾之二分律。相關論述參見佛洛姆著，孫石譯：《自我的追尋》（臺北市：志文出版社，二〇〇二年），頁四六－五六。

註五五　見〈白鶴新居上梁文〉，收入《文集》，卷六四，頁一九八九－一九九〇。

註五六　見〈白鶴山新居，鑿井四十尺，遇磐石，石盡，乃得泉〉，收入《詩集》，卷四十，頁二二一七－二二一八。

註五七　蘇軾心志見〈答毛澤民七首〉之〈五〉，收入《文集》，卷五三，頁一五七二。

註五八　蘇軾在上朝廷到任表文中，言：「……俾就窮途，以安餘命。而臣孤老無託，瘴癘交攻。子孫慟哭於江邊，已為死別；魑魅逢迎於海外，寧許生還。」見〈到昌化軍謝表〉，同前註，卷二四，頁七〇七。

註五九　見〈與王敏仲十八首〉之〈十六〉，同前註，卷五六，頁一六九五。

註六十　見〈和陶〈連雨獨飲〉二首并引〉之「引」，收入《詩集》，卷四一，頁二二五二。

註六一　見〈與程秀才三首〉之〈一〉，收入《文集》，卷五五，頁一六二七－一六二八。

註六二　見〈試筆自書〉，《蘇軾佚文彙編》，卷五，同前註，頁二五四九。文中蘇軾試圖開解自傷之情，乃以擴大之宏觀視角將中國比爲海南島，己身比爲島上小蟻，小蟻雖暫時因水而茫然不知所濟，但水總有乾涸之日，屆時即得出路，以此想法自我寬慰。

註六三　見蘇轍：〈亡兄子瞻端明墓誌銘〉，《欒城集》，《景印文淵閣四庫全書》（臺北市：臺灣商務印書館，一九八六年），第一一一二冊，卷二二，頁七五九。亦收入《詩集》〈附錄一〉中，文題列爲〈《欒城集》墓誌銘〉，頁二八〇三－二八一四，引文見二八一二。

註六四　見〈與程秀才三首〉之一，收入《文集》，卷五五，頁一六二七－一六二八。

註六五　見〈書海南風土〉，同前註，卷七一，頁二二七五。

註六六　見〈書北極靈籤〉，同前註，頁二二七二－二二七三。

註六七　見〈天慶觀乳泉賦〉，同前註，卷一，頁一五－一六。

註六八　文見〈書上元夜游〉，同前註，卷七一，頁二二七五－二二七六。據明萬曆趙開美刊本《東坡志林》載錄，同文題作〈儋耳夜書〉。

註六九　引文見〈江子靜字序〉，同前註，卷十，頁三三三。

註七十　引文見〈和陶〈擬古〉九首〉之〈其二〉，收入《詩集》，卷四一，頁二二六一。

註七一　引文見〈和陶〈還舊居〉〉，同前註，卷四一，頁二二五〇－二二五一。

註七二　詩云：「參橫斗轉欲三更，苦雨終風也解晴。雲散月明誰點綴，天容海色本澄清。空餘魯叟乘桴意，粗識軒轅奏樂聲。九死南荒吾不恨，茲游奇絕冠平生。」此詩即〈六月二十日夜渡海〉，同前註，卷四三，頁二三六六－二三六七。

註七三　此爲蘇軾自述之言，見〈移廉州謝上表〉，收入《文集》，卷二四，頁七一六－七一七。

註七四　元人方回以「怡然」描述蘇軾作〈六月二十日夜渡海〉時之生命樣態，嘗就是詩中「茲游奇絕冠平生」評論，云：「或謂尾句太過，無省愆之意，殊不然也。章子厚、蔡卞欲殺之，而處之怡然。當此老境，無怨無怒，以爲茲游奇絕，眞了生死、輕得喪天人也。」見氏著：《瀛奎律髓》，《景印文淵閣四庫全書》第一三六六冊，頁四八三。許東海先生認爲蘇軾發出「九死南荒吾不恨，茲游奇絕冠平生」言論，乃因貶謫期間所從事飲食書寫內容之辭賦創作過程，展現大量受屈原〈離騷〉、〈遠遊〉之啓發。許先生之觀點頗值得參考。見〈蘇軾〈飲食賦〉之困境觀照及其文類書寫策略〉，《國立中正大學中文學術年刊》第六期（二〇〇四年十二月），頁一〇一－一二四。

註七五　關於陳繼儒觀點，見陳繼儒，〈蘇長公小品敘〉，《陳眉公先生全集》卷之二，明崇禎間華亭陳氏家刊本，北平。至於王世貞看法，見王世貞著，羅仲鼎校注：《藝苑卮言校注》（濟南市：齊魯書社，一九九二年）卷四。

註七六　見袁中道：〈答蔡觀察元履〉，《珂雪齋前集》（臺北市：偉文圖書出版社，一九七六年）卷二三，頁二二九七。

註七七　見袁宏道：《袁中郎全集．袁中郎隨筆．識雪堂澄卷末》（臺北市：清流出版社，一九七六年），頁一四〇。

註七八　王水照先生不僅指出「蘇軾的書簡、題跋、雜記等文，有許多是文學散文，在蘇軾散文中藝術成就最高」，並認爲蘇軾小文、小說之類文章，「在藝術上表現出信手拈來，隨口說出、漫筆寫成的特點」。而「不刻意爲文，努力在三筆兩筆中寫出一種情調或一片心境」正是蘇軾爲文成功之處。見王水照、王宜瑗著，《蘇軾》（上海市：上海古籍出版社，一九九八年），頁一四五—一四六、一五九。

註七九　見蘇轍：〈《欒城集》墓誌銘〉，收入《文集》〈附錄一〉中，頁二八一三。

註八十　見李贄：〈復焦弱侯〉，《焚書》（臺北市：漢京文化事業公司，一九八四年）卷二，頁四八。

傷逝、追憶與不朽

——蘇軾、黃庭堅題跋文的時間意識

蓋琦紓

摘要

題跋文為宋代的新興文體，至蘇軾、黃庭堅則大大開拓題跋文之內涵，並促使該體之成熟。蘇、黃題跋文雖體製短小，卻充分流露作者之性情懷抱、人格風度。題跋是因人文載體而產生的文字，尤其當載體主人離世後及相關人事變遷，文中往往透顯作者鮮明的「時間意識」，流露傷逝、追憶及不朽情懷，蘇軾、黃庭堅某些題跋文即以抒情口吻、素樸語言道出深沉的人生感慨、生命之永恆，體現令人低迴不已的抒情境界。

關鍵詞

蘇軾、黃庭堅、題跋、時間意識、唐宋散文

一　前言

在宋代散文中，「題跋」可以說是最駁雜、新穎的文體，其源於書畫跋尾和讀書札記，前者逐漸由晉代書畫作品擴大至金石碑帖、詩文作品、文集著述，至於後者爲唐代古文家開創的一類標爲題後、書後、讀某的雜文。（註一）南宋呂祖謙（一一三七－一一八一）《宋文鑒》始立「題跋」一體，之後《元文類》、《明文衡》、《文體明辨》等文選皆立之，（註二）其中明代徐師曾（一五一七－一五八〇）乃云「其詞考古證今，釋疑訂謬，褒善貶惡，立法垂戒，各有所爲，而專以簡勁爲主，故與序引不同」，（註三）指出題跋與序文之差異。但至清代姚鼐（一七三一－一八一五）《古文辭類纂》簡化文體爲十三類，以爲兩者同具「推論本原，廣大其義」的性質，故合稱「序跋」。（註四）

今人褚斌杰《中國古代文體概論》一書中雖遵循姚鼐的分類，主張「序和跋的性質是相似的，它們都是對某部著作或某一詩文進行說明的文字」，不過值得注意的是他將題跋文大致分成兩類：一類是「學術性」的，如讀後感和考訂書、文、畫、金石碑文的源流、眞僞等短文；另一類是「文學性」的，乃優秀的散文小品。（註五）其實，明末清初毛晉（一五九九－一六五九）即道出「題跋似屬小品，非具翻海才射雕手，莫敢道只字」，（註六）換言之，文學性「小品」特質使「題跋」成爲可以獨立玩味的文學體裁。另楊慶存〈論宋代散文體裁樣式的開拓與創新〉一文中則指出「前人常將序、跋并論，僅就其客體對象而言（如爲一書寫的序、跋），實有共同點，然其體製殊別，各成一式」，認爲序文、題跋雖有某些共通之處，其實後者題材廣泛、體式多樣。（註七）

北宋中期的歐陽脩（一〇〇七—一〇七二）可以說是第一位標舉「題跋」者，（註八）其文集中有「雜題跋」一卷，收文二七篇；又集錄自古以來的金石文字編爲《集古錄》，撰成《集古錄跋尾》十卷四百餘篇。朱迎平以爲前者屬於「文學類題跋」，乃「一種新的隨筆小品文體」；後者則爲「學術性題跋」，「載錄、考訂、議論三者」爲基本體式。（註九）之後蘇軾（一〇三七—一一〇一）、黃庭堅（一〇四五—一一〇五）大力開拓「文學類題跋」，促使該體之成熟。蘇軾、黃庭堅題跋的文學價值甚高，早爲世人所肯定，如毛晉即云「凡人物書畫，一經二老（蘇、黃）題跋，非雷非霆，而千載震驚，似乎莫可伯仲」，（註十）對蘇、黃的題跋文推崇甚高。蘇、黃題跋並稱，兩人題跋文皆多達數百首，其題材廣泛、表達豐富、體式靈活、趣味盎然爲共同特徵，（註十一）然因兩人性格差異，亦表現不同的風格。（註十二）

蘇軾、黃庭堅題跋文內容包羅萬象，（註十三）可以說遍及文人生活各個領域，以性情、意趣見長。題跋乃「簡編之後語」，（註十四）簡編包括詩文書畫等等，即所謂「載體」，題跋即載體後之文字，（註十五）兩者撰作時間往往有所差距，而敏銳的作者從其中產生對時間的自覺。而「時間意識」又是中國文學常見主題之一，早在先秦散文《論語》中，孔子即慨歎云

「逝者如斯夫，不舍晝夜」，時間如河水般流逝，一去不返；屈原〈離騷〉云「時繽紛其變易兮，又何可以淹流」，亦對時間推移感到無限悵惘；中國文人對時間的感知，往往以一種存在的悲感來示現，傷春悲秋也成爲中國文學的基調。（註十六）雖然如此，對生命有限的超越，亦從先秦《左傳》就提出「死而不朽」，所謂「立德、立功、立言」，追求精神之不朽；（註十七）之後曹丕更肯定「蓋文章，經國之大業，不朽之盛事」，（註十八）中國歷代文人莫不積極著作，以抗拒生命之消亡。而題跋的作者品評他人或自己過去的「作品」當下，凝視光陰流逝，面對時間洪流，往往流露濃厚抒情性，或表達傷逝、相知之情，或抒發文人的性情懷抱。因此本文欲從「時間」角度切入，抉發蘇軾、黃庭堅題跋文所呈現的抒情面向之一。（註十九）

二　傷逝悼懷

多數題跋文與「載體」本身存在時間的差距，當「載體」的主角或作者已逝，「載體」則形同遺物，而人們面對死生大限難以逾越所湧生的悲情，使此類題跋文往往成爲傷逝悼懷之作。如蘇軾〈記黃州對月詩〉中，以往昔在徐州與友人「飲酒杏花下」對照今日「張師厚久已死，今年子立復爲古人，哀哉」，眼見昔日故友一一作古，不禁哀歎生命之短促、無常。又如〈題顏長道書〉記述「故人楊元素、顏長道、孫莘老，皆工文而拙書，或不可識」，「三人相見，輒以此爲歎。今皆爲陳跡，使人哽噎」，亦是昔今對照，死生乖隔；〈書黃州詩記劉原父語〉文後云「原父既沒久矣，尚有貢父在。每與語，強人意，今復死矣。何時復見此俊傑人乎？悲夫」，（註二十）子瞻面對原父、貢父兄弟相繼離世，除了表達失去摯交之慟外，亦悲歎人才之殞落。

至於黃庭堅則有不少悼念亡弟知命的文章，其嘗與人小簡云「自家弟知命棄去，每遇舊遊故人，未嘗不泫然也」，（註二一）失去手足至親，令人哀痛難抑。山谷〈書自作小楷後〉云：

> 知命無恙時，曰少年以此軸來乞書，余即為書數紙。既而多事，此書沉沒亂書中不復見。今日在福溪道中偶尋得，對之淒然，因為書徹。（註二二）

偶然尋獲昔日知命為他人向己所乞之字紙，死生乖隔的淒惻，僅能藉「書徹」撫慰永訣的傷痛。又見知命摹寫魯公東西林碑陰字，「殊有一種風氣，恨未　耳，年不五十，遽成丘山。觀其平時規摹，不自謂止此。今日見此書，心欲落也」，（註二三）見知命的遺墨，惋惜筆力未遒外，更表達對知命早逝之不捨與心痛。另山谷〈跋李公擇書〉道出與舅父李常生前超出舅甥關係的「相知之鑒」，今日「惜乎冢木拱矣，觀此遺墨，為之霣涕」，不禁潸然淚下。至於〈書平原公簡記後〉則敘述「在雙井永思堂檢舊書，見元祐初簡記，如接笑語。軍山之木拱矣，眼中無復斯人，使人惘然竟日」，（註二四）故人笑語猶在耳畔，卻永遠無法再見此人形貌，如眞似幻，恍若隔世，令人悵惘不已。

時間必然流逝，生命必然死亡，此乃人類共同哀感，歷史學者李紀祥先生即指出「生命的有限是弔的根源，也是哀情之源，這是一種『傷逝』」，「不唯是傷『逝』，也是『傷』逝」。（註二五）蘇軾〈題劉景文所收歐公書〉中述及元祐五年（一〇九〇）「偶與楊次公同過劉景文，景文出此書，僕與次公，皆文忠客也」，而次公乃　歐公「抵掌談笑」，（註二六）緬懷歐公，令人感嘆萬分。然七年後，即紹聖四年（一〇九七）景文亦作古，子瞻讀其詩憑弔景文云：

景文有英偉氣，如三國時士陳元龍之流。讀此詩，可以想見。其人以中壽沒於隰州，哀哉！哀哉！曇秀，學道離愛人也，然常出示其詩，與余相對泣下。

懷想景文生前英偉之風采，連俗緣淡薄的方外之士曇秀見景文遺墨仍不禁與子瞻相對而泣。又蘇軾言景文「死之日，家無一錢，但有書三萬軸，畫數百幅耳」，（註二七）可想見景文之風雅不俗；黃庭堅〈書劉景文詩後〉亦云景文「胸中有萬卷書，筆下無一點俗氣」，但今日卻見「其身後圖書漂散」，而「余亦鬚髮盡白」，人去物散之淒涼，相對自己衰老，不禁「令人氣塞」，（註二八）對歲月流逝之深深無奈。另山谷〈書東坡與蔡子華詩後〉一文，蘇軾〈寄蔡子華〉原詩作於元祐五年，詩云「霜髯三老如霜檜，舊交零落今誰輩」，三老爲蔡子華、王慶源與楊君素，元符三年，山谷題跋此文云「余來青衣，當東坡詩後十一年，三老人悉已下世，或見其兒孫甥姪耳」，（註二九）詩中三老全已作古，而此時東坡則謫居偏遠嶺南，十一年前「舊交零落今誰輩」之詩句，亦是此時此景之寫照，更使人拊卷太息，文後書以「天少晴又欲雨」透露示內心沉重之複雜情思。

凝視時間之流逝，最令人怵目驚心的是題跋文中時間數字的頻繁出現，其標誌生命之流失，流露濃厚的遷逝感。如〈書諸公送鼂繹先生詩後〉一文，自述「鼂繹先生既歿三十餘年，軾始從其子復游，雖不識其人，而得其爲人」，子瞻所以在鼂繹先生離世三十餘年後，始與其子游，其實有段因緣，蘇軾曾作〈鼂繹先生詩集敘〉提及先父游京師返鄉後，嘗以魯人鼂繹先生之詩文十餘篇示己云「小人識之。後數十年，天下無復爲斯文也」，「其後二十餘年，先君既沒，而其言存」，蘇軾乃「懷先君之遺訓」，網羅鼂繹先生之遺文。至於題跋文則著重於「諸公送鼂繹先生詩」，敘述「先生爲閬中主簿，以詩餞行者凡二十餘人，皆一時豪傑名勝之流。自景祐至今，凡四十餘年，而凋喪殆盡，獨張居宗益在耳」，近半世紀後，二十餘位諸賢竟僅存一人，時光匆匆流逝，生命必然死亡，不禁興起「悼歲月之不居，感人事之屢變」悲歎。（註三十）又如〈跋蔡君謨書海會寺記〉云：

君謨寫此時，年二十八。其後三十二年，當熙寧甲寅，軾自杭來臨安借觀，而君謨之沒已六年矣。……竹林橋上，暮山依然，有足感嘆者。

蔡襄〈海會寺記〉云「竹林最得山水佳趣」，三十二年後，景物依舊，君謨卻已作古，當年明師亦老去，蘇軾憑藉該文遙想三十二年前情景，流露物是人非的滄桑感。另〈題蔡君謨帖〉云：

慈雅游北方十七年而歸，退老於孤山下，蓋十八年矣。平生所與往還，略無在者。偶出蔡公書簡觀之，反覆悲歎。耆老凋喪，舉世所惜，慈雅之歎，蓋有以也。（註三一）

慈雅游北方「十七年」、退隱孤山「十八年」，在時間流逝中，耆老一一凋零，物存人逝，連方外人士亦止不住悲情，感慨十分深沉。

三　撫今追昔

題跋文中的「載體」多半是片斷的文章、零星的記憶等等，銜接了過去與現在，往往成為情感觸媒，召喚昔日記憶；（註三二）追憶即是往事的再現，但因載體「斷片」的限制，所召喚的往事多爲吉光片羽，卻也是難以磨滅的記憶，藉此表達文人相知相勉之情誼，或寄託個人情志。如前文述及蘇軾〈記黃州對月詩〉：

> 僕在徐州，王子立、子敏皆館於官舍。而蜀人張師厚來過。二王方年少，吹洞簫，飲酒杏花下。明年，余謫居黃州，對月獨飲，嘗有詩云：「去年花落在徐州，對月酣歌美清夜。今年黃州見花發，小院閉門風露下。」蓋憶與二王飲時也。

子瞻面對舊詩〈黃州對月詩〉中「對月酣歌美清夜」，想起謫居黃州期間回憶在徐州與三位友人「飲酒杏花下」之美景，徐州歡飲與黃州孤寂之對照，如今摯友雖一一作古，子瞻仍惓惓不忘彼此相契之情。至於〈題張安道詩後〉記述元祐六年張方平「薨於南都」，彌留之際，有人問其後事，「但言仲意子瞻兄弟」，方平竟將後事完全託付子瞻兄弟，他人想必相當訝異，蘇軾乃追憶元豐三年，其弟子由原跟隨方平作州學教授，後受自己牽累貶謫筠州，臨別前方平「口占此詩爲別，已而涕下」，詩云「因嗟萍梗才名客，自嘆匏瓜老病身。一榻從茲還倚壁，不知重掃待何人」，表達文人失志共同命運，更言及「安道平生未嘗出涕向人也」，於是特錄此詩於舉哀的「薦福院中」，[註三三]蘇軾藉題方平臨別的口占詩，道出他與蘇氏兄弟深厚的忘年之交。

蘇軾〈跋文忠公送惠勤詩後〉歐公原詩作於慶曆六年（一〇四六），題跋作於熙寧六年（一〇七三），惠勤出示該詩時，歐公已離世一年，兩者相差二十八年。蘇軾回憶初見此詩時，尚未識歐公，之後多次從歐公口中得知惠勤爲人，「然猶未識勤也」，直到熙寧四年，蘇軾通判杭州，途中見歐公，「屢屬余致謝勤」，終於「見勤於孤山下」，然次年歐公辭世，「而勤亦退老於孤山下，不復出游矣」，蘇軾以第三者追憶與歐公、惠勤的相識，見證兩人相知交契之情誼。又如〈跋先君書送吳職方引〉，蘇洵該文約作於至和二年（一〇五五），蘇軾題跋作於元豐七年（一〇八四），此時蘇洵、歐陽脩早已辭世，文中追憶「始先君家居，人罕知之。公攜其文至京師，歐陽文忠公始見而知之。公與文忠謫夷陵時，贈公詩有『落筆妙天下』之語」，（註三四）感激歐公與先父之知遇，使蘇洵之文名不致埋沒不彰。至於〈書聖俞贈歐陽閥詩後〉，憶起往昔梅公與先父交游時，「余與子由年甚少，世未有知者，聖俞極稱之」，且有詩云「蘇子居其間，飲水樂未央」，「歲月不知老，家有雛鳳凰」，極力稱讚蘇軾、蘇轍兄弟。然如今梅公辭世四十年，蘇軾卻貶謫嶺南，文中云：

> 南遷過合浦，見其門人歐陽晦夫，出所爲送行詩。晦夫年六十六，予尚少一歲，鬚鬢皆浩然，固窮亦略相似。於是執手大笑，曰：「聖俞之所謂鳳者，例皆如是哉！」天下皆言聖俞以詩窮，吾二人者又窮於聖俞，可不大笑乎？（註三五）

子瞻在途中遇見梅公門生歐陽晦夫，兩人年紀相仿、「固窮」相似，子瞻以自嘲口吻道出千古詩人共同命運，「執手大笑」中其實透露深沉的身世感慨。

黃庭堅與俞清老少年共學於淮南，其〈書贈俞清老〉中言及當年「嘗作七言長韻贈清老」，「清老至今班班能誦之。邇來相見，各白髮矣。余又以病，屏酒不舉肉多年。清老相過，特蔬飯茗飲，道舊終日爾」，如今兩人垂垂老矣，聚首話舊憶往，終日不倦。至於〈書贈宗室景道〉則追憶「曩時與宣州院公壽、景珍嘗共文酒之樂，此時景道已能著帽在傍」，而「今日相見，景道頎然立於朝班，予則將老矣」，山谷自書「忠信孝友之說」贈之，(註二六)以期勉景道不負先人之遺訓。又如〈書張仲謀詩集後〉一文憶及年輕時與仲謀同在葉縣為官，兩人「相樂如弟兄」，「仲謀刻意學作詩」，三十年間，「每相見，仲謀詩句必進」，晚年山谷「竄逐蠻夷」，「而仲謀來守施州」，乃調侃彼此「鼪鼯同游蓬藋柱宇」，(註二七)仲謀寄詩請山谷評之，「以此自成一家，可傳也」，相契相勉之情溢於言表。

蘇軾、蘇轍兄弟手足情深，傳為文壇佳話，從進士及第始，無論游宦、貶謫，朝廷居官，無不同進同退，其詩文往往流露共通情志，如蘇軾〈題別子由詩後〉，因友人歸洛，而憶起兩年前「自黃遷汝，往別子由於筠」，作詩留別，其中云「先君昔愛洛城居，我今亦過嵩山麓」，「想見茅簷照水開，兩翁相對清如鵠」，兩人相約卜築洛城；如今「雖不過洛，而此意未忘」，此時子瞻已在京師，仍不忘與子由歸隱之約。又如〈書出局詩〉云：

忽記十年前在彭城時，王定國來相過，留十餘日，還南都。時子由爲宋幕，定國臨去，求家書，僕醉不能作，獨以一絕與之。……今日情味雖差勝彭城，然不若同歸林下，夜雨對床，乃爲樂耳。

該文作於元祐三年，子瞻、子由兄弟皆居京師要職，子瞻因局中早出，作詩云「傾杯不能飲，待得卯君（子由）來」，因而回憶十年前的彭城往事，以一絕作家書，最後云「淚濕粉牋書不得，憑君送與卯君看」，流露相思之情；至今仍期待「同歸林下，夜雨對床」。至於〈書彭城觀月詩〉云：（註三八）

「暮雲收盡溢清寒，銀漢無聲轉玉盤。此生此夜不長好，明月明年何處看。」余十八年前中秋夜，與子由觀月彭城，作此詩，以《陽關》歌之。今復此夜於贛上，方遷嶺表，獨歌此曲，聊復書之，以識一時之事，殊未覺有今夕之悲，懸知有他日之喜也。

十八年前與子由共賞中秋月圓，即有深沉之身世感慨，晚年謫居惠州，獨歌此曲，卻能更坦然面對人生之悲喜。至於黃庭堅〈跋行書〉：

王略澤辭乞書，會予新病癰瘍，不可多作，漫書數紙，臂指皆乏，都不成字。若持到淮南，見余故舊，可示之，何如？元祐中黃魯直書也。建中靖國元年五月乙亥，荊州沙尾水漲一丈，堤上泥深一尺，山谷老人病起書也，須髮盡白。（註三九）

晚年謫居荊州，回憶元祐期間居京師，有人向山谷乞書，山谷希望對方若至家鄉淮南，能將此書示故舊，思鄉之情溢在言表；如今白髮謫居僻地，品題昔日舊書，京師繁華歲月已逝去，唯有思鄉之情不變，但又多了一分失志的惆悵，文中「水漲一丈，泥深一尺」似乎暗示其沉鬱心境。

四　不朽意識

當你追憶某人種種時，某人對你而言，其實已具有永恆的意義，不過宋人對士人在歷史長河的意義更加自覺，對永恆不朽具有更強烈的想望與追尋。如歐陽脩嘗云：

人之死，骨肉臭腐，螻蟻之食爾。其貴乎萬物者，亦精氣也。其精氣不奪于物，則蘊而爲思慮，發而爲事業，著而爲文章，昭乎百世之上，而仰乎百世之下，非如星之精氣，隨其斃而滅也，可不貴哉！（註四十）

人所以爲萬物靈在於「精氣」，發爲「事業」、「文章」，則具有永恆的生命，歐公認爲「享於身者有時而止，施於後者其耀無窮」，(註四一) 勉勵士人在有限的生命中實現最大的價值，追求人生至高無上的榮耀。而蘇軾曾引歐陽脩所云：「文章如精金美玉，市有定價，非人所能以口舌定貴賤也。」(註四二) 亦重視文章的永恆意義與價值，甚至直接將「士」比喻爲「良金美玉」，「決不碌碌與草木同腐也」，(註四三) 充分肯定文人在歷史上的地位。

蘇軾、黃庭堅品題早逝的雋異士人的遺文，於悲痛惋惜之餘外，並賦予士人不朽價值。(註四四) 如蘇軾〈書黃道輔品茶要錄後〉論及黃道輔《品茶要錄》十篇「委曲微妙，皆陸鴻漸以來論茶者所未及」，「今道輔無所發其辯，而寓之於茶，爲世外淡泊之好，此以高韻輔精理者，予悲其不幸早亡，獨此書傳于世」，且以張機「有精理而韻不能高，故卒爲名醫」，反襯道輔文章「高韻輔精理」，(註四五) 必可傳於後世。又如蘇軾、黃庭堅皆題跋早卒邢敦夫〈南征賦〉，子瞻云「一日不見，遂與草木俱盡，故魯直、無咎等諸人哭之，皆過時而哀。今觀此文，亦足少慰」，意味敦夫以文章不與「草木俱盡」，山谷「今觀邢惇夫詩賦，筆墨山立，自爲一家，甚似吾師復也」，更以映襯手法提及未滿二十而卒的謝師復，並以堅定口吻云「吾惇夫亦足以不朽矣」。(註四六)

除了文章，士人出仕，實現抱負，從政愛民，長於吏事，豎立「爲政以德」典範，如蘇軾〈題鮮于子駿八詠後〉云「自朝廷更法以來，奉法之吏，尤難其人」，子駿除了面臨「刻急則傷民，寬厚則廢法」兩難外，又因「親族故人，散處所部」，尚有一難「以親則害法，以法則傷恩」，子駿雖面臨三難，爲政九年，而能「其聲藹然，聞之四方。上不害法，下不傷民，中不廢親，自講義措置至於立法定制，皆成於手」，子瞻題子駿八詠詩後，「以遺益昌之人，使刻於石，以無忘子駿之德」，鐫於石上，其實不僅贈當地居民，更值得士大夫效法。至於黃庭堅〈書范子政文集後〉開首即云「士之學，期於沒而不朽。君子之道，百世以俟聖人。故壽夭之際，未嘗置言」，士人追求君子之道，超越壽命長短，只是「中道而悔」，「豈能使人無慨於心」。山谷聞他人云子政「年三十試吏單父，方使者剝膚椎髓取於民以自爲功，子政以歲饑，獨捨單父民賦十九。雖蚤世，可以不朽矣」，（註四七）相對於使者剝削人民，年僅三十的子政卻獨自減稅，表現愛民之情，即使早逝，亦足於在歷史上留下良吏之典範。

除了品評他人文章之不朽，黃庭堅對自己的藝文觀及創作亦胸有成竹，如〈題北齊校書圖後〉：

> 往時在都下，駙馬都尉王晉卿時時送書畫來作題品，輒貶剝令一錢不直，晉卿以爲過。某曰：書畫以韻爲主，足下囊中物，無不以千金購取，所病者韻耳。收書畫觀予此語，三十年後當識書畫矣。

黃庭堅回憶昔日在京師品評王詵蒐藏的書畫作品一文不値，山谷頗自信三十年後，「書畫以韻爲主」，果然「韻」成爲宋人最高的審美理想，山谷之後，論「韻」者甚眾。（註四八）又其〈戲草秦少游好事近因跋之〉山谷自評「三十年作草，今日乃造微入妙」，以爲「此書當與與可老竹枯木並行也」，（註四九）文同墨竹畫千古流傳，山谷自負表示其三十年行草必不朽於世，今日山谷書法確爲北宋四大家之一。

至於蘇軾〈書魯直浴室題名後〉則是一篇較特殊之作，該題跋先附黃庭堅題名原作，敘述京師浴室院有蜀僧令宗之壁畫，其「人物皆絕妙」，又令宗有懷道之容，「未易爲俗人言也」，然此壁雖在「冠蓋之區，而湮伏不聞者數十年」，直到蘇軾發掘其高妙之處。又言及寺中「井泉甘寒」，汶師碾建溪茶「常不落第二」，「故人陳季常，林下士，寓棋簟於此」，蘇軾與范子功、黃庭堅在京師期間多次前往浴室院。東坡則題跋於後云：

> 後五百歲浴室丘墟，六祖變滅，蘇、范、黃、陳盡爲鬼錄，而此書獨存，當有來者會予此心，拊掌一笑。（註五十）

竟想像五百年後灰飛湮滅，浴室院已成廢墟，五百年前過浴室院的人也作古，而山谷題名提供後人憑此文傾遙想當年蘇軾等人心境，文人觀畫、品茗、奕棋，流露文人的風流雅致，千古映照。黃庭堅〈跋自書玉京軒詩〉即云：

歲行一周，道純已凋落，為之隕涕，故書遺超上人，可刻石於吾二人醉處，它日有與予友及道純好事者尚徘徊碑側。

十二年前的〈玉京軒詩〉中云「上有千年來歸之白鶴，下有萬歲不凋之瑤草。野僧雲臥對開軒，一姤安巢若飛鳥」，「箇中即是地行仙，但使心閑自難老」，（註五一）可想見當年山谷與道純「適性逍遙」之心境。如今山谷「臨文嗟悼」道純，且特書此詩，請人刻石於昔日二人醉倒之處，讓日後認識山谷與道純的人亦「有感於斯文」，正如王羲之〈蘭亭集序〉所云「後之視今，亦猶今之視昔」，個人生命雖不免殞落，但透過古往今來人類「集體存在、同情共感的信念，投入整體的歷史生命中，則個體之湮沒，雖死猶存，人類代代相交相感，亦自成一永恆持續之生命」。（註五二）換言之，在歷史長河中人們憑藉「同情共感」促成生命之永恆。此外，黃庭堅〈書王荊公騎驢圖〉云：

金華俞紫琳清老，嘗冠禿巾，衣掃塔服，抱《字說》，追逐荊公之驢，往來法雲、定林，過八功德水，逍遙游亭之上。龍眠李伯時曰：「此勝事，不可以無傳也。」（註五三）

俞清老爲王安石的門生，「性耿介」、「滑稽以玩世」，文中敘述清老捧著其師所著《字說》一路追隨已卸下宰相職位的荊公，兩人逍遙亭上，傳爲一時佳話，當時畫師李公麟特繪此圖，以流傳後世，山谷且品題之，強調君子不論勢利，重道義的人品，塑造君子之交的典範。

五　結語

歎逝、追憶與不朽爲中國古典文學中常見的主題，由上述可知蘇軾、黃庭堅某些題跋文具有濃厚的時間感，無論死生大限的哀感、文人相知期勉之情及不朽的追求，在在體現令人低迴不已的抒情境界。題跋文以人文載體爲主，與詩歌相比，少見比興寄託的手法、情景交融之境，卻以抒情口吻、素樸語言訴說對命運的觀照與沉思，道出深沉的人生感慨、生命之永恆。

錢穆曾就純文學立場考察唐代古文運動，以爲韓愈、柳宗元乃融化詩賦的風神情趣於短篇散文中，即後來所謂的「唐宋古文」；何寄澎師以爲唐宋「新古文」與詩歌相同——「感激而發」、「有個性」。（註五四）蘇軾、黃庭堅的文學性題跋多半出自一時心靈陶寫，表現個人性情懷抱，也可以說是唐宋古文運動的優秀成果之一。不過正如錢穆先生所云「東坡爲文，多仗才氣，蓋短篇散文至於東坡之手，而得大解放，恣意所至，筆亦隨之」，即蘇軾〈自評文〉云「當行於所當行，常止於不可不止」，（註五五）隨物賦形，不拘一體，卻創立題跋文的獨特體式。（註五六）蘇軾、黃庭堅詩歌相庭抗禮，題跋文亦並稱「蘇、黃」，帶領題跋文的創作風潮，直至南宋依然興盛未衰。

參考文獻

一　古籍

左丘明著、孔穎達正義　《春秋左傳正義》　北京市　北京大學出版社　一九九九年

曹　丕　《典論・論文》　北京市　中華書局　一九八五年

韓愈著、馬通伯校注　《韓昌黎文集校注》　臺北市　華正書局　一九八六年

歐陽脩著、李逸安點校　《歐陽脩全集》　北京市　中華書局　二〇〇一年

蘇軾著、孔凡禮點校　《蘇軾文集》　北京市　中華書局　一九八六年

蘇軾著、王文誥輯註　《蘇軾詩集》　北京市　中華書局　一九八二年

黃庭堅著、劉琳等點校　《黃庭堅全集》　成都市　四川大學出版社　二〇〇一年

黃庭堅著、任淵注　《黃庭堅詩集注》　北京市　中華書局　二〇〇三年

蘇軾著、毛晉輯　《東坡題跋》　臺北市　廣文書局　一九七一年

黃庭堅著、毛晉輯　《山谷題跋》　臺北市　廣文書局　一九七一年

葉　適　《習學記言》　《歷代文話》　上海市　復旦大學出版社　二〇〇七年

蘇天爵編　《元文類》　臺北市　世界書局　一九六二年

程敏政編　《皇明文衡》　臺北市　臺灣商務影印《四部叢刊》初編　一九六七年
吳訥、徐師曾、陳懋仁　《文體序說三種》　臺北市　大安出版社　一九九八年
姚鼐著、吳孟復等主編　《古文辭類纂評注》　合肥市　安徽教育出版社　二〇〇四年

二　專書（依姓名筆畫）

王　立　《中國古代文學十大主題——原型與流變》　臺北市　文史哲出版社　一九九四年
朱迎平　《宋文論稿》　上海市　財經大學出版社　二〇〇三年
宇文所安著、鄭學勤譯　《追憶　中國古典文學中的往事再現》　臺北市　聯經出版公司　二〇〇六年
何寄澎　《典範的遞承——中國古典詩文論叢》　臺北市　文史哲出版社　二〇〇二年
李紀祥　《時間．歷史．敘事》　臺北市　麥田出版公司　二〇〇一年
張淑香　《抒情傳統的省思與探索》　臺北市　大安出版社　一九九二年
郭英德　《中國古代文體學論稿》　北京市　北京大學出版社　二〇〇五年
褚彬杰　《中國古代文體概論》　北京市　北京大學出版社　一九九〇年
楊慶存　《宋代文學論稿》　上海市　復旦文學出版社　二〇〇七年
錢　穆　《中國學術思想史論叢》　臺北市　東大圖書公司　一九七八年

蕭　馳　《中國抒情傳統》　臺北市　允晨文化　一九九九年

三　論文

1　期刊論文

林淑貞　〈東坡詞「今昔對照」敘寫基模及其豁顯之境遇感與時間意識〉《興大人文學報》第三四期　二〇〇四年六月

2　學位論文

毛　雪　《蘇軾、黃庭堅題跋文研究》　鄭州市　鄭州大學碩士論文　二〇〇三年

杜　磊　《古代文論「韻」範疇研究》　上海市　復旦大學博士論文　二〇〇五年

賴　琳　《黃庭堅題跋文研究》　蘭州市　蘭州大學碩士論文　二〇〇七年

注釋

編按　蓋綺紓　高雄醫學大學通識中心助理教授。

註一　參見朱迎平：〈宋代題跋文的勃興及其文化意蘊〉，《宋文論稿》（上海市：上海財經大學出版社，二〇〇三年），頁二—一八。

註二　參見〔元〕蘇天爵編：《元文類》（臺北市：世界書局，一九六二年）、〔明〕程敏政編：

《皇明文衡》（臺北市：臺灣商務影印《四部叢刊》初編，一九六七年）、〔明〕吳訥：《文章辨體》、徐師曾：《文體明辨》，《文體序說三種》（臺北市：大安出版社，一九九八年）。

註三　徐師曾云：「按題跋者，簡編之後語也。凡經傳子史、詩文圖書之類，前有序引，後有後序，可謂盡矣。其後覽者，或因人之請求，或因感而有得，則復撰詞以綴於末簡，而總謂之題跋。至綜其實則有四焉：一曰題，二曰跋，三曰書某，四曰讀某。夫題者，締也，審締其義也。跋者，本也，因文而見其本也。讀者，因於讀也。題、讀始於唐；跋、書起於宋。曰題跋者，舉類以該之也。其詞考古證今，釋疑訂謬，褒善貶惡，立法垂戒，各有所爲，而專以簡勁爲主，故與序引不同。」《文體序說三種》，頁九二。

註四　姚鼐著、吳孟復等主編：《古文辭類纂評注》（合肥市：安徽教育出版社，二〇〇四年）原序，頁一五。

註五　《中國古代文體概論》（北京市：北京大學出版社，一九九〇年）第十一章〈序跋文〉，頁三八二。

註六　引自毛晉輯：《容齋題跋》（臺北市：廣文書局，一九七一年），卷二。

註七　楊慶存：《宋代文學論稿》（上海市：復旦文學出版社，二〇〇七年），頁二六－四九。

註八　毛雪：《蘇軾、黃庭堅題跋文研究》（鄭州市：鄭州大學碩士論文，二〇〇三年）中指出「北宋中期的歐陽脩是將『題後』、『書後』、『評』、『題後』、『跋』等名稱合爲『題跋』一詞，而正式用於標明該體的第一人，也是大量寫作題跋文的始作俑者」，頁十。

註　九　同前註一。

註　十　引自《東坡題跋》（臺北市：廣文書局，一九七一年），卷六，後記，頁三八－三九。又毛晉引黃庭堅〈書家弟幼安作草後〉云「老夫之書本無法也，但觀世間萬緣如蚊蚋聚散，未嘗一事橫於胸中，故不擇筆墨，遇紙輒書，紙盡則已，亦不計較工拙與人之品藻譏彈」，以爲「此數語即可跋山谷題跋矣」，《山谷題跋》（臺北市：廣文書局，一九七一年），卷九後記，頁二四－二五。

註十一　同前註一。

註十二　參見毛雪：《蘇軾、黃庭堅題跋文研究》第三章第四節云：「蘇軾在他的題跋文中突現的是一個歷經磨難而曠放闊達、富有生活情趣的心靈，是他性格的昇華、思想的結晶。」至於黃庭堅「著重內省、以養心治性爲本。這種生活態度反映了黃庭堅追求潔身獨善的人格，也決定了他的題跋必然呈現出含蓄、典正的風格」，頁四二。又賴琳：《黃庭堅題跋文研究》（蘭州市：蘭州大學碩士論文，二〇〇七年）第四章第二節〈蘇黃題跋的同異〉中論述蘇、黃題跋的藝術個性上同中有異：「蘇東坡活潑痛快，黃庭堅行文典正靖深」，「東坡題跋以達觀爲宗趣，山谷題跋以道德爲旨歸」，頁五四－五五。

註十三　見前註賴琳論文中第三章第一節云：「山谷題跋的內容更是遍及文人生活的各個領域——體道、治學、爲人、制藝、鑒定、欣賞、參悟、懷舊……可謂包羅萬象，都是一心一意地探求人生眞諦、藝術奧妙和處世姿態。」頁二一；又第四章第一節中指出「從整體上說蘇黃題跋都遍及生活和文化的各門各類，體現了作家橫溢的才華，豐富的閱歷，高尚的情操，精深的哲悟。」頁四九。

註十四　同前註四。

註十五　朱迎平云：「題跋文的正體應有原始載體，或書畫，或載籍，而其文題之於後，其變體則包括一些獨立撰寫的讀書短札」，同前註一，頁四－五。又朱先生指出「後人輯錄題跋，往往將諸如『書事』的記人敘事的短文，題寫於山川名勝、器物玩好之上的『題詞』等都歸於其中，雖形制略同，但體裁有別」，以為可視之「廣義的題跋文或題跋的變體」。

註十六　參見林淑貞：〈東坡詞「今昔對照」敘寫基模及其豁顯之境遇感與時間意識〉，《興大人文學報》第三四期（二〇〇四年六月），頁一八一－二二一。

註十七　《春秋左傳正義》（北京市：北京大學出版社，一九九九年）魯襄公二十四年紀載范宣子問穆叔「古人有言曰『死而不朽』，何謂也？」穆叔未對；叔孫豹則曰：「大上有立德，其次有立功，其次有立言，雖久不廢，此之謂不朽」，卷三五，頁一〇〇一－一〇〇四。

註十八　〔魏〕曹丕：《典論．論文》（北京市：中華書局，一九八五年），頁一。

註十九　題跋文中的時間感並非始於蘇軾、黃庭堅，因乃兩人題跋文數量多，不似前人偶而為之，較具代表性。又蘇軾、黃庭堅題跋文表現個人的性情懷抱，前人多已論之，本文則強調「時間意識」在題跋文中的抒情呈現。

註二十　以上三文分別見於《蘇軾文集》（北京市：中華書局，一九九二年），卷六八、六九，頁二一六六－二一六七、二一九四。

註二一　見〈與味道通判簡〉，《黃庭堅全集．補遺》（成都市：四川大學出版社，二〇〇一年），卷四，頁二二一九〇。

註二二　《黃庭堅全集・補遺》，卷九，頁二三九二。

註二三　〈跋知命弟與鄭幾道駐泊簡〉，《黃庭堅全集・別集》，卷八，頁一六三五。

註二四　〈跋李公擇書〉、〈書平原公簡記後〉，《黃庭堅全集・別集》，卷六、八，頁一五六四、一六三〇。

註二五　引自李紀祥：〈歷史與不朽——在時間中的「在」與「逝」〉，《時間・歷史・敘事》（臺北市：麥田出版公司，二〇〇一年），頁三〇五。

註二六　《蘇軾文集》卷六九，頁二一九七。

註二七　〈書劉景文詩後〉、〈記劉景文詩〉，《蘇軾文集》卷六八，頁二一五三－二一五四。

註二八　《黃庭堅全集・正集》，卷二五，頁六六二。

註二九　分別見於《蘇軾詩集》卷三一，頁一六六五；《黃庭堅全集・補遺》，卷九，頁二三〇六。

註三十　二文分別見於《蘇軾文集》卷六八、十，頁二一二八、三一三。

註三一　品題蔡襄二文，見於《蘇軾文集》卷六九，頁二一八〇－二一八一。

註三二　參見美國漢學家宇文所安著、鄭學勤譯：《追憶：中國古典文學中的往事再現》（臺北市：聯經出版公司，二〇〇六年）中的〈斷片〉一文云：「在我們與過去相逢時，通常有某些斷片存在於其間，它們是過去與現在之間的媒介，……這些斷片以多種形式出現：片斷的文章、零星的記憶、某些殘存於世的人工製品的碎片。」作者在該文中建構了斷片的美學，頁九三－一一三。

註三三　《蘇軾文集》卷三八，頁一一三八。

註三四　以上兩文見於《蘇軾文集》卷六八，頁二一二七、二一九二。

註三五　《蘇軾文集》卷六八，頁二一五八。

註三六　以上二文分別見於《黃庭堅全集·正集》，卷二五，頁六五二、六五四。

註三七　《黃庭堅全集·外集》，卷二三，頁一四〇九。

註三八　《蘇軾文集》卷六八，頁二一三五、二一四二、二一五〇。

註三九　《黃庭堅全集·補遺》，卷九，頁二三一一。

註四十　〈雜說〉三首之一，歐陽脩著、李逸安點校：《歐陽脩全集》（北京市：中華書局，二〇〇一年）卷一五，頁二六三。

註四一　〈袁州宜春縣令贈太師中書令兼尙書令冀國公程公神道碑銘〉，《歐陽脩全集》卷二一，頁三四一。

註四二　〈與謝民師推官書〉，文集卷四九，頁一四一八－一四一九。

註四三　〈答黃魯直〉曰：「此人如精金美玉，不即人而人即之，將逃名而不可得，何以我稱揚爲？」文集卷五二，頁一五三二。〈答李方叔書〉，《蘇軾文集》，卷五三，頁一五八一。

註四四　〈書邢居實南征賦後〉云：「今觀邢惇夫詩賦，筆墨山立，自爲一家，甚似吾師復也。」《黃庭堅·正集》，卷二五，頁六六七；〈書范子政文集後〉云：「子政以歲饑，獨捨單父民賦十九。雖蚤世，可以不朽矣。」《黃庭堅·別集》，卷六，頁一五六四。

註四五　《蘇軾文集》，卷六六，頁二〇六七。

註四六　〈跋邢敦夫南征賦〉，《蘇軾文集》，卷六六，頁二〇六九；〈書邢居實南征賦後〉，《黃庭堅全集．正集》，卷二五，頁六六七。

註四七　以上二文見於《蘇軾文集》，卷六八，頁二一二七；《黃庭堅全集．別集》，卷六，頁一五六四。

註四八　參見杜磊：《古代文論「韻」範疇研究》（上海市：復旦大學博士論文，二〇〇五年）上編第三章〈「韻」範疇之美學成熟——宋金元〉，頁四四－六〇。

註四九　《黃庭堅全集．別集》，卷六、七，頁一五八一、一六一三。

註五十　《蘇軾文集》，卷七〇，頁二二六二。

註五一　黃庭堅：〈玉京軒詩〉，《黃庭堅詩集注．外集》，卷九，頁一〇四七。

註五二　張淑香：〈抒情傳統的本體意識——從理論的「演出」解讀〈蘭亭集序〉〉，《抒情傳統的省思與探索》（臺北市：大安出版社，一九九二年）。

註五三　〈書贈俞清老〉云「清老性耿介，不能容俗人，間輒使酒嫚罵，以是俗子多謗譏，清老自若也，以故善人君子終愛之」，《黃庭堅．正集》卷二五，頁六五三。〈跋俞秀老清老詩頌〉云「清老往與予共學於漣水，其傲睨萬物，滑稽以玩世，白首不衰。荊公之門蓋晚多佳士云」，《正集》卷二七，頁七二二。〈書王荊公騎驢圖〉，《黃庭堅全集．正集》卷二七，頁七三三。

註五四　參見錢穆：〈雜論唐代古文運動〉，《中國學術思想史論叢》（臺北市：東大圖書公司，一九七八年），頁一六一－六九。

何寄澎：〈論韓愈之「以詩為文」——兼論韓文寫作策略之形成及影響〉，《典範的遞承——中國古典詩文論叢》（臺北市：文史哲出版社，二〇〇二年），頁一一三。

註五五　《蘇軾文集》，卷六六，頁二〇六五。

註五六　題跋文不像正統「古文」講求文章布置，即使與其他體裁的文章具有相近內容，亦呈現不同風味，如黃庭堅〈題校書圖〉（《黃庭堅全集・正集》卷二七，頁七二五）描摹畫面細緻，人物神情姿態唯妙唯肖，尤其描寫士大夫讀書、寫字各種情態如在眼前，具韓愈〈畫記〉狀物之工的特徵，然韓文結構完整、嚴謹，而山谷題跋文則信筆揮灑，不拘一格，具靈動之美。南宋葉適〈習學記言序目〉（《歷代文話》〔上海市：復旦大學出版社，二〇〇七年〕）指出「韓愈以來，相承以碑、誌、序、記為文章大典冊」相較於「文章大典冊」，題跋文則屬於「小文小說」，具「小品」意趣。

題詩落筆先飛鴻

——北宋惠洪《石門文字禪》的散文書寫析探

羅文玲

摘要

北宋詩僧惠洪集禪、教、史、詩、文於一身，其言行舉止帶有十分明顯的時代烙印，其著作涉及宋代文化的諸多方面。作爲一種時代文化的表徵，惠洪的出現，無論是在禪宗史上還是文學史上，都具有特殊的意義。透過對惠洪《石門文字禪》的研究，可以深入地了解宋代禪宗和宋代文學的一些特點。

惠洪在佛禪領域的成就至爲傑出，其著述亦以佛學禪理爲主，由於受到佛教觀照方式的影響和啓發，宋人看待世界的眼光和前輩詩人相比發生了一些明顯的變化，與傳統的思考方式有很大的不同，並因此產生一些新的詩學概念和藝術概念，這亦是惠洪對宋代文學的影響。

關鍵詞

惠洪、石門文字禪、文字禪、北宋詩僧、佛教文學

一　前言

宋代文化繁榮的背景下，以語言文字爲載體的各種禪宗典籍紛紛湧現，燈錄以及語錄的編纂以及佛教經籍的疏解，詩歌偈頌的吟誦，景象是空前的繁榮，這一切都標誌著文字禪的興起。一時之間玄言妙語、麗詞綺語都成了禪的體現。

學術界通常認爲「文字禪」一詞首見於惠洪《石門文字禪》，如黃啓江：「文字禪一詞來自惠洪的《石門文字禪》一書。」（註一）劉正忠《惠洪文字禪初探》提到：「文字禪一詞，應當首見於惠洪的《石門文字禪》。」（註二）

惠洪集禪、教、史、詩、文於一身，其言行舉止帶有十分明顯的時代烙印，其著作涉及宋代文化的諸多方面。作爲一種時代文化的表徵，惠洪的出現，無論在禪宗史上還是在文學史上，都具有特別引人注目的典型意義。通過對惠洪的全面考察，可以幫助我們更爲深入了解宋代禪宗與宋代文學的一些特點，更爲清晰認識宋代文化的某些特質。

二　惠洪的生平略述

惠洪（一〇七一－一一二八），（註三）字覺範，號寂音，自幼聰穎好學，以讀書爲樂，「日記數千言，覽群書殆盡」；且少善音律，才思敏捷「題詩落筆先飛鴻」，（註四）「出語已能驚怯儒」。（註五）是黃龍慧南（一〇〇二—一〇六九）（註六）的法孫，眞淨克文（一〇二五—一一〇二）的法嗣，（註七）是兩宋禪宗史上的重要人物。他的著述很多，如《林間錄》、《禪林僧寶傳》、《石門文字禪》、《冷齋夜話》等等。他能通唯識論奧義，並博覽子史奇書，工詩能文，在京城及江南士大夫中享有盛譽。他的詩文多且詞句亦優美，可以作爲他提倡文字禪的一種範本。他曾概括和總結前人以及自己的創作實踐經驗，提出了一些重要的詩文理論；他以禪論藝，爲黃龍派的禪宗美學思想補充了新的內容。（註八）

惠洪一生筆耕不輟，著述頗豐，在禪學理論、僧史撰述、文學批評以及詩文創作方面都有所建樹。作爲黃龍派的重要傳人，他順應北宋以文字語言參禪的時代潮流，力倡文字禪，並對文字禪理論做出全面的論述；他還是「北宋時期最具眼光的禪史學家。他關於禪宗的史學評論，在當時和後代都具有權威性。」（註九）他所撰《禪林僧寶傳》和《林間錄》，不僅在體例多有所創新，保存了豐富的禪宗資料，被時人譽爲「宗門之遷固」。（註十）

在歷史上，惠洪是一個很有影響又頗有爭議的人物。在他生前許多著作已經廣爲流傳，同時他的一些言行遭到了時人的批評。南宋到元初，惠洪的著作仍十分流行，而對他的批評與指摘也在升級，至明代萬曆年間，禪學界對惠洪產生濃厚的興趣，達觀禪師等人不僅反覆闡釋和宣揚惠洪的「文字禪」理論，還將《石門文字禪》刻入《嘉興大藏經》。

在鄰國日本惠洪也有相當影響，他的《石門文字禪》《禪林僧寶傳》、《冷齋夜話》等書都有日本翻刻本傳世，江戶時期禪僧廓門貫徹用了二十餘年的時間爲《石門文字禪》作注，其《注石門文字禪》至今仍是海內外唯一的注本。

惠洪集禪、教、史、詩、文於一身，其言行舉止帶有十分明顯的時代烙印，其著作涉及宋代文化的諸多方面。作爲一種時代文化的表徵，惠洪的出現，無論在禪宗史上還是在文學史上，都具有特別引人注目的典型意義。通過對惠洪的全面考察，可以幫助我們更爲深入了解宋代禪宗與宋代文學的一些特點，更爲清晰認識宋代文化的某些特質。

三　「文字禪」析探

宋代文化繁榮的背景下，以語言文字爲載體的各種禪宗典籍紛紛湧現，燈錄以及語錄的編纂以及佛教經籍的疏解，詩歌偈頌的吟誦，景象是空前的繁榮，這一切都標誌著文字禪的興起。一時之間玄言妙語、麗詞綺語都成了禪的體現。

學術界通常認爲「文字禪」一詞首見於惠洪《石門文字禪》，如黃啓江：「文字禪一詞來自惠洪的《石門文字禪》一書。」（註十一）劉正忠《惠洪文字禪初探》提到：「文字禪一詞，應當首見於惠洪的《石門文字禪》。」（註十二）

儘管「文字禪」一詞並非惠洪的創造，但在宋代，使用文字禪一詞最多的是惠洪，其著述也反映了宋代文字禪的基本風貌，在《石門文字禪》中，「文字禪」一詞凡八見，茲舉數例如下：

應傳畫裡風孽句，更學詩中文字禪。已作一燈長到晚，定能百衲不知年。（註十三）

手抄禪林僧寶傳，暗誦石門文字禪。撿得湘西好三角，春風歸去弄雲泉。（註十四）

機鋒不減龐蘊而解文字禪，行藏大類孺子而值修明世。舒王強之而不可，神考致之而不起。（註十五）

南州仁公以勃窣爲精進，以和爲簡靜，以臨高眺遠未忘情之語爲文字禪。（註十六）

惠洪使用「文字禪」一詞，有兩種基本意義：一是用來指自己的詩文集，二是指與枯骨觀（註十七）相對的一種參禪方法，這種禪法或藉文字媒介以悟禪，或藉文字手段以言禪，有時是指佛經文字的疏解，大致是以不離文字爲特徵。

廣義的文字禪泛指一切以文字爲媒介或爲對象的參禪學佛活動，其內容大約包括四大類：

1. 佛經文字的疏解
2. 燈錄語錄的編纂
3. 頌古拈古的著作
4. 世俗詩文的吟誦

狹義的「文字禪」是指一切禪僧所作忘情的或未忘情的詩歌以及士大夫所作含有戴佛理禪機的詩歌。（註十八）本文中對惠洪文字禪的研究，包括文字禪所有的形式，因此採取「文字禪」的廣義。（註十九）

「誰言一點紅，解寄無邊春」由惠洪改造「如春在花」的概念，後來進一步由明代達觀眞可表述爲「全花是春，全春是花」，成爲「文字禪」的著名隱喻。（註二十）這對詩僧的創作起了重大的推動作用。在《石門文字禪》關於「如春在花」以及類似的表述至少有二十多處，舉例如下：

文如水行川，氣如春在花。（卷三〈送朱泮英隨從事公西上〉）

風度凝遠，突然靖深。如春在花，如意在琴。（卷十九〈靈源清禪師讚五首〉之四）

富貴之氣，已如透花之春色：功名之志，又如欲雨之層雲。（卷十九〈欷子中贊〉）

不離文字與不執文字，惠洪雖主張禪不離文字，重視文字在明心見性過程中的作用，並用了大量的篇幅來說明禪藉文字以顯的事實。但是惠洪並沒有過分執著於文字，他也重視禪宗自證自悟的實踐精神，注重體驗。惠洪認爲執著於文字就如「無病而飲藥」，不僅不能開悟，反而產生新的弊端。他說：「後清涼大法眼禪師出世行道三十年，其所示徒皆勸勉之噢，未嘗以法傳人，非有法而秘惜，實無有法耳，譬如無病而飲藥，病從藥生。故曰一切文字語言學者嗜著，是明壅蔽自身光明。」文字語言並非禪法，如果執著於文字言說，就會遮蔽自心，失去自我而不能夠悟道。學道者的本分，是究明本心，證見佛性，不是在文句上生出許多情意見解，那只是拾人牙慧。惠洪認爲文字不能盡傳道之妙，而前輩大師所以又留下語言，是爲撥正學人的缺失，指出入門參禪的方法，或是檢驗學人的功夫。他爲後世之人執著於前輩的文字語言，失去了禪宗任運自在的精神感到可惜。

惠洪認爲悟道還需力行實踐且親自體證，禪宗的生活是實際的生活與體驗。慧能說「何不從於自心，頓見眞如本性」慧能強調人的親身體證。惠洪也強調這種實踐精神，惠洪舉例說：「李北海以字畫之工而是多法其書，北海笑曰：『學我者拙，似我者死』，當時之人不知其言有味，余滋愛之。蓋學者所貴，貴其知意而已，至於蹤跡繩墨，非善學者也。豈特世間之法爲然，出世間法亦然。」參禪也如同學習繪畫一樣，必須親自實踐，學習模仿他人不是禪宗的精神，惠洪所講的體驗或實踐是對文字的超越。他在《石門文字禪》中的論述：「仰山初見單元所傳六祖圓相，即以焚之，及其授法也，則有宗論。雲門不許錄語句，而遠侍者以紙爲衣遂傳於今。以是論之，非離文字語言非即文字語言可以求道也。」惠洪認爲要開悟既不能離開語言文字，也不能執著於語言，否則會落入文字障中。當然惠洪主要是以文字作爲禪的主要表達方式，文字是他習禪和教禪的重要工具。

四　「遊戲翰墨」的文藝主張

在宋代隨著士大夫參禪活動以及禪僧從事文藝創作活動的日趨頻繁，禪與文藝的聯繫也日趨密切，禪宗所提倡的「遊戲三昧」也被越來越多的人移作文藝創作的指南，一些僧侶藉由翰墨遊戲來表達自己的禪思與禪悟。

惠洪的「遊戲翰墨」說至少包含兩層涵義：

（一）從功能效用上說

「遊戲翰墨」具有與學佛參禪類似的效用，因此翰墨也可以作爲參禪與悟入佛道的工具。依惠洪看來，在日常生活當中可以通過翰墨活動來傳達明心見性的禪思與禪悟，所謂「遊戲翰墨，摑雷翻雲。偶寄逸想，幻此沙門」，（註一二）正因爲「遊戲翰墨」具有這樣的功能效用，所以惠洪認爲遊戲翰墨也是做大佛事。

（二）就創作態度來說

以一種遊戲的態度來從事文藝的創作，亦即在翰墨活動中不能執著於翰墨本身，必須超越「翰墨畦徑」，打破各種框架，擺脫一切人爲束縛，無所滯礙才能眞正揮灑自在，猶如大自然非有意爲之而天下皆春也。

在《石門文字禪》中，有幾種說法如「遊戲翰墨」、「翰墨遊戲」、「以翰墨爲遊戲」等，舉例：

東坡居士遊戲翰墨，作大佛事，如春形容，藻飾萬像。又爲無聲之嘿，致此大士於幅紙之間，筆法奇古，遂妙天下，殆希世之珍，瑞圖之寶。……唯老東坡，秀氣如春。遊戲翰墨，渦雷翻雲。偶寄逸想，幻此沙門。（註二二）

我作贊辭，非止見聞隨喜，又以爲翰墨之遊戲也。（註二三）

昭默老人道大德博，爲叢林所宗仰。雖其片言只偈，翰墨遊戲，學者爭秘之。非以其書詞之美也，尊其道師之德耳。（註二四）

這裡所謂的「遊戲」，是從佛教的「遊戲三昧」、（註二五）「神通遊戲」術語中引申而來的觀念，借指灑脫自如以及無所執著的創作態度。至於「遊戲」的對象範圍，主要是指詩歌、散文、書法以及繪畫等文學藝術形式。「如果用遊戲的性質來看待文學創作，那麼在自在無礙中也就進入了正定三昧，即禪的境界。」（註二六）這段文字可以清楚了解惠洪「遊戲翰墨」說的內在涵義。

惠洪順應當時的文藝思潮，明確地提出了「遊戲翰墨」的主張，將禪宗超越傳統與束縛的精神引入文藝創作的領域，貫通了文藝與佛學的關係，這在中國古代文藝思想發展史具有重要的意義。

五　惠洪多元的散文書寫內容

錢鍾書指出：「僧號能詩，代不乏人。僧文而工，余僅睹惠洪《石門文字禪》與圓至《牧潛集》；契嵩《鐔津集》雖負盛名，殊苦鬢率，強與洪、至成三參離耳。然此皆俗間世法，非宣析教義之作，《憨山老人夢遊集》頗能橫說豎說，願又筆舌倫沓，不足以言文事。清辯滔滔，質文彬彬，遠嗣僧肇者，《宗鏡錄》撰人釋延壽其殆庶乎？」（註二七）這裡的「僧文而工」，指的就是宣析教義之作，亦即具有文學意味的散文創作。具體而言，就是《石門文字禪》所收錄的散文作品。

《石門文字禪》共收錄惠洪散文三百五十一篇，其中記三十篇，序三十九篇，記語五篇，題八十八篇，跋七十一篇，疏七十六篇，書十二篇，塔銘七篇，行狀三篇，祭文十八篇。作品的題材廣泛，且內容豐富，往往具有很高的史料價值和文學價值。

（一）敘述禪學見解以及僧史觀

惠洪精通禪學，對五家以來各派宗法要旨頗有研究，又好爲議論，常常將禪學見解形諸文字，留下討論禪學問題的文章。

如卷二十四〈記西湖夜語〉提出「古之聖人有所示其言，未嘗不略也。非痛愛其法也，以謂不略則學者不思，不思而得者，聞異論則惑，非居之安之意。」說出了禪宗「不說破」的原則與旨趣所在。

（二）品評詩文書畫及文藝看法

惠洪學富五車且多才多藝，對詩、文、書、畫都有濃厚的興趣，經常在他人的詩文書畫作品留下題跋，發表自己的鑑賞意見。

卷二十六〈題權巽中詩〉提到：「世稱唐文物特盛，雖山林之士，則能以詩自鳴。以余觀之，如雙井茶，品格雖妙，然終令人咽酸冷耳。巽中下筆，豪特之氣，凌跨前輩，有坡谷之淵源。……大率句法如徐季海之字，字外出骨，骨中藏稜。」惠洪以唐代僧詩與釋善權的詩歌相比較，又以徐季海的書法作比，指出善權詩具有「豪特之氣」，瘦硬雄健，頗得蘇東坡與黃山谷詩歌的精神。

卷二十七〈跋東坡仇池錄〉，是一篇評論散文的創作，系統的闡述了有關「風行水上，自然成文」的理論，提出只有「理通」，才能使「其文煥然如水之質，蔓衍浩蕩，則其波亦自然而成文」，豐富了散文風格論的內容。

再者如卷二十六〈題眞歸浩銘〉：

> 宗師之於生死之際，說法作偈者有之，未有自作銘誥者也。予觀照默此文，奮激頓挫，精到無餘，雖鳩摩羅什、道安輩平時作爲，且不能及，況病與死鄰者，能爾乎？蓋其道眼高妙，唯道是視，初不知其有生死之烈也。

這裡提出了一個重要的創作原則——唯道是視。唯道是視，則無所畏懼，無所顧忌，下筆行文方能揮灑自如，臻於「卓絕高勝」的境地。

在評論書法的論點，如卷二十七〈跋東坡山谷帖〉：

> 東坡山谷之名，非雷非霆，而天下震驚者，以忠義之，與天地相始終耳，初不止於翰墨。王羲之、顏平原皆直道立朝，剛而有理，故筆跡至今天下寶之者，此也。

惠洪認爲王羲之、顏眞卿、蘇軾、黃庭堅等人的書法作品之所以爲「天下寶之」，在於他們剛直忠義的道德風範「與天地相始終」，強調作者的道德風範對於書法作品具有決定性的意義。

惠洪以德論書的思想，明顯受到歐陽脩和蘇軾的影響，體現出宋人書法理論重視作者品德修養的特點，反映出宋代剛遒士風向禪宗精神的滲透。

（三）禪僧事略及佛事活動

惠洪曾爲前代和當代僧侶撰寫塔銘七篇、傳兩篇、行狀三篇、祭文七篇，這些作品尤其是爲當代禪僧寫的銘以及行狀，具有很高的史料價值。卷二十一收有幾篇爲佛寺廟與修建而撰述的記文，如〈重修僧堂記〉、〈信州天寧寺記〉、〈潭州大溈山中興記〉、〈重修龍王寺記〉等，詳細的記載這些寺院興建重修經過，爲研究宋代佛寺興建史提供了寶貴的材料。

惠洪的一些文章對當時叢林之弊進行了嚴厲的批評，如卷二十四〈送僧乞食序〉有這樣一段文字：

> 曹溪六祖初以居士服，至黃梅，夜舂，以石墜腰間……世遠道衰，而妄庸寒乞之徒，人我法中，其識尚不足以匡欲，其可荷大法也？纖羅剪袍，以宜小袖，其可破柴乎？升九仞之峻，朴夫汗血，不肯出輿，其可負米乎？（註二八）

指出當時僧侶安於享樂、四體不動，「一日不作，一日不食」的精神已經蕩然無存。也在其他文章中提到「廬山諸剎，素以奢侈自矜，居者安軟暖」，(註二九)從這些材料可以看出宋代叢林風氣的變化。

惠洪的這些作品，對禪宗人物、佛寺的建築、佛教儀式以及禪院生活均有所涉及，爲研究宋代佛教發展史提供第一手的資料，具有很高的史料價值。

(四)生平履歷與交遊狀況

在《石門文字禪》卷二十三〈邵陽胡強仲序〉和〈夢徐生序〉兩篇序爲例，〈夢徐生序〉追憶惠洪與泉州商販徐五叔結下的一段友情。惠洪自瓊州渡海北歸，徐五叔兄弟「來求附載」。滯留赤岸的半月間，惠洪「日以一掬米轉手送徐生爲營炊」。(註三十)船抵廉州後，徐五叔「即爲賣馬願力，步隨余走七十驛而至南岳。」一年多後，惠洪「夢徐生如平日，懷其人。」因作此序，感慨「人之相合以氣，亦以是哉」！

〈邵陽胡強仲序〉記述正和元年惠洪因與張商應、郭天信交厚而罹難時，「平生親信之在京師者皆唾面諱見，雲散鳥驚」，(註三一)而其友醫者胡強仲不避嫌疑不怕株連，「自出開封獄，冒犯風雪，繭足相隨三千里而至邵陽。」因此事稱讚胡強仲「高義密行，追配古人」。這兩篇作品所描寫的人物，都是一般市井小民，或患難以共，或是知恩圖報純樸憨厚，儘管他們沒有甚麼驚天動地的言行舉止，但是在他們的身上體現出來的高尙情操以及人間眞情，是令人感動不已的。

惠洪的這些作品，對禪宗人物、佛寺建築、佛教儀軌、禪院生活以及叢林風氣均有所涉及，爲研究宋代佛教發展史提供了大量的第一手材料，具有很高的史料價値。

在惠洪之前，宋代散文經過歐陽脩等古文大家的努力，廓清了浮華文風以及險怪文風的影響，形成了平易自然、簡潔暢達的獨特品格，並呈現出藝術個性各異以及文章風格多樣的情況。這些古文家成功的創作實踐，爲惠洪的散文創作提供了豐富的藝術借鑑，其中歐陽脩、蘇軾對惠洪的影響尤其明顯。

就其語言的淺近通俗而言，正體現了歐陽脩以來宋代散文平易自然、明白流暢的典型風格。文中引述蜀道人的話，連用了五個「也」字，可看出模仿歐文的痕跡。而就其行文之恣肆以及氣勢之雄放而言，明顯受到蘇軾文章的影響。

六　惠洪的散文書寫手法——雄渾豪放且揮灑自如

（一）形式不拘且長短自由

惠洪散文作品短則二十餘字，長則洋洋千言，而短者有餘味，如最短的散文：

無人自芳之態，此老何從見之？豈胸次中有此風葉蕭散乎？（註二二一）

這是惠洪散文中篇幅最短的一篇作品，全篇文章僅有二二個字，文中可讀出幾個層次，一者是畫中之蘭「風葉蕭散」「無人自芳」是孤傲清高的；第二是「此老」之所以能把蘭花描繪得栩栩如生，是因爲他平日觀察細緻且成竹在胸。其三是「此老」著意表現蘭的「無人自芳之態」，因爲他欣賞這種孤傲清高的品格，寄寓著他的人格理想。言簡意賅地顯現惠洪駕馭語言的能力。

而長篇文章如〈潭州大溈山中興記〉，不計贊辭約有一千三百多字，詳細地記述空印軾禪師主持重建密印禪寺以及中興的事蹟。文章娓娓道來，引人入勝，在敘述過程中，穿插了人物的言談以及惠洪的議論，眾人的反應和對景物的描寫，不僅交代各項工程興修的意義及情況，亦避免了平鋪直敘，增加了文章的可讀性。

（二）平易流暢的風格

如〈畫浪軒記〉：（註二二二）

古之大聖人，皆能遊戲於此。故曰：「是法住法位，世間相常住。」又曰：「一切法常靜，無有起相。」震旦駒兒子之鄉老也，而亦曰：「如畫水成文，不生不滅。」何遺忘之有也耶？於是道人顧余而笑曰：「願從子游。」因銘其軒曰「畫浪」，又爲之記。

〈畫浪軒記〉的主旨在借對畫浪的議論，標舉佛教不生不滅的不二法門，批評世人對是非榮辱以及生死憂患「追逐之而不赦」。全文無一險怪艱深的冷僻辭彙，自然流暢且平易近人。就這篇文章語言的淺近通俗而言，展現歐陽脩以來宋代散文平易自然且流暢的風格。行文中引述蜀道人的話語就連續使用了五個「也」字作結，可以看到模仿歐陽脩文章的痕跡。就其行文之豪放自由，明顯是受到蘇軾文章的影響。

在惠洪之前，宋代散文經過歐陽脩等古文大家的努力，廓清了浮華文風和險怪文風的影響，形成了平易自然簡潔流暢的風格，並呈現出文章風格多樣的氣象。惠洪之前古文大家成功的創作實踐，爲惠洪的散文創作提供了豐富的藝術借鑑，歐陽脩、蘇軾對惠洪的影響特別明顯。其中惠洪更欣賞蘇軾的文風，在平易自然簡潔流暢之外，更呈現出氣勢豪放的特點。

七　結語

惠洪集禪、教、史、詩、文於一身，其言行舉止帶有十分明顯的時代烙印，其著作涉及宋代文化的諸多方面。作爲一種時代文化的表徵，惠洪的出現，無論是在禪宗史上還是文學史上，都具有特殊的意義。透過對惠洪《石門文字禪》的研究，可以深入地了解宋代禪宗和宋代文學的一些特點。

惠洪在佛禪領域的成就至爲傑出，其著述亦以佛學禪理爲主，由於受到佛教觀照方式的影響和啓發，宋人看待世界的眼光和前輩詩人相比發生了一些明顯的變化，與傳統的思考方式有很大的不同，並因此產生一些新的詩學概念和藝術概念，這亦是惠洪對宋代文學的影響。

惠洪佛禪觀照方式對北宋後期藝術觀念的影響：

> 春在萬物，大如山川，細如毫忽，繁如草木，妙如葩葉，纖穠橫斜，深淺背向，雖不一，而其明秀豔麗之色，隨物具足，無有間限，一切眾生本來成佛之妙，見於日用，亦復如是。

這可以看出惠洪春花之喻的佛學思路。從華嚴法界觀來看，春是眞如，花是事相，春爲全體，花是分身，春爲「一切」，花爲「一」。與以春花喻麗辭的傳統不同，惠洪的用例總是將春與花同時對舉，並主要著眼於春與花的關係。評論佛事，則花是文字，春是禪。推而廣之，評論人物，則花是形象，春是氣質；評論詩文，則花是辭藻，春是韻味；評論功業，則花爲政績，春爲遺愛。

總之，由華嚴周遍「月印萬川」是佛經禪籍的慣用比喻的話，那麼，「如春在花」則是惠洪富有個性的獨創，尤其對於喻說具有藻辭麗句的形式與幽遠含蓄的氣韻的詩文更爲貼切。至於「枝枝葉葉總是春」的哲理，後來更由朱熹點化爲「等閒識得春風面，萬紫千紅總是春」的詩句，成爲理學家「理一分殊」的著名隱喻。

惠洪具有多方面成就。吳曾說惠洪「以醫劉養娘識天覺」。（註三四）如此則惠洪通醫術。惠洪善畫工詞。同時人許顗稱惠洪「善作小詞，情思婉約，似少游」，成就過於仲殊、參寥（《彥周詩話》）。可由《宋人傳記資料索引》、《詞話叢編索引》查得前人褒揚惠洪畫作詞作的文獻線索。惠洪亦工文，陳振孫稱「其文俊偉，不類浮屠語」，（註三五）今人錢鍾書對惠洪之文亦評價甚高。（註三六）

至於惠洪之詩，由宋迄今均享有較高聲譽。宋黃庭堅〈贈惠洪〉詩曰：「數面欣羊胛，論詩喜雉膏。」任淵注：「上句言每見輒移，頃而益親；下句言得詩之膏腴。」（《山谷內集詩注》卷二十）同時詩人謝逸、王庭珪，詩論家許顗均對惠洪推許有加。惠洪詩在南宋甚至成了僧詩的典範（均見各人詩集、文集）。清四庫館臣說洪詩「清新有致」，在北宋後期能自成一家（《四庫全書總目》卷一五四），《宋詩鈔》則從另一角度說其詩「雄健振踔，爲宋僧之冠」。賀裳、陳衍對惠洪的古體尤爲推崇（《載酒園詩話》、《宋詩精華錄》）。當然，持批評意見者亦有，如朱熹、方回就認爲惠洪詩虛驕，終不及參寥。（註三七）

惠洪在佛禪領域的成就至爲傑出，其著述亦以佛學禪理爲主。惠洪所撰《禪林僧寶傳》的成書時間。卷二三《僧寶傳序》謂「書成於湘西之南臺」，宣和五年正月八日已有人繕寫完畢送惠洪作序；又宋本《僧寶傳》有惠洪好友侯延慶宣和六年序。而《佛祖歷代通載》卷二九徽宗甲辰條下云：「《禪林僧寶傳》成」，徽宗甲辰即宣和六年。是《僧寶傳》至晚成於宣和四年（一一二二），而印行則在六年（一一二四）。又，卷二十六有《題淳上人僧寶傳》、《題英大師僧寶傳》等題語，皆明言作於宣和四年，不僅可證《僧寶傳》成書時間，由題語亦知是書付梓前已廣爲傳播。於谷認爲是書成於宣和二年，但未言所據（《禪宗語言和文獻》，江西人民出版社一九九五年版），故特爲拈出一辨。

注釋

編　按　羅文玲　明道大學中國文學學系助理教授。

註　一　見黃啓江：《北宋佛教史稿》〈僧史嘉惠洪與其禪教合一觀〉（臺北市：臺灣商務印書館，一九九七年），頁三三二。

註　二　見《宋代文學研究叢刊》第二期（臺北市：麗文文化公司，一九九六年），頁二七五。

註　三　陳垣：《釋氏疑年錄》，卷八（北京市：中華書局，一九八八年）。

註　四　〔北宋〕惠洪：《石門文字禪》，卷三，〈南豐曾垂綏天性好學，余至臨川，欲見以還匡山，作此寄之〉。

註　五　〔北宋〕惠洪：《石門文字禪》卷一〈贈蔡儒效〉。本文所引《石門文字禪》均據《明版嘉興大藏經》（臺北市：新文豐出版公司，一九七八年）。

註　六　同上揭書，卷六。

註　七　同上揭書，卷七。

註　八　皮朝綱：《禪宗美學史稿》第九章（西安市：電子科技大學出版社，一九九四年）。

註　九　杜繼文、魏道儒：《中國禪宗通史》（南京市：江蘇古籍出版社，一九九三年），頁三九九。

註　十　〔宋〕侯延慶：〈禪林僧寶傳序〉，《禪林僧寶傳》卷首，《明版嘉興大藏經》第二十冊（臺北市：新文豐出版社，一九七八年），頁五六一。

註十一　見黃啓江：〈僧史嘉惠洪與其禪教合一觀〉，《北宋佛教史稿》（臺北市：臺灣商務印書館，一九九七年），頁三三二。

註十二　見《宋代文學研究叢刊》第二期（臺北市：麗文文化公司，一九九六年），頁二七五。

註十三　《石門文字禪》卷一一，〈贈湧上人乃仁老子也〉。

註十四　同上揭書，卷一五，〈語法護禪者〉。

註十五　同上揭書，卷一九，〈潘延之贊〉。

註十六　如上揭書，卷二十，〈懶庵銘並序〉。

註十七　枯骨觀，指一切以玄想內觀爲特徵，排斥語言文字的禪法。

註十八　周裕鍇：《文字視野與宋代詩學》（北京市：高等教育出版社，一九九八年），頁二五－四二。

註十九　李淼〈禪宗與中國古代詩歌藝術〉：「所謂文字禪主要是指的以文字語言去解說「古德」「公案」的，即所謂頌古拈古的方式」（臺北市：麗文出版公司，一九九三年），頁五三。

註二十　（明）眞可〈石門文字禪序〉曰：「禪如春也，文字則花也。春在於花，全花是春；花在於春，全春是花。而曰禪與文字有二乎哉！」，《石門文字禪》卷首，頁一。

註二一　（北宋）惠洪：《石門文字禪》卷一九，〈東坡畫應身彌勒贊並序〉。

註二二　同前註。

註二三　同上揭書，卷一九，〈臨川寶應寺塔光贊〉。

註二四　同上揭書，卷二六，〈題昭默遺墨〉。

註二五　三昧，借指文藝創作所達到的自在無礙以及超然解脫的境界。

註二六　周裕鍇：《文字禪與宋代詩學》（北京市：高等教育出版社，一九九八年），頁一四九。

註二七　錢鍾書：《管錐篇》第四冊一六三則（北京市：中華書局，一九八六年），頁一二七〇。

註二八　（北宋）惠洪：《石門文字禪》，卷二四，〈送僧乞食序〉。

註二九　同上揭書，卷二四，〈雲庵眞淨和尚行狀〉。

註三十　（北宋）惠洪：《石門文字禪》，卷二三，〈夢徐生序〉。

註三一　（北宋）惠洪：《石門文字禪》，卷二三，〈邵陽胡強仲序〉。

註三二　（北宋）惠洪：《石門文字禪》，卷二六，〈題蘭〉。

註三三　《石門文字禪》，卷二一，〈畫浪軒記〉。

註三四　見〔明〕吳曾：《能改齋漫錄》卷一二。

註三五　〔南宋〕陳振孫：《直齋書錄解題》，卷一。

註三六　錢鍾書：《管錐編》（北京市：中華書局，一九八六年），頁一三八四。

註三七　〔明〕方回：《瀛奎律髓滙評》，卷一六。

張鎡《仕學規範》與北宋文論

——從閱讀、反應、文氣諸觀點切入

張高評

摘要

南宋張鎡，字功甫，著有《南湖集》。為詩宗尚黃庭堅、陳師道，與楊萬里、陸游為詩友，善參活法，頗受江西詩學影響。又著有《仕學規範》四十卷，其中四卷臚列作文之道。其書節錄宋代名公文士論著，載錄原典，注明出處，王水照主編《歷代文話》稱：「此書為較早的以輯錄諸家之文而成書的文話著作，『輯』而不『作』為其主要方式」。因此，於《四庫全書》入子部雜家類五「雜纂之屬」，而不在「詩文評類」。雖然，《仕學規範》之纂集，看似述而不作，如南北宋之際所編《唐宋分門名賢詩話》、《詩話總龜》之屬。然文獻篩選之際，取捨之間，偏全多寡、輕重詳略之斟酌，其中不無別識心裁。《仕學規範》羅列北宋以來「作文」文獻，內容大抵以提示作文津梁，強調命意與修辭，品題名家名篇為主，亦旁及閱讀與涵泳，文品與人品，蓋宗祖黃庭堅、陳師道所倡，會通詩法與文法爲說。其書既輯而不作，故徵存紹興以前北宋古文評論頗豐。今考論「作文」之篇章，可知北宋文論之大凡，閱讀接受之向度，品題關注之焦點，諸家之學說，以及「以文氣論文」之概況。

關鍵詞

《仕學規範》、作文、文論、文氣、圖書傳播、接受反應

一　圖書傳播與《仕學規範》之纂輯

趙宋開國以來，實施右文崇儒政策，於是科舉取士之多，號稱空前絕後；（註一）雕版印刷繁榮，與寫本競妍爭妍，以至有「天下未有一路不刻書」的盛況。（註二）科舉考試與印本傳播，落實了右文政策，也促進了宋型文化崇理尚智，好發議論，追求創造，注重會通之精神；（註三）反思內求，競爭超勝，更是宋型文化普遍之體現。其中，詩話創始於宋，筆記書寫亦蔚爲大觀。對於說詩論文，反思傳統文學，提供學古通變，自名一家之觸發，宋代印本寫本爭輝，作爲知識傳媒，其功足多。（註四）

自歐陽脩撰《詩話》、司馬光《續詩話》，此種「以資閑談」之說詩論文筆記，風起雲湧，令人目不暇給。其後發展，乃有許顗《彥周詩話》所謂「辨句法、備古今、記盛德、錄異事、正訛誤」之內容；要之，不出清章學誠《文史通義．詩話》所謂「論詩及事」，與「論詩及辭」二者。（註五）其中，或網羅散佚，徵存文獻；或刪繁汰蕪，斷以己意；或提示方法，度人金針；或分享閱讀經驗，或提供鑑賞心得；或考鏡淵流，或評騭優劣，不一而足。詩話，爲討論詩文之筆記，就材料之編纂而言，或摘抄材料，以助閑談；或分類抄輯，彙歸成書；或論詩及事，或論詩及辭，或兼而有之。南宋筆記徵存古文評論資料者不多，（註六）筆者選擇張鎡《仕學規範》卷三十二－三十五〈作文〉，作爲討論之文本。北宋以來至南宋紹興間，文家之文思與文論，據此可以概見。

張鎡（一一五三－一二三五），字功甫，一字時可，號約齋，臨安人，爲南宋名將張俊之曾孫。累官奉議郎、直秘閣，權通判臨安府事。開禧三年（一二〇七），爲左司郎官，參與謀誅韓侂胄。後忤宰相史彌遠，貶死象臺（今廣西象縣），著有《南湖集》，編有《仕學規範》。嘗與陸游、楊萬里唱和，楊萬里曾作序跋，提及張鎡之詩學淵源，其言曰：

句裡勤分似，燈前得細嘗。孤芳後山種，一瓣放翁香。（楊萬里〈跋張功甫通判直閣所惠約齋詩乙稿〉，辛更儒《楊萬里集箋校》卷二一，頁一〇七六）

（其平生之詩）大抵祖黃、陳，自徐、蘇而下不論矣。（楊萬里〈約齋《南湖集》序〉，辛更儒《楊萬里集箋校》卷八十，頁三二五一）

由此可見，張鎡之師友學侶，如楊萬里、陸游等人，大多「從江西入，而不從江西出」之詩人。而所宗法，如黃庭堅、陳師道，要皆江西詩派代表作家。其《南湖集．題尚友軒》曾自述得詩法於「八老」：「淵明次及寒山子，太白還同杜拾遺。白傅東坡俱可法，涪翁無幾總堪師」，淵明與杜甫，爲宋詩之典範；於當代頗私淑蘇軾、黃庭堅、陳師道。楊萬里極推重張功甫之詩，以爲在尤、蕭、范、陸四詩翁之外，所謂「新拜南湖爲上將，更推白石作先鋒」，肯定其地位與姜夔相伯仲。方回〈讀張功甫《南湖集》并序〉亦指出，在山谷、後山、簡齋得此「活法」外，張南湖功甫亦「得活法於誠齋」；清鮑廷博〈刻《南湖集》緣起〉因謂：「公之於詩，善參活法，遠宗香山於唐，而近得力于誠齋、放翁諸人。」（註七）由張鎡之文學淵源，與師承學侶看來，張鎡之文學觀念當不離元祐學術，尤其十分宗仰蘇軾、黃庭堅，以及江西詩人。故《仕學規範》卷三十六－四十論〈作詩〉，宗法江西，闡發其詩法，即論〈作文〉之道，亦深受蘇、黃與江西詩學之影響。今考陳師道《後山詩話》引黃庭堅之言曰：「杜之詩法，韓之文法也」，可見江西詩人倡導詩法可以轉換爲文法。江西詩風既籠罩南宋前期詩壇，古文評論不得不受江西詩法影響，如所謂命意、造語、布置、用字、句法等等，南宋古文之評點多傳承之。（註八）何況張鎡作詩，宗法黃庭堅、陳師道，體現宋調特色，又與楊萬里、陸游爲詩友，濡染江西詩風如此之深切。由於宗師江西詩法，於是閱讀接受之定勢，左右其論文說詩之取材，所謂「以詩法爲文法」，此中有之。觀張鎡《仕學規範》〈原序〉，揭櫫「法度」、「規矩」、「範模」、「法程」、「規範」云云，以爲作文之津梁，（註九）可證筆者所言非虛。

《仕學規範》四十卷，文淵閣《四庫全書》入子部雜家類雜纂之屬。其中卷三十二至三十五，論〈作文〉；卷三十六至四十，論〈作詩〉，大抵節錄宋代名公文士之論著而成。卷首羅列書目一百種，有傳記、語錄、文集、筆記、詩話之屬，可見閱覽之博，採摭之富。復旦大學王水照教授，近編《歷代文話》，採錄張鎡《仕學規範》〈作文〉四卷，權充南北宋之際討論古文評論之代表，敘錄所謂「內容大抵爲闡述作文之法，品折各類文體，記載宋時文壇之傳聞逸事，爲較早的以輯錄諸家之文而成書的文化著作，『輯而不作』，爲其主要方式。」（註十）無論說詩或論文，《仕學規範》之纂集，看似述而不作，猶如南北宋之際所編《唐宋分門名賢詩話》、《詩話總龜》之屬。然選書之際，取捨之間，偏全多寡、輕重詳略之別，其中不無別識心裁。今讀《仕學規範》數過，梳理其重點核心，結合圖書傳播與宋代詩學之研究，以解讀《仕學規範》之「輯而不作」，進而詮釋張鎡之「作文」理念；北宋文論之風貌，南宋文風之剪影，於此可見一斑。

二　印本寫本爭輝與博觀厚積之文風

知識傳播，由書諸竹帛，而謄寫抄錄於紙張，形成諸多便利。圖書複製之技術，由躬自抄錄，倩人假手，一變而爲雕版印刷，日傳萬紙，對於利用厚生，更是極大的飛躍。蓋謄寫抄錄，作爲複製圖書之方法，或費力難成，緩不濟急；或成本過高，書價昂貴；或產量少，流傳慢；或抄手素質參差，文字錯漏難免；或卷帙龐大，攜帶典藏不便；或複本不多，容易散毀亡佚。至北宋太宗眞宗以來，更加積極推動右文崇儒政策，鼓勵官家書坊雕印圖書，「凡搢紳家世所藏善本，往往鋟板以爲官書」；於是「士大夫不勞力而家有舊典」，「今板本大備，士庶家皆有之」，「此實千齡之盛」，「斯乃儒者逢時之幸也」。蘇軾目睹寫本與印本爭輝，圖書流通便捷之盛況，所作〈李氏山房藏書記〉曾預言：「學者之於書，多且易致如此，其文詞學術，當倍蓰於昔人。」（註十一）試覆案宋代文化之繁榮，誠應驗不爽。

今考《宋史・藝文志》，宋初開國，圖書才萬餘卷；終北宋之世，圖書凡六七〇五部七三八七七卷。其間經宋室南渡，圖書劫餘，至南宋末，《宋史・藝文志》著錄四部典籍，猶有九八一九部一一九九七二卷。私家藏書目錄如尤袤、晁公武、陳振孫，尚著錄七五八八種，七五七八〇卷以上，未計在內。圖書呈倍數成長，其中自有印本之書籍在。明胡應麟《少室山房筆叢》卷四，論雕版圖書之便利，有云：

> 今人事事不如古，固也；亦有事什而功百者，書籍是也。……至唐末宋初，鈔錄一變而爲印模，卷軸一變而爲書冊，易成、難毀、節費、便藏，四善具焉。遡而上之，至於漆書竹簡，不但什百而且千萬矣。士生三代後，此類未爲不厚幸也。（註十二）

圖書流通之歷史，由「鈔錄一變而爲印模，卷軸一變而爲書冊」，複製圖書由寫本進化爲印本，具備「易成、難毀、節費、便藏」四善，外加化身千萬，無遠弗屆之便利；於是宋理宗時，印本圖書數量與寫本勢均力敵，成爲圖書傳媒之新寵；至宋末元初廖瑩中世綵堂校正九經，皆採用印本，無一寫本。從此，印本逐漸成爲圖書傳播之主流。寫本與印本爭妍競奇，此消彼長，相得益彰，對於宋代之知識傳播，自有深遠之影響。筆者曾撰文研究宋代雕版圖書作爲知識傳媒，生發何種傳媒效應，提出十大層面作討論：其中讀書撰述之昌盛、閱讀習性之改易、讀書方法之注重、創作法度之講求、詩話評點之崛起、學術風尚之轉移等等，尤其重要，在在攸關印刷文化史之研究。（註十三）

谷登堡（Gutenberg Johann, 1397-1468）發明活字版印刷術，在西方中古歐洲，改變了閱讀的環境，影響了接受反應，同時加速古老變革，重組文學領域，徵存傳統典籍，催生創新體類。印刷術號稱文明之母，變革之推手，爲普及教育與文化之有力手段。在東方宋朝，號稱雕版印刷之黃金時代，那麼，印本圖書作爲傳播媒介，對於士人之閱讀、接受、創作、論述，是否有其影響與激盪？這是印刷文化史的課題。錢存訓以爲：「印刷術的普遍使用，被認爲是宋代經典研究的復興，及改變學術和著述風尚的一種原因。」（註十四）李約瑟《中國科學技術史》之《印刷術》卷，十分稱讚雕版印刷在宋代之崛起和推廣，以爲一切「巨大的變化和進步，都跟印刷術相聯繫」；《中國科學技術史》第六卷第三十八章〈植物學〉，討論宋代本草學家、博物學家刊刻醫藥書籍，李約瑟不斷強調，作品數量所以不斷增多，評論標準所以不斷提高，迅速修訂、廣泛傳播之所以成爲可能，修訂版和再版所以更加容易，這都得歸功於印刷術的發展，「這種情況，在印刷術時代以前，是辦不到的！」（註十五）以彼例此，觸類旁通，雕版圖書之爲傳播媒介，對於詩、文、詞、賦圖書之流通，傳媒之效應，亦不妨類推討論，考而後信。

三　閱讀與接受——熟讀涵泳，有宗有趣

蘇軾〈稼說送張琥〉提出「博觀而約取，厚積而薄發」二語，作爲「務學」之教示。筆者曾撰文討論宋詩之學唐變唐，期許自成一家，其途徑與步驟，即在「博觀厚積」四字。宋詩之大家名家，蘇軾以外，如歐陽脩、王安石、黃庭堅；宋代之詩話筆記，如《冷齋夜語》、《苕溪漁隱叢話》、《鶴林玉露》、《捫蝨新話》、《藏海詩話》、《詩人玉屑》、《滄浪詩話》等，多主讀書博學，知入知出，以期新變自得。蓋熟讀博學，可以突破宋詩之困境；博觀約取，可以助成宋詩別闢谿徑。詩話筆記，好以破體出位論詩，以會通化成評詩，固爲約取薄發之體現，且爲多元傳媒之反饋。（註十八）

張鎡宗祖蘇軾、黃庭堅、陳師道，以楊萬里、陸游爲詩友，自身「善參活法」，楊萬里稱其詩藝，可爲「上將」，與姜夔相伯仲。以此詩人氣質而論文，宗派指向必近乎蘇、黃，以及江西詩風。因此，張鎡《仕學規範》論文，與蘇、黃、江西詩派論詩，既異曲同工，又相得益彰。如論作文，摘引文獻，再三提及勤讀、熟讀、詳讀、熟觀、涵泳、詳味、涵養、教讀，念茲在茲，三致其意，可謂不憚其煩。先看勤讀與熟讀如何有助於作文：

東坡云：「頃歲，孫莘老識文忠公，乘間以文字問之。云無他術，唯勤讀書而多爲之自工。世人患作文字少，又懶讀書，每一篇出，即求過人，如此少有至者。疵病不必待人指摘，多作自能見之。」此公以其嘗試者告人，故尤有味。（張鎡《仕學規範》卷三十二引《三蘇文集》，文淵閣《四庫全書》，第八七五冊，頁一六四；王水照主編《歷代文話》第一冊，〈仕學規範·作文〉卷一，頁三〇九）

學工夫已多，讀書貫穿，自當造平淡，且置之。可勤讀董、賈、劉向諸文字，學作議論文字，更取蘇明允文字讀之。古文要氣質渾厚，勿太雕琢。」（張鎡《仕學規範》卷三十三引《南昌文集》，文淵閣《四庫全書》第八七五冊，頁一六五；王水照主編《歷代文話》第一冊，〈仕學規範·作文〉卷二，頁三一一）

山谷〈答外甥洪駒父書〉云：

……往年嘗請問東坡先生作文章之法，東坡云：「但熟讀《禮記·檀弓》，當得之。」既而取〈檀弓〉二篇讀數百遍，然後知後世作文章不及古人之病如觀日月也。文章蓋自建安以來，好作奇語，故其氣象衰茶，其病至今猶在，惟陳伯玉、韓退之、李習之，近世歐陽永叔、王介甫、蘇子瞻、秦少游乃無此病耳。（張鎡《仕學規範》卷三十三引

《南昌文集》，文淵閣《四庫全書》第八七五冊，頁一六五；王水照主編《歷代文話》第一冊，〈仕學規範·作文〉卷二，頁三一一—三一二）

謂洪駒父云：「諸文亦皆好，但少古人繩墨耳，可更熟讀司馬子長、韓退之文章。凡作一文皆須有宗有趣，終始關鍵，有開有闔，如四瀆雖納百川，或匯而爲廣澤，汪洋千里，要自發源注海耳。」（張鎡《仕學規範》卷三十三引《南昌文集》，文淵閣《四庫全書》第八七五冊，頁一六五；王水照主編《歷代文話》第一冊，〈仕學規範·作文〉卷二，頁三一二）

謂王立之云：「若欲作楚詞，追配古人，直須熟讀《楚詞》。觀古人用意曲折處，講學之，然後下筆。譬如巧女文繡妙一世，若欲作錦，必得錦機，乃能成錦爾。」（張鎡《仕學規範》卷三十三引《南昌文集》，文淵閣《四庫全書》第八七五冊，頁一六五；王水照主編《歷代文話》第一冊，〈仕學規範·作文〉卷二，頁三一二）

歐陽脩答孫莘老問作文之術，云「勤讀書而多爲之，自工」；此與《後山詩話》載歐公論「爲文有三多：看多、做多、商量多」，可以相發明。黃庭堅答洪駒父書，謂學作議論文字，當勤讀董仲舒、賈誼、劉向、蘇洵文章，然後出入眾作，貫穿諸家。山谷問東坡作文章法，答以「但熟讀《禮記·檀弓》」；山谷勉洪駒父：「熟讀司馬子長、韓退之文章」，以求繩墨、宗趣、關鍵、開闔。又謂王直方：「欲作楚詞，直須熟讀《楚詞》。」以揣摩「古人用意曲折處」。歐陽脩、蘇軾、黃庭堅論作文，提倡熟讀、勤讀、多讀，與論作詩並無二致。（註十七）黃庭堅〈與王觀復書〉稱：「長袖善舞，多錢善賈」，堪作讀書精博之注腳。熟讀博觀，主要目的在學以致用，如：

〈與王觀復書〉云：……「自作語最難，老杜作詩，退之作文，無一字無來處。蓋後人讀書少，故謂韓、杜自作此語耳。古之能爲文章者，眞能陶冶萬物，雖取古人之陳言，入於翰墨，如靈丹一粒，點鐵成金也。文章最爲儒者之末事，然須索學之，又不可不知其曲折，幸熟思之。至於推之使高，如泰山之崇崛，如垂天之雲。作之使雄壯，如滄江八月之濤，海運吞舟之魚。又不可守繩墨，令儉陋也。」（張鎡《仕學規範》卷三十三引《南昌文集》，文淵閣《四庫全書》第八七五冊，頁一六六；王水照主編《歷代文話》第一冊，〈仕學規範·作文〉卷二，頁三一二）

又云：「書猶麴　，學者猶秫稻，秫稻必得麴蘗，則酒醴可成。不然，雖有秫稻。無所用之。今所讀之書，有其文雄深者，有其文典雅者，有富麗者，有俊逸者，合是數者，雜然列于胸中而咀嚼之，尤以麴　和秫稻也。醞釀既久，則凡發於文章，形於議論，必自然秀絕過人矣。故經史之外百家文集，不可不觀也。」（張鎡《仕學規範》卷三十五引張橫浦《日新》，文淵閣《四庫全書》，第八七五冊，頁一七五冊，頁一七五；王水照主編《歷代文話》第一冊，〈仕學規範·作文〉卷四，頁三二六）

黃庭堅提示江西詩法，所謂「點鐵成金」，先決條件是泛覽圖書，學養精博，有本有源，方能陶冶萬物，所謂「取古人之陳言，入於翰墨，如靈丹一粒，點鐵成金。」此與以故爲新、奪胎換骨、以俗爲雅詩法一般，多以深厚之學養爲基點，方有可爲。張九成「秫稻必得麴，則酒醴可成」之喻，頗可見讀書博學，眞積力久，醞釀而發用爲文章，形於議論之效應。因此，開卷有益，行文有用，最爲實事求是。蘇門弟子李廌，江西詩人呂本中論讀書作文，最切近實際，如云：

又云：「東坡教人讀《戰國策》，學說利害。讀賈誼、晁錯、趙充國章疏，學論事。讀《莊子》，學論理性。又須熟讀《論語》、〈子虛〉、〈檀弓〉，要志趣正當。讀韓、柳，令記得數百篇，要知作文體面。」（張鎡《仕學規範》卷三十三引《方叔文集》，文淵閣《四庫全書》第八七五冊，頁一六八；王水照主編《歷代文話》第一冊，〈仕學規範·作文〉卷二，頁三一五）

讀《莊子》，令人意寬思大敢作，讀《左傳》，便使人入法度，不敢容易：此二書不可偏廢也。近世讀東坡、魯直詩，亦類此。（張鎡《仕學規範》卷三十五引呂氏《童蒙訓》，文淵閣《四庫全書》，第八七五冊，頁一七四；王水照主編《歷代文話》第一冊，〈仕學規範・作文〉卷四，頁三二二四）

學者須做有用文字，不可盡力虛言。有用文字，議論文字是也。議論文字須以董仲舒、劉向爲主，《禮記》、《周禮》及《新序》、《說苑》之類，皆當貫穿熟考，則做一日，便有一日工夫。近世文字如曾子固諸序，尤須詳味。（張鎡《仕學規範》卷三十五引呂氏《童蒙訓》，文淵閣《四庫全書》，第八七五冊，頁一七五；王水照主編《歷代文話》第一冊，〈仕學規範・作文〉卷四，頁三二五－三二六）

就不同用途、不同目的，而選讀不同書籍；故學說利害、學論事、學論理性，固必須讀書；即要志趣正當、知作文體面，亦皆各有必讀書籍，此李廌之見解。《莊子》、《左傳》二書體性不同，猶東坡、魯直詩各有風格，讀書不妨理性判分，各取所需。呂本中以爲有用文字指議論文，主要宗法董仲舒、劉向，其次則《禮記》、《周禮》、《新序》、《說苑》，「皆當貫穿熟考」，會通化成；而曾鞏諸序「尤須詳味」。巧婦難爲無米之炊，山谷稱：「長袖善舞，多錢善賈。」讀書精博，有益於作文，此自然之理。讀書有得，其中有所謂「涵泳」工夫，以及涵養氣息者，如：

> 呂居仁云：「東坡〈三馬贊〉：『振鬣長鳴，萬馬皆瘖。』此皆記不傳之妙。學文者能涵泳此等語，自然有入處。」（張鎡《仕學規範》卷三十五引呂氏《童蒙訓》，文淵閣《四庫全書》，第八七五冊，頁一七三；王水照主編《歷代文話》第一冊，〈仕學規範．作文〉卷四，頁三二三）

> 讀三蘇進策，涵養吾氣，他日下筆，自然文字霶霈，無吝嗇處。（張鎡《仕學規範》卷三十五引呂氏《童蒙訓》，文淵閣《四庫全書》，第八七五冊，頁一七三；王水照主編《歷代文話》第一冊，〈仕學規範．作文〉卷四，頁三二三）

> 張子韶云：「文字有眼目處，當涵泳之，使書味存於胸中則益矣。韓子曰『沈浸醲郁，含英咀華』，正謂此也。」（張鎡《仕學規範》卷三十五引張橫浦《日新》，文淵閣《四庫全書》，第八七五冊，頁一七五；王水照主編《歷代文話》第一冊，卷四〈仕學規範．作文〉，頁三二六）

爲了他日下筆，「文字霶霈，無吝嗇」，呂本中主張宜「讀三蘇進策，涵養吾氣。」東坡

〈三馬贊〉富含不傳之妙，學文者當「涵泳此等語」。張九成詮釋韓愈「沈浸醲郁，含英咀華」，以爲即「文字有眼目處，當涵泳之」；蓋涵之泳之，則「書味存於胸中」，如此則有進益。筆者以爲，此所謂「涵泳」，與韓駒等江西詩人所謂「飽參」、「遍參」、「活參」有異曲同工之妙。（註十八）與理學家朱熹等以「涵泳」爲中心，進行文學解讀，「須要見古人好處」，亦有足相發明之處。朱熹曾云：「讀書，需要切己體驗，不可只作文字看」；又曰：「讀《詩》正在於吟詠諷誦，觀其委曲折旋之意」；又謂：看《詩》，「未要去討疑處，只熟看。……卻便玩索涵泳，方爲有得。」「須是踏翻了船，通身在那水中，方看得出。」（註十九）蓋讀書，曉得文意是一重，尚游離在外面；須要進一步「曉得意思好處」，此非涵泳不爲功。張伯行《濂洛關閩書》所謂「爲學不可以不讀書，而讀書之法又當熟讀深思，反覆涵泳，銖積寸累，久自見功」，張載、二程如此，朱熹讀書法尤其如此。（註二十）張鎡既爲楊萬里學侶，楊萬里亦南宋理學家之一，《宋元學案》卷四十四有傳，讀書有味宜涵泳之說，或聞而知之也。

由此觀之，《仕學規範》輯錄諸家有關圖書之閱讀與容受，以提供行文有本，涵泳有的方面，除傳承蘇軾、黃庭堅元祐詩學，以及呂本中、楊萬里江西詩法外，與程朱理學之讀書涵泳說，恐亦有其淵源。姑記於此，容後細考。

四　反應與品題——出入衆作，金針度人

接受美學、讀者反應論崛起於現代西方，流播於當代東土，生發引用、借鏡、詮釋、解讀之若干問題來。就古典文學之研究言，論者指出：「中國古代文學理論中，有極其豐富的接受鑑賞的美學遺產，從接受主體、接受能力、體味方式、雙向交流、讀者創造、運作程序和閱讀層次等方面，形成了體大慮周，內涵豐富的東方接受方式，或華夏接受方式。」（註二一）此一研究領域，資源豐沛可觀，如今仍爲尚待開發之學術處女地，值得投入探索。

詩話、筆記、評點、序跋中，對於歷代名篇佳作之品評，資料豐富可觀，即是上述所謂「讀者接受反應論」所當研究之文本。就張鎡《仕學規範．作文》而言，品評歷代名家名作，亦琳瑯滿目，頗可觀玩。就華夏之文學接受學而言，品評是接受主體對審美對象之理性判斷和評估，融合審美鑑賞與藝術批評而一之；因此，與「玩味」同屬文學接受而又有所差異，大抵是植基於玩味接受，又超越玩味審美，而有更多理性批評之接受範式。（註二二）試翻檢《仕學規範》所輯文獻，品評先秦兩漢文章者居多，數量高達六成以上，而品評經傳，宗經思想，與《文心雕龍》並無二致：

> 夫文傳道而明心也，古聖人不得已而爲之也。既不得已而爲之，又欲乎句之難道耶，又

欲乎意之難曉耶，必不然矣，請以六經明之。《詩》三百篇皆儷其句，諧其音，可以播管弦，薦宗廟，子之所熟也。《書》者上古之書，二帝三王之世之文也，言古文者無出於此，則曰：「惠迪吉，從逆凶。」又曰：「德日新，萬邦惟懷。志自滿，九族乃離。」在《禮‧儒行》者，夫子之文也，則曰：「衣冠中，動作謹，大遜如慢，小遜如僞」云云者。在《樂》則曰：「鼓無當於五聲，五聲不得不和；水無當於五色，五色不得不章。」在《春秋》則全以屬辭比事爲教，不可備引焉。在《易》則曰：「乾道成男，坤道成女。」「日月運行，一寒一暑。」夫豈句之難道邪？夫豈義之難曉邪？今爲文而捨六經，又何法焉？若第取其《書》之所謂「吊由靈」，而《易》所謂「朋合簪」者，模其語而謂之古，亦文之弊也。（張鎡《仕學規範》卷三十二引《小畜文集》，文淵閣《四庫全書》，第八七五冊，頁一六一；王水照主編《歷代文話》第一冊，〈仕學規範‧作文〉卷一，頁三〇五—三〇六）

爲文必學《春秋》，然後言語有法。近世學者多以《春秋》爲深隱不可學，蓋不知者也。且聖人之言曷嘗務奇顯，求後世之不曉。趙啖曰：「《春秋》明白如日月，簡易如天地。」此最爲至論。（張鎡《仕學規範》卷三十二引《節孝先生語》，文淵閣《四庫全書》，第八七五冊，頁一六三；王水照主編《歷代文話》第一冊，〈仕學規範‧作文〉卷一，頁三〇八）

《仕學規範》選錄王禹偁之見，強調《詩》、《書》、《易》、《禮記》、《春秋》之文，皆爲「傳道而明心」，句非難道，義非難曉，「古聖人不得已而爲之」；因此，「爲文而捨六經，又何法焉？」又選錄徐積節孝先生之說，強調「爲文必學《春秋》，然後言語有法」；且以爲：「聖人之言曷嘗務奇顯？求後世之不曉」，微辭批評宋初「太學體」之務爲艱澀奇險，文弊極矣。徵聖宗經，此與劉勰《文心雕龍．宗經》稱許五經之文：「根柢槃深，枝葉峻茂，辭約而旨豐，事近而喻遠。」所謂「文以行立，行以文傳。四教所先，符采相濟。邁樹德聲，莫不師聖；而建言修辭，鮮克宗經。」（註一三）因此，爲文而宗經徵聖，誠然爲「正末歸本」之方也。宋代開國以來，右文崇儒，故文章寫作講究宗經徵聖，理固然也。

爲文既然講究宗經，於是文家品評經籍，則或標舉《尚書》、稱揚《詩經》、褒贊《左傳》，以及推崇《禮記》之文，如：

古人文章一句是一句，句句皆可作題目，如《尚書》。可見後人文章累千百言，不能就一句事理。只如《選》詩，有高古氣味，自唐以下無復此意，此皆不可不知也。（張鎡《仕學規範》卷三十五引呂氏《童蒙訓》，文淵閣《四庫全書》，第八七五冊，頁一七四；王水照主編《歷代文話》第一冊，〈仕學規範．作文〉卷四，頁三二四）

張文潛云：「《詩》三百篇，雖云婦人女子小夫賤隸所爲，要之非深於文章者不能作。如『七月在野』至『人我床下』，於『七月』以下，皆不道破，直至『十月』，方言『蟋蟀』，非深於文章者能爲之邪？」（張鎡《仕學規範》卷三十四引呂氏《童蒙訓》，文淵閣《四庫全書》，第八七五冊，頁一七三；王水照主編《歷代文話》第一冊，〈仕學規範·作文〉卷三，頁三二二）

《左氏》之語有盡而意無窮，如「獻子辭梗陽人」一段，所謂一唱三嘆，有遺音者也。如此等處，皆是學文養氣之本，不可不深思也。」（張鎡《仕學規範》卷三十五引呂氏《童蒙訓》，文淵閣《四庫全書》，第八七五冊，頁一七三；王水照主編《歷代文話》第一冊，〈仕學規範·作文〉卷四，頁三二三）

文章不分明指切而從容委曲，辭不迫切而意以獨至，惟《左傳》爲然。如當時諸國往來之辭與當時君臣相告相誚之語，蓋可見矣。亦是當時聖人餘澤未遠，涵養自別，故辭氣不迫如此，非後世人專學言語者也。（張鎡《仕學規範》卷三十五引呂氏《童蒙訓》，文淵閣《四庫全書》，第八七五冊，頁一七四；王水照主編《歷代文話》第一冊，〈仕學規範·作文〉卷四，頁三二四）

又云：「東坡云：『意盡而言止者，天下之至言也。然而言止而意不盡，尤爲極至，如

《禮記》、《左氏》可見。』」（張鎡《仕學規範》卷三十五引呂氏《童蒙訓》，文淵閣《四庫全書》，第八七五冊，頁一七四；王水照主編《歷代文話》第一冊，〈仕學規範・作文〉卷四，頁三二五）

《仕學規範》纂輯諸家之說，雖未斷以己意，提示評述，然就選錄趨向，亦可推見依違取捨之大凡。上列文獻，清一色採自呂本中《童蒙訓》。呂本中爲理學家，見《宋元學案》卷三十六〈紫微學案〉。（註二四）亦能詩，爲南宋初江西詩派之革新者。爲救治江西詩法執著詩法之病，提出「活法」說，「悟入」說，觸發楊萬里之詩學論述，間接影響張鎡之「活法」觀。（註二五）除外，呂本中師事楊時、問學於游酢、尹焞、劉安世等，可見其理學趨向。著有《春秋集解》十二卷、《紫微雜說》一〇七則、《童蒙訓》、《紫微詩話》，及《詩集》、《文集》，各若干卷。其中《春秋集解》「自《三傳》而下，集諸家之說」；《紫微雜說》之論說辨析，涉及五經、四書、《左傳》、《國語》，各代史書、諸子、韓文；（註二六）《童蒙訓》論文之涉獵廣博，以此。

閱讀典籍，接受訊息，進而玩味、鑑賞，終而反應表現，有所品評或斷案，此皆詩話、筆記編著者之心路歷程；纂輯成書，歷程不過再次演示，資料再次梳理取捨而已。作爲原始讀者唯有泛覽博觀，出入眾作，始能較論優劣，度人以金針。呂本中師承與學養，嫻熟於經籍，故其筆劍，可議於斷割，可論其妍媸。於《尚書》，取其氣味高古，句句皆可作題目。於《詩經》三百篇，褒其「非深於文章者不能作」。於《左傳》之文，美其「語有盡而意無窮」，一唱三歎，爲「學文養氣之本」；更稱其文章，「不分明指切，而從容委曲，辭不迫切而意以獨至。」美其言語，「辭氣不迫」。再引東坡之言，推尊《左氏》、《禮記》之文，以爲「言止而意不盡」，較「意盡而言止」之至言，爲「言意」表達之「極至」。凡此，要皆玩味涵泳，深造有得之文章品題，可供學文之金針與左券。《文心雕龍．宗經》強調「邁樹德聲」與「建言修辭」同等重要，《童蒙訓》之宗經致用，《仕學規範》其知之矣。

其次，則先秦諸子、兩漢史傳之文，亦多採錄師法，玩味之，品題之，作爲學文之津梁，度人之金針。嘗試考之，多不離《文心雕龍》〈史傳〉、〈諸子〉之審美趣味，以及北宋文家如蘇洵、蘇軾、曾鞏之師法趨向，先看閱讀先秦兩漢之諸子與史傳。如：

讀《莊子》，令人意寬思大敢作，讀《左傳》，便使人入法度，不敢容易：此二書不可偏廢也。近世讀東坡、魯直詩，亦類此。（張鎡《仕學規範》卷三十五引呂氏《童蒙訓》，文淵閣《四庫全書》，第八七五冊，頁一七四；王水照主編《歷代文話》第一冊，〈仕學規範．作文〉卷四，頁三二四）

居仁云：「文章須要說盡事情，如韓非諸書大略可見。至於一唱三歎，有遺音者，則非有所養不能也。如《論語》、《禮記》文字，簡淡不厭，似非《左氏》所可及也。《列子》氣平文緩，亦非《莊子》步驟所能到也。東坡晚年敘事文字多法柳子厚，而豪邁之氣，非柳所能及也。」（張鎡《仕學規範》卷三十四引呂氏《童蒙訓》，文淵閣《四庫全書》，第八七五冊，頁一七三；王水照主編《歷代文話》第一冊，〈仕學規範·作文〉卷三，頁三二二）

《孫子》十三篇，論戰守次第與山川險易長短小大之狀，皆曲盡其妙。摧高發隱，使物無遁情，此尤文章妙處。（張鎡《仕學規範》卷三十五引呂氏《童蒙訓》，文淵閣《四庫全書》，第八七五冊，頁一七三；王水照主編《歷代文話》第一冊，〈仕學規範·作文〉卷四，頁三二三）

呂本中《童蒙訓》較論《莊子》與《左傳》：《莊子》「令人意寬思大，敢作」，近世讀東坡詩，類此；讀《左傳》「便使人入法度，不敢容易」，讀黃庭堅詩似之。類比有致，非玩味涵泳之久，難得若是之品題。呂本中又綜論子史：「說盡事情」，《韓非》諸書可見；一唱三歎且有遺音者，則如《論語》、《禮記》、《左傳》、《列子》、《莊子》，以及東坡文。雖各就一端品題，然又互有優劣，如以「簡淡不厭」言，《左氏》不及《論語》、《禮記》；以

「氣平文緩」言，《莊子》不及《列子》；論豪邁之氣，則柳宗元不如東坡文。又推崇《孫子》十三篇，不僅「論戰守次第，與山川險易、長短、小大之狀，皆曲盡其妙。」同時，「摧高發隱，使物無遁情」，尤爲文章妙處。

蘇洵、蘇氏父子古文，爲科舉考試典範，《老學庵筆記》載有「蘇文生，吃菜根；蘇文熟，吃羊肉」之諺。南渡後，元祐學術既解禁，於是影響所及，《仕學規範》輯錄諸家文論，遂多徵引老蘇、大蘇之言，如：

蘇明允〈上田樞密書〉云：「……凡數年來，退居草野，自分永棄，與世俗日疏闊，得以大肆其力於文章。詩人之優柔，騷人之清深，孟、韓之溫淳，遷、固之雄剛，孫、吳之簡切，投之所嚮，無不如意。常以爲董生得聖人之經，其失也流而爲迂；鼂錯得聖人之權，其失也流而爲詐。有二子之才而不流者，其惟賈生乎？」（張鎡《仕學規範》卷三十二引《三蘇文集》，文淵閣《四庫全書》，第八七五冊，頁一六三；王水照主編《歷代文話》第一冊，〈仕學規範．作文〉卷一，頁三〇八－三〇九）

明允〈上歐陽公書〉云：「……孟子之文語約而意深，不爲巉刻斬絕之言，而其鋒不可犯。韓子之文如長江大河，渾浩流轉，魚黿蛟龍萬怪遑惑，而抑絕蔽掩，不使自露，而人望見其淵然之光、蒼然之色，亦自畏避，不敢迫視。執事之文紆餘委備，往復萬折，而條達疏暢，無所間斷，氣盡語極，急言竭論而容與柔易，無艱難辛苦之態：此三者皆斷然自爲一家之文也。」（張鎡《仕學規範》卷三十二引《三蘇文集》，文淵閣《四庫全書》，第八七五冊，頁一六三；王水照主編《歷代文話》第一冊，〈仕學規範・作文〉卷一，頁三〇九）

> 班固敘事詳密有次第，專學《左氏》，如敘霍、上官相失之由，正學《左氏》記秦穆、晉惠相失處也。（張鎡《仕學規範》卷三十五引呂氏《童蒙訓》，文淵閣《四庫全書》，第八七五冊，頁一七三；王水照主編《歷代文話》第一冊，〈仕學規範・作文〉卷四，頁三二三）

蘇洵〈上田樞密書〉，對於先秦兩漢之諸子史籍，風格特質多所品題，如以優柔、清深稱《詩》、《騷》，以溫淳與簡切分論《孟子》、《韓文》、《孫子》、《吳子》，以雄剛品題《史記》、《漢書》；以董仲舒、晁錯各得聖人之經與權，互有得失，兼之者乃賈誼。〈上歐陽公書〉，則又品評孟子、韓愈、歐陽脩三家之文，「自爲一家」爲其共相，而又各具個性特質，《孟子》之文，「語約而意深」；韓愈之文，「如長江大河，渾浩流轉」；歐陽公之文，則「紆餘委備，往復萬折」。又評論班固《漢書》，稱其「敘事詳密有次第，專學《左氏》」，據文章之因革損益品題，非熟讀精思，涵泳玩味之深，何能出此精到之品題？范溫《潛溪詩眼》引曾鞏之言：「司馬遷學《莊子》，班固學《左氏》；班馬之優劣，即《莊》《左》之優劣也。」黃庭堅亦云：「司馬遷學《莊子》，既造其妙；班固學《左氏》，未造其妙也。」（註二七）見仁見智，各自表述，不妨互參。上述品題，對於學文作文，提示津梁，度人金針，多所啓益。

《仕學規範》對於歷代散文之風格特徵，亦多依從選錄而抑揚進退之，從可見南北宋之際品題散文之概況，如：

《漢高紀》詔令雄健，《孝文紀》詔令溫潤，去先秦古書不遠，後世不能及。至《孝武紀》詔令始事文采，文亦寖衰矣。（張鎡《仕學規範》卷三十五引呂氏《童蒙訓》，文淵閣《四庫全書》，第八七五冊，頁一七四；王水照主編《歷代文話》第一冊，〈仕學規範．作文〉卷四，頁三二五）

李格非善論文章，嘗曰：「諸葛孔明〈出師表〉、劉伶〈酒德頌〉、陶淵明〈歸去來詞〉、李令伯〈乞養親表〉，皆沛然如肺肝中流出，殊不見斧鑿痕。是數君子在後漢之末、兩晉之間，初未嘗欲以文章名世，而其詞意超邁如此，是知文章以氣爲主，氣以誠爲主。」（張鎡《仕學規範》卷三十四引《冷齋夜話》，文淵閣《四庫全書》，第八七五冊，頁一六九；王水照主編《歷代文話》第一冊，〈仕學規範·作文〉卷三，頁三二一七）

韓退之文渾大，廣遠難窺測；柳子厚文分明，見規摹次第。初學者當先學柳文，後熟韓文，則工夫自易。（張鎡《仕學規範》卷三十五引呂氏《童蒙訓》，文淵閣《四庫全書》，第八七五冊，頁一七三；王水照主編《歷代文話》第一冊，〈仕學規範·作文〉卷四，頁三二一三）

呂居仁云：「老蘇嘗自言：『升裡轉，斗裡糧』，因聞此，遂悟文章妙處。文章紆餘委曲，說盡事理，惟歐陽公爲得之。至曾子固，加之字字有法度，無遺恨矣。文章有本末首尾，元無一言亂說，觀少游五十策可見。」（張鎡《仕學規範》卷三十四引呂氏《童蒙訓》，文淵閣《四庫全書》，第八七五冊，頁一七二；王水照主編《歷代文話》第一冊，〈仕學規範·作文〉卷三，頁三二一一）

讀三蘇進策，涵養吾氣，他日下筆，自然文字　霈，無吝嗇處。（張鎡《仕學規範》卷三十五引呂氏《童蒙訓》，文淵閣《四庫全書》，第八七五冊，頁一七三；王水照主編《歷代文話》第一冊，〈仕學規範·作文〉卷四，頁三二二三）

呂本中《童蒙訓》品評漢高、漢文之詔令，稱許其雄健、溫潤，而感慨漢武詔令之寖衰，「始事文采」故也。李格非論文章，推崇諸葛亮〈出師表〉、劉伶〈酒德頌〉、陶潛〈歸去來詞〉、李密〈乞養親表〉，其難能可貴處，在「皆沛然如肺肝中流出，殊不見斧鑿痕。」因論「文章以氣爲主，氣以誠爲主。」《童蒙訓》較論韓柳文之風格特色，而建言「初學者當先學柳文，後熟韓文。」因爲：「韓退之文渾大，廣遠難窺測；柳子厚文分明，見規摹次第。」先易後難，學不躐等，此學文之階梯。呂本中綜論現當代四家古文特質：蘇洵文章，「升裡轉，斗裡糧」；歐陽公文章「紆餘委曲，說盡事理」；曾鞏文章，「字字有法度」；秦觀策論，「本末首尾，無一亂說」，各盡其美，俱臻其妙。又謂讀三蘇進策，可以涵養文氣；他日爲文，「自然文字霶霈」。

王安石之文學觀，主張通經致用，《仕學規範》卷一，曾采錄其批評近世之文，謂「辭弗顧於理，理弗顧於事，以襞積故實爲有學，以雕繪語句爲精新。譬之擷奇花之英，積而玩之，雖光華馨采，鮮縟可愛，求其根柢濟用，則蔑如也。」試觀南宋初年中期，爲文以窮極華麗著稱者，有汪藻、李清照等人；又有倡導事功，關切民生之事功派古文，陳亮、辛棄疾、陸游、楊萬里爲代表作家。（註二八）由此可見，爲文致力「根柢濟用」，亦南渡大家之文學觀。張鎡梳理諸家論述，摘選名家名篇之品題，從可印證《仕學規範》所示：「口詠心惟，趣向弗琺」，「可爲終身法」之著書旨趣。

五　人品與文品——文如其人，人如其文

宋詩之典範選擇，歷經漫長之追尋：學李商隱、學白居易、學韓愈、學晚唐，多曾入圍候選。最終，陶潛與杜甫，以人格美、風格美兼備，雙雙脫穎而出，成爲宋人之詩學典範。（註二九）宋朝開國以來，崇儒右文，士人多知反思內求，涵養品格；加以憂患頻仍，黨爭嚴酷，道學濡染，文士多以格高相砥礪。歐陽脩作詩「獨崇氣格」，黃庭堅以「不俗」期許人格與詩格，江西詩派亦推崇「格高」，作爲詩歌之極則。以此類推，花卉以梅花爲格高，宮廷以植槐爲偉岸，工藝以青瓷之平淡素樸歛芒，繪畫以小景之情趣逸格取勝。由此觀之，「崇格」乃宋人之審美思潮。（註三十）

大抵而言，「崇格」意識，自是道學（即理學、宋學）氛圍下，人生觀之藝術實踐和人格體現。於是《仕學規範》輯錄宋人文論，再三提及「文如其人」之命題。論者指出：「文如其人」，涵意有二：其一，體與性之交集，即風格與創作個性之關係。其二，人品與文品之關係。前者探討作家氣質、稟性、性格等個性因素，對於文學風格之影響；後者探討作家之人格、情操、思想、品性等道德因素對於藝術品格的制約。（註三一）《仕學規範》所錄，大多屬於後者，如：

小說載盧整貌陋，嘗以文章謁韋宙，韋氏子弟多肆輕侮。宙語之曰：「盧雖人物不揚，然觀其文章有首尾，異日必貴。」後竟如其言。本朝夏英公亦嘗以文章謁盛文肅公，文肅曰：「子文章有館閣氣，異日必顯。」後亦如其言，然余嘗究之文章，雖皆出於心術，而實有兩等：有山林草野之文，有朝廷臺閣之文。山林草野之文，則其氣枯槁憔悴，乃道不得行著書立言者之所尚也。朝廷臺閣之文，則其氣溫潤豐縟，乃道得行著書立言者之所尚也。故本朝楊大年、宋宣獻、宋莒公、胡武平所撰制詔，皆婉美淳厚，過於前世燕、許、常、楊甚遠，而其爲人亦各類其文章。王安國常語余曰：「文章格調，須是官樣。」豈安國言官樣亦謂有館閣氣耶？又今世樂藝亦有兩般格調：若教坊格調，則婉媚風流；外道格調，則粗野嘲哳。至於村歌社舞，則又甚焉。茲亦與文章相類。（張鎡《仕學規範》卷三十二引《皇朝類苑》，文淵閣《四庫全書》，第八七五冊，頁一六〇—一六一；王水照主編《歷代文話》第一冊，〈仕學規範‧作文〉卷一，頁三〇四—三〇五）

江少虞《皇朝類苑》強調：人品與文品聲氣相通，桴鼓相應，蓋有諸中必形諸外，是所謂「其爲人，亦各類其文章」。文中枚舉盧　、夏竦之文章，一則「有首尾」，一則「有館閣氣」，果然「異日必貴」、「異日必顯」。由是推知，山林草野之文與朝廷臺閣之文，氣象確實有別：前者其道不得行，故其文枯槁憔悴；後者其道得行，故其文溫潤豐縟。王充《論衡·超奇》云：「文由胸中而出，心以文爲表」，文之風格與人之體性如影隨形，如響斯應，此之謂也。因此，北宋館閣名臣如楊億、宋祁、宋庠、胡宿所撰制誥，皆「婉美淳厚，過於前世」，文體風格即其人格品性之體現，故曰，「其爲人亦各類其文章」。館閣文章格調「須是官樣」，所謂綳中彪外，外內副稱故也。又如：

漢州進士楊交同時獲郡解，携文來謁，公厚禮之。閒日謂李畋與張逵曰：「漢州楊秀才可惜許一舉及第了，儻更爲文十年，狀元不難得。」逵請問之，公曰：「昨閱其文，辭旨甚憂，氣骨未實。欲期大受，須是全功。是知文章優劣，本乎精神，富貴高卑，在乎形器。吾以是觀人，十得八九矣。」明年，交果一舉及第。（張鎡《仕學規範》卷三十二引《張乖崖語錄》，文淵閣《四庫全書》，第八七五冊，頁一六一；王水照主編《歷代文話》第一冊，〈仕學規範·作文〉卷一，頁三〇六）

徐公仲車曰：「凡人爲文，必出諸己而簡易，乃爲佳耳。爲文正如其人，若有辛苦態度，便不自然。」（張鎡《仕學規範》卷三十二引徐積《節孝先生語》，文淵閣《四庫全書》，第八七五冊，頁一六三；王水照主編《歷代文話》第一冊，〈仕學規範·作文〉卷一，頁三〇八）

人嘗先養其氣，氣全則精神全。其爲文則剛而敏，治事則有果斷，所謂先立其大者。故凡人之文必如其氣。班固之文可謂新美，然體格和順，無太史公之嚴。近世孫明復及徂徠公之文，雖不若歐陽之豐富新美，然自嚴毅可畏。（張鎡《仕學規範》卷三十二引徐積《節孝先生語》，文淵閣《四庫全書》，第八七五冊，頁一六三；王水照主編《歷代文話》第一冊，〈仕學規範·作文〉卷一，頁三〇八）

文品既是人品之體現，故文章風格即其人格之反應：「文章優劣，本乎精神，富貴高卑，在乎形器。」此即張詠乖崖答問，所謂「觀人」術。進士楊交「一舉及第」，由其文「辭旨甚優」看出。美中不足者，爲「氣骨未實」；「儻更爲文十年，狀元不難得」。徐仲車亦提出「爲文正如其人」之說：凡爲文章，「出諸己而簡易，乃爲佳」；否則，「若有辛苦態度，便不自然」，即不佳。陸游〈上辛給事書〉曾稱：「君子之有文也，如日月之明，金石之聲，江海之濤瀾，虎豹之炳蔚，必有是實，乃有是文。」因此，「心之所養，發而爲言，言之所發，比而成文。人之邪正，至觀其文，則盡矣，決矣，不可復隱矣。」（註三一）亦文品即人品之說。徐積節孝先生亦強調：「凡人之文必如其氣」，「氣全則精神全。其爲文，則剛而敏；治事，則有果斷」。據此而品評史傳之文與名家之文，指《漢書》之文新美和順，與太史公《史記》之嚴殊科；近代孫復石介之文嚴毅可畏，亦與歐陽脩之豐富新美風格不同。於是提出先養其氣之主張，以爲如此可以「先立其大者」。紀昀〈詩教堂詩集序〉稱：「人品高，則詩品高；心術正，則詩體正。」與上述觀點，可以相互發明。

以「氣」論文，自魏曹丕《典論．論文》首倡，而後世稱述演繹，代有其說。大抵指作家之個性、氣質，以及由此而決定並體現之藝術風格，包含作品思想內容和藝術形式方面之總特色。（註三三）宋人以氣論文，除上所引李格非提出「文章以氣爲主」，盛度文肅公主張文章有「館閣氣」，徐積節孝先生提倡爲文「先養其氣」外，蘇軾揭示「文者氣之所形」，蘇門六君子之一之李廌方叔，更多所發揚，揭櫫體、志、氣、韻四者，爲「文章之不可無者」，其文氣論極詳盡明白，如：

東坡云：「某生好爲文，思之至深，以爲文者氣之所形。然文不可以學而能，氣可以養而致。」（張鎡《仕學規範》卷三十二引《三蘇文集》，文淵閣《四庫全書》，第八七五冊，頁一六三；王水照主編《歷代文話》第一冊，〈仕學規範．作文〉卷一，頁三〇九）

凡文章之不可無者有四：一曰體，二曰志，三曰氣，四曰韻。……充其體於立意之始，從其志於造語之際，生之於心，應之於言，心在和平則溫厚典雅，心在安敬則矜莊威重。大焉可使如雷霆之奮，鼓舞萬物；小焉可使如絡脈之行，出入無間者，氣也。如金石之有聲，而玉之聲清越；如草木之有華，而蘭之臭芬薌。如雞鶩之間而有鶴，清而不玷；犬羊之間而有麟，仁而不猛。如登培塿之丘，以觀崇山峻嶺之秀色；涉潢汙之澤，以觀寒溪澄潭之清流。如朱絃之有遺音，太羹之有遺味者，韻也。文章之無體，譬之無耳目口鼻，不能成人。文章之無志，譬之雖有耳目口鼻，而不知視聽臭味所能，若土木偶人，形質皆具而無所用之。文章之無氣，雖知視聽臭味，而血氣不充於內，手足不衛於外，若奄奄病人，支離誣訶，生意消削。文章之無韻，譬之壯夫，其軀幹枵然，骨強氣盛，而神色昏瞢，言動凡濁，則庸俗鄙人而已。（張鎡《仕學規範》卷三十三引《方叔文集》，文淵閣《四庫全書》第八七五冊，頁一六七；王水照主編《歷代文話》第一冊，〈仕學規範·作文〉卷二，頁三一四）

蘇軾揭示「文者氣之所形」，言簡意賅，又提倡養氣，以爲有助於學文，對於蘇門弟子李方叔自有啓迪作用。《四庫全書總目》《濟南集》提要稱：李廌（方叔）「才氣橫溢，其文章條暢曲折，辯而中理，大略與蘇軾相近。故軾稱其筆墨瀾翻，有飛砂走石之勢。」（註三四）李方叔古文造詣挺出，其文「紆餘委備，詳緩而典雅」，與東坡文之「雄竣高簡，而優游自得」，斷然各爲一家。（註三五）《仕學規範》卷三十三引其文章四全，所謂「體、志、氣、韻」謂之成全。其中論及爲文之「氣」，尤其精詳明朗，所謂「充其體於立意之始，從其志於造語之際，生之於心，應之於言。」從立意到造語，自生心至應言，都是「氣」之作用。發於內，形諸外，如玉聲清越，蘭花芬芳。「氣」之發用，大抵「各因天姿才品，以見其情狀」，此即所謂人品即文品。爲方便解說論證，李方叔分文品爲四等，人品爲六等，如：

有體、有志、有氣、有韻，夫是之謂成全。四者成全，然於其間各因天姿才品，以見其情狀。故其言迂疏矯厲，不切事情，此山林之文也。其人不必居藪澤，其間不必論巖谷也，其氣與韻則然也。其言鄙俚猥近，不離塵垢，此市井之文也。其人不必坐廛肆，其間不必論財利也，其氣與韻則然也。其言豐容安豫，不儉不陋，此朝廷卿士之文也。其人不必列官寺，其間不必論職業也，其氣與韻則然也。其言寬仁忠厚，有任重容天下之風，此廟堂公輔之文也。其人不必位臺鼎，其間不必論相業也，其氣與韻則然也。正直之人其文敬以則，邪諛之人其言夸以浮，功名之人其言激以毅，苟且之人其言懦以愚，捭闔從橫之人其言辯以私，刻核忮忍之人其言深以盡。則士欲以文章顯名後世者，不可不謹其所言之文，不可不謹乎所養之德也如此。（張鎡《仕學規範》卷三十三引《方叔文集》，文淵閣《四庫全書》第八七五冊，頁一六八；王水照主編《歷代文話》第一冊，〈仕學規範．作文〉卷二，頁三一四－三一五）

山林之文、市井之文、朝廷卿士之文、廟堂公輔之文，此文章四品；所以如此區分者，「其氣與韻則然也」。人品則分六等：正直之人、邪諛之人、功名之人、苟且之人、捭闔從横之人、刻核忮忍之人，各受其天姿性情之制約，而體現自家之言與文，或敬以則，或夸以浮，或激以殺，或懦以愚，或辯以私，或深以盡，不一而足。孔子所謂「出辭氣，斯遠鄙倍」，則非養氣成全不可。由此觀之，士人欲以文章顯名後世，不可不「謹其所言之文」，不可不「謹乎所養之德」，兩者當兼顧並重，此爲文之要略。

《周易・繫辭下》稱：「將叛者，其辭慚；中心疑者，其辭枝。吉人之辭寡，躁人之辭多。誣善之人，其辭游；失其守者，其辭屈。」（註三八）早在先秦，對於言辭之表述，與人之品性、心態、人格等道德和個性特質間，存在許多必然之關聯，已作若干發微闡幽，《漢書・藝文志》列有「形法學」一項，即此是也。下迨宋朝，道學主盟兩宋，崇尚品格之風漸成審美意識，於是文品即人品之辯證，人格即風格之論述，自詩話、筆記、詩集、文集多所體現。影響所及，如屈原、陶潛、杜甫、韓愈、蘇軾、黃庭堅等文家詩人，要皆辭章超群，人格拔俗，而蔚爲詩家典範，文家楷模。人品即文品，人格即風格，在宋代成爲文藝學之審美標準，由《仕學規範》所輯錄，可爲明證。

六　結論

張鎡《仕學規範》卷首，臚列其書編纂之書目一百種，有傳記、語錄、詩話、筆記、文集、類書之屬，各若干種。以卷三十二－卷三十五論〈作文〉而言，亦徵引三十一種圖書：《童蒙訓》最多，高達二十八則；其次，《麗澤文說》十五則，《步里客談》九則，《三蘇文集》七則，《南昌文集》六則；取材呂本中、呂祖謙、陳長方、三蘇、黃庭堅諸家之詩學文論，則其江西宗派取向，以詩法爲文法，可以推知。

今選擇張鎡《仕學規範》論〈作文〉部分，計資料一百二十二則，作爲研究文本。從圖書流通、傳媒效應、閱讀與接受、反應與品題、人品與文品諸視角切入，以討論《仕學規範》之徵存文獻、纂組資料，究竟凸顯哪些南北宋之際之古文評論訊息。初步獲得下列觀點：

一、宋代雕版印刷繁榮，與寫本競妍爭妍，以至有「天下未有一路不刻書」之盛況。右文政策促進了宋型文化崇理尙智，好發議論，追求創造，注重會通之精神；對於詩話、筆記說詩論文，反思傳統文學，提供學古通變，自名一家之觸發，宋代印本寫本爭輝，作爲知識傳媒，其功足多。

二、詩話與筆記，就材料之編纂言，或摘抄材料，以助閑談；或分類抄輯，述而不作；或論詩及事，或論詩及辭，或兼而有之。無論說詩或論文，《仕學規範》之纂集，看似述而不作，猶如南北宋之際所編《唐宋分門名賢詩話》、《詩話總龜》之屬。然選書之際，取捨之間，偏全多寡、輕重詳略之斟酌，其中自有別識心裁在。

三、張鎡之師友學侶，如楊萬里、陸游等人，多「從江西入，而不從江西出」之詩人。而所宗法，如黃庭堅、陳師道，要皆江西詩派典範作家。江西詩法濡染既深，復得活法於誠齋，其論作文，遂往往「以詩法為文法」。觀張鎡《仕學規範》〈原序〉，揭櫫「法度」、「規矩」、「範模」、「法程」、「規範」云云，可證筆者所言非虛。

四、圖書流通之歷史，由「鈔錄一變而為印模，卷軸一變而為書冊」，複製圖書之技術，由寫本進化為印本，具備「易成、難毀、節費、便藏」四善，外加化身千萬，無遠弗屆之便利，於是印本逐漸成為圖書傳媒之新寵與主流。寫本與印本爭妍競奇，此消彼長，相得益彰，對於宋代類書、叢書、筆記、詩話之輯錄，自有推助之功；引發之傳媒效應，更值得探討。

五、蘇軾提出「博觀而約取，厚積而薄發」二語，作為「務學」之教示。宋代之大家名家、詩話筆記，多主讀書博學，知入知出，以期新變自得。張鎡為詩人而論文，宗派指向必近蘇、黃及江西詩風。如論作文，摘引文獻，再三提及勤讀、熟讀、詳讀、熟觀、涵泳、詳味、涵養、教讀，念茲在茲，三致其意，可謂不憚其煩。

六、詩話、筆記對於歷代名篇佳作之品評，即是讀者接受反應論所當研究之文本。張鎡《仕學規範．作文》品評歷代名家名作，亦琳瑯滿目，頗可觀玩。就華夏之文學接受學而言，品評是接受主體對審美對象之理性判斷和評估，融合審美鑑賞與藝術批評而一之，《仕學規範》論文品詩有之。

七、《仕學規範》品評先秦兩漢文章數量高達六成以上，宗經思想，與《文心雕龍》並無二致：標舉《尚書》、稱揚《詩經》、褒贊《左傳》，推崇《禮記》之文。其次，則先秦諸子、兩漢史傳之文，亦多採錄宗法，玩味品題之，作爲學文之津梁，亦不離《文心雕龍》〈史傳〉、〈諸子〉之審美趣味，以及北宋文家如蘇洵、蘇軾、曾鞏之師法趨向。蘇文爲科舉取士典範，《仕學規範》輯錄，遂多徵引老蘇、大蘇之言。從可見南北宋之際品題散文之概況。張鎡摘選名家名篇之品題，從可印證《仕學規範》所示：「口詠心惟，趣向弗琭」，「根柢濟用」，「可爲終身法」之著書旨趣。

八、宋詩之典範選擇，歷經漫長之追尋，最終，陶潛與杜甫，以人格美、風格美兼備，雙雙脫穎而出，成爲宋人之詩學典範。趙宋開國以來，文士多以格高相砥礪。歐陽脩作詩「獨崇氣格」，黃庭堅以「不俗」期許人格與詩格，江西詩派亦推崇「格高」，作爲詩歌之極則。以此類推，梅花格高，宮槐偉岸，青瓷素樸，畫重逸格，「崇格」遂成爲宋人之審美思潮，蔚爲人生觀之藝術實踐和人格體現。於是《仕學規範》輯錄宋人文論，再三提及「文如其人」、「以氣論文」之命題。

九、以「氣」論文，魏曹丕首倡，大抵指作家之個性、氣質，以及由此而決定並體現之藝術風格，包含作品思想內容和藝術形式方面之總特色。宋人以氣論文，除李格非提出「文章以氣爲主」，盛度文肅公主張官樣文章須有「館閣氣」，徐積節孝先生提倡爲文「先養其氣」外，蘇軾揭示「文者，氣之所形」，蘇門李廌方叔更多所發揚，揭櫫體、志、氣、韻四者，爲「文章之不可無者」。其文氣論分文品爲四等，人品爲六等，所以如此區分者，其氣與韻使然也。道學主盟兩宋，崇尚品格之風漸成審美意識，影響所及，辭章超群，人格拔俗者，往往蔚爲詩家典範，文家楷模。

十、郭紹虞《宋詩話考》稱，宋人談詩，「均強調藝術技巧，罕有重在思想內容者」；(註三七)宋人論文，亦有此特色。今觀《仕學規範》，羅列諸家論文之言，如作文之要、作史之法、作文之體、爲文三多、文章四全、爲文之法、作文之法，以及論取捨、繁簡、詳略、警策、悟入、剪裁、主客、命意、用事、造語、貴生、轉折、藏露、氣勢；溫柔敦厚、言約意盡、不襲常新、體位布置、文字頻改等等，隨機提示津梁，度人金針，要皆「以詩法爲文法」。陳師道《後山詩話》引黃庭堅之言曰：「杜之詩法，韓之文法也」；張鎡詩學既宗法黃庭堅、陳師道，故《仕學規範》論文體現如此。由於篇幅所限，未嘗闡述，他日再議。

注釋

編　按　張高評　成功大學中國文學系特聘教授。

註　一　張希清：〈論宋代科舉取士之多與冗官問題〉，《北京大學學報》一九八七年第五期；又〈北宋貢舉登科人數考〉，《國學研究》第二卷（一九九四年七月），頁三九三—四一三。

註　二　宿白：《唐宋時期的雕版印刷》（北京市：文物出版社，一九九九年），頁八四—一一〇；張秀民著，韓琦增訂：《中國印刷史》（上），〈宋代：雕版印刷的黃金時代〉（杭州市：浙江古籍出版社，二〇〇六年），頁四〇—一六一。

註　三　陳植鍔：《北宋文化史述論》，第三章第四節〈宋學精神〉（北京市：中國社會科學出版社，一九九二年），頁二八七—三二三。

註　四　張高評：《印刷傳媒與宋詩特色——兼論圖書傳播與詩分唐宋》，第三章第二節〈商品經濟促成印本激增，影響學風士習〉（臺北市：里仁書局，二〇〇八年），頁一〇〇—一二〇。

註　五　蔡鎮楚：《中國詩話史》，第二章〈詩話的流變與演進軌跡〉（長沙市：湖南文藝出版社，一九八八年），頁一七—二二。

註　六　王水照編：《歷代文話》（一—十冊），選錄王銍、謝伋、洪邁、楊困道四家之四六話外，文話尚有張鎡《仕學規範》，以及陳騤、朱熹、呂祖謙、葉適、王正德、孫奕、樓昉、陳模、吳子良、黃震、王應麟、謝枋得、魏天應、周密十四家。

註　七　盧慶濱：〈張鎡詩歌創作與園林雅趣〉，張廷杰編：《第三屆宋代文學國際研討會論文集》（銀川市：寧夏人民出版社，二〇〇五年），頁二五〇－二五五。

註　八　陳師道：《後山詩話》，〔清〕何文煥：《歷代詩話》（臺北市：木鐸出版社，一九八二年），頁三〇三。參考祝尚書：《宋代科舉與文學考論》，〈南宋古文評點緣起發覆〉，三、「江西派」詩文論：駕輕就熟的評論方法（鄭州市：大象出版社，二〇〇六年），頁二九四－二九七。

註　九　張鎡《仕學規範．序》稱士大夫「才非不逮，微法度也。前言往行，可傚可師，佩服弗替，如循三尺，則幼學壯行，焉往而不中節」；「斥規矩以觀全材，屏範模而良器是圖，世固無若事也。」「竊窺前哲，採摭舊聞，凡言動舉措，粹然中道，可按為法程者，悉派分鱗次，萃為鉅編，以便省閱。」「謂其皆可為終身法，遂目之曰仕學規範」，文淵閣《四庫全書》第八七五冊（臺北市：臺灣商務印書館，一九八三年），頁八－九。

註　十　王水照編：《歷代文話》第一冊，《仕學規範．作文》四卷（上海市：復旦大學出版社，二〇〇七年），頁三〇三。

註十一　張高評：〈宋代雕版印刷之政教指向——印刷傳媒之控制研究〉，《成大中文學報》第二十期（二〇〇八年四月），頁一七六－一八五。

註十二　〔明〕胡應麟：《少室山房筆叢》卷四，〈經籍會通四〉（上海市：上海書店出版社，二〇〇一年），頁四五－四六。

註十三　張高評：〈宋代雕版印刷之傳媒效應——以谷登堡活字印刷作對照〉，香港大學中文學院主辦「東西方研究國際學術研討會」論文（二〇〇七年十月五日），頁十五。

註十四　錢存訓：《中國紙和印刷文化史》，第十一章，四、〈印刷術在中國社會和學術上的功能〉（桂林市：廣西師範大學出版社，二〇〇四年），頁三五六。

註十五　李約瑟：《中國科學技術史》，第六卷《生物學及其相關技術》，第三十八章〈植物學〉，d、文獻（二），VI宋朝、元朝和明朝（公元一〇－一六世紀）的博物學和印刷業（北京市：科學出版社，上海古籍出版社，二〇〇六年），頁二三七－二三九。

註十六　同註四，第四章第三節〈博觀厚積與宋詩之新變自得〉；第五章第二節，頁一五五－一七三。

註十七　張高評：〈印刷傳媒與宋詩之新變自得〉，二、「厚積薄發與宋詩之新變」，南京大學古文獻研究所《古典文獻研究》第十輯，（南京市：鳳凰出版社，二〇〇七年八月），頁一二三－一三九。

註十八　鄧新華：《中國古代接受詩學》，第四章〈唐宋接受詩學的深化〉，二、「活參——文學的創造性誤讀」（武漢：武漢出版社，二〇〇〇年），頁一六七－一七二。周裕鍇：《宋代詩學通論》，丁編詩思篇，第三章〈二、活參：能動的解讀〉（上海市：上海古籍出版社，二〇〇七年），頁四三五－四四四。

註十九　〔宋〕黎靖德：《朱子語類》卷十一〈讀書法下〉，卷八十〈論讀詩〉、卷一一四〈訓門人二〉（臺北市：文津出版社，一九八六年），頁一八一、二〇八六、二〇八八、二七五六。

註二十　朱熹之讀書法，余英時推崇備至。參考余英時：〈怎樣讀中國書〉，《文化評論與中國情懷》（下），《余英時文集》第八卷（桂林市：廣西師範大學出版社，二〇〇六年），頁三二四－二三二六。

註二一　金元浦：《接受反應文論》，第十一章〈接受反應文論的「中國化」〉，「接受反應文論與中國古代文學理論」（濟南市：山東教育出版社，一九九八年），頁四○二－四○三。

註二二　同註十八，第七章〈「品評」的文學接受方式〉，頁二六八－二七○。

註二三　劉勰著，王更生注釋：《文心雕龍讀本》，〈宗經第三〉（臺北市：文史哲出版社，一九八五年），頁三五。

註二四　〔明〕黃宗羲、〔清〕全祖望《宋元學案》卷三十六，〈紫微學案〉（北京市：中華書局，二○○七年），頁一二三三－一二四二。

註二五　歐陽炯：《呂本中研究》，第五章〈呂本中之詩論〉，第一、第二節（臺北市：文史哲出版社，一九九二年），頁二五七－二八七。

註二六　同前註，第三章第二節〈師承〉、第四節〈著述〉，頁一一七－一三一、一四七－一五六。

註二七　郭紹虞：《宋詩話輯佚》，范溫：《潛溪詩眼》第一七則〈山谷詩文優劣〉，（臺北市：文泉閣出版社，一九七二年），頁四○二－四○三。

註二八　郭預衡：《中國散文史》（中），第五編第十章〈南宋中期〉，談及楊萬里、陸游、辛棄疾、葉適、陳亮諸家「言事論政之文」（上海市：上海古籍出版社，一九九三年），頁六○五－六四三。

註二九　程杰：《北宋詩文革新研究》，第二十章〈陶、杜典範意義的發現與宋詩審美意識的形成〉（臺北市：文津出版社，一九九六年），頁五七○－五八六；張高評：〈北宋讀詩詩與宋代詩學——從傳播與接受之視角切入〉，四、「北宋讀詩詩與宋詩之典範選擇」，《漢學研究》第二十四卷第二期（二〇〇六年），頁二〇七－二一五。

註三十　秦寰明：〈論宋代詩歌創作的復雅崇格——宋代詩歌思潮論〉（上），《中國首屆唐宋詩詞國際學術討論會論文集》，（南京市：江蘇教育出版社，一九九四年），頁六一八－六二五。

註三一　吳承學：《中國古典文學風格學》，第三章〈人品與文品〉（廣州市：花城出版社，一九九三年），頁三二一。

註三二　陸游：《渭南文集》卷十三，〈上辛給事書〉，（《四部叢刊》正編影上海涵芬樓藏明華氏活字本臺北市：臺灣商務印書館，一九七九年），頁一二二。

註三三　彭會資主編：《中國文論大辭典》，第五編〈以氣論文〉（桂林市：百花文藝出版社，一九九〇年），頁二八六。

註三四　紀昀等：《四庫全書總目》卷一百五十四，《濟南集》八卷〈提要〉（臺北市：藝文印書館，一九七四年），頁三〇六六。

註三五　陳恬：〈李方叔遺稿序〉，宋刻本《國朝二百家名賢文粹》卷一五九，轉引自曾棗莊等編《宋文紀事》卷六〇〈李廌〉（成都市：巴蜀書社，一九九五年），頁八五六。

註三六　徐志銳：《周易大傳新注》卷五，〈繫辭下〉第十二章（濟南市：齊魯書社，一九八八年），頁四八一－四八二。

註三七　郭紹虞：《宋詩話考》，〈蘇轍《詩病五事》考〉（北京市：中華書局，一九八五年），頁十。

後記

明道大學中國文學系自二〇〇二年成立至今，以唐宋學以及現當代文學作爲發展的方向目標，明道大學中國文學系所的師長，既以研究並闡揚中國固有學術爲職志，全體教師平日除兢兢業業於教學與研究之外，亦積極於學術之交流。二〇〇八年年底曾擴大舉辦「唐宋散文學術研討會」，由胡楚生講座教授擔任總幹事，力邀海內外唐宋散文的研究專家，或宣讀論文，或擔任主持與評論；兩日的議程中，參與學術討論會者逾兩百人，活動之盛況，豐富而精彩！

發表之論文，會議研討後經發表者交互研討之後，修訂檢點交付主辦單位並敦聘專家審查，以審愼嚴謹之態度集結成書，名爲《唐宋散文研究論集》，以彰顯此次學術會議的具體成果。

後學承乏明道大學中文系主任之機緣，得以效微勞深感榮幸，承蒙本校陳世雄校長鼎力支持，國科會人文學研究中心以及台北義和蔥蒜行柯慶元先生之襄助，使此論集得以順利刊行，在書籍付梓之際，謹以此後記感謝所有護持的善因緣！

明道大學中文系主任羅文玲　謹識

二〇一〇年秋天

國家圖書館出版品預行編目(CIP)資料

憶記與超越 ： 唐宋散文研究論集 / 明道大學中國文學系主編. － 再版. -- 臺北市 ： 萬卷樓, 2013.10

面 ； 公分. --（明道大學國學論叢）

ISBN 978-957-739-827-7(平裝)

1.散文 2.文學評論 3.唐代 4.宋代

820.9504 102022908

憶記與超越
——唐宋散文研究論集

2013 年 10 月 再版 平裝

2010 年 12 月 初版 平裝

ISBN 978-957-739-827-7

定價：新台幣 **780** 元

主　　編	明道大學中國文學系	出版者	萬卷樓圖書股份有限公司
發 行 人	陳滿銘	編輯部地址	106 臺北市羅斯福路二段 41 號 9 樓之 4
總 編 輯	陳滿銘	電話	02-23216565
副總編輯	張晏瑞	傳真	02-23218698
責任編輯	吳家嘉	電郵	editor@wanjuan.com.tw
編　　輯	游依玲	發行所地址	106 臺北市羅斯福路二段 41 號 6 樓之 3
編輯助理	楊子葳	電話	02-23216565
封面設計	斐類設計	傳真	02-23944113
		印刷者	晟齊實業有限公司

新聞局出版事業登記證局版臺業字第 5655 號

網 路 書 店　www.wanjuan.com.tw
劃 撥 帳 號　15624015